何塞·

污秽的夜鸟

〔智利〕何塞·多诺索 / /著

沈根发 张永泰 / /译

人民文学出版社

José Donoso
EL OBSCENO PÁJARO DE LA NOCHE
© JOSÉ DONOSO, 1970, and HEIRS OF JOSÉ DONOSO.
Simplified Chinese translation copyright © 2022 People's Literature
Publishing House
All rights reserved

图书在版编目(CIP)数据

污秽的夜鸟/(智)何塞·多诺索著;沈根发,张永泰译.—北京:人民文学出版社,2022
(何塞·多诺索作品集)
ISBN 978-7-02-016764-7

Ⅰ.①污… Ⅱ.①何…②沈…③张… Ⅲ.①长篇小说—智利—现代 Ⅳ.①I784.45

中国版本图书馆 CIP 数据核字(2021)第 242817 号

责任编辑　张欣宜
装帧设计　黄云香
责任印制　宋佳月

出版发行　人民文学出版社
社　　址　北京市朝内大街 166 号
邮政编码　100705

印　　刷　三河市鑫金马印装有限公司
经　　销　全国新华书店等

字　　数　380 千字
开　　本　880 毫米×1230 毫米　1/32
印　　张　16.5　插页 3
印　　数　1—6000
版　　次　2022 年 10 月北京第 1 版
印　　次　2022 年 10 月第 1 次印刷

书　　号　978-7-02-016764-7
定　　价　65.00 元

如有印装质量问题,请与本社图书销售中心调换。电话:010-65233595

代序 光怪陆离的魔幻世界 痛苦艰难的现实生活

何塞·多诺索是拉丁美洲当代新小说有名的作家之一。关于他的作品的评论文章多达三四百篇,大部分发表在智利国内外的报刊上。在智利、美国、西班牙及一些拉美国家都有关于他作品的博士、硕士论文。1987 年 9 月 9 日,他荣获西班牙国王胡安·卡洛斯一世授予的"智者阿尔丰索十世勋章"。

何塞·多诺索 1924 年 10 月 5 日诞生在智利圣地亚哥,是个有名望的律师及医生世家的长子。如他自己所说:"我出生的家庭的社会地位有些模棱两可,一脚踏在寡头阶级,一脚踏在中产阶级,但同时又被双方摈弃。我曾一度认为,社会阶级已不那么重要,它们的区别正在混淆,仅仅留下些美好的残迹……"

八岁时他进入一所有名的英语学校。在这所学校里,他痛恨有着奇奇怪怪规则、要求严格的体育项目。他忍受了三年这种折磨,总算想出了逃学办法:假装胃疼。不料日后胃疼的毛病竟总是追随着他。

1940 年,他更不愿上学了,不仅仇恨体育,而且仇恨老师。假装去上学,其实跑到公园去溜达,到公共图书馆看书,或是到名声不太好的街巷随便交朋友……父母终于知道了这种情况，就把他送到一所校规很严的学校，那也没用，不到一年小何塞又被开除。以后又被别的学校开除，父母简直气疯了，但是无可奈何。

他都满十九岁了，不等念完中学就再也不肯念书了。他在一家旅游公司谋到职务，可好景不长，他在任何地方都干不满半年，换了许多工作，总被人辞退，于是他用自己攒的钱买了一张三等舱票，乘上一艘开往麦哲伦海峡的船，来到彭塔斯阿莱拉斯，成为潘帕斯草原上的牧羊人。这一年里，他熟悉了当地的风土人情，这就是日后他写的短篇小说《迪那马尔盖罗》的背景。

他走走停停，终于来到了布宜诺斯艾利斯，到那儿才几天就花光了积蓄，只好在码头上卖力气，与海员和搬运夫住在同一所房子里，可是他突然得了麻疹，双亲赶忙乘飞机来把这位"英雄"接回圣地亚哥。

1947年他中学毕业，进入智利大学师范学院，攻读英国语言文学，两年后获得一笔奖学金，到美国普林斯顿大学学习。1951年毕业，获文学学士学位。在普林斯顿的大学生涯中，他印象最深的是那些造诣很高的教授。他发现文学并非乏味的东西，更不像父亲告诫的那样，文学只会使他受穷。正是在普林斯顿他的文学创作迈开了第一步。1950年和1951年，他在一份杂志上发表了《蓝衣女人》和《有毒的蛋糕》，是用英文写的。他创作的第三部短篇小说《中国姑娘》是用西班牙语写的，1954年被录入《智利新故事选》。这一年，他用六个月时间，从美国出发，经墨西哥、中美洲，回到圣地亚哥。此外他还撰写及修改了几个短篇，后来收在《避暑及其他故事选》中，但这本书一开始却被几家出版社退回，后来，一些女性友人资助他，付清了大学出版社所要求的部分款子，第一部小说集才得以问世，印数才一千册,但荣获 1956 年市级短篇小说奖,等到再版此书,已是十年以后的事了。

他离家出走,来到黑岛,借住在一户渔民家中,是为了写一部酝酿已久的小说。当他携带装着成稿的箱子回家时,由于胃出血,晕倒在公共汽车上。虽然他已是得奖作家,仍不易找到出版社接受他的第一部长篇小说《加冕礼》——曾被太平洋出版社、西克萨克出版社拒绝。1957 年,新生出版社终于同意接受书稿,印数三千册。

他觉得智利的空气过于沉闷,令人窒息,便来到布宜诺斯艾利斯,身居陋室,头一次拜读博尔赫斯的大作,感到茅塞顿开。他结识了米格尔·安赫尔·阿斯图里亚斯①,与玛丽亚·比拉尔相爱。在阿根廷的两年中他读了很多书。1960 年创作短篇小说《查尔斯顿》。回智利以后,在《埃尔西利亚》杂志社工作,撰写各类文章。一天他被派往欧洲工作,到那不久便急忙叫去比拉尔,两人成婚。

1962 年多诺索出席在智利康塞普西翁召开的知识分子代表大会,在这次盛会上他结识了卡洛斯·富恩特斯、何塞·玛利亚·阿格达斯、罗亚·巴斯托斯等著名的拉丁美洲作家。值得一提的是多诺索与富恩特斯的友谊。他们原来是同一英语学校的校友,这次重逢,结为至交,后来多诺索应富恩特斯之邀到墨西哥《永久》周刊工作,此间,为了偿还一笔债务,他在富恩特斯的家里写了长篇小说《没有界限的地方》,竟成为一部佳作,代表了他的新风格。同年发表的《这个星期天》也是一部成功的长篇小说。

他于 1963 年在美国爱荷华大学的“作者车间”工作了两年。从

---

① 米格尔·安赫尔·阿斯图里亚斯(1899—1974),危地马拉作家,1967 年诺贝尔文学奖获得者。

那时起他便开始构思长篇巨著《污秽的夜鸟》，后来迁居西班牙，来到马略卡岛，专心致志地写作，但胃溃疡迫使他停止写作，应邀到美国科罗拉多大学任教。又一次胃部大出血迫使他接受手术，随后举家迁居巴塞罗那，最后用了不到八个月的时间一举写完酝酿八年之久的《污秽的夜鸟》。1969年底将稿子交给塞依克斯巴拉尔出版社，出版后大获成功。1973年他又获古根海姆奖学金（领该奖金者不必上学，是用来支持写作的），同年完成《三个资产阶级小故事》，后在普林斯顿大学讲学。之后移居巴塞罗那附近的一个村镇，在那里完成另一部巨著《别墅》(1978)，在1981年出版的《旁边的花园》中有自己生活的经历，表现了长期游离在外的他乡客怀念祖国的心情，1981年回到祖国。

迄今为止多诺索发表的作品有：

短篇小说：

　　1955年　《避暑及其他故事选》

　　1960年　《查尔斯顿》

　　1973年　《三个资产阶级小故事》

　　1982年　《献给德尔菲娜的四篇小说》

长篇小说：

　　1957年　《加冕礼》

　　1966年　《这个星期天》

　　1966年　《没有界限的地方》

　　1970年　《污秽的夜鸟》

　　1978年　《别墅》(获西班牙批评奖)

　　1980年　《洛里亚小侯爵夫人的神秘失踪》

　　1981年　《旁边的花园》

1986 年 《失望》

此外他还写过一部文学评论、回忆录《"文学爆炸"亲历记》,于1972 年出版。

据西班牙《国家报》称:"'智者阿尔丰索十世勋章'只授予以毕生精力从事某种事业并取得卓著成就的人,仅以某一部作品而成功者难以获此殊荣。"从上面这个书单我们也可以看出多诺索获此奖项当之无愧。

现在让我们来分析几部代表作以观察多诺索的创作道路。

1957 年出版的《加冕礼》是何塞·多诺索的第一部长篇小说。它描写典型环境中资产阶级贵族和生活在社会底层的穷苦人之间强烈的对比。作品里两条线索同时发展,有如同一事物的两个极端。两个阶级的对比是在由许多成分构成的广泛领域中展开的,因此,写得生气勃勃,发人深省。两个相对立的阶级各自具有典型而鲜明的特点,标志着各自特有的价值和等级。被贫困所压倒的下层人卑贱、残暴,而上层贵族生活富裕,但无聊、空虚,最后导致精神崩溃。小说主人公安德烈斯从来不为物质生活发愁,但是他囿于那种环境,感到十分苦闷,他要反抗,想法儿使自己的生活具有意义,做点儿什么事情,或者去信仰点儿什么,且不管它是什么,这样他才得以跨越现在的界限,因为他现在的生活实在是荒唐、浮华,更要命的是对这种生活方式的默认和无所作为的态度。

经过一段思想上的危机之后,安德烈斯明白,或许爱情能给他带来转机,使他能真正地生活,而不是碌碌无为地死去。他渴望这种人际交往,但他看到埃丝黛拉和马里奥正在热恋,他的希望破灭了。在全面失败中安德烈斯只好到疯狂中去寻找出路:在疯狂中既可以逃脱现实生活中碌碌无为的苦恼,也可以逃避对未来的死亡的恐惧。

《加冕礼》的写作手法基本上是写实的，但与智利当时流行的小说的写法已有所不同。对平凡的细节描绘独具匠心，但又善于在一个阴差阳错的混乱中描写人的行为，这种差异形成鲜明对照。在引人注目的最后几页之中，作者将三个场面同时展开，矛盾冲突愈演愈烈，有如高亢激越的交响曲，然后在最强烈的音符中戛然止住，全曲终了，令人回味无穷。这表明多诺索对传统的写法已不满足，他的大胆创新成功了。对此，多诺索说过："……虽然《加冕礼》的大部分都符合描写内心世界的智利小说的规范：简洁，真实可信，具有社会批评，包含讽刺意味，然而在当时我已隐隐约约地感到，这并不应当是衡量小说好坏的唯一标准，相反，曲折一些，夸张一些，可以使小说创作的道路更加宽广。"

　　从写作技巧来看，《这个星期天》显然更新颖，然而仍能反映出《加冕礼》中的许多特点，题材基本属于同一类型，描写一个昔日繁华的贵族之家的败落，力图从社会学、心理学的高度来诠释和思考这一颓败过程。特别值得一提的是多处采用"模棱两可"，这种写作手法更加深化了对典型环境的描绘。作品对各种人物的行为和本性进行了探讨，特别是对于性的感受的探讨。

　　第三部长篇小说《没有界限的地方》更强烈地表现出《这个星期天》中的特点，不仅是加强表现，而且有了某种改变，它表明，人是很难掌握自己的命运的。小说中不断出现一个个人物，他们扮演着各具特点的角色。主人公是跳西班牙舞的"舞女"，原来他是个同性恋男人，人们不叫他曼努埃尔而叫曼努埃拉（女人名），他的女儿"小日本女人"是个缺乏性感的妓女。潘乔·维加是个"最有男子气概"的汉子，但终于被曼努埃拉勾引上了。显然，这部作品要表现的主题要比前两部小说更复杂、更深刻。小说的题目摘自英国十六世纪戏剧家马洛(1564—1593)的剧作《浮士德博士的悲剧》。浮士德问魔鬼："地狱在哪里?"魔鬼回答："就在我们受罪的地方,地狱没有界限,没有固定的地方,我们在哪里受罪,哪里就是地狱。"从题目开始作者就精心编织了一个当代的神话,以时间和空间为工具,将全书贯穿在一根链条上,集中表现了一个宗教形象——地狱。这部超现实主义作品所表现的东西大大超越了小说中描写的那个智利的一个破落小村庄,从而引导人们对世界的现实及对人类本性进行思考。从题材来看,该作品虽然仍与前两部小说一样,是对旧贵族和资产阶级的颓败的描写,但作者已经进一步从哲学方面去探索社会生活中的人生,表现了"颓败是绝对的"这一宿命论观点。

现在让我们来讨论本书《污秽的夜鸟》。这是何塞·多诺索的第四部长篇小说,也是他最杰出的代表作。该书1970年由西班牙巴塞罗那市的塞依克斯巴拉尔出版社出版。这是拉丁美洲新小说浪潮中最引人注目的小说之一。可以说,《污秽的夜鸟》是一部实验性小说,在题材选择、写作手法和语言运用方面都有创新,使得小说的传统观念有所发展和扩大。

小说的题目摘选自美国哲学家、心理学家亨利·詹姆斯(1843—1916)写给他当时正前往欧洲旅行的儿子们的一封信。信中说:"每一个进入少年的人都开始猜想,生活并不是一场闹剧,也不是一场优雅的喜剧。相反,它是被主观的根源束缚着,在一场缺乏精髓的悲剧最深处成长、受难。每一个人继承的天性,对于他的精神生活来说,有如一片莽林,林中野狼在嗥叫,污秽的夜鸟在哀鸣。"

《污秽的夜鸟》讲的是一个想象的人物温贝托·佩尼亚洛萨的虚幻故事,小说打破了日常生活中现实的界限,并把现实变成一个噩梦般的魔鬼世界。小说表现了一个为现实所安排的特定形象,同时表现了一个处于狂热的迷乱中的人。温贝托，以他个人兴趣，依自己内心臆想的特殊方法观察和表现现实世界中的事物，并随心所欲地改变、歪曲这些事物。

温贝托·佩尼亚洛萨是小说的关键人物。他是个失去母亲的孤儿，从父亲那里继承了微不足道的姓氏；他一无所有，被剥夺一切社会地位。第二次被剥夺的是他受的伤：他是堂赫罗尼莫的秘书，大选中人民抗议投票选举中的舞弊行为，当这位老爷躲进教堂准备逃跑时，与他在一起的温贝托受了伤，但是这却被赫罗尼莫利用了，他借用温贝托染血的绷带，到处炫耀自己受伤，以谋取政治上的利益。温贝托是这位参议员的同伙，但他受的伤被剥夺，他流血的意义也被剥夺。第三次被剥夺是他与赫罗尼莫的夫人伊内斯的性关系。这位夫人听从老巫婆佩塔·庞塞的坏主意，交媾时要有两对同时进行，一对是在黑暗之中，一对是在光明之中。在这种情况之下，伊内斯接受他的性功能而拒不承认温贝托的身份和面庞。怨恨之下，温贝托不肯开口，成了哑巴。以后一系列的被剥夺表现在他在林孔那塔的鬼怪世界里。在那个与世隔绝的地方，各种丑类畸形不算什么鬼怪，而唯一的正常人温贝托倒成了畸形人。他由于胃溃疡动了切除手术，模糊中感觉自己全身百分之八十被切除，而把畸形人们的器官移入体内，使得自己原有的机体和畸形人的机体混杂了。后来，他得到一副做商业广告用的巨人假面具，使他获得了新的能力。后来这副面具被街上的孩子们打破，象征着他的魔力的丧失。这时温贝托已经是小哑巴了，成了收容老妇人和孤女的静修院里的杂役。

温贝托·佩尼亚洛萨出身贫寒，父亲是小学教师，祖父是个工人。从他身上可以看出，他情趣不高，有自卑感，可以说是个无名鼠辈。他一心想往上爬，以得到社会和公共舆论的承认，成为中产阶级,当一名绅士。这就是温贝托的基本特点。他寻找和追求自己的地位、面貌、身份和姓名。他生活在迷宫之中,体验着迷宫生活,叙述着自己的感受。他总感到不满足,从而觉得自己被生活排斥,他的生活毫无价值,失去尊严。也许基于这一原因,他才领会到自己被阉割,自身的价值被剥夺,这便形成他内心深处不可愈合的伤疤。据温贝托自己说,他啥也不是,算不上是个什么人物,他甚至没有自己的面孔和生殖器。他只有一种令人难以置信的本领:总能适应周围环境。温贝托代表着被剥夺的人,他是主子赫罗尼莫性生活中不可缺少的伙伴;后来他半疯半癫,逃遁到静修院里,成为没有自己容貌的人;他曾进入鬼怪世界……这个诡谲狡诈的小人操纵着潜意识里的世界。温贝托认为,占有伊内斯夫人是跨越界限进入禁区的手段,得到她就意味着获得自己希冀的东西,改变令他害怕的前景,即日后墓志铭上只能刻上"我朝思暮想,但任何一个愿望都没能满足……"。

堂赫罗尼莫代表着剥夺者。他拥有一切:权力、名望、财富,甚至相貌堂堂。这个妄自尊大的人可以剥夺人家的一切,包括他们的伤口和性,然而他有一个致命弱点——阳痿。小哑巴(亦即温贝托)的醋意成为激发赫罗尼莫性功能的不可缺少的因素:必须两人同时在场才能使妻子怀孕,生下儿子博埃。作为名门贵族的最后一个传人却缺少后代,他的阳痿具有某种社会意义,标志着那个阶级的削弱,他那姓氏——阿斯科伊蒂亚的家族命中注定将要灭亡,他的妻子伊内斯夫人最后也凄凄惨惨地躲进静修院里度过晚年。在温贝托看来,赫罗尼莫和伊内斯都有吸引人的容貌,然而他们却生了个畸形人。赫罗尼莫可以使静修院收容的一名孤女、流浪街头的小妓女伊里斯·马特卢纳怀孕,而和自己美丽的妻子只能生畸形人。据温贝托说,赫罗尼莫第一次看到儿子博埃时,只见一个令人生厌的身躯蜷曲在他那罗锅上,脸上有一道深沟,直豁开上唇、腭部和鼻子,赤裸地露出骨头和鲜红的、一条条的纤维……为了不让世人见到这个畸形人,赫罗尼莫建造了一个颠倒黑白的"天堂"——林孔那塔。在这个地方温贝托担任着一个职位,享有绝对权威。这样,他的想象部分地实现了:他部分地取代赫罗尼莫,是鬼怪世界中权力的象征。于是,在林孔那塔,温贝托具有双重身份,一方面大权在握,另一方面作为正常人的他成了这个小天地里唯一的畸形人。在这里,外部世界的秩序完全被颠倒过来了。

然而,赫罗尼莫是绝不肯放过温贝托的。他说绝不原谅这个曾沾过他女人的下流坯,他竟敢去碰对他们这号人生来就是、永远都是禁果的圣物。于是他假手一名巫师兼医生,割去了温贝托的部分身体,结果改换了他身体的百分之八十,还要割去他的性器官,于是温贝托逃进了静修院。

温贝托失踪多年之后,赫罗尼莫来到林孔那塔,这时博埃已经十七岁了,见到父亲,以为他是个畸形人,害怕他的如此"丑陋",赫罗尼莫只好耐心地等待儿子渐渐习惯自己,最后,赫罗尼莫疯了,淹死在一个美丽的水潭中(可以把这个水潭看作是生活的象征)。为什么他会死去?因为他下意识地祈望死去,他的精神太痛苦了。

当博埃与外部世界接触后,从父亲为他制造的魔幻世界中清醒过来,他感到非常痛苦,情愿过植物人的生活。他对巫师兼医生说:"你随便从我脑子里切除什么都行,哪怕把我变成草木也罢。"

伊内斯不承认温贝托的姓氏、身体和面庞,只承认和接受他的性器官,从此,温贝托一怒之下当了哑巴,静修院里人们都这样称呼他。不料,许多年后伊内斯也逃到同一所静修院里幽居。

现在让我们来谈谈作者编织的一个十八世纪的传说,它犹如贾穿全书的一条线索:有位地主有九个儿子和一个女儿,女儿年纪最小。儿子们白天下地干活,小女儿料理家务,由一位老女仆陪伴。这小女儿和女仆原来是女巫变的,她们给四邻带来极大灾难。父亲和儿子们终于杀死了一条黄狗,就是那扮作女仆的巫婆,并把那女孩幽禁到一所静修院里。两百年后,到了赫罗尼莫这一代,这是昔日昌盛的阿斯科伊蒂亚家族的最后一个传人,由于他生殖能力不强,他家要断香火了。他的妻子伊内斯是小女巫的化身,她长得像希腊罗马神话中的女神那样美丽,可她还有另一张面孔,令人生畏。她到欧洲修道失败后,最后来到那所静修院。她是腰缠万贯的巫婆,犹如那条黄狗,掠夺其他老妇人少得可怜、毫无价值的东西。后来她疯了,被赶出了静修院。

小说最后写静修院的老妇人搬家。那位孤女兼妓女的伊里斯·马特卢纳和赫罗尼莫(或随便跟什么人)生下一个儿子,那些老妇人以为他是圣婴,凭借他,她们不必经由死亡便可直接升入天堂。不知什么原因,也不知从什么地方,有人运来许多倭瓜,充斥了静修院。最后一切化为乌有……小说到此结束。

然而,上面所讲述的一切都可能是小哑巴想象出来的。比如有一段叙述他与博埃在警察局相遇。据小哑巴看,博埃坐在他对面,于是叙述者(即小哑巴)打断了他的故事线索,而对询问他的人的面庞描绘一番,但是后来我们察觉,博埃根本没去过警察局,他描写的面庞只是照在镜子里的他自己的面容。

博埃当然是不会到那里去的,因为也许博埃仅仅存在于小哑巴的想象之中,是在与赫罗尼莫的较量之中臆想出来的。他把自身的缺陷加到博埃身上。温贝托之所以这样做是出于对占优势的赫罗尼莫的嫉妒,他要这样做使后者不痛快,以便从根本上否定这个人物。

因此,博埃的故事、林孔那塔、他与伊内斯在她的女伴佩塔·庞塞(即女巫)的房间里的会面……这些仅仅出于温贝托的想象。温贝托鬼迷心窍,内心阴险。他生长在那种恶劣的环境,促成他一心想往上爬。那个魔幻世界不过是他的噩梦、他的狂想而已,他断言:推进历史发展的动力是披着"爱"的外衣的仇恨……温贝托的生活被仇恨所包围和控制。他的仇恨掩盖在低三下四的"爱"的外衣下。出于这种仇恨,他就在想象中把周围现实颠倒过来了。

《污秽的夜鸟》还向读者展示了一个流浪汉世界,但已不是十六世纪的,而是当今的流浪汉世界了。事件和人物走出静修院院墙,走向世间。很难说清这个流浪汉世界是真实存在的或只是由温贝托臆想出来的,或是小哑巴正在写的幻想小说。小说写到最后,圆周又回到了开头,重新回到静修院,回到那些丑陋的穷妇人那里。看到这里,读者不禁要问,这部长达五百页(指原文)的小说中出现的众多人物,是不是由小哑巴想象出来的? 或者,他不仅是小说的主人公,而且正是他编织了那个传说?

《污秽的夜鸟》以它错综复杂的故事到底要把什么信息传递给我们呢? 在当今的文学评论中,有两种倾向:或是以辩证唯物主义的观点,通过作品来看所反映的社会现实;另一种就是借鉴弗洛伊德的泛性论来分析作品。然而,仅凭借这两点对多诺索的这部作品来进行评论显然是不够的。如果把作品中对性爱的描写看成是色情的,那就错了,反之,若给这部作品贴上进步的标签也显得勉强。《污秽的夜鸟》反映的是多诺索坚持多年的题材——其主旨仍是上层资产阶级的没落。他说:"……贵族世界毁灭、消亡,变得一无所有,我对这个题材感兴趣,不是从社会学的意义来看,而是对被剥削、被毁灭、被剥夺的人感兴趣。"他还说,所写的东西"与任何一个实际存在的人毫无联系,除了在某些方面描叙了我自己的一些恐惧之外"。他还宣布:"最叫我生气的是评论家把我的小说仅仅归纳到社会因素之中,他们希望我对智利的社会阶级唱一首'天鹅之歌',而我书中所写的社会阶级纯属想象……但却是我与这个几乎纯属想象的世界关系的写照。"

然而,不论是《加冕礼》《这个星期天》《没有界限的地方》,还是《污秽的夜鸟》,我们都可以看出这样一个过程:作者首先为社会现实加上一副脸谱,然后对它进行揭露和抨击,通过作品,让读者领悟和体验某一特定的社会现实。多诺索在小说中通过夸张、虚构的手法,集中化、典型化地创造一个变形的、扭曲的世界,或者说,创造一面哈哈镜来反映现实,讽喻时政,揭露弊端。

评论家们很难苟同多诺索的自我表白,他们说:"何塞·多诺索总是否定他的小说的社会意义,然而他的这些小说确实有其社会意义……另 方面,他把带着一定意识阅读作品与以庸俗社会学观点对小说进行社会分析这两者混淆起来,后者的做法是将小说与社会进行简单的类比。"

近几十年来各种思潮在拉丁美洲各国广泛流传,其中最有影响的是马克思主义、萨特的存在主义,还有弗洛伊德的心理分析学说。艺术上的各种流派,如象征主义、表现主义、未来主义、超现实主义等等,都不同程度地影响着拉美作家。多诺索与西班牙语美洲当代最有代表性的作家富恩特斯、萨瓦托、巴尔加斯·略萨、加西亚·马尔克斯、科塔萨尔等人一样,力图打破在这块大陆上占统治地位的资产阶级的秩序(封建庄园、垄断资本、帝国主义控制下畸形发展的资本主义,与发达城市对照的、完全被人遗忘的农村边远地区的落后状态),以及由此种秩序决定的美学思想,以打破资产阶级文化中法定的现实,达到变革的目的。

从1938年到1970年间,在智利社会现代化的过程中,部分旧贵族、资产阶级甚至小资产阶级对此格格不入(土地的垄断,工业化的加速进展,通货迅速膨胀,政治联盟不断变化,无产阶级大军增长,各种党派出现)。处于工业资产阶级和寡头之外的人,若要顺应发展的潮流,必须抛舍传统的生产组织和社会结构,同时应当清楚,必须与往昔的价值观决裂。这就是多诺索面对的具体形势,为他的小说创作提供了基础。《污秽的夜鸟》表明资产阶级的秩序,最后在社会怨愤造成的执着的精神分裂中瓦解崩溃。小说中反映的社会怨愤是智利社会中小资产阶级卑躬屈膝的那一部分。温贝托·佩尼亚洛萨在他神经质的梦呓中体验的只是他自己的思索过程,全然不顾现实,把自己的想法置于一切之上。

总之,对于处在消亡过程中的阶级,多诺索没有唱一支"天鹅之歌",而是唱了一支"污秽的夜鸟之歌"。这是一个虽仍处在统治地位,但此时已经历着危机和颓败过程的阶级的自我感觉。

当代具有明显的超现实主义特征的文学作品,其手法大部分基于心理分析。对《污秽的夜鸟》一书,不少评论家用弗洛伊德的泛性论观点来分析。对于性爱的描写,在多诺索的几部作品中全都涉及了:《加冕礼》中的安德烈斯小时候在厕所里接受了高年级同学极粗鄙的"性教育",因此,他一生郁闷、消极、庸庸碌碌。只有对年轻女仆的爱慕,才激发起他对生活的兴趣。爱情失败后,只好逃遁到疯狂之中。《这个星期天》中的阿尔瓦罗从小生活在孤独之中,与女仆的性爱给他慰藉,并给他终生无法解脱的影响,因此他难以和妻子和谐地生活。妻子切芭则在不满足中寻求心中的情侣。阿尔瓦罗与女仆,切芭与那心中的情侣,他们的眷恋关系表明,主仆关系已不像从前那样被严格地恪守,正在逐渐改变,但终究不能超越阶级的鸿沟。《没有界限的地方》对性爱的描写,更有如一幅色彩斑斓的超现实主义绘画,令人触目惊心。人的天性受到如此扭曲,进一步突出主题:人世间有如地狱,人们在其中受熬煎。曼努埃尔是个既叫人同情可怜,又令人不解、惹人生厌的人物,他坎坷的一生给人留下极深刻的印象。

《污秽的夜鸟》中对性爱的描写更具有象征意义,完全是为了突出主题服务的。在温贝托一生中有三次重大的被剥夺,性功能的被剥夺是最重要的一次。这不过是夸张地表明,居统治地位的资产阶级可以肆无忌惮地剥夺他人的一切,甚至包括他人的性。处于被剥夺地位的温贝托则企图利用性为武器,向主人报复。他与伊内斯的性关系正是为了打破禁忌,作为向上爬的阶梯。由于他的身份得不到伊内斯的承认,他才彻底失败,一怒之下,不再开口,当了哑巴。

现在让我们就小说的写作技巧、结构、语言等方面对作品稍加分析。

小哑巴温贝托的话是一种复杂的内心独白,他喜欢以不假思索的方式披露自己。他要把许多人物的话一个个地讲出来,这些人的话打破了若是小哑巴独白将造成的单调;同时这些话又能起到见证作用,即在小说中复述某个人的话写得如同真是这个人说的一样。还采用了"假想",即由张三想象在某种情况下李四可能说的话。因此温贝托是总结和概括所有人物的关键人物,整个小说中的众多人物不过是他所写的幻想小说中的角色而已,他们的为人、他们的生活都靠语言表现。有评论家说:"在多诺索的这部小说中,一切秩序都被打乱了,因为它本身反映的就是一个虚构的传说。"

《污秽的夜鸟》可以从许多角度来分析、解释,但无论从何角度都难以尽言:分割成许多片段、各片段之间的内在联系及规律,作品中包含的玄学,集体的神经错乱,神话的超人力量,迷乱、混杂的鬼怪世界……给人留下广阔的空间,令人遐想。

《污秽的夜鸟》中几乎借用了新小说中的一切技巧:回忆、内心独白、多层次的交叉对话、意识流、多条线索的相互穿插、时空秩序的颠倒……特别借鉴了电影艺术中的各种技巧。比如:"我发现你眼睛、额头、耳朵、眼皮、嘴巴周围像伤疤似的红色细腻的线条正在逐渐消失……"这好像是一部摄影机,从每件事物面前照过去,将它们展示给观众。

关于这部小说的结构,多诺索说:"……在黑暗中,一切都改变了,时间、映象和层次都改变了,把我自己也搞混了。"但我们不能以这种混乱来估价作品。越过那些含混、模糊的形象,仍能体现出一个复杂的结构,各种组成部分相互关连,相互呼应,都与题材、主题、人物诸因素有着内在的联系。可以说,这部作品结构复杂,题材有如多声部合唱,结构与题材相互配合,达到了完美的效果。

多诺索以前的各部小说风格基本是明快和谐的,着意追求典雅的简明,但这部作品的情况已大不相同,是存在主义写作手法的实验。他说:"不是我写了这部小说,而是这部小说在写我……我设计了四十个方案,看我最多能创造多少不同的方案……我把自己的'无意识'有意识地提出来,也就是说,一种有控制的无意识。我感兴趣的是捕捉幻影。"

小说的基本形式是以对话表现出来的内心独白,而读者并不总能轻易地区分什么地方是对话,什么地方是内心独白。此外这是一部敞开的实验性小说,其中涉及的东西具有无穷无尽的象征意义,这里犹如一片广阔的田野,随读者的遐想任意驰骋。可在这部作品中没有任何东西是随便乱写的,全部是作者根据题材以他丰富的写作经验悉心编织的,每一成分都有其内在联系。这错综复杂的迷宫是多诺索精心设计的。

谈到《污秽的夜鸟》的语言,作者运用的是相当纯粹的卡斯蒂利亚语,而不是曾流行于南美的过分考究和大肆雕琢的巴洛克风格的语言。他巧妙地运用各种手段,恰到好处地、纯熟地运用一种他称之为"贫乏"的语言。表面上看,情节的进展被中断,显得分散,没有结果,或是不合时宜,然而,这些地方大都是作者有意为之的。对此,多诺索说:"人们总是指责我的语言简单。这是因为事情就是这样发生的,此时就需要这样。我保留了和其他几部小说一样简洁的语言,但由于我正在说的话的内在需要而发生变化……我倒喜欢这种简洁,因为小说是编出来的故事,又不是演说。小说语言的问题并不在于是否贫乏或丰富,这个问题曾是现代派作家所关心的问题,可是到了如今,说起小说,这个问题已变得不那么重要了……"

至于何塞·多诺索属于哪派作家,有位记者问他:"有人说你属于'文学爆炸',还有人认为你是其中的坚强柱石,你以为如何?"多诺索回答:"我写过一本关于'文学爆炸'的书,区分了谁属于、谁不属于'文学爆炸'。我有意识地不把自己划入这一流派。尽管我认为,实际上'文学爆炸'的历史就是我的自传,但总而言之,不要把这件事看得过分重要,过分严重……属于'文学爆炸'的作家是巴尔加斯·略萨、加西亚·马尔克斯、科塔萨尔、富恩特斯……"他认为自己就是继承了上述那些作家,即一整代作家的传统。他说:"我是个模仿者,完全是个模仿者。"

以上综述了何塞·多诺索的生平、作品以及《污秽的夜鸟》的题

材、内容、社会意义、写作技巧、结构、语言等。衷心希望我们的读者
能通过这部作品,对这位大作家和拉美新小说有进一步的认识,这正
是我们西班牙语国家文学研究者们共同的真诚愿望。

段若川

1988 年春节于北京大学

献给我的父母

每一个进入少年的人都开始猜想，生活并不是一场闹剧，也不是一场优雅的喜剧。相反，它是被主观的根源束缚着，在一场缺乏精髓的悲剧最深处成长、受难。每一个人继承的天性，对于他的精神生活来说，有如一片莽林，林中野狼在嗥叫，污秽的夜鸟在哀鸣。

——亨利·詹姆斯写给儿子亨利和威廉

一

拉克尔·鲁依斯夫人接到贝妮塔嬷嬷告诉她布里希达一早死去的电话,伤心得失声痛哭。哭过一阵,她心头稍觉宽慰,遂在电话里要求嬷嬷说说详细情况。

"那个半服侍她的独眼女人阿玛利娅,我不知道您还记得吗?……"

"阿玛利娅……噢,当然记得,她……"

"喏,我跟您说,阿玛利娅给她煮了一杯很浓的茶,您知道的,布里希达晚上就喜欢喝浓茶。阿玛利娅说,布里希达那天夜里跟往常一样,睡得很沉。据说,布里希达上床躺下前,似乎还在补一件漂亮的奶油色缎子睡衣……"

"啊,亏了您告诉我,嬷嬷,上帝保佑您!我差一点忘了。您让人把那件睡衣包起来,叫丽塔拿着在大门口等我。那是我孙女玛露做新娘时穿的睡衣,就是那个刚结婚的孙女,我这一说,您准记起来了吧。度蜜月的时候,不小心卡在手提箱的拉锁里钩破了。这种活儿,我喜欢请布里希达干,一来让怪可怜的老太太解解闷,宽宽心,觉得自己仍然还是这个家庭的成员;二来嘛,干这种细巧的活,谁也比不上布里希达,她那双手可巧着呢!……"

丧事由拉克尔夫人一手操办:在布里希达安度过晚年的拉奇姆巴主教区静修院的小礼拜堂举行守灵仪式,拉克尔夫人还带着她所有的儿子、媳妇、孙女参加了为静修院里四十个被收容的妇人、五个孤女、三个修女举行的隆重肃穆的弥撒。鉴于这将是主教大人宣布拆除这处圣地前的最后一次弥撒,弥撒遂由阿索卡尔神父主持。弥撒后,如拉克尔夫人一直答应的那样,布里希达被安葬在鲁依斯家族的陵园里。很遗憾,陵园已经相当满了呀。拉克尔夫人通了几个电话,吩咐无论如何要想办法给布里希达腾出个位置。布里希达相信拉克尔夫人会说到做到,肯定会让她也安眠在那大理石下面,因此这可怜的老妇人最后几年心境很平静。用贝妮塔嬷嬷那虽陈旧却动人的说法:老妇人的死犹如渐渐熄灭的余火。暂时,自然只得委屈一下埋在陵园里的某些尸骨;时间紧迫,甚至来不及细细包好,就把一个死在异乡的小姐、几个身份日益模糊的男人的尸骨敛在一起,胡乱装在一只盒子里,勉强腾出一点地方。

一切都按照拉克尔夫人的吩咐安排妥帖。那些被收容的孤寡老妇,整整一个下午帮我在小礼拜堂里悬挂黑布条,布置灵堂,以此打发她们无聊的生活。几个和死者要好的老太婆,给死人擦洗了身子,梳理了头发,装上了假牙,还穿上了最精致的内衣。临到给死者穿寿衣时,老太婆们哭天抹泪,唉声叹气地争论了好一阵子到底穿什么最合适,最后才选定那件深灰色毛衣和那条玫瑰红披肩,喏,就是布里希达用薄纸包着藏起来星期天才披的那条。我们把鲁依斯家族送来的花圈摆在灵柩四周,点上了守灵蜡烛。给拉克尔夫人这样的主人当仆人倒真是值得! 心地多好的夫人! 可是,我们当中有几个像布里希达那么有福气? 一个也没有。远的不说,就说上星期,那个苦命的梅塞德斯·巴罗索,来拉她尸体的竟是一辆公共慈善机构的运货车,甚至车身还不是黑色的。说来你也许不信,还是我们在院子里折了一些红色的天竺葵装点了一下棺材。她家的老爷太太打电话给可怜的梅切①时说得多好听:你等着,亲爱的,你等着,要耐心,到夏天就好了;不,等我们避暑回来就好了,你是不喜欢海滩的,你还记得吧,海风一吹,你就一阵阵难受;等我们回来,你会看到一座带花园的新别墅,你一定会十分高兴的,别墅的车库顶上还有一间你理想的房子……可是瞧见没有,等梅切一死,她家主人连殡葬费都不掏。可怜的梅切! 多苦命哟! 她呀,讲起笑话来真是逗死人,脑子里装满粗俗的笑话,也不知道她打哪儿听来的。可是,瞧,布里希达的葬礼就完全是另一个样子:有花圈,是真正的花圈,用白的和其他颜色鲜花扎成的,那全是葬礼上该用的鲜花;花圈上还都带着名片呢。棺材运来后,丽塔做的头一件事就是伸手摸摸棺材底部,看看棺材这一部分是否像过去的头等棺材那样漆得十分光亮:我见她嘴唇微微牵动,点头表示满意。布里希达的寿材做得不错! 拉克尔夫人连这一点都考虑得那么仔细周到。没有什么令我们失望的:拉灵车的是四匹高头黑马,马身上披着黑纱,马头上套着羽冠;鲁依斯家族锃光雪亮的汽车沿人行道排成一线,静候送葬队伍出发。

可是,送葬队伍一时还出发不了。到临出发前最后一分钟,拉克尔夫人突然记起在她那间库房里还有一辆自行车,虽然有点坏,不过稍稍修理一下,是可以在圣彼得和圣保罗节当礼物赠给她家的花匠的。我说,小哑巴,带上你的小推车,把那辆自行车给我拉来,叫我的司机装在车后面,顺便拉走,省得我再跑一趟。

"这么说,拉克尔夫人,您不想再来看我们了?"

---

① 梅切,梅塞德斯的爱称。

3

"来,我自然会来的,不过得等伊内斯夫人从罗马回来。"

"您有伊内斯夫人的消息吗?"

"没有。她这个人不爱写信。现在既然举行宣福礼这件弄得众人皆知的事已不成功,赫罗尼莫已经签字,同意把阿斯科伊蒂亚家的静修院让给大主教辖区,她也许会夹起尾巴,连明信片也不会寄的。倘若她再在罗马逗留,迟迟不归,那么除非出现奇迹,否则,她绝不会看到这座静修院还依然存在。"

"阿索卡尔神父曾给我看过圣婴城的设计图。嗬,真漂亮哟!您要是看到那些大玻璃窗!……看了那些图纸,我稍稍得到了些安慰……尽管这是最后一次在这个礼拜堂里做弥撒。"

"那是阿索卡尔神父的鬼话,贝妮塔嬷嬷!您可别太天真!他可是个玩政治把戏的神父,坏透了。赫罗尼莫·阿斯科伊蒂亚转让给大主教的这份地产是非常、非常、非常值钱的。圣婴城!哼!我敢打赌,静修院推倒后,这块地皮准会分成若干片被卖掉,至于卖地的钱,肯定像盐块掉入水里一样无影无踪。哎呀,嬷嬷,这个小哑巴,怎么这么磨蹭,布里希达还等着我们去安葬呢!小哑巴钻到什么鬼地方去了?当然喽,这里地方太大,要穿过那么多走廊、回廊跑到我那间堆放杂物的库房是要费些时间,何况小哑巴又那么瘦小体弱的。不过,我实在等腻了,我要去安葬布里希达了,我要走了,唉,这一切,埋葬这么一个生命,对我来说实在刺激太大。要知道,可怜的布里希达只比我大两岁,我的上帝,我为了兑现自己的诺言,把自己在公墓里的位置让给了她,让她的尸骨在我的墓穴里渐渐腐烂,用她的遗体焐暖我的墓穴,等我死后,搬出她的尸体,我的遗体在墓穴中不会冷得发抖,不会感到害怕,把我的墓穴让给她,这是我眼下履行诺言唯一可行的办法,要知道,现在连多少年来和我素不往来的亲戚都在要求葬在公墓里，我现在可不怕他们来抢我的墓穴，布里希达躺在那里，为我保留着那个位置，用她的身子在温暖我未来的葬身之地，就像她生前在冬天里为我铺好被子一样：塞进一只热水袋，待我在外面跑累了回来，可以早早地钻进热烘烘的被窝。可是，一旦我死后，她就得离开我的坟墓，给我腾出地方来。我能有什么办法呢？是的，是的，布里希达，我会请律师帮忙剥夺那帮混账亲戚的权利，可是，我怀疑我们能否打赢这场官司……你还是得离开。这可不能怪我。到时，我已做不了主了，布里希达，我怎么会知道我死后他们会干些什么。你可千万不该怪我对你不好，我一切都已经依了你，可是我担心，当他们把你从墓穴里搬出来后，他们对你这堆与任何人都不相干的尸骨会怎么处理……不过，谁知道再过多少年我才会咽气，幸亏我现在身子骨还挺硬朗。你瞧，今年冬天，我一次也没感冒，一天也没病倒在床上，贝妮塔嬷嬷，什么病痛也没有，可是，我那些外孙倒有一半得了感冒，我的女儿纷纷打电话给我，求我去帮忙，因为连她们家的女佣都病倒了……"

"瞧您多有福气！可我们这里呀，几乎所有被收养的老太太全病倒了。不过，这也不奇怪，静修院里那么冷，再说，煤又那么贵……"

"瞧见没有？这简直荒唐透顶！一边在大吹特吹什么圣婴城，另一边呢，瞧瞧，这些老太太多惨。我回到庄园以后，就吩咐人给她们送点东西来。今年收的粮食，我不知道还剩下多少，不过，好歹我会给她们送点来，也好让她们记着可怜的布里希达。赫纳罗，自行车放得下吗？"

司机坐到拉克尔夫人身旁。现在可以出发了：赶车人跳上灵车，儿媳妇戴上网眼手套准备攒拉缰绳，那几匹黑马不耐烦地用前蹄刨着地,静修院的一帮老妇人裹着斗篷,眼泪汪汪,哆哆嗦嗦,不住地咳嗽着,走到院外的人行道旁,目送灵车和送葬队伍。拉克尔夫人正要吩咐动身,我走近她的车窗,递给她一个包。

"是什么?"

我没作声,垂手站着。

"啊,原来是玛露的睡衣! 上帝! 亏了这个可怜的小家伙提醒我,我差一点忘了,要不,我又得老远地到这儿来跑一趟。谢谢你,小哑巴。哎,别走,等一等,嬷嬷,让小哑巴等一下。喏,拿着,给你买几支烟抽,解解你的烟瘾,拿着。赫纳罗,按一下喇叭,叫送葬的人出发吧。那么,再见了,贝妮塔嬷嬷……"

"再见,拉克尔夫人……"

"再见,布里希达……"

"再见……"

最后一辆汽车从拐角消失以后,贝妮塔嬷嬷、我,还有那帮嘴里不住嘀嘀咕咕的老妇人便都反身走进静修院,朝各自的院子走去。我关上大门,然后上锁落闩。丽塔关上了那扇颤颤悠悠的玻璃屏风。一个落在后面的老太婆从大门的细砖地上捡起一朵白玫瑰花,满脸倦容,懒洋洋地打了个哈欠,把花插到发髻上,然后穿过回廊去找她的老朋友:她那盆稀里咣当的粥汤,她那条披巾,她那张床。

在一条走廊的楼梯口,这帮孤女停住了脚步,前面有一道我早先用两条木板交叉钉死的门。其实,我已经把钉子撬松,好让她们轻而易举撬掉木板上楼去。孤女们拔掉钉子,取下木板,扶着伊里斯·马特卢纳上楼。走呀,大肚子。可是我害怕。那楼梯没有扶手,还少了好多梯阶,经坐着大肚子的伊里斯一踩,咯吱咯吱直响。她们爬得很慢,仔细看着什么地方可以下脚,免得一脚踩空,统统掉下去;她们小心翼翼地寻找结实的地方,好把伊里斯连拉带推地扶上楼去。还是十年前,贝妮塔嬷嬷叫我把这些门封死,让大家彻底忘掉静修院的这一部分,也省得再打扫。要知道,我们人手实在不够,小哑巴,还不如让它空关着自生自灭,省得我们操心。就这样,一直到这五个无所事事、终日在静修院东游西逛的孤女发现打开这道门可以上楼,直通围着各院子建筑的封闭式游廊。上呀,姑娘们,别害怕,大白天有什么可害怕的,上去瞧瞧有些什么;能有什么呢,什么也没有,有的不过是秽土积尘,就如整个静修院里一样,不过,至少正因为据说随时会倒塌而禁止入内,这里反倒引人好奇,有点意思。埃利安娜告诫大伙儿别出声,免得被人在下面发觉。虽说静修院里的嬷嬷和老太婆们都聚在门口向布里希达的遗体告别,今天不至于有太大的危险。不过,小心为妙,千万别大意,贝妮塔嬷嬷心境不太好,你们不能干点有用的事吗?一帮讨厌的丫头,去,把那些东西收起来,把那些该洗的盘子和勺子洗干净,一会儿就洗完了,把餐巾叠好,数一数,扫扫地,洗洗东西,哪怕洗洗你们自己的衣服也好呀,快去呀,你们这些脏得跟猪一样的懒丫头,别一天到晚老是玩……嘘——姑娘们,嘘——小心点,待会儿就要挨罚了……

她们沿着游廊转到一个院子,又转到另一个院子,一直来到一扇门前,埃利安娜推开门:房间里有二十张锈铁小床,有的散了架,有的缺了腿,有的短了轮子,有的钢丝床绷残破,分两排靠墙摆着,犹如寄宿生房间的床铺。两扇一模一样的窗户,又高又窄,窗台很宽,窗玻璃齐人高漆成巧克力色,为的是让里面的人除了透过铁窗栏看见天上的浮云,别的什么也看不见。这两扇窗原先也是我用钉子钉死的,现在我也把钉子撬松了。她们知道这情况,所以当那四匹披着黑纱的马拉着布里希达的灵车启动时,她们及时打开了窗户。嗬,后面还跟着九辆汽车,埃利安娜数了数说,不对,是八辆,米雷利亚反驳,不对,是九辆嘛,不对,明明是八辆,是九辆。送葬的行列一走远,附近的小淘气们又呼一下拥到马路上东奔西突踢起球来。好球,里卡多!射门呀,米托!追呀,使劲抢,卢乔,传球,好,射门,哈,进啦,进——啦!米雷利亚尖声尖气地喊着,祝贺她的朋友们攻进一球,她拼命拍手鼓掌,朝她的朋友们打手势。

伊里斯在她们的身后,她懒洋洋、昏沉沉地坐在房间尽头一张钢丝床上,打着哈欠,胡乱地翻着她手中的那本杂志。那帮丫头朝行人做着鬼脸,扯着嗓子跟她们的朋友闲聊,一个个坐到窗台上,朝底下走过的一位夫人起哄,不时打着哈欠。天色开始暗下来了,伊里斯喊了一声埃利安娜。

"叫我干吗?"

"你不是答应给我念水手波佩耶和小狗普卢托的故事吗?"

"不念,上两次给你念故事的钱,你还欠着没给呢。"

"今天夜里我去和'巨人'幽会睡觉,明天准给你钱。"

"那我明天给你念。"

说完,埃利安娜又走到窗台跟前。路上的街灯已开始点亮。对面那家,一个女人打开阳台门,一面梳着深栗色的长发,一面朝街下望着。她啪一下打开收音机,哒特,哒特,哒特,哒哒哒特,哒特,哒哒特,电吉他刺耳的切分音和瓮声瓮气的沙哑歌声顿时涌进房间,刺激得伊里斯噌地从床上跳下来,站到两排小床中间的过道上。来,跳个舞给我们看看,希娜,众孤女在一旁给她鼓劲,跳一个,就跳一个。她带着母马的神态,甩着鬈曲的长发,一扭一摆地,沿着小床间的过道,缓缓地朝前走去,眯缝着的眼睛里透出销魂的神情,俨然小说里描写

8

的那些艺术家。啊,我现在情绪来了,我也没有哈欠,我要像那个叫希娜的艺术家,就是埃利安娜给我念过的科林·特利亚多①小说里描写的那个生活在一帮黑心嬷嬷的静修院里的希娜一样跳舞。伊里斯收住脚步,在口袋里掏了一阵。她掏出一支紫色口红,在嘴唇上抹了起来:当她抬手用那支吓人的深色口红涂抹嘴时,幼嫩的胳膊一下子全裸露了出来。行了,希娜,跳吧,跳给我们看看,她便在小过道里边走边跳了起来。哎,好好跳,扭呀,扭起来,对,对,再扭,动作大一点,再大一点。埃利安娜在窗台上点起两支她从布里希达灵堂里偷来的蜡烛:她只能做做这种鼓动捧场的事,她人小,街上那帮小伙子从来不在下面叫她,而总是叫伊里斯;她没有隆起的乳房可以显示,也没有丰满的大腿可以炫耀。她把其他几个女孩子赶到另外一个窗口,把伊里斯扶上窗台。

"瞧见没有,希娜,'巨人'在那儿。"

"你大声跟他说,等那些老太婆躺下后,我就出去。"

"那些男孩想看你跳舞。"

现在被蜡烛照得通亮的窗台上只剩下她一个人。她扭动着屁股,用手从上到下抚了一下身上的毛线衫,把它紧紧地束在裙子里,让丰隆的乳房显得益发高耸,然后,顺手撩起裙子,露出两条肉乎乎、颤悠悠的大腿。与此同时,她用另一只手绾起长发,噘起两片嘴唇,仿佛要疯狂地亲吻什么。街上,陆续聚到路灯下的人不住地朝她鼓掌。在对面阳台上梳着头发的那个女人,放大了收音机里乐曲的音量,双肘支在护栏上观看。伊里斯开始跳起来了,先跳得很慢,只是

---

① 科林·特利亚多(1927—2009),西班牙多产的浪漫派小说家,出版了四千多部作品。

两条大腿互相摩擦着,后来,整个身子随着疯狂的巴巴卢舞的节奏摇摆、抖动、旋转,披散的头发甩得老高,张开双臂,摊开双手,仿佛要寻找什么东西或什么人似的。她转啊转啊,转了一圈,又转一圈,忽而弯曲身躯,忽而挺直胸膛,忽而脑袋后仰,忽而满头的秀发向前甩动,浑身上下随着摇摆舞、扭摆舞或我也说不清楚是什么舞的旋律节拍抽动着,反正一个劲儿扭动着,旋转着,露出大腿和遮羞的内裤,抖动着乳房,伸着火辣辣的舌头。她就这样在窗台上跳着,博得别人的掌声,博得大街上人的喝彩。他们朝她喊道,跳得好,接着跳,希娜,小乖乖,接着跳,小美妞儿,把你的乳房抖动得再疯狂些,哎,把裤衩脱掉,光屁股跳,啊,让静修院着火吧,让咱们都着火吧。"巨人"戴着他那个纤维灰浆的大脑袋面具,走到街中心也跳了起来,仿佛他在伴着伊里斯跳一样。伊里斯在上面,关在她那座悬在静修院侧翼、被灯光照亮的笼子里,摆臀、扭腰、旋转、跳跃、狂叫,好似一个久居壁龛而变疯了的圣母,忘情地舞蹈着。"巨人"跳着来到对面人行道收住舞步,朝上喊道:希娜,希娜,你下来,咱们去睡觉吧。喂,伙计,你来对她说,我套在这个该死的纤维灰浆面具里说话,她听不见。

"希娜,他叫你下来!"

"喂,埃利安娜,你问'巨人',他今天带了些什么来送我,要是没带礼物,我不下去。"

"他说,今天没带钱,不过,他带来五本科林·特利亚多的杂志和一支旧口红,但是质量不错,还带了一个金盒子。"

"是镀金的吧,纯金的可贵呢。"

"你别要他那些破玩意儿,伊里斯,你别犯傻。你得把他的钱掏出来好还清欠我的给你念杂志的钱。"

"你要不给我念,我也可以叫米雷利亚念的,这有什么了不起的。"

"要知道,你喜欢我念的,因为,其实我是给你讲故事,还给你做解释,要不是那样,你根本听不懂。我跟你说,伊里斯·马特卢纳,我要不给你念,不给你解释科林·特利亚多发在杂志上的小说和《唐老鸭》,你在静修院这个鬼地方,准会腻烦死……"

伊里斯抓住窗栅往下瞧:是他,两只盘子那么大的眼睛,一副从不生气、永不改变的笑容,他是个好人,我们俩纵情地性交,他一遍又一遍地叫我希娜,还有那弓形的眉毛,配上额头的皱纹,犹如戴着一顶离奇的帽子……是他,他愿意和我结婚,因为他就喜欢我跟他睡觉的那股样儿。他会带我去看那些歌舞片,而不必非要讨厌的埃利安娜给我念什么小说。"巨人"还会带我到市中心的一座大楼里去,在那儿参加跳舞比赛,得奖。听说,舞跳得最好的女孩子会得到抹脸的胭脂,然后还会拍成照片,登在所有的杂志上,这样,埃利安娜那个蠢货、丽塔夫人、小哑巴、贝妮塔嬷嬷、姑娘们,以及所有那些老太婆都会看到我的照片出现在各种杂志上。

"要是今天'巨人'不给你钱,你拿什么来付我报酬?"

伊里斯耸了耸肩膀。

"你必须在结婚前,把钱付清,你听着,不然的话,我就把你交给那些带走你老爸的警察,强迫你交钱,你要不拿钱出来,也同样把你抓起来。这样吧,你若给我今天'巨人'要给你的两本杂志和那支口红,咱们的账就算清了。"

"你把我当作傻蛋吗?一本杂志,口红给你抹两次,咱们谁也不欠谁……"

"就依你的。不过,那支口红用完后,你得把盒子送给我。"

"一言为定。"

贝妮塔嬷嬷一动不动地在门房里待了一会儿,又着手,闭着眼。丽塔和我无言地等着,等她挪动身子,等她睁开眼睛。少顷,她果然动了动身子,睁开眼,朝我做了个手势,示意跟她走。我早知道我得弓着腰,拖着瘦弱的身子,拉着我那辆小车跟她走,就像她那个白痴儿子拖着一架玩具一般,我也知道她要我跟着她去干什么。这种事,我们已经做过多少回了:打扫死人的房间遗物。把死者的遗物分给她的朋友们,拉克尔夫人这么吩咐过;噢,不,分给她的同学们,拉克尔夫人纠正道,仿佛这里是一座女子学堂似的,我不想看布里希达的房间,啊,我的圣母,我不想,我不愿去查看什么,再说,也不会有什么值钱的东西,所以我不去看了。那些东西,贝妮塔嬷嬷,您看着办吧,要不,干脆就送给那些可怜的老太婆吧,布里希达在这静修院一向很受人爱,那些老太婆得到她的任何纪念品都会感到幸福的。

　　我随着贝妮塔嬷嬷,拉着那辆四轮平板车沿着回廊向前走着,车上放着扫帚、水桶、抹布、掸子。在厨房的院子里,一堆老婆子围着安塞尔玛嬷嬷,在院子尽头削土豆……布里希达的葬礼真不赖……拉克尔夫人的大衣还是法国式的,据说又来了不少……那个车夫留有胡子,我不明白该不该让头等车的车夫留大胡子,这总归缺点礼貌吧……这个话题可以谈上几个月。远处另有一堆老婆子,早已忘了丧事,忘了布里希达,趴在一只装糖的箱子上,专心致志地玩着牌。小心台阶,嬷嬷,这是台阶,不是影子。我们走进另一个院子,喔,这不是布里希达住的院子,于是,我们又沿着一条回廊接一条回廊继续往前走,走过一个个、一排排的空房间,有的门敞开着,有的门紧闭着,反正都是空荡荡的屋子,门开着关着都一个样。许多房间,玻璃窗破残不全,积尘累累,干裂剥落的墙面,笼罩着昏暗的阴影,一只鸡正在啄着年久裸露的土坯觅食吃。走过一个又一个院子：洗衣房的院子，不过现在已不洗衣服了；修女的院子，不过现在已不住修女了，因为眼下只剩下三个嬷嬷；棕榈林院子；椴树林院子；这个，无名院子；埃尔内斯蒂纳·戈麦斯院子；饭堂的院子，不过没有人使用这个饭堂，那些老婆子宁愿待在厨房里用餐；无穷无尽的被没完没了的通道连接起来的院子和回廊，不计其数的我们已无意再打扫的房间，尽管不久前您说要打扫来着。小哑巴，这几天里，等咱们有了空，带上扫帚、掸子、抹布、水桶、肥皂，把所有地方都打扫一下，没瞧见，这都成了垃圾堆，恶心死人了。留神，嬷嬷，到时我会帮你干的，咱们绕开这堆破砖乱瓦走吧，最好顺这条回廊走，尽头是另一个不在同一平面上的院子，不知派什么用场。院里有不少房间和柱廊，现在各个房间里蛛网密布，挡去不少回声。至于各条柱廊却遗留着匆匆过客们的回音，也许是耗子、猫、鸡、鸽子在这座尚未完全倒塌的围墙的废墟间相互追逐时发出的声响。

　　我在贝妮塔嬷嬷的前头带路。那一排用洋铁皮、破木板、马粪纸、树枝搭成的棚屋，那灰不溜秋、摇摇欲坠的模样，仿佛是用老太婆们玩旧了的破纸牌搭就的一般。您曾经好几次劝那些老太婆搬到房间里去睡来着。这里的空房子有好几百间，诸位随便挑，爱住哪间就住哪间，我和小哑巴会给诸位安排的，准让诸位住得舒舒服服。不啦，嬷嬷，我们不敢住，房间太大，太高，墙又太厚，那些房间里兴许死过人，或者念过经，真叫人害怕，再说，那些屋子太潮，容易得关节炎，房间又黑又大，太空荡荡，我们不习惯住这么空荡荡的大房间，我们是用人，只习惯住那种主人家后院的、堆满杂物的小屋。不，不，贝妮塔嬷嬷，您的好意，我们心领了，不过，我们还是愿意住在这些靠着走廊搭起来的简陋的小破屋里，我们愿意相互间尽可能挨得近些，听得见隔壁屋里人的呼吸声,闻得到隔壁破屋里的旧茶叶味,感觉到薄壁另一侧的伙伴睡不着觉、在床上翻来覆去的声音,听得见咳嗽声、放屁声、肚肠咕咕叫声和梦话。只要我们这些老婆子挨得近近的,我们才不在乎从板壁缝隙中钻进来的冷风,不在乎我们之间会有嫉妒、贪心,不在乎我们会吓得咧开没牙的嘴,瞪大满是眼屎的眼睛。傍晚,我们可以成伙结帮地去礼拜堂做弥撒,单个人去我们可是不敢的,一起去,我们可以互相间拉着褴褛的衣衫,穿过回廊,穿过地道一般没完没了的过道,穿过昏暗无光的柱廊,否则,冷不防有只飞蛾扑到我脸上,也会吓得我惊叫起来。一个人在暗里走,有东西突然碰到你,又看不清是什么东西,怎么能不害怕?我们结伴走,就可能驱散夜幕降临时从廊梁上投下、在我们眼前渐渐伸展开的阴影。哟,那个用木炭描眉的健谈的老婆子走来了,那是阿玛利娅。下午好,阿玛利娅,你别太伤心了,你在这儿等我一会儿,收拾完布里希达的屋,我有话跟你说。不用,不用,谢谢你,跟平时一样,小哑巴会帮我干的,你瞧,他正在开布里希达小屋的锁。罗莎·佩雷斯也来了。下午好,卡梅拉,不错,不错,他们会来找你的,你等着吧,亲爱的,可是,你已经等了十年啦,还是一个人也没等来,听说,拉斐里托租了一幢楼,还空着一间屋呢。您瞧,贝妮塔嬷嬷,这撮我一直保存着的头发,就是他的,是他小时候我照看他那会儿的,瞧瞧,就像嫩玉米那么金黄,不像其他人,丝毫没有苹果露的甜腻劲儿,所以我不等它颜色变深,就剪一撮下来保存着,可惜现在听说他头发都掉光了。前些天,我给他打过电话,可是他现在那个新夫人要我改天再给他去电话,那就等着吧。卡梅拉就像所有的老太婆那样,把手叉在胸前等着,两眼透过积得厚厚的白翳,凝视着,期待着,万一能瞧见什么,可是那白翳却在扩大,在增厚,开始挡住一点光,逐渐挡住越来越多的光,最后,全部、全部的光线被挡住,突然眼前一抹黑,什么也瞧不见,连喊都喊不出声来。要知道,在黑暗中根本找不到呼救的声音,只会在黑暗中下沉,下沉,说不准哪天夜里,就会像布里希达前天夜里的遭遇一样,完全消失在冥冥之中。在等待的同时,老太婆们如她们这一辈子所干过的那样,或扫扫地,或补补衣袜,或洗洗涮涮,或削削土豆,洗洗该洗的东西,削削该削的东西,只要是无须多大气力就可干的活,因为气力她们已所剩无几了。日复一日,周而复始,今天早晨是昨天早晨的重复,明天下午又是今天下午的重演。坐在某个院子的水沟旁晒着太阳,一边驱赶着停在她们下巴上、叮在她们脓疮上的苍蝇,或双肘支在膝头,双手托着腮帮,神情倦怠地等待着谁也不相信会等来的时刻。她们等待着,就如以往在别的院子里,背倚着其他的壁柱,靠在其他的玻璃窗后面所等待过的那样,或者像装点梅塞德斯·巴罗索的薄皮棺材时那样,折红色天竺葵解闷自娱,消磨时光。虽说不过是几枝干巴巴的天竺葵,好歹苦命的梅切不至于离开人世时一朵花也没有。唉,天哪,没见她跳着伊里斯·马特卢纳教她的那些摇摆舞、扭摆舞时,那样子多逗人呀,其他的姑娘,还有我们这些老太婆,都用手打着拍子,给伊里斯和梅切伴奏……可怜的梅切……她兴许就是在像现在这样刚开始擦黑的一个夜里,纯粹因为太胖才死的。

来,让我朝后退退,好让您进去。这里,将就放着那个带镜子的梳妆台和那张单人铜床。床上的被褥只稍稍有点乱,乍一看,几乎看不出四十八小时前曾有个女人死在这张床上,布里希达在这里还活着。她的身子虽然已经开始腐烂,可这里的一切还都是她的,还保持着另一个活着的布里希达:这种她特有的井井有条的布局,这些随着她的兴致和怪癖逐渐消耗的物品,这种附庸风雅的做法,都说明这一点。您瞧,贝妮塔嬷嬷,她是如何在圣母升天图的一角点缀几枝棕枝主日的棕榈叶的,她又是如何用圣诞礼品纸精心包裹您曾经用来插花的可口可乐瓶的。瞧,鲁依斯家族的画像。圣徒像。她那双巧手曾经复原过几件绣花的神父法衣,可是都被阿索卡尔神父拿走了,说那都是十八世纪的珍品,相当珍贵,不能白白搁在这静修院里听任它逐渐毁掉。贝妮塔嬷嬷,那可是这里唯一值钱的东西,其他的一切统统不过是垃圾,简直难以相信,这个国家的政府居然没有本事在这里集中一点儿除了污垢灰尘之外别的什么东西。您只用手指轻轻碰了碰那张梳妆台,没有移动那些整整齐齐摆在洁白、纤薄、上过浆的台布上的东西:顶针、针线盒、锉刀、小剪子、镊子、指甲钳。贝妮塔嬷嬷,您和我今天来这里就是为了把这个活着的布里希达肢解掉,把企图活在这些整整齐齐排列着的东西之间的布里希达瓜分、焚烧、扬灰、消灭、清除掉她的痕迹,以便明天或后天有人送来的老太婆来时,可以踏进这个房间,用自己特有的方式——尽管大同小异,但毕竟明显是自己的方式在这里了却余生。新来的老太婆将取代布里希达,就像当初布里希达取代……我不记得布里希达来之前,住在这屋里的那个沉默寡言、满手肉瘤、畸形的老太婆叫什么了……

贝妮塔嬷嬷正开始清理布里希达小屋的消息在静修院不胫而走。其他院里的老太婆闻风纷纷赶来看热闹捡便宜。贝妮塔嬷嬷素来不喜欢伸手讨东西的人,所以,起初那些老太婆不敢太靠近,只是默默无语地在远处转悠,或者悄声低语,在门前来回溜达,一点一点地挨近。有个老婆子壮着胆子在门前停了一会儿:她朝您天使般地微微一笑,冲我挤了挤眼,我也冲她挤了挤眼。她们在门前转悠的脚步愈走愈慢,最后简直就不动了,好似一群苍蝇叮在一滴糖汁上,黑压压地堵在门口,叽叽喳喳,哼哼唧唧,推推搡搡,直到您要我把她们统统轰走。去,小哑巴,把她们全给我轰走,都滚开,上帝啊,让我们安安静静地干活,待会儿我们会叫你们的。老太婆们这才又稍稍走远了些。她们坐在回廊的廊沿上,背靠壁柱,双手不安地搓揉着裙子。瞧布里希达那条蓝缎褥子,听说是纯羽绒的,不知会给谁。我想,这种好东西拉克尔夫人准会带回自己家去的。瞧那收音机,苏尼尔达,我敢打赌,准会送到拍卖行去,收音机很值钱呢。我呀,真想有一台布里希达那样的收音机,她星期天就是抱着收音机躺在床上听弥撒的,要是天冷的时候,我也能在星期天躺在床上听弥撒,那该多舒坦呀。喏,那条黑披肩,克莱门西亚,我跟你说,就是有一天我和你说起的那条黑披肩,瞧见没有,那是玛露小姐送给她的生日礼物,可她从来没有用过,为什么? 你没看出来? 布里希达不喜欢黑颜色……那披肩肯定还是新的呢……

您着手掩饰死者床单上谁也不曾目睹的弥留时的气息和痕迹:拿去洗一洗。我掀起两层床垫,拿到过道里去吹吹风。您撩起铺在床垫下防床绷铁锈的那层细棉布:嗬,钢丝床绷下简直是个铁笼子,暗藏着各种小虫子,几十只、上百只大的、小的、长的、短的、方的、扁的、硬的、软的,以及不成形状的纸包,还有用带子捆着的纸盒、一团团的绳子或羊毛、破肥皂盒、单只的鞋、空瓶子、瘪灯罩、覆盆子色的泥瓦匠帽,所有这一切都静静地躺在一片白茫茫、毛茸茸的尘埃下,只要略略一动,甚至眨眨眼皮,轻轻呼吸,那絮状的积尘就会弥漫整个屋子,弄得我们睁不开眼,透不过气,这时,那些藏在破布团、旧杂志、伞骨架、纸盒、盒盖、盒盖碎片里,乍看一动不动的小虫子就会朝我们群起而攻之。不光是床底下堆着许许多多的纸包,您瞧,贝妮塔嬷嬷,梳妆台下面,梳妆台和板壁之间,墙角布帘后面,各方各处,旮旮旯旯,凡是看得见的地方,到处都是一包包东西。

您别这样,垂着手不知所措。您也许不太了解布里希达这个老太婆就喜欢收集破烂,不怕灰尘吧? 她使您感到迷惑不解了? 嬷嬷,您可不知道,这个老太婆呀,比这个静修院还要难识真面目呢:针线盒、小剪子、指甲钳、白线团,不错,一切都在白桌布上摆得井然有序,这是有目共睹的,非常动人的,可是现在,您却冷不丁面对这另一个不勤快认真的布里希达,全然不是那个在浆过的桌布上展示出来的布里希达,那个葬礼如王后一般的、孤老太婆中的王后,她躺在干净的绣花床单上,只需用她那双灵巧的手或亲切的目光稍做暗示,其他老太婆就明白她的意思;她只需一唉声或一叹气,就等于发号施令;她只需手指一动,就可以改变其他老婆子的生活。不,您不了解她,您也不可能了解她。贝妮塔嬷嬷的眼睛不往床底下看,也不往那些隐蔽的角落看,她宁愿待在这一边,表示同情,提供服务,尽管这意味着要累死累活地干,就像您多少年来在这座该死的静修院里,为这群行将就木的老太婆累死累活地干一样。这座该死的静修院简直被白痴、病鬼、可怜虫、无家可归者、刽子手、牺牲品包围了,这些人挤在一块儿,互相埋怨,忍饥挨冻,您绞尽脑汁,煞费苦心,竭力想帮助她们,她们那种想得到一切照顾的老年人的无序的样子几乎要让您发疯……可怜的老太婆们,总得为她们做点什么,是的,您累死累活地干,到头来却不了解布里希达的另一面。

您叹口气,弯下身去从床绷下取出一只用马尼拉纸和细绳包扎的方形纸包。我用抹布掸了掸,我们赶紧捂上鼻子,因为包上积满了毛茸茸的尘土。您慢慢地打开纸包,里面是一只纸盒,就是那种照相馆寄送照片的纸盒,盒面上印着花朵图案,一角上有照相师的烫金签字,不过盒里并无照片。我把纸连同盒子拿到院子当中,扔在地上,等收拾完以后,把从现在起堆起来的乱七八糟的东西点火烧掉。老太婆见状一齐拥来,想从中刨出点什么来,但是,她们所获不多,很可怜,简直可以说一无所获。当然喽,现在才开始嘛,待会儿会有收获的。因为,布里希达是个富翁,有人说,她简直是个百万富翁。关键是要多等一会儿。众老太婆或站在回廊里,或踱来踱去,眼睛一眨不眨地盯住我们。

您找到的东西,没有一样不是用纸包起来的、用绳扎起来的,没有一样不是包在什么别的东西里面,裹成一团的破衣服、一打开包就支离破碎的破玩意儿、一只咖啡杯的瓷把、几段盛装华服上的镀金缎带。反正,是一些纯粹出于收藏、包扎、保存的嗜好而收藏的破旧货。这一大堆没有生命的、千篇一律的东西,不会告诉您什么秘密,贝妮塔嬷嬷,如果要您接受这样的看法,即您和我,还有这些活着的以及那些死去的老太婆,我们这些人统统都被包在这些您出于对人的尊重、要求有某些意义的纸包里,那未免有些过于残忍。既然苦命的布里希达捆扎了这么多纸包,一向重感情的贝妮塔嬷嬷暗忖,准是为了打出一面旗帜表示:我要生存,我要自我拯救,我要保存自己,我要活下来。可是,嬷嬷,我可以向您保证,布里希达要确保自己生存的办法远要复杂得多……纸包,不错,确实是办法之一,所有的老太婆无一不捆扎纸包,藏在她们的床底下。

打开纸包看看,小哑巴,兴许有什么要紧的东西,有什么可以……她没能把话说完,她怕由此说出什么语无伦次的想法。她暗暗猜测,待解开线绳,抖开破布,打开信封或盒子,也许会看到某件还值得留下来的东西。不,统统都是垃圾货,除了破布还是破布,要不就是废纸,或者是一团带着陈年血迹的发黑的棉花;可是,还里三层外三层地包着。瞧见了吧,贝妮塔嬷嬷?包里的东西是分文不值的,重要的是包扎本身。我把那些垃圾货统统堆到院子里。老太婆们蜂拥而上,在垃圾堆上乱刨一通,乱抢一场,时常为了一个软木塞、一块小铜片、几枚藏在茶叶盒里的纽扣、一只鞋底、一个钢笔套争得面红耳赤，吵个不亦乐乎。时常有这种情况，当我们清理某个刚死的老太婆的卧室时，在她的遗物中会发现某种我们熟悉的东西:譬如，眼下这只挂布帘的黑木环，就是上周梅塞德斯·巴罗索去世后，我们亲手扔到垃圾堆里去的，而梅塞德斯又是莫名其妙地从另一个死者留下的一大堆垃圾里捡来的，而那个死者，又是从另一个死者的遗物里找来的，依次逆推……

刚才朝我挤挤眼的缺牙老太婆，在试戴一顶覆盆子色的浴帽，然后在其他老太婆的掌声下，一扭一摆地走了几步。多拉在拆一件被虫蛀得千疮百孔的毛背心，把一截截毛线接起来绕成团，打算洗干净后给将出生的婴儿织一件小毛衣。这个包，就是这个。您有点儿紧张，有点儿急不可耐。这个包里该藏着让人们知道布里希达心思的钥匙。这个包。您想打开这个包?是的，一点不错，小哑巴，你要仔细把它打开，轻手轻脚点，要知道，布里希达之所以包得这么讲究，准是有什么要告诉我。不，不对，贝妮塔嬷嬷，您可别上当，布里希达之所以打这个包，同打其他的包一样，无非是因为心里害怕。虽说她在这帮老太婆当中是王后、刽子手、独裁者、法官，集数职于一身，但她还是同其他老婆子一样把什么东西都包起来，藏在床底下。我知道您在暗暗祈祷，但愿这个包里藏着的不是垃圾。您揭开一层咖啡纸，把它扔在地上。里面又包着一层纸，比刚才那张纸更脆，更皱。您把纸撕掉，又扔到地上。何必再接着拆这个包呢?无非是一层一层的纸，这层苹果色的绸纸下面，是一层报纸——报纸上是罗斯福、法拉①和满面春风的斯大林在船上的照片——您不是明明知道不会找

———————

① 法拉，罗斯福的爱犬。

到什么的吗？这纸包之所以显得那么大,那么软,无非是因为有这个灰色的棉垫肩罢了。您用手指急急忙忙拆开这个垫肩,从里面抠去棉花,露出一个小的硬纸包,您把小纸包用拇指和食指夹了出来。您撕开霉蚀的麻布,轻轻捏了捏……啊,不错,不错,我的上帝,里面果然有样东西,硬绷绷的,很真切,我摸着的。您手忙脚乱地赶紧撕掉那层麻布:一只锡纸团成的球。您把锡纸撕开扯破,结果在您抖动着的摊开的手掌上留下的只是一堆鳞片似的锡纸屑。我正要一口气吹走这些锡纸片,您却一把握紧拳头,让我吹了个空。您用手指三揉两揉,又重新揉成一团纸球。您用手把纸团搓圆,带着懊恼的神情把它使劲搓紧。您瞧瞧纸球,又朝我瞧瞧,要我也仔细看看您的杰作。您走到门口。众老太婆顿时静下来,停住手:她们的眼睛随着您手臂一挥,紧跟着在空中划出弧形的闪闪发光的小球,眼看它落在垃圾堆上,遂一拥而上,扑向垃圾堆,寻觅那个从空中掉下的泛着银光的玩意儿。我可以肯定,以后我们准能在某个死者的遗物中再见到这个纸球。

嬷嬷,您干吗用手捂着脸?您沿着走廊、柱廊、院子、回廊急速地逃着,众老婆子在您身后紧随不舍,向您讨着什么。她们的脸上皱皱巴巴,她们满是眼屎的眼睛透着哀求。有的声音瓮声瓮气,原来为了防止她们想象中的寒冷和想象中的传染,用窄披肩捂着嘴巴;有的声音嘶哑着,那是因为烟抽得太凶,或为了暖和她们冻僵的身子,热茶喝得过多。她们伸着手扯您的法衣,想拉住您,想攥住您的粗布围裙,或拖住您的袖子。您别走哇,嬷嬷,我想要那张铜床;嬷嬷,把她那副常常借我戴的眼镜给我吧,我没有眼镜,可又特别爱看报纸,虽说是些旧报纸;那条毯子,嬷嬷,求求您送给我吧,晚上太冷,就是不变天的晚上,我也感到很冷,我是她的朋友;不,她最喜欢我,我是她的左邻,我是她的右舍,她的手指甲,甚至脚指甲,还有茧子一直是我给她剪的,因为我年轻时干过修指甲的活,她喜欢我胜过喜欢阿玛利娅,因为阿玛利娅给她洗衣服,还要额外收费。她们用僵硬的手死死地抓住我的胳膊,皱皱巴巴的嘴里嘟哝着,向我讨着莫名其妙的东西。我是个寡妇,这把剪刀本来就是我的,您瞧瞧拉斐里托的头发,贝妮塔嬷嬷,可是,多可惜,现在这孩子头发都秃光了,据说人也发胖了。我,只要把有一天我借给她的那根针给我;我要一支钩针;我要几枚扣子。这些干瘪的手比我的手有劲。那一根根枯瘦的手指,就像树杈似的伸得老长,拼命想拉住我,嘴里吐出一连串的恳求和央告,缠得我心里烦:给我,给我,贝妮塔嬷嬷,我想要,我需要,干吗不把布里希达剩下的茶叶送给我,您瞧我多可怜。别给她,别给这个老婆子,把它给我吧,这老婆子可是出了名的小偷,千万要留神东西,她可是什么都要偷的。给我,给我,给我,那些老婆子的声音,就像角落里被需要或贪婪搅起的尘絮那么绵软,手指甲刺刺棱棱,指甲缝里藏垢纳污,腌臜的衣服耷拉着,身上散发出老人的臭味。她们把我逼到那扇破玻璃窗跟前,我掏出钥匙,打开门,走出去,顺手关上门。我在外面转动钥匙,拔出钥匙,塞进围裙的口袋里。上帝啊,总算摆脱了她们!老婆子们统统被关在门后面,让她们去收集垃圾吧。众老婆子还是久久不愿散去,从破玻璃窟窿里伸出她们的胳膊,她们那些歪七扭八的鬼脸……她们苦苦哀求的声音渐渐听不见了……

二

　　老太婆们三三两两地陆续走出厨房,但仿佛不是去就寝,而是重新投入黑暗之中。厨房里摆着长背椅,大理石面的桌子,油腻的桌面上,残羹剩菜狼藉,锅盘盆碟堆成一座座烟熏油爆的纪念碑,纠结成团的洗碗布腌臜油腻。在这样的环境中,人声随着似流非流的时光,如炉膛中的燃煤,渐渐地归于泯灭。

　　最后离开厨房的,总是那六个和布里希达一起坐在最靠近炉子那张餐桌旁的老婆子。我时常看见这伙知己的老太婆围着伊里斯·马特卢纳转,时而送她糖果和杂志,时而给她梳个怪发型,把她当作洋娃娃消遣取乐。我坐在同一张桌子的另一端,离她们稍稍远一点。听着她们那种猫打呼噜般的混浊的说话声,我就不觉迷迷糊糊打起盹来。直到喝完最后一口茶,我的脑袋就倒在交叉放在桌上的胳膊上了。我听见她们津津有味地絮叨着:其中一个老婆子鞋里进了一颗小石子,把脚硌坏了,布里希达告诉大家拉克尔夫人收到伊内斯夫人从罗马寄来的一张明信片,或者猜一个重复不下百遍的谜语,或者给被丽塔抱开膝头,用一角大披巾裹着的伊里斯讲个故事开心。

　　那天夜里,我记不清到底是哪一天,又重新讲起那个故事:

　　从前,很多很多年以前,有个很有钱、心地很好的富人,他在全国

23

各地有很多很多的土地，北方有山岭，南方有森林，沿海有良田，尤其是在邻近圣哈维尔、考克内斯、阿莱格雷镇的马乌莱河流域南部地区有大片肥沃的水浇地。在那一带，他被公认为当地首领，因此，每逢年境不好，或歉收，或干旱，或虫灾，或生死胎，或生下个六指的婴儿，农民的目光就不约而同地转向他，企求他对如此的不幸做出某种解释。

这个富人有九个儿子，一个小女儿；众儿子帮他照料田产，至于小女儿则是他掌上的明珠，心灵的慰藉。小女孩头发金黄，笑容可掬，如成熟的小麦一般可爱。她心灵手巧，是料理家务的一把好手，在整个地区远近闻名。缝纫绣花，样样精通。善用羊脂制蜡烛，羊毛编毯子。夏天，当群蜂围着熟透的水果贪婪地飞舞采蜜的季节，女仆们在一座座铜锅下燃起烈火，把森林里清新芬芳的空气烤得灼热，小姑娘搅拌着锅内的黑莓、笋瓜、榅桲、洋李，制成蜜饯，供家里人享用。她这些手艺全是从一个双手青筋绽露、皱皮巴巴的老奶妈那儿学来的，小姑娘一出世，她母亲就一命呜呼，从此，就由那个老婆子负责抚养她。每天晚上，当她父亲和哥哥们穿着沾满仆仆风尘的靴子，精疲力竭地坐到桌子旁之后，都由她负责开饭。饭后，她娇滴滴地一一吻过父亲和兄长，才由她的老奶妈掌着蜡烛在前面引路，穿过走廊，回到她俩合住的房间去歇息。

也许是眼红那老奶妈和小姑娘关系密切而享有某些特权，也许是苦于对接二连三的倒霉事无法解释，反正，总得找个人顶罪，而世道坏，人心歹，于是流言蜚语便不胫而走。不知是养马的告诉制奶酪的，还是制奶酪的告诉养马的或种菜的，再告诉打铁的妻子或侄女。反正一到晚上，三五成群的帮工蹲坐在牛栏后面的篝火旁便低声议论，如果听到有人走近，便即刻闭口不语。流言，虽然慢慢地传，但毕竟越传越广,以至庄园里的杂工、远处深山里的牧人都有耳闻:听说,据说,传说,有人不知道从哪儿听人说,每当有月亮的夜里,总有个可怕的人头拖着麦子般金黄的长发,在半空中飞过,那个人头的脸就跟庄园主的小姐漂亮的脸蛋一模一样……嘴里还发出令人毛骨悚然的"图埃、图埃、图埃"的歌声,灾星,巫术,妖术,怪不得发生没完没了的倒霉事,怪不得农民们这么穷这么苦。当地低湿的土地竟然干裂,牲畜居然会渴死,庄园主的千金的脑袋扇动着如蝙蝠翅膀一般健壮有力的耳朵,紧随着一条如她老奶妈那般形销骨立、干瘪邋遢的黄母狗,母狗把这个灾星一直引到同流合污的目光所指的远山那边的某个地方:她们就是造成一切灾难的罪魁祸首。那姑娘是巫女,老奶妈是巫婆,而且就是那个老巫婆在教她调制蜜饯、料理家务这些古老、无害、女人的手艺时,开始把小姑娘变成了巫妖。据说,是富人家自己的佃户最早传出这种流言,传到邻近庄园的佃户,再由他们传到外来的短工耳中,待摘葡萄或割小麦的季节一结束,这些短工各奔东西,这些传言也随之传遍整个地区,以至无人怀疑是首领家的千金和老奶妈使整个地区中了邪。

一天夜里,小姑娘的大哥在一个相好家里幽会,云雨过后,他急匆匆地从床上一跃而起,想赶在不至于露出荒唐形迹的钟点前回到家中。那个女人躺在两人交欢余温未散的被褥堆中,朝他大声说道:

"忙什么?我敢打赌,你那个宝贝妹妹肯定还没回家呢。女巫们要到天亮鸡叫才会回去……"

他使劲抽她耳光,揍得她满嘴流血,招出实情。听她讲出其中原委,他揍得愈发厉害。随后,他赶紧依次跑到八个兄弟家,把听来的事情告诉他们,九个弟兄,无论是独自还是一起,都不甘心承认那不只是个有辱他家名声的无耻谰言,然而,恐惧的气氛却已从露天的穷人堆里传到这个由小妹妹操持的温暖家庭的内部,可是他们的小妹妹,谁能相信她不是个纯洁而幸福的姑娘呢?不,他们不该相信这种流言蜚语。不予理睬就是了,九兄弟便不再谈论此事。可是,从此以后,他们每日干活回来,总是垂头丧气,愁容满面,不是到集市去忘了把牲畜卖掉,就是忘记在起风下雨前把庄稼收好。他们已不像往日又说又笑地畅怀痛饮,他们怕酒一下肚,舌头不听使唤,信口说出不该让父亲知道的事。

然而,尽管九个兄弟众口一词,认定那流言是无稽之谈,可是,有时不约而同,有时独自一人避开其他兄弟,免得他们以为他承认这些谣传中有丝毫的真实,反正他们时常在夜里悄悄来到妹妹的房间门外偷听。每次,他们听到的情况都一样:房间里,他们的妹妹总是在和老奶妈说说笑笑,或猜谜,或唱歌,然后,就听见她们做祈祷,诵圣母经,最后吹熄蜡烛,上床睡觉。他们从来没听到别的东西,每次听到的总是那老一套。没有什么问题。那不过是在这个几乎全是男人的家庭里的一个女人的角落,虽说他们不便涉足,却丝毫没有危险。既然她俩天天夜里如此,哪来时间出去干人们背后盛传的夜游的勾当呢?他们监视了一段时间后,确信那些谣传全是假的,于是便把事情一五一十告诉了父亲,要父亲狠狠惩罚传播这种无稽之谈的家伙。不料,父亲听后勃然大怒,气得发疯,立时把女儿叫来盘问;女儿断然否认这种种与她天真无邪的心灵风马牛不相及的罪名,她的目光是那么清澈坦荡,父亲这才转怒为喜,宽下心来,把他的爱女抱在膝头,请她随便唱支歌听听。姑娘最小的哥哥,这时也满脸堆着微笑,从客厅的角落里取来吉他,为妹妹伴奏:

　　我恨不能跃入大海取一朵玫瑰花,
　　但又怕危险的海水将我埋葬。

任凭钟楼的铃铛不住地击响，

谁都知道世上没有通灵性的铃铛。

隔壁房间里，众兄弟商定最好再等几天动手，但是无论如何必须把老奶妈干掉，因为，如果说谁有罪过的话，那就是她，是她形迹可疑的存在，使他们小妹妹的天真无邪蒙上了不白之冤。再说，只要能使事情水落石出，大白于天下，牺牲一个无名老太婆又有什么要紧？主意既定，熬过众多不眠之夜的众兄弟，才心情平静地各自回屋睡觉。凌晨一点钟，一个长工使劲捶打主人卧室的房间：

"老爷，东家，那条黄母狗和那个怪人头又出来了……"

等富人穿着睡衣，披着斗篷，手里挥着绳鞭走出房门，那个报信的长工早已逃得无影无踪。富人高声嚷叫，唤醒他的儿子，唤醒所有人，快穿衣服，快跑出来，快配鞍骑马追……转眼间，父子十人扬鞭催马，穿过田野，绝尘而去，他们一路追，一路问，一路找，一路听，绝对不能放过黄母狗和怪人头，这可是揭开事实真相绝无仅有的好机会。远处一声狗叫，他们随即拨转马头朝森林追去。随着一阵呱呱的乌鸦叫声，从一座山坡上滚下一块石头，他们迅即驱马追上山去，搜寻每一个有可能是女巫藏身的洞穴。忽而，他们又策马下山朝河边追去，因为他们听到一声狗叫，以为是黄母狗的叫声，立即循声赶去。然而不是黄母狗，他们赶来赶去，总是扑空，鸡叫了，天亮了，女巫活动的时辰过去了，父子十人不得不垂头丧气，惆怅失意地回到庄园。刚回到庄子里，突然感到葡萄园的叶丛中有动静：

"抓住它，抓住它，肯定是黄母狗想闯进家去，黄母狗在这里，怪人头也一定不会离得太远。"

十个男人像玩骑马摔跤游戏一般，飞一般地冲上去，打算围住它，堵住它，抓住它，就地打死它。众马跳腾直立，马鞭呼呼飞舞，黄

27

母狗在马蹄纷踏扬起的尘雾中腾挪闪避,东冲西突,终于从马蹄下侥幸逃脱,在拂晓朦胧的晨光中逃得踪迹全无。他们遂吩咐长工们去寻找,不惜一切代价,无论如何要找到它,因为黄母狗就是老奶妈,老奶妈就是巫婆。找不到黄母狗,看谁敢回来。把黄母狗打死,提着它的皮回来见我。

富人带着九个儿子,撞开女儿房间的门。他踏进房间,大叫一声,张开双臂,用宽大的斗篷挡住众人的眼睛,不让别人瞥见只有他才目睹的情景。他把女儿关进隔壁一间小屋后,才允许众儿子迈进房间:只有老奶妈一动不动地躺在床上,身上涂满神奇的油膏,两眼半张半合,呼吸轻匀,如熟睡着一般,或者说,灵魂离开了躯壳一般。户外,那条黄母狗在吠叫着,使劲地挠着窗子。

"黄母狗在那儿,给我打死它,否则,我叫你们一个也活不了……"

母狗的吠声停止了,姑娘在被父亲禁闭的房间里哭喊着央告:

"奶妈!好奶妈!别打死她,爸爸,千万别打死她,我求求您,让她的灵魂回到身上去吧。不打死她,我发誓一定把事情统统招供出来……"

"你给我闭嘴,你没有什么要招供的。"

父子众人来到院子里,见长工们已经扒下黄母狗血淋淋的皮。在十个男子仔细瞧着那张鲜血淋漓的狗皮时,长工们报告说,抓住那条老狗并不费劲,原来它已经精疲力竭,蜷缩在姑娘闺房的窗下瑟瑟发抖。现在只剩下把巫婆的躯壳处理掉。虽说灵魂一没有,女巫已不死不活,但仍然可能继续作祟为害。把女巫的尸体埋到地下,常常会使方圆若干菜瓜的良田深受其害,因此,必须另想法子,富人说。他命人把那个老巫婆的身子绑在一棵树上,使劲地揍,一直把她揍醒,让她把干过的坏事统统招出来给大伙儿听。老太婆的身体被打得皮开肉绽,血流不止,然而,口眼依然紧闭,气息虽存,却似活非活,似死非死。见此情景,别无他法,只得用斧子砍倒那棵树,九兄弟带着自己的佃户及邻近庄园的佃户,把砍倒的树连同巫婆的身子运到马乌莱河,扔进河里,免得巫婆的身子沉入河底。

富人留在家中。待众人散尽、人声渐逝后一小时,他便带着女儿来到首都。他把女儿关进一座静修院,交给几个幽居的修女看管:从此以后,任何人,连她的九个十分钟爱她的亲哥哥也没有,永远也没有见过她。

与此同时,马乌莱河边,众人驱马紧随顺水漂浮的巫婆的身躯沿河而下。绑着巫婆身子的树干如被河水冲到岸边,他们随即用刺棍把它拨远。当河水似乎要把树干冲到河中央时,他们又随即用铁钩把它拽回来。入夜后,他们便用铁钩把巫婆的身子连同树干固定在河岸上,然后他们便卸下鞍具,点起篝火,煮点东西吃后,就地铺上鞍垫和斗篷,和衣躺下,相互讲述女巫的故事、鬼怪的故事和其他在三灾八难的日子里出现的青面獠牙的魔鬼的故事。为了驱走黑夜里时常会出现的怪影,他们叙说着听来的关于女巫的传说,世代相传的传说。说有一次,一个人对祖父说,要想参加女巫们的纵酒狂欢,必须事先吻过小山羊的鸡巴。他们谈论着恐怖,过去的、眼前的、将来的恐怖,说着说着,不禁沉默下来,暗自庆幸着这次女巫们总算没有把首领的漂亮女儿劫走。本来,女巫们是想劫走姑娘的,劫走她后把她身上的九孔缝扎起来,变成丑八怪,她们劫走天真无辜的男孩,也是如法炮制——她们把拐骗的孩子匿藏在地下的洞穴里,缝上眼睛,缝上生殖器,缝上肛门,缝上嘴、鼻子、耳朵,总之,把人身上所有孔全缝上,只让头发、手指甲、脚指甲生长,使他们变成痴呆,比动物还不如,浑身上下肮脏龌龊，长满虱子，只会傻乎乎地一蹦一跳，如果青脸魔鬼和烂醉如泥的女巫们命令他们跳舞的话……一天，某人的父亲和某人谈及此事，说有一次他曾亲眼看见过一个丑八怪，吓得他整个半边身子都动弹不得。这时，传来一只狗的叫声，本来就战战兢兢的讲话声一下子沉默了。当篝火的火光战胜他们宽檐草帽的阴影跃入眼帘时，长工们似睡非睡的眼睛闪出惊讶的光芒。

次日一早，他们便给马备好鞍具。随后，他们松开固定树干的铁钩，整整一天，顶着烈日，紧随顺流漂浮的巫婆尸体，沿着岸边光秃秃的山岭奔跑。巫婆终于被带走了，从此当地将太平无事，女人将生出正常的孩子，水灾将永远绝迹，这个好消息挨家挨户地传开了。马队一路走，附近的村民和佃户成群结队地加入进来。临近黄昏太阳下山前，他们发现大海已近在眼前。河面渐渐宽了，水流也渐渐慢了。前面出现了一个小岛。茫茫的沙滩使得河岸变得平坦多了。绿色的河水变成了灰色，远处可以隐约望见黑黝黝的巨石以及河口沙洲处白色的波带。

九个兄弟乘一只小船，用铁钩和绳索把巫婆的尸体一直拖到沙洲；在水流的冲刷下，女巫身上的衣服逐渐脱落，破碎的衣片和凌乱的头发随着河水摇曳着。咬噬过巫婆的鱼，一片片死去，肚子朝天漂在小船四周。成群结队的庄户、佃户、村民，还有带着狗的儿童，怀着强烈的好奇心，或骑马，或跑步，蜂拥着登上临海的那座山头。天色已经很晚了，鼓动着他们斗篷的海风带来了九兄弟胜利的欢呼声：他们终于把巫婆的尸体拖过汹涌澎湃的浪峰，让涛涛的大海把她吞没。在夕阳映照下的金色海面上，巫婆的尸体远远望去变成了一个小小的黑点，不久，便消失得踪影全无。人群、马队在归途中徐徐散去，各自返回村子和茅舍，心中释然，无忧无愁，本地区多灾多难的厄运终于要结束了。

刚才我说过，那天夜里在厨房里，那几个老婆子，具体是哪个老婆子，我记不起来了，不过，反正这无关宏旨，讲的这个故事差不离就是如此，我曾听她们讲过无数次，每次讲的又都互相矛盾，根本分不清哪些是哪次讲的。有时讲不是九个兄弟，而是七个兄弟，有时又讲只有三个兄弟。梅塞德斯·巴罗索的说法是，长工们被主人的盛怒吓坏了，只得随便杀死一只狗，把皮剥下来给主人看，谎称是那只黄母狗的皮，其实那只黄母狗并没有死。说法虽然不一，实质是固定不变的：父亲张开斗篷挡住门，机智地把不体面的人物藏起来，从故事的中心地位移走，把庄户们的注意力和复仇心引向那个老太婆。那个老太婆，其实是个无足轻重的人物，和所有的老太婆一样，装神弄鬼，说长道短，婆婆妈妈，哭哭啼啼，疯疯癫癫，是个没有个人心理和特点的女佣，在这个传说中取代小姐的主角位子，代小姐受过，承担与巫妖相通的罪名。这个在全国家喻户晓的传说，就起源于阿斯科伊蒂亚家族自殖民时期起就拥有领地的马乌莱河南部地区。伊内斯，从母系亲缘关系上算，毕竟带有阿斯科伊蒂亚家族的血统，自然也知道这个传说的某种说法。可能是她小时候，佩塔·庞塞讲给她听的。在她受惊的头脑里，是把女巫和姑娘的传说同传说本身的另一面分开的，或许是忘记了那另一面，即阿斯科伊蒂亚家族保存至今的那个值得自豪的家族传说——上世纪初，家族里的一名修行姑娘在神圣的气氛中在这座静修院里仙逝，可惜，申请教皇赐谥福女的努力却遭到惨败，招致电台和报刊的评论员好一阵冷嘲热讽。可是，上述的传说却依然流传在乡村老妇们的口中，年复一年，在冬日的夜晚，老祖母们一遍又一遍大同小异地向偎缩在炉火旁的孙儿们讲述着这个传说，灌输着恐怖的概念。

这里,在静修院的厨房里,这个传说也不知讲了多少遍,伊里斯早就听腻了,坐在丽塔的膝头,吮着大拇指睡着了。她已经大了,不能再这样,丽塔,您得改掉她这个坏习惯,据说,在手指上抹些辣椒面就可以改掉这个毛病,或者抹点屎,狗屎也行的……不,不,随她去吧,怪可怜的,慢慢地会过去的,要知道,怀孕的头几个月是最难熬的,浑身乏力,昏昏沉沉,肠胃胀气,腿脚浮肿、发红,甚至还会出现静脉曲张,瞧伊里斯的两条腿,本来就很胖,现在脚脖子处肿得简直要把弹力袜都绷破了。

我其实并没睡着。可是听说伊里斯快要生孩子了,我依然伏在胳膊上没抬起头来,因为不管她们说什么,说土豆糊治头痛比烟灰末更有效也罢,说克莱门西亚要是不那么抠门,准会把她那个花脸盆借给我也好,我一概都不会抬起头来的,那统统不过是她们没话找话说的胡诌,乱嚼舌,空磨牙,是孤寂沉默的另一种表现形式……啊,不,一阵胃痉挛,伊里斯在呕吐了,老太婆们赶紧扶住她的前额,让她吐起来好受些,伊里斯抽抽搭搭地哭了起来。小哑巴,快把吐的东西扫掉,快点,省得贝妮塔嬷嬷走来看见,又要问个没完。

我没动手。

我正眼看了看六个老太婆。我做了个表情,意思是说,我早就发觉伊里斯怀有身孕了,是的,是的,你们别给我来这一套,怪不得你们老是聚在一起,悄声地嘀嘀咕咕,围在伊里斯这个蠢货的身旁,宠着她,哄着她,对她百依百顺,难怪她的奶子变得那么大,是的,我早就发觉其中有蹊跷,我去叫贝妮塔嬷嬷来,她会告诉你们,在这种情况下该怎么办的,我可不愿意卷到这种事情里去,末了会把责任推到我头上……

"推到你头上,小哑巴?"

"你不过是个可怜的小男人罢了。"

"谁会把责任推到你头上呢?……"

尽管小哑巴继续煞有介事地做着威胁,老太婆们却笑得眼泪都流了出来:她们以流着眼泪的哄笑,伸出弯曲的食指点着他的鼻梁,用辱骂以及冷嘲热讽的作践,把他的威胁化成乌有。哎哟,漂亮的小哑巴,你可别去告我们,求求你啦,你千万别做这种缺德事,你瞧,你是多傻呀,我们都爱上你啦,跟我们留在这儿吧,嗯,我们来跟你亲热亲热,保管你会乐不滋儿的,可不,你是那么有男子气概,尤其是那么的大丈夫,噢,你多有男子汉大丈夫的气魄,连大门都不敢迈出一步。你这狗娘养的哑巴,你要敢张扬出去,瞧我们不把你赶到街上去,夺走你的钥匙,永远也不让你再进静修院,让你在黑洞洞的大街上流浪,被堂赫罗尼莫・德・阿斯科伊蒂亚、医生们,还有带着警犬的警察们在你屁股后面追逐。你不知道吧,他们已好几天不给狗喂食了,让那些狗饿得发了疯一般,见人就咬,嗜血成性,嗯? 啪……只消警察两个手指一摆打个响,那些狗就会猖猖地猛扑上来。天上下着雨,一群恶狗狂吠着在大街上追我,一大群饿狗狂吠着在我身后紧追不舍,追到大路上,追到桥上,我一失足,从桥的铁栅中跌出去,掉到河里,恶狗们狂吠着踩着滑溜的卵石,围着腐臭的垃圾堆紧紧追逐我,我撞在一根树杈上,跌了个狗吃屎,被锋利的破罐子片划了个大口子,还可能因此染上破伤风、败血症,瞧我的手鲜血淋漓,我用血淋淋的双手和双膝支撑着站起身子,在桥下灌木稀疏的石坡上艰难地逃着。大风呼呼,夺去了我的声音,使我成了哑巴,我再也跑不动了,帮帮我,我恳求你们帮帮我,我向你们发誓,我不去告发你们。我们才不会相信你的鬼话,你去告吧,小杂种,狗娘养的哑巴,你是个畜生,浑蛋,浑蛋。我跑呀跑呀,没命地跑,免得被那群恶狗追上,我已听见身后狗的奔跑声,闻见它们呼出的恶臭,它们用吐着热气的嘴,用爪子把我扑倒在地,我想爬起来,可我怎么也爬不起来,它们用尖利的獠牙把我拱倒在冲刷走城市污物的河岸边……撕裂着我,这些嘴脸闪着磷光的畜生在瓜分着我,啊,尖利的牙齿,潮湿的舌头,黑夜中一闪一闪的眼睛,恶狗们撕扯着我,一边呜呜地低吼着,一边为阿苏拉大夫咬下几截我的冒着热气的内脏交给他,然后,恶狗们踩着我的血泊,争食着内脏和软骨、耳朵和皮肉、头发、指甲、膝盖骨,每个已不属于我的器官,因为我已不成为我,而是这么一堆血肉模糊的零碎。

“怎么样?嗯?”

我把捂着脸的双手移开。我仔细瞧瞧她们,终于认了出来:多拉、布里希达、玛丽亚·贝尼特斯、阿玛利娅、罗莎·佩雷斯,只缺丽塔,她抱伊里斯去睡了。

“你不去告我们了?”

我向老太婆们保证不去告她们。于是,我趴在地上为这个囚犯的女儿擦拭吐在地上的脏物:一天早晨,那个家伙在床上砍断了他妻子的脖子,伊里斯醒来时发觉自己躺在母亲的血泊中。你们瞧着我擦干净伊里斯的呕吐物呀,你们干吗都走啊?难道我屈服了,你们还没消气?你们别这么走,别把我撂下,听我说,我可以帮助你们,真的,我可以助你们一臂之力。静修院里所有房间的钥匙都由我保管着呢,有朝一日你们会用得着的,可能会需要的,别跟我说没有这种可能,你们可千万别小看我答应供你们使用的这小小的权力……你们应该知道,你们只有六个人,应当有七个人才行呢,“七”是个神奇的数字,“六”就不是,让我成为你们中间第七个巫婆吧,嗯?别走呀,我愿意帮助你们,我能……

她们不走了,她们接受我的帮助,我对她们表示感谢,布里希达说：

"这家伙非常熟悉整个静修院。让他给我们找一间屋子，一间隐蔽的顶楼，一间谁也不知道的房间，以便我们抚养即将从伊里斯的肚子里出生的奇迹般的婴儿……小哑巴，明白了吗？给我们找一个地方……要谁也不知道……谁也听不到……谁也看不见的……"

一直到我找到了这个理想的地方——一个地下室，我才被她们真正接纳，允许我成为第七个巫婆。

三

　　静修女——伊内斯曾在罗马为她赐授福女称号奔走活动——父亲创立的这笔宗教基金使静修院在一个半世纪里始终与阿斯科伊蒂亚家族结下不解之缘。当初,这个静修院仅仅是个简陋的修女院,施主在位于首都北部的拉奇姆巴修建这座静修院,初衷在于使他女儿终生在此修身养性,待她归天后,教区主教有权决定静修院派何用场。然而,从法律上讲,因为实际上并非如此,静修院创始人的后裔中,无论是直系还是旁系,最年长者保留出售、转让、分配或在必要情况下捐赠的权利。但是,没有一个阿斯科伊蒂亚家的传人行使过这些权利,从此一代接一代地表明这个家族对教会的忠诚,不过,也多少透露出后辈们对上世纪末创建的这个无利可图的宗教基金的漠不关心。可是,没有一个阿斯科伊蒂亚后代在立遗嘱时或在临终时,不把静修院连同丰厚的家产传给继承人,从而表明事实上他们从未忘记过:这个尘封在百年档案中的宗教基金,这个历代的虔诚的婶子舅妈和贫穷的姑表姐妹们所关心的静修院,多少年来就一直把阿斯科伊蒂亚家族与上帝紧密地维系在一起,他们把静修院献给上帝,以换取上帝恩赐他们永远保留他们享有的特权。总而言之,只要在他们感到被冥冥幽灵困扰之前,别用什么修女啦,避难啦,多管闲事的神父啦,羞于当众求乞的老处女啦,以及在当代世界中已时过境迁的宗教活动基金诸如此类问题来麻烦我们就行。这座静修院,主教阁下可以随意处置,想怎么办就怎么办。反正,好在我们根本不需要出卖这项产业所得的款项。我们正穷于应付我们倾注心血精心培育的这个国家的政治生活中的无数阴谋和交易,我们正忙于从事无数的英雄业绩和牺牲伟业,不能在不可能有所收获的鸡毛蒜皮小事上空掷我们的精力。主教阁下说宗教基金创始人的小姐做出了奇迹,值得享有福女的封谥?那好哇,既然他有兴趣,就让他去办吧:精神上的事,宗教上的事归他管。我们嘛,只管政治上的、物质上的粗俗事。但愿主教阁下别来跟我们商量关于静修院的事,别用这个来折腾我们! 主教阁下知道得很清楚,他获准有权根据自己的愿望或需要增建庭院,修建楼舍,加宽回廊,延长柱廊,推倒隔墙,反正,他想怎么干都行,只要他别指望所有这些费用由我们来掏腰包。

出于各个时期互不协调的需要,整个静修院如此无计划地胡乱扩建,以至谁也记不清它原来的模样,也许只有伊内斯还津津乐道于哪个部分、哪些院子原先是用来禁锢创始人的女儿的。拉奇姆巴当初越过马乌莱河伸向北岸,人口也集中在该河岸边。原先在那儿修建了一些简陋的巷子,年深日久,随着城市的发展,简陋的巷子不断往前推进,把盛产供应城市西红柿和甜瓜的小庄园越挤越远,而简陋的巷子也渐渐变成以工人权利争取者的名字命名的通衢大道。与此同时,被简陋小巷包围着的拉奇姆巴静修院却被远远地抛在后面,嵌在城市的中心地区,变得又聋又哑。

静修院创始时期,谁也不曾想到有朝一日家族中会没有一个男子来继承这份权利并传给下一代,要知道,正如伊内斯十分周到地收入她带往罗马的档案材料中的当时事件的证明所示,创始人的儿子共有九个，将来结婚后，他们会像一切世人那样，又有许多儿子、孙子和重孙子。但是，阿斯科伊蒂亚家的人，从来就是善骑惯战、好斗逞强之徒，因此，独立战争一爆发，他们便组织起一支支剽悍英武的骑兵，揭竿起义，使马乌莱河南部地区固若金汤，西班牙敌军难以攻克。阿斯科伊蒂亚家族顿时门庭光耀，名扬遐迩，有口皆碑。可是，家族的人丁却寥寥无几了。

此外，似乎天意报应，独立战争后整整一个世纪，阿斯科伊蒂亚家光生女儿，这些女儿又漂亮，又有钱，又贤惠，而且都早早寻到门当户对的婆家，通过裙带，使阿斯科伊蒂亚家族与整个社会结成姻亲关系，通过绵绵私语、幻想生育儿子的枕边亲吻、破坏或捍卫传统和名声的临别微笑，支配由炉边小圈子密谈中产生的权力，操纵令男人们神魂颠倒、挣脱不掉的罗网，那是些谨慎稳重、悄然沉默地沉浸在她们那个刺绣缝纫、操持家务、探病访友、祈祷守斋世界中的女人。当男人们慷慨激昂、粗声粗气地展开争论时，她们却低垂眼皮，紧紧盯着绣花架上色彩绚烂的绸缎。那些事情，我们女人家弄不懂，也不应该弄懂，我们女人家只懂那些无关紧要的小事，譬如修饰领口边沿的花饰，或是否值得向法国订购小羊皮手套，或圣多明各的神父讲道是好是坏，等等。家族的权力，在一代又一代无力继承家族姓氏、无力保持家族统一的女人与外姓联姻的过程中悄悄增长的同时，阿斯科伊蒂亚家父亲的支脉却在日益衰落：每一代阿斯科伊蒂亚都生出许多女人，却只生一支男性，只有堂赫罗尼莫父亲这一代除外，他还有个哥哥，即堂克莱门特教士。阿斯科伊蒂亚的姓氏随时都有绝种的危险，而随之面临危险的还有嫁妆、金钱、家产、权力、肥缺以及显爵，一旦这些东西分散在外姓的姨表亲手里，就会失去它集中在每一代阿斯科伊蒂亚唯一直系传人手中时所拥有的力量。

伊内斯和赫罗尼莫没有生儿子。在他们身后,阿斯科伊蒂亚的姓氏就将消失。这一点他们心里明白得很。家产就将在那帮不尊重他们的亲戚,在那些对所谓遗愿、慈善事业根本不感兴趣的团体之间瓜分掉。教区主教早就准备好兴建圣婴城的蓝图,期待接收这座静修院。赫罗尼莫只要愿意,什么时候都可以转让出这座静修院,可是他心里还暗暗抱着一个非分之想,即他妻子那不中用的子宫还会繁殖后代,所以他什么都不舍弃,即使最无用的东西也不愿舍弃。正因为如此,当伊内斯尚滞留罗马未回,他突然间签署了一系列有关生前把静修院的所有权转让给教区主教的文件时,无人相信这是真的。连贝妮塔嬷嬷都心存怀疑,尽管她本人热烈支持那项兴建圣婴城的计划。我虽说心中忐忑不安,也不敢相信这是事实。可是阿索卡尔神父却一本正经地提醒我们,一俟静修院腾空,马上就把整个建筑推倒,在此之前,我们应该先行考虑处理掉所有他称之为乌七八糟的东西。

静修院四周的围墙,长年来灰皮逐渐剥落,东一搭西一搭地露出土坏的本色。从外面向里看,它那数百扇窗户里极少透出一丝灯光,那些窗户不是因为积尘累累,就是因为我用木条钉死,或是因为我觉得不安全干脆堵死,有光也压根儿透不出去。静修院周围闹哄哄的地区里尽是简陋的房舍,土墙土瓦,不过漆成或玫瑰色,或天蓝色,或淡紫色,或奶白色。每到黄昏,家家户户亮起电灯,美容店和面包店里的收音机开得声音震天响,顾客满座的酒馆里,电视机的声音震耳欲聋,住宅、店铺以及摩托车修理行、旧书报亭、街角的杂货铺里无不洋溢着生气,编织着整个地区唯独没有我们份儿的社会生活。

我不仅封死了所有临街的窗户,在内部我也封堵了一切有危险的场所,譬如那顶上的一层,亚松森·莫拉莱斯有一次把身子靠在栏杆上,结果连栏杆带盆花一齐摔下去,摔了个粉身碎骨。现在,用不着那么大的地方了,所以应该逐渐缩小静修院的规模。如今已不像过去——那时,教区主教给静修院大笔补贴,每年都选择它作为自己的静修地,带来一大帮高级教士、议事司祭、秘书、助祭、副助祭、亲朋好友,甚至某个虔诚笃信的国务部长。豪门望族的绅士、各宗教团体、心地纯洁的名门闺秀、全国赫赫有名的社团机构,皆提前几个月提出申请要求来静修院暂居修身,与上帝通灵。从讲道台到忏悔室,口若悬河的神父们滔滔不绝地召唤人们赎罪、牺牲、宽容、悔悟,从而激起人们心中那些有时甚至会照亮历史的天性。有些夜里,甚至很晚很晚,在数以百计呈马蹄形围绕柑橘院而建的禅房里还不时传出哭泣声和叹息声:这是夜间自笞自罚的赎罪者发出的痛苦呻吟,肉体虽落得个遍体鳞伤,灵魂却因此荡涤一清,次日,虔诚地领过圣餐,便可在果园最花繁叶茂的角落,将灵魂寄于怡静闲适的修身养性的梦境,往往以慷慨施舍为其高潮的梦境。

　　如今,自然,无人会想到拉奇姆巴静修院来修行养性。现在,光线充足、依据不同节气有暖气或空调、凭窗可以观赏无与伦比雪山风光的静修院有的是,无不敞开大门恭迎忏悔赎罪者。既然如此,又何必去受整夜倾听水管滴漏,耗子奔窜,既难入眠,又难反省的罪呢?甚至不久前——现在已不复如此——时有某些来自名不见经传的静修院的女学生或来自某个末流社团机构的成员,到静修院幽居修行,和上帝交心,聆听那些受众所周知的社会不平启示——而不像当初,受上帝的爱、怒、伟大启示——的温和训诫。

　　可是,这有什么办法呢?据说,一切都和当初不一样了。不过,静修院还是依然故我,执拗地保留着一切无用的东西。过去,有整整一群修女服侍着前来忏悔赎罪的人,以保证众人的灵魂毫无物质困难地飞升到销魂的净界去,然而,现在只剩三个修女。只剩三个修女,当然喽,还有一些老太婆,她们逐个死去,被另一些命运相似的老太婆取而代之,而这些老太婆,那时候又纷纷死去,让位于另一些迫切需要、盼望已久住进来的老太婆。此外,还有一批孤女,那是大约一年前的一天别人送来静修院的,当初说好暂住两个星期。就两个星期,贝妮塔嬷嬷,您这儿宽敞,房间有富余,可以容她们暂居两个星期,孤儿院的新楼眼看就要竣工了,您是知道的,孤儿院新楼得推迟些日子竣工,唉,现在的工人呀,成天喝得醉醺醺,不好好干活,瞧,就这样,眼下有五个孤女在这座迷宫里游荡,饥饿,无聊,没有人照管她们的生活,而阿索卡尔神父则一而再再而三空口许诺:再等一个星期,贝妮塔嬷嬷,再等两个星期,然后,谁都把她们忘得一干二净。我掌握着全部钥匙,负责开关所有的门。由主教大人或伊内斯推荐来的夫人们纷纷向我们租用禅房,堆储杂物,那些杂物虽说不值什么,可是,她们既舍不得扔掉,住房太小又无法容纳。这些太太时常光顾静修院,或是来取用某件什物,或是来付拖欠数月的租金。不错,我们需要这笔钱,我们之所以到这个地步,不得不出租禅房,是因为主教大人派人送来的经费实在太少,不敷偿还迫在眉睫的债务。相反,他派来的卡车倒不少,不时运来整车的破烂,其中有缺胳膊少腿的圣像,那都是圣物,不敢扔进垃圾堆,必须毕恭毕敬、诚惶诚恐地保管。还有成捆过时的报纸杂志,这些昔日刊登着紧要消息的报刊,如今逐渐堆满一个又一个房间,变成耗子可口的食品,补充我那个充斥残缺不全的百科全书、合订本的《Z字》《生活》《埃斯特拉》杂志,以及诸如吉普、孔查·埃斯皮纳、奥约斯·伊·比嫩特、卡雷雷、比利亚埃斯佩萨①等已无人问津的作品。此

① 比利亚埃斯佩萨(1877—1936),西班牙现代主义作家。

外,还运来整车整车杂七杂八、莫名其妙的东西,诸如失灵停摆的钟、天晓得装什么的麻袋、破残不堪的地毯、千疮百孔的帘帷、东倒西歪露着衬垫的旧椅子,反正,什么东西都有,没完没了地堆满一个又一个房间。

赫罗尼莫在他一生中从未迈进静修院一步。伊内斯则相反,在去罗马前来得很勤,一星期总要来两次,甚至三次,在她作为静修院女主人占有的四个大禅房里,在杂物堆中钻来钻去,翻箱倒柜,寻找什么。她那按着门铃的手指,一定等到可怜的丽塔闻声拖着先天的大脚孤拐急急赶来开门时才肯松开,这连续急促的门铃声显出她的与众不同的地位。有时,她由拉克尔·鲁依斯夫人陪着,拉克尔夫人耐心地听着她絮叨,从不试图劝阻她,默默地看着她在塞得满满的箱子里翻腾,取出或许会有什么用处的证书、照片、图纸、先人的遗物。伊内斯不时吩咐我,把那柜子顶上的圆篮子取下来,把那卷走廊地毯挪开点,取来那只皮帽盒,里面兴许有个纸包,纸包里兴许有个信封,信封里兴许保存着不知多少年前的某份至关重要的公证文书或某张照片。我于是遵命取下圆篮子,递过帽盒子,尽管我明明知道公证文书根本不在里面,因为,每个提箱,每个篮子,每个盒子,每个箱子,每个柜子里装些什么,我比她本人还了如指掌……可是,伊内斯还是收集到了一切她能找到的东西,神气十足、踌躇满志地带着我亲手给她塞进那俗气的塑料包里的文件动身去罗马,她把那些文件连同申请书呈递给红衣主教们。谁料,红衣主教们威严地、不屑地摇摇头,委婉地告诉她,她带来的全部文件毫无用处,她不如老老实实待在自己的国家里,做些与她地位相称的慈善事业。

阿斯科伊蒂亚家族对静修院的兴趣索然由来已久。他们仿佛对静修院怀着某种自己也不愿承认的惧怕。除了保留它的所有权,他们宁愿在全部意义上把它当作根本不存在的东西。我只记得那一年他们送堂克莱门特到静修院来静候升天时,使用过一回他们的权利。那次,他们也是说因为静修院里有空屋子,不过,除此之外,他们又补充说:无论如何,堂克莱门特的毕竟是阿斯科伊蒂亚家的子孙,他有权在静修院受到接待。

　　这个小老头儿被送进静修院时,样子很平静,但是也很可怜。贝妮塔嬷嬷像待婴儿一般,一匙一匙地喂他进食,我和嬷嬷两人帮他脱衣,服侍他上床躺下。大小便都由我来照料,因为他本人无以自禁,我们必须随时留心,免得一日数次弄脏他的内衣裤。堂克莱门特的脸上挂着凄然的微笑,手中拄着拐杖,默默无语地整日坐在临窗的一张安乐椅上,渐渐地,犹如有人徐徐降下帷帘一般,他那悲怆的微笑从脸上缓缓消失,留在他那阿斯科伊蒂亚家族特有脸型上的只是一种永恒的痛苦。后来,我们渐渐发觉,他那蓝莹莹的凄楚的眼睛里盈满泪水,一天,泪水顺着面颊缓缓地流淌下来,仿佛他那无力的眼睛已承受不住泪水的重负。他一连几个星期,整日呆坐在他那丝绒椅上,怔怔地望着院子里的橘树,一动不动,一言不发,不要求给他喂食,不要求给他擦洗,默默地听凭老泪纵横,淋湿身上的修士衣,就如孩童的涎水弄湿围嘴一般。不久,他便开始像猫狗似的轻轻呻吟,似乎什么地方疼痛,那样子活像一条受伤呜咽、乞求抚摩的狗,我一迭连声问他,怎么啦,老头儿,你怎么啦,尽管我明知这可怜的家伙已不能回答,他是在为某种我根本无法理解的东西呻吟。我束手无策,不知道如何缓解他的痛苦,平息他那种令人发疯的呻吟。过了一段日子,堂克莱门特的呻吟已不是轻声哼叫,而变成悲鸣哀号,他也不像先前那样呆坐在椅子上,愣愣地凝望院子里的橘林。他开始在禅房里折腾,敲打门窗,最后发展到狂叫怒吼,拳打脚踢,砸碎玻璃,几乎推倒房门，逼得我们只好把门反锁上，否则，他就冲出禅房迷失在那迷宫一般的走廊里，到那时，要把他再拖回禅房又谈何容易。他会拳打脚踢，拼命挣扎，还会用他那似乎重新拾到的微弱嗓音，嘶哑地喊叫，断断续续地喊出害怕、黑夜、牢房、黑暗、上当等等的字眼，当我们把他撂在禅房里睡觉时，他就声嘶力竭、气喘吁吁地喊着这些字眼，拼命拽住我们的衣服不让走。他坐起身子要跟我们走，挣扎着不让我们给他换上睡衣，他拒绝我们给他脱衣服，也拒绝我们给他穿衣服，同时，他又不愿意身上穿着衣服，他一次又一次地撕破修士衣，老太婆们一件又一件地给他补好，他还是一次又一次地撕破，不让我们给他穿上。起初，他穿着内衣内裤在禅房里折腾，自从我们反锁房门之后，他干脆赤条条一丝不挂地站在窗台前喊救命，要人来给他做伴，把他救出这个横施虐待的可怕的医院。贝妮塔嬷嬷和那班老太婆谁也不敢走进赤裸裸的堂克莱门特的房间，只有我进去，可是，他把我往外赶。滚，臭狗屎，滚出去，别碰我，你要敢碰我，我一拐杖把你敲死。随后，他又光着身子站到破玻璃窗跟前。老太婆们和修女们从此再也不敢从柑橘院里经过。我们决定，最好还是把他禅房的窗户用木条钉死。不料，他居然把木条砸断。最后，在一个夜里，当堂克莱门特熟睡之后，我悄悄地用砖和水泥把窗户封死，这是我在静修院砌死的第一扇窗户。后来——那是我自己想出的主意——我又在外面刷上和墙一样的颜色。如今，谁也瞧不出那儿曾经有一扇窗户。

　　一天黄昏，堂克莱门特终于砸开房门。他拄着拐杖，光着全身，冲出禅房，在走廊里横冲直撞。当时，正在进行念珠祈祷式，全体被收容的老太婆们都聚集在大祭坛旁，堂克莱门特突然赤身裸体地闯进去，挥舞手杖，见东西就砸，吓得众老太婆号着，叫着，四散逃窜。

堂克莱门特居然一丝不挂亵渎礼拜堂,亵渎她们被岁月、贫困、苦难修炼得纯洁无瑕的眼睛,老太婆们哗然了,惊呆了。老人举起手杖正欲砸什么东西,突然一头栽倒,脑袋重重地撞在地上。我迅即跑上去用一件白袍遮住他的身子,把他背回禅房。两天后,老人默默地、痛苦地哭泣着,惨然死去。

有几个老太婆很为这样的事实沾沾自喜:她们在静修院里住了那么长的时间,以至只有她们几个人才记得堂克莱门特·德·阿斯科伊蒂亚一丝不挂闯进礼拜堂的那个可怕的黄昏。我可不相信她们的自吹自擂。也许她们这么说,是因为她们心里明白,在别人眼里,这个老太婆和那个老太婆很难分得清楚。反正,每到黄昏,她们不敢独自一人在走廊里走动,害怕的因素颇多,其中最主要的是,据说,堂克莱门特会赤身裸体地冒出来,在后面紧追不舍,而她们年纪一大把,怎么跑得动。传说有时他戴一顶草帽,还系着帽带,有时穿着短袜和鞋子,有时套一件短不及肚脐的衬衫,除此之外就什么衣服也没有了。自从听说堂克莱门特的幽灵出现过之后,在静修院顿时掀起虔诚的祈祷热。老太婆们在各自的栖所闭门不出,数着念珠,一遍又一遍地诵念着万福马利亚、天主经、圣母颂,我听见这些疯疯癫癫、丧失理智、絮絮叨叨的老婆子如今喃喃不休地做着念珠祈祷,她们异口同声地肯定,她们这么诚心祈祷,最后会使得可怜的堂克莱门特的幽灵穿上衣服,他现在所以赤条条地在静修院里游荡,是上帝对他的惩罚,惩罚他当初当着众老婆子的面赤身裸体的大不敬,只有等许许多多的老太婆做过许许多多的念珠祈祷,上帝才允许逐渐归还他的衣服,最后宽恕他,恩准他穿着衣服走进天国。在此以前,他还必须天天在静修院夜游,提醒老太婆们别忘了为他祈祷,唯有如此,上帝才会逐渐归还他鞋子、外套、内裤,自然,内裤是最最紧要的。据说,已有很长时间了,堂克莱门特夜游时已穿上内衣和短袜了。至少应该这样才像个样子,很自然,上帝接下去发还他的该是内裤了。但愿内裤长一点,老婆子们祈告上帝说,而且还是冬天穿的那种法兰绒内裤。每天黄昏,静修院内响起一片喃喃的祈祷声,恍如那些为编织内裤布料不辞辛劳的织布娘发出的嗡嗡声,谁料,堂克莱门特却精光着身子,冷不丁在暮色中出现在一个老太婆面前。

四

　　丽塔还从来没在伊里斯的内裤上见过红。伊里斯的内裤都是由她洗的。唉,怪可怜的没娘的小女孩。天寒地冻的日子,伊里斯会满手冻疮。可是,血,从来没有过。

　　丽塔把伊里斯拉进一间屋子,关起门来问她。你从来没来过月经?嗬,你们都把我看作还是个童贞的小母羊,不,我是个女人,每个月都来月经,而且血流得很多,这帮孤女中,只有我一个人有月经,其他的女孩子倒的的确确还是些小母羊,所以我才讨厌跟她们混在一起……不过,丽塔嬷嬷,每次来例假,我都自己洗裤衩,不去惊动您,因为您对我那么好,我不好意思麻烦您。

　　她的话,丽塔一句也不相信。她太了解这个姑娘了:伊里斯不是个清白的女孩子,对别人也并不关心。她本想婉言提醒她男女之间是怎么回事。可是,她怎么好意思说出口,因为她自己还是个老处女呢!她没有把握,也不知道伊里斯会怎么想。静修院里从来没进来过男人,伊里斯自从被送进静修院之后也从来没有出过大门。可是,这个可怜的小女孩对男女间的事情知之甚少,对这次谈话提不起精神,哈欠连连,无法集中注意力倾听丽塔的提问。丽塔为避免天真的姑娘由此开眼界长见识,竭力小心翼翼地提出问题,可是,伊里斯似乎没有听见一般,自顾自吮着大拇指。行了,别吮手指,你这个脏孩子,别用手指抠鼻子,别舔鼻涕吃。丽塔绞尽脑汁,颇费斟酌地小心询问,可小姑娘却一个劲儿地用一根手指挠着头发……是啊,她还是个天真的孩子。不过,伊里斯所谓每逢月经来潮自己洗裤衩的说法,丽塔是不信的。她暗中观察过:显然这个月没有,第二个月也没有,完全是撒谎,伊里斯根本什么也没有自己洗过。尤其糟糕的是,小姑娘的身子在不断地胖起来,胖起来,而且困乏、慵懒的模样日甚一日。

丽塔来到布里希达的房间,诉说她内心的不安。布里希达无所不知,肯定也会知道这类事情的:她生过两个孩子,当然,生下来就死了,不过,不知道是什么缘故,也许是上帝的意旨吧。倘若一个女人没跟男人同过房就生孩子,那准是个奇迹……不错,是天使下凡,事情就是这样。奇迹。当然,首先必须叫人检查一下伊里斯,断定是否真的怀孕。玛丽亚·贝尼特斯是巫医。可是,布里希达,那怎么行,要是把奇迹告诉她,不用到做夜祷的时候,整个静修院就会满城风雨,别人就会从我们手里抢走伊里斯和她肚子里的孩子,或者把她带走受惩罚,你要知道,现在的人哪,都是些对上帝大不敬的异教徒,根本不信什么奇迹,听说,时下有些人连圣母都不信呢。可是,布里希达坚持己见,还是把巫医招来:仔细地给伊里斯检查一下,不过别让她觉察什么,她还是个处女,别让她知道自己身上是怎么回事。玛丽亚·贝尼特斯说不错,伊里斯是怀孕,不是我说,现在这些女孩子呀,闻闻男人的裤子都会怀孕的。

为了让她闭上那张臭嘴,免得再说出亵渎神明的脏话,她们警告她说,事关圣迹,千万别胡言乱语。老太婆顿时目瞪口呆,噤若寒蝉。别让任何人知道这件事。所有那些老太婆都是嫉妒成性的坏种,闻到风声,准会想方设法抢走她们这个孩子,所以,只能由她们三个人秘密地来照料他,多一个人也不行。三个老太婆是在布里希达的房里喝茶议论这件事的,由于阿玛利娅是专门服侍她们的心腹,所以她们就把奇迹的事告诉了她;好,就咱们四个人知道,不,是五个人,丽塔坦白说,她最初对多拉谈过她的疑心。多拉因为识字断文,所以常替丽塔在门房值班,记录阿索卡尔神父以及老太婆们的亲戚、主人来的电话。于是,她们一伙就成了五个人。不久,她们发觉罗莎·佩雷斯开始在她们周围转悠,好奇地打听她们老是跟着伊里斯在搞什么名堂。布里希达脑子素来很灵,她认为,为了不坏事,最好还是干脆把奇迹一事告诉那个爱管闲事、好搬弄是非的老太婆,要不然,她一定会刨根究底,最后还是能发现她们的秘密,到那时,上帝啊,整个静修院准会闹得天翻地覆,那个臭老婆子还会打电话给主教大人告发她们——是啊,还是把事情告诉她为妙。这么一来,她倒反而会十分起劲地保守这项秘密。除了她们六个人之外,必须不让任何人,绝对不让任何人,享有知道伊里斯身怀六甲的权利。于是,布里希达说道:

"阿玛利娅,把那个罐里的饼干拿出来给大家吃。眼下,贝妮塔嬷嬷正一心一意想着推倒静修院改建圣婴城那档子事,别的她都心不在焉,她将得到总管事的职务。听说,这是阿索卡尔神父亲口允诺的。所以,现在她什么也顾不上,对这些孤女更没放在心上,先前,她还给她们上上课什么的,如今,你们瞧见了吧,这些女孩子穿得那个邋遢样子。等伊里斯肚子大得显出怀有身孕的样子,我就把一件收着不穿的咖啡色大衣给她穿上。那件大衣她穿着准显得大。要是贝妮塔嬷嬷问起来,我就回答她说,嬷嬷,您瞧,这个小天使冷得直打哆嗦,怪可怜的,所以我把这件短大衣送给她穿,大是大了点,不过,等我有空了,我给它改得合身点。然后,除了我们六人,在无人知晓的情况下,小孩就可以稳稳当当地生下来了。应该在静修院深处找间屋子，把伊里斯藏起来，不让任何人知道孩子生下来，这样，孩子就可以在我们把他藏起来的屋子里长得又漂亮又圣洁，一辈子不离开那个屋子，不接触人间的邪恶。要非常精心地抚育他。悉心抚养婴儿，用披巾裹严实不使他着凉……喂他吃……给他洗澡……用襁褓把他包紧……给他穿衣服……这可是多美的事啊。待他慢慢长大时，最要紧的是别教会他自己干任何事，甚至不说话，不走路，这样，不管干什么，他都需要咱们，一辈子也离不开咱们。最好他既看不见也听不见。咱们就将是他的好妈妈，他只要稍一示意，我们就明白是什么意思，而且也只有咱们才明白，他的一切都得依赖我们。这是把一个孩子培养成圣徒的唯一办法，关在屋子里抚养他，即使长大成人后，也绝不让他走出那个屋子，也不让任何人知道他的存在，始终由我们来服侍他，让我们成为他的手，他的脚。当然，我们这些人会一个个归天的。不过，那没什么关系。老太婆嘛，什么时候都会有的。不管别人怎么说，静修院也总会存在的，拉克尔夫人跟我说起过，所谓拆除静修院，纯粹是阿索卡尔神父想从阿斯科伊蒂亚家族，从心地善良的伊内斯夫人的丈夫身上捞油水的花招。我们中要是谁归天了，就另选个老婆子来接替，孩子就这样从一个老婆子手里传到另一个老婆子手里，不断地传下去，直到某一天，他心血来潮，觉得死了那么多老太婆已足够，决定把我们统统带进天堂去为止。"

丑八怪。眼睛、嘴、肛门、生殖器、鼻子、耳朵、手、腿，统统缝起来。上个世纪，在别个地方的乡村，当布里希达还是个小姑娘的时候，某个半印第安血统的老奶奶曾经吓唬她，扬言要是她不学乖，就要把她变成个丑八怪，从此，把自己变成个丑八怪或者把别人变成丑八怪的想法就埋在了她的心头，现在从她的心灵深处冒出来，用来解释伊里斯儿子未来的命运。统统缝起来。身上的孔穴都缝死，胳膊和手由于不知如何使用,不啻被疯人院的紧身衣束缚住。是的,她们把自己移植到即将出生的孩子身上,取代他的四肢、器官和各种功能:取下他的眼睛和声带,剥夺他的双手,通过这种手术,使她们自己业已衰竭的器官返老还童,获得新的生命,取走他的一切,从此使自己重获新生。她们会这么干的。我敢肯定。老太婆们的力量是无穷的。事实并非像有些人说的,送这些老婆子进静修院来是为了让她们安度晚年。这里是个监狱,布满一间间牢房,窗上围着铁栅,还有个执掌钥匙的冷酷无情的狱卒。主人们之所以把她们送进静修院,是因为他们觉察到自己欠这些老太婆的太多,生怕说不定哪一天,这些苦命人意识到自身的力量,起来消灭他们。仆人们往往从穷困中吸收特殊的权利。怜悯、嘲笑、施舍、救济、凌辱,他们所经受的这一切,都使他们变得强有力。老太婆们的手里保存着复仇的手段,因为在她们那粗糙扭曲的手里,长期以来逐渐积聚着她们主人的另一半的生活,另一半无用的、被丢弃的生活,肮脏的、丑劣的生活,那是主人们表示信任她们,瞧得起她们,逐渐交到她们手中的把柄,与此同时,又时常以送一条穿旧了的裙子,赏一件熨坏的衬衫,污辱她们的人格。老太婆们既然给主人家洗衣服,主人家欲从生活中消灭的一切污浊不堪、见不得人的东西既然无一不经过她们的手,她们怎么不会把自己的主人掌握在掌心?是她们清扫餐厅里的面包屑,是她们洗涮杯盘盆碟,以残羹剩菜充饥。是她们打扫客厅的灰尘、缝纫室的线头、书房和办公室的纸团。是她们在主人云雨之后——无论是夫妇交欢抑或男女偷欢,无论是销魂抑或败兴——整理床铺,面对他人遗下的泄物和气息毫不感到恶心。是她们为主人缝补衣衫,主人小时候为主人擦鼻涕,主人酩酊大醉时侍奉主人躺下,清扫呕吐物,洗去尿渍。是她们为主人织补袜子,擦拭鞋子,修指甲,扦脚茧,擦背,梳头、灌肠、按摩、服药,以消除疲劳,缓解痛苦。承担这些义务的同时,她们代替主人干着那些他们不愿干的事情,从而也就逐渐把主人身上的某些东西据为己有……她们占有的东西愈多,就愈贪得无厌,她们愈想受到凌辱,从而可以得到主人更多的诸如旧袜子之类的赏赐,她们想占有一切。正是出自这种心理,布里希达才策划了这个阴谋,把伊里斯腹中孩子的眼睛、手、脚一股脑儿占为己有,她们想把一切都珍藏在一个巨大的共同的权力宝库中,以期有朝一日,鬼知道什么时候,鬼知道又是为了什么,可以派上用场。有时,我发觉,老太婆们本应当熟睡时,她们却没有上床,而是忙忙碌碌地在翻腾木箱、纸包和床底下,取出积有多年的指甲、鼻涕、线头、呕吐物和女主人血渍斑斑的月经带和卫生棉,在黑暗中,用这些令人作呕的脏物,复原再现着个好似底片的东西,并以此为乐,而那底片上映出的不仅是她们从其身上窃取这些脏物的主人,而是整个世界。我感觉到这些老太婆身上的癖好,她们穷困潦倒,无依无靠,只能麋集和栖息在这些走廊和空屋子里,这里,在这个静修院,她们才得以收藏她们的护身法宝,集中她们的癖好,形成某种我认为是力量反面的东西:再也没有谁会来这里夺走她们的东西。因为赫罗尼莫·德·阿斯科伊蒂亚从来就害怕,害怕看见丑陋的、污秽的东西,可是他为人孤傲,不容他承认对什么东西存有畏惧之心,他一生中从来不敢亲临静修院,尽管这座静修院始终归他所有,直至他把它献给教会为止。其实,他真不应该这么干。这是个错误。东西嘛,都应当保存着,东西存在,总会有希望的。这事怎么也得想个办法补救一下,因为,尽管您不知道,但您的血统会后继有人的,您的儿子应该继续拥有这座静修院:我们七个老太婆,我也算是其中一个,因为我已没有生殖器,被接纳到她们的圈子中,我们正照料着您那存活在伊里斯子宫里的儿子,我将把他归还给堂赫罗尼莫,不管已经签署过什么文件,非得让他继承这座静修院,永远避免有人来拆除它,也好让我永远在这儿避难,那样,堂赫罗尼莫也就永远不会来找我的麻烦,因为,他忌讳看见老太婆扦下来保存着的脚茧以及用废纸或破布包起来的那些曾堵塞过下水道的碎头发渣。真的,堂赫罗尼莫,您可别小瞧她们,她们并不像表面看上去那么愚蠢,或者说,她们的呆痴,其实正是某种睿智的表现。她们所以保存着那些护身符,正是为了把您拒之门外。您别上这儿来管闲事! 我曾是您忠实的仆人,堂赫罗尼莫。纵然我希望不再忠于您,可我办不到。您像对待一头绵羊一般,已在我的耳朵上烙上了标记。我继续在为您效劳。在我服侍这些老虔婆的同时,在我充当这些奴仆的奴仆、听她们摆弄和驱使的同时,我逐渐变得比她们更强有力,因为我在不断地积聚着残渣中的残渣、受凌辱者的凌辱、受嘲弄者的嘲弄。我现在是第七个老太婆,我将负责来照料即将诞生的阿斯科伊蒂亚的后代。我在厨房砖地上擦拭的伊里斯的呕吐物,为我施了涂油礼。我把它用废纸包起来,和我的书我的手稿一起,保存在我的床底下,所有老太婆不都把东西藏在那儿吗?

我首先必须做的是博得她们的好感,赢得她们的信任。在我尚未以某种方法令她们对我刮目相看之前,我纵然怎么低三下四,俯首帖耳,如我已经做的那样,也是枉然,我还是仅仅在名义上被她们接纳进圈子。我一方面积极准备,一方面听凭她们对我投来不信任的目光,对我似理不理,就这样熬过了几天。一天黄昏,我向她们报告,我认为已经找到一个理想的地方,伊里斯可以在那儿神不知鬼不觉地分娩,我们七个密谋的老太婆可以在那儿永远照料抚养那个婴儿,绝没有任何人会来打扰我们。

我把她们领到静修院尽头我住的那个院子，那儿也是圣像的陵寝。老太婆们走过礼拜堂时，用手在胸前画了个十字，我们穿过柑橘院，便走进扑朔迷离的后院，这地方，院子套院子，小过道纵横交错，三弯九转——除了我，谁都如入迷津，莫辨东西，最后来到我的院子。

　　我一打开门，她们就发出啧啧的惊叹声，我意识到，单凭这一点，单凭略略打开这座残缺不全的圣像的陵寝的门，我就已经征服了她们。掉了脑袋的圣方济各，断了那根竖起的手指的大天使加百列，不是断臂就是折腿的帕多瓦的圣安多尼，圣服褪色、圣容模糊的卡门圣母，万应圣母，露德圣母，丢了金冠、断了捧球的胳膊的布拉格的圣婴耶稣，泥塑木雕的洁白华丽的圣像，石膏制作的色彩艳丽的假宝石，经风吹雨淋，色泽暗淡，斑驳脱落，支离破碎地如一堆怪物躺在地上，被踩在脚下。老太婆们在成堆的圣像中间穿过，发出兴高采烈的欢呼声，布里希达说那是圣母受孕像，要保存起来；小哑巴，你替我把这些收起来保存好，说不定以后还能找到其他碎片，我们可以把她修复起来。院子里还有断了翅膀的天使，大大小小、缺胳膊少腿、分不清面容的圣徒，在自然力的销蚀下，天长地久，逐渐在腐朽，听任鸽子拉屎，耗子啃啮，鸟禽叨啄眼睛和肚脐，自然喽，那是些受人顶礼膜拜的圣物，是绝不能扔进垃圾堆里去的，必须待之诚惶诚恐，千万不能扔进垃圾堆与残羹剩菜、渣滓破烂同流合污，应当请到拉奇姆巴静修院去，那儿什么都容纳得下。贝妮塔嬷嬷要我把小车推来，我于是把断臂残腿装上车，捡进我的院子，让岁月和风雨去结果它们，而它们在祭坛上的位置则由另一些新定制的几乎一模一样的圣像取而代之，不过，也许这尊露德圣母像的眼睛略显斜视，那尊圣婴耶稣像的头发黄得略有不同，这尊圣塞巴斯蒂安像的姿态似乎不那么模棱两可。贝妮塔嬷嬷不熟悉我的院子。她严格禁止任何人擅自进入这里。这是小哑巴专有的院子,他自己选择了这个院子,他知道为什么这个地方适合他住。但愿他至少有块属于自己的地方,随心所欲地安排他的私人生活,这个苦命人在静修院里多少年来为我们大家做着牺牲,应该对他的生活有所尊重。

老太婆们在院子里四下散开,忽而惊呼,忽而蹲下,忽而站起,忽而挥舞石膏的断手、躯体碎片和头冠,忽而使劲地刨着、扒着,发掘只有她们才认得出来的面目全非的圣徒,圣阿加莎、圣克里斯多福、圣赖孟多·农纳都。不,多拉,这件法衣不是圣方济各的,不是圣多明我的,你没瞅见那咖啡色的兜帽吗?我跟你说吧,圣塞巴斯蒂安像是相当少的。我说,阿玛利娅,你给我找找圣母受孕像的另一半,可能不太容易,可是,你瞧,这里有个带星冠的头像,也许你那儿有可以配上的身子,我不知道。我要给这个加百列找到那个断指接上去。我只要随便找个圣母,谁看到没有。我要在我的柜顶上安个圣母领报像。

"3月25日是肉身节……"

"真可惜,这里的静修院不过这个节。"

"可是比大天使加百列晚九个月降世的耶稣的圣诞节,这里倒是庆祝的……"

"不过,肉身节跟圣母领报节可不是一码事……"

"我不清楚,咱们可以去问贝妮塔嬷嬷。"

"唉,看看我能不能找到大天使的手指头。"

我不得不像在学校课余休息时那样,拍拍手掌引起她们的注意,把她们拉回到现实中来,提醒她们到这里来的目的是什么。往这里走,小心,别碰着,喏,我就住这儿,这是我的房间,这是我的床,这里除了这扇通往地窖的小门,没有别的门,地窖里我已收拾好了,我将永远坐在这儿，守着入口。我不仅把干巴的地板磨光上蜡，用旧报纸把墙壁糊上，因为我清楚地知道每位夫人在各自仓房的每个提箱、每个木箱里有什么东西，哪几个仓房的主人是从来不光临静修院的。于是，我就把好几年来一直锁着的柜子腾空搬来，拖过地毯、画框、带被褥的床、床头柜、带捻捻转儿和华盖的铜制摇篮。自然，每样东西都有些破损，不过，在这种地方，又有什么别的法子可想，再说，在黑漆漆的地窖里，这些东西在老太婆的眼里看来，还都熠熠闪光哩。

我本想把伊内斯藏在她第二个仓房一只特殊大木箱里的小孩衣服偷出来的，可是，我不太敢动手，因为那个仓房，她来的次数最多，而且什么东西藏在什么地方，她心里非常有数。伊内斯这个人好干净，心眼细，很有些怪癖。这个大木箱有好几年没打开过了，里面保存着一系列完整成套的小孩衣服，这个饰有铜钉、装满宝贝的黑家伙原来是给她未来的阿斯科伊蒂亚后代准备的，可是，她那个子宫偏偏死也不肯怀胎。当我到处为另外一个女人即将分娩的孩子寻找衣物时，我下意识地在那个木箱跟前停住脚步，打开那个世界重新欣赏一番，我怎么也难以抵抗从中哪怕偷取一件衣物的诱惑，或是一件佩塔·庞塞精制的绣花罩衫，或是一双天蓝色的纯羊毛软靴，但是，我没下手。也许伊内斯在罗马谋求赐谥福女弄巧成拙，出洋相后，会夹着尾巴灰溜溜地回来，那时，她无所事事又万念俱灰，无以消磨时光，就会比往日更频繁地来静修院，生活在她那个充满破烂货的净界里，整理、打扫、再整理。要是她问起她不在时，谁来动过她的仓房，我就回答她说是我，我彻底打扫过仓房。为防万一，我还往衣服堆里放了好些樟脑精。于是，她就会赏给我小费以资奖励，我则又作为一种侮辱接受下来，和我已经积累下来的众多侮辱保存在一起。

足有两个月，我们七个老太婆的生活就是围绕着为迎接即将出生的孩子完成全部准备工作。我们用布里希达送的线床单缝制小衣服和尿布,这条披肩要拆掉好好洗洗,这毛线相当好,不像现在那种带静电的毛线;洗干净后重新再织一条披肩,由多拉来织。说来也奇怪,多拉居然能干编织毛线的活。这个铜摇篮,就用这些灯芯草来装饰一下,东西嘛是有点坏了,可是有什么办法呢,我们都是穷老太婆,不过,小家伙好歹算有了个摇篮,何况,在暗淡的光线下,看上去不啻是个王子的摇篮。可惜的是布里希达去世了,没办法看到那个孩子,其实她倒是最热心的。当然,孩子会把她从坟墓里拉出来,让她跟我们一起上天国的。总而言之,生活就是这样。这几个月会是难熬的,因为伊里斯身子很不好,偏头痛,浑身上下浮肿。玛丽亚,你是个巫医,你总该知道小姑娘到底怎么啦。

应当让她躺到床上去。你还感到不舒服吗?这是你的床,这是摇篮,我们来和你一起做妈妈玩,来,你来躺下,就当作是妈妈。可是,既然我们来玩妈妈游戏,那么丽塔太太,你们干吗不给我拿个布娃娃来,哪怕是用布头包个什么当作布娃娃,就像我小时候玩的那样,没有布娃娃,玩起来没意思,你们说过要送我一个眼珠子会转、会叫妈妈、样子跟真孩子一样的大布娃娃的,可是,全是骗人的。等几天,伊里斯,你好好躺着休息,我们会送你的,你尽管放心,睡吧。你不该知道你正怀着孩子,要是告诉你,你正怀着一个奇迹的孩子,你准会害怕,还会去告我们,这样,别人就会从我们手里把孩子夺走。

我们在地窖里日夜生着火炉,用以烤干小哑巴刚裱糊在墙上的报纸,所以地窖里很暖和。阿玛利娅熨烫尿布。玛丽亚·贝尼特斯希望在孩子出生前一切都及时准备妥帖:她在火炉上翻搅着正熬煎着的草药,等煮开后,再往里兑些别的草,这样可以改变一下地窖里的气味,再稍兑点水,滤一滤,等它凉了,灌到小瓶子里去。这可以用来止血，生头胎不知会发生什么情况的。这个，用来消毒。这个，万一她再偏头痛，就用来热敷，你们说话别这么大声大气的，让她安安静静地睡。瞧，她睡着了！你们过来看，她多美！瞧她这张脸，多圣洁，简直和贝妮塔嬷嬷办公室里那尊圣母像一模一样，分毫不差，那么年轻，皮肤那么细嫩。人们不是说怀孕的人皮肤都是细嫩的吗？我看不都是那样，有的人一怀孕，皮肤就毁了，简直是场灾难，可是，她不会的。达尼亚娜（新加入的成员）用手背轻轻地碰碰伊里斯的脸颊……像缎子一般光滑。啊，在这间隐蔽、暖洋洋、香喷喷的屋子里，她抱着刚呱呱落地的孩子，袒露胸脯喂他奶吃，这该是幅多么动人的情景！我们全都踮起脚尖走路，生怕惊醒这个未来的母亲，对那个包孕在受到内脏、肌肉、皮肤重重保护的子宫里的神秘物肃然起敬。

伊里斯睡在床上，嘴里还不住地吮着拇指，与此同时，我们正忙忙碌碌地执行着准备产房这个女人传统的任务，沉迷在这一套习俗里，从而唤醒着自从不久前布里希达离开我们后已然麻木的本能。那时，在那个也是十分庄重的场合，我们的本能也曾因着丧礼的壮观恢宏而复苏过，我们号啕大哭，呼天抢地，因为自开天辟地以来，老太婆们的众多作用之一便是哭；在送葬时大哭大号跟在接生时大笑大乐都是情理中的事。我们老朽的嗓音嘶哑着，一打开话匣，便絮絮叨叨，七嘴八舌，如同没完没了的线团。嘘——轻一点，别把她吵醒了，现在，我们的说话声带着某种从未有过的温柔和腼腆，仿佛我们的嗓音由于婴儿诞生前的礼仪——任何男人不得参与其间——而得到了新生。

是的，伊里斯的怀孕就是个奇迹。事实既成，任何人提不出异议：我们轻而易举地相信了在受孕过程中没有男人染指。我们巴不得忘掉通常受孕的那个动作,而代之以在排斥男性的处女肚子里奇迹般的神秘肉身的形成!我们必须摈弃有任何男人曾插足其间的念头。我们必须抛掉日后会有个父亲来索要他儿子的害怕心理。为什么我们非得和一个男人共享这个儿子?受罪的是女人,他又不懂得抚养孩子;做出牺牲的也是女人,男人图的只是下种时的快感,一种卑鄙下流、满足一时的快感。如果说,我们曾经也有过这种满足,那我们也在做母亲的满足中,将这种昙花一现的快感远远地抛到后面,我们这些有过做母亲的幸福的人不都是这样的吗?伊里斯是贞洁的处女,任何男人对她怀的身孕不拥有任何权利。别让任何人知情。别让任何人看到。在小哑巴替我们安排的这个地窖里——小哑巴真是个好人,要是没有他,我们能干成什么——我们尽心尽力地在做着准备:熨干叠齐块块尿布;编结一条条披肩,许多披肩,待天冷时,不至于随手抓几块布把孩子裹起来,小婴儿受冻着凉是很危险的,不过据说现在有几种药,两天之内就可以不流鼻涕,我们得去买点这种药预备着;另外,用丝带把花边系到从铜摇篮华盖顶上垂下来的帷幔上;喏,这是油布,铺在床垫上,免得尿湿床垫霉烂,床垫一霉烂,会发出一股恶臭,再加上地窖里空气又不太流通;用这块绸子做围嘴吧,瞧,多好看,多细腻,天蓝色的,正好给男孩儿做围嘴,不行,用绸子做的围嘴没法用,因为脏了没法用手洗,你们难道不知道,总不至于小婴儿把围嘴一弄脏,我们就送到洗染店去洗,要知道,小孩子一天要弄脏好几条围嘴呢,可是,绸子是可以洗的呀,我说,阿玛利娅,你难道真的那么笨,连这个也不知道,天然丝绸,真丝绸,要喷水,而且还得喷透,然后,稍稍晾干,再用不很烫的熨斗熨平……

五

　　我不是因为听到脚步声、说话声，或感到有人在走道里监视我，才起来在这座神秘莫测的静修院里转悠。不过，渐渐地，我寻思着，后来，我干脆发觉，有某个人，也像我似的在院子里、空房间里、过道里巡游。不是那些孤老太婆，因为她们早早就钻进了各自的窝，也不是那些嬷嬷，因为当那些老太婆各自钻进自己的院子时，修女们早已累得精疲力竭，连做祷告的力气都没有了。

　　是你。我一开始就猜到是你。我并没见到你的人影，也没有听见你的声音，但我确信是你，你那幼小、肮脏、淫秽的身体，和我一样在分享着我周围的空间。为什么？在这深更半夜的时候，你本应该和那些孤女一样熟睡着，你不该到处游荡，或走或停，有时，离我转悠的地方还不很远。黑夜里你为什么在过道里游逛？你难道仅仅是装扮某种在黑暗中引起老太婆们害怕的东西，加入蜘蛛网、大老妖、丑八怪、坍墙、拦路贼、堂克莱门特、恶狗、陷阱、偷小孩的吉卜赛人、不祥物、妖精等的行列？为什么你老跟着我？或者说，为什么你老跟踪我？不是，你不是在跟踪我。只是你在这里，肯定是你在这里，正在渐渐破坏着我这个空间夜晚的平衡，在这里，任何东西，记忆也罢，愿望也罢，皆与我无关，在这里，我这个生理有缺陷的人不需要任何人的存在。你一定是悄悄地从床上起来，不让其他孤女发觉你在窥探我天天夜里在静修院里转悠到很晚，有时，整个夜里都在转悠，因为我很少睡觉，你悄然跟在我身后，开始时并不露面，只是让我感觉到你占据着夜晚的空间，占据着我的领地，要求我在看不见你的情况下跟着你，就如一条狗循着气味，追踪脚印一般。

白天，当我穿过一个院子赶去修补某根有可能使某条回廊遭水淹的破水管时，我瞧见你正在一株椴树旁和你的伙伴们玩跳房子……我停下脚步，站在走廊的阴影里朝你望望，说不定你会给我做个手势或打个暗号。其实，我根本不知道你是否看见了我。但是，也许你已经看见我了，因为你很善于不视而见，不感而知。我不是爱上了你，你甚至根本没在我身上激起那种凡我这样年龄的男人一旦靠近年轻女性都会产生的非分之想：你是个低级的生命，伊里斯·马特卢纳，不过是一具裹在一个有生育能力的子宫周围的低级生物的外壳，那个子宫才是你身体的中心，其他一切都是多余的外壳。但是，你一来到静修院，就不能不立即引起我的注意，我必须放弃等待白天偶尔遇见你的念头，设法见到你，等你发出信号。你从来不朝我看，你也没看见我。我每天看到的就是你这样的一个存在，我的眼睛在你身上上下不断打量，可是就没发现任何可以注意的地方。既然你甚至不愿瞧我一眼以表现你的存在，那你何必要跟踪我呢。

一天下午，我瞧见你独自在走廊里用报纸叠三角圆帽玩。你戴上一顶纸帽，咧嘴露出一颗断牙，朝我痴痴地傻笑，仿佛戴上那顶纸口袋似的帽子，竟是天底下头等有趣的事。你那张脸，我当天下午就记不起来了。可是，我忘不了你挥舞拳头的威胁以及戴着纸帽子如过去那个大胡子警官破口大骂的凶相，当时这些深深地刺痛了我。

这可是个恐怖开始出现的信号：那个大胡子警官，带着一大帮气

61

势汹汹、心狠手毒的武装打手,夜里,沿着回廊穷追我不舍,非要置我于死地而后快。我干了什么坏事,您要这么威胁我?我是什么人?我什么也不是,我什么人也不是。我从哪儿知道的?还能从哪儿呢,从主教大人命人用卡车运来的废旧报纸里。别弄丢了,贝妮塔嬷嬷,报纸、杂志、书籍,不管多旧,总是有用的。那个充斥静修院的世界末日的形象想要我干什么?夜里,在柱廊里不让我有片刻的安静,一迭连声辱骂我,胆小鬼,马屁精,走狗,带着他的革命扈从在我的走廊里重演着人间的一切悲剧,搅扰我的孤寂,逼得我走投无路,纠集一帮狂喊乱叫的家伙,冲进我的世界,企图把我撕成碎片。

你在用旧报纸叠着纸帽的时候——你不会否认你很清楚你在做什么,为什么要这样做——露出的就是那副脸相,就是那种直接针对我的威胁。

可是,要知道,这个静修院相当大。老太婆们耐心积累起来的、通过她们的护身法宝的作用从而充满这个空间的力量是有溶解力的,冲进来的人群在这宽阔的空间里逐渐溶化,无声无息,直至只剩下那个大胡子警官举着手还坚持了几个晚上,最后也只恢复到纸帽的原状,进而变成旧报纸的模样,自然,最终,现在由你的存在取而代之:你举着手,站在棕榈树院与大道之间的那堵围墙脚下。一辆汽车在墙外驶过,亮晃晃的车灯照得围墙上端防止人越墙而入的碎玻璃片闪烁着绿光。你垂下手,你无法翻墙出去。你继续在黑暗中放心地、毫无惧意地踯躅,迫使我尾随其后,这正是你所愿望的,紧紧地跟着你,你干什么也让我干什么,时而停下脚步,倾听街上有某个人吹着口哨深夜归家。你知道我躲在一扇屏风后面偷偷地注视着你。你本可以悄悄地转到那儿,突如其来地站到我面前,可是,你还是宁愿不那么做,还是不看见我为好。你要是看见我,就会认出我来,你要认出我就是那个打扫卫生、推小车拉破烂的小哑巴,我就只好向贝妮塔嬷嬷报告。您瞧,贝妮塔嬷嬷,您瞧这个小姑娘深更半夜不睡觉在干什么,我听到有声响,还以为有贼,起来一看,原来是她,这么晚了,她起来要干什么,应该好好惩治惩治,把她关起来……不,你还是不看见我为宜。

　　每天夜里,你就这样无形地拖着我在静修院里转来转去,观看路灯映在屋瓦上的反光,倾听过往汽车的喇叭声,以及孩子们在闷热的夏夜在人行道做"小姐您要什么"游戏的歌谣:小姐小姐您要啥,曼丹蒂伦蒂伦丹,我要一个胖娃娃,曼丹蒂伦蒂伦丹,娃娃名字取个啥,曼丹蒂伦蒂伦丹……你走到哪儿我跟到哪儿,以防你迷路,或闯进某个密室被关在里面永远出不来,或突然失踪,最后也弄不清楚我们这样彼此不露面但又在一起夜游的谜底……我把封死的通往楼上的门打开,撬松封门的十字木条上的钉子,使劲把门顶开,因为你推过,怎么也推不开。把这扇门打开,给我打开,你别那么坏,你又费不了什么劲儿,把门打开,让我上去看看那儿有些什么,从那儿往下看,能看见些什么,我还从来没上去看过。好几个晚上,你走到这扇门跟前停下,然后又走开,一天夜里,你又来到这扇门前,试着推推门,你发觉钉子撬松了,木封条活动了。原来,我已经理解了你的命令,按照你的吩咐做了,我打开了那扇封死的门,好让你上楼去游逛,我还给你打开了那个有二十张小铁床的房间,取下窗上的封条让你看到街景。我的百依百顺平息了你的怒气。我发现那顶纸帽子终于被丢在院子的泥地里了。我于是捡起来把它一烧了之。一股胡子烧焦的味儿迅即随风飘散,杳无踪迹。

　　你天天夜里上楼凭窗眺望街景。你和附近的小伙子们交上了朋友。你们扯着嗓子聊天,你站到窗台上为大街上的那帮给你鼓掌喝彩的人跳舞。那帮人每天夜里都不完全相同,人数也不定。从此,你再也不漫无目的地在院里闲逛了。你现在躺在楼上,心思全集中在大街上,不再理睬我了,于是,回廊里、柱廊里的宁静又重新包围了我。

我明白,当一个人向某项苛求让步时,他是在降低自己的人格,正因为如此,这种怒气的平息也就是暂时的,贪婪的魔鬼还会伸出魔爪提出更多、更多、更多的苛求。我早就料到,伊里斯·马特卢纳很快就会不满足于待在窗前,再向我提出别的或进一步的要求,你会重新在夜里顺着柱廊跟踪我,寻找我,强迫我答应满足你向我提出的新要求。不,我不想服从你,伊里斯·马特卢纳,你不过是堆拥有趋向性的肉体,你早就忘了在你们三人睡觉的床上把你母亲脑袋砍下来的父亲,就如你正逐渐忘掉一切,逐渐以一个起码的愿望代替另一个起码的愿望一般,先是观看墙外的灯光,而后,临街的窗子,现在……不,我不能满足你的要求,免得你对我纠缠不休,我逃往静修院深处躲起来,让你找不到我。可是,我怎么也躲不掉,你总是能找到我,迫使我跟你走,拖着我在那些我自认唯一对我来说不是迷宫的回廊里东转西转,企图使我迷失方向,可是这静修院就是我的家,我简直闭着眼睛都了如指掌,就这样转啊转,我以为已经转到一个犄角,我可以永远关在那儿不出来,谁料,突然间,我发觉来到大门口的院子。怎么回事?

我躲到一簇簇点缀山石堆砌的仿卢尔德岩洞的天竺葵花丛中。我窥见你取下门闩。然后,我听见你在转动插销,不过你没有硬转,你只是试试是否如你所知道的,插销每天夜里都是上了锁的,咔嚓,咔嚓,咔嚓,你主要是以此通知我你的新要求。不,伊里斯,这未免太过分了。我使劲捏了捏藏在我罩衣口袋里的那串钥匙。我没有必要非要服从你不可。归根结底,你从来没有看见我尾随你。你只是这么猜测而已,你要是因为我不服从而公开对我报复,我只要装作不知道就行了。你装作用块小石头在玩造房子游戏,等待着,给我时间为你开门。我没照办。我没服从你。于是,你单脚跳着,一路踢着小石头,沿着回廊走了。你听任卸下的门闩留在那儿。我看到你已不在,赶紧跑上前去上门闩。这是我的责任,年复一年,每个晚上,都是由我锁门落闩的。我不喜欢临街的大门夜里不落闩。

　　一连几个晚上,你都是这样。取下门闩,转动插销,其实你很清楚插销是上了锁的——咔嚓,咔嚓,关键是发出信号,然后,你就朝自己的院子走去。你又没有上门闩。你一走远,我又重新把门闩上好。直到一天夜里,你朝自己院子反身走去,其实,也许你躲在什么地方引我上当。三分钟之后,当我上好门闩重新躲起来后,你又重新回到大门口,见门闩已重新上好。这下,你不再去摆弄插销。有什么必要呢? 既然你已经发现了我。

　　"小哑巴。"

　　伊里斯,我答应道。你是听不到我答应的,因为我的声音是听不见的。我没有从那个假山洞里出来。可是,你这一手花招却迫使我不得不接受同谋的角色。第二天夜里,当全院的人都已熟睡后,你来到大门前。大门既没上门,也没落锁。我在暗处仔细观察着:你既没做任何多余的动作,也没显出惊讶。你打开大门,径直走出去。

　　我隐藏在假山间等你走出去。然后,我关上门,从里面上锁落闩。我脑子里很快就开始编撰一个解释你失踪的故事:吉卜赛人把你劫走了,丑八怪把你吃了,你跟你那个杀人的父亲逃走了,静修院的黑夜把你吞没了,你掉到一口井里了,你在顶楼里迷失了,你在某个大木箱里乱翻结果关在里面出不来了,反正,说什么,别人都会信以为真，唯独只有我知道，是我把你放出静修院，让你落到警察手里，由他们把你交给医生，再由医生来肢解你。你年轻，许多人急需你身体各部分的器官，阿苏拉大夫无时无刻不在渴望得到各种腺、子宫、眼珠，尤其是眼珠，因为堂赫罗尼莫要求找到眼珠子交给他，而他一直在设法找，可始终没找到。你呀，你的各个器官将被割下来，分别移植到别人的身体上，你将从此不复存在了。

我还来不及结束把你交给刽子手的种种遐想，大门就轻轻地被推开了，你在外面待了不到十分钟就又回来了，高声地哼着歌，声音还相当高，似乎你已无所谓保守秘密，因为，反正有我，你的同谋，有义务保护你。你走过露德圣母像跟前时，用手画了个十字，可是嘴里还是不停地在唱着"黑妞，黑妞，你答应啦，扭啊扭，扭动你的腰"，脚步也没有放慢，甚至没有为自己做了件丑事而歉然一笑。没有，你什么也不在乎。你唱着歌，打着哈欠，消失在夜色里。

我上好门闩，落了锁。你甚至都懒得把门关上。我发觉大门洞开着，可怕的夜晚，但外面却很平静。

我时常虚掩临街的大门，好让她深夜出去。我隐在假山间等她回来，有时要等好几个小时，有时甚至等到天亮。可是，实际上，我已不在静修院里了：伊里斯走出大门，就牵着我在大街小巷里乱窜，在人们伸头探脑注视她的高楼矮屋间乱窜，在饿狗群、汽车流、喧闹声中乱窜，她牵着我要把我交给堂赫罗尼莫。

她牵着我，就像牵着一条狗。我被拴上了一条铁链，只能到处尾随她，盲目地、死心塌地地服从她。我被紧紧地拴着，免得窜到马路上被汽车辗死，套在我脖子上的项圈，内圈是带尖刺的，就像那种驯狗用的项圈，我只能服服帖帖，因为我只要稍一挣扎，那些尖刺就会扎伤我,如果稍一反抗,哪怕略有反抗,主人们就可以一个劲儿扯动铁链。这时,那些尖刺就会扎得你鲜血淋漓,直到整个脖子斑斑鳞伤,于是,你已没有能力再反抗,只能乖乖听命,俯首帖耳,因为,如想不服从,如想拥有自己的意志和愿望,吃的苦头实在太大,甚至最后,当她一扯铁链,尖刺一触到我,我为了不流血,不吃苦,就乖乖从命,久而久之,我也就忘了过去——在遥远遥远的过去,我曾经在还知道什么是不服从的情况下,也许想过或企图不服从过。我从来不敢不服从她。伊里斯是个狠心的人,有时,她仅仅为了看我受罪取乐,就莫名其妙地使劲扯动锁链,让尖刺扎进我的皮肉。我总是远远地跟着她,不让她从我视线中消失,然而也不能让她瞧见我,以便她可以自由自在地跟她的男朋友们谈笑……有人给她买了块巧克力……她走进一家附近男孩们玩桌上足球、经常出售旧杂志的店铺……有人教她跳新潮舞唱流行歌……她和他们玩接球游戏、玩风筝,他们给她念小说……她跟着"巨人",帮他散发彩色传单:"马丁·佩斯卡多尔商店、宽限付款。床垫、床、毛毯、家具。价格低廉,俯身才能看见。"希娜,附近的人都这么称呼"巨人"的女朋友。一切都那么天真、那么幼稚。

要是堂赫罗尼莫知道伊里斯牵着我在街上乱逛怎么办?很可能他不会认出我来,因为我已变成伊里斯的一条狗,除了阿苏拉大夫未能抠去的我那炯炯有神的眼珠子,浑身上下已没有一处是以前的温贝托。可是,要是他的走狗发现这一点,发现伊里斯牵的那条狗的脸上长着的是我的眼睛呢? 那么,他们一定会把我捉住,要那样,我就永远完了,我再也没有指望了。温贝托,我正在衰老,阿苏拉大夫手里拿着手术刀,他的助手们也都戴着面具,穿着白大褂做好一切准备。他们仍然是听命于我的,我一直在等待着找到你的时刻的来临,现在好了,你必须把你藏起来的、属于我的东西归还给我。在那些门后边,准有他的人乔装打扮在监视我,说不定转过一个拐角,就会突然有人出现在我面前,假装着在摸他的胡子,但是实际上,他没在捋胡子,因为那胡子是假的,用胶水粘上去的,为了不使我认出来,似乎我会认出他来似的。其实,我谁也认不出来,就是连恩佩拉特里斯我也认不出来,她没准儿正从疾驶而过的汽车车窗里窥探着我,垂涎三尺,露出獠牙,侏儒似的额头紧蹙着。每个人都为各自的目的在寻找着我,而其中佩塔·庞塞是最危险、最无情、最残忍、最难以识别的追踪者,因为,我很容易把她和其他的老太婆混起来,她的脚步轻得听不见,又很善于隐蔽,不让人发现。这个一刻不让我安生的淫荡的老货,我在暗地取笑你,因为我还活着,并且正在服侍像你那样的老太婆们,供她们驱使,而她们不像你似的了解我的真相,所以她们容我安安静静地待在静修院里。我现在也是个老太婆了,堂赫罗尼莫,我是伊里斯的一条狗,求您让我休息吧,求求您,别老穷追我,我为您服务过,出过力,见证人同样是仆人呀,您知道,仆人总会从主人处留下点什么归为己有的,您一定知道的,您怎么会不知道呢,因为,我受雇于您,作为您的幸福的见证人,不也留下您的主要部分归我所有了吗?他们夫妇幸福的交欢是在那远处,远得如同高不可攀、可望而不可即的群山,而他们的交欢,只有在我羡慕和嫉妒的目光——堂赫罗尼莫和伊内斯知情而且需要——下才能维持。没有我那种嫉羡的目光给他们制造欢愉,他们就无法生活,我注视着他俩颠鸾倒凤所感受的痛苦,正源源不断地供给他们消受的快感。多年来,堂赫罗尼莫雇用的其实不是我——我本人是不值分文的——而是我的嫉妒。但是,我那充满阳刚之力的目光,我依然保留着,那是属于我的,我不会给他,我也不会允许别人来夺走,正因为如此,我才躲到这静修院来。

堂赫罗尼莫,不让您来夺走我那目光,让您从今以后再也不能接近幸福,所以我从来不和伊里斯一起出去,即使装扮成狗,我也不出去。纵然她踢我,揍我,要我跟她走,我也不会出去,我将留在我现在待的地方,隐藏在假山石之间,一动不动,犹如石膏做的圣徒塑像。

"巨人"和伊里斯是幸福的一对。我的眼睛一眨不眨地看着他俩,猜测着他俩干着那种事时的每个细微的动作。伊里斯很崇拜她的"巨人"。他要跟我结婚来着,她告诉那些孤女,你们瞧,在这期《米老鼠》杂志上有他的照片,喏,他过来了,后面老是跟着那条叫普卢托的狗,那就是他。"巨人",他一个星期里总有几个下午要从这儿经过,我就在上面的阳台上等他,然后大声喊着,和他约会。再等一会儿,"巨人",等那些老太婆全躺下睡觉,你再等我一会儿,我马上就下来跟你那压倒这条街上所有男人的非凡身子贴在一块儿。

他俩坐在路旁的水沟边上聊天。我不知道他们在谈些什么,我也想象不出跟伊里斯·马特卢纳这种人能谈出些什么名堂,她除了自己的身子,可以说一无所知。其他的,诸如她的家乡,她那死去的母亲,她那坐牢的父亲,她都忘得一干二净,跟她目前的存在,压根儿毫不相干。她是"巨人"的女友,她甚至已不叫伊里斯,而叫希娜,这更有现代的味道。希娜,希娜,给我们跳个拼命抖动乳房的舞吧。希娜,就在这儿跳,在这个街角跳吧。来,希娜,使劲地扭呀……

我应该说句老实话:罗穆阿尔多本不是个坏孩子,所以,原先对待伊里斯,就如一个兄长那么亲切,似乎对她抱有同情之心。他给她讲好多事……马丁·佩斯卡多尔商店的土耳其老板是好人,每当有人去买不少东西,说是因为"巨人"散发给他一张彩色传单所以才来光顾时,土耳其老板就会给我小费。他们允许我睡在商店里,他们在大门处给我安一张垫子,还把钥匙让我保管,他们非常信任我。另

69

外，我还是巡夜人，有几天，我到这个地区来，另有几天，我又上别的地区去，不过，我更喜欢到这个地段来，更喜欢生活在这个地段，等我再赚些钱，我就在这里租一间公寓，可是，谁知道要等到哪一天才行。当然，有时候，我就在顺这条街角走过去一点的地段，找个地方藏起来睡个午觉，谁会注意到呢，那儿有辆旧汽车，实际上只剩个空底盘，没有轮胎，没有发动机，我就钻进汽车睡午觉。

我尾随着他来到那辆废弃的汽车跟前。他那副纤维灰浆做的画着脸谱的大头面具搁在前座。他如同胎儿一般，蜷曲着躺在后座睡觉。我从没有玻璃的车窗伸进手去，轻轻地碰了碰"巨人"涂抹过油彩的眼睛。罗穆阿尔多醒来嚷道：

"别闹……"

我把手抽了回来。

"你想干什么？"

"没什么。"

"那就走开。"

我惊得魂不附体，转身就逃，一手捂着嘴，一手使劲抓着自己的喉咙，仿佛我的声音在那些路人的脸上挖开了一道深沟，而那些路人又似乎个个都是堂赫罗尼莫、阿苏拉大夫、恩佩拉特里斯、佩塔。这些没心肝的家伙准会向贝妮塔嬷嬷告发我，贝妮塔嬷嬷又会报告阿索卡尔神父，说我的全部生活全是编造的：小哑巴会说话，有欲望，有激起性交欲望的目光，他有智力，有听觉，他是个无赖，是个危险人物。这么一来，就会收回我的钥匙串，我就是靠着这些钥匙才把自己关在这个静修院，不让任何人发现我、抓到我的；是的，他们会打电话给主教大人，主教大人会通知堂赫罗尼莫把我带走，因为我不是被伊里斯用铁链牵着出去的，而是一人擅自出去的，似乎我已忘记阿苏拉大夫正等着挖下我的眼珠子，然后存在一个特制的瓶子里保鲜，拿去送给堂赫罗尼莫；到那时，也只有到那时，他才会彻底忘掉我，把我扔回我所属的垃圾堆，因为，他唯一感兴趣的是我的眼睛，他什么都丢得开，唯独不能没有我那痛苦、嫉妒、渴望的目光，我身上的其他部分对他来说分文不值，没什么，没什么价值。啊，"没什么"这个我不慎漏出来从而泄露了天机的词，逐渐在烧灼着我的喉咙。

我躲进自己的院子，钻进被窝里，这样，他们再也找不到我了。我发烧，浑身哆嗦，老太婆如对待婴儿一般，用布把我裹得严严实实。喉咙肿得很厉害，纵然我想说话，也痛得说不出话来了。吞东西也疼得无法吞。小舌头发红，腭部充血，喉头发炎。没什么，没什么，把我裹紧点，老太太们，给我多盖点，别让我寒热发抖，别让我能够活动胳膊、手、脚、腿。赶快，老太太们，把我整个身子给缝起来，不光是那张滚烫的嘴巴，还有，尤其是我的眼睛，缝上，把它那激发性欲的能力深深地埋葬在眼皮底下，使我的眼睛什么也看不见，也使堂赫罗尼莫再也看不见我的眼珠，让我的眼珠待在黑暗中。是的，在虚无中，自己消受它本身的能力。对，老太太们，给我把眼睛缝合起来，这样，我就让堂赫罗尼莫从此永远无能为力了。

老太婆们给我服用一种治我的病最有效的汤药。玛丽亚·贝尼特斯用碱性甲基蓝抹在我的嘴上：这一下我的嘴简直成了个洞穴，我都不敢露出来让人瞧，因为，甚至连那些老太婆看见我的紫嘴唇、灰舌头，都忍俊不禁。再抹一下，玛丽亚，虽说现在已没有必要，因为嘴上抹了碱性甲基蓝，我就不好意思走上街头，人家会以为我是疯子，把我送进疯人院……我们可不能老给你抹那玩意儿，小哑巴，你已经没有寒热了，你要是愿意，你完全可以起床了，你的病已经好了，你瞧,瞧那太阳,瞧秋天的阳光有多美……

　　我了解"巨人"的习惯。他这个人有点懒散。尽管他自称常得到数目可观的小费,其实他对自己的工作和菲薄的收入很不满意。他不仅要低声下气,而且疲于奔命,成天戴了个可笑的大头面具,走东串西,分发除了孩子外谁也不感兴趣的广告传单——孩子们可以把传单又叠又折,折成小纸船,放在路旁的小沟里漂着玩。他尽量偷懒少干活。夏天,脑袋套在大头面具里热得喘不过气来。冬天,他穿着细棉布衣服,冷得直打哆嗦。他在那辆废弃在荒地的福特牌破汽车里临时布置了一个窝:几个污黑的陶罐用来煮茶,几本翻烂了的旧杂志,一副用来独自解闷的扑克牌,在挡风玻璃上贴着一幅披头散发的乐队的照片,那个摘下来的"巨人"大头面具搁在前座。我在周围转悠着仔细观察他。我见罗穆阿尔多睡着了。可是,我不愿他睡觉,于是又伸出手去摸摸他的眼睛。

　　"你又来了?你想搞什么鬼?"

　　"巨人"的大头面具,我想要的就是这个。你把它租给我戴吧,罗穆阿尔多,我戴上它,才可以和伊里斯组成幸福的一对。你正想问我要这个大头面具派什么用场,我不等你把话问完,就及时打断你。实说吧,要多少钱?一千。你不慌不忙地微微一笑,黑胡子底下露出两排雪白的、潮润的牙齿……行,喔,不行,这绝对不行。戴上面具扮成巨人,这是我的工作,大头面具的主人是土耳其老板,这面具做得相当精致,你瞧,是用轻质纤维灰浆做的,全部用漆漆过的,油光锃亮,瞧见没有,土耳其先生们管得很紧,要我好好走街串巷,分发广告传单,你没看见这是一种广告……巨人的大头面具是他们的,不是我的,我做不了主,要是我的,嘿,那算什么,我一定很乐意借给你,可惜,不是我的……

"一千五,怎么样?"

"租多少时间?"

"不知道,一小时,也许两小时……"

"一言为定。"

"派什么用场"这个问题在你舌尖打转。可是,说到底,我何必去管别人干些什么。这个家伙是个怪人,瞧他那个嗓音,那个如动物园里的北极熊一般的紫色嘴巴……一千五百比索对谁来说都没什么坏处。谁会注意到这个"巨人"不是我呢,因为"巨人"在街上走时,谁也不屑瞧一眼的,再说,他已经答应像我一样在大街上散发广告传单了。

"一言为定。"

你从福特车的前座上拿过大头面具,那个面具大得出奇,脸部抹着油彩,脸上雀斑点点,像个小丑、傀儡、妖怪、玩偶,眼睛鼓鼓的,张着嘴做着固定不变的嬉笑模样,露出一对兔子般的白牙。

"来吧,我给你打扮一下。"

"行。"

"先交一千五百比索。"

我如数点给他一千五百比索。罗穆阿尔多递给我一条细棉布的花裤子。我接过裤子随即套上。

"现在穿上衣?"

"不,先把脑袋戴上,再穿上衣,然后,我帮你把用来系紧面具的带子塞在上衣里面,让人瞧不出来。"

你把面具套到我头上,那庄重的架势活脱就像大主教给国王加冕一般,这副新的装束彻底抹去了我过去的全部身份,所有的身份:小哑巴,堂赫罗尼莫的秘书,伊里斯的狗,温贝托·佩尼亚洛萨,即在这部微不足道的作品中向我们展示出那个现在已荡然无存的世界当初百花盛开、春意盎然的如此感人、如此富有艺术情趣画卷的那个敏感多情的作家,第七个巫婆,我所有的这一切身份都被溶化在那个黑洞洞的面具里面。我什么也看不见。现在,我除了没有声音,也没有了视力,喔,不,在大头面具的颈部有条缝隙,透过那条缝隙,我可以稍稍窥见外部的世界。谁也不会想到,在这个纤维灰浆做的傀儡的颈部,我正瞪着一对眼睛。

"不,要说待在里面很舒服,这是瞎说,我干吗要对你说假话?再说,瞧你的身子骨,又那么瘦弱。不过,你发觉没有,它并不像初看乍见时以为的那么沉吧?这是用头等纤维灰浆做的,质地很薄、很细的。你得逐渐习惯透过那个缝隙看东西,这是最重要的。你可千万别撞在什么地方,给我把这大头面具撞瘪了,要知道,我那老板脾气坏得很,这个面具又很值钱,行了,现在穿上衣吧。"

他像司仪神父一般,躬着身毕恭毕敬地朝后略退几步。那件上衣也是花的,不过那花样和裤子的不同,结果我那套礼服仿佛是用褪色的碎花布拼起来的一般。我郑重其事地朝前迈一步,再迈一步,用手正正我的王冠,我马上发觉它戴在我头上挺合适,其实,它正是我自己的脑袋,没错,我感觉到微风轻拂着我的头,我的手抚摸到我的脸颊。再见,罗穆阿尔多,我讲话的声音很响亮,很清楚,我看到自己置身在城市中很亲切,就像身处静修院一样,谁也不会发觉在这身装束下伪装的我。我现在处于这比堂赫罗尼莫神气的高度在观看一切,因为我脑袋上顶着的大头面具的那对神奇的眼睛正凝视着我王国里的琉璃群塔。我可以放心大胆地走到任何一条街道上去,不必提心吊胆地随时注意街名免得往回走时迷路,我知道,我不会迷路的,因为"巨人"是不会在自己的王国里迷失方向的。

那是一天中最平淡的时刻。如果不出点什么事来拯救万物,那么世间的一切都可能在我奇大无比的形象面前逐渐消失。长长的街区不过是一堵墙,每隔一段距离开着一扇门,每个门里的屋顶颜色各不相同,表明是不同的家;花草、一条长凳、滴答滴答漏着水的水龙头、木槽、树枝编的扫帚、刚买了煤油炉的妇女、种在扁茶壶里的秋海棠,每扇门都向人展示一个不同的天地。希娜和"巨人"说说笑笑,并肩沿着一排光秃秃的胡桃树走来,希娜要一块巧克力,"巨人"掏钱买给了她,希娜将一把彩色的传单往空中撒去,在昏暗的光线下,五颜六色的传单根本区分不出来,希娜在纷纷扬扬飘落下来的传单间旋着身子捕捉她自己撒向半空中的传单,她不为别的,就为了在彩色纸片中旋转取乐。有个妇女把一只火炉拎到人行道边,水沟里的流水映出渐渐把木炭燃成熊熊炭火的蓝色火苗,希娜塞给她一张传单。

　　"是马戏团的,小姐?"

　　"不,是电影。"

　　"您是谁?"

　　"我叫希娜,百老汇的女明星。"

　　在街角叽叽喳喳悄声私语的影影绰绰的人影、嘤嘤嗡嗡的低语声、隐隐约约的人声似乎都在等待魔法降临,以便扩散开来,活跃起来。现在,不是伊里斯领着我,而是我领着她在走,因为,尽管街上光线幽暗,可我轻车熟路,对附近了如指掌。远处,一个老妇人缩成一团蹲在地上,用嘴吹着一只炉子里的火炭……吹起的一溜溜火星满街都是,那一阵阵从这个善良巫婆口中喷出的噼啪作响的呼吸,仿佛一路吹亮了我们沿途的路灯,电的令人刺激的魔力倏然改变了万物的面目,天蓝的变成了绛紫,玫瑰红的变成了紫红,柠檬黄变成了橘红。还有那些原先站在街角如阴谋家似的交头接耳的黑影,现在我认出了他们,灯光揭去了他们的面纱,但揭不去我的假面,我还是熟悉当地所有人物的"巨人"。四个安字辈的聚在一个街角抽着烟,他们并没有策划反对任何人的阴谋,他们是安尼塞托、安塞尔莫、安德烈斯、安东尼奥,喂,伊里玛,别勾着你的情郎,别这么不知害臊,你没瞧见路灯已经亮了。我们沿着人行道继续往前走着,出来点炉子的女人愈来愈多,她们一边扇着炉火,一边闲扯着:瞧那个小姐,就是静修院的那个妞儿,那个跳舞的姑娘,听说她叫希娜;不对,她叫伊里斯,是"巨人"的女朋友。我们手拉着手穿过马路,朝对面的人行道走去,一辆小汽车嘎一声紧急刹车,明晃晃的车灯照得我们的身影变了形,白晃晃离奇古怪,比我们本人,比我们不时被时光销蚀的本人显得高大、漂亮,也幸亏这明晃晃的车灯,在汽车刹车的瞬间,使我们两人及时撒手分开,得以保全了性命。汽车司机连声恶骂着驾车消失在街角,我们只当没听见,根本不予理会。我带着伊里斯一直走到那片荒地,钻进那辆旧福特。

"我们痛痛快快地疯狂一阵吧!"

说完,我就急不可耐地动作起来。她低垂着眼皮,兴奋地扭动着身子。啊,你是我的爱,我愿意嫁给你,你英俊,你现在的温存使我销魂,我会给你更多的爱,更多的快感,给你全部的满足……一直到我们必须分开为止。我现在得走了,"巨人",我答应你,我天天晚上出来和你玩个通宵,跳个通宵。好的,希娜,我会给你买许多漂亮的东西。什么时候?"巨人",告诉我什么时候?我不知道,我无法肯定什么时候,因为我自己也不知道什么时候我会再回到这个地区来,要是土耳其老板查到了,会揍我,把我撵出来的,你没看见,我必须在马丁·佩斯卡多尔百货商店附近的所有地区来回转悠,我是做广告的,老待在一个地区怎么行,人家雇我,就是让我到处转的。那么,什么时候,"巨人"? 我不知道,真的不知道。那好吧,我每天傍晚在楼上的窗户那儿等你,看你是否来了,你只要给我打个暗号,我就下来,跟你出去玩……再见,"巨人",刚才真够刺激的。再见,希娜,我呀,躲在假山石后面等着你呢。

六

我就是伊里斯腹中胎儿的父亲。

无所谓什么奇迹。我不过拥有堂赫罗尼莫纵有多大财势却始终无法得到的某种能力：简单的、动物性的、传宗接代的本能。

每天，我都在窥视罗穆阿尔多是否来了。我一发现他来到这地区，便设法让伊里斯出去，然后，我自己也溜出静修院，找到罗穆阿尔多，换下他的"巨人"面具，和伊里斯到老地方去颠鸾倒凤。罗穆阿尔多用我给他的租用"巨人"面具的酬金分期付款买了一只手表。那天，玛丽亚·贝尼特斯对伊里斯做了检查，断言她确实是怀了孕，我可没说现在这帮女孩子只要闻闻男人的裤裆就会怀孕。当天傍晚，我找到罗穆阿尔多，对他说我不再需要他的"巨人"面具了。

"那，我的表怎么办？"

我耸耸肩膀。

"我怎么才能付清欠款呢？"

我没作答。我希望他自己能找到出路，免得怨天尤人。

"看来，我只好把'巨人'面具租给其他小伙子了。"

不错，对头，好极了，罗穆阿尔多，你可真是个呱呱叫的中间人。伊里斯肚子里已怀着我的儿子。除了怀着我儿子的子宫，她身上的其他部分统统是废物,统统应该毁掉。我瞅了瞅罗穆阿尔多。如此明确的解决办法不是相当坚决吗?我建议他自己套上"巨人"面具和希娜去做爱。

"跟这个被别人睡过的女人玩玩,我可用不着戴什么面具。"

我问他是否这么干过。

"没有。"

我不相信。我需要绝对的证据,证明伊里斯腹中所怀的千真万确是我的儿子。于是,我就和罗穆阿尔多打赌,要是他不戴"巨人"的面具,能把希娜勾上手,他买手表欠的款,统统由我支付。

"一言为定。"

我躲到福特车的车窗后观看整个过程。当罗穆阿尔多取下面具后,伊里斯怒吼起来,丑八怪,丑八怪,你别癞蛤蟆想吃天鹅肉,你这个坏种、畜生……罗穆阿尔多把面具撂在地上,猛扑上去,想把伊里斯按到福特车的行李箱上强行非礼,可是伊里斯拼命挣扎,又叫又哭,挠他的脸,夹紧两腿,狠咬罗穆阿尔多想摸她乳房的手,罗穆阿尔多见手被咬得鲜血淋淋,不由得火了,便挥手揍她。我见他俩扭打起来,赶紧戴上面具,穿上那身细棉布的广告服,一把将她从那个坏蛋的手中抢出来,搂着她边走边安慰。是的,那家伙是个坏蛋,除了和"巨人"以外,和任何其他男人睡觉都是罪孽,我是唯一的好人,希娜,来,拿上这些传单,一边走一边散发吧。喏,这些杂志,我是带来送给你的,瞧,你愿意我给你念念这篇在《宝贝》杂志上刊登的小说吗?美极了,喏,这是一条天蓝色的丝绒发带、一双丝袜、一块巧克力、一支三色冰淇淋,统统是给你的,拿着吧。

罗穆阿尔多对我说,行了,这个赌你打赢了。他还告诉我,他现在也不为表的钱发愁了,因为有两个顾主要租用他的面具,那两个小伙子出的价虽然不是一千五百比索,不过,好歹也出一千的价……谁知道他们租"巨人"面具派什么用场,再说,别人的事,他也根本不想去管。

由于我经常放伊里斯出去,很快,她在当地就招来了数量惊人的嫖客。我就躲在福特车里,目睹她和"我"交欢:眼珠乱转,痛快地呻吟,忘情地笑,温存地抚摩"我"的脸颊,妖媚地瞧着"我"。伊里斯的艳名顿时在全城不胫而走。不少人纷纷从其他地区赶来同她睡觉。起初,是手艺人和学生,继之是开着小汽车来的有钱人,后来我看见慕名而来的不乏乘坐穿着制服的司机驾驶的轿车的绅士,穿着燕尾服的外交官,佩着金光闪闪的肩章的将军,胸前挂满勋章和金银丝绣的皇家语言学院院士,秃顶而大腹便便的活像一团肉球般的教士、地主、律师,一边气喘吁吁地云雨、一边对国家的可悲境况慷慨陈词的议员,像妓女一般浓妆艳抹的电影演员,以及明知事实却信口雌黄的电台评论员。他们一个个脱下华丽的服饰,换上"我"的广告服,再套上使得他们面目陡变的"我"的面具,然后,和伊里斯搂在一起,把他们的手深深伸进那堆爱恋着"我"的软绵绵的肉体。我从隐身的福特车的车窗后看得清清楚楚,在"我"的重压下,那堆肉体在渐渐地销蚀。一次,我见堂赫罗尼莫·德·阿斯科伊蒂亚从他的梅赛德斯-奔驰车上下来,和罗穆阿尔多谈了几句,付了钱,戴上了我的面具。我没有什么可担心的,伊里斯的子宫早就属于我了。相反,我倒颇有点可怜他,自从几年前我离开他之后,他做过一切努力,尝试过各种办法,甚至最古怪的办法,企图恢复他那被我的目光刺激出来的性交能力。他现在已不像当年那么年轻了。他手下的人为他寻找各种机会,寻觅各种不寻常的机遇,他每每拼命地动作,可是,毫无用处。堂赫罗尼莫,你明明知道没有我的允许,这一切都是徒劳的;这个可怜虫只能顾影自怜,没有能力和任何女人近身,他那阳具只能像个断臂人的空袖般无力地耷拉着。

我一见他,心中却无惧意,我马上意识到我必须冒一下值得一冒的风险:允许他扮成我的模样和伊里斯·马特卢纳交欢。这不难做到,只要他在性交时,我望着他,在几分钟里,重新充当他幸福和胜利的见证人的角色就可以了。

他套上了我的面具。伊里斯一到,他就饿狼似的扑上去,把她按贴在墙上,两人便疯狂起来,可是,唔,没成功。怎么啦,亲爱的,你不爱我了,你准是爱上别人了。不不,等一会儿,我累了,你再等一小会儿。他从那绷得紧紧的广告服里,向我透出他的绝望,他急不可耐的痛苦的央告,呼唤着我的名字,求我帮助,心急如焚地求我赐给他我的目光。当我感到他的烦躁焦灼已临近爆炸的时候,我才把脑袋伸出福特车的车窗,让他能看到我——温贝托·佩尼亚洛萨,那个当伊内斯身怀六甲时怕碰她,唯恐影响即将出生的完美孩子,陪着他到妓院寻花问柳的温贝托·佩尼亚洛萨。走,温贝托,陪我走,他就让我站在旁边,看着他和某个妓女交欢,一边对我说,瞧见没有,温贝托,我的阳气多足,瞧,我弄得她多舒服,我敢打赌,你绝对不可能像我似的,弄得她如此神魂颠倒;你瞧,温贝托,你瞧她的模样,你听她的呻吟,怎么样,你发觉没有,你是个可怜虫,因为你不能像我似的善于激起欲火,你痛苦了吧,你难受了吧,你就让空幻的依恋击溃你心中一切的奢望吧,你伤心吧,因为你没有能力办到我所能办到的事……我堂赫罗尼莫所能办到的事。他不再能办到了。不过,今天,他能办到,因为我又允许他看见我隐在车窗后的脸,以及我痛苦地望着他的眼睛,望见继续保存在我目光中的痛苦神情:正因为如此,他才得以弄得伊里斯·马特卢纳痛快忘情地呻吟。

我肯定能想象堂赫罗尼莫看见我时内心是何等的惶惑不安：是撂下伊里斯·马特卢纳，中断您多年来唯一一次成功的男性行为，追上我，最终把我抓在您手中；还是继续和伊里斯贴在一起，享受占有她的满足，从而失去我，也同时永远失去您自己。他瞥了我一秒钟，立即认出是我，而绝不是幻觉。我赶紧躲进静修院。我可再也不出去了。何必呢？一切都已妥帖，我的计划已经完全落实了：我可以不费吹灰之力让堂赫罗尼莫深信不疑，我的儿子，即将从伊里斯·马特卢纳腹中出生的孩子，是他的儿子，是他日思夜想、梦寐以求，而伊内斯的肚子拒绝给他生育的阿斯科伊蒂亚家族的末代传人。堂赫罗尼莫肯定会承认他的。堂赫罗尼莫会把姓氏和田产传给他。他会成为这座静修院的主人。他会把它从毁灭中拯救出来，它从此又会依然成为老样子——一座断垣残壁、孤零零的迷宫，我可以在那里一直待到老死。

　　要是我那当小学教师的可怜父亲知道，他的孙子，即我的儿子，我那当火车司机、开着满是烟垢的火车在南方城镇来回跑的祖父的重孙将被冠上阿斯科伊蒂亚的姓氏，他会怎么说呢？不，不行，温贝托，要安分守己，不应该行骗，也不应该偷窃，要想做个绅士，首先得做个诚实的人。咱们不能成为阿斯科伊蒂亚家族的人，甚至碰也碰不得。我们姓佩尼亚洛萨，这是个平庸、难听的姓氏，常常在独幕喜剧里被用来开粗俗玩笑的姓氏，安在小丑之类的头上，表示平凡无聊的象征，是个打入平民阶层的牢狱永世不得翻身的姓氏，我就是从我父亲那儿继承了这个姓氏。因为我有父亲，堂赫罗尼莫，我有父亲，尽管您不相信，尽管您根本不屑去调查这个不可否认的事实，也不屑哪怕问我一下，可是，千真万确，我有父亲，有母亲，还有个可怜的妹妹，她是第一个离开家的，跟街角上那爿纸店的老板结了婚，一桩丢人却又奈何不得的婚姻,当初,我就是在那家纸店里购买最初用来涂鸦写诗的笔记本的,我妹妹也是在那里买她喜欢的克里欧·德·梅洛德、帕斯托拉·因佩里奥和弗朗切斯卡·贝尔蒂妮①的明信片的。妹妹现在已不知在何处,也许已死在南方外省某个阴雨不绝的村镇。我父亲只记得他自己的父亲,即那个火车司机,由此往上推,只是些和我们一般默默无名的庸碌之辈,全然一无所知,没有什么特别的家世,只属于一群在民间故事或传说中无名无姓、无迹无业的百姓。他不认得我们家庭的历史,他只知道自己是个佩尼亚洛萨家族的后代,一个被娇生惯养的群童折腾得狼狈不堪的教书匠。我坐在我家那盏散发出石蜡恶臭的灯下,听着父亲的教诲。每天晚上,将就着吃完母亲做的那顿清汤寡水、聊以果腹的晚餐,父亲就不厌其烦地为我设计未来的前程,以使我无论如何都要跳出我们这个没有历史、没有传统、平平庸庸、碌碌无闻的家庭,多少有所作为。在漫长的怀旧的夜晚,回荡着父亲充满望子成龙热切期待的声音,然而,从屋顶上不住滴入便盆里的滴滴答答的落水声似乎在一个劲儿地唱着反调。父亲开导着我。他口气委婉地要求着我,那热切的心情充分反映在他那怯柔的手上,他很想抚摩我的手,可他又不敢这么做,只好把手搁在我妹妹亲手绣的那方用来遮掩我家寒酸境况、她出嫁也不忍带走的桌布上。是的,爸爸,行,当然行,我向您保证,我向您起誓,我一定要混出个人样来,我要摈弃佩尼亚洛萨家族那种没有五官的可怜面目,换上一副光彩夺目、神采飞扬、满脸春风、五官醒目、令人钦羡不绝的面具。母亲似乎很为我这种镜花水月般的抱负感到可怜,抬起头瞧

---

① 克里欧·德·梅洛德(1875—1966),法国芭蕾舞者。帕斯托拉·因佩里奥(1887—1979),西班牙弗拉门戈舞者。弗朗切斯卡·贝尔蒂妮(1892—1985),意大利电影演员。

了我一眼,随即又专心于手中正在缝补的某个阔太太的衬裙。混出个人样。成个人物。母亲从一开始就知道我一辈子也不可能成为人物。也许正因为如此,尽管她为了帮助我实现她并不相信会实现的梦想做出了种种牺牲,可我还是把她忘记得干干净净。我从来没感觉到我和她有什么联系。她总是置身在我们的圈外,照顾着我们,可是从来不卷入那个驱动着我父亲、我妹妹和我的梦想。成个人物。对,温贝托,父亲对我说,成个绅士。他痛苦心碎地自知成不了绅士。什么也成不了,不可能有头有脸。他甚至无力为自己做个面具,用以掩饰他渴望获得那种脸面的贪婪神情:他生来不是个有脸面的人,没有权利被称作绅士,而天赋神赐乃是获得这种脸面的唯一途径!他唯一有的,只是一个小学教师那种仔细得离奇的禀赋和必须按时还债的那种提心吊胆的心情,这些东西,我后来知道,根本不是绅士们的属性。在灯下,在寒冷阴潮、散发出油烟和各种霉味的屋子里,他一再对我说,自然,他不是耽于幻想、天真无知的白痴,他明白我永远不可能成为一个真正的绅士,譬如像登在今天报纸上的和某个邻国签订边界条约的这位先生,或者像那些主张和推动制定新闻检查法、工业或农业发展法的先生,或者像那些做矿产和土地买卖、左右这个所谓"人人都互相认识"的小国的先生。其实,在这个"人人都互相认识"的国家里,没有人认识我们,除了几个小教员,除了另一个街区的肉铺伙计和再远一点的菜店掌柜,没有任何一个有头有脸的人物,认识我们佩尼亚洛萨家的人……不,他不是个笨蛋,也不是个幻想者,会指望我成为如他们一般的绅士,他早就把这种可能性排除在外,那是绝对不可能的。一个人生来就是绅士,那是上帝的旨意和恩赐,归根结蒂,无论如何,我将始终是个佩尼亚洛萨家的人,而他永远不过是个衣服上沾满粉笔灰的小学教师,我祖父至死也不过是一台喷吐大量浓烟却行进不多里程的火车头的司机。不，我不指望成为那种绅士。我没有那种奢望。可是，话又说回来了，谁又能知道，靠着刻苦牺牲，靠着坚忍不拔，我就不会终于达到类似的地位，到达某种为接近他们而铺设的任何一座——只要是体面的就行——桥梁。为什么不行？在我们国家不是经常在谈论所谓中产阶级的涌现吗？也许一旦跻身中产阶级——他说"中产阶级"这个词的口气之崇敬仅次于"绅士"这个词——就能获得某种差不了多少的地位。比如说，律师、公证人、法官，诸如此类。投身政界。众所周知，许多像我这样没有门路、没有财产、没有社会关系、没有后台的青年，像我一样出身寒门、姓氏古怪的青年，在政界站稳脚跟，然后从那儿越过障碍，成为人物，从而逃脱充斥着无头无脸的无名之辈的境地。我父亲未能从这个境地中逃脱。他甚至从来未曾想过要设法逃脱。别人的世界，那些天生是人物、生来是名人的人的世界，在他看来，简直具有神奇的规模，神话般的巨响。我那柔弱、古板的父亲怎么可能会有如此丰富的想象力？他们是怎么吃晚饭的？他们的府第是什么样子的？他们谈些什么？用什么词？如何发音的？星期天下午或者任何一天的下午，他们都上哪儿去？他用我母亲缝补衣服挣来的钱，买报纸杂志看，什么都买，很快，他甚至买起比较贵的杂志看，如《地球》。每当我们坐在破流苏灯罩下等开饭时——我那臃肿慵懒的妹妹叹着气阅读比利亚埃斯佩萨的诗篇，看巴尔托洛奇①的连环画，还有加西亚·桑奇斯②描写的几个令人羡慕、天真而风流的小姐，在所谓贵妇的小客厅的神秘地方和女友们互相谈论着自己的情人的作品——父

---

① 巴尔托洛奇(1882—1950)，西班牙作家、漫画家。
② 加西亚·桑奇斯(1886—1964)，西班牙作家，西班牙皇家语言学院成员。

亲一个劲儿地翻着报纸,贪婪地阅读着,拼命地吸收着,独自地沉浸着,高声地谈论着那些有名有姓、有头有脸的人物,那些每天登在报纸上的人物,那些他虽然无缘有一面之交然而却一看便能认出来的人物,要我们倾听着他讲述他们的事情,让我们感受到他的梦想在我们心上所产生的孤独凄楚的影响。他在向我念报纸上的消息时那对隐在眼镜后面的近视眼,我至今还记忆犹新,历历在目,可是那双眼睛的颜色,我却记不起来了,因为它早已融化在他那无穷的愁思之中。

很久之后,当他已不在人世——如果他曾在人世待过,而那并非出自我的想象——我终于悟彻他的那些固执的念头纯粹是他虚构的神话,因为所谓的"人物",有头有脸的人物,几乎跟我们这些草民一模一样:他们也经常吃洋葱,他们坐的椅子也不见得比我们的好看,那种令他眼花缭乱的典雅举止,也仅仅只有为数极少的稍见过世面的家庭里才有。大多数为人熟知的人,原来也不过是些愚昧无知、悭吝抠门的乡巴佬,说出话来也同样粗俗不堪,也一样在妓院里胡闹,一样打老婆、骗老婆,其实,他们和我们,和其他小教员,和卖肉的、卖菜的都十分相似。可是,要是当时有人当着我父亲的面说这些,他是绝不会相信的。他知道的是另一码事。他阅读各式报纸。他清楚地知道他们能干成许许多多大事,而他和我们都与这些大事无缘。这种被排斥在社会之外的现实怎么能不使我父亲感到痛苦?看见父亲这么痛苦,我又怎么能不感到痛苦呢?我可怜的父亲不是个野心家,堂赫罗尼莫,我不允许您哪怕瞬间这么以为。我甚至不能说他是个有抱负、贪图物质利益的人:比如他从来不曾想过建议我通过做买卖发财致富,从而成为个人物。不,我父亲是另外一种人,他是个爱虚荣的人,是个着了魔的怪人,是个无法实现自己幻想的绝望者……他始终生活在这样的境遇中:眼巴巴望着那道把我们置于成为人物的可能性之外的不可逾越的障碍,深深自叹,束手无策。就是这样,您不用相信他会成为别种的人,我父亲是个被社会遗弃、心碎无望、痛苦凄惨的人。每天黄昏,我们站在街角,观看一辆辆马车缓缓驶往公园,父亲向我一一指点那些有头有脸、无须像我那样拼死拼活寻温饱求出头的幸运儿;他指点我认识那些倚在妖冶漂亮娘们身上的大胡子绅士,在我年幼的眼睛看来,那些娘们就如同一团团一掠而过的在玫瑰粉柠檬黄阳伞下的斑点。

一天上午,父亲拉着我的手在市中心转悠,他想用我那并不相信我会出头的母亲没日没夜缝补衣服好不容易积攒下来的一点点钱,破天荒给我买一套黑礼服,好让我自幼就感到必须穿得像个绅士。一件雪白的衬衫,一只黑色的蝴蝶领结,一双黑漆皮鞋,再加上一套注定在臀部和肘部将磨得锃光发亮的体面的礼服。我受到他那个在为我买绅士装束的时刻也许会略略缓解的愁思的冲动,激动得脸涨得通红,满怀幸福地跟随着他,似乎那套新衣服会为我敞开一扇窗户,看到一切都可以实现的真切前景。是的,为什么不呢,爸爸,我会成为个人物,成个大律师,大政治家。您瞧,我在学校里得到的优异分数;您听,老师们对我在历史、英语、法语和拉丁语等课程上成功的赞语;是的,我一定努力学习,按您的吩咐做,我向您保证,我一定实现您的理想,不让您再受苦,看到您这么悲伤,我实在受不了。我们买的那套衣服,一定得质量好,经穿,宽大,免得穿不了多久就不合身,还得不那么招眼,省得别人一看就知道那是我唯一的一身礼服,另外,还应该尽可能便宜些。我们不时在市中心那些豪华大商店的橱窗前驻足观看,尽管我们明明知道在这种店里,我们买不起,我只配在我们家附近的某个小铺里以分期付款的方式买我那第一套绅士服装,因为,在那种铺子里,我父亲的签字还稍有些信用。不过,当时正值暖春,女人们都穿得很单薄。站在琳琅满目的橱窗前看几眼又不用花费分文。

突然间,父亲拉了一下我的手,我抬头看看父亲,顺着他的目光望去。原来,在迎面走来的乐融融、兴冲冲的行人中,有个高个子的男人,身材很魁梧,但很有风度,头发金黄,目光悠然自得,我感到其中似乎透着某种骄矜。他穿着一身我做梦都不敢想象有哪个男人敢穿的装束:浑身上下银灰色,像珍珠,似鸽子,如烟雾,尖头皮鞋,岩羚羊皮裹腿,颜色非灰非蛋皮色非黄非白的纯皮手套,柔软得如同新鲜的皮一般。一副夹鼻眼镜斜挂在胸前,手套一只戴着,一只捏着。当您从我身旁走过时,您的那只手里捏着的手套在我胳膊的这个地方蹭了一下;我到现在还感觉得到,多少年之后,在这些同时掩盖着我的一块枪伤的衣服底下,那地方热辣辣地烫人。

当时,我一看见您,堂赫罗尼莫,我不由得感到自身张开了一个血盆大口,恨不得从那口中逃脱出自己那瘦弱的身躯,融入那个打我身边经过的男人的躯体,成为他身躯的一部分,哪怕成为他身体的影子也罢,融入他的身躯,或者把他整个撕碎,撕成一片一片,从而全部占有他,他的仪表,他的肤色,他的那种有恃无恐、胸有成竹的目光,因为他什么都不需要,他不仅拥有一切,而且他本人就是一切。而我呢,恰恰相反,我什么也没有,我什么也不是,我父亲那根深蒂固的忧伤早已告诉了我这一点。当您在银行的台阶上停下脚步,和一群朋友招呼寒暄,向这个那个路过的名人脱礼帽致意时,父亲和我垂涎三尺,目不转睛地盯着您,父亲喃喃地念叨着您的大名,我从他结结巴巴的声音里好不容易才听出:堂赫罗尼莫·德·阿斯科伊蒂亚。

我们不能老是停在那儿,始终瞧着您,尽管父亲和我一心希望能那样,所以我们不得不快快地走开。父亲叹了口气。您离我们这么近。可我们不认识您,我们不能向您问候,我们甚至不认识任何一个认识您的熟人,至少可以在您的面前提到我们的名姓。不仅仅是因为只消那么提一下,兴许堂赫罗尼莫一高兴,就会委我一个差使,承他的情,把我当作他一手操纵的众多齿轮中的一个小轮子,据说他现在终于从欧洲回国,正准备结婚哩。那天上午我父亲为之叹息的,堂赫罗尼莫,还不只是这个。他更为另一桩事情叹息,叹息他痛苦的目光中蕴含着的无以慰藉的忧伤从此开始无以慰藉地折磨着我。我父亲为之叹息的是那难以捉摸的痛楚,是那抽象缥缈的念头;我父亲为之叹息的是那理想永难企及的痛苦,是自知无力实现理想的屈辱。堂赫罗尼莫,那个上午,我父亲就是为这种苦恼而叹息,为这种苦恼。

七

"喂,蒂托,怎么样?"

"扫兴透了。"

"嗯,为什么?"

"没法让我干成。她老是笑个不停,因为有只母狗钻进福特车里,隔着车窗一个劲儿瞅着我们,后来它又跑出来,舔她的大腿,又拽我的裤子。你瞧,这儿都被它扯破了。希娜笑得简直喘不过气来,那个蠢货。后来,我们以为那该死的狗被我狠狠揍跑了,正要得趣,它又出现在车窗后面,扮着怪相盯着我俩,一会儿舔舔嘴,一会儿晃晃脑袋,似乎在咂着什么味儿。你瞧呀。于是,我笑得前合后仰,再也干不了那事,希娜也一边哈哈直笑,一边提上了裤子,结果,我空欢喜了一场……"

"真蠢!算你倒霉。小家伙,算了,等下次吧。我给你找个真正的好妞儿。这全得怪希娜。那条黄母狗老是跟着她,听说,其他小伙子也常常遇到这种事,没得手。不过,这钱花得太冤枉。我去跟罗穆阿尔多说。他得把钱退给你。"

"那当然。我连她的奶子都没亲上一亲呢。"

加夫列尔是蒂托的哥哥,就是那个买卖旧杂志旧小说的铺子的老板。他买了两台桌上足球,许多附近的小伙子正玩得起劲。罗穆阿尔多摸着上髭,正准备打个精彩的球。他嚷着,争着,指挥着,那架势比其他孩子更显得了不起。在所有这些孩子里,他年龄稍大一点。他正筹划着买辆旧摩托车。有几个孩子讨厌跟他玩,因为他老占优势,总是那么自以为了不起。众人在私下嘟哝说,也不知道罗穆阿尔多有什么可以了不起的,自从他买了块手表后,人就变了……咱们还不如到书架那边去,拿几本杂志翻翻,然后再放回书架,另外再拿一本,给一个双肘支在柜台上的或和希娜一起坐在长条椅上的男孩瞧瞧。放学后,我们常常在加夫列尔的铺子里一待一个下午,尤其是在日短黑得早的下午,借口是我们也许会买一本小说,不过,我们总得先好好翻阅一下,看看是否中意。希娜一边听那男孩念着故事,一边任凭男孩乱撞她的大腿。蒂托把我的面具和广告服藏在柜台后面:他那满是粉刺的脸紧绷着,就好像一只小鸟的脸。

"听着,罗穆阿尔多,你得把钱退给我兄弟。希娜可什么也没让他得手。"

"我说,小伙子,我根本不知道蒂托要跟希娜搞什么名堂,我可以说几乎不认识希娜。谁向我租用'巨人'面具,我就租给谁,从来不问别人租了派什么用场,这是每个租用面具的人自己的事,所以,我劝你还是别来找不自在。"

"你别在这里装蒜,知道吗?"

"你兄弟要果真是个男子汉,要真是个公的,他怎么不能跟她美美地交配上一次呢?"

"我兄弟还是个小孩子,你别胡言乱语损他……你小心点。"

那四个安字辈的小伙子走过来听他俩争吵。

"是吗?小杂种。什么黄狗母狗的,跟我不搭边。蒂托向我租用'巨人'面具,我看在他是你兄弟的分上,才低价租给了他,可我没有必要打听他拿着'巨人'面具去干什么勾当。我根本不感兴趣。"

眼看马上就有场好戏看,我们便放下手里的杂志,离开球台。四个安字辈很喜欢蒂托。他们不能容忍罗穆阿尔多这种目中无人的家伙骗他的钱,蒂托还只是个孩子,不过想知道男女之间是怎么回事罢了。当然,总得先找个借口。安尼塞托火气最旺。

"狗娘养的东西。"

罗穆阿尔多朝他的眼睛狠狠地扇去一个巴掌。另外三个安字辈兄弟一拥而上,朝他扑来。罗穆阿尔多闪身避开。你们别乱来,希娜是个娼妇,而且她也不叫希娜,我跟她有什么关系?臭小子们,别来跟你大爷过不去,对付你们这帮乳臭未干的东西,大爷我绰绰有余,不过,算了,我不跟你们一般见识,我走了。我的面具在哪儿?我带着我的面具离开这儿,再也不到这个鬼地方来了。安德烈斯钻到柜台后面,一眨眼的工夫戴着面具冒了出来,双手捂着套在脑袋上的面具,跳起舞来。

"把我的面具摘下来,臭浑蛋!"

"您的面具,您的大头面具,您的宝贝脑袋,大家瞧呀……这就是堂罗穆阿尔多的脑袋……"

加夫列尔站到了罗穆阿尔多的面前。我们全都加入争吵中,因为,眼看这事愈来愈精彩、愈来愈带劲了。罗穆阿尔多,你别那么不知好歹,我们当中谁不知道你利用希娜这个半疯半傻的妞儿和你那个"巨人"面具干的好事。让罗穆阿尔多滚蛋,大伙儿齐声喊道,我们这儿谁也不稀罕他,自从买了那块带金链条的表,自以为了不起似的。当然喽,什么破摩托车,根本没人相信。罗穆阿尔多滚蛋,狗狼养的东西。不过,先得把钱退还给蒂托。

"钱我不退。"

安德烈斯取下我的大头面具。

"把我的面具还给我,听见没有。一切都拉倒,我离开这儿,只当没发生什么……争执一样……"

"嗯,是吗?争执?堂罗穆阿尔多想要回他的脑袋,大家注意,可千万别违抗他的命令哟,他现在可是个不可一世的人物,正准备买辆摩托车呢!"

"人们不是说您正在设法买一辆那种挺大的、黑色的、设备齐全的卧车,还带司机的,是吗?"

"我似乎听说您想买一辆白色的敞篷车……"

"或者是红色的也行。"众人七嘴八舌。

伊里斯见安德烈斯把我的面具扔到地上,顿时尖叫起来,可是谁也不理睬她。台球的撞击声已停止。嗨,希娜,你老实点,别找没趣,来个人,把这个疯丫头给我拉走,她弄得我们没法跟堂罗穆阿尔多谈话了。

"我说,安塞尔莫,你要留神,他现在是堂罗穆阿尔多,他手里有'巨人'面具,靠了它,现在正打算买汽车呢,所以得尊称他为堂。堂罗穆阿尔多说,请大家把他的'巨人'面具还给他,否则,会把面具弄脏的。"

"真怪,我从来不知道那面具是他的。我一直以为罗穆阿尔多不过是个穷光蛋,一个穷得无葬身之地的狗娘养的东西。"

"你竟敢这么放肆!"

"当心!安东尼奥,你别把堂罗穆阿尔多的大头面具弄坏了,那玩意儿娇气得很哪!"

"把面具还我,畜生……"

加夫列尔挺身说道：

"别在这里大喊大叫，罗穆阿尔多。你也一样，希娜，你给我闭上嘴，臭娘们儿。警察会闻声赶来，把我的铺子给封了，你们不知道我没有执照，是地下的？希娜，你闭嘴，狗东西，你们把她抓起来，小伙子们，她吵得人没法说话。"

伊里斯扑到地上来拥抱我。地上的尘土眯住了我的眼睛。安德烈斯捧起我，使劲地捶起我来，仿佛我是一面鼓似的。另外三个安字辈和蒂托伴着"鼓声"即兴跳起舞来，咚、咚、咚、咚，似乎他打在我身上不疼似的，咚、咚、咚、咚。他们把伊里斯从地上拖起来，咚、咚、咚、咚，要她一边哭着一边和他们随着击在我脸上的巴掌声跳舞，咚、咚、咚、咚，来吧，希娜跳呀，跳呀，转圈，再转一圈。罗穆阿尔多冲开我们去揍安德烈斯，安德烈斯慌忙把我扔在地上。伊里斯哭哭啼啼，拼命护着我，不让别人把我从地上捡起来，我们大伙儿都想把"巨人"面具抢过来，因为那玩意儿现在确实愈来愈有意思了。我们蜂拥而上，把罗穆阿尔多打翻在地。四个安字辈把他仰面按在地上，踢他，啐他，不过，没多久，他们也就不踢不啐了。没有必要把罗穆阿尔多强按在地上了。他伸手摸着我的鹰钩鼻子，见这帮嬉皮笑脸的孩子围成一圈恶狠狠地低头瞧着他，伊里斯两眼泪汪汪。加夫列尔骂道：

"你这个下流坯！"

罗穆阿尔多睁开血肉模糊的眼睛。他支着单肘勉强地略略欠起身子。四个安字辈立即用脚踩上去，不让他爬起来。他又倒在了地上，手已碰不到我了，两眼垂闭，浑身瘫软，头发蓬乱，衣衫褴褛。只见两片嘴唇在微微翕动：

"那全得怪另外一个家伙，我没有……"

他想把小哑巴供出来。他想说明是谁起头搞这个如今正在收场的玩意儿的。可是,他不知道我是谁。附近地区没有人认识我,因为我从来不出来的,他们不知道我躲在"巨人"面具的纤维灰浆的壁后正注视着一切。

"另外一个家伙是谁?"

他说不出来。于是改口说:

"希娜是个妓女。"

"希娜,听见没有,堂罗穆阿尔多正在糟践你……"

"谁?他是个丑八怪……哼,我不让他沾我的身子,所以才这么血口喷人。这家伙最讨厌,亏得'巨人'把我救了。"

"他是不是个穷鬼?"

"没错,他从来没送过我什么东西。"

"去,希娜,让他尝尝你的厉害……"

伊里斯披散着头发,噘起嘴唇,咬紧牙关,现出一副凶恶的怪相,吼叫着冲上去:

"哇呀呀,我是百老汇的'美洲狮',哇呀呀,我要把你生吞活剥掉,哇呀呀……"

"咬他,希娜。"

"踢他。"

"哇呀呀,我是百老汇的……"

为好好地观看这出戏,我们这帮人呼啦一声朝罗穆阿尔多更近一点,密密实实地把伊里斯挡住了。足足有五分钟,我看不见你,伊里斯,你已经把我给遗忘了;你现在是百老汇的"美洲狮",是那个在街角和静修院的窗前跳舞的明星,眼前的新鲜玩意儿令你一笔勾销了往日的游戏,并取而代之,你围着做了你牺牲品的罗穆阿尔多躺在地上的身子跳起野蛮的舞蹈。我在地上,透过人群脚腕的缝隙,瞧见你脱下鞋子,撩起裙子,露出大腿,扭动屁股。我们热烈地鼓掌,我们从来就这么为你鼓掌。你踩踢着罗穆阿尔多,只要他试图欠起身子,我们也同样在他的胸膛上踩上一脚。安德烈斯找到我,又把我捧在手上。

"瞧呀,罗穆阿尔多,瞧见没有,我找到的这东西多美啊! 你喜欢吗? 接着,安尼塞托,看球……"

我的脑袋飞起在半空,安尼塞托伸手接住,又随即抛给安东尼奥,安东尼奥接住又抛了出去。我在空中飞来飞去,我那两只大耳朵在孩子们的头顶拍打着空气,他们把我当作了一只巨大的皮球,抛过来扔过去,蒂托接球,加夫列尔,看球。伊里斯吓坏了,大声尖叫着,丑八怪,丑八怪,罗穆阿尔多是巫师,他把我的"巨人"变成了丑八怪。我继续飞来飞去,变成了丑八怪轻巧地飞来飞去,从一个孩子的手中飞到另一个顽童的手里,直至某个孩子一失手把我摔在地上。这一跤,把我的一只耳朵跌得青紫。我没有手,无法去抚摩这块跌得生疼生疼的地方,涂在那儿的灰色纤维浆上的漆皮也跌得掉了一块。

"当心别弄坏了我的面具,你们这些畜生。"

"珍贵的面具……"

"别把它弄脏了,臭流氓! ……"

"喂,罗穆阿尔多,瞧见没有? 这儿,在耳朵这里,已开始脱皮了。我们不如把它全撕下来算了。"

嘶的一声,安塞尔莫把那片耳朵扯了下来,在一片掌声和喝彩声中展示在我们眼前。伊里斯一把抢了过去。她跪在地上,啜泣着试图把那半片耳朵重新安在老地方,可是,装不上。不知是谁给了她一脚,众人纷纷用脚踩着那片耳朵。伊里斯跪在我旁边哭着,她知道将会发生什么事情,她知道正玩在兴头上的他们会对我干出什么事来;

而我,既没有手可以自卫,也没有腿可以逃跑,我只有眼睁睁地瞧着他们,我只有让这上过漆的细皮嫩肉饱尝他们的老拳。

"嗨,嗨,瞧你们干的事,唉哟,耳朵,老板知道了会宰了我的,你们这不是存心捣乱吗?浑蛋,你们非得赔我修理费。"

"用不着修理啦,罗穆阿尔多,你呀,干着急去吧。"

他们又把我抛过来扔过去,掉到地上后,拾起来又抛到半空。伊里斯来回追着想把我抢过去,他们故意让她抓到我,然后又从她手里夺过去。不,不,你们别伤害"巨人",他是好人呀。他们又把我摔来摔去,我被弄得浑身青紫,疼痛难忍,漆一块块摔掉,露出一块块灰色的纤维灰浆板,他们把我扔到地上,把我头上的帽子摔掉了,不过,幸好,这倒不怎么疼。罗穆阿尔多爬到我们这伙人中某个人的脚下,我正趴在那儿,原来是安塞尔莫的脚下。正当罗穆阿尔多想用身子护住我的瞬间,安塞尔莫飞起一脚,把我贴着地皮踢滚到安尼塞托的脚底下,安尼塞托问道:

"怎么样,钱你退不退给蒂托?"

"没门儿。"

安尼塞托二话不说,一脚踢在我的腮帮上,那只脚一下子捅进我那被摔烂的肉里被夹住了,他随即把脚在我的脸蛋里乱捅一阵。这一下,我的脸可不成样子了,我的五官开始解体,渐渐消失了,我快成了个瞎子,噢,连瞎子也算不上,因为,压根儿我都快什么也不剩了。安尼塞托一只脚插在我的脸蛋里面,带着我的脑袋来回走着,从里面踩着我,一瘸一拐地走着,引得其他人笑弯了腰。嗬,你少逗我们一点吧,这个安尼塞托,真是个活宝。罗穆阿尔多这个傻瓜,手脚并用,在地上爬着来回追,想夺回那个面具,似乎不知道面具已成了一团稀里哗啦的破纸板条,似乎他能救出那个已经踩瘪的、蹭掉了皮、掉了漆的面具。伊里斯这个呆姑娘追着罗穆阿尔多,追着安尼塞托和他脚下的面具。现在何必还要那个面具呢,如今,它已毫无用处了,只配扔到垃圾堆里去。伊里斯一心想把那裂缝越来越大的面具从安尼塞托脚下抢过来,她惊恐地尖叫着。瞧,她抓到了那顶帽子,戴上它吧,希娜;有点大;跳吧,希娜,戴着"巨人"的帽子跳个舞,跳起来,这样,我也喜欢呢;我的乖乖,来,把帽子给我戴吧;给我,不,给我,我要,我要;那咱们瓜分吧,我,一只耳朵;不,不,求求你们,土耳其老板知道了可怎么办,我很穷,怎么能赔得起"巨人"面具呢,全怪你们,现在老板准会揍我一顿,把我扫地出门了,你们得赔,你们瞧,眼睛也只剩下一个了,你们这些该死的东西,我去喊警察来,把你们统统抓起来。首先是你,加夫列尔,你开地下书铺,你小心点。哼,你敢,罗穆阿尔多,你这个婊子养的,要是你叫警察来,我们就一口咬定你一直在利用希娜这么年幼可怜的小妞儿弄钱,我们年龄都不大,只有你满二十一岁,可你却不去服兵役。你们瞧,这蠢妞儿手里提着"巨人"的鼻子哭得多伤心。希娜,来,搂着这个鸡巴跳个舞吧。跳呀,别哭了,快,别犯傻,快跳,我跟你说了,听见没有。把面具的另一块给我,加夫列尔,给我,安东尼奥,给我,蒂托,我要另外一只耳朵,那几个兔子般的牙齿,把它们弄下来,一只给你,一只给我,等警察来,我们就告发你利用希娜发不义之财,她自以为是舞星,其实这可怜的妞儿还没有意识到自己已成了个妓女,老实告诉你,我们这么一讲,警察们绝不会放过你搞的这些把戏,所以,倒霉的是你,而不是别人。行啊,谁去把警察找来吧,我们无所谓,出不了什么事,你呀,哼,倒没有好果子吃,因为你是骗子、无赖。别走,希娜,你别走,警察一来,你做证告他。瞧呀,安德烈斯把大头面具上的鼻子夹在裤裆里跳得多欢啊。这是面具上唯一剩下的完整的部分,我就缩成这么一丁点儿了。我的大鼻子变成了小东西,我是个萎软、射不出精液、纤维灰浆做的小东西,仅此而已,我整个儿是个没有血、没有神经的松弛疲软的东西。有人抓着我,唉哟,松手,放开我,伊里斯这个骚货到哪儿去了呢?这个白痴,只顾逃走,却丢下这最宝贝的东西,她害怕警察,所以撒腿逃之夭夭。行了,安塞尔莫,行了,放手,松开我,你要把它扯坏了,你们已经把整个面具都撕烂了,何必要把它也扯烂,你们瞧瞧地上的纸片。很好看的一个"巨人"面具被撕得粉碎,到处是狼藉的纸片。求求你们别把这个再撕碎吧,我现在只剩下这唯一完整的部位,求求你们给我留下吧。他们争来夺去,抢着我那绝妙的部位,结果,它被撕成两块、三块,最后什么也不剩了,希娜这个蠢货也走了。据说,她总是闭上眼睛,张开嘴巴,像戏子一样,吻着,呻吟着,喃喃地说着:啊,舒服极了,我亲爱的。下着这么大的雨,希娜会跑到哪儿去呢?现在,不会再有"巨人"了,她也不会再在楼上的阳台上给我们跳舞了。真可惜,希娜这个疯妞舞可跳得真不赖,真的,她人是傻,可论到跳舞,她可真有点天才。罗穆阿尔多爬到门口,没有人注意到他。他喘着粗气艰难地站起身子。这时,加夫列尔才发现他:

"你别走。"

"把钱退出来,罗穆阿尔多。"

"小偷。"

"无赖。"

"教唆犯。"

没等我擦干笑出来的眼泪,罗穆阿尔多已惶惶然如丧家之犬逃到漆黑的街上。我们拥到门口,大声地骂着:无赖、臭狗屎、穷鬼、骗子、小偷,一边挥舞着"巨人"面具的残片,如同挥舞手帕道别一般。其实,我们谁也不想追他,雨下得很厉害,罗穆阿尔多转眼之间便消失在一条没有路灯的巷子里。

"行了。"

"玩得很痛快。"

"你的钱总算没有白白被骗……"

"那当然喽,反正是我掏钱,你们乐呗。"

加夫列尔告诉他兄弟别担心,那一千比索算他的。四个安字辈的拍拍蒂托的背,安慰他说:嗨,伙计,一千比索有什么大不了的,赶明儿,我们给你物色一个真正的妞儿,真正的尤物,你可以把她弄到床上脱光衣服随便玩,干它一个通宵。我可不能一整夜不回家,我爸爸妈妈知道了要发火的,因为我还小。没关系的,蒂托,我给你打掩护,我对你妈妈编个瞎话,让你可以找个疯狂的妞儿在床上玩个通宵,这么着才有意思,其他的不值得,我给你一千比索,你就放宽心,再凑点钱,找个真正好玩妞儿上手。

众人陆陆续续冒着雨走了。安德烈斯突然说时间太晚了,离开了店铺。加夫列尔要我们这些留下来的人帮他整理一下店堂,当初,他母亲是这么跟他说的:好吧,我就把咱们家这唯一临街的房子给你开个买卖书报杂志的铺子,不过,我有言在先,我老了,家务事又一大堆,我可不打算为你打扫店堂累死,我什么也不会帮你干的。所以,小伙子们,既然你们把店堂弄得乱七八糟,你们就得帮我打扫干净。

加夫列尔从四处拾回杂志,整整齐齐地放在架子上。有个小伙子正在玩台式足球,只好停手,很不情愿地用脚敛起一堆"巨人"面具的残片。安尼塞托和安塞尔莫走近台式足球桌,可是他们连碰都没碰桌面上那些木制小人,它们不过是真正足球场上英雄的蹩脚的仿制品。众人打着哈欠,走出店门,没打招呼,冒着雨奔跑起来,各奔东西。只有安尼塞托还留在店里帮加夫列尔兄弟俩把碎纸残片装进桶里去。要是碎片太大,桶里装不下,他们就使劲再扯得碎点,然后丢进桶里。嗯,这里有一块眼睛的残片,白白的,还带着星星似的几个黑点。我说,那是一只彩色耳朵的耳垂吧。一切都打扫干净后,加夫列尔在柜台后面发现"巨人"那件皱皱巴巴、褪了色的广告服。

"嗬,这玩意儿我们忘了。"

"可派什么用场?"

"屁用也没有。"

"把它送给希娜吧。"

三人哈哈大笑。

"那蠢货就像个疯子。"

"是真的吧,她以为……"

"她是个妓女。她不过装得好像跟'巨人'的事没关系罢了。"

安尼塞托倚在门上望着雨,想等雨停了再走。他说:

"我不信。她很怪。听说她跟男人睡觉时,就像只是在玩耍一般,不像别的懂事的妓女那样认真,她只是一个劲儿地像婴儿似的叨唠:亲亲,亲亲。我呀,有时真想去告诉静修院的嬷嬷,免得这个据说是孤女的小姑娘出什么事儿。"

"你别多管闲事,安尼塞托。"

"是啊,你别多此一举。"

"当然,还是不管闲事为妙。"

"行了,走吧,安尼塞托,我要关店门了。"

"在静修院里谁都会憋得受不了的。"

"那个罗穆阿尔多,倒真想瞧瞧他那副熊样。"

"那个家伙嘛,今后在这个地区我们连他的影子也不会见到喽。他那土耳其老板不知会怎么骂他呢!"

"行了,安尼塞托……"

"你就别在这里叨唠个没完了。"

雨停了。

"我走了。今天挣了多少钱?"

"不知道。我想多不了,明天我再结账。只要天下雨,就挣不了多少钱。最叫我生气的是,有那么几个浑蛋,只要你们一闹,他们就浑水摸鱼,趁机偷走几本我已经答应别人的新的小说。"

"我走了。"

兄弟俩没搭理。马路对面的人家都已经闭了灯,声息全无。胡桃树枝已不再是漆黑一团,在路灯下,随风摇曳,隐约可见。

"明天什么时候开门?"

"没准。"

"我也许会来。"

"再见,加夫列尔。"

"再见。"

"再见,蒂托……"

"再见。"

八

地下室里暖洋洋的,散发出阵阵香味,烛台上亮着一支蜡烛。我们七个老太婆把伊里斯抬到床上。这可怜的小姑娘情况很不好。丽塔和多拉赶紧把她身上的湿衣服全脱光,擦干她的头发,她那头卷发要擦干可真不容易。上帝啊,瞧她的头发多密,简直永远也甭想擦干,可是头发这么湿,准会得肺炎的。她们给她重新换上厚实的衣服,棉布衬衫、袜子、毛衣,再围上一条大披巾。还有什么,噢,在她的脚后再放一瓶热水,不过,水刚烧开,太烫,应该在瓶里先放上麦秸,就是扫帚上的那种麦秸,免得遇到滚烫的水瓶子爆裂。玛丽亚·贝尼特斯把火炉移近了些。用披巾把她裹严实点,真不知道这个小姑娘怎么啦,弄得浑身这么湿,我们发现她时,她正倒在门房院子的水坑里,脚上连鞋也没有,也不知道她把鞋丢在哪儿了。玛丽亚·贝尼特斯摸摸她的额头,对我们肯定地说没有发烧,没什么要紧,给她穿暖和点儿就行了,给她熬点柠檬椴树花汁,看着她,别让她再起来。你这个不听话的孩子,天这么冷,下这么大雨,刮这么大风,唉。阿玛利娅,你去熬柠檬椴树花汁,等她醒了,让她趁热喝了。休息吧,孩子,睡吧。

"谁也别吵她。"

达尼亚娜在扫地。多拉在编织。罗莎·佩雷斯干不了别的,就在一旁做纱布,万一需要止血时能派上用场。生头胎,谁知道会发生什么事,要特别小心才好,以后,生第二胎、第三胎,就没有什么关系了,我有个婶婶,生了十八个孩子呢。我们的手脚都很轻,只发出极轻微的沙沙声,绝无足以惊醒睡梦的响动。伊里斯不知怎的翻动起身子来:

"丽塔夫人……"

丽塔走近前去,我们都走近前去。丽塔坐到床沿上,抚摩她的前额,伊里斯摸到丽塔的手,紧紧地抓住不放,目睹她这个伤心的举动,我们那些随时随地都会眼泪汪汪的眼睛不由得顿时湿润起来。

"你觉得怎么样,我的孩子?"

伊里斯惊恐地瞅着我们,她似乎突然间出现在一个陌生可怕的世界里,嘴唇颤抖着,紧张的脸上露出惊惧的神情。她把手缩了回去。她轻声抽泣起来,后来越哭越伤心,越哭越厉害,似乎苦命的小姑娘的心要撕裂一般。她好像哪儿痛,可是又好像不是因为哪儿痛,倒像是别有缘故。我不知道是否有人告诉了她,她父亲因为蓄意杀人被判了死刑。是的,我听见贝妮塔嬷嬷和阿索卡尔神父说来着,说要枪毙她的父亲。

"再说,报纸上已发了消息了。"

我们一齐把目光转向达尼亚娜。

"你怎么知道的?"

"报纸上看的……大概两个月前的报纸上登过这个消息,而且还有伊里斯她父亲的照片,看上去一点儿也不像坏人……现在,可能已经处死了……"

"我敢打赌,准是你告诉她的,她才这么伤心。"

"我？我干吗要跟她说这些？"

布里希达去世后，我们挑选了达尼亚娜来取代逝者遗下的空缺，凑足主持生死礼仪的七个老太婆的数。达尼亚娜个子矮小，短胳膊短腿，就像个侏儒，嘴巴特大，没有一颗牙齿，活像个吃奶孩子的嘴，一对小眼睛，闪闪发亮，周围布满层层皱纹。她继续扫着地，她没有必要像我们似的走近伊里斯，她刚刚加入我们一伙不久，在我们七个老太婆中占着末位。不过，不可否认，她这个人很听使唤，很高兴我们选中她而没有要苏尼尔达·托罗，尽管听说她当用人时，经常被主人家赶出来，因为她比谁都爱逛大街。她似乎像是我们的用人，竭力要报答我们。

"达尼亚娜，帮我穿个针，我看不清楚。"

"达尼亚娜，水开了……"

"达尼亚娜，来，我想你大概会给奶嘴穿洞的吧，喏，拿根针在火上烧一烧，擦干净，然后……"

喝吧，伊里斯，这是柠檬椴树花汁，喝了你会好的，别再哭了，你这是怎么啦，别把身子转过去脸冲墙，别紧挨着那些挎着手枪长着大胡子的男人，瞧他们有多难看……都怪小哑巴，怎么想出来在伊里斯的床边贴这些劳什子，小姑娘要吓坏的，来，脸冲这边看，别哭了，对，别作声，既然没什么事，那就接着睡吧……

伊里斯睡不着。她睁大眼睛盯着天花板，我们就尽量讲些别的事情，谈女式无袖短上衣，谈酸奶，谈胃气痛，可是，我们还是发现伊里斯的眼里盈满泪水，流遍脸颊。她的双眼直直地睁着，她的脸上，突然间，少女的娇态荡然无存。我们一时认不出她来了。我们都不知如何办才好。她开始哼哼唧唧起来。矮小得如同一只小耗子似的达尼亚娜钻进我们的圈子，瞧了瞧，然后走近堆放着婴儿衣服的床头柜,拿起一件罩衫穿在身上,爬进那只装饰着天蓝色丝织花边的铜摇篮,嘴里奶声奶气地叫着,睁大天真的小眼睛,举着小手向众人撒娇邀宠。

"唔哇,唔哇……"

"行了,达尼亚娜,别胡闹……"

"你这双臭脚,要把摇篮弄脏了。"

伊里斯瞧瞧那个其老无比的婴儿,只见那婴儿向她伸出小胳膊,一迭连声喊她妈妈,妈妈,还用天真烂漫的小眼睛朝她微笑,求她抱抱,求她爱抚。婴儿都喜欢让母亲抱,喜欢母亲抚摩,而做母亲的也都喜欢抱自己的孩子,抚摩自己的孩子。那婴儿使劲往空中蹬着静脉曲张的腿,踹着长满茧子、疙疙瘩瘩的脚,晃动着皱皱巴巴、斑斑点点的脸,要母亲亲她,弄得做工精致的围嘴上流满了她老朽的口水。丽塔为伊里斯抹着泪,伊里斯微微欠起身子,从床头柜上取了一顶带丝绒球的小白帽。她朝达尼亚娜弯下身去,把帽子戴在婴儿头上。当伊里斯在她那毛茸茸的下巴底下系上帽带时,她号着哭着。帽带系好后,那婴儿做了个怪相,逗得我们大伙,包括伊里斯在内,捧腹大笑。

"伊里斯,快把帽子拿下来。"

"达尼亚娜有虱子。"

"这帽子是给你的布娃娃的。"

"达尼亚娜就是我的布娃娃嘛。"

"瞧你这个布娃娃的脸多丑。"

"瞎说,她挺好看,喏,这是妈妈说的……"

"我冷,妈妈……"

"快拿条披巾来给她裹上。"

我们送给她一条披巾。伊里斯从床上下来,用披巾把那老货的屁股和腿仔细地包上。嘿哟,嘿哟,我们帮伊里斯抱起戴着红丝绒球帽、系着围嘴、裹着披巾的达尼亚娜。婴儿又哼哼唧唧起来。

"小毛头要抱着来回走,才不会哭闹。"

伊里斯抱着婴儿在地窖里来回踱着……噢噢噢,我的宝贝,噢噢噢……一直到达尼亚娜的哭声止住。

"睡着了。"

"饿了会醒的。"

达尼亚娜睁开眼睛。

"我要吃奶,妈妈……"

伊里斯在炉旁坐下,神情庄重、专注。她解开背心的扣子,托出一只沉甸甸的乳房。

"奶,妈妈……"

"吮吧,我的孩子。"

"吮吧,达尼亚娜,快吃你的奶吧,还在等什么,难道还要等那个奶……"

达尼亚娜满口没牙的嘴吸住了伊里斯的乳头,我们大伙儿笑得直捧肚皮,这个达尼亚娜,比以前那个梅切还逗,像个马戏团的小丑。多丑的孩子哟,伊里斯,瞧你生的这个滑稽可笑的婴儿。咦,你别害臊,把她藏起来,最好藏在一个没有人会看见的地方,否则,别人会吓坏的,要不,会笑话你的,一个浑身长毛的婴儿,你仔细瞧瞧,什么地方见过这种怪物。伊里斯却说不,我这个会说话的娃娃真漂亮,瞧她嘬我的奶嘬得多带劲儿,达尼亚娜,接着吸,我的孩子,吸吧,宝贝,待会儿,我再抱着摇摇你,亲亲你,求老太太们让你跟我一起睡在我床上,这样,你就会给我需要的温暖,别看我身子胖,可特别怕冷。行了,达尼亚娜,行了,你吃得够多了,别嘴馋,别不知足,行了。伊里斯收起了乳房。她抱着婴儿又在地窖里来回踱起来,一边用手轻轻地拍着婴儿的背部,免得小家伙反胃。伊里斯,使劲拍这个老虔婆的背,不然,胃里的气不拍出来,她就会肚子胀,会哭闹,弄得整个静修院里人人不得安宁,你要知道,达尼亚娜不哭则已,哭起来那可了不得,你们总记得吧,布里希达死的那阵,她怎么哭来着,肯定在武器广场都能听得见她的哭声,使劲拍,伊里斯,使劲!拍着拍着,达尼亚娜终于打了个响嗝,震得地窖嗡嗡响,我们一个个笑得直不起腰来。

"这下在武器广场准能听到。"

"妈妈,妈妈,我撒尿了……"

"这不是真的,这个臭老婆子。"

"可能的。"

"可别弄脏了那条新的披巾。"

"得马上给她换掉。"

"对,伊里斯,快给她换尿布……"

伊里斯把达尼亚娜放在一条毛巾上,免得弄脏床单。丽塔递给她一块新尿布,阿玛利娅取来滑石粉,罗莎·佩雷斯拿来一块海绵,玛丽亚·贝尼特斯递上香膏,多拉则摇着一把铃铛逗婴儿,省得她在换尿布时哭闹。年轻的妈妈撩起婴儿那破破烂烂的裙子和臭烘烘的衬裙,褪下毛袜和尿湿的内裤。给我来点温水,不,烫的不行,别把我的孩子烫坏了。天哪,这小姑娘从哪儿知道这么多管孩子的事,就好像她活到现在没干别的,一直在照看婴儿似的,你们瞧她,刚才她心里很痛苦,如今烟消云散了。现在伊里斯一个劲儿在笑,显得很快活,瞧呀,她盯着那个黑乎乎的、不中用的、毫无生气的下身,笑成什么样子。达尼亚娜做着各种怪相,伊里斯被逗笑得两眼眯成了缝,她小心翼翼地给达尼亚娜洗着下身。别弄疼了我的小宝贝,瞧她多细皮嫩肉。伊里斯,把她的两条腿掰开点,你要知道,女人的下身洗的时候要掰开,好好洗洗里面,不然的话,那么多油膏和滑石粉粘成块,会引起感染的。对,这样,再往里,手脚要轻,可是得好好给她擦洗,别让里面留一点点脏东西,轻一点。对,对,这地方,轻轻地摸这个动人的性器官,是我这个会讲话的布娃娃的性器官,我小时候只有一个在一根棍子上绑着几块破布的娃娃,这个娃娃比以前人家答应送我的所有娃娃都好看好玩,这是个活的娃娃。我用海绵轻轻擦着你的下身,是为了让你不吵不闹,是为了要你说话,是为了让你说,噢,妈妈,好妈妈。你的手虽然粗糙,可那是我孩子的手,轻轻地摸着我的面颊,我在你嫩小的屁股上轻轻地拍两下,是的,你的小屁股是细嫩的,达尼亚娜,尽管那些老婆子见我给你洗下身时,你来回扭动着屁股,笑得喘不过气来。现在,你不再扭动屁股了,你的眼睛也闭上了。我在你皱皱巴巴的肚子上吻了一下:

"我的女儿多漂亮多好玩呀。"

达尼亚娜似乎睡着了。伊里斯一边在她那黑森森的阴毛上扑着滑石粉,一边嘴里哼着催眠曲。我们几个想教伊里斯怎么垫尿布,这样不行的,伊里斯,喏,这样,这样,对,这样垫着好。不能那样,多拉,系得太紧了,小孩子会疼得哭的,再说,这么兜着还会存尿,把孩子皮肤沤坏,婴儿最怕的就是这个……不信,你瞧,达尼亚娜,等你尿裤子沤烂了屁股,瞧会把你疼成什么样子,我不是跟你们说了吗,尿布要这么垫才对呢,赫特鲁迪斯夫人的孩子,我个个都是这么换尿布的,他们从来没有沤烂过屁股。

我们各自又去干自己的活儿了。伊里斯给达尼亚娜裹上披巾,坐到一个角落里,怀里抱着她轻轻地摇晃,脸贴着达尼亚娜那张锉刀

一般的老脸,低声地哼着催眠曲:

> 圣约瑟躺着
>
> 圣母为他洗身子
>
> 婴儿感到冷
>
> 不住地啼哭着

婴儿又啼哭起来,还要吃奶。妈妈,我还要吃奶。伊里斯又掏出乳房,婴儿又拼命地喂起来。这个小东西失眠了吧,老不想睡觉,还是给她喝点别的吧,吓唬吓唬她就会睡着的,要不然,这么没完没了地闹,我们谁也甭想睡觉。

> 啊噜噜噜啪嗒
>
> 老牛过来啦
>
> 过来咬你屁股
>
> 因为你拉屁屁……

伊里斯和达尼亚娜再也分不开了。我们已经忘了她叫达尼亚娜,直接叫她伊里斯的女儿。每当我们见旁边没有外人,比如整天唠唠叨叨、牢骚满腹的卡梅拉,或者成天像个兀鹫一般围着我们转的苏尼尔达·托罗——她似乎在等待我们当中某个人伸腿,好被选中接替空位,尽管她还不清楚选中后干什么。只要见身旁没有这些不受欢迎的老太婆,伊里斯便张开双臂,那个丑婴儿于是便纵身坐到伊里斯的膝头上或睡在伊里斯的怀里,年轻的妈妈就亲她,吻她。好宝宝,不拉屁屁在裤裆,我漂亮的好乖乖,嘟笃,嘟笃,乖乖,老牛来了。婴儿的鼻涕拖出老长,妈妈给她擦着毛茸茸的鼻子,婴儿尿裤子,妈妈给她换尿布,婴儿要吃奶,妈妈赶快亮出白皙皙、沉甸甸的乳房,婴儿吃奶,打嗝,然后便睡着了。醒来十有八九身上尿得湿淋淋的,这已然成了个习惯，不管众老太婆如何唠叨，总改不了。这个臭丫头，又尿湿了，上帝呀，啥时候她才学得会叫撒尿，省得我们整日忙着给她洗尿布，真是的，我们有多少别的活儿要干……是啊，还得马上给她把尿布换掉，不然又得沤烂屁股，我们都明白那样更糟糕。

　　伊里斯掰开达尼亚娜的两腿。她那赤裸裸的性器官的难看样子并不令我难堪。恰恰相反。我们这些冰清玉洁、三贞九烈的老太婆不羞于向小哑巴公开我们身体上掩藏最严的部分，而我已属于这七个老太婆组成的圈子意味着已全然取消了我的性别。我的性器官在日渐萎缩，我可以藏起我的阴茎，就如我藏起我的声音一般。我的姓名在我一百卷的书中出现过九千三百次，这一百卷书现在由堂赫罗尼莫保存在他的书房里，淹没在一大堆从来无人查阅的书海中，遗弃在那书架林立的房间一进门右侧的一排书架上。书房里挂着厚厚的天鹅绒窗帘，书架的颜色在日渐褪去。他不知内情，无意中保存着我，珍藏着我，帮助着我，辅佐着我，我利用着他，让他保护着我的姓名，隐藏着那几个除了他无人记得的音节，因为连我自己有时都忘了它们。我不存在了，我没有嗓音，没有性器官，我只是第七个老太婆。很久以来，我便毁弃了我的聪明才智，只是整日帮助贝妮塔嬷嬷打扫院子，干那些不可能干成的事：卡门·摩拉的大脚孤拐怎么办，她都变成瘸子了；现在只剩大粒鹰嘴豆，可老太婆却想吃菜豆；取暖没有煤了，小哑巴，最好还是去把尽头那几间房子里的地板、窗框和房梁拆了来烧火吧，别管它会不会坍掉；扫地、洗涮，有时还得点祭坛的圣烛，做弥撒时还得帮着敲钟。拍胸脯，我听不见，我不会说话，你们还要我怎么着，性器官本来是最难办的，可现在我已成了第七个老婆子，我那个东西不过成了一截日渐萎缩的、不中用的皮和肉，和达尼亚娜的下部不相上下。出太阳或刮风时，我们便把伊里斯女儿的尿布晾到堆储残破圣像的那个院子里晒干或吹干,免得伊里斯的小宝贝没有干净尿布换。我们派成天在别的院子里瞎逛的阿玛利娅负责收尿布。

达尼亚娜的身体缩小了不少。她比先前圆胖,但比先前轻了不少。她和我一样,也失去了讲话的能力,只会咿咿呀呀地说:我饿,我要奶,妈妈,我还要奶,噢,噢,我要拉屄屄。她娇柔地摸着伊里斯的奶头玩,用她粗糙的手指拨弄着,津津有味地戏耍着,用她那黏糊糊的牙床咬着奶头,弄得奶头上口水淋淋,同时她痴痴地笑着,她把全部的天地都集中在那两个兴奋点上,这两个兴奋点使伊里斯深深陷入我们为收获理想的果实而为她制造的梦想中。我们想要得到的即是将我们不经过人人必经的不可避免的死亡的痛苦,径直带往天堂去的她的儿子,我们的儿子,我的儿子,将使我们的血统得以传继的堂赫罗尼莫·德·阿斯科伊蒂亚的儿子。我们整日絮叨着月经的事,絮叨着某些古老的药膏,以及什么缎带、油布之类的土办法。伊里斯变了,简直判若两人,以前的事什么也记不得了,仿佛她的记忆是由一种很滑的物质组成的,任你什么东西都粘不到上面去。她已不是希娜,不是百老汇的舞星,也不是"巨人"的未婚妻。她压根儿记不得"巨人"了。如今,她完完全全是达尼亚娜的妈妈。伊里斯全身心沉浸在这个崭新的、取代以往一切的游戏之中。

可是,伊里斯的躯壳,这个围绕着子宫的无用的容器,一旦完成了分娩的特定作用后,我该拿它怎么办呢?我不会允许伊里斯接二连三地怀孕,从而抵消以前的分娩,直至她最后被瓜分,被销蚀。她的碎片分别出现在这些死老婆子的包包里,或我们大家都在床底下保存着她的碎片——我也喜欢在床底下保存无用的东西,如永远不会发表的手稿、充满我年轻时称之为思想的笔记,以及提到我的那些评论文章的剪报。在我床底下日积月累攒起来的废旧东西里,我保存着自己的姓名。我是个贪婪的人,我不想让别的老太婆窃走伊里斯那废弃的躯壳,我要她整个儿的躯壳。我之所以准备这所小房子,目的就在于此。这只盒子我是在布里希达的遗物中找到的,趁贝妮塔嬷嬷不注意,我把它藏了起来。那是一只八音盒,类似瑞士式小木屋。掀开那带两个合页的屋顶,它就会奏出《威尼斯狂欢节》。它只会奏这么一支曲子。我摆弄好一阵弹簧,终于把它装了起来。现在,它几乎已经完全修好了。在暖洋洋的地窖里,当伊里斯大大方方地露出乳房给那个永不餍足的达尼亚娜喂奶时,我就一心一意地用油漆刷小屋子的大门:屋檐和烟囱上白皑皑的是雪,木头的小鸟,红底绿点的窗帘分挂窗子两边,窗帘上我还粘上几块小镜片,表示可以看到里面。我应该把伊里斯安顿在那盒子里面。我已决定待伊里斯分娩后,将她所剩的躯壳全部占为己有,让她在那个盒子里头如玩偶一般地生活。我将把达尼亚娜也包括在内。真正的孩子出生后,达尼亚娜的命运就是:和伊里斯那个已然毫无意义的躯壳待在一起……搂抱着躺在这间瑞士式小别墅里,永远享受它那令她俩日臻完美、将她俩禁锢其中不复离开的抚爱,因为她俩已不再为人所需要……再说,她俩也不会愿意离开那个小别墅,因为,一旦离开这个束缚她俩的狭窄环境,她们就会感到惊惧。是呀,伊里斯,你就高高兴兴地和达尼亚娜待在这个小屋里吧,那要比待在外面强多了。偶尔,我会掀开盖子看看你们的,那时,你就会听到《威尼斯狂欢节》的乐曲。你会感到那曲子美妙极了,真的,我可以保证准是那样,它那轻柔的叮叮咚咚声,准会令你喜欢,比你在楼上的窗前跳扭摆舞更令你喜欢;而且,一再谛听那甜柔迷人的韵律,你在这瑞士式小别墅里就会逐渐忘掉其他一切,逐渐彻底消融你体内的一切,使你只剩下一个空壳,在这个唯一的、狭小的、枯燥的、重复着《威尼斯狂欢节》乐曲的环境里,保持着你这个最后的形象。我可以向你发誓,我真羡慕你这种在八音盒保护中的生活。我要永远保留你这个最后的形象,绝不允许你逃遁,变成别的样子。我要把你包起来,放在我的床底下,和我那些分门别类保存着的无用的废纸放在一起,和那些我希望保存的其他东西放在一起,因为那都是我的东西,我是第七个老太婆,你的不知廉耻每天都在向我证明这一点。

我正打算向地窖走去,我以为在这种时候,准是只有你一个人在那儿。我想给你看看这间瑞士式小别墅,好让你从现在起就渴望得到它:引你从小窗户的镜子里往里瞧,向你讲述里面的种种妙处,哄你,使你把那套骗人的话学给达尼亚娜听,然后,你们俩,背着其他老太婆,求我把这间瑞士式小别墅留给你们玩,让你们逐渐把它融入你们的生活,最后,通过那小小的玻璃门走进这间小别墅。

我没走进地窖。我躲在暗处,窥视着你和你的丑婴儿,偷听着你们的谈话:此时此刻,她已不是婴儿,因为,她没在说饿、撒尿、拉屄屄,而是在讲美国人轰炸河内近郊,奥纳西斯发表声明,现代人类的泛美航线,阿连德上台,超短裙被赶出天主教堂,菲德尔·卡斯特罗宣布知识分子今年应该参加收割甘蔗,菲——德尔——卡斯——特罗,卡斯特罗,好好学这几个字母,伊里斯:C——A——S——T——R——O。告诉我,在这个 Nikita① 里,A 是哪个字母? 对,是这个,看见没有,你并不笨,这也不难,不过,你现在念它还挺费劲儿。何必要知道为什么人们要把这个尼基塔赶走,你最好还是先学一阵子以后再问为什么会发生这些事。我已经会念了,达尼亚娜,虽说我念得不

----

① 即尼基塔,赫鲁晓夫的名字。

那么流利,可是几乎从来不会念错,不信,你瞧,这里:出售一万枝金合欢花,上帝呀,金合欢花的花期很短,要一万枝有什么用。正在度假的有克里斯蒂·拉莫斯、帕尔马·克里斯蒂、克里斯蒂·克里斯蒂、皮埃尔·博杜安·克里斯蒂……活见鬼,这么多的姑表亲……美好时代的鲥鱼,我不明白这是什么意思,达尼亚娜,是另一种语言吧,我不懂,要是小哑巴没在这上面再另外贴一张报纸的话……你瞧这里,伊里斯,这倒是真不错,喏,这就是那只被送上月球去的小狗莱卡的照片,来,找找看,字母 A 在哪里。对,对,是这个,尽管是大写,你还是认出来了,瞧见没有,这可比科林·特利亚多和唐老鸭那些蠢话有趣得多了吧,这些全都是骗人的,伊里斯,那种无聊书里的话一句也别信,念念这些报纸才有意思哩,这上面讲的才是发生在真实的人而不是画出来的猴子身上的真实的事情。应该念报纸,报纸上什么都有,我就是从报纸上知道你父亲的事的,是啊,是啊,你哭吧,瞧见没有,枪毙你父亲现在和你有关了吧……瞧见了吧,你必须学会识字,这样,你就可以看报纸,不至成个两眼一抹黑的蠢货,被那些老婆子利用,骗你相信我是你的娃娃,不是的,我是达尼亚娜。她们要往你脑袋里硬塞进这个想法,即你不久后要生的那个孩子是个奇迹,因为你是个处女,可是,你既然和"巨人"面具的主人罗穆阿尔多睡过觉,你怎么会是处女呢? 罗穆阿尔多就是你腹中所怀胎儿的父亲,你应该找他去,让他来跟你结婚,你得有个男人干活养活你,应该由你,而不是那些老货来照看你的孩子,你得学会自己保护自己,正因为如此,你必须学会识字。来,这里说什么呀,别再哭了,这一栏里说的是什么,嬉皮士的革命。什么是嬉皮士,我老了,不知道,但是,你会知道的,嬉皮士是什么样的人,嗯,这里有张照片,看上去像同性恋,头发披得老长,喔,还搂着女人走路呢,这么看来,不可能是同性恋。这里说……我在墙上糊的那些旧报纸,犹如打开了一扇窗户,从这扇窗子射进来的光线,使得矮小的达尼亚娜的身影陡然显得硕大无朋,她那对目光犀利的眼睛正从窗户里向外张望,随时准备带着伊里斯越窗而去。面对现实,达尼亚娜和伊里斯惊愕的脸上泛着光辉,她俩并肩站在床上,手里擎着蜡烛。在烛光下,达尼亚娜伸着老朽的食指,准确地指着一行行的字,一行行的标题,嘴里准确无误地念诵着,浏览着报纸上那些早已失去时间紧迫感的消息。烛台从左移到右,从下移到上,甚至移到天花板上,她俩贪婪地在寻觅着消息,更多的、更重要的从这个窗户里透出来的消息。

我可再也不能让她俩单独在一起了。我得时时刻刻地监视她俩,因为,达尼亚娜在欺骗我们,她想从我们手中夺走婴儿,然后带着婴儿远走高飞,躲到某个恶臭不堪的贫民窟里,在那里,谁也发现不了穿着乞丐般破衣烂衫的堂赫罗尼莫·德·阿斯科伊蒂亚的儿子。她俩单独待在一起哪怕一分钟也是危险的。我得想个法子把达尼亚娜支走,可是,我没法老是监视她俩,她们睡在一起,我又不能和她俩睡在一起。当老太婆们都聚在地窖里时,伊里斯就把达尼亚娜抱在怀里,脸贴着脸,似乎在唱着山歌。其实,她俩在悄声说话,我知道她俩是在悄声低语,是在策划着逃跑,去找罗穆阿尔多那个似乎是孩子的父亲其实并非如此的人。我今天就得去通知堂赫罗尼莫,叫他赶快来把孩子从达尼亚娜密谋的泥潭中救出来。她俩并不是在低声哼唱,她俩也不是在相互亲热,她俩是在密谋,是在策划。多拉在编织,玛丽亚·贝尼特斯在火上搅拌着熬煎的汤药,罗莎·佩雷斯在熨烫,丽塔在系着缎带的结,阿玛利娅正用一只蓝杯子洗她那只独眼,正当老太婆们各自干着自己的活计时,达尼亚娜,如今又缩成婴儿模样的达尼亚娜,躺在伊里斯的怀里打着盹儿,等待着鬼知道什么机会。身体臃肿的伊里斯用手指抠着鼻孔,打着哈欠。我,第七个老太婆,坐在一个角落里,一边在我的八音盒上画着雪绒花,一边偷眼监视着。

"她什么时候生?"

"圣灵受孕,日子说不准。"

"可惜没法问她是什么时候有的。"

"什么什么时候有的?"

"噢,我是说,九个月该从什么时候算起……"

"我跟你说,阿玛利娅,凡圣灵感孕,不计算九个月的,你呀,别使坏,胎儿什么时候该生就生,就是如此……得等……"

"那圣母是怎么算的?"

"怎么算的?"

"是啊,圣母受孕节是3月25日,那天大天使加百列竖起一个指头出现在圣母马利亚面前,圣母说,遵主旨意。我主耶稣基督是12月25日诞生的,不多不少,正好九个月。"

"可是,你要知道,伊里斯不是圣母马利亚,她那是一般的圣灵感孕,圣灵感孕有多种情况,我说,阿玛利娅,你别这么问个没完没了,这不好……"

"我不知道嘛。孩子生下来之后,伊里斯是不是仍旧是处女?孩子是从同一个地方出来的……"

"噢,这我也不知道,等以后瞧吧……"

"这么说,伊里斯照旧还是处女喽?"

"怎么不是?阿玛利娅。布里希达说过,玛丽亚·贝尼特斯也检查过……你说是吗?玛丽亚。"

玛丽亚没吱声。

"不是吗?玛丽亚。"

玛丽亚·贝尼特斯停止搅拌锅里的汤药。

　　"我也不知道……我本来想告诉你们来着……可是,我一直没找到机会……"

　　"告诉我们什么?"

　　"喏,那天我们在院子里遇见她突然莫名其妙地病倒,我是说,那天,会不会有什么人溜进静修院来过?"

　　"怎么啦?"

　　"我也不知道,不过,男人都不是好东西,她又长得那么漂亮。我怕……据说,要是女人怀了孕以后,再和男人睡觉干那种事,生出的孩子会是畸形儿。已故的布里希达跟我说过,正因为这个原因,她每当怀孕,就从来不让她丈夫爬到她身上去。当然喽,她的孩子生下来个个都是死胎,那是没法子的事,生活就是如此嘛。上帝要这样,又有什么办法。据说,要是一个男人和一个有身孕的女人同房,那女人生出来的孩子准是个畸形儿,一个大脑袋的丑八怪,胳膊短得像企鹅的翅膀,癞蛤蟆嘴,浑身长毛,要不就是浑身长鳞片,甚至可能生下来就没眼皮,这种畸形儿没法合眼睡觉,只能整宵整夜地啼哭,为自己是个畸形儿而哭泣,为自己没眼皮无法合眼睡觉而哭泣,想想吧,夜里没法睡觉该有多可怕,据说……"

　　据说……据说……据说……这是那些老太婆挂在碎嘴边上的一个法力无比的词,在这几个音节里凝聚着那些可怜女人的全部知识……据说……据说布里希达是个百万富翁,据说丝绸熨烫时温度不宜高,还得喷上点水……据说,这座静修院绝不会被拆毁……据说,瓶子里事先放点禾草,开水倒进去玻璃才不会炸……据说……据说,这个词将随着岁月的流逝,也许会重复好几个世纪,谁也不知道是谁说的,对谁说的,什么时候说的,又是如何说的,不过,反正是有人这么说,她们也就心安理得地重复道,据说,女人怀了孕再和男人性交,生出的孩子准是畸形。在光线昏暗的地窖里,那帮老太婆犹如一堆微微蠕动的破布。玛丽亚·贝尼特斯不住地搅动着架在熊熊火堆上的那口锅里的散发着香味的草药,据说,这种土荆芥熬的汤对胃有疗效,对那个正在孕育着无可置疑确是堂赫罗尼莫和伊里斯的畸形儿的肚子来说,也很有疗效。尽管很难说清,到底是谁下的种,但伊里斯终究是怀了身孕,我不想碰她,我担心因此毁掉我的儿子,他应该是完美无缺的。据说,要是性交的女方是……鬼知道堂赫罗尼莫是什么时候、从哪儿听来这种正决定他儿子未来形态的说法的,可他哪里知道,他的这个儿子早就被当地所有的小伙子、被从市中心赶来和伊里斯鬼混的三教九流、被所有戴着"巨人"面具伪装起来的将军和学者糟踏了。是的,堂赫罗尼莫,您的儿子将成为一个骇人的畸形儿,一个无愧于阿斯科伊蒂亚家族的怪物,至于我,佩尼亚洛萨家的儿孙,不会有生个畸形儿的殊荣,充其量不过生个丑陋的、虚弱的、营养不良的婴儿,整天为腹中无食而啼哭,但绝不会像伊里斯·马特卢纳多产的子宫所生育的畸形儿那样因可怕的噩梦而哭泣。搅吧,玛丽亚,你是医生,你知道其中的意思;你继续搅动那只锅吧,从锅里冒出的蒸汽正勾勒出那畸形儿扭曲的脸和走样的躯体,这将会使堂赫罗尼莫离开俱乐部里那张他悠闲自得地坐着看报、打盹、忘掉一切崇高事业、摈弃一切权力使命、放弃往昔一切欲望的安乐椅。他现在只想养尊处优,培养他那堆松弛的下巴肉,殊不知,这恰恰不由自主地暴露和我那可尊敬的父亲同样的痛苦。您没有权利,堂赫罗尼莫,使他一事无成,毫无希望,诚然如不停地搅动着那口锅——那口召唤救世畸形儿的大锅——的玛丽亚·贝尼特斯所说的那样。至于你,阿玛利娅,你也来一口咬定,你同样听到过这种说法的。你别打岔,多拉。还有你,丽塔,你也别打岔;不过,你同样要一口咬定,这与伊里斯不相干,因为这可怜的姑娘,无论怀孕前还是怀孕后,都绝对没有和任何男人睡过觉。静修院里从来没有过男人,是布里希达想出这个天孕的念头,伊里斯的孩子是布里希达孕育成的,布里希达才是畸形儿的真正母亲,布里希达什么都知道。玛丽亚一刻不停地搅动着架在火上的那口锅,那个变形扭曲的阿斯科伊蒂亚的后代似乎正在从锅内升腾起来的热气中朝我微笑,我真想趁众老太婆胡扯闲聊瞎说八道的当儿,把他抱在怀里摇晃。老太婆们都聚精会神地听着玛丽亚·贝尼特斯摆龙门阵,她是个巫医,据说知道不少事情,虽然不及布里希达那么多,不过,要论见识,玛丽亚·贝尼特斯可有一肚子的见识:

"……我不过突然这么想起……你可别生气,丽塔……就是那天我们找到她的时候,很可能在这之前有男人钻进来找过这个可怜的小姑娘。据说,有些男人特别下作,专门找伊里斯这样的小姑娘过下流瘾,当然喽,如果真是那样,身体里所有的津液都会毒化……要是果真如我所说,那么,不是胎儿已经死在肚子里,就是生出来也准保是个畸形儿。"

"死胎不会的。"

"昨天我还用手摸过她的肚子,肚子里有响动。"

"那也可能是肠胃在蠕动吧,因为她昨天很晚才吃了香蕉……"

"不可能,据说,晚上吃了香蕉后再喝啤酒才会闹肚子,使胃下垂,可是,伊里斯并没喝啤酒呀,再说,她到哪儿弄啤酒去。"

"这么说,必定是畸形儿无疑喽。"

我们面面相觑,不知说什么好,有顷,才听见坐在熟睡的伊里斯膝头的达尼亚娜说道:

"生个畸形儿有什么大不了的呢?"

我们都不知如何回答。于是,达尼亚娜继续说道:

"甚至这么着更好哩。如果是个畸形儿,谁也不会喜欢,也就没有人会找到静修院里来索要。要知道,人人都嫌弃畸形儿。当然喽,据说,有时候,某些医生会找上门来,把畸形儿带到医院去做检查,拿他们做实验。这些可怜的孩子可受苦啦。畸形儿是很有价值的,因为很罕见,几乎绝无仅有。我以前有个街坊,她生了个怪胎。医生把孩子夺了去,据说,把他装在玻璃瓶里,泡在红颜色的液体里,用导管给他喂食吃,我的街坊从此再也没见过自己的孩子,人家也从来没给她分文报酬。"

我明白你为什么竭力渲染,让她们相信伊里斯的孩子准是个怪胎:你的用心是稳住她们,以便你和伊里斯从容地策划潜逃,逃到你们以为该去的地方。可怜的老太婆,你认定"巨人"是孩子的父亲。你有所不知,罗穆阿尔多不过是唯一占有"巨人"面具的人。在你那个传统的脑瓜里,总以为必然有一个父亲,必须找到他,让他承担抚养孩子的责任。可是,你不知道事情的另一面:有几十个父亲藏在"巨人"面具后面呢,这是我远在你开始用你那可怜的现实主义历史——什么家庭、母亲、父亲、儿子、持家、糊口、受累……诸如此类的东西进行策划之前就早已算计好的。你呀,达尼亚娜,你继续去相信你那套东西吧,你继续去编织你那充满平庸的幸福和日常的痛苦的历史吧;我,则要利用那逐渐浓缩和凝聚的热气,编织某种源自混沌自由状态的东西。那些老太婆头脑中起作用的正是这种混沌自由的状态,而我就是众老太婆中的一员。

"不错,不过,我们才不会干那种蠢事。我们不想把孩子交给医生,不交给任何人,不交给贝妮塔嬷嬷,也不交给阿索卡尔神父。既然我们现在知道他将是个畸形儿,我们就应该好好照顾他,不让别人知道他的存在。我们可以把他关在这里,一直到他愿意和我们一起乘一辆和布里希达那辆同样漂亮的、白色的而不是黑色的马拉的灵车到天国去。拉车的马是带翅膀的,这样才能在花雨中,在天堂的音乐伴奏下飞上天去……"

"唉,要是苦命的布里希达活着该多好!"

"但愿我们不会死!"

"布里希达的葬礼够风光的。"

"是啊,够风光的。"

"是我们在静修院见过的最气派的葬礼。"

即使吃饭和睡觉,我也整天都暗中监视着达尼亚娜和伊里斯。当睡梦把我们大伙拴在我们各自的茅屋里时,伊里斯和达尼亚娜趁夜深人静从床上爬了起来。我就监视她们,尾随她们。其实,我有什么可怕的,钥匙都在我手里掌握着呢。可是,这个浑身长毛、咋咋呼呼的达尼亚娜是个危险人物,她先是设法钻进静修院,后来又混到我们圈子中来,是要毁掉一切。夜里,她带着伊里斯蹑手蹑脚地爬到楼上去观赏城市的夜景:机场上一闪一闪的信号灯、电台发射塔上的探照灯、市中心玻璃大厦上的霓虹灯、在夜色中寻找着她们的旋转聚光灯。抓住这束光,伊里斯,瞧,从那儿过来了,抓住它,等它转过来,你就抓住它,顺着它爬上去。伊里斯伸长胳膊,抓住光束,可瞬间,光束又从她手上溜走了,去照亮城市中延伸到山脚下的鳞次栉比的楼宇。达尼亚娜站在我为她们开启的窗子边,向伊里斯指点着全市的地形:河流、广场、市中心、大街,别迷了路,她在向伊里斯勾画着她俩潜逃的路线,这些大街小巷,达尼亚娜可说是了如指掌。当年她当女仆时,是有名的逛大街、轧马路的沉迷者,她准确地说着那些街道的路名,一个音节一个音节地念着,以便让它们牢牢地印在伊里斯的那个榆木脑瓜里不要被忘了;要不然,她就会像我一样,一到街上就不辨东西南北,达尼亚娜熟悉路,我可一点也不熟悉。

我相信她们一定还在商量什么别的事。我想象她们一定是先用锉刀锯断窗栏杆,然后顺着接起来的床单爬下去逃走。可是,不一会儿,她们却关上窗户下楼了。她俩相互间如好友告别一般,在对方腮边吻了一下,各自走向自己的房间。我兜里揣着钥匙,在各个院子里巡起夜来。我没有去睡觉,夜里我从来不睡,唯恐她们会悄悄钻进我的房间,趁我熟睡,从我枕头底下偷走钥匙,纵然我把钥匙藏在床底下,和我的手稿和瑞士式小别墅放在一起,她们逃跑时,难道不会一股脑儿带走? 她俩必逃无疑,早晚的事,所以我必须马上报告堂赫罗尼莫,警告他即将失去他的儿子,他儿子眼看不久就会消失在无声无息的贫困之中。今天夜里,我就去报告,我知道她俩正在密谋,剥夺他再次成为强大高尚人物的最后机会——承担起作为一个畸形儿的父亲的责任;对,我不能浪费时间,我必须把瑞士式小别墅、钥匙、手稿塞进一个包里。可是,她俩可以带着整个包逃走呀,这么一来,她俩一边逃,绳子、破布、小屋的碎片、写着我笔迹和姓名的手稿,一边就会被扔得满街都是,落到素不相识的人手中,或许又会落到佩塔·庞塞手中,于是,她就会知道在什么地方找到我,或许还会落到那些和我父亲一样、和那些被阿苏拉大夫窃去五官的牺牲品一样的没有脸面的人手中,这些纸千万不能落到别人手里。无论是谁,对他们都毫无用处,他们会扔到地上,任凭汽车的轮子碾过,任凭顽童们当作彩色传单叠成小船或尖帽,直至某一张纸落到佩塔手里,她便会按图索骥,循迹找来,强迫我再跟她做爱。这个老骚货,老淫妇,老荡妇。不,我不出去了,我不愿出去……

小哑巴,小哑巴,她的声音在催促着,喊我走出暗处,尽管她在黑暗中加快脚步时,我善于轻手轻脚地迅速尾随其后,但她知道我隐身在阴影里……另一个晚上,小哑巴,小哑巴,……小心点,伊里斯,这里有楼梯,留神别摔下来,把肚子里的胎儿摔死,也许那正是你求之不得的。你为之感到羞耻,一心想弄死那个玛丽亚·贝尼特斯的锅里徐徐升起的蒸汽形象,你说她是巫婆,不,她不是巫婆,她是巫医,是民间郎中,我们中间没有一个是巫婆,我们都是老妇人,仅此而已,不过是具有老年人特权的老婆子。哑巴,小哑巴,是的,达尼亚娜走了,你不知道达尼亚娜走了,你想拦也拦不住,达尼亚娜很会溜的,她不需要你的钥匙,在这个静修院里有不少你不知道的洞穴,人们摆脱你的监视,自由地进进出出。达尼亚娜跑了,现在只剩下我们六个老太婆了。把钥匙给我,小哑巴,我想去找达尼亚娜……等着吧,等她找到伪装成"巨人"的孩子他爸罗穆阿尔多,她会来叫我的。跑呀,沿着回廊跑,别出声,小哑巴。可是,我求求你,伊里斯,你别这么高声地、一遍又一遍地喊:小哑巴,小哑巴,小哑巴,小哑巴,人家会听见的,你简直是在扯着嗓子叫喊,似乎我要是不在场,你连一分钟都没法活了,别出声,闭嘴,人家要听见我们的。达尼亚娜呢? 她会不会在过道的某个旮旯等着我;身材魁梧,满脸横肉,长着大胡子,手里端着枪,准备一枪结果我的性命? 小哑巴……小哑巴……蹼足鼠和小耗子在我们的脚下乱窜,我们撞破了结满回廊的蜘蛛网,我看见你了,你躲在结着金黄色果子的橘树丛中,暗中监视着我的行动,我得走到大门口去,看看门锁是不是上了双重锁。这条走廊并不深;有人,也许是我,在一扇封死的窗上画了一幅幽深无涯的远景,也许达尼亚娜迷失在这伪装的幽深处,到那儿找她吧。不,你受骗了,你发觉那不过是画在墙上的一些线条,你停下脚步,转身朝别的回廊里去找我。我避开你的追踪,躲在一个角落里歇歇脚、喘喘气,你年轻,可我年老体亏了,现在我听不到你的脚步了。我先得在门边歇一会儿,再出去告诉堂赫罗尼莫,叫他来把你带走,连同你子宫里的那个尚未成形的丑八怪儿子,免得别人捷足先登把你带走。你沿着回廊追踪着我,你滚烫的气息烧灼着我的后颈,就如猛兽在撕碎我之前冲我大口地吐着热气,我躲在没有一丝光亮的角落里静静地喘着气,稍事休息。

你碰了碰我。

"小哑巴。"

我腋下夹着那个瑞士式小别墅。我那串钥匙正捏在拳头中,藏在罩衣的口袋里。你以一种我不熟悉的非常低沉、非常镇定的声音对我说道:

"我想出去。"

我知道,伊里斯。

我闻到你身上散发出的油腻味、旧衣服味、我们抹在你身上的油膏味,这种油膏对治疗支气管炎特有效。阿玛利娅,你力气比我大,来,给小姑娘在背上用力地抹。这种看上去跟水差不多的玩意儿,用来擦你正在肿起来的脚踝,那可是最棒了……我摇摇头,不同意你出去。你一把抓住我的手腕。我松手把钥匙留在口袋里,伸出手贴在你即将给一个畸形儿喂奶的胸脯上。这孩子不像你和达尼亚娜认为的那样,他不是罗穆阿尔多的儿子,也不是我的儿子,因为我是第七个老太婆,我没有性功能。佩塔,我向你发誓,我没有性器官,所以你别钻进静修院来。他是堂赫罗尼莫·德·阿斯科伊蒂亚的儿子,是他在我嫉妒的目光下,在一个杀人犯女儿的肚子里下的种。

"你摸呀。"

我摸了。

"摸得舒服吗?"

我没有回答。

"使劲摸呀,捏紧点,傻瓜。你以为我不知道你早就想跟我做爱吗?摸吧,尽情地摸吧,然后,你放我出去。"

我猛地从你胸脯上抽回手。我点燃一盏昏暗的灯,给你看我的瑞士式小别墅。我打开盖子,你听见了《威尼斯狂欢节》的乐曲,眼睛顿时渐渐闪亮。我让你朝门和窗上的小镜片看:我朝你指指那小门,我希望你进去,现在,现在,就现在,把你关进八音盒里。

"你以为我是笨蛋?用这么个玩具来哄我?"

我不知如何回答。

"行了,听我说,把大门打开。"

我没听见。我是聋哑人,这你是知道的,伊里斯,我真不明白,你明明知道我听不见,何必跟我说那么多。你在跟我说什么,我一句也听不明白,因此,尽管我可以,或者愿意照你的吩咐办,可我无法顺从你的意思。

"胡说,纯粹是扯谎。你不是哑巴。我一开始就发觉你不是哑巴,你不过是装聋作哑罢了。正因为如此,所以我一直沿着回廊叫你,让你听见我的喊声后,打开门放我出去。你不哑也不聋。你明明把你罩衣口袋里的钥匙弄得叮当响,而且那旋律节奏分明是《我们爱上帝》,我——们——爱——上——帝……真正的聋子是不可能打出任何旋律的节拍的,因为他们根本听不见,所以,你别装糊涂耍弄我。达尼亚娜离开静修院之前说过,她要到主教大人那儿去告发你,你要小心点,这一天迟早会到的。你要是不愿意我向贝妮塔嬷嬷告你,你就识相点,放我出去。"

你这番道理讲得很圆满,伊里斯,我真该祝贺你,你这番话使我狼狈不堪,逼得我无路可走,把我驳得体无完肤,暴露无遗;因为,我将不得不从床底下取出一切:我的嗓音、我的听觉、我被遗忘的姓氏、我那已僵化的生殖器、我那未竟的书稿,我将不得不使用它们,施展它们,如此一来,我还怎么能再装出低三下四的样子,一迭连声说什么,是喽,夫人,我的小车随时为您效劳;我不是老太婆,我是温贝托·佩尼亚洛萨,你孩子的父亲,什么圣灵感孕,都是那伙老太婆胡编的。可你现在不让我属于她们的圈子,你正把我从那个舒服的避难处硬拽出来,好让我允许你溜出大门,从而消失在达尼亚娜说服你相信的那个所谓真正的归宿中去。可是,你别信她的,伊里斯,人有许多归宿,任何归宿都可把人吸引过去,而达尼亚娜向你指出的那个归宿,却是个有名无实、可怜、枯燥、悲惨的归宿。

"我要出去。"

"独自一人?"

"是的。"

"去和达尼亚娜会合?"

"那个臭老太婆。"

"为什么?"

你略略迟疑片刻。

"我身上有孕。达尼亚娜临走时对我扯什么她去找罗穆阿尔多,可我知道,她说的不是真话,她不会去找罗穆阿尔多,因为她想的是把我留在她的身边。我不愿意跟这个卑鄙的老太婆住到一个她说是非常熟识并且可以让我待到找到罗穆阿尔多为止的太太的家里,那里还有另外几个姑娘,可我不愿。我要去找罗穆阿尔多,去找那个使我怀孕的人,我要和他生活在一起。"

"可他不是罗穆阿尔多。"

"那么是谁呢?"

"我知道是谁。"

"那当然是'巨人'喽。"

"不是,是躲在'巨人'面具里的那个人。"

"那自然是罗穆阿尔多……"

"不对,是另外一位先生,一位绅士……"

"你别来跟我纠缠,放我出去。"

你现实主义的梦想是难以击毁的,那是你不愿丢弃的化身,那是属于你的,简直可以说不是梦想,你自然是罗穆阿尔多的情人,你心里明白,所以不容我击毁你的梦想而代之以别的梦想。罗穆阿尔多的梦想,你完全能理解,至于我向你建议的那个梦想,你就理解不了,你觉得它过于大了,不过,我可以按照你的情况缩小它的尺寸,使你可以逐渐适应其间。你现在心急如焚,你等不及,按捺不住,你要立即出去,现在就出去。这是你急不可耐的欲望,你无法推迟立即出去这个愿望的实现。

"你会迷路的。"

"没关系。"

"你会流落街头、受饥挨饿的。"

你不以为意地耸耸肩膀,对我怕你流落街头的担心显出不屑的神情。我希望你别不放在心上,因为,我需要你如愿以偿,至少,现在在今天晚上,我跟你说,你好好听着,我来告诉你:一切关于"巨人"的事整个儿是场闹剧,因为孩子的真正父亲隐藏在罗穆阿尔多的身后,罗穆阿尔多其实和"巨人"一样,也不过是个假面具。"巨人"面具,你亲眼看见它被人捣碎了,现在该捣毁罗穆阿尔多那具灰浆纤维的面具,以便找出隐身其中的另一个人,你儿子真正的父亲。他就住在他那座铁和玻璃建成的大厦里,你从你的窗口望出去,一眼就可以看见的,就是那些灯光辉煌的高楼大厦中的一座,你不是老想用手抓住那些光束爬上去吗?其实,你没必要爬上任何一道光束的,伊里斯,我将捣毁罗穆阿尔多的面具,把孩子真正的父亲给你带来,你在这里等我,外面很危险的,有大胡子男人在暗中窥伺,还有那些专门用精密的手术刀摘除他人器官、祸害他人的医生,以及医生豢养的那些专门追咬夜间行走、没有身份、无处栖身的人的恶犬。外面的黑暗可不比静修院的黑暗,伊里斯,那里只对所谓死无葬身之地的穷人才黑暗,他们也确实是死无葬身之地,因为,那里是个吞噬人的深渊,一旦人惊呼着掉下去,那就会不住地往下掉,呼喊着,往下掉着,一直往下掉,往下掉,因为那是个无底的深渊,直至喊不出声,可还是一个劲儿往下掉,在那无穷无尽的、车水马龙的、你不知其名的街道里无休止地往下掉。那些有头有脸的人会耻笑你,他们住的寓所不会允许你跨入,他们干的事情你根本不会明白。你别再靠近,伊里斯,你别这么碰我。别,温贝托,你别让伊里斯继续碰你,她会把你的伪装弄破,如果你不逃走,那你就不得不恢复你原来的模样,不知道自己在什么地方,也不记得自己为何人;来,把你的厚嘴唇凑近我的嘴,把你的大腿夹在我颤抖着的细腿中间;你千万别允许她用那难以忍受的怀旧依恋之情把你变成温贝托·佩尼亚洛萨,你快逃走,别让那肉乎乎的手掌抚摸刺激你的生殖器,别去响应她那贪婪地寻觅着你嘴和唇的吻,她用她的乳房和大腿把你逼在角落里,但你要保持僵冷,不存在温贝托,不存在小哑巴,存在的是第七个老太婆。你的手什么也摸不到。

"伊里斯……"

"嗯?"

"我出去找孩子的父亲。"

"上哪儿?"

"我知道他住在哪儿。"

"住在哪儿?"

"在公园对面的一座黄楼房里。"

"咱们一块儿去。"

"不,你等着……"

"为啥?"

"我不知道他现在是否在家。"

"他在不在家无所谓的。"

"他养着四条很凶的黑狗,他不在家时,那四条恶狗见生人进去就要咬,而它们不认识你……"

"那你呢?"

"我,它们是认识的。"

"它们不会咬你?"

"没那事儿。"

你沉吟良久。

"那房子漂亮吗?"

"很漂亮。"

"那人长得帅吗?"

我回答说是的。堂赫罗尼莫·德·阿斯科伊蒂亚是个少有的美男子。

"我不知道……那些恶狗会不会……"

所以,我去找他,让他乘着由私人司机驾驶的汽车来接你。不,不,我不要司机,我要红色敞篷汽车。行,伊里斯,就照你说的办,让他自己开着红色敞篷车来找你,把你带走,离开静修院,离开贝妮塔嬷嬷和达尼亚娜,离开我,我不愿意再看到你。来,把你的身体变小点,可以藏身到我这个瑞士式小别墅里去,你瞧着,怎么把门打开,钻进这座白雪皑皑的房子里去,听我的话,进去等我回来,给你把孩子的父亲带来,就这样吧,拿着这座小房子一边等我,一边玩吧。我找他来带走我们的孩子,伊里斯,我们的孩子,他可不是这么座木头小房子的主人,他将是整个这座迷宫般静修院的主人,并将永远保持这座迷宫不变——在这里,时光被禁锢在永远不会倒塌的土墙之中,始终凝滞,不会流动。

"在这儿等着我,伊里斯。"

"好吧。不过,我把话说前头,你如果不想让我去告发你,把你抓起来,你就赶快回来,否则我就去叫醒贝妮塔嬷嬷,把一切都告诉她。"

"一切什么?"

她没回答。

"告诉她我是孩子的父亲?"

"对了。"

"你这么认为吗?"

她笑了笑,说当然不会这么认为。

"把灯关了,伊里斯。"

"好,我就在大门这儿等你。"

"我一会儿就回来。"

我拔下门闩,打开大门走了出去。我转身关上门。可是,里面却立即插上了门闩……我敲门,使劲敲门,请求开门放我进去。我病了,外面在下雨,我冻坏了,我在发烧。贝妮塔嬷嬷,求求你,给我开开门,求求你原谅我擅自走出静修院。开门,开门,我不知道是谁插上门闩的,我看不见,我再也叫不出声来。警察们拼命揍我,恶犬们疯狂地咬我,我浑身发烧,没有人会认出我来,他们只是作践我,把我扔在公园里。雨不住地下着,我拼命地跑着,我喊,我捶门,渐渐地,我喊不动了,我也捶不动了。贝妮塔嬷嬷,救救我,至少别让佩塔·庞塞碰见我。让我进去吧,我已经没有拳头,没有嗓音,我只剩下这只无力耷拉的衣袖,在一个雨夜,被拒之静修院的门外,无人理睬……

九

　　水,再来点水……一块冰冷的布覆在额头,可是,贝妮塔嬷嬷,别抽回您的手,求求您,让我继续这么握着您的手,一直到他们走开,因为,当他们发觉您一如既往以您的沉默保护着我,他们就会走开的。您叫他们滚,把他们赶走,据说他们都是些恶人,据说,警察们之所以折磨我们,是要我们招供偷了一条围巾或一块面包。可是,他们要我招什么呢?我可什么也没偷呀!那个警察攥起了拳头,您瞧他那恶狠狠的拳头,又要揍我了,贝妮塔嬷嬷,您快出面说说情,求求您了,握紧我的手,让我挨揍时好受些……正因为如此,所以当警察追我们时,我们拼命地跑啊,跑啊,在他们抓住我们之前,我们自己就在肚子上划几道口子,贝妮塔嬷嬷,您瞧我这儿的伤口,我们用一把小刀在肚子上划几道口子,不过,只是几道浅浅的口子,待警察追到我们跟前时,见我们倒在自己的血泊中,冲着我们哈哈大笑……这样,他们便会把我们送进医院去,送进一所好医院,那里不会有阿苏拉大夫那样虚伪、贪婪的医生来偷取我们的皮肤和器官,阿苏拉大夫也不会知道我们被送进哪个医院,在那里,没有人,没有任何医生敢折磨一个受伤的人,因为伤病员是神圣不可侵犯的。这样,我受了伤,我就得救了,现在轮到他们对我怀有惧意,而不是我对他们怀有惧意,我没什么可对他们招供的，我只对您，贝妮塔嬷嬷，可以真情相告。是的，我从堂赫罗尼莫家里偷出过一样东西，喏，您瞧，就是这本绿封皮的书，就这么一册，尽管我当时真恨不得把一百册全偷出来，可是我办不到，我僵立在他的书房里，四周是灰色天鹅绒面的靠椅，暗淡的灯光，壁炉里燃着噼啪作响的木柴，脚下是深色地毯。置身在这么个环境中，我内心感到一阵阵害怕，唯恐沉浸其间透不过气来，唯恐那豪华的陈设把我吞噬……能救多少就救多少吧，我于是把手伸向我自己的书，就是那一百册他那大量藏书中颇有讽刺意味地从未动过的著作，那一百册书是他为了帮助一个穷学生出版自己的书而慷慨解囊订购的，在那些书中，每一页上都重复着他和伊内斯的姓名。伊内斯曾透过点缀在玻璃花瓶中蓝色花朵深情地望过那些书，赫罗尼莫·德·阿斯科伊蒂亚穿着出门衣服走下楼梯，动身去林孔那塔，伊内斯和佩塔坐在回廊的花坛附近，一边编织着博埃的衣服消磨时光，一边窃窃私语着……我的姓名印在书中正文左边每一页的上方，温贝托·佩尼亚洛萨、温贝托·佩尼亚洛萨、温贝托·佩尼亚洛萨，我的姓名之所以这么一再出现在书中，目的是为了诅咒他的无耻，告慰我的父亲，哄哄我的母亲，宽宽我自己的心，毕竟我的姓名已如此频繁地印在书上，谁也就无法漠视我的存在。我的名字在书上重复了多少次？来，贝妮塔嬷嬷，您来帮我统计一下，我虽然发着高烧，舌头还很灵活，可我无法集中精力进行数学演算，每一册书有一百八十页，也就是出现九十次温贝托·佩尼亚洛萨，再加上每个封面、封底和书脊上各出现一次……我们就不难算出，在堂赫罗尼莫房的一百册藏书中，共重复出现了九千三百次。您想，我怎么能不害怕这么一大堆闪闪发光的符号会把我吞噬掉呢？不过，不，现在，在他的书房里，我的名字只重复出现九千二百零七次，因为，在我逃离之前，我偷出了一册书。等我病愈后,等我的手不再因发烧而哆嗦,眼睛不再模模糊糊,我一定念给您听,只念给您听,就因为是您,因为您握着我的手,耐心地听我唠叨,我要把那些华丽雕琢的文章一篇一篇地念给您听,那可是一个风格高雅、感情细腻、文采过人的作家的天才杰作,一个风华正茂的桂冠诗人的绝唱,一个崭露头角、脱颖而出、前途无量、才华横溢的青年的逸品,那是我国文学家的光荣啊。我将给您念一篇描写女人的精彩文章,我当时写过许多这类文章,我其实不认识任何一个女性,全凭自己的想象,在充满东方香料的锅里熔炼她们,您知道的,那时香料都来自东方,她们身上的长袍都缀满了凸绣,她们的举止都有气无力,弱不禁风,她们赤裸裸、娇滴滴的媚态总让人神魂颠倒、心猿意马,时间通常是皓月当空,清晖皎洁,地点又往往是偏僻又偏僻,遥远又遥远、与尘世隔绝的另一世界,年轻的君主取代了老态龙钟的帝王,假面具里又套着假面具,遗忘吞没了一切,我心甘情愿地钻进遗忘的利齿之间,爬进它的喉咙,闯进它的食道,消失殆尽。我确实消失了,真的,贝妮塔嬷嬷,尽管您握着我的手,柔言蜜语地宽慰我,然而,我给您念过这些篇章之后,我已不复为我了。也许,待我病愈后,不如钻到床底下我存放手稿的和八音盒的那一大堆破布烂纸中去,这样,他们便不会来揍我,用他们硬邦邦的拳头逼我说话。我不能,也不愿招供我为什么要从堂赫罗尼莫·德·阿斯科伊蒂亚的府中逃出来。我听到一个在我身后穷追不舍的警察的脚步声,于是冲进在大雨中密密麻麻鱼贯疾驶的车流中。抓小偷! 抓小偷! 嚯——嚯——警笛一声紧似一声,招来越来越多的警察。汽车里的人又看到了让娜·莫罗的那种新场景,又就着土豆泥汤津津有味地吃起炸牛排来。他们透过前窗雨刷刷净的那个扇形面,看见了我,忙不迭地急踩刹车。狗娘养的,差一点撞上,雨下得这么大,伸手不见五指,狗杂种,幸亏上帝保佑,今年下这么大雨。在车灯照耀下,他们看见我离车子才一米远,车灯透过雨帘,无力地照着,灯光似乎溶化在密匝匝的雨幕中,可是,那不断摆动着的雨刷都吧嗒、吧嗒、吧嗒恢复着我原本已失去的模样,让车里的人终于能清晰地看见我:一个似乎瞎子一般的小矮人,头发湿漉漉的,浑身上下透湿,在他们刹车的当儿,在差一点辗倒他的车流中摸着黑东躲西闪。怒气冲冲的警察站在人行道上使劲地吹着警笛,眼看自己的权威不起作用,气得发了疯似的。那个被追逐的丑八怪,在咬着他矮腿的那一串串淡红车灯的照耀下,好似一个幽灵那样在跳舞,在滑行、相撞、鸣笛的雪铁龙、福特汽车的车流里拼命地躲着,逃着。哎呀,这该死的畜生,不要命的浑蛋,刹车,小心点,埃尔南,别把他压死。我才不管呢,谁让他害得我这辆崭新的雷诺车撞了一下,不过,那家伙已经跑到公园那头去了,喏,在那辆莫里斯牌的汽车后面,可能待会儿要躲到河里去吧。可是,我不是小偷,贝妮塔嬷嬷,我向您发誓,一个人索要回自己的姓名不能算是偷,因为他有权随意拥有和支配自己的姓名,或利用某个冬日,当早早日薄西山之时,焚毁我全部的作品,销毁我所有的重复印在书上的名姓,不留下丝毫的痕迹,或从这座黑铁桥上把它们扔到那卵石累累的河床上,然后攀缘而下,在那儿一张一张或一叠一叠地烧掉取暖,在寒冷中烘烤我冻僵的双手。这一点点微火也许还不够。我需要更多的热力来抵御露天里骇人的严寒。我还要焚烧书籍、插画、整个星期的报纸、从公共图书馆偷来的从来无人阅读过的图书和用我颤抖而热烈的笔迹写满的笔记本。您瞧,贝妮塔嬷嬷,我脚边那红色的火焰在徐徐升腾,您听,是他们,那些无头无脸的人,一个个朝我的篝火靠近。在那片灌木中有什么东西在活动:喔,原来是一条狗,它跑来躺在我的火堆边。在那水平线上映衬着一团东西,不少靠残菜剩饭喂得滚圆的耗子在匆忙逃窜,那团东西变得越来越清晰,在不断地移近。一截花岗岩石墙晃动着倒塌下来,别,别害怕,嬷嬷,那不过是个从阴沟洞里跳出来的孩子。往火堆里再扔点纸,再扔点书,我的书,我的手稿,燃烧起我的姓名,扩大这热烘烘的气氛,让那些受过取走他们面目的外科手术之苦的人进来取暖,不,不仅仅为此,也为了让他们在我彻底焚毁我的名字之后,承认我,接纳我成为他们中的一员。因为,他们是得天独厚的,不用感到害怕,不用感到羞耻,因为,纵然政府当局也罢,人们的冷嘲热讽也罢,都无法剥夺他们的任何东西。这些被我的书籍手稿燃起的篝火招来的人早已一无所有了。昏黑的潮水在缓缓退去,他们犹如用支离破碎的海藻伪装起来的岩石,几乎全部裸露无遗,不过,我认得出他们伪装下的真面目:那是东方的王子,头上裹着头巾,一脸黑胡子,披着毛毯,留着修长的指甲,舒坦地挨着我的篝火躺在金黄色的麻包上,里面也许……什么也没装,也许装着破布烂纸什么的,反正分文不值。一大堆满身跳蚤的孩子和狗浑然形成一个躺在地上的怪兽,光着脚,浑身泥巴,冻得僵硬,眼里冒着火,浓密的黄发满是脓包疙瘩,长着尾巴、粗糙的厚嘴唇、半透明的耳朵和淌着鼻涕的鼻子。越来越多的带着权宜伪装的人源源涌来,要知道,我们这种人要不披点伪装,那就什么也不是。那些面容消瘦的修士,他们的脸几乎全部隐在被跳动的火焰映出的僧衣的阴影里。您瞧那个朝火光走近来的老妇人,她的手和佩塔·庞塞的手一样青筋绽露,就如透明的一般,您和我都能透过那层在褴褛衣衫下日渐萎缩的皮肉看到那一根根瘦骨,那褴褛的衣衫一挨近我的热烘烘的篝火,就将会渐渐地融化掉。您难道没闻到一股股湿衣服的烘烤味儿,没闻到一阵阵乞丐烘烤陈年霉面包的味儿,没闻到一股股用我的篝火点燃的烟蒂味儿?一俟博埃彻底摆脱堂赫罗尼莫之后，他会把我全部的书籍，那剩下的九十九册书，悉数璧还，让我用它们维持这堆供那么多人前来取暖的篝火。您瞧他们，贝妮塔嬷嬷，有的满脸菜色，有的浑身油污，有的身着褪色破烂的昔日华服。啊，越来越多的脸、人影、手和忽闪忽闪的眼睛，刀砍枪挑成碎皮条的帝王服下露出闪闪发光的锁子铠甲，原来是绽线开缝的背心，那流苏原来是破布条，那紧身衬甲原来是旧睡衣，那纹章原来是补丁，那羽饰原来是披散的头发，他们都是从哪儿冒出来的呢？他们陆续涌来，直至我烧尽最后一本书，最后一张纸，终于倒下为止。此时此刻，篝火也就渐渐熄灭，我再也没有任何东西可以维持它不灭。您等等，贝妮塔嬷嬷，您别走呀，您要干的事不至于那么紧迫，没时间听我讲完，没时间目睹那些王子带着他们属下的侏儒和黑人、奴隶和扈从、宠妃、姘妇，带着他们的忏悔师、孩子、癞皮狗，带着他们的持戟卫士和随从徐徐退去。您一定以为他们的伪装跟他们本人差不离吧。让我们不妨剥去他们的伪装，其实他们都是我这样的人——没有面目，没有五官。他们不得不在垃圾堆里和被人遗弃在阁楼上的箱子里翻腾，而且还得继续翻腾，在街头别人的遗弃物里翻腾，以便今天做一身伪装，明天又另外做一身伪装，使自己好歹有个被识别的标记，哪怕不过是片刻而已。他们甚至连个面具也没有。世界上的面具太少太少了，因此，我很为"巨人"的面具被人毁掉而感到惋惜。我弄不明白，贝妮塔嬷嬷，您怎么对那个制造出那么少面具的上帝，如此小气的上帝如此笃信，要知道，我们有多少人成天东寻西找，想找出点儿什么垃圾废物把自己装扮成个人样，让自己感到是个人，是个人物，是个名人，报纸上登出照片，照片下注明是某某人。这里，我们大家都很熟悉，其实，几乎所有的人都脚碰脚，半斤八两，都是个人物，温贝托，这才是最要紧的。灯在眨巴着眼睛，我妹妹双手托腮，支在桌面上，弄得桌子摇摇晃晃，那模样就像贝尔蒂妮最后一张明信片上的画，我妹妹脸上套的也是个面具，贝尔蒂妮脸上套的同样是个面具，因为，她们的面目都不足以成为人物。我渐渐地明白了随时即兴披上伪装的好处，这是很机动的，随便披上一件就可以掩饰掉前一件伪装，只需用一块格子布包在头上，在太阳穴上贴两片土豆泥膏，剃掉胡子，或一个月不洗脸，就足以改变一个人的面目，至于如何交替使用这些方法，以使自己消失在变幻无定的存在中，那就悉听尊便，没有定规。因为，你找到的破布头不会是固定不变的，一切都随机应变，变化无常，今天是我，明天谁也找不到我，甚至连我自己也找不到自己，因为一个人，只有面具在，他才存在。有时，我很可怜您这样的人，贝妮塔嬷嬷，您始终是一张面孔、一个名字、一种职务、一种地位，成为它们的终身奴隶，您永远无法取下这副亘古不变的面具，您也永远无法摆脱这种始终把您禁锢在幽居中、永远不可能成为另外一种人的单一性。那些涌到我篝火边取暖的人却不然，他们如火焰、如影子一般，变幻莫测，他们热烈地欢迎我加入他们的行列，因为现在我已把自己的姓名彻底焚毁。我的嗓音很久前已经失去，我也没有了性别，因此我可以成为静修院众多的老太婆中的一员，至于我过去那些企望用以乞求人们赐我一个永久的、固定的面具的乱七八糟的文章，我都已付之一炬，不过，不是全部，不是全部，还有好多册留在那个摆设着灰色安乐椅的书房里。可是，他们不知情，他们以为我跟他们一模一样，因为我学会了用我在角落里或街上信手找到的废物垃圾，随机应变地伪装自己……终有一天，我会成为他们中的一员……会不露痕迹地离开……不触及地面……不映出任何身影……只有这样，我才能摆脱始终在寻找我的堂赫罗尼莫；他之所以找我，是因为需要我，需要我收藏着的那些东西，那些我现在还不能舍弃的东西。只有这

139

样,我才能摆脱佩塔·庞塞;那老婆子永远不会死,她就像源自原始噩梦的回声一样钻到这里来,我怎么变换伪装也无法甩掉她,蒙过她,甚至哪怕我和他们,和那些躬着腰、背着麻袋、长着大胡子、没有牙齿、嘴角叼着烟蒂的幢幢黑影混迹一起也毫无用处,我真巴不得加入这个缓缓离开的行列中去……我,因为还拥有那么一点点倒霉的标记,战战兢兢,受够了罪。我真想和他们一样,变成一根不可捉摸的嫩枝,因为我已经没有什么可以失去,也没有什么令任何人嫉羡和希冀的东西了……他们纷纷离去了,咱们也离开这儿吧,贝妮塔嬷嬷,跟着他们走吧。这里,这卵石累累的河床,太冷了,警察们还因我索回了自己的书籍正在上面搜寻我,不过,不,即使那些警察也会走的,时间确实太晚了。跟我们走吧,贝妮塔嬷嬷,让我们和那些渐渐散去的黑影混在一起吧,我正在学会成为他们中的一员,而且已经学得大致差不多了,您也办得到的,如果您愿意,我可以教您怎么办,好在您外表上已经有若干和我们相差无几的标记,如皱巴巴的便帽、粗糙的双手、苦恼的神情。来吧,别落在后面,别走散了,贝妮塔嬷嬷,您别把我一个人留在这里,冷得发抖,烧得哆嗦,别抽回您的手,别让我孤立无援地去对付这帮作践我的野蛮人。小偷,小偷,好哇,走,上警察局去。我跺脚挣扎,他们硬拖着我,我喊叫,可您不来,贝妮塔嬷嬷,您松开手,把我一个人留下了。别离开我,别丢下我……你们别打我,我可没干什么坏事呀……

你坐在那里,正对着我。我听见屋外淅沥的雨声,那听惯了的、断断续续、没完没了落在天窗玻璃下的脸盆里的雨水的滴滴答答声。啊,你的脸修补得多糟糕!那个阿苏拉大夫真是个饭桶,他想给你割一副正常的眼皮,修整一个轮廓不那么分明的额头,安一副恰到好处的耳朵,装一个造物主没赐给你的下巴,结果都白费劲。你呀,比早先玛丽亚·贝尼特斯警告说如果伊里斯跟别的男人睡了觉时所想象的还要丑,还要畸形,她哪里知道你母亲怀你后和当地所有小伙子睡过觉,和城里所有达官贵人以及三教九流发生过关系,所以你生出来才是这么个怪相。一张污渍斑斑的切斯特菲尔德式的皮安乐椅,一张有不少抽屉的写字台,一面破碎的圆镜子。在里面,我看见某个似乎是我的可悲面目的影像。这一切就是警察把我带来等你的那间屋子的全部陈设。他们点燃一盏天鹅脖子式的矮脚灯,照亮了阿苏拉大夫奉命给你制作的全部人造五官的细节。虽说你是阿斯科伊蒂亚家的后代,可是你生下来就没有五官,你那扭曲的身子难看得令人难以置信,纵然施用了巴西里奥发明的按摩推拿术,也终究难以矫正。你别以为我见到你的模样会大吃一惊,才不呢,须知,堂赫罗尼莫死后,我见过你多次,我一直固执地注视着你,因为在你满四周岁时,毕竟是我在林孔那塔负责照料你。我曾一连几小时守候在裁缝铺的附近,看人家给你定制无论如何也难以掩遮你畸形身体的衣服。一天,在一个街角,我在人群里故意撞了你一下,我当时双臂接触到你的感觉,全然如你小时候,多丽小姐把裹着褓褓的你递给我,让我抱着你摇晃几分钟时的感觉一样。你没朝我看一眼。你继续走你的路。不过,话又说回来,即使你当时朝我看一眼,看见了我,你也不会知道我是谁。当这个警察局局长毕恭毕敬地——因为他知道你是参议员的公子,尽管你是个奇丑不堪的畸形儿,但却配得到别人的尊敬——对你说,今天夜里有个乞丐潜入府邸偷窃一本一百八十页的书时,你一定吃惊不小吧?就是这本你正在翻动的书。你对它很熟悉的。毕竟,这种书你有一百册,你几乎终日待在书房里,似乎想追回我们、梅尔乔、恩佩拉特里斯、我,以及所有人使你失去的岁月。如果是夏天,我就躲在公园花丛的长凳上,看你倚在敞开的窗前读书;冬天,我便悄悄走近雾气弥漫的玻璃窗,瞧见你登着梯子在你父亲的藏书中翻腾,似乎在寻找什么东西。你查看着他的书,但又不改变它们原来的位置,似乎你想以此稍稍保持这种和谐,这种属于堂赫罗尼莫的和谐,但是,你却用自己的存在在否认这种和谐。你走路一瘸一拐,动作十分笨拙,时不时撞倒什么东西。你的呼吸声很粗,你既是罗圈腿又是外八字脚。你出生在一个幽暗的、迷宫般的、到处是走廊和被遗忘的角落的叫作林孔那塔的地方,你的生命被时间用利齿刻画在一堵墙的灰皮上。你随意地翻动着我那本书的书页,似乎毫无兴趣。你要走了,回到坐落在公园对面的那座黄楼里去。再说,你对我毫无兴趣。毋宁说,你为这个时候为这么件区区小事被请到警察局来颇有点恼火。你打算走了。你根本不屑顾我。你打算丢下我的书,一走了之,永远不想知道我是谁,也不想知道你之所以成为今天的你应该归功于谁。你别走,博埃,你别走,哪怕认我片刻,为你的存在这个事实,给我些许报酬,把那九十九本留在你书房里而你又丝毫不感兴趣的书还给我,好让我统统销毁,成全我彻底加入那些忘掉自己姓名、忘掉自己面目的人的世界。你别这么丢下我,这是我最后的机会,我生怕从此永远见不到你,于是在纸上写下这么几个字以引起你的好奇:您正在翻阅的这本书是我写的。你果然听从了我的话,终于又坐了下来。现在,你比较仔细地翻阅着。您? 那您为什么要钻进我的家里去偷它? 您又为什么在书里使用我的名字,我父亲和我母亲的名字,把它们当作您杜撰人物的姓名呢? 像您这样的人又怎么会认识我们呢? 我不相信像您这样的人能写出这么本书来……我听不见你说的话,这你是知道的。警察局里的人对你说过,当他们要拷问我,像要犯人招供罪行一般,要我供出姓名时,我对他们指指我的嘴巴和耳朵,不,我不懂,我听不见,我又聋又哑。我用我的残疾征服了他们,那些恶棍的拳头才没有砸下来,因为聋哑人也就像在自己肚皮上划几道口子的伤病人一样,那个警察恶狠狠举起来打算扇我嘴巴的手终于有气无力地垂了下来。他们没有揍我。算了,对这种人有什么办法,把他押到那个小房间去,等事主来申报到底被偷了什么东西没有。我想是没有,也许这个可怜鬼闯进我家来只是为了避避雨吧,要知道,今天下午的雨下得多大,再说,他也确实是个聋哑人。我是聋哑人。这一点,警察局长肯定告诉你了。

你带着那种令我忆起你父亲的骄矜的口吻在问我:有什么关系? ……曾经有过什么接触? ……我听不见你讲的话。我请你重复你的问题,你仔细地咬准每个字重复着你的话,以便让我从你那鱼唇一般的嘴唇的张合中弄清楚其中的含义,可是,你没发觉你的嘴巴是如此畸形,别人根本无法从你嘴唇的动作里明白你在说的话。您如何向我证明这本谈到我、谈到我父亲和母亲的书确实是您的著作呢?你继续翻阅着书。蓦地,你抬起你那滴水嘴一般的脑袋,在那对仿制的人造眼皮底下,我看到了一如你父亲的眼睛那一闪一闪的蓝色电光,那蓝色的电光在要求证据,因为一个巴斯克血统的先生不应当相信任何没有证据的东西。我感到冷。我的手在颤抖,就像您现在感觉到的我由于发烧而颤抖一般,贝妮塔嬷嬷,我现在递给您这本绿封皮的书,让您可以证实我说的句句都是实话。我的衣服湿漉漉、沉甸甸的,依然紧紧地贴在我的身上。我把我的回答写在一张纸上:为证明我说的是真话,我可以当场默写出书中任何一章的内容。

你接受了。你亲自把纸铺在写字台上,调整好灯光,递给我你那支派克金笔,我把你征服了。现在,你的好奇心远远胜过你回家的愿望,眼下,在这个小房间里正在发生的事看来不是无足轻重的,今晚冒雨出来看来还是值得的。我先来默写前言。您把书打开，贝妮塔嬷嬷，因为下雨，书有点潮，因为当我躲避警察的追捕时，我没顾得上把它收好，不过，您将就着看吧，您准会相信我说的话的。你就坐在我的正对面，在那面挂在墙上的镜子下面。我没瞧你。可是，你连一分钟也没有把你的目光从我身上移开。

当堂赫罗尼莫·德·阿斯科伊蒂亚终于微微撩开罩在摇篮上的幔帐，欣赏他那日思夜想、望眼欲穿的后代时，他恨不得立刻把那个小东西宰了：那个葡萄藤般扭曲的身子，再加上驼背，实在让人恶心；那张皱巴巴的脸上，嘴唇、眼皮、鼻子处无不露出血糊糊的皮肉和歪七扭八的骨头……啊，那整个是一团猥杂狼藉的肉体，是死亡的另一种形态，一种恶劣得无以复加的形态。迄今为止，阿斯科伊蒂亚家族枝叶繁茂的世系树上——堂赫罗尼莫·德·阿斯科伊蒂亚是最后的一位传人——结出的都是无可挑剔的优秀果实：清明的政治家、主教、大主教、一位虔诚得无与伦比的福女、驻外全权使节、天生丽质如花似玉的美女、慷慨捐躯的军人，甚至还有一位在整个美洲大陆闻名遐迩的历史学家。理所当然地，期待堂赫罗尼莫不会成为末代阿斯科伊蒂亚，家族的光辉姓氏会子子孙孙传下去，并且结出越来越完美的果实，香火万代不绝，直至世界的末日。

不过，赫罗尼莫没有把他的儿子宰掉。成为乱淫产物的父亲，这个念头令他感到恐惧，使他在第一个冲动和采取行动之间，惊愕地一动不动地待了好几秒钟，终于没有下手。要是把儿子宰了，岂不等于屈从和加入乱淫，成为淫乱的牺牲品？一连几个星期，他把自己关在新生儿的房间里，和婴儿生活在一起，亲自给婴儿喂食，经过与他的秘书和心腹——唯一允许进入他幽居禁地的人——反复商谈后，终于做出决定:好吧,这个恶作剧,就意味着传统的生殖力从此抛弃了他,而他和他的前辈先前以履行在这个世界上维持上帝的意志为代价,曾从这传统的生殖力中获取过多少的恩惠。同时,他也见弃于其他的威力,那些由拼命渴望给他留下后代、几近疯狂的伊内斯说服他求助的非法、可疑的威力。现在,无论是光明正大的生殖力还是非法可疑的生殖力,同样都成了他的敌人。他成了个孤家寡人,但是,他不需要这一切。他是强有力的,他将证明,衡量善与恶、美与丑、快乐和痛苦,还有别的尺度、别的标准、别的方式。畸形儿躺在摇篮里饿得蹬腿啼哭,这个怪胎不仅将为他提供出类拔萃、鹤立鸡群的手段,还能证明他,赫罗尼莫·德·阿斯科伊蒂亚,诚如他的秘书喋喋不休地声称的那样,乃是古往今来所有阿斯科伊蒂亚家族人中最伟大、最无畏的人。

赫罗尼莫没宰他儿子。他继续几乎——几乎一如既往那样生活着。他是国内最受人嫉羡的人之一。他之所以受人嫉羡,是因为自从丧妻之后,极少有人记得他有个儿子博埃,当时他儿子住在一座僻远的庄园林孔那塔,赫罗尼莫从来没上那儿去过,不过,他负责向那儿提供他的儿子所能够——也应该享受的全部舒适条件。这就难怪博埃在世人的记忆中被忘得一干二净了。当然,时间是其中一个主要的因素,然而,并非是唯一的和决定性的因素。人们之所以遗忘了博埃,还由于这样更舒坦省心。记得博埃,岂不等于承认一个像赫罗尼莫那样享有如此和谐,高度代表他们所有人的精华的人物身上,也会蕴含怪胎畸形的遗传因子,这么一来,与参议员的友好往来岂不会令人感到不安,甚至会令人感到可怕? 毕竟除了那个秘书外,谁也没见过博埃。谁能证明他确实是存在的呢? 这个绅士中的佼佼者居然生出一个畸形儿,岂不很容易令人想到这纯粹是种悖谬,因此,人们就说,关于博埃的谣传无疑是一种世人出于嫉妒故意编造的中伤著名人物的不怀好意的传说。

人们也许不无道理,因为赫罗尼莫本人以其沉默消除了一切笼罩在这件可能成为他悲剧的事件上的阴影。只要撇开那种悲天悯人的情感,就依然能岸然树立他自己的形象:有财有势的地主,维护本阶级利益、挫败暴发户企图的参议员,无论在客厅沙龙、大街小巷,还是在俱乐部、座谈会上,始终吸引着众人的目光。有些女人,在热衷于政治的伪装下,纷纷来议院,为的是聆听这位鳏夫的演说,从旁听席上如痴似醉地欣赏他昂首挺胸、英武潇洒的雄姿。不少夫人热望填补那个她们透过他的外表和言语似乎窥测到的空缺,这些太太的芳名并非什么秘密,然而,不管是谁,从来未能越过其堂皇的外表,深入其内心。他的敌人指责他傲慢,甚至狂妄。无疑,他对自己温文尔雅的风度很清楚,不过,那也仅仅因为他对自己或他人的一切高雅之处都很清楚。也许,他之所以令别人感到不舒服,不过是因为他在穿着上有点矫揉造作,谈吐上未免有点过时的咬文嚼字,这无疑是他长期羁旅欧洲的痕迹,据传,他在欧洲和当时的时髦雅士们度过了一个放荡挥霍的青年时代。其实,真正使他人不舒服的是,赫罗尼莫的出现是和谐的楷模,在这片未开化的土地上是无人可与之匹敌的。即使当他临离开政界返回故里安享隐居清静的生活前,在参议院做最后一次演说时,他的姿态依然是那么威严泰然,当然,虽然稍显疲惫,但仍一如既往,气度非凡,令人倾倒。

回答参议员告别演说的是一阵震耳欲聋的掌声。他的演说是如此精彩,以至第二天各家报纸纷纷在头版刊登堂赫罗尼莫·德·阿斯科伊蒂亚的大名,把他视作未来的共和国总统候选人。然而,他提醒前来祝贺的契友们别对他有什么指望,他将要度个长假,或旅行,或不做什么旅行,不管怎么说,反正,意味着无限期的休息。

于是,赫罗尼莫没向任何人告别或做任何解释,猝然间断绝了一切交往和应酬,将一应事务和手续托给心腹管家和经纪人后,从首都消失了。数月后,公众说,总之,他这样自有道理。再说,他的老态已经显出来了,在传统党里,已经出现了代表新方向的新声音。此外——人们在忘却他之前,略略记起——从现在的角度来看,在人们已无法对他的未来做出分析的情况下,他最后的做法不是有些奇怪吗?而且,他不是素来就有些异样和离奇吗?不正是他那种连其至爱亲朋们都无法否认的狂妄自大,最后导致他自己幽居高墙之间?在四面高墙之中,他孤独一人生活着,主宰着那显然绝对的真实,从来不向人透露其中的秘密。

尽管如此,几年后,当他去世的消息传出来时,还是在公众里引起极大的悲恸。此刻,举国上下都忆起这位杰出公仆的卓著功勋,为他举行了最盛大的葬礼:把他的遗体用覆盖着三色国旗的炮车移到公墓。也有许多人认为此举大可不必,因为堂赫罗尼莫·德·阿斯科伊蒂亚生前只是个政治家而不是国家英雄,他的英名只可在专门的书中永存。不过,尽管人们对他享受的殊荣是否恰当众说纷纭、莫衷一是——也许正是由于这一点,所有的人都参加了他的葬礼。在他家属的陵墓旁——他的遗体占据了其中一个墓穴,他的名字以及生卒年月和他的先辈们并肩刻在大理石的墓碑上——人们在致悼词时纷纷回顾了他的功绩和这位标志着一个家族终结的末代传人堪为楷模的一生。尽管当今世界变化万千,国家依然承认是受惠于这个家族的。一条沉重的铁链锁上了公墓的铁栅门,用不了几个小时,墓前的鲜花便会枯萎凋零。身着丧服的绅士们转过身去,在柏树丛中缓缓离去,不住地哀叹着如此高贵优秀的家族的终结。

你看见没有？一字不差。我在默写前言时，没朝你瞟一眼。可是，你始终没把目光从我身上移开过：在整个过程中，我一直感觉到你那电光一般的目光在审查着我。足足有两个多小时，一种寥寥无垠的宁静气氛包围着我俩。我写上了最后的句号。可是，我没从纸上抬起目光，我在这里加一个逗号，在那里添一个重音符号，在段落之间画上两道并行的横线，反正有事无事地干点什么，因为，尽管我感觉到你正从镜子下的安乐椅上站起身子，可我一时却无法让目光离开我刚默写完的那篇文字。当我最后抬起头，见你的身影正映在那面模糊不清的镜子里，使我痛苦的面孔在那令我的假面具困扰不安的、发花的镜面上显得扭曲变形。我看到那个我永远无法摆脱的面影，我看到那个畸形儿在注视着我，在嘲笑我扭曲变形的脸，而你已经走了，博埃，你甚至没有瞟一眼我写的提到你的身世、以便让你明白你是谁的那篇前言。警察们走了进来，这次，他们没有带饿得发疯的恶狗，他们进来对我说，行了，你可以走了，滚吧，快从这里滚出去，你这浑蛋，给我们找了多少麻烦，别让我们再看见你这龟孙子的影子，算你今天运气，我们放了你，那个少爷来不了，他打电话来说，很遗憾他不能来，这种鸡毛蒜皮的区区小事，不值得跑两个街区从家里到警察局来，再说又下着倾盆大雨；我还从来没有见过这么大的雨，天都快要塌下来似的，行了，这是些什么乱七八糟的纸，拿走吧，这是你的，你要愿意就塞到你口袋里去吧，我们才不愿要这些臭东西，拿着滚出去，听见没有，我们才管不着你这种臭叫花子淋不淋雨，你该习惯淋雨吧；嗯，你可以躲到某个公园的花亭里，或者某个广场的骑士铜像的马肚子底下等雨停，谁知道呢；要不，你可以回到河边去，桥底下正聚集着一大帮像你这样的家伙，总之，快滚出去，注意点儿,别再闯到绅士们的府里去,即使你没偷什么东西,下一次你绝不会有今天这样的便宜事……贝妮塔嬷嬷,于是我就顶着风雨,在公园里逃呀,逃呀,后面虽然没有狗在追我,我还是一个劲儿地逃,雨下得实在太大,什么也看不见,我找不到方向,仿佛跌进了深渊,迷了路。静修院,静修院在哪儿?我怎么回静修院呢?这场瓢泼大雨可能会把整个围墙冲垮,旧的土坯房会倒塌,迷宫似的回廊屋宇泡在大水里会崩溃,可是不,不会倒塌的,所有那些殷勤善良的老太婆,还有贝妮塔嬷嬷,正等着为我开门,放我进去,把我扶进屋里保护我,她们要是见我不省人事地倒在大门口,她们怎么会不打开院门抬我进去,她们怎么会不保护我、照顾我呢。

十

　　大门打开了。她脸上堆着热情的微笑向他表示欢迎,领他穿过庭院,穿过一大群旁若无人一般自顾自在细砖地上啄食的鸽子,来到回廊的另一端。他坐下身子,靠在安乐椅的椅背上,在攀遍壁柱的藤忍冬的绿荫下,藤椅的吱吱呀呀声显得异常亲切。女仆告诉他,他伯父没在家,不过很快就会回来的。赫罗尼莫抿了一口酒,对她道了一声谢。他捏起手指打了个榧子,想打断鸽子笃笃笃的啄食声,可是,它们在烈日下依然津津有味地继续着单调的自言自语,甚至女仆退走时,从它们中间经过,也没能丝毫打断它们。

　　自他从欧洲回到故国,唯一没使他感到失望的是每周星期五他伯父、尊敬的堂克莱门特·德·阿斯科伊蒂亚神父餐桌上新鲜的康吉鳗鱼。康吉鳗鱼,自然,还有伴随着它们的那种氛围:弥漫在这座屋宇里的那种宁静恬适——这座屋宇的粗陋建筑式样意味着一种与他所熟悉的生活相比不啻是穷乡僻壤的生活,还有他伯父那种政治情调甚于宗教色彩、世俗味甚于神学气,其中不时穿插着关于这个人人所属的大家庭的谐趣逸事的谈话。赫罗尼莫之所以远涉重洋回归祖国,就为了看看自己如果在某种水平上融汇到这个家庭里,能否最终归属于它。现在,他回来已经两个月了,不管伯父如何盛情,也不管康吉鳗鱼如何味美,藤忍冬的绿荫如何惬意,他已经在考虑返回出发点的计划,纵然那是跳进正包围着欧洲的熊熊烈火中,他也不惜做出那种愚蠢的举动。他俯身把酒杯放在桌子上。不料,这一回,这轻轻的动作倒使那些对外界似乎无动于衷的鸽子振翅飞上屋檐,在那儿继续它们无聊的独白。

堂克莱门特不准时回家是很少见的。通常他总是坐在回廊的这一端,静候星期五前来聚餐的客人,手里拿着仔细阅读过的当天报纸,脑子里准备着对本党最近活动的批评,打算不等客人就座,就先放上几炮。大主教特免了他神父的日常工作,以使他载誉退休,安度他土阔佬的余生,在这座他和赫罗尼莫所出生的房子里颐养天年,寿终正寝。谁料,年迈也罢,病痛也罢,都没有丝毫减弱神父的社交兴趣。每周星期五,他必在自己的餐厅里,以一桌丰盛的鱼虾海味,宴请一批出类拔萃的男宾,那是一些善于把交易所行情的涨落和内阁的更迭联系起来的专家,擅长钻门子、找路子并熟知牲畜和地产行情的行家,负责接待携带英明忠告而来的外国达官贵人的委员会的成员,慷慨赐予那些虽未必像他们却极想跻身他们行列的人以肥缺的显贵。民间流传着这样的说法:真正左右着国家政局的是个名叫玛丽亚·贝尼特斯的,她是堂克莱门特的终身厨娘,在一份大胆的匿名漫画小报上,经常出现她的尊像,她被画作寡头政治的化身,正用她那硕大无朋的锅铲搅动着那口标着国家名字的大锅。堂克莱门特每每谈及于此,总哈哈大笑着宣称:

"言过其实,言过其实,这只不过是家族内部的便餐!"

这倒也不假,因为阿斯科伊蒂亚家族的姻旧故亲占据着政府的各个部门。赫罗尼莫第一次参加这类午餐时,那些绅士一个个叼着堂克莱门特惠赠的粗大的哈瓦那雪茄,敞着或半敞着背心,热情地向他打招呼,跟他提起他的父亲和祖父,为他旅居国外五年后终于又回到他们中间来欣喜不已。一位大腹便便的部长,他黝黑的前额靠近发根处有一圈白道,露出他经常大草帽不离脑袋的痕迹,说道:

"你的位置在这里,老弟。你在这里就是个人物,何必要到欧洲去,继续和那帮堕落的、不信上帝的家伙为伍呢?当然,那儿的女人嘛……"

同席的人哄然大笑,对这位部长大人表现出的众所周知的无餍的色欲大加欣赏。他听由别人赞赏,不露声色地又干了一杯红葡萄酒,深深地吸了一口雪茄,推算起赫罗尼莫的年龄来:

"嗯,让我想一想。令尊令堂是在那场我们收复北方诸省的战争后结的婚。我记得很清楚,因为恢复和平后,我奉命留在边境,未能参加他俩的婚礼。你可怜的父亲是在革命中英勇牺牲的。我当时就是部长,是我在墓前致的悼词。我当时看见过你:你神情很严肃,长着一头阿斯科伊蒂亚家族人特有的金黄头发,走在送葬队伍的前列。当时,你大概有八岁吧。那时,我们就在谈论你很有男子汉大丈夫的气概。无疑,你天生是上帝派来完成不幸早逝的令尊所未竟的宏愿的。你去欧洲的时候,我记得大概有……二十六岁吧,我怎么会记不得呢,当时正出现边界问题,我为了把你留下来,还亲自向你提出做我的秘书来着。你现在大概三十吧。"

"三十一岁……"

为了转移这个把他个人的历史和国家历史扯在一块的令人不快的话题,赫罗尼莫解释道,他之所以回国,纯粹是因为战争的缘故。绅士们纷纷放下酒杯,挪近椅子,围着他打听凡尔登战役……可是,他们对这类事情的兴趣不一会儿便索然了,谈话又渐渐转到最近的葡萄进口,转到法国的战争可能为他们打开出口市场,从而大大加强本党在下届选举中的地位。这才是至关重要的问题。现在,在某个关键省,还缺乏一位对老百姓有影响的候选人,一个打算用金钱收买人们不愿白送的东西的富翁,一个拥有实力的人物。他们挨着个儿列举着一些对赫罗尼莫来说完全陌生的人士,研究着每人的政治和家庭关系。堂克莱门特男不男女不女的声音在争论中显得十分激烈,而有个法官却置身于这个重复过多少次的讨论之外,坐在一个角落里打起盹来,铺在大肚子上的餐巾撒满了面包屑。党内水火不容、誓不两立的两派党羽后来便互相破口大骂起来。一名众议员怒气冲冲地离开餐厅,不辞而别。尔后,酒足饭饱的宾客一个个昏昏然地告辞离去,回府午睡消食,部长大人左手搭在赫罗尼莫的肩上,右手久久握着他的手不放:

"你的位置和我们在一起。"

这些鸽子怎么不飞到别家的屋檐上去,对别人去重复它们喋喋不休的自语?赫罗尼莫站起身子,在那段浓荫密布的回廊里来回踱着步,似乎让一根接一根的廊柱肯定地告诉他,他的位置确确实实是在这里。可是,他到底还是对这个地方不感兴趣,他实在提不起精神来,这儿对他的刺激实在太贫乏。在大洋彼岸生活的五年里,他学到了择优(高尚的人物、美好的事物)生活的自然法则。在这一切中充分自我认识之后,要把自己束缚于他那当神父的伯父餐桌上那种粗俗的情趣谈何容易。有人说,博埃是某个富于异国情调的庄园的主人,那个庄园的名字我记不起来了。我认为那是瞎编的——赫罗尼莫在巴黎的女友们是这么说的。在某种意义上说,这是事实。他是由于战争才回来的。是这样的。然而,最主要的还是因为在最近一段时期,他的自尊心受到了刺伤。为了他和谐的生活能经受住他自身要求的考验,他的生活应该换个样子,应该植根于自己的、义不容辞的、比自己的意志更强大的基础。只有缺乏了自由,才会想到义务。到了而立之年,赫罗尼莫渐渐明白了,毕竟唯有义务才能给人带来崇高。战争爆发时,他看到自己在炮声轰鸣中没有天然的位置。他要是参与其中,那也不过是带着一种优雅的姿态做游戏而已。他已开始对证实这种优雅不过是托词的尝试感到厌倦,所以才回到他那原始、粗犷的美洲故土上来,寻求能赋予他的自由以崇高的义务。

可是,在这个世界里,最高的真理全通过一盘卤制康吉鳗鱼来确定,他怎么能下决心投身于这么一个世界呢? 玛丽亚·贝尼特斯正在烹制的鱼的香味传到了他的鼻子里,和藤忍冬的芳香混在一起。他听见了脚步声,赶紧举杯又喝了一口酒。杯子底部出现了神父弓着背拄着拐杖的身影。没等赫罗尼莫欠起身子,老人解释道:

"我来晚了,因为我在为你忙一件事。"

"为我?"

"对,为你。这酒好喝吗?"

他闻了闻酒味,然后才由侄儿扶着坐到藤椅上,椅子上铺着一条绽线的披巾,依照堂克莱门特瘦削的臀部改成坐垫的样子。神父脸上沁出的汗珠好似滚动在一朵虽恪尽节制毕竟还是枯萎的玫瑰花瓣上的露珠。他扁平的下巴、他的身材、他的蓝眼睛——但是没有电光,而睫毛颜色相当浅——虽然不那么明显,但依旧可以认出来,和赫罗尼莫无可置疑同属一种材料造就。

"伯父,近来好吗?"

"嗯,不好也不坏,还是那样,孩子。要操心的事情真不少哇。不过,我倒无所谓了,现在我们关心的是你要有个好的前程。有个建议,我想给你提出来。"

堂克莱门特拿过侄儿的酒杯,不无依恋地闻了闻——他自愿节

制饮食,以及他的健康状况只允许他这样聊以解馋地略略享受一下他向宾客们提供的美酒的醇香。堂克莱门特继续说道:

"我刚从党里开完会回来,会上一致同意,你正是我们需要提出的在某省竞选议员的候选人……"

赫罗尼莫忍不住笑出声来。难道这就是他期待他的祖国向他提出的伟大愿望?他似乎看到自己正在和内地的药剂师以及想方设法企图使他对修复一座被最近的洪水冲垮的小桥感兴趣的乡村教师们打交道。不,驱使其心灵要求他留在美洲土地上的不是这个,而是远比这个要微妙细腻得多的东西,可是,他怎么能向他的伯父解释清楚呢?他伯父向他提出的这项决定太原始了,原始得只能令他忍俊不禁,可他的笑声并没使堂克莱门特生气,因为后者正一个劲儿地吩咐下人再开一瓶非常名贵的葡萄酒,根本没有听见。

"今天,我们得好好庆贺一番。"

"庆贺什么?"

"庆贺你被提名为议员候选人呗。"

"可我对政治全然没有兴趣。"

"我早料到你会让我伤脑筋的。你父亲去世后,你母亲就只会一味地宠你惯你。没有什么事比出国更糟糕的了。只会让年轻人脑瓜里充满混账的东西,最后跟外国女人结婚了事。博埃!多荒唐!但愿别让人家知道你的那些法国女朋友给你起了个不男不女的外号,要是传出去,你这次竞选就甭想成功。"

"可是我实在不……"

"我事先就已经通知了我的客人,说我今天身体欠佳,不想接待任何人了。我不想让你这个任性的不肖之子,用你那些胡言乱语,当着那些对你寄予厚望的人的面,出我的丑,丢我的脸。你居然对你祖国的政治全然不感兴趣！还有比这更荒唐的吗？嗯？咱们到餐厅去吧,孩子。"

赫罗尼莫默默无言地跟着堂克莱门特。他们一路穿过各个房间里的家什摆设,在幽暗的光线下,所能勾起的他的回忆虽然模模糊糊,但并不足以使他忘记,对于这些简陋的家具及这些掩盖着里院凌乱情景的沉甸甸的门帘的主人来说,实用、近利才是至关重要的。可是……可是……随着在他内心滋生出的那种足以轻而易举摧垮这一切的雄辩思想,他自己也有什么东西留在了那些蓝花楹隔墙和软垫椅上。当淡淡的光线,或毋宁说,当土墙的清凉阴影,譬如说,就在这餐厅里,庇护着一切——除了放在银托盘里的切开的西瓜——不受智力侵袭的时候,他自然就很难守持一个明确的结构。

"伯父。"

"嗯?"

"我今天是来告诉您,我要回欧洲去了。"

"你不能走,赫罗尼莫。你要听我的,孩子,要理智些。现在只剩你了……我,他们硬让我当了神父,上帝宽恕我。你是最后一个能使家族香火不绝的后代。你不知道我一直在梦想有个阿斯科伊蒂亚的后代重新出现在我们国家的政治生活中！当你在巴黎花天酒地寻欢作乐的时候,我代替你在履行着你的义务,日夜巴望着你回来！现在,你既然回来了,我是不会放你走的。哎呀,今天玛丽亚给我做的这叫什么菠菜汤,难吃死了。嗯,给你做的鱼汤里搁了什么来着?"

"刺山柑花蕾,很鲜。"

"真好闻!"

"伯父,我对政治一窍不通。"

"我不允许你说你对你自己国家的政治全然没有兴趣,这是对神明的亵渎。这意味着,野心家、暴发户、一切不信上帝的激进分子都可以随心所欲地破坏上帝在赋予我们威力时所创立的社会基础。上帝是按照他认为公正的方式分配财富的:对穷人,他给他们简单的乐趣;对我们,他赋予我们义务,使我们在世界上成为他的代表。他的戒律禁止任何人破坏这种神圣的秩序,而那些无名之辈正在干的恰恰是这种无视上帝旨意的事,你是基督徒吗?"

"是您亲自给我洗的礼。"

"和这不相干。在欧洲待过五年之后,什么事都可能发生的,在那里时髦的就是怀疑主义。可是,要知道,在当今这个十字军圣战时代,怀疑是合理的。我们必须保卫自己,保卫其秩序和权威正受到威胁的上帝。借助政治途径保卫你自己的财产就是保卫上帝。我可以打赌,你还根本没有想到去巡视自己的田庄,你去过静修院没有?"

"我去过林孔那塔……"

"不,我指的是静修院,拉奇姆巴的那座静修院……"

"我不知道您是指它,我分不清楚,它们都一样。"

"我真不懂你怎么说分不清楚。你既然始终不屑写信回答我,我们的族亲伊内斯·德·阿斯科伊蒂亚是否有可能争取到教皇敕封福女的殊荣,你怎么叫我不怀疑你还是不是个基督徒?"

"当时我没有去罗马,后来我就忘了这件事。"

"你本应该专程去一趟,别的地方你不是跑得挺起劲吗?要是现在我们手头掌握着她受封福女这个武器,在各家报纸上一公布,要是你回国时挥舞这个武器,把它当作上帝授予我们权力的象征,我们也不至于为赢得这场选举花费那么大气力。"

"推选我当候选人,这个主意是谁想出来的?"

"是我。"

157

"可我不属于您那个党。"

"今天我已经替你登记了,现在只需要你去签个字就行了,这能费你什么劲儿? 你顺便路过去办一下不就得了……"

赫罗尼莫猛地站起身子,把餐巾扔到桌上。堂克莱门特被土豆泥噎了一下。他呛得两眼泪汪汪,忙不迭连咳带喘地问侄儿:

"你上哪儿去?"

赫罗尼莫真想回答:搭最近一班轮船,远离你们,远离这个世界,因为这个世界企图说服我相信,我不过是个怪人,也许是个侏儒,也许是个驼背或豁嘴,反正,丑陋的形象早已逐渐刻画在这些年久剥落、破损污秽的墙壁上。可是,我是另外一种人,我属于一个更加清朗的世界,虽然为一项仅仅在意愿上和我联系在一起的事业牺牲我的生命,不免是种荒谬可笑的游戏姿态,然而,纵然如此,也远胜过禁锢在这座无情的宅院里,除了繁衍后代,别无其他作为,远胜于幽禁在这座牢狱里,听从于我伯父克莱门特邪恶的企图。要是那样,我敢肯定,他会将我随意肢解,占有我的肢体,改变我的模样,把我弄成对他唯命是从、为他实现阴谋的木偶。可是,我可怜的伯父咳个不停,喷得餐巾上满是菠菜末,这么咳下去,没准儿会一命呜呼。赫罗尼莫没有离去,他走近伯父,一点一点地喂老人喝了一杯水,像对孩子似的在老人的背部轻轻拍了几下,答应说好的,他一定照办;还宽慰说,他是不朽的,肯定将由他来安葬其他所有的人,玛丽亚·贝尼特斯会来帮助他的,别这么咳;放心吧,他绝不会因为被一口难吃的蔬菜噎住而猝死在自己的餐厅里的。

十一

赫罗尼莫风尘仆仆,到各地进行竞选旅行,力图在选民头脑里烙下他作为议员候选人的深刻印象,很少有时间旁顾其他事情。然而,旅行间歇中,他参加了不少的无数族内女戚们邀请他光临的晚会,把他当作家族的又一个胜利当众炫示。于是,便发生了必然会发生的、伟人的惯例要求发生的事情:赫罗尼莫爱上了当时在客厅里翩翩起舞的最漂亮、最天真的姑娘,一个母系祖辈上有不少阿斯科伊蒂亚血统的远房表妹。

伊内斯·桑蒂利亚纳,像他一样,是不少地产和祖业的继承人,然而,更主要的是,她天生丽质,似鸟儿一样轻盈活泼,如在蜜里浸过一般甜美娇柔。站在她的身旁,赫罗尼莫犹如一尊巨人。伊内斯长着一对黄眸子,但有时呈棕褐色,有时呈绿色,特别是晚上,当一群肤色不等、身着燕尾服、胸部挺得紧绷绷的公子哥儿围着她,求她赏脸伴舞时,那对眸子显得分外碧绿,她笑吟吟地挑选着,或应允,或推辞。赫罗尼莫的出现顿时驱走了那一群追求者,没有一个当地呆头呆脑的青年可以和这个富有、英俊的堂堂男子汉对比,更何况他来自那片高贵的大陆,自然享有与众不同的声望。

伊内斯抵挡不住这位热烈果断的求爱者的进攻。其实,她没有抵御的必要,再说,她第一眼看见他就爱上了他,至于关系嘛,心照不宣,只待以皆大欢喜的神圣的婚礼确定下来。在桑蒂利亚纳家庄园里举行的恬静安然的晚会上,赫罗尼莫或对他未来的姻亲长辈们谈谈他的经历见闻,或对孩子们讲讲神话传说,与此同时,他按照传统,绷着一扎毛线,帮伊内斯的母亲团线。夜深了,客厅里,青年人还在灯下疯狂地跳着舞,已经学会把自己的激情托付他人的夫人们则置身于舞池之外,看着这两个有缘分的生命的契合,心满意足地舒着气,祝愿赫罗尼莫最终能出人头地,他其实也到了干出一番事业的年龄了。

婚礼定在星期天举行,在这以前的头一个星期天,两个家族欢聚在一起,举行野餐,庆祝这对新人的美好未来。野餐后,女人们团团围住伊内斯,详细打听她的嫁妆;离她们稍远些,一群喝得满脸通红的男人,热得一个劲儿扇着巴拿马草帽,具体研究着赫罗尼莫竞选活动的细节,待他度完蜜月回来,竞选运动将进入最后阶段。新娘从临时摆在葡萄架下的桌子一端向赫罗尼莫瞟了一眼。按照古老悠久的传统习惯,举行婚礼前几个月,未婚夫妇是不准十分亲近的。于是,女家巧妙地用拜客、访友、裁新衣、备礼品等,把伊内斯忙得团团转,几乎没有闲暇,只能在黄昏时分,趁家人故意悄悄离去几分钟的机会,在半明不暗的回廊里,匆匆地用自己的朱唇去寻找赫罗尼莫的嘴唇。

赫罗尼莫正和堂克莱门特一起,喝着波尔图葡萄酒,后者正由于自己的生命在赫罗尼莫身上获得新的发展而返老还童,显得年轻不少,伊内斯在葡萄架下等着赫罗尼莫喝完那杯酒,便不顾缠着她把她当小女孩对待的长辈们的抗议,径直拖着未婚夫朝庄园里的桃树丛中奔去,到浓密的树荫里去卿卿我我一番。

伊内斯还无法理解赫罗尼莫在这一切事情上的复杂心理。那些无时无刻不在规范着联姻过程的清规戒律,以及如家族徽章一般刻板、特定的礼仪,似乎正把他和伊内斯的形象——两个在硕果累累的果树上交织在一起的形象,刻在一个圆形的岩石浮雕上;而这块浮雕只是由无数浮雕组成的没有尽头的雕带中的一截,至于他们,这对恋人,则成了比他们自身细腻复杂的心理状态空泛得多的某种思想的瞬时的化身。肉体和灵魂都清白纯洁的伊内斯正期待着他的鼓励,把她从这第一个浮雕中拉出来,送进下一个豪华的浮雕。

赫罗尼莫要决心跨进这个世界,势必应该忘掉许多东西。他对伊内斯的钟情,把他置于这场清规戒律礼仪程式的游戏中心。然而,他赫罗尼莫要是愿意,本可以跻身另一种比较进化的生活方式,这种信念又把他置身于这场游戏之外,与其保持一段颇具讽刺意味的距离。他关心的仅仅是让那种关于美满夫妇的美好神话在他和伊内斯的身上实现。有什么必要对伊内斯解释说,一个人伟大与否是与他自我牺牲的程度成正比的,一个人强大与否又是与他自制、自持的能力成正比的呢?

"你愿意吗? 我答应过她带你去的。每当众人离去,只有我俩在回廊里时,她能看见你的。她会隐在回廊外面的树丛中瞧着我俩亲吻的。她曾对我说,你看上去真像个王子一般,她觉得你是那么漂亮……"

赫罗尼莫吻了她一下,不让她继续说下去。这个紧紧贴着他骚动不已的肚子将会向他敞开,为他谋求不朽:那条雕带,通过他的儿子、孙子,将无穷无尽地延续下去,直至永远。在姑娘光洁滋润的皮肤上,在她的声音里,他看到某种她不曾感觉到的旺盛的性欲:他将用他自己的方式给她留下深刻印象。赫罗尼莫喃喃自语道:

"还差一点点……"

"差好多呢……"

赫罗尼莫推开她的身子,然后,两人挽着胳膊继续散起步来。

"我的名字将要跟她的一样了。真奇怪,是吗?那名字听上去就像圣女的名字。"

"你在说什么?"

"噢,我是在说那个名叫伊内斯·德·阿斯科伊蒂亚的你和我两人共同的长辈,就是那个住在静修院里的……听说她是个福女。"

"我可从来没听说过。"

"那是因为你母亲去世时,你还很小,再说你是个男人,这种事情只有女人家才谈论。"

"可我也从来没听你母亲说起过……"

"可我知道她是个福女,而且还做出过不少奇迹呢。"

"你怎么知道的?"

"佩塔告诉我的。说有兄弟九人,福女的奶妈送给小女孩一个用树枝编、生皮条扎的小十字架,她一直保存着,就是亏了这个由奶妈给她做的十字架,静修院在一场地震里才安然无事,免遭灾祸。不信,让佩塔给你讲一遍。"

"哪个佩塔?"

"什么哪个佩塔?! 佩塔·庞塞呗。我跟你说了半天关于她的事,可你根本没在听我说,你总以为我是个什么也不懂、只会说傻话的小女孩。等我们结婚的时候,你会看到的。她给你准备了一件礼物……"

"谁?"

"佩塔·庞塞,我说,赫罗尼莫,不是她,还能是谁? 我跟你说过不下一千次,在我生病的时候,她待我非常好。她是我母亲出嫁那阵子从我祖父费尔明家带来给我母亲绣床单的。后来,她就留下来帮着做衣服。她给你准备了一件礼物,据她说,跟你的人很配的。走,咱们看她去。"

"好,走吧。"

他俩在鸡舍和茅棚的后面找到了佩塔的窝,那片地方和宅第的大门恰成强烈对照,杂乱无章地盖着一些不图美观但求实用的乌七八糟的玩意儿。伊内斯在一扇门前收住脚步。似乎她想起了什么,仿佛突然间,世界上唯有这扇破门最了不得似的。她冷不丁转过身说:

"我要把她带过去的。我母亲已经把她给了我。母亲说,如果我愿意,出嫁时可以把她带走,反正她在这儿也干不了什么。"

"我并没有对你说过不行。"

"因为,你这个人有时很怪。"

"她自己愿意吗?"

"凡是我喜欢的,佩塔都喜欢。你不介意的,是吗?我亲爱的。她不会令你讨厌的。不信,你瞧吧。"

伊内斯推开门。一迈进屋子,一股刺鼻的地下储藏室的气味迎面扑来,一袋袋菜豆、土豆、鹰嘴豆和兵豆的味,一包包苜蓿、稻草和三叶草的味,久储的洋葱味,悬在梁上的一挂挂圆辣椒、尖辣椒和大蒜的味。从阳光充盈的屋外乍一进来,两眼漆黑,不辨东西,也看不清这地窖有多大。赫罗尼莫低声喊了一声伊内斯。他似乎觉得她的答应声如来自远处的回声,可实际上,他明明感觉到正握着她的手,听到她在他耳边悄声说道:

"走这儿。"

伊内斯领着他绕过箱子、袋子、麻包,向前移动着步子,渐渐地,赫罗尼莫的眼睛开始豁亮起来,看清楚悬挂着鞍具和缰绳的房梁和高度。然而,走近一大垛麻包时,取代刚才那些大自然芳香的却是另一种气味:旧衣服的汗臭味、烟火味、残菜剩饭的馊味、和正经的储藏室格格不入的被烟熏得漆黑的一大堆乌七八糟东西的霉味。一束微光从垛后透出来,勾勒出一条铺满细草的地面。在这垛麻包围着的角落里,点着一支蜡烛,在摇曳的烛光下,勉强可以看得见几件东西的模样。行军床的模糊影子映在墙上,无力地舞动着,供奉在墙头的褪了色的圣徒们正在为不知年月、不知钟点的永恒的时间祝福。有个人影坐在地上,把一把茶壶放回炉子上去。

"佩塔。"

"你来啦!"

那堆裹着破衣烂衫的肉体动了动,对伊内斯的呼叫报以人声的回答。老太婆与姑娘之间于是开始了一场赫罗尼莫没做好准备忍受的对话。这场面是无论如何都插不到任何一幅圆形浮雕中去的。如果能插到某幅浮雕里,那也肯定属于另一个系列,属于与他的神话截然不同的邪恶的传统,属于与万能的天父相左的罪人、无耻之徒的系列。他必须立即把伊内斯拉走,阻止她委身于这个与奴役、遗弃、死亡联系的另一系列的浮雕。伊内斯还是个孩子,她很容易受到其他东西的污染。

"……我给您把赫罗尼莫带来了,佩塔。"

老太婆凑近赫罗尼莫仔细端详着。

"……他希望您来跟我们生活在一起。"

"这不给您添麻烦吗,主人?"

没等赫罗尼莫回答,伊内斯抢先说道:

"哪儿的话。新房子大得很呢。"

"那就随你的便吧,孩子。"

"您不是给赫罗尼莫准备了一件礼物吗?"

老太婆在藏在床底下的那些纸包里翻腾了一阵,把一个白色的小纸包放在赫罗尼莫手中。

"打开吧。"

赫罗尼莫照办了,不过,那仅仅是为了争取时间,以便决定想什么法子把伊内斯和这个低贱、邪恶、颠倒、万物都注定永世不见阳光的世界拆开。纸包里是三块非常精致的白色细亚麻布手绢,上面绣着优雅的绲边和姓氏字首,不由得使赫罗尼莫为之动心。啊,这些手绢竟然出自这个老太婆这双干瘪、皱巴巴的手,居然是从这张床底下抠出来的,这怎么可能呢? 这是他一生中从没看见过的三块最精美最上乘的手绢……如果说,他曾经梦想过得到手绢的话,那无疑就是这三块手绢,那样轻柔,那样柔和,那样纤巧,不错,他曾经梦见的正是这种手绢,正是如今在他手上的这三块手绢……这个老太婆准是潜入他的梦中,把它们偷出来了。不然的话,在她那个卑贱的世界里,佩塔她能从哪儿,从哪个隐蔽的力量中心获取如此高雅的情趣和娴熟的手艺,制作这三块堪称一绝的手绢? 在他承认佩塔·庞塞是个很大的对手之余,他不禁感到一阵油然起敬的冲动。

"谢谢。现在我们得走了。"

"可是,赫罗尼莫……怎么,你不想让佩塔给你讲讲福女的故事? 讲讲静修院的故事? 佩塔年纪相当大了,她知道许许多多已经没人记得的事情。"

"我什么也不想知道。咱们走吧。"

他挽起她的胳臂。

"再见。"

赫罗尼莫在拉走伊内斯之前,在老太婆的手上塞了一块银币:那是一双青筋绽露、变了形、不住颤抖的手,指甲尖削蜡黄,可那又是一双无所不能的手,甚至能创造它们无权创造的美,因为它们在创造这种美的同时,就把他贬到低下的地位,贬到对那区区三块精美的手绢佩服得五体投地的地位。一走到屋门口,伊内斯就责问他:

"你干吗这么做?"

伊内斯被赫罗尼莫拉着一路走一路哭,只是走到晒衣场,从两列挂在平行的铁丝上的长白桌布和一大批餐巾当中穿过时,赫罗尼莫才松开伊内斯。

"什么干吗这么做?"

"刚才这一切。你给她钱。"

"我不愿意你跟她有任何瓜葛。"

"佩塔救过我的命。"

洗衣场里很冷,滑腻腻的冷。虽然外面的阳光也映在洗衣盆蓝莹莹的水里,映在被滴淌着水的湿衣服弄得湿漉漉的石板上。赫罗尼莫不顾伊内斯哭哭啼啼,打算径自离去。可是,他未婚妻那双纤细的小手紧紧地拽着他不让走,向他述说道:

"我那时还很小。当时,费尔明病得很重,我母亲要去照料他,为了免得我碍事,把我送到拉奇姆巴的静修院,托修女们照顾。佩塔陪着我去的。到静修院后不久,我肚子疼得厉害,嗐,就在这片地方,真吓人,就好像要从里面裂开似的。现在有时候还偶尔要复发,令我感到恐惧。他们派医生到静修院来,我父亲也来了,他们天天来,因为他们很后悔把我送到这么远的一个地方来,可他们一时又无法把我接出去。当时我病得十分厉害,医生们看不出什么名堂来,只是一个个摇头。虽说我当时年龄很小,可我已看出我的命运就是死在那儿了。我差一点就死了,赫罗尼莫,差一点就死在某种谁也弄不懂、谁也治不了的病上,每一阵剧痛都仿佛是临死前的最后的痛苦。一天夜里,当我感到疼得更厉害时,佩塔从床上坐了起来。我看着她在黑暗中弓着腰对我百般安慰,见她如此,我虽然疼痛难忍,却也咬着牙不哼出声来。我感到那死一般的寂静如我在静修院里有时感到的一样。我听凭佩塔脱光我的衣服,她把嘴唇贴在我的肚子上,喏,赫罗尼莫,就在这块疼痛的地方,开始吮了又吮,直至疼痛全部消失。这时,我只感到这里空了似的。她要我发誓绝不告诉任何人。你是第一个知道这件事的人。对妈妈我都没讲过。从此之后,发生了一件非常怪的事,可怜的佩塔·庞塞开始患上了我先前那种肚子疼的病。佩塔·庞塞这一辈子就一直代我忍受着那种疼痛。”

“巫婆。你们两人,当初谁也不应该离开那座该死的静修院。她毒化了你的头脑,现在得由我来给你消毒。作为第一步,我要去对你母亲说,我禁止你从此再见到佩塔·庞塞,另外,我要立即拆掉那座静修院……”

“你敢!……”

伊内斯朝赫罗尼莫逼近一步,伸手朝他脸上抓去。遇到这突如其来的五个指甲的袭击,他赶紧往后退,不慎缠在晾晒在铁丝上的一条桌布上,一下子弄断了铁丝。那黏糊糊、湿淋淋的桌布兜头落在他身上,把他压倒在地。等赫罗尼莫从那团湿乎乎的桌布里挣扎出来,伊内斯早已无影无踪。他用手摸了一下脸颊,手上血糊糊的:他脸上被那尖爪似的指甲挠了几道深痕,火辣辣地疼。他用佩塔赠给他的手绢捂着伤,止着血。他避开众人悄悄溜出伊内斯的家。现在做解释又能有什么意义?要把腿缩回来为时太晚了。婚礼七天后就要举

167

行了。

举行婚礼的那天早晨,赫罗尼莫左脸上带着鲜红的伤痕走进梅塞德斯教堂。他从白色的鲜花和喜气洋洋的人群之间款款走过,旁若无人、悠然自信、居高临下,使别人不便启口动问新郎脸上的这几条伤痕的来历。

伊内斯穿着她那身凸绣的、如铠甲一般硬绷绷、直挺挺的礼服,那激动的心情一时抑制着她面对堂克莱门特充满信任的目光时违心地宣誓忠于丈夫的恐惧心理。堂克莱门特是出席婚礼的亲戚中最有权势的长者,他身着金光闪闪的法衣,在袅袅的香烟中,要求伊内斯向上帝发誓绝不存不贞不忠的邪念。面对金色祭坛,在一片赞美诗和古老的圣言中,伊内斯虚伪地立了誓,尽管她心里十分明白自己打算干的是什么事。一星期前,当她母亲把她领到堂克莱门特处做婚礼前的准备时,神父曾告诫她,拒绝把身体交给她丈夫乃是最严重的罪过;他哪里知道,这却无意中交给伊内斯一件对付她丈夫的武器。

她非常了解赫罗尼莫是多么需要她。正因为如此,在新婚之夜,她有意识地、冷冰冰地拒绝把自己的身体交给她也同样需要的丈夫,犯下了那最严重的罪过。要是黎明时分,她那躺在赫罗尼莫身旁的一丝不挂的肉体没激起丈夫理智的话,她原本会一辈子拒绝把身子交给他的。她终于胜利了:他答应她一切,一切的愿望,一切的要求。伊内斯发觉只要她让步,赫罗尼莫就会昏昏然地允诺一切,于是,她使他答应,从今以后,他不再以任何理由,把她和佩塔·庞塞拆开。自从那夜以后,赫罗尼莫和伊内斯就从来没有单独在床上待过。不是我的影子,就是博埃的,反正,总有个影子陪伴着他俩。这个新婚的初夜,是堂克莱门特和佩塔·庞塞,在各自如操纵木偶一般,操纵着假面人,你死我活地搏斗着,争夺着统治权。

十二

　　他的四条黑狗狂吠着,争夺着那块尚冒着热气、几乎还活着的肉。长长的狗脸,露着凶光的狗眼,尖利的狗牙,粗糙的狗鼻子,血红的、流着口水的狗嘴,撕扯下一小块,摺在地下吠叫几声,咬着回来摔着、吞着。那块肉被争食殆尽后,四条狗又围着他欢蹦乱跳,接受他的爱抚。我这四条黑狗,活像是狼,有嗜血的本能和真正纯种狗的凶狠的爪子。我供它们肉吃,我是它们守护的那座花园的主人,它们只有对我才显得温顺驯服。

　　"把另外一块肺扔给它们。"

　　仆人把那块内脏朝我那蹦蹦跳跳的四条畜生抛去,它们只顾相互吠叫厮打,却不去扑那块肥肉……咬啊,你们这些畜生,别打了,留神那块肉,唉,你们没瞅见那条黄母狗正在偷吃吗?咬它,咬死它,那条狗转着圈窥视着我那四条良种狗的美食,趁着它们嘴咬爪撕混战的当口,叼起那块肺,弓起身子,夹起尾巴,慌慌张张,撒腿飞跑,转眼间消失在教堂后面。没等我的四条狗反应过来,那个仆役又朝它们扔去一块肉。莫非他这么干是为了分散它们的注意力,掩护那该死的母狗逃跑?可以肯定,在明天选举时,他会出卖自己的选票,他将吃我的肉,喝我的酒,最后却投我的反对票,因为他恨我。

"那条黄母狗是你的?"

"不,少爷。是野狗。"

"怎么? 是野狗?"

"它有时溜到厨房院里偷泔脚。当少爷您骑马带四条黑狗出去时,它有时也溜到花园里来。"

"那干吗不把它赶出去?"

"夫人不让我们赶它走。"

吃饱之后,我的狗便躺在水渠边凉爽的灌木丛里。它们在为庆祝我竞选胜利屠宰小牛的牲畜棚里整整转了一个上午。那条黄母狗又出现在那儿,伸着舌头舔舔那些挂晒在木栅上的血淋淋的牛皮,一群公猪在猪圈里靠着木桩蹭痒痒,猪圈附近汪着一摊血泊,被太阳晒得昏头呆脑的苍蝇,密匝匝地叮在血泊上,黄母狗又溜到那儿把嘴伸进血泊里。那条黄母狗饿得皮包骨头,又馋又贪,见什么吃什么,纵然最腌臜的东西也不放过。它围着拴在桩子上的马群的蹄子转悠,贪婪地缩着身子,随时打算扑上去朝腿骨上咬一口。一时难以得逞,它于是甘心在尿坑里嗅嗅,在新鲜的马粪堆里拱拱,以此等待有机会享受更大的欢悦。我必须和伊内斯谈谈这条黄母狗的事,这样可不行,真没想到,伊内斯会要这么一条腌臜的癞皮狗,可她平时不戴草帽和面纱从不走出屋子,不戴手套连根树枝都不摸的呀。

天色已经很晚了。我才来到回廊,躺在她的身边。我用一件小羊驼斗篷盖在她脚上,另一件盖住我自己的脚。透过林孔那塔花园里树丛投下的阴影,我们看见天穹中现出古怪离奇的星辰。我俩亲热温存的世界周围是一片聒噪的蛙声,保护着我们不受任何外界的干扰。

"你在想什么?"

伊内斯微微伸了个懒腰。

"我?什么也没想……"

为什么她什么也没想?她应该想点儿什么的,她应该对我说点儿什么,哪怕就是说点儿无关紧要的话,比如,哎哟,上帝啊,劳拉那套衣服的颜色有多难看,或者,卡洛斯和布兰基塔的婚礼真可惜,没有办好。也许你真的没在想什么,尽管夫妻正在亲热的时刻什么也不想是种防御姿态,伊内斯,是种逃避态度,使你的头脑一片空白,生命一片空白,免得受到惧怕心理和各种问题的困扰……你还是该想点儿什么,只要你在想着什么,并且告诉我你在想什么就行,纵然你是在想我要跟你谈的那条黄母狗也无妨,反正,在我为你充满激情的时刻,你可以用任何思想来折磨我,但不能以你现在表现出来的无动于衷和空虚来折磨我,我要求你有所表示,而不是你现在的毫无所想,因为那绝不是事实。如果那样,我就会厌恶你,我就会恨你,我就会在别的女人身上寻找结婚五年来你那该死的月经拒不答应给我的东西。可是,我不能。除了完美的幸福,任何东西都可能产生恐怖。

花园的灌木丛中,闪出一点蓝宝石似的光,忽而消失了,忽而在稍远处又闪出一点金灿灿的光,忽而又在近处闪烁,忽而又泯灭了。渐渐地,在那些黑魆魆的草木中,出现了更多的光点,看着你我,如宝石,如星辰,如眼睛,在树叶间忽闪忽闪,在幽暗的灌木丛中忽隐忽现,飘移游荡。它似不是在窥视,而是在守护着我们,那是我那几条狗的眼睛,它们正在红的、粉的绣球花丛里巡视。现在跑得很慢,很警惕,那两只蓝莹莹的眼睛消失了,少顷,在近处又亮了起来。喏,就在这里,就在你我躺着的回廊底下的花木丛中,那两个熠熠闪烁的光点紧紧盯着你那完美的身段显出的微微发亮的轮廓。我垂下手,几乎无意间碰到了你的手,你藏起了你的身子,因为你瞧见我正要把你分解,让你变成另外一个模样,而不是现在这个什么也不想的你。那些在花园幽暗的枝叶中闪烁的金黄色的、铁青色的、绿茸茸、蓝晶晶的月光向我证明那个伊内斯正在身边,那些目光闪现、隐没、移动,利用瞬间即逝的光亮注视着我们。四周一片漆黑,我现在必须从她身上消除她对我们幸福的任何不信任感,彻底摧毁那个脱口而出的词:什么也不,我什么也不想。我有时间把这个词摧毁。一片树叶上有滴露珠在颤悠,露珠上现出一只眸子,那血红的眸子正盯着我俩,远处,近处,都有忽隐忽现的目光围观着我们,要求我们交欢,提醒我们说不定什么时候,在黑暗中我们的幸福会冰消玉碎。我俩不能令这些渴望看到我们完美爱情的证人失望。我又摸摸你的手。伊内斯的身子微微一颤,虽说只微微一颤,但毕竟是颤动了,你们看见了吗?你们只能观察到这种颤动,但却感受不到它,你们只能眼巴巴看着我俩向你们展示我们的幸福,现在,就在这里,你们这些证人说了算,如果我不马上服从你们的吩咐,向你们展示我们交欢的能力,你们就会消失,没有你们的眼睛看着我们,一切都会化为乌有,从而使我变成一块我用来喂我那些狗的肉条。我如果现在,在这里,不向你们表明我的幸福是完整的,你们便会六亲不认,照样把我也吞食的。我捏紧伊内斯的手,冰凉的、完美的手,她对我的手做出了微弱的反应,我于是更紧紧地抓住她的手,把她拖到绣球花丛中,如少年偷情一般藏了起来。

"赫罗尼莫……别……"

"不!"

"我们可以在家里,可以整整一个晚上……"

"没关系,就在这里。"

"我害怕。"

"怕什么?"

"人家会看见的。"

"谁?"

"我不知道……"

"别犯傻。"

一圈忽闪忽闪的目光,围在我们四周的浓密花木丛中。伊内斯,你别害怕这些证人。你瞧,它们闪烁着蓝光的眼睛有多美。这些都是我的狗。让我当着它们熠熠闪烁的目光脱去你的衣服。来,你在这张铺满树叶的床上躺下。你们仔细地欣赏她吧,我让你们来就是为了这个,你们也仔细看着我,我也要脱光我的衣服:为我的兴奋欢呼吧,眼红吧,正是为了这个,我才喂你们肉吃的。瞧我怎么躺在伊内斯身边,躺在冰冷的针叶堆上;瞧我怎么迫使她睁开棕褐色,喔,绿莹莹的眼睛,看着另外那些忽闪忽闪的目光,它们看着我们的样子,眼睛就会越来越疼;瞧我怎么用我的手、我的嘴唇抚遍你冰冷的裸体,使其逐渐发温、发热、发烫。我的兴奋令你喘息、呻吟,使你忘记了你什么也没在想,占有着你不愿给我、你在婚后五年里一直拒绝我占有的全部空间。你们听呀,她在呻吟,伊内斯的贞操终于让步了,终于垮了,终于使她更加赤裸,更加贴近我。她喃喃地念叨着我奇妙的名字,不住地呻吟,最后竟至大声地喊叫,不在乎有人听见,有人看见。我终于征服了她,精疲力尽地瘫倒在那无数闪着冰冷的黄光、绿光、青光的目光前。此时,这些目光又飘飘忽忽、时隐时现起来,热望重新欣赏那个场面,我只要一看见那些隐在树丛中如磷火般闪烁的目光,我的性欲就会重新灼烧起来。贝妮塔嬷嬷,其实,我自己也正躲在那树木的浓荫中,因为我也正守护着他俩,在林孔那塔漆黑一团的花园里,在那群为他俩交欢必需的目光中,有两个冒着火的、最贪婪、最痛苦、最受刺激的眼睛,那就是我的眼睛。贝妮塔嬷嬷,就是您现在看到的这对被高烧烧得模糊不清的眼睛,您如今正在设法用手合拢我的眼皮,以便让我安睡,休息。睡吧,小哑巴,睡吧,好好休息,好好睡,闭上你的眼睛,您这么对我说,收起你的目光吧,它已经出过力了,合上你的眼皮,睡吧。可是,我无法合上眼皮,因为我的眼睛看着他俩在落叶堆上得趣便灼烧,我的耳朵听到他俩气喘吁吁的话语和身体翻滚摩擦的声音,我的鼻子嗅到他俩做爱的气息,我的手,这只您正握着的手,趁他俩在灵肉销魂时没有觉察,触摸着他俩扭在一起的裸体。他们一次又一次地领略着快感,直至树丛中的目光渐渐熄灭,堂赫罗尼莫四处张望,拼命寻找那些业已隐灭的忽闪忽闪的目光,企图靠着它们重新激起性能力。在哪儿,它们在哪儿?它们走了,伊内斯,它们走了,我们陷入完完全全的黑暗中了,也许从来没有什么眼睛在观看我们,本来始终是一片黑暗。不,喏,那儿,黄眼睛在那儿。那又是我,现在我比任何时候更需要你,我知道你累了,我也累了,这双满是眼屎的黄眼珠正看着我怎么使你重新激奋,满是眼屎的眼珠子正凑近我的眼睛,再疯,使劲疯,再使劲儿。啊,直至伊内斯发出一声尖叫,贝妮塔嬷嬷,那不仅是一声销魂的欢叫,同时又是一声恐惧的惊叫,原来当她睁开眼睛想看团团围在赫罗尼莫的脸周围的那些证人闪光的目光时,她看见那条黄母狗正走近他俩身边,闻着他俩。那条黄母狗,喘着气,流着口水,身上长满脓包,目光中流露出饥饿,正是它拥有令伊内斯发出那声尖叫的力量。

在某个山区小镇,激进派用为矿工争取权利的许诺,收买了矿工们的心,于是,某个人在选举中劫走选票箱进行破坏,消息传来,聚集在堂赫罗尼莫·德·阿斯科伊蒂亚身边的保守派头目们决定,为谨慎起见,最好锁上社会俱乐部大门,紧关窗户。党从未奢望把它的影响扩展到矿区,且早就把那个地区的选票当作落在激进派手里而排除在外。谁料,一个匿名的白痴,很可能是个神志不清的醉鬼,骑着马闯进矿工们正在投票的那座学校,抢了票箱就逃之夭夭,企图用这种自以为是英雄的壮举,讨好堂赫罗尼莫。结果闯下了大祸:大批不明真相的老百姓在激进派的煽动下聚集到社会俱乐部对面的广场上,激进派抓住这个送上门来的机会,把事件的责任一股脑儿栽到保守派身上,栽到保守派的头目身上,这件事,从政治观点看,对任何稍有头脑的人来说,很明显是个失着。

现在,只要稍有风吹草动,就足以使那些穿着节日服装、骑着马从山区小镇来到省会的雇工采取暴力行动,甚至制造流血事件。然而,喝得微醉的人群却只是在广场上毫无组织地徘徊着,他们抽着烟,三五成群地低声聊着,一时还没有激起他们骚乱的动因。

堂赫罗尼莫整整一个下午待在社会俱乐部里,和他的密友们闷闷地喝了一瓶又一瓶葡萄酒,等待人群自己散去。可是,人群并没有散去。阴沉的夜幕垂落了。灰蒙蒙的、嘤嘤嗡嗡的人群逐渐聚到广场四周的双排棕榈树下。路灯也没亮。

堂赫罗尼莫打算走出去,坐上他的汽车,驶往林孔那塔,仿佛什么事也没发生似的。因为说实在的,这件事确实与他毫不相干。可是他的那些一直透过窗栅窥视着外面动静的密友,求他千万别这么干。为了国家的利益,为了党的利益,他应该留下来,等待,现在出去不啻是一种挑衅,人家正巴不得找碴生事呢。他却振振有词地说,眼下必须利用群众正不知如何行动的最后时刻离开社会俱乐部。另外,大伙儿都应该陆续离去,各人走各人的,就像没事一般,因为,实际上,他不厌其烦地重复道,他们都没有责任。相反,这还有极大的好处,可以在群众的头脑里留下深刻印象,即他们在抢劫票箱的事件中,确实是完全清白无辜的。其他的党魁,凭着他们对工人们思想的认识,认为即使要离开俱乐部,在眼下这种情势下,也莫如悄悄地隐蔽地溜走,否则必然会刺激群众;赫罗尼莫却建议堂而皇之地走出去。这种故意令人难堪的举动太荒唐,倒不如悄悄地爬上房顶,神不知鬼不觉地溜到其他房顶上,从后面的马路上逃走,人们的注意力全集中在广场上,集中在社会俱乐部的大门上,谁也不会发觉他们的。这样,当人们想起要攻击这座肆意妄为的大亨们的大本营时,就会扑个空了。

可是,堂赫罗尼莫却坚持认为,照他们这么干,无疑等于默认那个凭空捏造的罪名,等于甘心败在敌人手里,白白葬送大选的成果。白痴,无知,废物,叛徒,这些人真不堪信任,指不定是中了什么邪。然而,那些和堂赫罗尼莫一起在酒吧喝酒或在回廊里散步的威风凛凛、颇有骑士风度的大亨却仍不同意。再来瓶葡萄酒,潘乔,要你那种藏着不肯轻易拿出来的好酒,要是没有,那就随便来一瓶吧,只要不是醋就行,再来点夹辣味肉的三明治,没有了。就连面包也开始在减少了,我敢肯定,要是警察不来把他们赶走,今天我们得在这儿待上一个晚上,鬼知道那些混账警察还在等什么。那些穷光蛋恨我们。瞧他们在外面叽叽喳喳的,要是没人领头指挥,他们是什么也不敢干的。他们嫉妒我们,想夺走我们全部的东西。他们侈谈什么恢复权利,实际上无非是一伙打家劫舍的强盗,一伙抱团作恶的罪犯。瞧他们那得意的样子。当然喽,至少从理论上和法律上讲,他们现在是占着理了。堂赫罗尼莫噌地站起身子。

“咱们走,温贝托。”

"是,堂赫罗尼莫,听您的。"

"这帮醉醺醺的穷鬼能怎么样?"

"他们也会把罪名加在您的头上。"

密集的人群开始逐渐从两旁的棕榈林荫道往社会俱乐部正面的大街上集中。若干绅士探头到窗前窥探,想认出人群中肇事的人,好知道日后对谁进行报复。枝叶繁密的棕榈树丛的上空,透出一丝光亮,微光中可以瞥见位于广场另一端、和俱乐部正对着的教堂的塔顶。堂赫罗尼莫的汽车就停在那儿。可是,要走到汽车跟前,必须从这数以千计的默默望着俱乐部大门的人群中穿过去,这俱乐部往日他们是没有资格进去的,里面是什么样子的?据说,那里一顿饭、一桌酒就贵得吓人,一副牌的输赢就是全部家当,指不定什么时候,就成了个瘪三,佩德莱加莱斯的老板就是这么自杀的,我们怎么玩得起?口袋里那几个比索,充其量不过对付一瓶红葡萄酒的零头,要是付不起赌输的酒钱,只有逃走的资格。广场上这些成百上千默默无言的人憎恨我们,他们会干出什么事来的,他们在等待,别看他们现在只是两手插在裤兜里,在广场上晃来晃去,窃窃私语。我们听不到他们在嘀咕些什么,但是,待会儿就会听得见的。有个人爬到一张长椅上,开始发表演说了:舞弊、不公正、贿赂、出卖,这些为取代我们已故参议员的特别竞选暴露了在未来的总统大选中,他们会对我们搞什么鬼,这次我们如果允许阿斯科伊蒂亚那帮狐朋狗党得逞……那么,这就是对下次总统大选的不祥注释。

"你带着枪吗,温贝托?"

"带着呢。"

"把那支口径最大的给我。"

"我们怎么干?"

"跟着我。"

"可是,我们到底怎么干,堂赫罗尼莫?"

"我怎么干,你就怎么干。"

"这些疯子想干什么?"

"把门闩取下来。"

"他们脑子出毛病了吧。"

"赫罗尼莫,别……"

"他妈的,我说了,把门闩拔掉……"

他们会把你杀了的,赫罗尼莫,他们会把你活活打死的,你没看见,这些流氓把他们对我们的仇恨全集中在你的身上吗?别出去,再等等,看看情况再说。他见没人听命,就亲自动手卸门闩:这根已有年头的铁门闩相当重,往日里要两个职员才抬得起来,今天,他独自一人就卸了下来。他胳膊的肌肉在白短外套下鼓了起来,脸涨得通红,蓝晶晶的眸子闪闪亮亮。外面的人声一下子止息了,有人提醒说:

"在开门了。"

"瞧呀……"

门打开了,他走了出来。他抬眼朝天空望望,似乎怕下雨一般,然后戴上帽子,将雪茄朝地上一扔。他站在台阶上居高临下望着人群。人群中响起一阵喊喊喳喳的低语声。人群之外,另有一些男人在互相召唤,嗨,看呀,看哪,那个花花公子出来了,在这儿哪,别错过机会,值得看看。人们挤着,拥着,从广场的各个角落往这儿跑着,酒吧间走得空空的,各家的门开得大大的,真个是万人空巷,人们全拥到广场上来看堂赫罗尼莫·德·阿斯科伊蒂亚。一时间,整个广场上的人都看呆了,手插在口袋里,停止了交谈,忘了抽烟,最紧要的是

仔细看个够。只有位于广场中央的那个喷水池里,那几尊仙女照样若无其事地从喷水口里往外喷着水。有人催道:

"嗨,说清楚!"

"对,做个解释!"

"我没有什么需要解释的。"

他缓步走下台阶。

"喂,让我过去,我要回庄园去,这儿已没什么事可干了……"

他的声音不高。他语气平静、随便,仿佛在跟我说话,就像往日天色已晚,他不愿让伊内斯焦虑地等待,匆匆地要赶回林孔那塔一样。他停下脚步,点燃了一支雪茄。动作慢慢吞吞,不慌不忙。他朝前迈了一步,人群弓着腰给他闪开一条路。我原以为他会朝广场中央的笑吟吟的仙女喷泉径直走去,然后从那里拐到停车的路边,那样岂不方便些。谁料,他不是那样。他从容不迫地,似乎根本没发生什么事一般,沿着广场周围的棕榈林荫道,劈开人群,在人群的夹道中大摇大摆地向前走去。夹道两旁,是一张张隐在草帽底下阴沉的脸,一尊尊散发着酒气的身躯,一双双充满敌意的眼睛,一对对紧握的然而还低垂着的拳头。人群外边,一些人站在长椅上,爬上路灯柱,看着,喊着,开始骚动起来,揍他,打死他,宰了这个狗娘养的花花公子……

"路灯怎么还没亮?"

"是该亮的时候,全怪市长不尽职。"

"别忘了,我干什么你也干什么,温贝托。"

"放心吧。"

堂赫罗尼莫一步步走近了教堂,此时,人群外圈的激烈情绪传给了里圈的人。人们愤怒地挥舞着帽子。指名道姓的破口谩骂、下流的污言秽语、不堪入耳的辱骂,老百姓的全部仇恨都涌向了围在堂赫罗尼莫身边的内圈群众。人群越挤越紧,夹道越挤越窄。堂赫罗尼莫抽着雪茄,依然大摇大摆地在那些大同小异的面孔围着的空隙中走着。

"让我过去。"

一个满脸胡楂的高个子问道:

"你要上哪儿去?"

"找我的汽车。"

那个高个子站着一动不动。

"让我过去。"

人群的夹道收紧了。这是流血前的时刻,堂赫罗尼莫看出了这一点。他后退到教堂的大门口,身子靠在门上,掏出手枪:

"你们想干什么?"

人群哑然无声。

"他妈的,说呀,你们他妈的想干什么?"

半圆圈人群的前排群众,见他突然拔出手枪,不觉一愣,纷纷往后退了几步。他见自己这一招奏了效,不禁得意扬扬、飘飘然起来,于是挥动着手枪,朝人群大声嚷道:

"他妈的,你们这些狗娘养的穷鬼! 你们说,嗯,我干什么了,你们这么气势汹汹,你们他妈的想干什么? 嗯,你们这帮白痴,连自己想干什么、为什么这么发火都说不清楚,都弄不明白! 蠢猪,废物……"

我看见一把两刃刀闪了一下。有人在斗篷底下掏枪,有人举起树杈、棍子、紧握的拳头,有人弯下腰去捡石块,有人投来愤怒的目光,把他逼得紧紧贴在教堂的门上。门霍然打开了,堂赫罗尼莫一转身,犹如落在陷阱里一般,旋即不见踪影。

我不假思索,迅速跟进,赶快帮教区神父拴上大门。那些凶恶野兽的拳头如雨点般落在教堂大门上,群众的呐喊声震天撼地。

"跟我来,堂赫罗尼莫,从这儿走,进来,我给您准备了一个梯子,您可以爬到房顶上,然后跳到后面的房子上。那儿有辆车在等着您。不,不是您那辆车,免得人家生疑。"

攻击对象突然间魔术般地遁去,满腔的怒火顿时失去了发泄的目标。人群被愚弄了,惊愕了,失望了,虽然继续嚷嚷了一阵,渐渐地,群龙无首,乱了章法,不知如何应付眼前的局面,总不能把教堂的大门推倒吧。不管你有多激进,教会毕竟还是教会。神父正帮着我们爬上房顶。从房顶上望下去,人群继续围在教堂门口。突然有人嚷道:

"在那儿……在那儿……"

我至今还记得那只高高举起的手,贝妮塔嬷嬷,记得那第一个把手指向房顶的人的脸,记得每个抬头观望的眼神。

"哪儿?"

"喏,在那儿。"

人群顿时又有了中心。在那儿,正在教堂的屋顶上,瞧呀,是他,那个在匆忙逃窜的是堂赫罗尼莫·德·阿斯科伊蒂亚。其实,在匆忙逃窜的并非是那个花花公子;可是,瞧呀,千百双在场的人的眼睛明明看见是堂赫罗尼莫站在屋顶上,那高大的、威武的身影,在稀疏的星光下,清晰地映在天幕上。

"杀死他。"

砰,一声枪响。

在成千目击者的众目睽睽下,堂赫罗尼莫·德·阿斯科伊蒂亚高大的身躯痛得团了起来,摇摇晃晃,失去了平衡,顺着屋坡掉在教堂的院子里,这样,他才没有落到群众手里被撕成碎片,而是捡了条命。

当广场上的人群意识到他们中的某个糊涂蛋——其实是他们所有人——干的是件什么事时,纷纷打听、查问是谁,是谁干的,是哪个白痴,哪个杀人犯。卢乔,是你;不,是阿纳克雷托;不是我,我没带手枪,是他;是你,那个戴灰色草帽的家伙带着枪呢;那个两撇胡子向下耷拉的家伙,我们谁都不认识,没准儿是他干的;喏,那个胡子向下耷拉的家伙在那儿,他正要溜呢;不,他不会溜的,我认识他,他连一只跳蚤都不敢捏死的。谁也没走开,谁也不知道是哪个浑蛋在闹了半天一无所获的情况下开枪杀了他。这些花花公子总是赢的,你别说,这个堂赫罗尼莫还真他妈的有两下子,虽说是个花花公子,不过,也应该看到,他够勇敢的呀,居然当着我们的面敢破口大骂。他平时蔑视我们,奴役我们,剥削我们,现在倒用甜言蜜语来欺骗我们,哄我们参加大选,收买我们的选票,用他家地窖里的酒灌醉我们,把我们像牲口似的装上车子,拉我们去投他的票,不错,这个花花公子该杀。骑警冲进人群要抓人,可是抓谁,为什么抓,谁都说出了什么事,既然无法把成百上千人抓起来,那无论如何也得把他们驱散。嗯,参议员在哪儿,虽说他们可能已把他杀了,但他肯定会被选上参议员;走,统统回家去,别闹了,散开,以后再调查,随便抓个人交差,没关系,反正,这种事情怎么也弄不成水落石出的,散开,散开……直至广场上不剩一个人。骑警队长敲了敲教堂的门。神父迟迟才把门打开。

"请进,队长,请进来,诸位,你们早该来了。"

历史上记载的事件经过就是如此,贝妮塔嬷嬷,报纸上披露的,我记录在您正在看的这本书上的,也是如此。可是,贝妮塔嬷嬷,实际上,真正受伤的不是堂赫罗尼莫,而是我。

　　当他在尚未点燃路灯的广场上,面对虎视眈眈的成千双眼睛,大声骂道:好吧,狗娘养的,你们说,你们他妈的想干什么,嗯,臭浑蛋,我干什么了,你们这么气势汹汹?这时,我几乎就躲在他斗篷的褶缝中间。谁也没看见我。与那帮吵吵闹闹、骂骂咧咧、蠢蠢欲动、跃跃欲试的老百姓对峙的,就只有他一个人。贝妮塔嬷嬷,对您我可以直言相告,因为我现在病了,发着烧,病人嘛,都享有被照顾的特权。尽管我当时就在他身边,可我和那伙人一样,同样反对他,对他恨之入骨,因为,我的声音从来就不拥有他那种威严,没有资格大喊:狗娘养的,你们想干什么,嗯,要是没有事,统统给我滚。我真想站到他们一边去,因为,尽管我隐身在他的斗篷后面受到他的保护,可他同样也在侮辱着我,我真想站到这些无名的群众一边,把我的仇恨加入这成百上千对他恨之入骨的人群行列中,置身在这些准备把他撕成碎片的人中间,同这些即将变成杀人凶手的受害者会合在一起。真的,贝妮塔嬷嬷,我为什么不把真相告诉您呢?在那个时刻,我那个有朝一日成为堂赫罗尼莫、有资格大声骂狗娘养的而不致被人看作荒唐的欲望,是如此撕裂着我的心,我真恨不得冲到他们当中去,和他们一起,把他撕成八块,占有他的肢体、器官,陶醉在他的呻吟中、血泊里,看着他咽气、完蛋。我原可以这么干的,嬷嬷。人们都认识我,知道我是他的心腹,了解他的全部底细,尤其是那些他不愿公开出面干的事情的底细。我只要向他们大声宣布:他是罪魁祸首,我,温贝托·佩尼亚洛萨,是他的秘书,我向你们发誓,我证明所有一切都是他策划的。我只需这么一喊,他们就会拿起木棍、匕首向他扑去,我就会立时看到堂赫罗尼莫倒在我脚下的血淋淋的场面。

可是,那么,我呢?要是那样的话,我脸上正在逐渐获得的、尚未稳定的五官又会怎样呢?那么一来,我全部的和堂赫罗尼莫的生命合为一体的可能性不是就此将会完结了吗?现在,我至少还是他的一部分,尽管是和他的身体相比几乎难以觉察的、微不足道的一部分,然而,不管怎么说,毕竟是他的一部分。正因为如此,我才任凭他们继续恶狠狠地、然而敢怒不敢动地盯着他,因为,他们这种反映着他们潜在力量的仇恨目光,其中有一部分好歹是属于我的。

教堂神父为我们打开了门。我们随即从里面上了闩。神父在院子里已准备好一切:一架扶梯,顺梯子爬上屋顶,从屋顶上溜到后面那座房子,那里等着一辆汽车,趁群众的注意力集中在教堂大门时,可以载着我们悄悄逃走。我身子轻,所以先爬上去,试试长满苔藓的瓦片是否结实。事情其实很简单,无非从教堂的院子爬上屋坡,再从另一边的屋坡爬下去,那里早就准备好另一架扶梯,从梯上下来,就到后面那座房子的院子。我让堂赫罗尼莫稍等片刻,我先去证实一下那一边是否全安排妥当了。可是,一站到屋顶上,我就身不由己,难以自持。我一听到聚集在教堂门口的人群的叫骂声,我再也按捺不住。贝妮塔嬷嬷,我径直走到面向广场的屋檐边,直挺挺地站在那里。

"温贝托……"

堂赫罗尼莫在喊我。

"你疯了?你这是干什么?"

我不能回答他。我在面朝广场的屋檐上站了一分钟,两分钟,然后脱口喊道:

"你们要愿意,就开枪啊,狗娘养的,我在这儿哪……"

编年史里没有记载我的这声喊叫,因为,我的声音是听不见的。

我的这些话并没被写入历史。可是,有人看见了。成千双眼睛看见堂赫罗尼莫·德·阿斯科伊蒂亚站在屋顶上。枪声响了。成千个目击者看见我疼得团起了身子,那颗子弹正打在手臂上,喏,就是这儿,贝妮塔嬷嬷,就是很多年前堂赫罗尼莫那只精致的手套无意中碰过的地方。现在那伤口已结成硬疙瘩,血红的,像个烙印。这怎么不像个标记,令人想起那成百上千对眼睛?那些如我一样无名之辈的眼睛,都是见证人,证明我就是赫罗尼莫·德·阿斯科伊蒂亚。我没有盗用他的身份。这个身份是他们授予我的,历史把这个时刻记录了下来,当作是一个大亨的权力的顶峰时刻,从那以后,就开始走下坡路了。然而,阅读历史的公众,维护保守党也罢,反对保守党也罢,不得不对堂赫罗尼莫·德·阿斯科伊蒂亚在那个黄昏,在人头攒动的广场上所表现出来的勇气钦佩之至。公众依然蒙在鼓里,不知道那个他们佩服得五体投地的人,那个在月色映衬下当众辱骂他们的英勇无畏、血气方刚的人物,是温贝托·佩尼亚洛萨。

"小心,温贝托……"

"他们把他打死了?"

不,他们没有把我打死。我痛得团起身子时,失去了平衡,朝院子里掉了下来。幸好我紧紧抓住屋上的瓦,抱住雨水管。神父赶紧扛来扶梯,堂赫罗尼莫爬上梯子把我背了下来。我已不省人事。他们把我抬到教堂回廊上,搁在一盆盆毛叶秋海棠花和一只只关着蹦蹦跳跳的坦加鸟和罗伊卡鸟的笼子间。

我生活最大的遗憾是,贝妮塔嬷嬷,在这个重要的时刻,这个我扮演主角而绝非跑龙套的唯一时刻——在那短短的时候里,堂赫罗尼莫和神父撕开我的袖子,包扎我的伤口——我却是在不省人事中度过的。我头脑中对这个时候没保留丝毫的记忆。没过几分钟,等我恢复知觉,我看见堂赫罗尼莫裸露着血淋淋的胳膊,自然,那流着的是我的血,贝妮塔嬷嬷,是我温贝托·佩尼亚洛萨的血,他正往胳膊上扎着绷带的,恰是我感到剧痛的部位。等他绷带扎好,他们把我受伤的手臂拉到他手臂跟前,使劲挤我的伤口,尽量多挤出些血来,染在他的绷带上,这样,可以使那个伪造的伤口显得更逼真,更有英雄气派。动作快点儿,他说,不然的话,人家就会发觉,受伤倒下的是他,而不是我,这个机会太重要了,必须利用,他们伤害我的人身——是的,那是对您的人身伤害,我不过是,我压根就没奢望别的,不过是您大无畏勇气的逢场作戏的化身而已——这就给了我一件武器,我可以当众挥舞这件武器,对付那些企图指控我枉法舞弊的家伙,我可以把我鲜血淋淋的胳膊亮给警察看,亮给那些企图诬告我犯法的记者看,快,他们已经在敲门,马上就会闯进来的。在五分钟之内,他们就把我弄走了:他们用梯子把我送上屋顶。忍着点疼,温贝托,不管怎么说,伤势不太严重,谁也不会发觉是你受的伤,你一个人上去,然后从那一边下去溜走,谁也不会查问你的,你坐上车立刻回林孔那塔。于是,我就回到了庄园,贝妮塔嬷嬷。我一溜烟地逃走了。

堂赫罗尼莫,用温贝托·佩尼亚洛萨的血伪装了伤口之后,走到教堂大门口来见警察,向他们亮出血糊糊的胳膊,抗议说,这实在忍无可忍,国家居然不对为报效国家做出牺牲的人提供任何保障,现在已无权威可言,谁也不遵守哪怕最基本的法律,真是岂有此理,居然把枉法舞弊的帽子戴到他这个一贯奉公守法、从不干违法勾当的人头上,既然开枪的人没什么了不起,那么伤同样没什么了不起。何必要抓什么肇事者呢,重要的是敌对的态度,利用一个受心怀叵测的阴谋家煽动的不明真相的工人,想消灭他堂赫罗尼莫·德·阿斯科伊蒂亚,就因为他在这场公正的选举中,用光明磊落的手段取得了胜利。他向记者们发表了慷慨激昂的声明,首都各家报纸立即刊登了这些声明。当天夜里出版了号外,上面还刊载着堂赫罗尼莫的照片——伊内斯在她一个寄放在静修院的箱子里还收藏着好几份已经发黄的号外——还有站在鸟笼间的神父和广场上人群的照片,以及一篇长长的、激烈的关于枪击堂赫罗尼莫的报道。

堂赫罗尼莫在一队骑警的保卫下,弯着扎了绷带的胳膊,炫示着我的鲜血,在那伙现在已垂头丧气、无精打采的目击者面前,神气十足地重新穿过广场。他到底是堂赫罗尼莫·德·阿斯科伊蒂亚,共和国的议员。在他的黑眼圈里,他的憔悴的脸上,虽然挂着微笑,但也透出伤口引起的痛楚,尽管他口口声声说,没什么大不了,不必为我的伤势担心,比这更重要的事还不少呢。广场上,酒馆里,人们纷纷议论说,那颗子弹嵌在骨头里还没取出来,他那胳膊看来要废了,也许还必须截掉呢,反正,即使不完全锯掉,怕也……瞧这个花花公子,连根眉毛都不动一动,还是像平时一样顶着脑袋,真不怕死……这个花花公子,恐怕正如人们说的,不仅值得为之骄傲,没准儿会是个伟大的参议员呢。

十三

　　每当赫罗尼莫把伊内斯一个人留在林孔那塔,她就时常和佩塔·庞塞一起打发午后的时光。她俩在一起,就重温童年时的话题,找回从记忆中消失的人物、也许并非游戏的游戏,以及神怪精灵,津津乐道地沉湎于保存那些已没有必要继续存在的东西。这一切,在那老婆子位于院子深处、回廊尽头的阴暗的小屋里又都复活了,佩塔·庞塞就始终穴居在那个小屋里,足不出户。贝妮塔嬷嬷,那里,灰皮剥落的墙面,裸露出块块土坯,霉潮的湮气在墙上映出。在那个洞穴里,在这个洞穴里,贝妮塔嬷嬷,以往和现在一切可能的狰狞面目都会出现。

　　两个女人躲在老太婆那个隐在林孔那塔扑朔迷离的庄园深处的洞穴里谈神说鬼,痴言妄语,赫罗尼莫则出门去大干男子汉的伟业:领着手下人在田野里开挖将使纵深一百夸德拉①的土地受益的灌溉渠,率领一肚子怨气的长工收葡萄,筑酒窖,修谷仓,给牲口烙印记。他绝口不提佩塔。他以沉默的权威把她从生活中排除。可是,每当他们夫妇俩从乡村去城里,或从城里回乡间,佩塔·庞塞却始终跟着

---

　　①　夸德拉,长度单位,在拉丁美洲合 125 米。

他们。新婚之初,当幸福感尚未被绝望心情撕破时,伊内斯时常和她的奶娘在一起,为未来的博埃编织毛衣,缝制小衬衣,在考究的童装上精绣姓氏字首和可爱的花环。可是,未来的继承人迟迟不来人间,渐渐地,她们只能求助于向神许愿,行九日祭,在焦虑的等待之余,继续编织缝绣,尽管希望越来越渺茫,也绝不能和赫罗尼莫谈及缺嗣的事情。就是跟他谈,他也绝不会接受这个将有损他目前这个差强人意的所谓圆形浮雕完整的话题。

这种事只能和佩塔·庞塞谈,她才能分担伊内斯不得不对丈夫缄口不语的痛苦。她俩谈了又谈,不住地抚摸着多年不孕带来的日渐深沉痛楚的肚子。她只能和她的奶娘一起领受那无法和丈夫同享的生活,因为她必须绝对显得漂亮、典雅、温柔、热情,从而为一切人羡慕,要是有朝一日,别人知道她天天下午到她奶娘的洞穴里,没完没了地倒苦水,叹薄命,向全知全能、神通广大的守护神丽塔·德·卡西亚圣母祈告,长吁短叹,他们就不再羡慕她了。也许是不由自主的——不过,我没把握,贝妮塔嬷嬷,可是,如果那两个女人心照不宣地在算计受孕希望可能维持多久的同时,对自己所做的一切是胸中有数的话,我也不会感到丝毫惊奇。随着夫妇俩无声的失望日益加剧,随着博埃出生的可能性日益远离那始终只回荡着"我什么也不想,不想,不想,不想"的回廊深处,两个女人手中缝制的童装在这整整的五年里变得越来越小,越来越小,最后就像是在给一个纤微的小洋娃娃制作玩具服装。此外,百无聊赖中,她们用卡片纸和火柴盒上拆下来的细木片,制作房子、桌子、椅子、梳妆台、五斗柜、衣柜,以及用面包屑抹上颜色捏成花瓶。随着全知全能、神通广大的守护神丽塔·德·卡西亚圣母以及所有其他神灵对她俩的祈告置若罔闻,不显法力,这些小衣服和小玩意越做越小,贝妮塔嬷嬷,最后小到必须用镊子夹，用放大镜看，才能看清楚这些稀奇古怪、惟妙惟肖模型的细节。过些日子找个时间，在伊内斯从罗马回来之前，我带您去她的贮藏室，给您看看她们为博埃精心制作的那些玩意儿。真的，您别不信，要是您愿意，我们现在就去，向您证明我说的全是实话：堆在那间屋里的箱子，我全翻过，因为我想从中偷些什么出来，装饰伊里斯·马特卢纳生下博埃后要住的那个瑞士式小房子。我熟悉那些线毯、缎子床单、编织的或绣的婴儿衣服，熟悉伊内斯和佩塔在对丽塔·德·卡西亚圣母或福女还存有显灵希望时，躺在林孔那塔庄园深处那间陋屋里所做的一切玩意儿。在最下层的那些箱子里，逐箱按失望的程度仔细分类收藏着体积越来越小的东西。丽塔圣母不理睬我们，我们得祈告伊内斯·德·阿斯科伊蒂亚；可是，佩塔，伊内斯·德·阿斯科伊蒂亚不是圣母呀；是不是圣母有什么关系，纵然不是福女也无妨，有些没有受过祝福的灵魂也能创造奇迹，甚至比祭坛上的圣徒创造的奇迹还要伟大，因为这些灵魂继续在人世间游荡，并没有消失，依然和我们生活在一起，可以给我们忠告，我们还是祈求伊内斯·德·阿斯科伊蒂亚，求她保佑我们吧，她是你的前辈，她一定会告诉我们该怎么办的，事情无论如何不能再这么下去了；不料，福女同样没有佑助她们，也没有给她们忠告，随着岁月毫无结果地流逝，她们继续编织着越来越小的衣服，制作着越来越小的家具摆设，以至在最后一只箱里收藏的那些衣服和东西，小得简直惊人，我都不敢碰，唯恐一碰就会弄坏它们。我在伊内斯的那间贮藏室里曾待过好几个下午，逐箱翻看，目睹她们的希望如何逐年、逐月、逐周地烟消云散，直至最后。伊内斯约我到这里，到佩塔·庞塞的屋里幽会。事情再也无法这么继续下去了。衣服和家具摆设已无法做得再小了，哪来那么纤细的线、那么纤小的木片，再者，又同样无法冲破赫罗尼莫围绕自己和他们夫妇所构筑的尽善尽美的氛围。冥冥中的另一个伊内斯,对这两个走投无路、急得发疯的女人的祈祷没有做出任何反应。山穷水尽了。希望彻底破坏了。没有任何神灵佑助她俩。

没有任何神灵?我可以肯定,最后,阿斯科伊蒂亚家族的福女,就是马乌莱地区传说中那个被其父亲用宽大的斗篷遮住才不致玷辱门风的巫女,我可以肯定,是她最后在佩塔全神贯注的耳边悄声地面授了一个计谋。就是在她们两个的教唆下,伊内斯才在那个选举的夜里约我在她奶娘的洞穴里幽会。

正当堂赫罗尼莫伪装成温贝托·佩尼亚洛萨在广场上出奇制胜之时,我带着堂赫罗尼莫的枪伤,痛得佝偻着身子,坐着汽车沿着当时通往林孔那塔的土路绝尘而去。是的,他偷走了我的伤口,贝妮塔嬷嬷,可是,我可以跟您这么说,任何人不可能偷了别人的伤口而不必付出代价。要是他当初向我借用伤口,我会心甘情愿地同意,因为我从来对堂赫罗尼莫十分钦仰,可是,他却趁我不省人事,不征求我的同意,擅自取走我的伤口,自以为我的伤口如同我的一切都是属于他的。他偷走了我的伤口,使我成了个完好的人。真的,贝妮塔嬷嬷,是他自己把我变成了赫罗尼莫·德·阿斯科伊蒂亚,他以及当时在广场的目击者,他以及新闻记者们都可以证明我的勇敢举动。

长工们打着手电。在晃晃悠悠的灯光里,伊内斯赶到花园门口来迎接那辆除非陪同堂赫罗尼莫否则我绝不单独使用的车子。我仿佛既不感到劳顿,也不感到疼痛地从车上一跃而下。您好?您怎么样?赫罗尼莫好吧?他什么时候回来?我俩在花园正面的回廊里漫步时,现在是她和我,由那几条目光忽闪忽闪的狗守护着,我向她如实叙述了事件的全部经过。我的膝盖软了下来,仿佛又要昏倒似的。伊内斯赶紧抓住我的胳膊,扶我在赫罗尼莫平日躺的地方躺下。来,让我用他的斗篷把您的腿盖上，既然您不舒服，我来陪您一会儿，不会有什么事的，只要用我的手抚摩您的手，一切都会过去的。我感到她对我的敬慕，她那种对我这个新生命的殷勤使我周身的血液燃烧起来。她急切地询问我，愈益急切地朝我投来各种问题，似乎她跟我当初的想法一样，巴不得那颗擦伤我胳膊的子弹，一下子打穿她丈夫的心脏才好。这并不奇怪，贝妮塔嬷嬷，因为伊内斯也隐约感到，归根到底，她和我一样，也无非是堂赫罗尼莫的一名奴隶，其任务就是生儿育女——生个儿子，一个能拯救其父亲的儿子。

一和她谈起这些事，贝妮塔嬷嬷，我发觉伊内斯不可能如我似的盼望赫罗尼莫死去，因为她爱他。那天夜里，在花园正面的回廊里，我看清楚了她的那种爱，因为我是赫罗尼莫，从她对我的触摸中，我体会到了那种爱。我浑身一阵哆嗦。她问我是否感到冷。是的……是的……有点冷，尽管那天夜里，天气是那么暖和。她一再对我说，最好还是睡到房间里去。她一直送到我的房门口。角色的替换差一点就完成了，她差一点就要走进我的房间委身于她丈夫的怀抱了。她在门外停住了脚：

"晚安，温贝托。"

"晚安……"

"噢，我想跟您说一件事：要是您感到不舒服或胳膊疼，您最好去找佩塔·庞塞——她知道我全部的秘密，而且守口如瓶，这样，就是让她知道那枪伤是您的，而不是赫罗尼莫的，也不碍事——她觉睡得不多，而且精通医道，她是个巫医……"

巫医、拉皮条、跳大神、接生、哭丧、探隐私，老太婆的一切营生她都干，刺绣、编织、算账、熟知一切传说和迷信故事、在床底下收藏一切无用的东西和主人家扔掉的废物，还保有一切痛苦、黑暗、恐惧、病痛、不可告人的秘密、他人无法忍受的孤寂和耻辱。我过去时常到佩塔·庞塞的小屋里待一会儿，和她一起坐在火炉边。她常在那小炉上烧马黛茶，在炭火上烤糖块，使幽暗的屋里弥漫甜滋滋的烟雾。茶壶里的水沸腾了。她把开水倒进葫芦里，然后加进马黛草，再添加一小株茴香，稍等片刻后，晃荡几下，啜一口尝尝。真香，您先喝，堂温贝托，我拿过来吸着。然后，她又往葫芦里添些马黛草，自己吸了几口，再续满水，递给我喝。我又喝了几口热乎乎的马黛茶，那葫芦口从她那两片老朽的嘴唇直接移到我的唇边，我却丝毫不感到恶心，因为，我们这种借助马黛茶的接触，使我俩确立了这样的意识：我俩在赫罗尼莫和伊内斯身边的位置是对称的。我们话说得不多。我，一个大学毕业生、作家，和佩塔·庞塞这么个老婆子又有什么可说的？我们说的，无非是谁病了，得的是什么病，怎么能治好那种病，以及霜冻已经开始，我们何时才能返回城里去。话题一接触到伊内斯和赫罗尼莫，我俩就各说各的，中间留下一片互不接触的空白地带，不过，那个空白地带，我们却可以用一切语意明确不至于混淆的谈话来填补，诸如，昨天阴霾密布，今天却风和日丽；迪奥西尼奥为什么被辞退了；罗萨尔瓦什么时候才能休假回来；今年秋天雨水那么多，大伙儿全着凉感冒了。反正，全是鸡毛蒜皮、婆婆妈妈的事。不过，话又说回来，论到煮马黛茶，谁也没有佩塔·庞塞那两下子，谁也不如她的马黛茶那么可口，凡尝过她煮的马黛茶，别人的茶就全变得索然无味，我一趟又一趟地到佩塔·庞塞的小屋去，并非为了去谈那些我们不能谈、即使我们的主人也不敢谈的话题，要知道，我们毕竟不过是仆人罢了……我所以喜欢去佩塔的小屋，无非是想在炉边，就在伊内斯常坐的那个小凳上坐一会儿。伊内斯就是坐在那儿向老太婆宣泄自己的痛苦，摆脱自己的痛苦，使自己得以解脱，继续和赫罗尼莫一起存在于那个所谓美满幸福姻缘的浮雕的范围内。我去佩塔的小屋是为了喝马黛茶。是为了在那个火炉旁坐上片刻,也是为了以老太婆为媒介,接触一个比伊内斯·德·阿斯科伊蒂亚更童贞的伊内斯。有时,我觉察到,伊内斯借助佩塔之口,通过某句貌似平淡无奇的话,以略语的形式,向我表达着她的请求:

"今天那孩子终日愁眉不展的……"

"为什么?"

"今天下午我见她很不舒服……"

其实,伊内斯的身体健康无恙。

佩塔和我都清楚她哪儿不舒服。我不问。事情应该继续悄然下去,因为在这沉默的深处我还能隐约看到某种为我安排的命运,一旦打破这种沉默,也就随之取消了那种命运。随着时光的流逝,渐渐地,伊内斯经老太婆之口反复诉说的"很不舒服"的叹息,变成了殷殷的呼唤,简直不是在恳求,而是在强迫我帮忙。我是仆人,而伊内斯,既然她丈夫出钱雇用我,自然有权要求我为她服务。这小妞儿不舒服,她很不舒服,她很伤心,她很憔悴,我担心如果不想法子,可能要出事。伊内希塔①浑身都不舒服。可我刚才还明明看见她春风满面,在客厅里向那些应邀来赴生日宴会的宾客炫耀她那套粉色的礼服,自然,我没在邀请之列。或者,我远远瞧见他们夫妇俩骑着枣红色骏马,沿着秋天的杨树林荫道飞驶。

正当她的手已不能缝制再小巧的童衣,不能制作冉玲珑的家具,佩塔向她提出了那项计划。你把他带来,这是你那位女巫先人对我说的,她正在通过我的口对你说:你把他给我带来,把堂赫罗尼莫带

---

① 伊内希塔,伊内斯的爱称。

来。伊内斯，你去说服他相信我还在，叫他来见我。她说了，要是他同意某天夜里在这里，在我的小屋里，在这张铺着脏床单、散发着我老人臭味的床上，躺在这床遮掩着无数神秘包裹的褥子上，置身在这个弥漫着旧物的霉味、宁静——唯有椋鸟在笼子里的跳跃偶尔打破这种宁静——幽暗的环境里，和你做爱，那么，伊内希塔，那么，我向你发誓，你就一定会怀孕。

行。可是，怎么才能把赫罗尼莫叫到这个屋子来，把他带到这里，带到佩塔的房间来呢？要知道，佩塔在他心目中早就不存在了，他对她厌恶透顶，早就把她从生活中取消了。相反，我，是他的仆人，我倒可以来的：他偷走了我的伤口，而伊内斯站在我房门口向我告别时，无声地对我说：你就是他。

那天夜里，我在睡梦中被伤口痛醒，我就按按受伤的胳膊，明白那不是真正的伤痛，而是佩塔·庞塞用魔力扎刺我的伤口，催我去赴伊内斯约定的在那个洞穴里的幽会，去履行我作为仆人的义务。堂温贝托，人家雇您就为的使用您，您没看见，人家就是为这个才出钱雇您的吗？别睡了，快起来吧，您不能睡觉，您也不该睡觉，堂温贝托，既然伊内斯需要您，您就快来，我们在我的房间里等着您，您要不从命，我就让您的胳膊痛得更厉害，非常厉害，甚至让它永远瘫痪。来吧，快来，我们正等着您，您得现在就来，快……就现在……

我吃力地穿上衣服，伤口痛得我难以自由地活动胳膊。我不得不穿过一座又一座院子，经过数不胜数的走廊、过道、废房、空屋，以及几百年前不知为何目的而造的一大片乱七八糟的建筑物，在那些破败剥蚀的回廊里走得晕头转向。不过，我没有迷路，贝妮塔嬷嬷，因为我一路走着，胳膊就不怎么痛，这是暗示我，对，这方向没错。是佩塔把我引到这里，带着我，拖着我一直来到这些走廊和院子的尽头。噢，到了，这就是佩塔房间的门，因为，突然间，我的胳膊全然不痛了。我推开门。洞穴一般的屋里一团漆黑，弥漫着糖块在炭火上灼烤的烟雾，回响着椋鸟在笼子里窜来跳去的轻微响声。屋外，整个宅院和庄园如预谋的一般，显得死一般沉寂。我身后，门打开后又关上了。

"赫罗尼莫。"

是的，是的，我是赫罗尼莫·德·阿斯科伊蒂亚，我身上的枪伤还在滴着血，它可以向你证明。我把她搂在怀里。我把她抱到佩塔的床上。伊内斯啜泣着一遍又一遍地重复赫罗尼莫的名字，以此抹掉任何残存的温贝托的痕迹，她越是不住地重复那个名字，赫罗尼莫的形象就越是鲜明。是的，是的，你已经把温贝托抹掉了，他只要能摸到你的肉体，就心甘情愿被抹掉，我是赫罗尼莫，你摸我呀，你熟悉我的肉体，你别害怕，我是赫罗尼莫，只要你允许，我将永远是赫罗尼莫。我想吻她，可她却把嘴扭到一边。贝妮塔嬷嬷，您明白吗？她不让我的嘴唇挨近她的脸，似乎我的嘴唇是污秽的。不管怎么说，我毕竟不是赫罗尼莫。只有我的阳具才是赫罗尼莫的，她只承认这一点。正因为如此，她才允许我撩起她的裙子，可她把我的脸和身体推得远远的，除了我那属于赫罗尼莫的生殖器，不让我身上的任何部分接触她，从而使我的双手不能领略她的美，使我永远保持供她役使的奴仆所有的那种被吊胃口的感觉。她不住地叫着赫罗尼莫，赫罗尼莫。贝妮塔嬷嬷，从那个时刻起，温贝托便成了哑巴，因为她已不想再听见我的声音、我那要求她承认我的呼吁。佩塔，你强迫她，至少让她允许我抚摸她的手，你是有强迫她的权力的。可是，连这一点她也不答应，因为她的手正忙于把我整个身体，除了我的阳具，推离她的肉体。我，这具温贝托·佩尼亚洛萨的躯壳对她来说，毫无用处。所以我才把这具躯壳保存在这座充斥着污垢、老太婆、破烂货、下贱污秽东西的静修院里。

回廊里的灯全打开了。四条黑狗围着赫罗尼莫·德·阿斯科伊蒂亚又蹦又跳又叫,赫罗尼莫吩咐车夫清晨七点准备好车,他必须七点钟返回首都。现在,要去就寝了。他那几条狗还想舔舔他,向他乞求抚爱和关怀。

"走开,我累了。"

伊内斯陪着他来到卧室。他没有兴致回答任何问题,甚至连话都不愿说,只想倒头睡觉。太晚了,累啊,太累了,要操那么多心,要办那么多事,我只有很少几个小时的睡眠时间。哎呀,这些绷带太难受了,来,伊内斯,帮帮忙,把这些绷带取掉。对,全部取下来。不,我的胳膊会痛? 你怎么想得出来的? 温贝托不是已经告诉你了吗,这枪伤不是我的,而是他的,你得用温水把沾在我身上的温贝托的血洗掉,没有什么比干了的血迹,尤其是别人的血,更叫人恶心了,用肥皂、海绵,把这些沾在我身上的脏东西统统除掉。不过,这已经不是别人的血了,伊内斯,我是出钱买的,正是为了向我提供这种服务,我才花钱雇温贝托的。温贝托是个好人,忠心耿耿,很可靠,什么事都可以托他办,我要送他一件好礼物,你想他会需要什么? 我想,他既然在他那些酒肉朋友面前总以作家自诩,送一件披风和一顶软帽给他,他一定会喜欢的。他很聪明,也很有教养,对他这么个没出过国的人来说,这就很不一般了,他也特别敏感,你不是见过吗? 好几次,我和他谈论一些你不懂的事情,谈得多投机。好了,现在你就帮我把胳膊上的血洗掉,这对我已经没有用了,我已经炫耀过了,已经起到它的作用了,你现在正用温水和香皂洗的只是一层已经没有什么用场的硬痂,明天,我临走前,你再用干净的绷带把我的胳膊扎上,继续再蒙他们一阵子。晚安,伊内斯。我得睡了,虽然已经获胜,可明天又将是精疲力竭的一天。

夫妇俩各人在自己的床上躺了下来。灯灭了。过了几分钟,或许过了很多分钟,赫罗尼莫也不知道到底过了几分钟,因为夜里的时间伸缩性很大,他团起身子,闭上眼睛,又睁开眼睛,他也弄不明白自己是否睡着过,又是在什么时候被一群朝湖边飞去的鹭鸟叽叽喳喳的声音弄醒的。他凝神谛听:深沉的夜色里,他的领地渐渐显出它的广漠深邃;月光洒地,历历辉映出无动于衷的万物;那群鹭鸟又飞回来了,是同一群,嗯,也许是另外一群;一匹奔马载着一名陌生的骑手朝着一个陌生的目的地疾驰而去;一声声犬吠从近处、从远处传来,显出月夜田野的寂寥空廓。这声狗叫来自畜栏;那声狗叫,稍稍偏西,大概是管家的那条狗;这声狗叫很近,就在这儿,在窗下的洋常春藤丛中,近得我都能听见它的身子在落叶中打滚的声响;那一声声吠叫仿佛就源自我的卧室,就像伊内斯在叫唤一般真切。嗯,现在它不叫了,只是一个劲儿地哼哼,在我的窗下不住地哼哼,噢,它突然发出一声尖厉的狂吠,撕破静谧的夜空,随后,转为一连串低沉的呻吟,越来越高,继而又是一声令我难以入眠的狂吠,一声声高亢的吠叫,就这样周而复始,一张一弛,恰似一张射月的弓弩。为什么,为什么偏偏在今天,正当我特别需要休息的时候,这狗如此吠叫? 为什么这些狗莫名其妙地抽风似的在田野里朝着月亮狂吠? 为什么那只母狗偏偏在今天夜里,又偏偏是在我的窗下冲月亮狂吠? 赫罗尼莫从床上一跃而起。他正要朝窗户走去把狗赶走。

"别管它。"

这是伊内斯好几个小时里说的第一句话。你知道为什么这条母狗在夜里叫？它想对月亮传达什么意义？给月亮捎去什么信息？外面这银辉泻地的夜色遮掩着什么？多少东西在清明的月色里无视你的权威在生长，在繁衍，在活动？那母狗不该再叫。他是堂赫罗尼莫·德·阿斯科伊蒂亚，现在要睡觉，以便明日清晨到首都去发表重要的声明。可那条母狗又狂吠起来。

"这该死的母狗简直不让我睡觉。"

伊内斯默不作声。

"为什么那条黄母狗老在花园里转悠？"

他坐起身子。他想要伊内斯回答。

"……我去把它赶走……"

"别赶。"

赫罗尼莫重又倒在床上。那条黄母狗逍遥自在地在花园的树丛里来回乱窜，和月亮对话，呻吟……忽而逃离他的窗下，忽而又走近来，蹲在他的窗下，令人难以忍受地猃猃狂吠。倏然间，天地陷入一片沉寂，不，其实并不沉寂，因为蜘蛛、白蚁、蟑螂在属于他的那些灌木树丛中编织着它们的生活，拖曳一角残叶，跨一截粗壮的断枝，挖掘一个个用白色黏液覆盖的小洞穴，用不了几分钟，繁殖出无数代后裔，或在树干上钻窟窿挖坑道，或在树叶背面拖出一道发臭的锈斑。在静寂的夜里，这一切我都听见了，我能够听见一切声响，直至那该死的黄狗，那皮包骨的贼狗又蹲到我的窗下，朝月亮发出一声狂吠。赫罗尼莫穿上拖鞋。伊内斯又说了句：

"别赶它。"

"我非得把它赶走。"

他狠狠地系上睡衣的腰带。这时，他猛地明白自己该干什么了：

"我去把它宰了。"

“不。”

“那条黄母狗是你的？”

“不是。”

“那为什么？”

伊内斯紧紧抓住他，企图拖住他，不让他走出卧室去，可是赫罗尼莫一把把她推开，径自走了出去。他走到回廊，打了个呼哨，招呼他那四条黑狗……原来如此，他那四条高贵的狗正躺在庭院里，卧在橘树下打盹，怪不得黄母狗逍遥自在，如入无人之境。四条狗闻声跑来，在他四周蹦蹦跳跳。

“安静……安静……跟我来……”

四条黑狗唯命是从，乖乖地如影子一般尾随在他身后，蹑着足，龇着牙。这里是麻地，再过去是草坪，前面是一排月桂树，然后是一片空旷的砂砾地：那条母狗还在那儿，蹲在窗下吠叫，不知道他已不在卧室里，而正隐身在月桂树丛中准备惩罚它呢。

黄母狗正伸长脖颈，用它那尖嘴指向天穹猎猎地叫着，它就是那些无视权威，自由生长、繁殖、拖曳、作响的自治体的一部分。那些无名昆虫的唧唧声实在太烦人了。他那四条黑狗也开始吠叫了，开头照例是低沉的哀鸣，渐渐地又要变成那无法译释的信息了，如果他再不打断它的话。赫罗尼莫朝黄母狗一指。他打了个响指，四条狗如离弦之箭，嗖一下朝母狗扑去。转眼间，五条狗扭成一堆，咬成一团，唾沫、爪子、鲜血、尘土搅成 一片。一分钟，仅仅一分钟，我那四条如狼一般凶狠的黑狗就把黄母狗活活咬死，从而结束了它和那与它沆瀣一气的天体之间的对话。

翌日，堂赫罗尼莫和我便动身去了首都。我都来不及到花园里去转一圈,寻找可以证明这一切的尸体:我得坦白说,其实,我压根没想那么做,因为我从那唯一实在的第一刻起,就对此深信不疑。

只是在数月后,当获知伊内斯·德·阿斯科伊蒂亚终于怀孕的了不起的消息,我们返回林孔那塔休假时,我才生出向那些大概打扫过那片月桂树林中间空地的花匠打听一番的念头。没有人记得什么尸体,什么血战的痕迹,什么也没有,因为,显而易见,一条皮包骨头的饿狗、野狗、癫皮狗的尸体,即使连最卑微的园丁也是不屑记忆的。我不知道,少爷,也许吧,可我记不起来,我们怎么能记得是黄的还是不黄的,也不记得是不是被撕碎后死的,因为我们压根儿就不记得曾经遇到过狗的尸体。您说的那件事有三个多月了吧,主人,那怎么记得住,花园这么大,乱七八糟的东西又那么多。

是否那母狗根本就没死呢?是否伊内斯在母狗的掩护下,实际上并没有赴幽会呢?反正,博埃在她的肚子里渐渐长大了。没有任何证据可以证明那天夜里赫罗尼莫离开过他的卧室,使得伊内斯可以利用她奶娘自我牺牲的机会,离开血淋淋的现场,溜出来和我幽会。也许,那条黄母狗并没有死,就像梅塞德斯·巴罗索在讲那个传说时说的那样,它可能逃出来了,活着,在我们周围徘徊,可能就是它一直把我追逼到这里,不让我出去。它可能伪装成某个老太婆,窥视着它该窥视的一切,暗藏着它该暗藏的一切。您难道没发觉,贝妮塔嬷嬷?完全可能在那天夜里,伊内斯和赫罗尼莫如平时一样在他们的卧室里做着床上游戏以缓解一天的辛劳之时,重要的事情却发生在其他地方。

佩塔·庞塞一类的老太婆神通广大,时间在她们手中可以随心所欲地折叠、合并、分隔、繁殖,事件在她们那双青筋绽突的手上,如在最透明的多棱镜中,可以随意折射,她们能把连贯的事件截成首尾不接、毫不相干的片段,然后任意扭曲、拧弯,重新拼组成有助于实现她们计划的结构。具体地说,就是要让伊内斯为赫罗尼莫生个儿子,刻不容缓地要给他生个后代,这样,才能阻止一切土崩瓦解。现在正是令人疯狂的紧要关头,眼看着在灾难发生前的时间已趋枯竭,不立即采取行动,灾难就不可避免。无论如何,横竖得牺牲一个人,不管是谁,也不管用什么方式,反正,事情再也不能这么拖下去——从哪儿去找更纤细的线,也没有更薄的木片和纸片了呀——表面逆来顺受,实质阴损耍奸,偷梁换柱,藏首藏尾,情爱中隐着报复,荣誉中透着耻辱,欢娱中蕴着愤懑。怎么知道不是佩塔·庞塞一手安排了那天夜里的事情?是怎么安排的?安排些什么?也许那条黄母狗没死。也许我身上没有任何一部分接触过伊内斯的肉体,可是……

　　……不可思议。不可思议,贝妮塔嬷嬷,后来发生的事情真不可思议。我的愁思,我父亲的愁思趋于平息了,因为我的渴望终于将达到那唯一能使所有佩尼亚洛萨家族的人满足的目标,我们终于将结束仅仅是美的目击者的地位,进而占有美。她摸着黑朝我走来。我一把抱着她,把她拥到床上,如我刚才已经告诉过您的,占有了她。在包围着我的寂静之外,我似乎听见那牺牲品的吠叫以及那四条黑狗撕咬它的声音。然而,房间里的寂静是那样深沉,我怀疑除了我床上的情侣的喘息声还听到过什么。我没听见母狗的呻吟,因为伊内斯和赫罗尼莫正在另一种寂静的包围中,在他俩的卧室里如胶似漆、颠鸾倒凤,那种寂静同包围我们的寂静完全不同。不过,包围谁的,嗯,包围谁的寂静,贝妮塔嬷嬷,在那黑乎乎的洞穴里,和我交欢的也许不是伊内斯,而是另外一个女人,是佩塔,替代伊内斯的佩塔·庞塞,因为我和她,才是臭虫配烂虾,门当户对。佩塔猥琐、老迈、腌臜、衰朽,我也只配受用她那腐朽的肉体。在她青筋绽露的双手触摸下,在她布满眼屎的昏花老眼的注视下,我神魂失据,忘情地呻吟,饥不择食地乞吻她那皱巴巴、干瘪瘪的嘴。是的,在那漆黑的夜里,唯有那只椋鸟的眼睛看见是那行将就木的老太婆的肉体在接待着我。

在性欲达到高潮的时刻,她喊道:

"赫罗尼莫。"

我则喊道:

"伊内斯。"

佩塔和我都被排除在快感之外。我和她这对影子夫妻制造着那对堂堂伉俪所无力制造的儿子。是老太婆策划了这一切:臂上的枪伤、花园里目击者的眼睛、母狗的吠叫、月亮的共谋、这房间或另一个房间的幽暗环境,甚至我内心的孤寂,因为,我有时真希望我的梦也是受制于佩塔的,我大胆地设想这一切都是梦,而只要是佩塔策划的,即使是梦,也一定会变成事实。只要做个梦就足以使伊内斯怀孕,并不需要我和佩塔在他们夫妇俩交媾的同时,在那张铺着脏床单的床上,卧在那被虫蛀得千疮百孔的褥子上,躺在那吱嘎作响、床下藏着我们这些老太婆习惯收藏的莫名其妙包包的行军床上做爱。园丁们没见过母狗的尸体,一想起这些,噩梦的恐惧就袭上心头,使我辗转难眠。那个牺牲品继续在我身边游荡着呢。纵然我是赫罗尼莫,却照样无法和伊内斯共荐枕席。我的命运与佩塔的一样,就是被排除在爱情的承认之外,尽管并不排除在情爱的机械行为之外;当伊内斯倒在赫罗尼莫劳乏无力的胳膊里时,那两条胳膊由于我们的作用而获得了活力,因为在那对粗俗情人的黑洞洞的房间里,我们那痛苦的目光,在我们因愁思而变了模样的脸上,寻觅和看见他俩的脸庞,我们卧在龌龊的被褥上履行着我们的使命。

可怕的是许多事情很容易被忘却,贝妮塔嬷嬷,世界上有无数的托词,这您是知道的,人总不能老是生活在恐惧的边缘,正由于如此,您才终日颂念天主经、圣母经和万福马利亚,正是为了逃避恐惧,您才终日埋首静修院毫无意义的事务,以此了却自己的生命。当伊内斯身怀六甲终于获得证实后,我一度曾把恐惧的心情弃之九霄云外。我发觉,虽说堂赫罗尼莫窃走了我的繁殖能力,可我却盗走了他的性交能力,我不由得为之陶醉。他的性器官似乎萎缩了,变成了一具不争气的废物,相反,我却高度兴奋。佩塔身上发生的也一定是类似的情况:由于充作牺牲品的那条母狗的尸体从花园中消失得无影无踪,既没留下任何痕迹,甚至在园丁的记忆中也没留下任何印象,而佩塔·庞塞也获得了新生。众人都以为,显然是因为她看到她的孩子终于要生儿子,心里喜欢,才显出精神倍增;然而不是,并非这个缘故,我一天胜似一天地从她迷糊混浊的眼睛递来的眼色里,从她嘴角的抽动,感到这个令人不齿的老太婆是在追逐我,因为,那天夜里,在她黑洞洞的房间里,我的生殖器在她干瘪的肉体里重新激起了她的性欲,那是她彼时从伊内斯身上偷来的,作为交换条件,她让伊内斯得到这样的满足:成为赫罗尼莫的儿子的母亲。这种满足取消了伊内斯身上的一切愿望,可是却刺激了老太婆不知疲倦地追逐我,要我和她重温淫态浪言,继续那天夜里的勾当。可是,我不愿意,贝妮塔嬷嬷,我拒绝,我继续拒绝,我爱的是这么的一个伊内斯:风姿绰约、肌肤滋润、乳房丰腴、曲线优美——我至今都梦想用双手抚摸,秀发如黛、腋下溢香、粉颈细腻。我爱的不是佩塔。你别追我。自从接触你糜烂的肉体以后,那玩意儿已开始腐蚀。你别再找我了,你死了心吧,丢弃你的念头,别以为我出身卑微,无依无靠,就非得成为你的情侣,我因为害怕你纠缠不休,才逃到这里来避难。我不属于她,贝妮塔嬷嬷,尽管最好我还是说,是的,我是属于她的,因为如此一来,她至少会让我安静到博埃出生为止。伊内斯已答应你在孩子出生时当接生婆,当然实际上你是当不成的,因为赫罗尼莫吩咐过,让她去这以为吧,温贝托,何必现在去抢白她,你怎么会以为我会允许一个愚昧无知的巫婆去照顾伊内斯的分娩,去迎接博埃降临人世?我不过暂时稳住她俩,让她们以为我说话是算数的,其实我正在物色最好的专家。然后,我会把她甩掉的。她不过是个玩具,一个让伊内斯保持良好情绪的木偶。任凭她们去缝啊,绣啊,编啊,织啊,到头来,我将把那些破衣服统统扔进垃圾堆。你千万别对她们说什么,温贝托,跟你我才说这一些,跟你我什么都可以说。伊内斯现在肚子里怀着我的儿子,我不敢再跟她行房事,可是,我得不到满足。温贝托,我是个性欲很旺的人,这么熬下去我受不了,来,你陪我出去吧,现在我不能碰伊内斯,她也同样不愿意我沾她的身,我需要在其他女人身上施展我的性功能。你给我找女人去,咱们随便到哪家妓院去吧,我不愿意跟任何良家女子发生瓜葛,我只想和无头无脸的女人睡觉。你熟悉城里的大街小巷,你去找一家僻静的妓院,老鸨要多少钱都行,只要给我准备好年轻的娘们儿,并且闭门拒客,只让你我两人进去,你一向办事妥帖,这次一定要把事情办好。走,陪我去堂娜弗洛拉那儿去,她已经给我准备好几个年轻的娇娘,你瞧着,我怎么剥光这个叫罗莎的小妞的衣服,脱掉她的衬裙,让她领受我的温存;这个姑娘叫比奥莱塔,瞧我正在玩的她的大胸。别走,温贝托,你别离开房间,你瞧着,我怎么剥皮似的脱光自己的衣服。你留在这儿别走,瞧我是怎么做爱的,我要你目睹我那种你所不具备的阳刚之威,以及你一窍不通的云雨之术,从而让你着魔入迷,用你充满妒意的目光证实我有能力摧毁比奥莱塔半推半就、故作不从的姿态。把你的嫉妒借给我,让我的性欲旺盛,瞧着我们交欢的身躯,用你的手触摸我们,让你的肌肤为我的完美而感到难受。我是完美的,尽管我与伊内斯单独在一起时并非如此,这你是清楚的。温贝托,我知道,所谓害怕毁掉她肚子里怀着的我的儿子,不过是老太婆们的胡诌,不过,这可以成为我的一个借口,以此掩饰我自从那天夜里在伊内斯腹中播下博埃的种子后性功能的丧失。温贝托,你是我性功能的主宰,你夺走了我的性功能,就如我夺走了你臂上的枪伤一般,你绝不能离开我,永远不能,我的身边需要你嫉妒的目光,这样,我才能继续是个男子汉,不然的话,我那玩意儿只能耷拉着,几乎连丝毫的热力都没有,瞧着我。我就这么瞧着他,贝妮塔嬷嬷,不倦地、痛苦地瞧着他,目光中含着嫉妒,不过,也含着别的东西,含着轻蔑,贝妮塔嬷嬷,您应该知道。因为当他在我目光的允许下和比奥莱塔,或罗莎,或莉拉交媾时,我不仅仅在一旁刺激他的性欲,通过他占有他正占有着的女人,同时我的力量穿透他,玩弄他,把他当作我的恋爱对象,迫使他在我目光的环抱中快乐地号叫,尽管他以为他的快感完全是另一码事。我惩罚着我的主人,把他变成低贱下人,我的轻蔑在增加,在丑化他,堂赫罗尼莫已无法须臾摆脱我。不成为我目光的面首,我的目光逐渐地使他堕落,以至除了受我玩弄,没有任何办法可使他得到满足。随你的便吧,温贝托,什么都行,只要你永远不离开我的身边。每天夜里,我独自卧在目击者的床上——目击者的床照例始终是单独的——就听见佩塔·庞塞在我房间外徘徊,或咳嗽,或干咳,脚步有气无力,就像咱们静修院里那些老太婆的脚步,就看见她或隐在树后,或躲在门后,或透过半开的窗户窥视着我,等待我回心转意的时刻的到来。可是,我绝不会让步的,我不愿重复那个场面,那个场面实际上也并不真正存在,那是一场孕育畸形儿的噩梦。这噩梦现在依然存在,因为佩塔正在静修院周围踯躅。我真不明白她怎么猜到我住在这里,也许是达尼亚娜告诉她的,不过,我不晓得她是否认识达尼亚娜,而达尼亚娜也并不了解我是谁。当然,达尼亚娜是出了名的长舌妇,据说,在大街小巷里,道听途说的事情不少,那些手提面包袋或蔬菜袋的女佣在街角购物时,或在办公室里等候时,常常会叽叽喳喳地聊个没完,一传十,十传百,家长里短,不胫而走。自然,阿苏拉大夫给我做手术后,我的面容已全然不同,佩塔·庞塞未必认得出我来。可是,我的目光并没有改变,他并没有取走我那痛苦的眼睛,我还得留着原先的目光,堂赫罗尼莫再有能耐,也无法让阿苏拉大夫夺走我的眼睛,因为那是我的,唯一属于我的东西。

可是,既然博埃就要出生,这又有什么重要意义?一切都已妥帖,赫罗尼莫终于成功地把伊内斯雕塑在完美无缺的夫妻幸福的浮雕上。他用殷勤的手,引导她采取在下一个浮雕上规定的姿态——在那个浮雕上,他俩将以父亲和母亲的身份出现。与此同时,佩塔与我,我们两个幽灵般的生命,丑陋的魔鬼,履行着我们的使命,犹如纹章上的两个装饰用的异兽,从外面对称地扶持着这座浮雕。

然而,当赫罗尼莫终于微微撩开罩在摇篮上的幔帐,欣赏他那日思夜想、望眼欲穿的后代时,他恨不得立刻把那个小东西宰了:那个葡萄藤般扭曲的身子,再加上驼背,实在让人恶心;那张皱巴巴的脸上,嘴唇、眼皮、鼻子处无不露出血糊糊的皮肉和歪七扭八的骨头……啊,那整个是一团猥杂狼藉的肉体,是死亡的另一种形态,一种恶劣得无以复加的形态。

十四

　　堂赫罗尼莫·德·阿斯科伊蒂亚吩咐从林孔那塔搬走全部家具、地毯、书籍、图画，一切会令人思念外部世界的东西——别在他儿子的心中滋生出对他永远不会认识的东西的向往。他也命人封堵全部与外界相通的门窗，只留一扇门，而且锁门的钥匙由他亲自保管。整个别墅成了封闭的、无仁的果壳一般，里面只有一大群无人居住的房间、回廊和过道，成了高墙拱卫下的只向内院开放的净界。在这净界中，他命人铲除金果累累的橘树、叶子花、蓝绣球花、百合花，代之以一色的灌木，而且所有的灌木都被剥夺自然的美态，一律修剪成严格的对称形。他下令拆除体面区四周乱七八糟的建筑：把这些乌七八糟、丢人现眼的柱廊、回廊、院子、地窖统统拆掉，把这些土壁砖墙修葺一下，把影响他儿子居住的四个院子美观的那些年深日久的斑迹统统刮掉。为安顿那帮服侍博埃的奴仆，他命令在他儿子永远不会涉足的花园里修建分散的住房。他叫人把凡是能从别墅内看得见树梢的树木统统砍掉。另外，他下令建一堵坚不可摧的围墙，把最后一进院子——有喷水池的即进院子圈起来，在长方形水池的前端竖起一座灰色的狄安娜石像，并根据他的旨意把女神雕成这副模样：驼背，下巴肥大，罗圈腿，驼峰上背着箭囊，皱纹纵横的前额上有一弯新月。其他的院子里,他也一一装饰了别的石雕丑八怪:如赤身裸体的阿波罗像的体型和五官被赋予未来青年博埃的尊容——驼背,滴水瓦状的鼻子和下颌,不对称的耳朵,兔唇,曲臂,沉甸甸的阳具。博埃长大后,应该从这个阿波罗身上看到自己的完美无缺;从蒙昧中醒来后,当他遇到月亮女神狄安娜像,或一脸麻子、患有蜂窝组织炎的有奇大无比的臀部的爱神维纳斯在布满常青藤的洞穴里嬉戏时,他应该认识到自己的性本能。

堂赫罗尼莫亲自安排所有这些细节,因为博埃周围不该有任何丑鄙、卑下、不体面的东西,丑鄙是一码事,至于畸形则是另一码事,两者完全迥异,与美的距离虽然相差无几,可是方向截然相反;正因为如此,畸形应享有与美类似的特权。畸形,乃是堂赫罗尼莫自他儿子呱呱落地起唯一对儿子的企望。

他派他的秘书跑遍城市、乡村、港口、矿山,寻觅有资格住进博埃世界的居民。起初,很难找到这种人,因为大凡是畸形的人,都习惯于东躲西藏,一般都缩在破破烂烂的藏身地,与世隔绝,耻于见人。不过,温贝托·佩尼亚洛萨没多久就成了畸形专家。比如,他在某个内地静修院发现了一个信仰不坚却智力甚高的修士,那修士背上的驼峰简直大得吓人。他一次又一次去找那修士谈话,用丰厚的薪酬、一种可以提供他所选择的条件的生活引诱他,打动他,并且告诉他,在那个天地里,畸形不成其为不正常,相反,倒是最合情合理的普遍现象。马特奥修士终于从多年来一直用修行的法衣掩饰其恐惧心理的静修院出逃了。在妓院、露天市场、穷乡僻壤的马戏团,温贝托到处收罗各种各样稀奇古怪的侏儒,有大脑袋的,有短腿的,有脸皱得像老朽的木偶的,有嗜钱如命的,有妄自尊大的,有聪明过人的,有尖嗓门的。他还发现了多丽小姐,人称"世界第一胖女人",胖得出奇,且蠢得出奇,常穿着饰有箔片的三点式游泳衣摇摆着那身胖肉到处展示她的丰姿,或在马戏团的锯木屑场地上跳舞。她和她的丈夫可真算是天造地设,相得益彰,她丈夫拉里是马戏团小丑,胳臂和腿奇长,脑袋奇小,小得简直就像安在他细脖子顶上的一枚大头针。

入夜后,正是畸形儿、丑八怪们纷纷钻出藏身处,到公园和郊外荒地闲逛的时候。温贝托·佩尼亚洛萨就在暗中观察某几个畸形人,如果外表的畸形没有影响其智力,他就雇用来服侍博埃。比如,他就是这样找到了贝尔塔,她整个下身全部瘫痪,只能靠肥大发达的手和胳臂的力量,拖着如鳄鱼尾巴似的下身在地上爬行:她可是当地各家电影院最廉价座位的常客,她横躺在木头板凳上,瞪着溜溜的眼睛,贪婪地吞咽一部又一部影片中的智慧。梅尔乔整日待在他那个垃圾洞里翻阅旧报刊,他的脸整个是一团覆盆子色的模糊肉体,一团团的肉疙瘩堆在脸上,分不清哪儿是眼睛,哪儿是鼻子,哪儿是嘴。向堂赫罗尼莫推荐最令人不堪入目、难以置信的畸形人业已成为温贝托·佩尼亚洛萨的得意之举,那都是些世上罕见的怪物:鼻子扭曲、下颌歪偏、满嘴歪七扭八的黄牙,四肢肥大的巨人,幽灵般的白化病患者,四肢如企鹅耳朵似蝙蝠翅膀的姑娘,反正,无一不是其生理缺陷远远超出丑陋的标准,达到畸形人这一高级层次的出色人物。

畸形人们虽然处于与世隔绝的闭塞状态,但消息不胫而走,传到他们耳中,说是有某个阔佬居然愿意出高价雇用他们,好不古怪。于是,过了一段日子,温贝托·佩尼亚洛萨已无须夜里深入坊间去探寻畸形人,因为他们开始不召自来,聚在堂赫罗尼莫的家门口,熙熙攘攘地守候在大街上,等待接见,高价出售迄今为止一直成为他们一大苦恼的畸形,乞求在这位先生提供的没有屈辱的世界里得到一个职位、一席位置、一项工作或任何一块地方。堂赫罗尼莫收到无数信件、电报、报告、详细介绍、照片。畸形人们从四面八方纷至沓来——有从山上下来的，有从丛林里钻出来的，有从地洞里爬出来的，有的来自非常偏僻遥远的地区，甚至还有从国外赶来的，一致恳请允许接纳他们进入堂赫罗尼莫·德·阿斯科伊蒂亚正在创建的这座天堂。

温贝托在堂赫罗尼莫书房隔壁的办公室里接见这群人，为这么一大批形形色色的畸形人前来应征喜出望外。他只挑选最离奇古怪的畸形人送进书房；堂赫罗尼莫在书房里对他们进行考核，跟他们进行谈话，然后或签雇用合同，或拒绝雇用。不过，真正被打发走的，其实微乎其微。因为，毕竟不光需要直接伺候博埃并且清楚意识到自己职责的畸形人，还需要为这些头等畸形人配备一批次等畸形人，充当面包师、挤奶人、木匠、白铁匠、菜农、小工等，为他们服务，这样，才能将正常人的世界排斥得很远很远，以至最后使之归于消亡。

面对这批将负责照顾和教育博埃的头等畸形人的精英，堂赫罗尼莫不得不进行细致微妙的说服工作，说服他们相信，生理异常的生命、怪人，不属于那种任人对之表示鄙视和怜悯的低级人类。这种鄙视和怜悯，堂赫罗尼莫解释道，其实是借以掩饰内心深处秘而不宣的暧昧心理的原始反应，而这种心理，和面对他们这些畸形人、这些如此不同寻常的生命所产生的不可告人的性欲和嫉妒何其相似乃尔。因为，正常的人只有在涉及美与丑之间的正常分类时，才敢于做出反应，说到底，这些分类充其量不过是同一事物差别的极其细微的各个侧面。至于畸形则不同，堂赫罗尼莫慷慨激昂地强调，打算以其神秘的色彩，大肆吹捧他们一番，畸形人属于一种特殊的、与众不同的人类，他们拥有自己的法规和独特的标准，彻底摈弃美、丑的概念，革除这两个苍白无力的等级；因为，在实质上，畸形乃是综合和强化两者，从而达到最高境界的概念。正常的人们,正由于恐惧超常现象,所以才把畸形人关在马戏团的笼子里或禁锢在某些清规戒律中,用鄙视作践他们,从而剥夺他们的威力。然而,他,堂赫罗尼莫·德·阿斯科伊蒂亚,将恢复他们的特权,并且百倍增加他们的特权。

出于这个目的,也为了酬谢他们对他儿子博埃的服务——他儿子也是个畸形人,但是,他与他们不同,永远不该让他了解在一个不通情达理的世界中会遭到的冷遇——他正在精心安排他在林孔那塔的庄园。当初,在他的院子里,在金秋的林荫道上,在幸福的日子里,曾经有过无与伦比的完美情爱,才终于产生博埃这样杰出超群的生命。这孩子应该在这些灰色的、规则的院子内成长,永远与世隔绝,除了身边的仆人,不了解任何事物,从一开始就让他认识到,他就是这个专门为他创造的宇宙的起源、终点和中心。他不能,也不应该出自任何动机怀疑还有别的事物;他不能,也不应该了解那种对人间各种欢娱的钻心般痛苦的依恋——这种依恋,他们这些仆人是深有体会的,正因为出生和生活在一个和他们水火不容的世界里,他们渴求欢娱的欲望始终遭到人们的拒绝。

可是,值得吗?畸形人们问道,为了造成一种幻觉,似乎那个令他们不幸、深受其害的世界将彻底消灭,他们为之做出牺牲值得吗?如果说,只允许他们涉足博埃生活的那些空荡荡的房间和空灵虚幻的院子,那么,他们丰厚的酬薪也罢,那种他们将成为高级人类的漂亮保证也罢,又有何益?不,不,不……你们应该明白,堂赫罗尼莫谆谆劝导他们,除了你们各自的报酬外,林孔那塔的其余部分将统统归你们,由你们组成一个自己的天地;那里的道德、政治、经济、风俗习惯,一概随你们的心意予以确定,你们可以任意规定各种自由和限制,喜怒哀乐也悉听尊便。总之,我给你们充分的自由,在那个世界中创造某种秩序或某种混乱,就如我为我的儿子创造一种秩序一样。他的要求只有一条:绝对不许让博埃怀疑世上存在着欢愉和痛苦、幸福和不幸,绝对不许博埃了解他这个人为世界四壁之外的一切,绝对不许博埃听到远处传来的音乐声。

并非所有人都明白堂赫罗尼莫这套复杂的计划。一些人被这些苛刻的要求吓坏了,怏怏然返回山上的藏身处、黑莓丛中的洞穴,扫兴地返回静修院、马戏团。但也有另外一些人听懂了。尤其是恩佩拉特里斯,她提了许多问题,而且是颇精明的问题。她是头一个受雇的畸形人,是堂赫罗尼莫某房家道中落的远亲;靠着受过教育,且勤于阅读书刊,经营着一间精制内衣服装厂。在厂里,虽然她个子奇矮,其貌不扬——大脑袋、一副傻相,那牙齿和肉下巴活像只哈巴狗,可是很有权威,工人们对她服服帖帖。博埃四壁萧然、与世隔绝的家将由她来掌管。她是唯一可以和堂赫罗尼莫平起平坐的畸形人,作为亲戚,尽管是远房亲戚,她无须经过位于书房侧旁的秘书办公室的准许,可以通过私下途径见到堂赫罗尼莫。

"那么,这个温贝托呢?"

"你想了解他些什么?"

她点燃一支香烟,跷起二郎腿。

"喏,他和我们属于什么关系?"

"这我早就跟你说过了,一切权力都将集中在他手里。你要把他当作不仅是我在林孔那塔的代表,而且是我的化身,替代我生活在你们中间照看博埃。下周最后一次会晤后,你们要和我联系,必须通过温贝托。任何擅自和我直接联系的行为都将受到严惩。"

"我作为亲戚也不行吗?"

"少说傻话,恩佩拉特里斯,忘掉什么亲戚不亲戚的,充其量,我们不过五代前同出一门而已。温贝托在你们中间就犹如是我本人，他也不过是每年只需要和我联系一次。"

恩佩拉特里斯坐在灰色长毛绒沙发的靠垫间，不安地转动着身子。她那两条腿，就像喷了蝴蝶夫人香水的光屁股洋娃娃的短腿，还够不着沙发的边缘。

"你没有回答我的问题，赫罗尼莫。"

"那你想知道什么？"

"某件我们曾经谈到过的事，贝尔塔、梅尔乔……我们都很担心那件事。"

"嗯，是吗？"

"喏，直说了吧，就是这件事：温贝托不是个畸形人。他是个正常人、普通人、丑人、相当无足轻重的穷人。可是，你会看到，他在我们中间的地位将相当模棱两可，暧昧不清。"

"那又为什么？"

"因为他的存在总使我们想起我们的反面——正常人，这样久而久之，最终我们就会憎恶他。"

"也许你说得有道理。不过，温贝托在你们中间的作用是很重要的，这么说至少有两个理由：其一，他是这个畸形人世界中唯一的正常人，这样，由于他的与众不同，从而也就取得了怪人的等级，从而，无形中使你们变成了正常人。那么，对博埃来说，温贝托将成为某种畸形的化身，在他身上体验畸形的感受。"

"这倒挺有意思。其二呢？"

"温贝托是个才华横溢的作家，可惜，他至今没有机会静下心来施展他全部的创作才能。我已经委托他撰写这个世界的编年史，记述我把儿子大胆地置于生活潮流之外的历史。"

恩佩拉特里斯吐出一口烟。

"温贝托是作家？这倒没想到。很有意思。这也许会成为林孔那塔里最大的乐事……"

堂赫罗尼莫预付给他们的大笔薪水,使他们放心大胆地扔掉自己那些破破烂烂的旧家当:用来遮蔽他们出格畸形的怪模样的三件套西装,法衣,修士服,污秽腌臜的破鞋烂袜,马戏团、戏院、妓院里才佩戴的廉价首饰,浑身上下透着珠光宝气,堂而皇之地住进林孔那塔。贝尔塔带来四大箱子的鞋:漆皮的、蜥蜴皮的、鳄鱼皮的、晚上穿的镀金高跟的、运动时穿的无光平跟的,甚至还有一双饰真钻石鞋扣的,一开始就引起众人啧啧称奇声。脑袋特大、其力无比的巴西里奥摆出一大堆印着超人、玛丽莲·梦露、切·格瓦拉头像的汗衫,以及缎子浴裤、鞋尖加固的足球鞋、印着冠军姓氏缩写的毛巾和击球棒。恩佩拉特里斯到林孔那塔还不足半小时,就迫不及待试戴石榴红色的丝绒头巾、阿斯特拉罕①产的伊斯兰小圆帽、宽边草帽、带锦葵色面纱的小帽,这都是从十多家帽店运来的。一来就凭其西班牙口音博得众人刮目相看的阿苏拉大夫,几乎长在前额中央的独眼里闪烁着心满意足的光泽,用他那鹰爪似的手,把十件英国料子的新上衣挂在桃花心木的衣架上;第一天,他就选择了一件相当轻巧、颜色不十分深的蓝上衣穿在身上,神气活现地在公园里散步亮相;堂赫罗尼莫用重金把他从西班牙雇来专门负责照顾儿子的健康,如今,面对这个美洲国家雄伟壮丽的山脉,阿苏拉大夫惊叹不已。

---

① 阿斯特拉罕,伏尔加河流经的一个城市。

接着,他们便开始闹闹哄哄地挑选住处和房间,每人根据各自的情趣,用早先为了保持博埃住处灰色抽象的格调而撤下来的家具物品布置自己的住房:督政府时期风格的精美椅子、一幅罗萨尔瓦·卡雷拉①的蜡笔画、一幅有克洛德·洛兰②签名的废墟晚霞图、威尼斯衣柜、镶嵌细木的小巧玲珑的家具,以及丝绸的、热那亚丝绒的、细亚麻布的帘幔;反正,谁嚷得凶、挤得厉害,谁就能得到他喜欢的东西。巴西里奥微笑着,他身高体壮,自然压倒这帮无能之辈:他在自己卧室的地板上铺开一条漂亮至极的睡袋,在墙上挂满足球队和乐团的照片,在隔壁房间里他吊起一只训练用吊球。

夏天,整个公园响起众所周知的蝉的炎日交响曲。不在博埃身旁值班的畸形人们纷纷穿上泳衣跳进游泳池。贝尔塔用她那蒲扇般的大手往梅尔乔布满猩红肉疙瘩的身上抹油,然后,梅尔乔再帮贝尔塔在那两条瘫腿上抹防晒油,一直抹到穿着饰有七彩箔片的拖鞋的脚上。众人一个挨一个躺着,戴着墨镜,闭着眼睛,默默无语地暴晒在阳光下。恩佩拉特里斯待在树荫下,正和因患白化病不能受强烈阳光刺激的梅利萨在聊天,她说:

"这事快成了,瞧吧,很快就会举行婚礼的,贝尔塔对我说过,请我当伴娘。我有套带羽饰的时装,在那种场合穿再合适不过了。"

那些不爱游泳的畸形人,或在色彩斑驳的树荫下品啜鸡尾酒,或在草坪上玩槌球、踢足球。拉里和多丽小姐干完了活,见博埃熟睡在摇篮里,便并排躺在回廊上。总之,各人各喜欢,贝尔塔喃喃说道,要是我呀,那个拉里,白送给我都不要,个头那么高,见了都恶心! 恩佩

---

① 罗萨尔瓦·卡雷拉(1673—1757),意大利洛可可风格女画家。
② 克洛德·洛兰(约1600—1682),法国巴洛克时期画家,主要在意大利活动。

拉特里斯正用她那狗一般的舌头在她的曼哈顿小酒杯里搜寻酸樱桃,附和道:

"是呀,除非具有不折不扣的堕落低级的情趣,否则,这种拉里,白送也没有人要!"

十五

从科学观点看,专家们一致认为,博埃的出生是一种畸变:身躯蜷缩,鼻子和下颌弯成钩状,水果破裂一般的豁嘴,几乎把脸撕成两片,将腭部暴露无遗……这种严重到如此地步的畸形,实在令人难以置信,难以接受。医生们说,这种怪胎婴儿通常只能存活几天,最多不过几周,这个裂嘴病例是空前未有过的,还有这样的驼背,这样的腿,似乎人身上一切可能的生理缺陷全集中在这个躯体上。不,堂赫罗尼莫,您必须认命,令郎必死无疑,也许这样,倒是不幸中之万幸,您想想这样的生命会有什么样的命运。

"你们只负责不让他死去。我儿子的命运是我的事。"

他在欧洲的代理人终于在西班牙的毕尔巴鄂找到一位专攻这类病例的大专家——克里索福罗·阿苏拉大夫,大夫本人就是严重畸形的牺牲品。根据别人对病例的叙述,他产生了极大的兴趣。尤其是当有人向他提到优厚的薪金时,他的兴趣益发浓厚了,尽管西渡美洲并在那里住上若干年将意味着放弃他的科研工作。然而,那也无关紧要。待他回来时,各方面都将是富有的:学识上收获甚丰,因为阿斯科伊蒂亚的病例无论从哪方面讲都是独一无二的机会;口袋里装得满满的,他有财力继续自己的研究……或许,甚至可以实现开设一个专门诊所的夙愿。

　　他一到林孔那塔便着手工作：为博埃装贴仿制的眼皮，缝合豁开的脸面，修理出一张正常有用的嘴巴，矫正一切危及婴儿生命的混乱的生理结构。堂赫罗尼莫老在催促。一切都应立即进行，免得他儿子初生的记忆中印上生理痛苦的回忆，从此对探针、生理盐水、打针、吃药充满恐惧；也免得他的理智记录下那种人为的催眠状态——在那种昏昏然的状态下，阿苏拉大夫在他身上切除、缝合，大显身手，力图在这堆乱七八糟的血肉里整出一些基本器官，使之发挥正常功能。

　　不错，堂赫罗尼莫提出过，阿苏拉大夫应千方百计、竭尽全力保住博埃的性命。不过，有一点千万别误解：不存在任何理由导致他背信弃义地尝试用正常仿制品去矫饰非正常的畸形，或改变博埃畸形人的身份。任何这类尝试都是表面的、肤浅的，无非涉及皮肤和纤维，不会勾销他们在世上一切权力的压制下所处于的那种侮辱性的被遗弃的状态。任何人为仿美的尝试都意味着给他儿子强加一具可耻的假面，用来掩饰一种失败。其实，如果换一种角度来看，倒过来理解，这种失败反倒应该视作一种胜利。

　　温贝托·佩尼亚洛萨在林孔那塔占的住所，就是那幢建在公园里的塔楼。那还是在伊内斯怀孕的时候堂赫罗尼莫命人建造的，原意想让博埃住在楼里，可以从窗口和阳台观察星象，逐渐认识星宿。在壁炉上方，他吩咐挂上克洛德·洛兰杰出的晚霞图。他定做了一批和堂赫罗尼莫书房里的椅子一样的灰色天鹅绒靠椅，书架上摆满他一直企望得到的各种图书，地上铺上色调比较淡雅文静的地毯。在靠近朝向公园的窗户下，他摆了一张实心胡桃木大写字台，上面放着他的奥里维蒂牌打字机、原件纸、拷贝纸、复写纸、铅笔、橡皮、墨水、图钉、夹子等一应办公用品，一切就绪，只待开始工作。

刚开始时,温贝托·佩尼亚洛萨时常到城里去向他旧时的伙伴吹嘘他目前颇带神秘色彩的新任务,感受众人对他那身打扮入时的衣着的敬慕。可是,在市中心的咖啡馆里,他虽然身处作家和艺术家之中,却总觉得喝的酒平平常常。即使酒并非如此,他也难以入口。这是老习惯。他的胃,真该死!每当他从事一项激起他热情的工作,比如他在当学生时写一本书那阵子,就往往有这种感觉。一旦不喝酒,他自然就置身局外。再说,这帮相信存在某个可以描述的现实的作家,他们的追求是何等的局限;这伙满脑子民族意识和竞争观念的画家又是何等令人厌恶;他们的趣味何等粗俗,他们那些聊以取乐的流言蜚语又是何等乏味。他,以前在这类聚会时谈笑风生,嗓门最欢,如今却躲在一旁,越来越沉默寡言。个别人感到新奇,问他何以如此沉默寡言,他答道,他的新工作不仅占去他全部的时间,也销蚀了他全部的想象力。

这是事实。渐渐地,凡是与林孔那塔这个世界无关的事物,一概引不起他的兴趣。他在城里待的时间越来越短,他宁愿早早回到他的塔楼,回到他那充斥克洛德·洛兰之流的书籍的书房,和阿苏拉大夫、恩佩拉特里斯以及马特奥修士在阳台上闲聊。

马特奥犹如身居禅房的中世纪修士,仔细地画着人体图,用以展示温贝托在阿苏拉大夫指导下发明的所谓解剖学。人体各器官详图,功能示意图,以便当博埃到了提问题的年龄时,就用这些图去对付,引导他认识到自己是个完好的人。一天傍晚,众人围坐在壁炉旁,马特奥取出了星盘和宇宙图。大家一致认为这些全然没有必要,宇宙对博埃来说,无非是这些院子所在范围内的天和地,因为博埃只允许带着这种信念成长,即,天底下一切事物只有在他的目光注意到时,才会诞生;一旦他不再注视它们,它们就将死亡,换言之,天底下万事万物,只不过在他的眼睛感受到时才具有这种外壳,除此之外,不存在任何别的产生和消亡的形式,因此,博埃一辈子不应该知道的词汇中,首先是一切表示起始和迄止的词。任何涉及为什么、什么时候、外界、内部、以前、后来、出发、到达的字眼,任何有关系统、普遍之类的辞藻,一概不应让他知道。如有某只鸟在某个时刻掠过天空,那么,它不过就是一只在某个时刻掠过天空的鸟,它不飞向任何地方,因为根本不存在别的地方,它也不出现在任何别的时刻,因为根本不存在别的时刻。博埃应该生活在被施了魔法的"现在",生活在偶然性的、特定环境的净界,生活在与客体、时空隔绝的天地,没有任何东西使他去了解规律,一切都只能引导他囿于这茫茫无涯的真空,任何时候都不该让博埃了解他不该了解的答案。所有的畸形儿都是例外,没有任何一个畸形儿可以归于某种类型和种类。贝尔塔的作用——她时常到恩佩拉特里斯的小客厅抱怨她的活太累人——不是别的,就是拖着下半截身子在博埃院子的回廊里爬行,或斜倚在长椅上,或蜷缩在台阶旁,袒露着乳房搂着一只大头猫玩。贝尔塔,贝尔塔,在小孩的眼里,从一开始就起着图示的作用,活生生地解释着何为不可思议,何为例外,何为莫名其妙。

除丰厚的津贴外,温贝托日思夜想、如饥似渴期待的,是一年一度和堂赫罗尼莫的会晤:毕竟,他一年中的全部经历只能和一个同类,和一个因不是畸形儿而置身局外的人共享。再说,他俩又多年相处,有多少思念,多少感情。博埃怎么样?阿苏拉大夫确实如他的代理人所说的那么精通业务、兢兢业业吗?手术都做完了吗?博埃开始学走路,学讲话了吗?……不,还不到时候,他要比一般的孩子晚些,不过,经过一系列测试后,阿苏拉大夫肯定,博埃由于接受如此众多的手术,智力的起步虽然迟些,但日后的发展会是惊人的。

"但愿如此。"

"一定会的。"

那么,他温贝托呢?愉快吗?见堂赫罗尼莫对他本人如此关切,温贝托仿佛感到他恢复了自己的另一半生命:只有这时,一年仅仅一次,他才成为一个完整的人。

"来支雪茄?"

"不,谢谢,堂赫罗尼莫……"

"那么,来杯白兰地?"

"不,我不行……"

"真遗憾……"

怎么,阿苏拉大夫没能治好你的胃酸过多、胃痛和胃痉挛?真遗憾……不过,别着急,关于林孔那塔的编年史,你开始动笔了吗?没有……还没有……动不成笔,该死的胃酸、胃痉挛,只要我提笔展纸打算写下一段神来之笔,胃病就发作,痛得我一连好几天都在床上打滚……不过,当然喽,全书的结构、人物、情节,甚至一些沉默的细节、诙谐的插曲……整个这一切都在我脑海中翻腾,把其他一切统统排挤掉,它占了我绝大部分的时间,他向堂赫罗尼莫坦白地说。堂赫罗尼莫不禁对艺术家肃然起敬,温贝托说,连他自己也闹不明白,林孔那塔内部,林孔那塔外界,究竟哪个是真正的现实;他头脑里的一切是他创造出来的,还是他眼里的一切是他头脑中创造出来的。反正,那是一个密封的、令人窒息的世界,就像生活在一个麻袋里一般,千方百计想咬穿它,寻找一个出口,或者一个进气口,看看到底自己是置身其内,还是置身其外,抑或置身于命运注定的另一个地方,呼吸些许不是呆滞不动的新鲜空气,恢复自己的本来面目,而不是成为别的什么人……正因为如此,才不顾疼痛,拼命地咬着、啃着,力争逃出

222

去,或让空气透进来。

"真遗憾,温贝托!"

"有什么法子!……"

那么,为什么不找个彻底的解决办法呢?也许让阿苏拉大夫做个手术,温贝托似乎对阿苏拉大夫的手艺还是挺信任的。也许他能够彻底除去这个折磨人的病灶。不,不,堂赫罗尼莫,问题没那么严重。也许没什么大不了,可能根本不是溃疡,也许不过是……我想象,是因为我生活太闭塞的缘故……

"闭塞?"

"是的。"

"在林孔那塔生活闭塞?"

"它现在与过去大不一样了……"

"可是,比过去更美了呀。"

"我不知道,反正,我总觉得缺少点儿什么……比如,那些我以前经常喜欢漫步散心的旧院子,还有我十分留恋的回廊……"

恩佩拉特里斯打发巴西里奥跑去找温贝托,告诉他有急事,当天下午来和她喝茶。她在小客厅里等着他。温贝托进来时,她正坐在一张细木小写字台后面,那是十八世纪为某个侯爵小姐专门定制的家具。她站起身子亲热地欢迎温贝托。她发髻上插着一朵绢制兰花,眉毛仔细地拢过,上过妆的蓝眼皮上闪着银色的星点,宛如最近一期《时髦》杂志封面上的模特儿。温贝托把沙发前茶几上的那期杂志推到一边,腾出地方让巴西里奥放置茶盘,茶盘上摆着一壶香气缕缕的茶。

"来杯茉莉茶还是?……"

"不,谢谢,这茶就行,喝了胃比较舒服。"

"这茶很香。"

"是的,味道很不错。"

恩佩拉特里斯在温贝托对面坐了下来。她倒了两杯,然后蹺起她那双小矮腿,用那两个皱皱巴巴如螺丝钉一般的手指夹起一根万宝路牌香烟,等待对方给她点烟。温贝托欠下身子为她点烟时,发觉恩佩拉特里斯的前额比往日更皱纹纵横,在她吐出的第一口烟雾的作用下,那脑门显得越发大。她冲他微微一笑,两行肉龈下露出黏糊糊的两排黄板牙。

"出什么事了,恩佩拉特里斯?"

"没出什么事呀! 怎么,非得有什么特别理由才能请您来喝杯茶吗?"

"可是,巴西里奥说有急事。"

"巴西里奥嘛,总是这么风风火火的。他总想挤出点时间去跟他那帮小伙子踢足球。"

温贝托说什么也不相信,在这么炎热的下午,急如星火地把他找来,就为想和他待一会儿……当然,他承认这不仅是她的兴趣,实际上是她的一种特权。只是当巴西里奥退出小客厅之后,恩佩拉特里斯的额头重又堆起皱纹,坦白地告诉温贝托,找他来确实有事情,因为,这件事除了他们两人,不能让任何别人知道,她才派她的心腹巴西里奥去请他,而没直接打电话通知他。那个电话接线员,就是那个长着蝙蝠翅膀似的大耳朵的臭女人是个多嘴婆娘,而这件事……

"出什么事了,恩佩拉特里斯?"

"博埃拉稀了,而且拉的是绿屎。"

"我说,恩佩拉特里斯,那得赶快找阿苏拉大夫来看,这可是严重问题,我们马上叫他来吧,嗯,不行,他的电话……"

"等一等……"

恩佩拉特里斯的胸脯剧烈地起伏着,似乎有什么奇迹要告诉他,或许仅仅因为她和他如此贴近地待在她桃色小客厅里引起她内心的激动,胸脯也如此剧烈地起伏。反正,请阿苏拉大夫的事先撂下。他俩必须先单独谈谈。显然,最近一年,由于不需要接二连三地做手术,不需要夜以继日地护理,阿苏拉大夫对博埃的兴趣已大大减弱。事实上,他的任务确实已经结束了。那么,他为什么不回毕尔巴鄂的研究所去继续他那恋恋不舍的、没完没了的研究呢? 那是因为去年他和聚集在林孔那塔的众多世界上最胖的女人之一正搞得如胶似漆、难分难解的缘故。

"可是现在,温贝托,他和所有的女人都闹遍了,甚至连贝尔塔也没放过,贝尔塔您是知道的,她的整个下身根本没有知觉,那天,在我们为马特奥修士举行的生日舞会上,阿苏拉大夫乘贝尔塔喝得烂醉的机会竟……"

"那个舞会我没参加……"

"是的,您是不常参加这种舞会的。我要跟您说,以后我也要这么办了。您和我应该保持清醒的头脑,不管其他人如何丧失理智。"

您和我:恩佩拉特里斯设计出一个可怕的对称图形。一段时期来,她每每挺着微微颤动的胸脯朝他走来,向他献殷勤说给他带来些他喜欢的东西,譬如说:正山小种茶,这种茶叶很难弄到,特地送他作为生日礼物;还有莱纳四重奏乐队演奏的第15四重奏曲唱片,这是他最喜欢的;以这种方式不断向他暗示这个对称图形。但这毕竟是第一次向他公开提出他俩是一对:您和我。

"无论如何,在这么危急的时刻,还是请阿苏拉大夫……"

"不,温贝托……"

他早就明白恩佩拉特里斯是在想方设法排挤所有其他的人。早先,头等畸形人之间是一律平等的,在一起举行宴会、假面舞会,一起在游泳池里嬉水,一起到郊外野餐。后来,由恩佩拉特里斯以邀请喝茶的方式形成的精华日渐缩小范围,最后把贝尔塔和梅尔乔也排斥在外,现在几乎见面都不跟他们讲话。记得有一天,我忘了她跟我说过马特奥修士的什么事情……现在她又议论起阿苏拉大夫。再往后呢? 她也会把大夫排斥在外吗?

"必须甩掉阿苏拉大夫,温贝托。尽管博埃快满四周岁了,但仅仅刚会说话,他的生长发育情况本是原先预料到的,而且智力发展一天比一天快。现在,博埃拉稀,拉绿屎,无非是小事一桩。这全怪阿苏拉大夫漫不经心,可以肯定,准是他没有根据博埃生长的需要精心调整土豆羹的营养配方。"

为了在博埃的食物中取消任何口味,从一开始,就喂他结构千篇一律的土豆羹。他生长所需的营养成分,诸如蛋白质、铁、钙、维生素,一律都溶于豆荚的单调味道中。博埃从来就没有过消化紊乱的现象。可是,突然间,现在却拉起绿屎来……

"你问过多丽小姐了?"

"我可以肯定,她比阿苏拉大夫更懂得如何治好孩子的这种病。她自从产后,身体一直不错,比以前任何时候都勤快。要是女人们个个像她那样就好了……"

"她生了个什么?"

"男孩。"

"不,我不是问这个,是畸形儿还是正常儿?"

"噢,可怜的多丽又生了个正常儿。所以他们不得不把他扔了。

在我看来,这是多丽小姐唯一的缺陷:她每九个月生一个孩子,每次产后都大哭一场,因为每个孩子都既不像她也不像拉里。按照多丽小姐的举止行为,其实她本该像一头母象一般隔很长时间才怀一个孩子,而不是如现在这样,每九个月就给我们出一次难题。"

恩佩拉特里斯见巴西里奥进来收拾茶盘,便住了口。她目送这个突下巴、短腿、长臂、阔背、患肢端肥大症的巨人走出小客厅。他是恩佩拉特里斯的情人吗?为什么不可能?在恩佩拉特里斯那渺小的身躯里,一切都难以包容,唯独那种温贝托认为是疯狂的色欲可以存在。待巴西里奥关上门,恩佩拉特里斯不怀好意地微微一笑。

"这家伙也是我们将会碰到的另一个小小的问题……"

"巴西里奥,他不是挺老实的吗?"

"哼,问题还相当不小呢。您没见他在公园里和一大帮不知从哪儿弄来的,也许从二等、三等乃至四等、五等畸形人中间纠集来的小朋友们在练足球吗?您没见他在游泳池教那个黄头发、脸像瓷娃娃似的驼背学自由泳吗?"

"恩佩拉特里斯,看在上帝分上!"

"啊,温贝托!所有这一切都似乎隐在某种可疑的、令人费解的氛围中。自然,事实上,我是个娘娘腔呀。"

"行了,恩佩拉特里斯,现在,我们有比这些更紧要的事要操心。"

"您是说,博埃的绿屎?"

温贝托笑了。恩佩拉特里斯抬起那只戴满戒指的手整整发髻上的绢花,向温贝托亮出刚刮净腋毛的、鲜嫩的腋窝。

盛暑的阳光如此灼人,恩佩拉特里斯虽然戴着紫红色薄纱帽,依然感到肩头、胸脯、腹部、大腿被晒得火烫。起初,她对赫胥黎关于贝多芬这首四重奏的看法还颇感兴趣,可后来,她实在无心倾听那番高论,她下身的阴毛奇痒难忍,她不得不使劲咬自己的指甲,忍住那令人发疯的冲动。进入博埃居住的院子和房间必须一丝不挂,这条规定实在太缺德了:她身上穿着衣服还像个人样,脱得赤条条的简直不堪入目。允许她戴着一顶帽子,已经算是特许:那是一顶又轻又宽的帽子。戴着它,恩佩拉特里斯形同一株蘑菇,她随着温贝托围着狩猎女神狄安娜的喷泉池散着步,但顾不上说什么,她现在唯一能想的,在这个世界上她唯一愿望的,就是如疯子一样拼命挠阴部。当然喽,如今,当着温贝托的面,何况,还正在谈论贝多芬的四重奏,她怎么好意思如此动作。

最后,他俩终于走到狄安娜塑像的背后,那里有堵墙,墙上爬满洋常青藤,显得稍稍凉快些。幸好身任园丁总管的拉里一时疏忽,没有修剪那些洋常青藤,所以常青藤叶如瀑布一般垂挂下来,给恩佩拉特里斯一个机会:如果他俩继续慢慢悠悠地踱着步,而她又能设法诱使温贝托用口哨吹一段柔板,她就能趁此机会痛痛快快地挠一阵阴部,因为温贝托吹口哨时,会习惯性地闭起眼睛来。

温贝托突然收住脚步。有人隐在常青藤叶丛后的某个洞里在说话:

"爸……爸……"

"妈……妈妈……"

"妈妈。"

小孩子的牙牙学语声和亲吻的声音。接着,便悄无声息。温贝托和恩佩拉特里斯悄悄拨开常青藤叶:只见拉里的长胳膊尽可能地搂着多丽小姐的肚子,一手托着他妻子的鼓鼓囊囊的奶子往博埃嘴

里送,博埃大口大口地吮着,胖女人的乳汁流满小孩那张奇丑不堪的脸。恩佩拉特里斯尖叫起来:

"怪不得要拉绿屎!"

"恩佩拉特里斯!"

"你这是要他的命,多丽小姐!"

温贝托说:

"谁让你教他说爸爸、妈妈的?"

多丽小姐把孩子紧紧搂在她那赤裸的、硕大的胸部,在拉里的跟随下走出隐身处。当温贝托和恩佩拉特里斯把他俩堵在喷水池边时,他俩似乎简直要掉下泪来。温贝托和恩佩拉特里斯异口同声地喝道:

"把孩子交给我们。"

温贝托又添上一句:

"你们俩被解雇了。真没想到,这些年来我们如此信任你们,尤其是你,多丽小姐,结果,你们却在欺骗我们。你俩对我们的计划原来一窍不通。你们甚至不配当二等、三等畸形人,你们只配和一个像你们那样的畸形人去玩,竟然异想天开和堂赫罗尼莫·德·阿斯科伊蒂亚的公子做伴。今天晚上你们就滚。"

高头大马的女人擦干眼泪,正眼瞪着他说道:

"我们教他的东西多着呢。"

"什么?"

拉里用手指着温贝托问小孩:

"来,孩子,你说,堂温贝托长得怎么样?"

"丑……丑……"

孩子哇的一声哭叫起来,把小脸藏在多丽小姐的怀里,伸出小胳膊抓住拉里,请求他保护。与此同时,温贝托不禁朝池水里望望自己的身影,丑陋、猥琐,既不畸形又不英俊,微不足道。自然,一切在于比例和协调,我为博埃创造着一个和他协调的世界,可我自己却和这个世界不协调,我不是个畸形人,在此时此刻,我要是能成为一个畸形儿,哪怕献出我的生命也毫不足惜。丑,丑,博埃拥在多丽小姐的怀里,一迭连声地喊着,丑,丑,丑,丑。拉里、多丽小姐、恩佩拉特里斯一齐哈哈大笑起来:他们三人成了一伙。温贝托猛地把孩子从他保姆的怀里夺了过来。三个畸形人顿时收敛起笑声。孩子在温贝托的怀里大声号哭,温贝托不得不把孩子还给多丽小姐:

"叫他别哭!"

恩佩拉特里斯趁着混乱的机会惬意地大挠其阴部,可是,怎么挠也难以解渴,依然奇痒不堪。另外,她对多丽小姐也相当恼恨。此时,多丽小姐接过孩子,坐到狄安娜喷水池的池沿上,怀里抱着孩子轻轻地摇晃着。她擦干净孩子的鼻涕和口水,拍着他,吻着他,哄着他安静下来。拉里如草鹭一般站在旁边,弯下身去帮妻子哄着小孩。多丽小姐哼起了童谣:

> 啊,圣母安娜
> 孩子为何啼哭
> 因为他丢失
> 一只大苹果。

孩子依然啼哭不止。拉里一只手搭在多丽小姐肩上,越加柔声地唱道:

> 圣母轻轻洗着
> 圣徒约翰托着

孩子不住哭着

哇哇，水太凉呀。

躲在狄安娜塑像的阴影下一边用帽子扇着风，一边使劲挠着阴部的恩佩拉特里斯，此时喃喃地说，行了，别这么傻哄孩子了，把孩子交给她，孩子不会怕她的，毕竟她和孩子还沾点儿亲带点儿故……她戴着紫红色薄纱帽，抱着孩子，赤身裸体着，小心翼翼地朝前走去，后面跟着温贝托、多丽小姐和拉里；他们绕过喷水池，来到通往另一个院子的回廊。恩佩拉特里斯转过身子，对多丽小姐和拉里说：

"你们去收拾一下东西，今天晚上就离开这里。"

温贝托拦住他们：

"不行，他们不能离开这个院子。他们一旦出去，就会把这里的事情全捅出去；再说他们惯于胡说八道，说不定会闹出什么乱子来。我去叫梅尔乔，让他在半小时之内准备好一辆汽车。"

"可是，温贝托，他们总不能这么一丝不挂就走。不管怎么说，他们总有些用这四年里挣的工资为自己购买的东西吧。"

"他们不配有这些东西。让他们一手朝前，一手朝后，像来的时候那样，两手空空地滚蛋。您，恩佩拉特里斯，您去替他俩找一条裤子，一件衣服，这就足够了。然后把他俩从这里直送火车站，不让他们和任何人交谈，我留下来照顾博埃。"

恩佩拉特里斯莞尔一笑：

"他会醒来的，温贝托，他对您非常害怕，因为您……您与众不同。"

这是只鱼钩，一只血腥的钩子。她把这只钩子深深插入他的体内，把他牢牢地勾着，服服帖帖地听从这个女侏儒。她对他说，孩子惧怕他正常人的、貌不惊人的长相，是他耻辱的见证者；一切见证者都拥有无比的威力,她也不例外,所以她能和那两个畸形人一起,在喷水池边嘲笑他。现在,她就按照堂赫罗尼莫和我定下的规矩,用她那短胖的胳膊抱着博埃。这些规矩本是我立下的,可现在却像一只鱼钩勾住我自己,令我鲜血淋淋。

十六

当载着多丽小姐和她丈夫的汽车一离开,温贝托顿时意识到,为对堂赫罗尼莫以及他本人负责起见,他必须把局势控制在自己的手里。当天下午,他将要把所有一等畸形人召集到他塔楼的阳台上来开会。他要一个个仔细地盘问他们,要弄清楚到底还有什么不轨的事情在瞒着他,因为,毕竟他还是仅仅从一个侧面在监视着林孔那塔里所发生的事。

他要把当天下午在狩猎女神狄安娜喷水池旁看到的多丽小姐和拉里的行为,当作犯不轨行为罪的例子提出来;对,是犯罪行为,因为使博埃拉稀、拉绿屎,无疑危及博埃的生命。

他要召开这个会议,还有另外一个目的:强调和一劳永逸地表明他作为正常人所拥有的优越地位。他们从属于他,而不是他从属于他们。他是狱卒,他们,这帮好打听隐私、搬弄是非的家伙不是狱卒。是他创造了他们,而不是他们创造了他。林孔那塔、博埃的院子、这一整套组织、每天的食谱、阿苏拉大夫、宅院的布局、那些扑朔迷离的建筑物的拆除,凡此一切,都是他的主意。连他们自己以及他们各自的工作,都无一不是他的创造。你们可不要忘恩负义;不然的话,就有你们好瞧的:拉里和多丽小姐就被逐出了这个安逸舒适的天地;这个世界受到二等、三等、四等乃至五等畸形人的保护,他们任劳任怨地服侍着一等畸形人,为的是有朝一日一级一级地晋升上来,最终取代你们这些畸形人中的精华。他正想拿起电话听筒,要总机接线员通知所有一等畸形人半小时之内到他的阳台上集中,却听到远处,从公园另一侧畸形人的住宅区传来隐隐约约的乐曲声和……啊,对,哈哈的笑声。他把手从电话筒上抽了回来。

"见鬼!……"

他在杯子里放了两小块冰,再倒入半杯纯威士忌。他端着酒杯,径直走到阳台的护栏跟前。他仔细谛听着。没错,是乐曲声……还夹杂着一阵阵笑声,似乎正在庆祝着什么大喜事一般。他闻了闻杯里的威士忌,真难闻!真见鬼,今天什么事都不如以前顺手,处处得小心才是!他不得不想个什么法子稳定自己紧张的情绪。他仰起脖子喝了一大口酒,一阵寒战之后,感到腹中一股灼热。他把酒杯放在护栏上,双手撑在护栏上,凝神听着暮色中传来的乱哄哄的声音:蟋蟀声、青蛙声、人声、笑声,所有这些声音穿过榆树和栗树送进他的耳膜,他仔细地分辨着,力图从这些声音中也听出自己的名字,说不定在某句被笑声淹没的、足以置他于死地的话里会出现他的名字呢。

唉,他居然让梅尔乔开车送多丽小姐和拉里去火车站,实在是一大失策。路程倒是不长,可是十分钟时间,无疑足够这对夫妻把喷水池旁的那场戏绘声绘色讲给梅尔乔听,说他温贝托·佩尼亚洛萨,这个在城里行走无人屑于回头看上一眼的、普普通通、平平常常的正常人,今天下午成为三个畸形人嘲笑的对象。说他平淡无奇的长相使一个畸形的小孩感到极度恐惧。随着暮色渐渐浓重,远处传来的笑声如同青蛙的聒噪声越来越响。长着蛇嘴、蟒皮、猫头鹰眼睛、狗尾,动物般乱叫、母狗似狂吠的各色畸形人都在嘲笑他。显然,关于那天下午多丽小姐、拉里和恩佩拉特里斯奚落他,而他在畸形人的揶揄下,惶恐不安地对着池水张望自己长相的消息,一定以某种方式在林孔那塔迅速传开。笑声从四面八方传来。不仅仅是笑声,还夹着闲言碎语、窃窃议论;畸形人带着这消息奔走相告,弄得家喻户晓,人们无不哑然失笑,前俯后仰;总机接线员忙得不可开交,她不停地转接着电话,还时不时插几句评论,根据交情的厚薄、地位的高下,纠正或补充一些说法,随后,她又到处搬弄,添枝加叶,嘲笑他,彻底摧毁他的权威;电话铃声,混杂着笑声、青蛙的鸣声,不住地传来,他听得清清楚楚,明明白白,还有梅尔乔结结巴巴地在叙述着什么的声音——喔,不,不是梅尔乔的口吃声音,不是的,是梅尔乔和梅利萨在天黑之前在球场上打网球的击球声。啊,畸形人并没聚在一起议论他。他睁大迷迷茫茫的眼睛凝神细看:梅利萨穿着一身雪白的网球服,已躺在吊床上织毛线。贝尔塔坐在她旁边,不知是第几次在向她诉说着自己不幸的感情生活。何塞·玛利亚,就是那个长着一副娃娃脸的驼背,在灌木丛中忽隐忽现,做着一日一次的短跑练习。和温贝托的塔楼遥遥相对的恩佩拉特里斯的住所里灯火通明。那个女侏儒,穿着一件鬼知道是什么的离奇古怪的内衣,如每天傍晚习惯的那样,要坐下来算她的账了。

他眼前的全部现实是一系列证据,证明人们并没有在嘲笑他。林孔那塔的生活一如既往。多丽小姐和拉里是消失了,但这有什么可大惊小怪的。一开始,这个拉里就是个饭桶。在陆续到林孔那塔来的畸形人中,早就有一个肥胖的女人,不比多丽小姐逊色,甚至有过之而无不及,再说,她比多丽小姐更有优越之处,那就是她不会生孩子,因此,相对说来,她在整个圈子里是个新人,所以努力在拉关系,争取往上爬。不用担心,恩佩拉特里斯安慰她说,肥胖是畸形中最平常的现象,不愁找不到这种人的。眼下,孩子还小,换个胖女人,他不会觉察的,这轻而易举可以办到。世界上最胖的女人之间几乎没有什么差异,个个都差不多,就像所有的黑人、所有的中国人全是一个模样。

温贝托舒了一口气。他正想再喝一口威士忌,可是,不行,从他火辣辣的胃里泛出一股股又酸又苦的胃液,一直涌到喉咙口。他把杯中剩下的威士忌泼到草地上,转身走进书房,忘掉心中烦恼的最好方式莫过于工作。就像恩佩拉特里斯,为了忘掉她对他的爱恋,每天黄昏一头扎在账簿里,专心致志地核算林孔那塔的开支。温贝托坐到打字机前。他调整好灯光。要写些什么,他胸有成竹。整部书的结构,直至最小的细节、人物、全部情节、趣闻,甚至开头一段的写法,乃至标点符号,他全都装在脑子里,呼之欲出,包括那个引出全部情节、承上启下的过渡段落,他也早已腹稿在胸,招之即来。

当堂赫罗尼莫·德·阿斯科伊蒂亚终于微微撩开罩在摇篮上的幔帐,欣赏他那日思夜想、望眼欲穿的后代时,他恨不得立刻把那个小东西宰了:那个葡萄藤般扭曲的身子,再加上驼背,实在让人恶心;那张皱巴巴的脸上,嘴唇、眼皮、鼻子处无不露出血糊糊的皮肉和歪七扭八的骨头……啊,那整个是一团猥杂狼藉的肉体,是死亡的另一种形态,一种恶劣得无以复加的形态。不过,赫罗尼莫没有把他的儿子宰掉。成为乱淫产物的父亲,这个念头令他感到恐惧,使他在第一个冲动和采取行动之间,惊愕地一动不动地待了好几秒钟,终于没有下手。要是把儿子宰了,岂不等于屈从和加入乱淫,成为淫乱的牺牲品?好吧,这个恶作剧,就意味着传统的生殖力从此抛弃了他,而他和他的前辈先前以履行在这个世界上维持上帝的意志为代价,曾从这传统的生殖力中获到过多少的恩惠……

啊,不对,打错了,"世界"一词应该用小写。总而言之,一切都装在他的脑子里。一切!一张原件纸,精美、又厚又硬的原件纸:这种纸打起字来才带劲呢。还有这种漂亮的蓝色复写纸,以及这种轻柔的拷贝纸,翻动起来发出悦耳的沙沙声,犹如动听的女人声音,女人的低语声……女性的声音。嗯,男性的声音。不是低语声,而是笑声。哈哈的大笑声。活见鬼!原来,他没关上阳台的门,清凉的晚风吹来林孔那塔居民的私语声。他站起身子去关门。

他没有关门,而是走到阳台上。天已经全黑下来了,他在奥里维蒂牌打字机前一动不动地到底坐了多久?要是没喝那口倒霉的威士忌,他要集中精神会容易得多!看来,胃痉挛这么厉害,今天晚上难以睡安稳了,而明天早晨起来也照样写不出一行字来,唉!他倚在护栏上,见恩佩拉特里斯房间的窗帘已经拉开。巴西里奥穿着白上衣,戴着白手套,一会儿进,一会儿出,端着茶盘,给客人们送香茶,畸形人都有份儿,唯独他被排挤在外。阿苏拉大夫,那是必到的……还有梅利萨……罗萨里奥拄着拐……贝尔塔……梅尔乔……马特奥修士,头次在这初夏季节穿上一件洗后不烫自平的修士服。全体一等畸形人正聚在一起谈论着、议论着、取笑着没被邀请参加晚会的他。畸形人的晚会,他从来是不参加的,他总是置身其外,保持着整个林孔那塔唯一正常人的身份。

也许,他们一直在取笑他。这些笑声不过是他身边的第一层包围圈。因为,年复一年,巨人、驼背、侏儒,以及大脑袋、蹩足蹩手的畸形人的领地愈益扩大,第一层包围圈外,又形成无数层包围圈,严严密密地把他困在中央,使他成为各层包围圈的畸形人取笑的对象;他就处在包围圈的中心,因为林孔那塔的囚徒不是博埃,而是他;堂赫罗尼莫当初想囚禁的也不是博埃,而是他。所有人都在取笑他,取笑这个淹没在他们笑声中的囚徒。他现在就被幽禁在这座牢狱里,窗户全都封死,窗玻璃齐一人高都涂上巧克力色的漆,谁也无法往外瞧;窗子上钉上了铁栏杆,所有的门都贴上了封条,回廊错综复杂;院子扑朔迷离,到处响着哈哈大笑声:有发自在山上放牧的畸形人的,有发自在地里耕作的肢端肥大的畸形人的,有发自在湖泽捕鱼、在丛林狩猎的驼背们的,有发自在给牲口烙印的侏儒们的,他们都在等待着里圈的畸形人消失或死去,自己有机会一级一级地升上去,填补空缺。世界就是如此,我们嫉妒那些得天独厚的囚徒。对,他们嫉妒我们这些畸形人中的精华,我们只嫉妒他,嫉妒温贝托,而温贝托则无人可嫉妒,他被包围得透不过气来,因为他已无人可以嫉妒。尽管你们心里很明白,我也嫉妒,是的,我也嫉妒,我嫉妒他,嫉妒那个创造了我,把我置于这个令我透不过气来的嫉妒中心的人。恩佩拉特里斯怎么这么没有心肝,今天下午她和那对被解雇的夫妻的嘲笑音犹未了,并正在震裂他的耳膜,撞击他的心肺,她居然还有兴致开这个晚会?!恩佩拉特里斯就热衷于开晚会。每年,她都要组织一个盛大的化装舞会,而且舞会总要围绕着某个主题:"中国宝塔""凡尔赛宫""尼禄时代"……他想起了去年那个主题"奇迹宫廷",所有的畸形人都装扮成乞丐、残废、小偷、修女、没牙齿的老太婆、巫婆,恩佩拉特里斯的家也做了相应的布置,变成一座迷宫,里面有长得令人喘不过气来的回廊、半塌的围墙、荒芜的院子……据说,有趣极了,他亲眼看到了他们的准备工作,他甚至对舞会的布置还出过一些点子:怎么在墙上伪装潮斑,怎么在画布上涂上几笔,挂在墙上,给人一种幽深回廊的错觉。他当初真不该把那对夫妻留在院子里,自己到小屋里翻箱倒柜给他们找衣服裤子,在那半小时里,这对狗男女不知搞了什么鬼。在半小时里,恩佩拉特里斯会教唆他们不少坏主意……恩佩拉特里斯善耍阴谋诡计,这是没有疑义的:譬如,她略施巧计,就将贝尔塔推入阿苏拉的怀抱,大夫在众所周知的夜晚满足快感之后,便一脚把贝尔塔踢开,贝尔塔存着多少幻想,最后,还是不得不回头去找梅尔乔,幸好梅尔乔旧情不忘,喜出望外地收下了她。英格丽·褒曼和莱斯利·霍华德的《寒夜琴挑》,大伙儿在贝尔塔的私人放映室里看了这部影片,因为,归根到底,梅尔乔充其量不过是个区区机械师,可贝尔塔在林孔那塔的角色却要高贵、显要得多。不过,自从那段插曲之后,梅尔乔对恩佩拉特里斯便怀恨在心,势不两立。谁知道,梅尔乔是否会出于这种仇恨心理,故意歪曲那对被解雇的夫妇讲述的那天下午使温贝托十分难堪的事件,把他的仇敌恩佩拉特里斯置于出丑的境地。正当温贝托对此存有希望之时,他远远望见恩佩拉特里斯房间的窗户上,映出梅尔乔的侧影,他正举着盛满香槟的酒杯和恩佩拉特里斯碰杯呢。啊,不对,梅尔乔没有歪曲事实,他是如实向别人叙述那天下午的事实的。无疑,他们两人一定联合起来编造了关于喷水池旁那件事情的流言,而且添油加醋,着意渲染,没准儿,现在,那些流言蜚语正在林孔那塔不胫而走,闹得满城风雨。我听得很真切:青蛙已不像黄昏时那般聒噪,我的名字、我的倒霉事,在众人的嘴里,带着嘲讽的口吻被重复着;所有人都一个鼻孔出气,联合起来奚落我,尽管我坐到打字机前打算继续写作,可我怎么也无法摆脱那些震耳欲聋的笑声的侵扰。噢,不对,不是继续写作,因为我根本还一个字都没写,不过,众人可以记住:这些天里的某个下午,我将开始动笔写作,以便摆脱这些令我窒息的、堂赫罗尼莫用以囚禁我的笑声。

　　眼下,我如果还能做点什么,那就是设法缓解我胃部的疼痛——就如刀割一般,在腹部,在左侧。不,不是刀割,不是,而是利齿在咬啮,不住地咬啮,是鱼钩在扎,是的,是那些我熟悉的嗜血成性的牙齿,我很清楚是谁的牙齿,不把我疼痛难忍的胃勾出来,它们是绝对不会松开的。威士忌,这该死的威士忌。唉,我干吗要喝这该死的威士忌呢? 我并不喜欢威士忌……其实,我从来就喜爱喝红葡萄酒……当然,结果也会一样的。

我躺倒在床上。我整个的作品将在我的体内爆炸,每个碎片都将获得自己的生命,不同于我的生命。温贝托将不复存在,存在的将是这些畸形人,还有那个将我关在林孔那塔的暴君,他的目的是要我为他编造:肌肤蜜一般细腻的伊内斯、布里希达的仙逝、伊里斯·马特卢纳歇斯底里般的怀孕、那个永远成不了福女的福女,以及温贝托·佩尼亚洛萨的父亲指给儿子看衣冠楚楚地朝赛马俱乐部走去的堂赫罗尼莫。您仁慈的手,贝妮塔嬷嬷,现在紧紧握着我的手,以后也不会松开,您凝神地倾听着我无声的话语,一边数着念珠祈祷着,这座静修院就是从前、现在和将来的林孔那塔,遁辞、罪行,一切都存在我的头脑里,佩塔·庞塞的棱镜折射着一切,混淆着一切,形成虚幻而自相矛盾的影像。一切都没能形诸笔端,因为我总是听见有人声和笑声向我袭来,把我包围起来,捆住我的手脚。我朝恩佩拉特里斯的窗口灯光望去,见巴西里奥忙忙碌碌地端着盘子走来走去,也许,畸形人要准备跳舞了。我这里疼,这里,那些嗜血的獠牙不肯放过我,紧紧咬住那个小小的猎物不放,恩佩拉特里斯的鱼钩已深深地扎进我的体内。我坐起身子给阿苏拉大夫打电话。我在什么地方能找到他? 我有要紧事。总机接线员回答:在恩佩拉特里斯小姐那里。

"怎么,穿不下了?"

"你没瞧见穿不下吗?"

"你在林孔那塔胖了不少。"

"没那事儿,是因为三点式游泳衣洗过后缩了。"

"多丽,我们在那儿吃得那么好,你不胖才怪了呢!"

"可是,你怎么不发胖? 行了,就算我发胖了,这样也许更好,找起工作来更容易。当然,我得去学会眼下流行的歌曲和舞蹈;时代变得真厉害呀,自然,也有经典的,如巴巴卢,它永不过时。你呀,应该在这方面操点心,别成天哭丧着脸想博埃,不然的话,你就得靠我来养活你。我可要跟你说,眼下,马戏团对世上最胖女人的需求已不如以前那么大,现在胖女人比比皆是,据说,由于新政策的缘故,人们吃得很多,不过,我不会说我不能……"

"你自以为是蒂尼·格里菲斯!"

"但愿如此! 也许,当然在林孔那塔时是这样来着。可是,现在我担心,既然住哪个公寓都会因为没钱交房租被赶出来,我慢慢会瘦下去的。"

多丽小姐戴着眼镜坐在床沿上,缝着乳罩上掉落下来的几片金属饰片。

"看来,我得钉稀疏点儿,不然的话怕不够用。全怪恩佩拉特里斯不出面为我们说话。温贝托去给我们找衣服的当儿,她口口声声向我们许诺,一旦她把堂温贝托挤走,就马上叫我们回去,还说,大功不久就可告成,因为温贝托非常爱她,只要她答应结婚,整个林孔那塔就会落到她的手里,到那时候,她会派人来找我们的……"

"唉,孩子不知怎么样了?"

"失去参加温贝托和恩佩拉特里斯婚礼的机会,我一定会觉得十分可惜的。她曾经把新婚礼服都拿出来给我看过。你想想,婚礼该有多热闹!"

夫妇俩连连打着哈欠。

"咱们上床吧,嗯?"

"还是等等她吧。"

"现在几点了?"

"十一点。"

"可能就快来了。"

他俩等着,在公寓里那间裱糊得很差劲的房间里来回走动着,一边谛听着隔壁屋里女婴的啼哭声,一直等到十一点半,忽听得有人在敲房门。

"是她,快去开门。"

多丽小姐穿上对襟长衫,开门放进一个老太婆,老太婆脸上的皱纹横七竖八,简直分不清眼睛鼻子,两手粗糙不堪,嘴巴几乎看不出来,眼睛四周一层层鳞状息肉,把眼睛挤得难以睁开,整个是个令人恶心的丑八怪。拉里把灯拉下来点。多丽小姐请她坐在屋内唯一的一把椅子上。他俩坐到床沿上,问道:

"说吧,堂赫罗尼莫说什么来着?"

老太婆清了清嗓子:

"我想还是不去见他的好。因为我想到另一个办法,也许效果更好。"

"什么办法?"

"我直接去林孔那塔。"

"可是,那有什么用? 那里有成百上千个畸形人,据说,还有连体人——尽管我从来未曾亲眼见过——也在等待着在那儿得到某个职务。您不过是个病病歪歪的老太婆,我不相信他们会理睬您……"

"也许是这样吧。不过,我非常了解温贝托,我知道他的弱点。

242

其实,我根本不需要靠近他们的住所。我只要躲在某个地方,然后放出风去,说那天在喷水池边……"

"可,那又怎么啦?现在这个时候,那件事怕早已家喻户晓,我们早就告诉梅尔乔了。"

"我通过安插在林孔那塔的内线,不仅清楚地知道堂温贝托爱着恩佩拉特里斯,而且也清楚地知道恩佩拉特里斯疯狂地恋着温贝托。他俩一旦结婚,就不会有人领着林孔那塔的畸形人去和那对邪恶阴险的夫妇斗争。他俩互相爱着,我知道,他俩每天夜里都在一起做爱的。温贝托是个性欲永不餍足的家伙。必须设法拆散这一对情人。要使她变成温贝托的仇人。"

恩佩拉特里斯本来已经是我的仇人了,佩塔!每天夜里,我在我的塔楼上都能听到她的笑声,她恨我,你何必要风尘仆仆跑到林孔那塔来煽起那本来已经存在了的仇恨呢?想占有我的是你佩塔,你别来,你不是畸形人。我已经吩咐下人不准放你进来,你要是擅自闯入,就把你宰了。谁会记得你这个病病歪歪、身份不明、到处流浪的老太婆?你即使死在野地里,也没有人会注意的。在你没来到这里之前,我就会叫人把你杀了,我绝不会让你来的。我现在脑子里想着的就是这些嘲笑我、本着堂赫罗尼莫的旨意一心想奴役我、剥夺我一切所有的畸形人,贝妮塔嬷嬷,他们的目的就是这个,我现在陷入了我自己为他设计的圈套之中,我这是作茧自缚,现在落得个自陷泥潭的结果。可是,我不愿被这令人窒息的泥潭吞没,这该死的泥潭不容我想别的事情。我怀念往昔的时代,那时,我能自由自在地想着别的事情,站在窗前观望外部世界:灯光、清风、脸、树叶、书籍、谈话,这一切,现在显得多么遥远,还在林孔那塔存在之前,在您,贝妮塔嬷嬷坐在我床头,抚摸着我的手祈祷之前,甚至在赫罗尼莫存在之前。是那个夏日的傍晚,我为了寻找某个较为清静凉快的地方学习我的法律课程,来到人类学博物馆,在二楼的走廊里一边来回踱步,一边看书。屋外,赤日炎炎,暑热笼罩着一切。在家里,我很难学得进去。我父亲对我的学习热心得过了头。只要我母亲在厨房里稍微弄出点儿响声,他就大发雷霆。他坐在桌子另一端,面对着我,时时帮我整理课本,结果越帮越忙,越理越乱;一会儿又自作主张为我调整灯光;一会儿又去关窗户,免得街上的声音妨碍我读书;其实,根本就没什么对我有影响,我忙不迭逃出家门。上公园去?可是,我从来就对公园怀有恐惧。画廊里是挺凉快的,可是光线太暗。相反,人类学博物馆倒是个理想去处,平时这里几乎空无一人,只有一个看门人坐在角落里打着盹,那模样就像一具其貌不扬的模特儿,无须任何粉饰,只待最终朽蚀不堪,被扔进垃圾箱里。二楼的走廊呈椭圆形,在那里可以走上几天几夜,不用担心会撞到墙角上,在这地方转着圈边走边背书最合适不过。有时,我斜眼朝下望去,可以看到一楼展厅里的那具硕大无朋的、仿制的恐龙骨架,平时几乎无人参观,即使在节假日,参观者也寥寥无几。那里很宁静,贝妮塔嬷嬷,很安全。我就在那里准备从二年级升入三年级的年终考试,一边围着那个椭圆形无休止地转着圈,一边为获取硕士学位做着准备,这是第一个台阶;然后,再努力取得博士学位,这样,就能当个法官或公证人,从而做个有头有脸的人物……只要我不停围着那个椭圆形转下去,一切都可以伸手得到。走廊上,倚墙排列着一座座玻璃柜,里面展出着陶土器皿、粗糙的石器、木头挖空制成的碗钵、骨针。在一座如鱼缸一般的大玻璃柜里,横七竖八地躺着一堆阿塔卡马地区出土的木乃伊,干巴巴、赤裸裸、断臂缺腿,如胎儿般蜷曲着身子,他们似乎隔着玻璃在朝我微笑。我停下脚步仔细瞧了瞧。我认出来了。那都是我的朋友。在玻璃的反光下,我发觉自己的脸正好和其中某个木乃伊的脸吻合,丝毫不差。他的微笑恰是我面对死神的微笑。我将成为一名大律师,我再不需要古代沙漠里的烈日来保存我的面容,他的微笑足以保护我不怕任何危险,可是,却挡不住我看见这个男人的厄运。他穿着一身浅色西服,站在我背后,也在仔细观赏着那些阿塔卡马木乃伊,可是他的脸却并不和其中任何一具木乃伊的笑容相吻合。我认出了他。他跟我攀谈,我也就搭讪了。我俩并肩顺着二楼俯瞰恐龙化石的椭圆形走廊散起步来。我是学习法律的。为什么?

　　贝妮塔嬷嬷,那个时候,我本可以从二楼跳下去,哪怕跌破脑袋,我也可以摆脱他;我本可以逃走的,我本可以把展厅里的一个人体模型上的服饰穿戴在自己身上,装扮成阿劳科人鱼目混珠,避开他的耳目,可是,我却没有拔腿逃走。我至今也不明白,当时我为什么要回答堂赫罗尼莫的问题,我回答他什么呢? 我对他说:我是个作家。由于我记忆力非凡,一目十行,过目不忘。每逢阴雨绵绵的傍晚,我常去国立图书馆看书,我看过许多尼采的书、荷尔德林的诗、莎士比亚的戏剧、歌德的书,同时,我也读过许多因苏亚、巴尔加斯·维亚、加西亚·桑奇斯、比利亚埃斯佩萨、埃米里奥·卡雷雷的作品。是的,他们的作品。同样,我也读过不少古典作品,不过,在我的作品中可以发现因苏亚的痕迹多于歌德的影响,所有这些作家都为我打开了窗户,可惜,这些窗户现在业已封闭,使我喘不过气来。自我那个该死的夏日黄昏回答堂赫罗尼莫的问题之后,我就被关进了这座房子。当时,我对她说,我是个作家。她问我叫什么名字。我涨红着脸答道:

　　"我叫温贝托·佩尼亚洛萨。"

　　"我将关注着您即将出版的作品。"

　　"我很高兴您对此有兴趣。"

245

"您的一切我都感兴趣……"

"谢谢。"

"就好像那是我自己的事情一样……"

"谢谢,恩佩拉特里斯。"

"您不必感谢我,温贝托。"

"感谢您如此厚爱!……"

她垂下了眼皮,蓝眼圈上的银色星点一闪一闪;她微微一笑,哈巴狗似的嘴里,露出黏糊糊的利齿。女侏儒的身体已不像初夏时节那么萎缩:细腻光洁的肌肤、小巧玲珑的乳房,她整个身子都泛着油光光的棕色,那是自从喷水池旁那场戏后,她身上涂抹娇兰防晒膏的缘故。他俩又几乎身子贴着身子地缓步走了一会儿。那儿有个旮旯。他把那个令人毛发皆立的女侏儒紧紧搂在怀里,他将占有她,因为他爱她。是的,他何必欺骗自己,他要趁阴影罩住他们的瞬间和她交欢。他和她身子一接触,他的阴茎便骤然勃起,恩佩拉特里斯那锐利的眼睛不会注意不到这点,她喜欢这个丑八怪,喜欢这个长着狗一般脑袋的家伙。他紧紧地抱着她不放,他要把自己硕大的阳具戳进她的阴户,让她兴奋快感得狂叫……

他感到裤裆里冷冰冰湿漉漉。他的阴茎疲软耷拉下来。他双肘支在打字机两侧的桌面上,把脸藏到掌心里。他怎么逃走呢?逃到哪儿去?他不爱别人,也不为人所爱。卷在打字机卷筒上的纸,依然一片空白。他要去找恩佩拉特里斯。他要哄她,让她投入他的怀抱。

"恩佩拉特里斯,求求你,请原谅我的求爱。我是个没有什么价值的人,我不过是个在黑暗中遍觅理想而不得的流浪汉,我得不到爱情的双手从未亲近过女色……恩佩拉特里斯……嫁给我吧……"

温贝托的头颓丧地倒在打字机上。他的肩膀拱翻了打字机。他

246

的身子从椅子上滑下来，倒在地板上。

　　我用脚在地上找着拖鞋，往身上胡乱披上晨衣。恩佩拉特里斯，恩佩拉特里斯，恩佩拉特里斯。我穿过草坪，朝女侏儒的住所直奔过去，至少，我不能孤单单地死去，尽管，谁知道，也许这样更好。不，我宁愿死在那个令人恶心的女侏儒的怀里，也不愿意待在这个塔楼里无声无息，被人遗弃而追求自我完善。

　　门打开了。谢谢，贝妮塔嬷嬷，在关键的时刻您总是无处不在，设法让人给我开门。在恩佩拉特里斯的小客厅里，人人都赤条条地一丝不挂，所有作践我的畸形人都聚集在这里，梅尔乔、巴西里奥，我见他们露着畸形的身子得意扬扬，似乎丝毫不为自己的畸形感到难堪。你们别装出若无其事的样子，你们是躲到林孔那塔来的，你们心里明白，在这里，没有人会回头瞧你们，耻笑你们，你们只有在这里才有藏身之地，恐惧的心理把你们牢牢地拴在这里。你们从来不敢走出林孔那塔，你们只要愿意，完全可以出去，你们可以获得准许。可是，你们不出去，你们不能出去，就像我一样，我虽然获准可以出去，可我不能出去，尽管我是个正常人。你们瞧见没有，我是个正常人。他们怎么会瞧不见，因为他们正把我抬到恩佩拉特里斯那张玫瑰色的躺椅上……你们，是畸形人，你们害怕出去。我们是害怕出去，我们害怕别人看见我们，所以我们才躲到这里来，比如，阿苏拉大夫怎么会不害怕别人看见他那长满鳞片的身体和那如鹰爪一般的手呢？他那双手现在正在我身上乱摸，这儿拍拍，那儿敲敲，仔细地检查着，与此同时，恩佩拉特里斯扒下我的晨衣，让我只穿着睡衣裤，并摸摸我的前额。她不住地摸着我的前额。在这个女侏儒的触摸下，我难以自持，哗的一声，幽门洞开，腐黑、恶臭的稀屎冲出来，拉在躺椅上，

247

溅得小巧玲珑的家具上、垂地窗幔的流苏上到处都是,赤身裸体的畸形人用雪白的手绢捂着鼻子,捂着脸,纷纷逃窜,他们受不了了,我实在令人恶心。阿苏拉大夫认为,我必须连续几天放血,这病很严重,应该动手术,可又无法动手术,因为我太虚弱,失血也已经很多。他翻开我的眼皮,白色,必须验血,量血压。把我的血压计拿来,下降、下降、下降,血压在一个劲儿地下降,畸形人虽然个个捂着鼻子,对我露出厌恶的神态,可是好奇心驱使他们一动不动地站在近处,还是用手帕捂着脸,因为我还是继续拉着稀屎。输血,阿苏拉大夫吩咐道。在阿苏拉大夫手里,我是不用害怕的。谁愿意给堂温贝托输血?我,我,我,我,所有的人都愿意把他们畸形身躯里的血输给我,似乎这样一来,他们可以摆脱畸形的身躯一般:他们一个个都穿上了白大褂,就像有一次我在狂欢节发现他们时那样,里面一丝不挂,外面罩上一件白大褂,装扮成护士模样,穿着白罩衣,戴着大口罩,可是,怎么也掩盖不了他们各自畸形的身体。你是梅利萨,我从你的黑眼睛里可以认出来;你是巴西里奥,我怎么会认错呢?你是恩佩拉特里斯;你,阿苏拉;你,马特奥;甚至连总机接线员也离开交换台,穿上白大褂,来欣赏这个不该错过的场面。这是些属于某个神秘教派的成员,像是一批穿着白色带帽风衣、参加化装舞会的修士。在这个舞会里,假面具未必非要不可,因为,实际上,他们各人都有一副假面。这些身穿白色带帽风衣、戴着各自假脸的畸形人摆弄着体温计、导管、针筒、灌肠器、X光机;一瓶生理盐水吊在上方,缓缓地注入我的体内,一只红袋子在往我另一条胳膊的静脉里输着畸形人的血。我感觉到巴西里奥强壮有力的血流进我的体内,我的胳膊眼看着粗壮起来,我的下巴眼看着鼓了起来,我正处在畸形化的过程中。贝尔塔的血使我的下半身瘫痪,日后我也将像有一条蜥蜴尾巴似的在地上爬行。白色带帽风衣遮蔽着他们各自独特的畸形,我无法分辨出谁是谁,可是,那无关紧要,我能分辨出陆续输入我体内的血液,就仿佛它们各有自己特殊的味道一般。恩佩拉特里斯的血使我的躯体缩小,博埃的血使我长出驼峰,梅尔乔的血使我身上长满一块块血红的疙瘩,梅利萨的血又使我的皮肤变成大理石一般苍白。我失去了原来的模样,我失去了固定的形态,变得捉摸不定,变幻无常,犹如映在波动着的水面上的身影,摇曳晃动,扭曲变形,我已经不是原来的我了,我成了一团具有意识的模模糊糊的影子。身边那些来回走动的白色形象无不在我身上留下他们的特征。他们从我静脉里抽一些血,红血球是多少?几乎没有什么红血球。他们给我打针,这是止痛的,可是,我并未感到有什么地方痛呀,你们这是在瞎编吧?你们为什么要我相信,我确实病得很严重?我实际上哪儿也不痛,他们一会儿走过来给我试体温,一会儿又走过来给我量血压,一边摇着头,不好,这不好,他失血太多,还得再给他输血,是谁的血?我全神贯注地分辨着,竭力想猜透这血里含着何种致畸的因素,注入我体内的是哪种畸形人的血。这一滴一滴流入我血管里试图抢救我生命的热乎乎的血是谁的?为什么要抢救我的生命呢?这些穿着十八世纪的白色带帽风衣,只露出假面的畸形人到底怀着什么险恶的用心?有人低声自语道:"这样一来,他再也别想出去了。"放我出去!我不愿意困在这些逐渐剥落的土墙之中窒息而死!你们这些人不过是土墙上的潮斑,放我出去!至少,允许我越过黑暗与半黑暗之间无形的界线。虽然这个界线我看不见,但我知道,我就处在这界线的边缘。可是,不行,他们不让我越过这个界线。坠入完全的黑暗,在那里,将不存在任何的惶恐感觉,他们就想把我拴在这一边,拴在半黑暗之中。在这里,一切事物都没有定型的边缘,一切东西都凝固不动。总机接线员也非要给我输血不可,我可不愿意,我使劲捂着我的耳朵,不让它大起来。我揪断耳朵的软骨,嗯,没出血,那是自然的,因为我根本没有血。我的耳朵还是不服从我的意愿,一点点膨胀起来,大得如同两柄大伞,什么都能听见。他们想用他们的血拯救我的生命,梅尔乔殷红的血使我浑身如火烧一般,梅利萨的血又使我如溶化在冰水中一般。你们别拿我玩了,你们这是在耍弄我,你们别不承认。求求你们,让我越过那条界线,在那里,一切都呆滞不动,一切都看不见;让我平静地死去,别再给我输血。阿苏拉大夫,不行,别再把导管从我鼻子里塞进去一直通到胃里,我实在受不了,别再用这个针筒从我身上抽取一立升一立升的血,抽取我温贝托·佩尼亚洛萨的血,因为在畸形人的血输入我体内之前,我还是温贝托·佩尼亚洛萨,我还是正常的我,而不是畸形人,丑八怪。克里索福罗·阿苏拉恨我,嫉妒我,他知道恩佩拉特里斯在爱着我,所以他醋意发作,要抽掉我的血,代之以畸形人的血,强迫我接受这些血。他们把我死死地捆在这张床上,房间外面,成群结队的畸形人吵吵嚷嚷地等着我的血,我的血虽然也许老了些,但好歹是正常人的血,他们不是往血管里注射,而是用嘴喝,他们大声嚷着讨我的血喝。再来点儿温贝托·佩尼亚洛萨的血,再给我来点儿温贝托·佩尼亚洛萨的血。我听见拥挤在我门口的嗜血者的大声疾呼,我躺在床上一动都动不了,因为他们在我身上插了许多导管,痛得我不敢动弹,而且那些穿着带帽风衣、戴着相互间不断更换的假面具的畸形人不间断地来看我,问我感觉如何,他们关切地对我说别发愁,一切都会好的,这都不过是例行措施。不,没有人询问我的健康情况,这些医生和护士说不知道我叫什么名字,他们问我,然后把我回答的记在病历卡上,其实,他们都熟记在脑子里,可偏说没有。他们说,他们是在一摊血屎堆里遇到我的,怎么会知道我的姓名？他们剥夺了我的身份,连这个也不肯给我留下。温贝托·佩尼亚洛萨,温贝托·佩尼亚洛萨,我大声喊着我的姓名,可是,我的声音没有人听得见。他们摇摇头,不无同情地说,可怜,真可怜。他们藏起病历卡,不愿记上我的姓名。贝妮塔嬷嬷,他们在作弄我,因为他们发觉我的身体十分虚弱,连我自己都不记得叫什么名字,我无法证实自己的身份。求求您帮助我,您是个善心人,又富于同情心,尽管我不愿意知道自己是谁,再说,我现在已不是过去的我,如果说我过去曾经是什么人的话。您别走,贝妮塔嬷嬷,您别松开手,您别让我孤独地死去,我不知道他们会放您进来。不,您走开,您不是贝妮塔嬷嬷。您是伪装成贝妮塔嬷嬷模样的。滚开！我在这里可不是个陌生人,我随时都可以叫恩佩拉特里斯来,她不仅像贝妮塔嬷嬷那样喜欢我,而且还爱我,愿意跟我结婚,我已经允诺和她结婚,因为,我也同样爱她。我可以把她叫来,坐在我的床边,用一团蘸着香水的棉花擦净我额头上的汗水,握住我的手轻轻抚摩,柔声蜜语地安慰我,别担心,别害怕,她在旁边守护着我。林孔那塔全体畸形人为我的不幸悲痛欲绝,争先恐后给我输血,胖女人、瘦高个、连体人、肢端肥大患者、驼背、白化病患者、各式各样的侏儒,所有这些人的血现在都源源不断地涌入我的血管,与此同时,阿苏拉大夫一边通过从我鼻子里插入的导管不住地抽取我的卑贱的陈血,一边在我耳边念叨着,别害怕,嗯,这是旧的血,我们在给你清洗胃,可是,我知道根本不是这么回事。他是在偷我的血。我知道我的血是健康的。血的颜色之所以发黑,是因为浓度很高的缘故。他们把这些血装在瓶子里贮存起来,瓶子外面贴着标签,标上只有他们知道而却从我的记忆中消失了的姓名。贝妮塔嬷嬷,我成为畸形的集大成者,畸形人把他们的畸形转嫁给我,而从我身上掠走了我全部卑微的鲜血。

十七

　　我说不出话,也几乎看不见东西,只能勉强分辨出模糊的影子和白色的反光:可能是椅子,可能是柜子,可能是洗脸盆,也可能是人或者窗帘;忽隐忽现,一会儿在这边,一会儿又到那边;时亮时暗,莫名其妙地来回晃动;随后,又在晃动中消失,模糊不清。难道我也失聪了吗?我没有听到脚步声,什么声音也没听到。一切都像是棉花和薄纱做的。无边无沿,软软乎乎,任你撕扯;我可以把手指头伸进这堆棉花里;这是人,是医生,是护士,或者随便别的什么;我也可以用双臂挤压这堆挂在墙上的棉花,那似乎是一盏溶化了的灯,我自己也仿佛是棉花做的;我用手抚摸自己的身体,感觉不出有什么形状,软绵绵的,就因为我也是棉花做的,我的手指头也是棉花做的;因为棉花是摸不着、感不到、辨不清的,它总是软软乎乎,雪白雪白的。有时,似乎有一张殷勤的脸庞凑到我面前,戴着假面具的嘴对我说些什么。我听不见。那白绵绵、软乎乎的东西再一次把来到我床前的——因为我还躺在床上——人影吞没了。唯一不是棉花做的只有我床脚上的四根粗棍,上面还挂着写有我名字的牌子,医生常拿起来琢磨,还和穿白大褂的护士嘀咕着。我把脑袋埋到棉花做的枕头里。

　　"他要睡着了。"

"那更好。"

"这样他就什么感觉也没有了。"

我应该有什么感觉呢？别的护士走过来了，戴着口罩，现在连她们的假面具都见不到了。她们小声说着话，把我的床单拉平，把高得快碰到天花板的血袋往前挪了挪，看了一眼挂在床上的牌子，又把温度计塞到我嘴里，小声说了几句话，莞尔一笑。她们总是笑，有时候并没有什么可笑的，她们也笑。一个护士用手轻轻地拍了拍我的手，像哄小孩似的说道：

"睡吧。"

她们就喜欢我睡着。可是，我睡不着。从瓶子里流到我血管里的血使我能够辨认某些黑色、红色的东西，从而得以不沉入那个白色的梦幻中。我能听到那些戴口罩的人说的片言只语了。她们悄声地说，堂赫罗尼莫派人来说，不要怕花钱，也别怕费事，要给我动手术，要好好照看我。他们已从我身上切除了百分之八十的器官，只给我留下百分之二十，情况十分严重，死神一直在我身边游荡。

突然，一双手粗鲁地掀开我的被子，强迫我侧过身子，扒下我的粗布睡裤，粗鲁地把那可恶的针头插进我的身体，针液被粗鲁地注进我的臀部；我刚刚睡着，就被粗鲁地弄醒了。她坐在我的床边，在镶有细蓝边的腰形白瓷盘里摆弄着针管和针头，发出令人难以忍受的响声。既然堂赫罗尼莫嘱咐她们照看我，她为什么不小心轻点呢？我看着她，真想把这些话都说出来；但是，话到嘴边，却咽了回去。因为我认出她来了。就是她。虽然她戴着白口罩，穿着厚底鞋，显得那么高，头上用白帽子伪装着。就是她在监视着我，是她挪动血袋，还是她把阀门越开越大；于是，我发热了，脸红了，浑身发烧，我热得受不了啦，所有的伤口都火辣辣地疼，都没法知道是哪儿的伤口在疼。

我知道,这样会把我疼死的。袋子里的血流得太快了,它烧灼着我;一切,一切全变得通红,像兽爪挠心,犬牙撕胸,在手术台上受宰割,刀子把我剜掉了四分之三;我热得发烧,血流出来,又被我吮吸掉了;我浑身发胀,皮肤发红,疼痛难忍,伤口也发热,我被指甲、小刀和牙齿撕裂着……血流得太快了,让它停一下,再停一下;现在不那么热了,开始冷却了,冰冻了,我成了一块冰,滴滴答答地流水;鼻子、手、脚都在滴水,整个身子成了一块正在溶化的冰,什么也剩不下了。护士们来了。她们掀开我的被子,一边叽叽喳喳地聊着,也不怕吵我。她们带着厌恶的神情给我脱衣服,因为我很脏,时间一长变得更加臭不可闻,更加脏不忍睹。虽说为病人擦洗本是她们的分内工作,但是替我擦洗,她们还是紧皱眉头,不胜其烦,我令她们恶心。她们替我换上的是一套粗布睡衣,而且还存心挑了一套最破最旧的、补丁最多的。给我换床单时,四个护士一边将我推来搡去,一边大声地聊着佩德罗·佩雷斯,说他买了辆汽车,还说到同因为迟到而被开除的费尔南多·费尔南德斯——他对贡萨洛·冈萨雷斯说,他们没有权利这做——一起去兜风。她们还大声地叫另一个正在门外大笑的护士,要她再去药房拿一瓶生理盐水。她们吵吵嚷嚷,一点儿也不尊重我,也没有把我当作堂赫罗尼莫特意关照过的病人对待,反而把我当成了她们的俘虏。我觉得她们都在嘲笑我,因为我身上被切除了百分之八十。谁会尊重一个被切除了百分之八十的人……水、水,我想我是在说水、水。可是,她们对我摇摇头,似乎我说的是什么别的东西;她们不该拒绝任何人,哪怕是一个被切除了百分之八十的人要一杯水喝的请求。一定有什么事情使所有的护士都和我作对,给我罪受,这就是她们的任务。床脚上的四根粗棍根本不是床脚上的粗棍,而是窗户上的四根铁栅栏,要把我禁锢在这间屋子里。所有的大夫和护士都恨我,他们不给我东西吃,也不给我水喝,这就是证据,因为这是对任何人都不该拒绝的。他们把鼻子掩在口罩下,嫌我臭;即使我身上没有臭味,他们也会讨厌我的,因为我毕竟是我,我已经落到了堂赫罗尼莫的手里了。阴谋是早就策划好了的,并且已经得以实现,我完全相信这一点;我中了圈套,上了钩,他蓄谋已久,如今如愿以偿;把我绑在有铁栅栏的牢房里的床上,给我服毒品,让我动弹不得,还在我鼻子上插进橡皮导管,给我输进畸形人的血,使我不至于晕过去。我成了这间小白房里的俘虏。透过床对面的窗户,我看到一条街,几间房子,一个汽车修理站,一个人从对面人行道上经过,一个穿蓝色工装裤的机械师正蹲在那里检修一辆汽车的轮胎。这是开过这里的第一辆汽车,因为时间还早呢。刚上班的护士在走廊上纵声大笑,大声地打着电话,把我都吵醒了:对,堂赫罗尼莫,他刚醒,我们又给他打了一针,万无一失,您放心,把他交给我们好了,您多年来想达到的目的准能实现。这是他自作自受,他应该为自己的狂妄自大付出代价,谁让他那天下午在人类学博物馆里,对您说他是一个了不起的人物,是作家来着。那好吧,就写吧,可他又什么也没写出来,他口口声声说要写些什么,写他的自传,写一个福女的传记,写一部小说,写一篇哲学论文,一天一个样;要不就是换汤不换药的玩意儿;他老拿不定主意,不知道从哪里下笔,每次坐到奥里维蒂牌打字机前,最后只是白纸一张。堂赫罗尼莫,如果您还记得的话,我们敢肯定地说,这个家伙当时跟您说的不是他最终想成为一个作家——当然喽,像他这样的小伙子,那倒是满怀激情的,是情有可原的——而且告诉您他已经是一个作家了,好像他生来就是作家似的。当然,你们都是护士,要想成为作家,必须经过艰辛而费用很高的专业学习,可你们并不了解,我说自己是作家,并不是在撒谎。当我能够把他的形象,

255

想象得比实际上更加体面和高大的时候，我就已经是作家了。于是，我做了承诺，大声地说出了从来没有对别人说过的话：

"我是作家。"

我是向您做过这个承诺，堂赫罗尼莫。我们已经不可分了；我已经和林孔那塔、佩塔、伊内斯、您、静修院、贝妮塔嬷嬷，以及几年前恩佩拉特里斯举办的以"医院"为主题的舞会上结识的白衣女士们拴在一起了。这种命运取代了我父亲的渺茫希望：儿子呀，当个法学博士，这才值得，才算是混出个人样。可我对他从来只字未提我晚上写诗的事，就是对自己我也几乎没有承认过。为了不使家里人起疑心，我熬夜写作。我们家搬来搬去，也还是大同小异，总是那么狭窄，总有一个阳台，好让我妹妹坐在那儿，编织梦境；有一架上面盖着彩色绣花丝披巾的钢琴。晚上，有时我骗父亲说：

"我要去参加一个党内会议。"

他帮我打上领结。可是转过街角，我就把领结解掉。我来到埃库莱斯酒吧，坐在角落里的一张桌子旁，继续写我的书。罗西塔①给我送来一份三明治和一小杯红葡萄酒：

"您要是现在手头紧，以后再付钱吧。"

我一直坐到酒吧关门，然后把她送到家。她告诉我：我叫索伊拉·布兰卡·罗莎·洛佩斯·阿里亚加达。当她发现我认为这个名字有些俗气时，她脸涨得通红。但是，我很快收敛住笑容，我被她的温存折服了。她坦率地对我说，她有四个哥哥，她出生时，父亲见她这么漂亮，这么洁白，又这么水灵，在洗礼时，便为她取名索伊拉·布

---

① 罗西塔，罗莎的昵称。

兰卡·罗莎①。我抚摸着她的胳膊,还真有点水灵劲儿。我借给她
一块围巾,因为已经是深秋了,香蕉树正在落叶;突然,一切都变得严
肃起来,这是一种扣人心弦的严肃。取索伊拉·布兰卡·罗莎这么
一个名字虽然有些可笑,却又是十分郑重其事的;俗气的倒是我自
己。我也自然而然地想到了我在大学里结交的那些俗气的酒肉朋
友,那些聚集在埃库莱斯酒吧的痨病诗人,他们穿着泥迹斑斑的湿
鞋,和附近火车站上的脚夫玩着多米诺骨牌,他们有的是无政府主义
者,有的是颓废派,但一概都是穷光蛋。再见了,课本!我卖掉书本
买烟抽,什么传统,什么领带,什么优雅的名字,统统一边去!我那些
不修边幅的朋友几乎从来不去课堂,聚在埃库莱斯酒吧无非是讥讽
嘲笑他们的教师,分享思念儿子的农村母亲从南方寄来的邮包——
因为家里宰了一头猪,让儿子和他的朋友们尝尝猪血肠、猪肉卷和猪
蹄;能寄给儿子的学习费用实在少得可怜,这箱散发着辣椒、香菜和
大蒜味的食物好歹能帮助他度过寒冷的冬天。朋友们,哥儿们,咖啡
可是提神的,可以使每一根神经末梢都精神起来。他们满身酒味,喝
酒时脖子上还围着围巾,无论酒吧间还是寄宿处,或者他们步行的大
街上都是寒气逼人。身上被雨淋得湿漉漉的,鞋底磨漏了,用马粪纸
从里面堵上窟窿,还得步行,为的是省下坐电车的钱,去请朋友喝杯
红酒。温贝托把教科书卖了,把手表也当了吧;写书有什么用呢?你
又没有钱出版。再说,要让出版商给你出书,你还得有影响,有名望,
而你却既没有名望,又无心学习,对尼采——我们几乎连提都不提
他,那只是一二年级的资产阶级少爷和凡夫俗子的事——也不感兴
趣。路易斯在咳嗽,咳得很厉害,自从被送走后,再也没有听到他的

___

① 索伊拉·布兰卡·罗莎,意为"我是白玫瑰"。

消息。

"大概死了吧。"

"命运不济,年纪轻轻的就死了。"

"罗西塔,再给我来一杯,账星期一再付。"

"既然如此,温贝托,那你怎么出书呢?"

当然是靠预订喽!我已经和印刷商说妥了,只要先付一笔定金就行,以后,随着书的出售,再支付剩下的款子。可是,定金是必须要付的。于是,我便写信给您,提起我们在人类学博物馆的那次见面,把我写的书给您看,告诉您因为我付不起定金而无法出版;几天之后,我在一堆邮件里,发现了您热情洋溢的来信,还附来一张不是预订一册,而是预订一百册——第一版总共五百册——的支票。于是,我便带着手稿和支票去找出版商。

当我的名字第一次被发表的时候,我父亲自豪得落下了眼泪。什么名字我已经记不清了,但我知道我床头的牌子上写着,穿白大褂的人经常摇着头拿起来看看。贝妮塔嬷嬷,您自然是不知道的,您只知道我是打扫卫生、接受小费、修理管道、开关窗户的小哑巴。"一个初出茅庐的天才,却写出了具有高度艺术感的作品,把病态心理和感情刻画得如此丰富多彩,把有时颓废的人物形象塑造得惟妙惟肖。这是一个应该永志不忘的名字,虽然初露头角,却已经以他那高雅的艺术风格,在我们的文坛上留下了足迹:温贝托·佩尼亚洛萨。"嬷嬷,这就是我的名字:温贝托·佩尼亚洛萨。我知道,我不会永远忘记我的名字,也不会有人盗用我的名字;这些穿白大褂的护士,这些用棉花做成的人,有什么必要盗用一个这么难听的名字呢?我父亲不明白……他怎么会猜得到我的这些爱好呢?他不明白我为什么要瞒着他,其实,他本来是会理解我的,从事文学照样可以抬高人的身价嘛！我的名字用大号字母赫然印在一张最有声望的报纸的星期日文学版的文章上面,这下,我给我家庭扬了名。好好看看吧,报纸的文章上面明明白白地写着:温贝托·佩尼亚洛萨。这也是父亲的名字,他要我妈妈拿来一把剪刀,神气活现地从报纸上剪下那篇文章。我对他说:堂赫罗尼莫,亏了您慷慨地预订了第一版中的一百册,我那本书脊灰绿、装帧简陋、只有一百八十页的书才得以出版。

"堂赫罗尼莫·德·阿斯科伊蒂亚！你怎么会认识他的?"

"那就是我的事了。"

他莫名其妙地瞅着我,问道:

"你去登门道谢了没有?"

"没有。"

"简直不像话。快穿上你那件深色上装和你最好的衬衫……要是还没熨,让你妈给熨一下。快去拜访他。你怎么这么不懂事?亏你还是我的儿子,用着我的名字……"

这是他第一次敢说出自己的名字。

"……用着我的名字,却忘恩负义……"

我大声地对他喊道,自从您用剪刀插进我的身体,盗窃我的成果以来,我的胃都快痛死了。快别让我那傻妹妹把提到我名字的评论文章剪下来,圈饰花边的鸽子图案后,往本子上贴。把本子还给我,烧了它。您想知道事情的真相吗?我早已经不属于那个党了,我几乎每天晚上和一些哥们儿在酒馆喝得酩酊大醉,他们都为我的成就真心感到高兴——其实这也算不了什么成就,只是一个小小的成功罢了。他们知道这一点,他们对这次成功的评价是恰如其分的。我早就不上学了,我不想当律师,也不愿当公证人,我什么也不想当,让我安生些吧！别把我少得可怜的东西给偷走了,那是我的,是我的书……他对我妹妹说：女儿，你虽然没有嫁妆可以带走，不过，你丈夫会对你给他的东西感到骄傲的——就是那本贴着连篇累牍评论你兄弟文章的剪报，他现在是个人物了，是个有名望的人物了。

"你别把我的名字败坏了。"

"哼，您什么时候有了名字！"

我砰一声关上门，走了出去，再也没有回家。堂赫罗尼莫，您到埃库莱斯酒吧去找我的那天晚上，我已经和罗西塔在洗衣房楼上一间尽是肥皂味的小房间里同居好几个月了。晚上，她那丰润而娇小的身子热乎乎的，缠在我身上。那时，我父亲以及他的各种清规戒律都变得无足轻重了，甚至连我的胃疼痉挛也慢慢消失了。她从不问我在写些什么，也不过问我和我在一起打牌的那些车站搬运夫的事。大学里的那些酒肉朋友逐渐转移到别的酒吧去了，可我还留在这里。在这里我很悠然自得，罗西塔不时从煮咖啡的机器后面对我报以微笑……我一点也不想念他们。那个痨病诗人在一个贫民窟里死得其所；马诺洛在私职人员互济会找到了一份差事——区区一个小职员，老兄，可又能怎么样呢？我已经饿怕了，也听烦了我妈妈絮絮叨叨地对我说：我们一无所有，穷得叮当响；尼卡诺尔回到了他多雨的家乡，和青梅竹马的未婚妻结婚去了——这桩婚事，他爹妈也同意，因为双方的地产相邻，两小块土地连到一起，也许能……可是，尼卡诺尔一直保守秘密，从来没和我们说起这个未婚妻。我正在玩牌，您突然在门口出现了。您径直走到柜台前，问罗西塔我在不在。你天真地用手指了指我：在大厅最里头，靠近火焰微弱的炉子旁边。您透过昏暗的灯光，越过一大堆散发着臭味的酒客的头顶瞥了我一眼；罗西塔，你的手这一指我，无疑把我五花大绑，毫无抵抗力地交给了堂赫罗尼莫。我这儿疼，而且越来越疼，疼得直钻心尖，就是现在盖着一层层棉花、纱布和橡皮膏的地方。随着您穿过顾客满座的桌子,一步步朝我走近,我这儿越来越疼,疼得直钻心,我双肘支在大理石的桌面上,凝视着面前的骨牌,竭力想把注意力集中在出牌上。可是,这一阵阵的绞痛令我喘不过气来。您站在我的身后,一声不吭……您是怎么打听到我在这里的? 您大概已经到我父亲家去过了,也许我那个低三下四、奴颜婢膝的父亲把您请进我家那个令人感动的小客厅:瘸腿的桌子,上面铺着我妹妹绣的桌布;也许还给您看了那本剪报,向您介绍了我那个谨小慎微、疑神疑鬼、说话尖酸却不露痕迹的母亲……

“公猪三点。”

堂赫罗尼莫伸手捡出一张牌。我噌地站起来冲您嚷道:

“你插什么杠子,臭大粪!”

您笑了。不,开始只是微微一笑。

“您不认得我了?”

其他几桌的谈话声顿时低了下来。酒吧老板和罗西塔隔着一串串挂着的香肠和缭绕的烟雾瞧着我们。有人小声嘀咕说:

“有好戏看了。”

那时,您才真正地笑了。您说:

“不,没什么好戏可看。”

然后您转过身去,从桌子之间走了出去。对家看着在我背后所发生的一切,告诉我说那个衣着讲究的家伙在出门前停下来,在一张卡片上写了些什么,交给了罗西塔。这一盘我赢了。

“我该走了。”

“今夜这么早就要走?”

“明天再来翻本吧。”

我知道这个“明天”是不会有了。我把围巾围在脖子上,走到柜

台前,对罗西塔说:

"我走了。"

"去哪儿?"

"我不舒服,肚子有些……"

我刚要出门,她又把我叫住了:

"喂!"

"有事吗?"

"那家伙明天十点钟在家等你。"卡片是他的名片和地址,我把它撕了个粉碎。

"见他的鬼去吧!"

其实,我根本不需要他的地址,我认得他的家,就在公园对面的大黄墙里。撕名片不过是我的一种姿态,装个样子,不让罗西塔发觉从今夜起,我再也不会贴着她的身子睡觉了。

十八

　　一切还得从头说起,得从埃库莱斯酒吧说起,不,还要早,要从在人类学博物馆的那天下午说起,或者更早一些,从那天在街上他的手套蹭了我的胳膊时起,一切都已精心地、逐步地、有耐心地策划着。从我为他效劳开始,他就表现出对我的信任,为了把我牢牢地抓在他的手里,他让我目睹他做爱,用伊内斯做诱饵,诱我上钩;委我当畸形人世界的头,用我卑贱的身子代替他充当他儿子的父亲,这就是他的最终目的。鱼钩设计得十分精细巧妙,我终于上了钩,再也挣不脱。我被捆在一张忽而火烫、忽而冰冷的床上,任凭他们接二连三地往我身上打针,不容我思考,不容我拒绝他们正在干的勾当:夺走光明,让我处于半死不活的黑暗状态;一袋接一袋的血,灌入我的身躯,既不让我死去,又不允许我把脑子里支离破碎的思维连贯起来。这是为什么?堂赫罗尼莫,既然不是想把我变成一个丑八怪,让那些和我生活在一起的善良的老太婆喜欢我,那又是为什么?真要把我变成丑八怪,那倒是一劳永逸了,被阿苏拉大夫的刀子大开膛的口子会被缝上,而不至于老是敞开着。我听见外面老太婆们蹒跚的脚步声;不,她们可不是来给我开膛的,她们是来给我缝刀口的。她们都是些好人。从窗口向外望去,我看到她们在街上踯躅,在街角的汽车修理站门口等着我;在对面的窗口向我微笑的,好像是多拉,为什么不让她们进来看看我? 所有的医院都规定了探视病人的时间,这里却没有。这里不是医院,是白色的牢房。所以,那些好心的老太婆——我也是其中之一——只能在窗外等着我,好让我心里踏实些。她们想把我领走,把我包起来,怕我冷,所以才把口袋带来了。她们对我无所求,耐心地等着我。对老太婆们来说,时间有的是,她们轮流换着班等着。不,不,我们不着急,我们可以等到血袋里的血都输到小哑巴的血管里去。

外面很冷,寒风凛冽。我知道我再也不会感觉到寒风了,正像我再也不会感觉到嘴里有水那样,因为人们不给我水喝,似乎水会使什么人倒霉似的……我看不到刮风,因为没有旗帜、飘带、树枝作为参照;而且我也看不清过路人的衣服,其实,似乎根本就没有什么过路人,也没有汽车。在这个城市的这个区域里,什么都纹丝不动,让人感觉不到冬天的寒冷。她们将把我永久存放在这间相当闷的实验室里。

我闭上眼睛,不再去想街上那荒凉的景象。视网膜上却映出事情的本来面目:他们想把你活活地保存在这里,永远不让你出去,以便搞走你的全部器官,你瞧,他们已经切除了你百分之八十……不错! 他们就是想这么干,也正在这么干。我睁开眼睛,透过窗户看到的一切还是原封不动。我想坐起来,可怎么也做不到。谁知道在这间昏昏幽暗的屋子里,他们把我捆绑在床上要到什么时候。对,他们开始给我换血了。我亲眼看见阿苏拉大夫一针管连一针管地从我胃里往外抽血,然后,再把它们分给吵吵嚷嚷地等着我的好血的人群。好不容易平静了一会儿。他们又准备对我身体的其他部位动手了。他们要逐步地摘除我健康的器官,移植到那些畸形人的身上,以

264

取代他们有缺陷的器官。昨天晚上，我感觉到他们在锯我的双脚，先沿着右脚踝关节锯了一圈，然后又是左脚踝。今天早上醒来，我的脚又肿又大，脚指头之间长出了黄色的蹼，全连到一起去了。我怀疑他们把我的手也弄成这副模样了，我连看都不想看一眼，他们一定把我的手也换成了别人的带蹼的手了。我不忍目睹，把手藏到被子里，这样，便看不到令人恶心的、由畸形人的皮肉胡乱粘连在手指头上的蹼了。在恩佩拉特里斯那里大概有一张供货的顺序单。她没有到这里来，大概正戴着仔细浆洗过的白帽在接待室里忙得不亦乐乎，并竭力安慰那些想搞到我器官的畸形人：请别吵吵嚷嚷的，要按部就班，先给头等畸形人，然后，再轮到二等的。请问，您贵姓，怎么称呼，想要什么？要整副全新的嘴脸，来替代您的畸形脸，这最难办，因为要换脸皮的人太多，大家都想换一张新的脸皮，可是，脸皮太少；再说，换脸需要的时间最长，手术也最慢、最细致，脸嘛，不妨这么说，总要比脚重要得多吧！

接着，他们要把我的皮剥下来，贴到梅利萨得了白化病的身上去；鬼知道多少天之后，当我从麻醉中醒来，会变成一个戴黑眼镜的白精灵了……我的鼻子、肾脏、胳膊、胃——我的胃被切掉了，至少百分之八十没有了——肝脏、肺，这些健康的器官都要移植到那些在恩佩拉特里斯办公桌前排着长队、吵吵嚷嚷的畸形人身上去。她工作认真细致，一丝不苟，很会掌握轻重缓急，或打上一个叉，或点上一个点，标红点表示急需。前厅里挤满了觊觎这区区贱体的畸形人：看中我身体的巨人；看上我一色青紫皮肤的浑身斑驳的人；领着畸形人儿子前来的正常母亲们，想从我身上得到些什么：随便什么都要，只要能使我这个可怜的畸形人的儿子变得稍微正常些；把畸形的父亲带来的正常儿子们，想看看在父亲这么一把年纪的时候，有没有办法为洗刷他们畸形的耻辱做些什么。他们要把那些有缺陷的器官移植到我身上,把我变成一个永远也无法定形的新我,集一切畸形之大成,一生一世处在这种可怕的病态、畸形、可笑和荒诞之中。我健康的器官移植到畸形人身上,使他们纠正畸形,成了正常人,像我一样无足轻重的正常人;而我却被捆绑在这张床上,眼巴巴地望着封闭着的窗户,等待着一次次地把我麻醉,剜走我的另一只肾,割掉我一只耳朵,截下我的指甲去取代爪子。林孔那塔的畸形儿将变成健康人,变成正常人,变成芸芸众生,变成自由的普通人,他们可以在城市或者乡间过正常人的生活,可以有邻居,可以交朋友;而我却被禁闭在这里……

这是办不到的,必须采用别的方法,别的方式。归根到底,我毕竟只是个有限的生命,我只有两叶肺,一只鼻子,两只耳朵,三十二颗牙,两只手,两只脚……当我醒过来的时候——不知道是白天还是黑夜,也不知道几点钟,因为从我的窗户看不出光明和黑暗的变化——我发现一件怪事:我手脚上的蹼消失了,那些畸形儿的四肢和器官移植到我身上之后,竟变得正常了。噢,原来如此,他们才把我麻醉了的。睡梦中,我感觉到阿苏拉大夫的手术刀在我身上切割,感觉到怎么锯断我的骨头,怎么切成块,怎么缝合上,又怎么从我身上割下移植到我身上以后恢复成正常状态的别人的器官。我虽然在蒙眬中,可是什么都知道,他们是为了这个才把我关在这里,永远不让我出去的——把我变成健康器官的培养所,健全四肢的加工厂。因此,堂赫罗尼莫才不让我死,开设了这家只有我一个人干活、只有我的躯体才出产品的加工厂。为了不让我发觉他们在糟蹋我,他们才把我弄得昏昏沉沉,有气无力,以少量的空气维持我的生命,不至于完全死去。内部器官的更迭不断延长着我的生命。总之,我再也不成其为人了,我只是别人身上某个器官或肢体的养殖场;我将永远不会死去,将永远平安无事地继续我的残生,只是需要定期被麻醉,不断地被放血,再输入畸形人的血,他们迫不及待地想把多余的血抽出来。日复一日,周而复始,沉睡和清醒都大同小异。堂赫罗尼莫是不会让我死的,他要让世界上一切畸形人从我身上得到解脱,从而在地球表面上消失干净,只让我一个人囊括人类生理上的一切残缺。我听到门外走廊里和院子里的一片叫嚷声:给我一只耳朵;给我一个右脚和大拇指;不,必须是右脚,而不是左脚;好吧,那你就等着吧,右脚拇指已经有人要了……得等四批,谁知道要多长时间,要知道,再生拇指有时要花很长时间;一块眼皮,一块皮肤,一个长四个手指头的畸形人要一个手指,以后我还会长出来的,再取走,再给我接上;取走我的鼻子,装上一个畸形鼻子……时光在流逝,但却与我无关,一切照旧。窗外大街上的东西纹丝未动,不论是白天还是黑夜,不管是寒冷还是盛夏,器官在我身上再生又再生,周而复始,循环不息。我连死亡的权利都没有。时间既静止,又在无限延长;事物都是一成不变的,不管有没有水,一切都是白色的,一切都处于朦胧之中,声音是低沉的,钟表上没有指针,心脏不会跳动,该吃饭的时候,肚子也不饿,什么时候也不饿,因为我没有胃,给人摘走了百分之八十,有时候可能还更多些。在这个连回光返照都不会有的阴暗世界里,时间是不会流逝的。

他们以为我睡着了,说话时声音放得很低。阿苏拉大夫在查看床头的牌子。我发烧了吗?我的血压怎么样?红血球是增加了还是消失了?他在指给堂赫罗尼莫看。他们一边议论着这块牌子,一边向周围的护士询问一些具体情况。是的,她们回答说,是这样。阿苏拉大夫重新把牌子挂好。我并没有睁开眼睛,可是,由于给我移植的蛇眼皮是透明的,我什么都看得清清楚楚。让他们以为我在沉睡好了。我无意和堂赫罗尼莫说话,也不想让他对我表示亲热,仿佛这里什么也没有发生似的。他是我的敌人。所有人都是敌人,我不想睁开眼睛。

"情况很好,堂赫罗尼莫。"

"能动大手术吗?"

"堂赫罗尼莫,两个手术同时进行。我把你们两个人安排在相邻的手术台上,同时麻醉;我一边给您动手术准备移植,一边把温贝托的生殖器取下来,移植到您身上。好吧,您就准备接受……"

"只要对我合适就行啊!我的生殖器您可以随便处理,扔到垃圾堆里也行。这个忘恩负义的色鬼,存心把我灌醉,让我和一个生殖器溃烂的令人作呕的老太婆睡觉,结果把我传染了,从此,我的性器官就再也不行了。他看上去老实巴交的,却和伊内斯搞上了。不行,让我当王八,我可不干。伊内斯也被蒙在鼓里,不知道自己是在和温贝托做爱,还以为是和我呢。我不能原谅这个碰过我老婆的臭小子,他竟如此胆大包天,干他这种人不配干、永远不许干、生来就无权干的事。非得惩罚他不可,让他的生殖器今生今世休想再用上。把他的东西移植到我身上;我的就不用再给他接上,虽说是不中用的,但宁可把它扔到垃圾堆里去也不给他。"

他们走了以后,我才睁开眼睛,朝窗口望去。大街没有尽头,静止得像一张照片,一张平平常常、毫无生气、毫无美感的照片,一张为照相而照的毫无目的的照片,也许只是为了尽快把摄有重要镜头的胶卷照完,并非为了专门照这个死气沉沉的街景。目睹这张似乎贴在墙上的放大照片,我心里突然感到出奇的平静;我将要在这间房子里度过我没完没了受宰割的一生。既平静又快乐。怎么不是呢?堂赫罗尼莫已肯定了那天晚上在佩塔·庞塞的房间里,我是和伊内斯做的爱,我领受了她的娇艳。那么,让死神日夜守护着我算得了什么呢?水又算得了什么呢?沉睡或者清醒又有什么关系呢?瞧着那与我生命一样漫无边际的大街,我怎能不感到平静呢?我的生殖器又有何用呢?把它割下来喂狗吃吧!我已经越过了障碍,尝到了伊内斯这个禁果。是的,堂赫罗尼莫是不会知道最后的胜利已经属于我了;他还以为他将像窃取我的伤口那样偷走我的生殖器。不,堂赫罗尼莫,这不一样。这次是我把它送给您的,我已经不需要了;拿走吧,我送给您了;让阿苏拉大夫给我摘除吧,我已经心安理得了。我熟悉的形象又开始在大街上活动起来了。我听到了她们的脚步声。她们在对面人行道上对我微笑,开始只是偷偷地笑,在街角上等我,现在则对我打起手势来:下来下来,丽塔说,她给我开门;多拉向我保证,她们一定欢迎我;布里希达挥着手,和我打招呼。我听到安德烈斯修士教堂响起了钟声:下午四点了。阳光明媚,虽然时值严冬,依然阳光灿烂,外面的空气一定很清新。你们等我一下,我向她们做着手势,告诉她们等我一会儿。今天我没法下去和她们聚会,也许明天还不行,但是后天,或者再以后,肯定能行,因为那时他们再也不会给我做手术了。来呀,来呀,小哑巴,他们忘了给你安上别人的喉咙,所以你成了哑巴;他们忘了给你安上别人的耳朵,所以你又成了聋子。来吧,我们在等着欢迎你,我们不会向你提任何要求的,我们只想照顾你,和你一起过日子;让你穿暖和点,瞧,我们带来了口袋,可以神不知鬼不觉地把你带走。我们不在乎你有没有生殖器,我们都老了,不中用了,甚至从来不记得自己什么时候有过生殖器。我们有别的消遣方式,以后你会看到的,那是比你见到的事物复杂得多的另一个侧面,它们能使时间和人的形象发生扭曲。我们会教你如何使用的,因为你和我们一样,被剥夺了一切,所以,你就和被剥夺者、穷人、老人和被遗弃者拥有同等的权利。和我们一起来玩吧,不,那些都是正经的娱乐,我们自己创造了一些纯真而严肃的规矩,你会看到当我们按那些规矩活动时,将会出现什么情况。在我们潮湿的走廊上,在摇摇欲坠的围墙内,或者人烟稀少的院子里,性行为是不存在的,所以,你没有性能力,不会有人少见多怪的。你会像我们一样,成为又一个战胜暴虐的老太婆。你嘲笑堂赫罗尼莫吧!把你现在还没有割掉的东西给他后,他反倒成了你的奴隶;明天或者后天,你失去了那个东西后,可以自由自在地和我们生活在一起了,扫扫地,搞搞卫生,为别人寿终正寝准备后事,做做祷告,听听梅塞德斯·巴罗索说笑话,在伊里斯·马特卢纳生育那个奇迹婴儿之前,看看她跳现代舞,现在她好像已经知道自己怀孕了,所以舞跳得少了;再喝喝马黛茶,一边咳嗽一边咒骂那些忘恩负义的主人,他们对别人为他们做过的牺牲,总是忘得一干二净。应该多祈祷祈祷,听说昨天晚上有人听见堂克莱门特又在来回踱步了……嘘——老姐妹,别再说了,别这么大声说话,别这么叫我,轻一点,别说话了,别人会听见你们在叫我的。

"下来,小哑巴!"

"下来!"

"我们等着你。"

"我们想你呢。"

她们聚集在对面的便道上喊我,向我做手势,晃动着手帕。行行好吧,老姐妹,别再叫我了,要不了多久,我就会跟你们走的,他们就会把我放出去呼吸新鲜空气了,他们会让你们把我带走的。这不就一切如愿了!

您也在为博埃编织着什么吗?谁把您也弄到这六个巫婆的圈子里来的?准是当我在医院里被切除百分之八十的时候吧;贝妮塔嬷嬷,我还从来没见过您这么无所事事的样子,仿佛时间永恒静止一般,跟我一样显得衰老不堪,无精打采,既没感觉到临终前的宁静,也感觉不到窗玻璃的清凉。他们是不是把我捆住了?贝妮塔嬷嬷,您看,我连动也动不了。也许您看不见我,那是自然喽,在这么大的一张床上,要看到缩小成百分之二十的我,哪有那么容易。但是,我一定是在不断地康复;要不然,您准会激动地来回踱步,无论如何要为我做些什么。可现在不是这样,您很踏实,从容地坐在我旁边,专心地编织着;大概是给博埃织一条白披巾,因为这里什么东西都是白颜色的。今天,这个没完没了的傍晚——您知道,我的命运也像它那样永无出头之日——显得十分宁静,我透过窗户看到的那条平庸无奇的大街——对我来说,那里的一切都是一成不变的——若明若暗,徐徐地吸引着您。您拉着我的手,您知道我怕自己死不了。其实我也并非时时心存恐惧,贝妮塔嬷嬷,有时候我也很兴奋,因为我相信,这条街——它是天堂的另一种形式——会无限地延长我的生命:它的建筑物、人行道、街灯、马路、窗户、门、干枯的树木、天线、电缆,在您的监护下,所有这一切并不像我当初逃出林孔那塔、在那些该死的街头风餐露宿时那样令我心惊。当时,我意识到正在策划的一切不是为了关心博埃,而是为了抓住我,诱我上钩;于是,我就只身出逃了。由于阿苏拉大夫只给我留下了身体的百分之二十,当时我已经面目全非了。我担心有人会认出我的目光,便化装成要饭的叫花子。寒冷、饥饿、失业、

271

贫困,我走到哪儿,遇到的都是这一张张充满敌意的面孔。我没钱付房租,一再被客店的老板娘踢到街头。我整天在大街上流浪,不分白天黑夜地流浪;对我来说,没有白天黑夜的区别,只是一些日子比另一些日子更严酷些罢了,都是一样的无情和可恶。晚上,我只得在公园里游荡。不过,不是那种塑有骑士像、建有花棚和水池的公园,而是那些位于城市边缘、介于牧场和公园之间、无人管理的无主荒地。我们晚上就在那里过夜,生一小堆火,用来取暖或煮茶;还必须把枯枝败叶烧起来的火苗压得低低的,不让别人发现,也不让我们相互之间发现,免得自相残杀。现在,我只剩下身体的百分之二十了,不必害怕佩塔看见我在街上流浪;我之所以钻到荒芜的公园去,并非为了躲开她,而是想以此说明我并不是她要找的人,但愿她明白,可怜的老太婆所做的努力全然是不值得的;她不该苦苦纠缠我,应该去找他,他身上什么都不缺的。佩塔,上次和你做爱,使得你在出生以来半辈子孜孜以求的、唯一的一次快感中忘情呻吟的是他。那晚爬到你床上、压在你身上的是他,不是我;我是和伊内斯做的爱。正因为如此,他才把我和她做过爱的阳具割下来,才把我赶到大街上,赶到这条我从窗户里看到过的大街上。那里的一切都如死一般静寂,汽车修理站里空空荡荡,街道向两头无限地延伸,时间似死水一般静止。只有一个面黄肌瘦、胡子拉碴、衣衫褴褛的乞丐,经常可以看到他在教堂门口行乞。那叫花子又哑又聋,平时整日在街上徘徊。一天,他突然像被风刮走了似的失踪了。他到公园里去了,那里躲藏着不少像他那样的人。可是,他并非为了藏身,贝妮塔嬷嬷,我可以向您起誓,他是在一条沟里点起一堆干树叶,和衣躺下,一心希望佩塔晚上来找他,装作偷东西,掏他的裤裆;贝妮塔嬷嬷,佩塔并不是想偷东西,她是要在我身上寻找她梦寐以求的东西。我不会被弄醒的,因为她什么也不会找到。黑夜将吞没她愤怒的吼声,而我是听不见的;她给我系上裤子后,又到别的地方去找了……贝妮塔嬷嬷,我真不知道,也没有把握,有时候也有些害怕,不清楚阿苏拉大夫到底把我的器官替换和移植到了何等程度。也许压根还没有开始,这一切还只是手术前的准备工作。从窗口望出去,我没有看见街上有乞丐,也没有众老太婆,大概她们都走了,都回静修院去了;我多想回静修院去呀!晚上可以在走廊里来回走走,还可以去看看多拉和丽塔。可是,她们已经不在我从床上透过窗户能看见的那条大街上了。床是冷冰冰的,窗户也是冷冰冰的,大街上还是冷冰冰的,既没有汽车,也没有机械师,也没有汽车修理站,便道上没有行人,风刮过来,没有随风摇曳的树叶,也不见迎风晾干的衣服。在一段漫漫悠长的时间里,一切都是静止的,不动的。您在我旁边照料着我,静悄悄地守护着我,监视着我;对,你不是在照料我,你是在监视我,恩佩拉特里斯,你穿着件白大褂乔装护士,可我透过风流的大褂,还是认出了你。在去化装舞会之前,你在我床边待了一会儿——在舞会上,你那众人以为是伪装出来的畸形,居然还得了奖——你坐下之后就不走了。大概你发现了什么,于是你便不离开我了。时光在流逝,你却总是待在我身边,监视着我,把我留在这里,不让我逃跑,迫使我履行与你结婚的诺言。你身上穿的不是护士服,不是十八岁大姑娘穿的风流大褂,而是你早就准备好的可怕的结婚礼服,上面绣着花,点缀着宝石,华丽的裙边一直拖到地上,洁白的面纱几乎盖住了你的脸颊,随着你的呼吸起伏着;你白天黑夜不变这身装束,以备什么时候等我清醒过来,好勾住我;你缩着发髻,卷着头发,还梳着银光闪闪的辫子;你警惕的眼窝里闪着光;象征你

273

纯洁的白纱上的宝石灿烂夺目;万事俱备,只等着举行最后的仪式了。别让我跑掉,这是你唯一的机会,你做好一切准备,日夜守候着、警惕着,不让我逃之夭夭。

然而,那时……你一定知道,所以才做好一切准备等候着:我还没有做手术,仍旧完好无缺,占有过伊内斯的性器官既没有被移植到赫罗尼莫·德·阿斯科伊蒂亚的身上,他的性器官也没有被扔进垃圾堆,我还完整无缺,所以,你在房间里等着我,而佩塔·庞塞在外边我看不见的公园里暗中窥视着我;也许她并没有因为一无所获而怒气冲冲地离开那里,却用一种神奇的马黛茶把我醉倒,和我做了爱。她对我欲火正旺,在公园里等着我,因为我还没有做手术。堂赫罗尼莫没有时间,他正忙于国务;让他在黑暗中等着,让他在黎明中等着,时间是无止境的,也是永恒的,让他眼瞧着窗户等着吧!叫恩佩拉特里斯监视他,然而,恩佩拉特里斯从来不唯他人的命令是从,她只服从自己。由于我还没有动手术,还是完整无缺的、危险的,所以,在我醒来之前,她像一头发情的母兽一样在走廊里走来走去,拖着白孔雀尾巴似的新娘礼服,在医院的过道上徘徊,抓耳挠腮,急不可耐;她那灿烂夺目的头饰,她那额头上的皱纹和脸颊上的褶子紧张地抖动着,生怕堂赫罗尼莫把我从她的手中夺走。她拉着我的手,慢慢地揭开面纱,露出她那张可怕的充满痛苦皱纹的脸庞。护士小姐,她就是坐在我床边的那个淫荡而固执的矮胖女人;护士小姐,我没有办法把这张脸轰走;再给我打一针止止痛吧,我疼得越来越难受了。你们都是好人,恩佩拉特里斯,我向你发誓,只要你设法让她们再给我打一针,止住这要命的疼痛,我一定和你结婚;我发誓,要是你设法让她们再给我打一针,使我见不到你那张可怕的面孔,我就在这里和你结婚:我躺在床上,你穿着缀着宝石的拖地裙,戴着头饰。然而,从你的眼睛里,我发现你心存狐疑,所以,你在不住地来回踱步。你怀疑我还是不是一个男人,怀疑我也许已经做了手术,已经换上了被佩塔感染了的性器官,绵软不举,废物一个。你在掀起我睡衣时没能看到,你还在不停地徘徊,我已感到了你那犹如大扫帚的长裙在走廊上来回拖地的声音。你坐在我身边,拉着我的手。一切都盖着白纱。恩佩拉特里斯,相信我吧,虽然我和佩塔发生过关系,我温贝托·佩尼亚洛萨还是能使你受用的。我要给你看看我是有生殖器的,我之所以撩起被子,是想使你明白,让你知道我那玩意儿还是管用的。快让她们给我打一针,别让我再看到你那张可怕的面孔。我要撩起你的新娘礼服,和你做爱。恩佩拉特里斯,这不正中你的下怀吗?你别扭捏作态,别装模作样地阻止我占有你;我已经兴奋,我的手正伸向你这矮老太婆令人毛骨悚然的、满是雀斑的胸脯。你别假正经,把我的手拽出来,我是要刺激你,激起你的性欲。你别走,别走呀,别甩下我一个人,你别惊叫着往外跑,说我想强奸你;你别跑,小心踩着你的新娘礼服;你别恶人先告状,是你自己硬要我在这里和你做爱的。现在,你倒好,一走了之,把我扔在这间没有出口的地下室里,周围全是些沸腾的试管和量杯、生理盐水、输血的导管,以及别的我不知道名字的管子,弄得我动弹不得。我想逃跑,对,我必须逃走,免得这些东西把我憋死,应该打开窗户透透气;可是,这不是窗户。现在我才发现他们的骗局,这只是一张贴在砖墙上的放大了的照片,伪装亮光和空间,使我产生打开它的欲望,敲击它的玻璃;可这又不是玻璃,是贴在墙皮上的薄纸,是照片,是骗人的东西。既没有窗户,也没有门;既没有出口,也没有地方可以出去。我挠呀,撕呀,我把这张徒有骗人外景的照片撕破,撕成条,撕成片,指望抠出一个真正的窟窿来。我的指甲生疼,可我还是一个劲地挠呀,撕呀;没有,什么也没有,这间小屋里连点儿亮光都没有,活像一座坟墓;我把整张照片全撕了下来,还是一无所获,出现在我面前的只有砖墙,用旧报纸糊着的泥壁,报纸上登的消息虽然耸人听闻,却已然事过境迁,无关紧要了:什么长江洪水泛滥,什么南斯拉夫地震,什么巴西东北部闹饥荒,诸如此类,伤脑筋的可怕事。一张张报纸上的消息,其实已经根本不是什么新闻。我把那伪装的窗户、亮光、空气、风和索然无味的大街——我本想可以从这里钻出来,沿着招呼我的老太婆们指出的路逃走的——统统撕了下来。什么都算不上,都是些老掉牙的新闻,过时的陈词滥调,一劳永逸解决问题的讨论。这儿简直连间房子都算不上;只有泥土,连糊墙纸都没有了;泥土、石块、一个洞穴——不过,不是我正在板结的泥块上挖的洞——一个禁闭我的地牢,贴上封条的地牢。我大声呼救,全然无济于事:恩佩拉特里斯,恩佩拉特里斯,救救我。她听不见我的声音,因为阿苏拉大夫已经摘除了我的声带,我不愿意再说话了,也不想再喊了,反正谁也听不见我的声音。我一个人孤苦伶仃地在地牢里待着,黑洞洞、严丝合缝的四壁憋得我透不过气来。岩石、砖块,泥土,骸骨,我挖呀挖,我用指甲抠,用牙齿啃,在那个原先挂着假窗户、哄我相信外面别有天地的地方拼命地挖。我挖得双手鲜血直流,总该找到些什么吧。我一会儿往上抠,一会儿往下挖,但找不到任何出口,尽管我觉得应该有出口,因为除了这个禁闭我的牢房,我似乎还记得一些别的事情。这里只容纳得下我一个人,里面的空气快被我用完了,我必须挖出一条通向外面的地道、通道或者走廊,开辟一个可以活动身子的院子和房间,哪怕只是一小块空地也好,反正只要不是这座在吞噬我的地牢。我咬呀,挠呀,撕呀,却一无所获。我周围的空间越来越小了,我眼看快要窒息了,因为这里没有窗户,即使有窗户,也什么都看不到,所谓新鲜空气只是一种幻觉,沟里的流水对我来说是可望而不可即的虚构,脸颊上既感觉不到有一丝能摇动橘树叶或者迫使人们带上围巾的凉风,也感觉不到一缕透过橘树叶投下来、令我们产生错觉、仿佛我们在水中悠然畅游的微弱阳光。应该打扫一下断垣残壁,把它们收拾干净。小哑巴,打扫一下撕下来的破报纸,把乱七八糟的东西统统整理好,别让外人看到这股脏劲儿。行,多拉,不过,你别催我,我有点累了,你没看见我一直在打扫吗?你倒好,津津有味地听丽塔说着什么,用披肩捂着嘴呵呵笑,露出那张没牙的大嘴。这里谁也不捂脸,不用假面具,不用面罩,连口罩都不用。不,这里每个人都有自己的脸,尽管随着时间的流逝,这些脸会理所当然地变得越来越难看。小哑巴用扫帚把剥落下来的墙皮和破报纸扫成一堆,这里面报纸可真不少,静修院里有些房子堆满了旧报纸,这些废纸全是大主教给我们送来的。贝妮塔嬷嬷和拉克尔·鲁依斯夫人在走廊上边散步边讨论了好长时间,她们什么都谈到了,尤其是伊内斯夫人回来的事。她们说这位可怜的太太性格更加孤僻了,现在左派报纸都在攻击她,一味地嘲笑她申请赏赐福女称号的事。您瞧她办的蠢事。她有万贯家私,却偏要去许什么清贫愿。准是堂赫罗尼莫用她去欧洲的机会,未和她商量就签署了转让静修院的文契,令她恼羞成怒了。其实,我可以肯定赫罗尼莫从来也不和伊内斯商量什么的。等她回来,静修院可能已经被拍卖了,老太婆们已被送到别的收容所去了,砖墙也可能已经被推倒……她们一直在一边说着这些事,一边沿着院墙转了一圈又一圈。这时,小哑巴在扫地,丽塔和多拉闲得无聊,心不在焉地拔着红萝卜,把萝卜扔到报纸做的三角袋里,留起来准备以后再吃。萝卜嫩极了。丽塔,我们走吧!贝妮塔嬷嬷在喊她,拉克尔夫人要走了,你去给我们开门,我去送送她……我这就回来。她的眼神这么告诉我。小哑巴,你等着我,我就回来,你接着扫吧,在我送走拉克尔夫人回橘子院之前,一切照旧。听说大门也要拆掉,贝妮塔嬷嬷。可是,自从我还是小姑娘到这里来修身养性时就听人这么嚷嚷来着,可是,你看,不是还没有拆吗?一切还都是老样子。小哑巴在扫地,多拉俯身察看着萝卜,仔细端详着这些血红的、残肢似的、迟早要被老太婆们吞进肚里去的块茎。

十九

　　贝妮塔嬷嬷,您干吗这么心神不安? 您虽然没出声,可显然是在叫我,我于是放下扫帚迎上前来。您把拉克尔夫人送到大门口,又回到了橘子院。您环视左右,像是要求助于谁,可又不想求人。没关系,我明白您是在找我。您对我说:来,小哑巴,别让我来求你陪我,跟我到礼拜堂去。我看得出来,只有祈祷才能排解您那显露在肮脏的风帽下的忧愁。小哑巴,送送我,我喜欢一个人独处,你把我送到那里,把我留在礼拜堂里就行了。那里现在已经不做弥撒了,不过是个空荡荡的库房,几条长凳,一座祭台,几尊石膏圣像,几张坐椅,几间忏悔室,还有一些已经闲置不用的祭器。可是,每天下午,那些老太婆照旧穿过一条条过道,相互拽着衣服,还是照例到这个不成其为礼拜堂的地方来做祷告。幸好今天下午没有任何老太婆用窃窃私语和喃喃祈祷来打断我的沉思。我早就想在这个该死的地方向你祈祷了,上帝啊,从什么时候开始来着,二十二年前,不,二十三年前,我就想和你说说心里话。最初院长答应我:好的,我正在给你另外找一个更有生气的差事,像你这么聪明的信使,不该在这个静修院里虚度光阴,我想明年就可以把你送到……我已经记不得是什么地方了。因此,你得有耐心,孩子呀,你要一如既往,谦恭地干活……可是,嬷嬷,你要帮我一把,不,不单是钱,还要给我派几个修女来,要活泼些、年轻些的;我现有的两个修女安塞尔玛和胡莉娅,她们和我周围的那些邋遢的老太婆已没有什么区别了。那些老太婆把派来帮我的修女统统同化了。现在,她们也穿得破破烂烂,沾染上老太婆们的恶习和迷信,我已经看不出安塞尔玛和胡莉娅与其他老太婆有什么两样了。只有小哑巴还行。小哑巴,你在黑洞洞的忏悔室里陪着我吗?贝妮塔嬷嬷,您还坐在后面最后一张长凳上,想祈祷而又没有祈祷成吗?院长说:你等一等。于是我就等着。我和小哑巴竭力想把静修院收拾得体面些、整齐些。可是,毫无效果。要不是小哑巴,这破破烂烂的静修院根本没法对付。现在是一年比一年越发难对付了;真的,眼下我们简直对付不了了。我不知道你今天在院子里扫些什么,大概又是墙上掉下来的灰皮吧!好吧,总得干点什么。是的,嬷嬷,是得做点什么。院长对贝妮塔嬷嬷说:等一等,孩子,等一等,我答应明年让你当一个学校的头,凭你这样的聪明才智和天赋,在静修院里真是白白糟蹋了。然而,院长却被派到罗马去了,也可能已经死了,新院长又不了解贝妮塔嬷嬷的工作,于是,同样对她说:等一等,孩子,等一等,我还需要时间对你做进一步的了解,才能知道你能胜任什么,因为谁也没有报告过你的工作情况,也没有留下什么材料,据说……据说……光靠据说是不够的,我要亲自证实一下。对不起,院长,看来我要老死在静修院里了;我太无聊了,连个说话的人都没有。我真怕死那些老太婆了,她们会像吞噬别的修女那样,把我吞掉;我会死在这群包围着我的白痴和老货之中的。我已经四十八岁了,五十岁了,五十四岁了,五十八岁了。等一等吧,孩子。可是,以后,连"等一等"这种话都不说了,而是一味说:要忍耐,要甘心为上帝做出牺牲!这样你才会进天堂。你待在静修院里,就是极大的牺牲,要不是你,静修院会垮台的。可是尽管现在我还在,静修院不照样在垮台吗？拉克尔夫人早就对我这么说过。拍卖行的那些家伙来清点所有这些杂七杂八的东西,什么长板凳、石膏圣像、圣母和圣婴的石版画。现在,小礼拜堂已经不复存在了,大主教的一纸文告就把它一笔勾销了,然而,圣灯的火焰清楚地说明你的存在。拍卖行的人来过之后,电铲、大锤、卡车和拿大镐的工人就会接踵而至的……小哑巴,我们到哪里去呢？……我们怎么办呢？贝妮塔嬷嬷,我们到哪里去藏身呢？拉克尔夫人正在算计我们这些老太婆呢！怪不得您和拉克尔夫人没完没了地商量着,在橘子院的过道上转了一圈又一圈。我就在树荫下监视着你们。没有发生什么事。卡梅拉哼着"你们来,我们大家一起走"的歌词穿过院子。我拿着扫帚,多拉和丽塔在拔红得像血淋淋的残肢似的萝卜。对,拉克尔夫人,阿索卡尔神父答应过我,圣婴城总管的肥缺准是我的;然而,对您却不能提起阿索卡尔神父,一提您就发火。啊,贝妮塔嬷嬷,您虽然这把年纪了,却天真得令人难以置信。神父是个骗子,是个政客。静修院肯定要拆掉,但圣婴城却是不会有的。他准会把钱袋装进自己的腰包,他将把地皮分块出售,用那笔钱来资助他的候选人的竞选活动。我早看透了,这是明摆着的,所以,他才急于要卖静修院,因为大选已迫在眉睫。哼,阿索卡尔神父可别跟我来这一套,谁知道他是从哪里钻出来的。圣婴城是绝对不会有的,你们都要被抛弃了,天知道会把你们塞到什么地方去……自然喽,贝妮塔嬷嬷,我可以为你提供另外一条……比较好的……可能还比较妙的……出路,圣火在闪烁和颤抖着,灯影在内殿游移,它像是在说服我,让我不要去相信哪一天我能摆脱这些老太婆,和年轻人一起干。她面对宽大的窗户,连说带比画,仿佛在对我进行说教,我听见她从教堂后排的长凳上对我说,她可以为我安排一个更有意思的工作。

"什么工作?"

"如果我设法为您办起一所养老院,难道你不准备去当个头吗?"

"可是,拉克尔夫人,这样的可能性是不存在的。这需要一大笔钱。我搞了一张全体孤老太婆的清单,上面附有她们每个人的,或者是她们记得起来的,或者是她们愿意告诉我的履历。其中有许多人本应该住医院,还有几个该送疯人院……例如那个可怜的阿玛利娅,你一定还记得她吧?就是那个服侍布里希达的独眼女人。她老是伤心地哭哭啼啼,说什么找不到手指头了,可连她自己都不知道是哪个手指头。可是,她拼命到处找,尽管连那个她从来未见过的手指头是什么样的都不清楚,她没完没了地终日唠叨这件事……还有那些出了名的小孤女……"

"那么,布里希达呢?"

"啊呀,我说拉克尔夫人,您怎么有点儿怪……一年前是您亲手把她埋葬的,您怎么不记得了呢?"

"我当然记得。"

"那您怎么还问。"

"我正在清点布里希达的遗物。"

我不明白和这有什么相干……拉克尔夫人,在后殿对我大声说话的不会是您,因为只有当您的孙子偷您糖果时,您才大声嚷嚷的。也许是布里希达在后殿收拾祭台,平时她就是那样打扫祭台,又织又补。不对,不是布里希达,因为那人穿一身黑衣服,而布里希达是不喜欢黑颜色的。您告诉我,布里希达给您当了五十年的用人,把挣来的钱全积蓄起来;谁也没听说她在什么东西上花过一个子儿。她从不外出，也没有家，年轻轻的就成了我妈妈家花匠的寡妇。我什么东西都送她，床单呀，床呀，收音机呀，鞋呀，她需要什么我就给她什么。我所有的衣服她穿着都很合适，因为我们俩的身材完全一样。她把钱藏在褥子的破洞里。每当年底我们去避暑的时候，她就把积蓄交给我丈夫；由我丈夫替她在交易所里买几股利息很高的股票。小哑巴，我不晓得你是不是知道，拉克尔夫人的丈夫是交易所里最出名和最富裕的经纪人之一。对，对，我知道。他是堂赫罗尼莫的朋友，他们经常一起在团结俱乐部打牌；或者用当天的报纸盖在脸上，一起坐在图书馆的椅子上打盹。时间一年年地过去了，布里希达在我丈夫手里的钱翻了十番，甚至百番。我丈夫很喜欢布里希达，有时，他亲自到她的房间去看望她，给她说说投资的情况。他们一聊起来就很投机。有一次，他告诉我：

"真奇怪，这个大门不出、只知道祭祀和祈祷的女人，在股票方面居然比我还要精。你不知道布里希达的建议使我赚进多少钱。"小哑巴，你信吗？不信吧。可是，我信，贝妮塔嬷嬷，我知道布里希达对这些事很在行，对别的事情也懂得不少。有一个时期，她一直很紧张。一天早上，她打电话到我丈夫的办公室，非要他把她的全部股票都抛出去，买进黄金不可。我丈夫再三劝阻，也无济于事。我丈夫真以为她发疯了。可是，因为买黄金终归吃不了大亏，我丈夫就依了她。奇怪的是，从此以后，我发觉我丈夫成天愁眉苦脸，惶惶不安……突然有一天，他一大早就起来了，也像布里希达那样，把我们全部的证券和股票悉数抛售出去，换成黄金。其他的经纪人都以为他神经错乱了，他自己也无法解释为什么要这样做，只有我知道。果然，几天以后，国际证券交易所行情暴跌，许多人破了产，不少人因此自寻短见，而唯有我们安然无恙，但他自言自语地说，是他作为交易

283

所经纪人的天才救的他,但事实并不如此。后来,当别人纷纷以报纸的价格变卖极有价值的东西时,我们乘机购进了不少。

"拉克尔夫人,您要是想把布里希达的钱捐赠出去,为什么不捐给圣婴城呢?"

"贝妮塔嬷嬷,您比我想象的还要天真得多。您听我说:十五年前,我便守了寡。布里希达不让任何人动她投资在房产上的钱。那是我丈夫在交易所行情暴跌、市面上大量抛售房产时替她买下的。这笔房产过去一直由我丈夫的办公室为她经营着。除了我丈夫——还有我——她谁也信不过。我丈夫去世以后,布里希达便从我丈夫的办公室取出她全部的钱和房产,放在我的名下。她说:

"'拉克尔夫人,我不识字,连自己的名字都不会写,只好把它放在您的名下了。'"贝妮塔嬷嬷,您看到了吧,弱者自有弱者的杀手锏。笑着割破自己肚皮的孩子是不会被带到监狱里去的;聋哑人也自有办法战胜警察的拳头。阿苏拉大夫的手术救了我,因为我没有什么好让人算计的了……我们还是接着听那个在后殿圣灯的照耀下的有气无力的阴影说话吧:"从那时起,我便经管布里希达的财务。我用她不断积攒在褥子破洞里的钱,替她买下更多的房产。她不像别的用人那样喜欢出去逛马路——她也因此而瞧不起她们。我只好代她奔波:去看别人要出售的房子,回来给她描述一番,向她介绍房子所在地区的环境以及房子的建筑质量。于是,布里希达告诉我,容她想一想。第二天,当她把早饭和报纸送到我床上的时候,对我说:

"'买下吧。'

"这样,我就不能再安安稳稳地躺在床上翻阅最新的时装画报,或者和儿媳妇们在电话里聊天了,我必须早早地起床,去办这样那样的交涉,为她买下一幢房子或者一块地皮。贝妮塔嬷嬷,她连公证权也交给了我。被人委托法律上的权利是一件很可怕的事。她不喜欢讨论,只是喃喃地说:听说现在的人很爱讨价还价,而且什么事情都干得出来。于是,就委托我替她收租金,代她在收据上签字,所有买进卖出的字据都冠以我的名义。我一会儿一溜小跑地去公证处,一会儿去找一个信得过的管工来修卫生间,那些因为单身而被我们赶走的房客把卫生间糟蹋得不成样子。总之,一切都得由我替她干。贝妮塔嬷嬷,我也喜欢给布里希达办事,我何必讳言,这样的事对我来说简直是一种消遣呢。其实,对她来说,钱没有丝毫用处,她从来不花钱,唯一的目的是让大钱生小钱。她的这笔钱比我继承的遗产更像是我自己的。您知道,像我这样的女人,孩子都大了,也都独立谋生了,生活是很单调乏味的。我的朋友们以打牌取乐,而我则以来回倒腾这笔没有用的、徒有虚名的财产来开心。我要让它像癌细胞那样,一个劲儿、毫无目的地快速增长。这可以说是一种游戏。不过,事实上,不是我在玩游戏,而是游戏在耍我,我都已经离不开它了,玩上了瘾。我从一套房子跑到另一套房子,甚至为碎了一块玻璃而大发脾气;在布里希达出租的居民区得了气管炎。由于玩这种游戏,我和女友们疏远了,也顾不上照看我的小孙子了,这些我都不在乎。对一个不想付或者付不起房租的房客,我嚷嚷得嗓子都哑了;而她布里希达,却头上打着精致的灰色蝴蝶结,在暖暖和和的家里,安安稳稳地等着我。她跪在我脚前,为我脱去沾满泥巴的鞋,因为我跑遍了整个居民区,调查关于有些房客在转租房子的传说是否属实。我不喜欢在我的房客里有人当二房东。晚上,我倒在床上精疲力竭。布里希达的游戏可把我累苦了。她给我送来一杯清茶和几块我最喜欢吃的精制烤面包片,然后,交叉着双臂,毕恭毕敬地站在我床边,问我:给里克尔曼房间糊的墙纸是不是太贵了些?听说在圣伊西德罗有一家纸厂,出的纸既好看又便宜……听说……听说……我真不知道她哪来的那么多听说。就是这些听说,驱使我整天去倒腾布里希达这笔毫无用处的钱。我给她出过一个馊主意,让她立一个遗嘱,她听了着实大哭了一场。当然喽,帮她干了这么多年,我不想再帮她折腾这笔钱了……我对她说:不是这个意思,我的意思是说,她不必再给我当用人了,她已是一个有钱的女人,完全可以住在自己的房子里,找一个像伊里斯·马特卢纳那样的女孩来服侍,靠房租利息足以生活得像女皇一样……哎呀,听了我的这番话,她哭得越发伤心了。您是看我老了,想撵我走,把我当垃圾一样扔到大街上去。她怒气冲天,怎么也不肯原谅我要她搬到自己房子里去的主意。于是,她便告诉伊内斯,非要住到静修院来不可,说,既然她不中用了,何必还要留在我这里呢。结果,她住到静修院里来了。我想,我还是应该不时地从城市的另一边跑来给她带些有关她生意的信息,然而,她却没有立下遗嘱就去世了。她的全部财产还在我手里,我正在陆续给她处理遗产……可是,那么一大笔钱,我真不知道该怎么处理才好,我还得继续收房租,像她活着的时候那样为她理财……听说在马塔德罗区……听说煤气灶……但是,我不能再当布里希达这笔钱的奴隶了,我不想再管这些听说了;我想抛开这一切,我累了,我不想管布里希达的事,痛痛快快地过我自己的日子……当然,也许我自己已经没有多少活头了……"

她穿一身黑衣服,就在后殿。要是光线再亮一些,就可以更明晰地看清她的脸部表情,分清她的动作和手势了。她胖多了。小哑巴,你去点几根蜡,看看她在做什么,去帮她挪一下那把镀金椅子,我看她好像在挪,不过,干吗要挪它呢?你等一等,等一下,小哑巴,似乎她更像是梅塞德斯·巴罗索,个子这么大,又这么胖,穿一身黑。她

正停下来要和我讲讲她弄不明白的事:

"所以我才来请教您。现在一切都快到头了,顶多还有几周工夫。这您是知道的。阿索卡尔神父已命人来列拍卖清单,当然这里无非是堆垃圾。不过,从中总还可以捞到些什么。看来你们不得不另找出路了;你们又没有地方可去……贝妮塔嬷嬷,我想用布里希达的钱……创办一个现代化的慈善机构,配有专业医生,由您全面负责。可以叫'布里希达协会……布里希达……',您以为我连她的姓都记不得了?"

我在阴暗中仔细察看那个人,她正在和贝妮塔嬷嬷讲自己的打算:让我们都住到无菌医院里去,由戴白口罩的护士照看我们。不过,我非常了解您,贝妮塔嬷嬷,我知道您会说不行,无论如何也不行,哪怕她说买一幢现代化的、令人惬意的、带花园的,或者再带一个公园的房子。不管她怎么说,您也不会同意的。可是,尽管那个被圣灯照得勉强能看见的人解释说,老太婆们人太多,相当多……她还是一个劲儿想说服您。

"可是,慢慢地会越来越少了。现在的人不像我那样有用人,而且对用人还得管一帮子。我正式建议您,再也别接收老太婆了。留下现在这一帮子就行了,她们会慢慢死光,一个也不剩的。凭您的经验,完全有能力管理那个新的、洁白而漂亮的静修院……让那些剩下的老太婆托布里希达的福,过几天舒心日子。有别墅,有暖气,有高水平的医生,有微型轿车送她们去海滨散布,到农村远足。用这种办法把布里希达这笔闲置起来的钱花了;这笔钱不花掉,会沉沉地压在我的肩头……"

"不,不,我再也不收老太婆了……就算有暖气,照样得为这些人准备手炉;她们还要带鸟笼子,里面养着各种各样的鸟,还要把包裹塞在床底下……不行……"

那个穿黑衣服的虚胖女人把镀金椅子挪到圣灯附近。别,你别上去,梅切,你太胖,年纪也大了,行动不方便;这椅子普普通通,脏了吧唧,再说,是木条和石膏做的,经不住的,你可别上去……

"不,拉克尔夫人,您愿意怎么摆脱您的布里希达我不管。反正别把她推给我。这二十年来,我一直生活在一群老朽之中。您愿意怎样看待阿索卡尔神父都行,不过,他还是会办事的。"

"……我要把这些债券全烧掉。纯粹是些废纸,一堆废纸,和那些剪报一样,只配烧成火。我认为,烧了它们,布里希达也不会多么在意的……"

可怜的梅塞德斯·巴罗索居然想爬到椅子上偷走圣灯。贝妮塔嬷嬷,这是静修院里唯一的好东西了,其他都是些破烂。我需要这盏灯布置我们将要新建的大主教祈祷室,这盏灯是殖民时期极有意义的一件作品,放在那里准会大出风头的,闲置在静修院里真是可惜了。来接梅切的竟是一辆送货车,而且还不是黑色的。为了免得可怜的梅切连朵花都没戴就这么匆匆离去,我们不得不从院子里捡了几朵沾满尘土的一串红给她戴上。她挺逗人,却又很可怜……她走的时候,就不像布里希达的葬礼那样有排场。那是当然喽,布里希达的葬礼是您拉克尔夫人破费的,可见您是多么善良和慷慨啊!您可别这么说,贝妮塔嬷嬷,布里希达的心眼比这个静修院的回廊还要多。她丧事上的花销,并不是我掏的钱。布里希达虽然在试着立遗嘱时对死亡存有畏惧,可她却并不怕在丧事上挥金如土,竭力要办得阔气、风光。她生前孜孜以求的,就是闭眼后不依赖任何人,用自己的钱办一个尽善尽美、像模像样的盛大葬礼。她来到这里之前,就给各地所有的殡仪馆打过电话,询问各种棺木的质量和价值——当然喽,我得到各殡仪馆去看看,回来再告诉她具体情况——用什么金属衬里,是用丝绒,还是用薄纱,质量如何,灵车用几匹马拉,是否用缀有金流苏的黑帘子,是否用枝形烛台,蜡烛是真蜡做的,还是用现在流行的那种电灯。然而,她又不愿让静修院里别的老太婆知道,丧事是她自己出钱操办的。她平生最大的愿望,就是用这个豪华的葬礼,而不是用她的财产,把其他的女用人比下去。我从来没法使她弄明白她到底有多少财产。她虽然知道各种细节,可是财产总数她却一点也不知道。她的愿望是,以自己有一个如此喜欢她、为她出钱办如此盛大葬礼的主人,让别人留下深刻印象;与此同时,她却把我变成了一个名不符实的爱的怪物。其实如此奢华的葬礼,是她用自己的财产买到的。当然,本来我也会无论如何花一笔钱为她办丧事的,因为我和布里希达从来相处得很融洽;但是,哪怕是为我自己,或者为我的子女,我也绝舍不得花这么多钱,办一次像她那样阔气得可笑的葬礼。您想想,她把钱分别装在一个个信封里,要我以我全家的名义为她买花圈。我家里的人本来也会给她送花圈的,但绝不会买像她让我买的那样昂贵的花圈的⋯⋯

喊她一声,小哑巴,喊她一声。您在央求我,可是,我的声音在黑暗中是听不见的,嬷嬷。你叫后殿的那个人一声,我们一起来祈祷,为她超度亡灵。梅切,走吧!你在后殿干什么?让我们祈祷吧,上帝会拯救你的。圣母啊,大慈大悲的殉难者,我们的生命、幸福和希望,我们从这苦难的深渊向你呼吁⋯⋯那个身影像是由圣灯飘忽跳动的光焰映成的⋯⋯不对,她绝不是拉克尔夫人,那是梅切,她实在是穷得没有办法,才接近神龛想偷东西。别打开神龛,那是亵渎神明的,上帝就在这里,只有教士才能开启。然而,梅切还是把神龛打开了,她俯身在白毡垫上,开始祈祷⋯⋯她俯身的样子我认得出来,小哑巴,她打开神龛门的姿势我也认得出来。她把手伸进去,取出放圣体的圆盒,把它从两个纽扣之间放进长袍。既然那个人穿的是长袍,就不可能是梅切;那是和梅切一样肥胖的神父。只见他跪拜后又站了起来……啊,就是他。在他转身仰看挂在上面的那盏小红灯时,我立即认出他来:他那抹了发蜡的头发乌黑锃亮,仿佛早上用墨汁画在头颅上似的,他那浓重的眉毛,我虽然没有看到,但我能猜得到,眼睛又黑又大,清澈明亮,睫毛过分卷曲,眼泡虚肿。你怎么不听话,小哑巴?叫他一声,告诉他我们在这里,在最后一张长凳上,在黑暗中凝视着他,让他别做出我们不想看到的事来。我一定是在做噩梦,阿索卡尔先生站在圣灯下,望着它,伸出手去,但没有够着。他像伊里斯·马特卢纳那样,把手指放进嘴里琢磨起来。随后,他又一次伸直胳膊使劲往上跳,但还是没能偷到圣灯。原来在偷圣灯的是阿索卡尔先生呀!多可怕的噩梦,我的上帝,居然是阿索卡尔神父要熄灭圣火,阻止静修院的心脏继续跳动!大主教早已下令废除这块圣地,可到现在才来付诸行动……熄灭圣火……摘走圣灯……圣体……现在他搓着白白胖胖却长满黑毛的双手,又瞅了一眼圣灯。梦见一个称职的高级神职人员——是称职的,他既然是大主教的秘书,一定是称职的——一个杰出又肥胖的高级神职人员,气喘吁吁地把带锦缎垫子的椅子挪到圣灯下面,这是一个不可饶恕的罪过。他想摘下圣灯,然后拿走。阿索卡尔神父,您是提醒过我,但不是这个样子的,这样叫偷——让他拿走吧,小哑巴,你在忏悔室后面,帮他把圣火熄灭了,让他把我们的神灵请走,你等一下……你瞧……他上去了,他要爬到这把不结实的石膏椅子上去了。别上去,神父,您别上去,您身子胖,行动不便;小哑巴比您灵巧,我让他拿一把梯子来,帮您把您要拿走的圣灯摘下来;我求求您,别让我看见您干这种有失身份的事。和那些整修过的大理石桌子,那些木制的假大理石基座,以及那些用旧了的漆布和长板凳一样,那把椅子很普通,也很不结实,您要是爬上去,椅子会坏的,因为您分量太重了,求求您,听我的吧。小哑巴,你也一样,别光在那里看我做噩梦,光听我说,不搭理我。快去,去拉住他,别让他往椅子上爬。瞧,他正在挽袖子,撩长袍,憋足了劲,一步一步往上爬,该多费劲呀。他挽着长袍,提起一条胖腿,像舞蹈演员那样踮着脚尖,在空中顿了一会儿,又把它放了下来,他实在爬不上去。他又提起另一条腿,喘着粗气,又放了下来,还是上不去。他束手无策了,一屁股坐到椅子上,眼巴巴地看着这盏灯。少顷,他又站起来,蹦了几下,想够着圣灯;但还是没有够着,只是蹭着个边,把圣灯碰得来回晃荡,火苗一闪一闪的,教堂里所有的黑影也都跟着晃动起来,我,他,小哑巴,以及众圣像都跳起舞来了。现在,他跪在铺着猩红缎子垫的椅子上,抓住椅背,竭力想站起身来。不行,阿索卡尔神父,椅子背要散架了,我了解这把椅子……它的腿不怎么样……至于楔头嘛,也……上帝呀,上帝,你别让我去报复阿索卡尔神父。他知道这里只是一堆破烂,连我们都是一群废物,你可别让我做这样的梦来报复他!我恨他,因为他答应过我,让我摆脱那些老太婆,可他却做不到,所以我才恨他。我想快点儿结束这场噩梦,可是我做不到。他喘着粗气,又站起来往椅子上爬。椅子在他的压力下咯咯作响。神父,别动,要掉下来的,千万别动!可是,你伸出胳膊,触到了圣灯。椅子在晃动,在颤抖。他也发觉了。他张开双臂,像马戏团里走钢丝的演员那样,力图保持平衡……一切都在摇晃,我们也在摇晃,你还是没能摘下这盏昼思夜想的灯。椅子在颤抖。现在,他害怕了，后悔了，他想下来。他再一次撩起长袍，试探着放下一只脚，犹如小孩把腿伸进水里，因为水太冷，又缩了回来……这个矮胖子在镀金椅子上如跳舞一般，把两条胳膊伸得笔直笔直……眼看要掉下来了，神父，小哑巴来帮你忙了。他提起另一只脚，脚尖绷得笔直，曲起另一条腿的膝盖。我听到您在喘粗气，因为您太胖了，而且也害怕了。小哑巴，帮他一下吧，你瞧我有多大罪过，竟会做这么一个大逆不道的梦。小哑巴，把我从噩梦中弄醒吧，我再也不想做这种作孽的梦了。可是，我又怎么能制止这个没完没了的梦呢？贝妮塔嬷嬷的拳头堵着嘴，不让自己吓得哭出声来。布里希达应该救救我，她会把我们都救出去的。拉克尔夫人答应过我的。看到阿索卡尔神父还在那把摇摇欲坠的椅子上做着舞蹈动作，她捂着嘴，唯恐吓得哭出来。贝妮塔嬷嬷紧握着拳头，堵着嘴。看到这种情况，我心口堵得慌，心里难受，我直想哭。我胸口翻腾起伏，像有什么东西在往上涌。上帝呀，我抑制不住阵阵眩晕，快别让我这样了，别抛下我不管。阿索卡尔神父一只脚绷着脚尖，从空中摆动着往下走的时候，贝妮塔嬷嬷终于纵声大笑起来，笑声震撼着整个这座不能当作圣地的教堂。我的笑声彻底玷污了它，使它不复为教堂。神父脚下踩了个空，摔了下来。

"真他妈的……"

贝妮塔嬷嬷从黑暗中站起来，竭力不让自己笑出声来。我和她同时跑过去，想帮这位喘着粗气的神父一把。他骂骂咧咧、哼哼唧唧，想自己站起来：

"啊呀呀……"

贝妮塔嬷嬷和小哑巴刚扶他起来，他又摔倒了；我们再把他拽起来。他哼哼唧唧地站起来，掸了掸袍子上的土，用手捋了捋头发，试图从沮丧中恢复他那伪善的面目。突然，他改变了呼吸的节奏。

"贝妮塔嬷嬷，您为什么不告诉我您也在这里？"

您没法说，因为您在睡觉。还是不说为好，因为我和拉克尔夫人在聊天，她告诉我的事最好还是让她自己跟您说……您可以设法让拉克尔夫人或者大主教——我也不知道应该是哪一个——帮我们一点儿忙。我们需要有一个栖身之地，我们现在待的地方眼看就要完了……可是，我什么也没有说。沉默，服从，一如我历来沉默寡言和逆来顺受的那样。

"您为什么不让小哑巴帮我一把？"

沉默，还是沉默。

"不知道您是不是还记得，不久前我打电话给您，告诉您拆房前要把财产登记造册，以便拍卖，在此之前，给我准备好这盏灯，好让我带走……"

"记得，记得……"

"要抢救出这盏非同寻常的灯。"

"是的，阿索卡尔神父，我知道，别的东西都没用，我懂，我同意，推土机将会把我们推平的，静修院的旧址上将会片瓦不留。那我们怎么办呢？我、小哑巴和老太婆们怎么办呢？我们也会倒下去吗？"他那双蒙眬的眼睛突然呆滞了，仿佛在告诉我：我不会成为圣婴城的总管。我刚才的哈哈大笑把我打入了地狱；不对，我们这些人早就统统被打入了地狱，你们早就把我们遗忘了。阿索卡尔神父，没有任何的施舍，没有丝毫的怜悯，因为我们微不足道，我们几乎都不能算是人，只是一群废物，就是这样，您不要否认。就像对待静修院里的垃圾那样，你们根本瞧不起我们；我们的生命轻如鸿毛……既然您和大主教长期以来对我们这些经常缺吃少穿、病病歪歪的人总是置之不理,您怎么能让我不这么想呢？……不行呀,神父……

"冷静些,孩子!"

"您要我冷静,可我怎么能冷静得下来呢?"

阿索卡尔神父直起身子。他身材高大,穿一件黑袍,如同裹在崭新的绸缎里闪闪发光。他威风凛凛,声音庄重,白色的指头毫不留情地指向嬷嬷,充满威胁;这种威胁无疑是会兑现的,因为是由他自己负责来实现这种威胁。

"贝妮塔嬷嬷,我不能容忍这种目无教纪的情况,我一定要和你们的院长说说,不能再这样下去了。"

"已经有六个月没有她的消息了。我给她打电话,她都不屑接,她实在太忙了……"

"好吧,好吧,那就这样吧……明天我派人来取灯。您把灯放在门房丽塔那里就行了。现在,我先把这些东西拿走。灯摘下来后,让小哑巴把小教堂的门全封上;只有等拍卖行的人来清点造册时才能打开。"

快要走出这个不像样的小教堂的时候,他把身子转向神龛,正要下跪画十字,突然想起神龛上已经没有圣体盒了,已经不成其为神龛了,他,阿索卡尔神父,一个杰出的高级神职人员,已把圣体盒偷偷拿走,掖在袍子下,揣在怀里。他又把身子转向修女:

"再见,嬷嬷!"

"再见,神父!"

"啊,还有……"

阿索卡尔神父的表情放松多了,有那么一会儿,双目又恢复了闪闪发光的神采。修女瞧着他。

"什么事,神父?"

"……希望您不要和任何人议论这件事……"

现在,该您显威风了,贝妮塔嬷嬷,现在该轮到您硬气了,因为您知道亵渎教堂神明的不是您那可怜的笑声,而是神父从椅子上摔下来时吐出的脏话。

"您不要我和别人议论什么?"

您果然问得很尖刻。您明明知道,不让您议论的是他在一张咯咯作响的椅子上垂涎三尺、晃晃悠悠的可笑形象,是他摔下来时脱口吐出的脏话;可是,您现在要那个让您低三下四的神父向您哀求央告,收起他闪光的眼神和夸张的言辞。神父的目光再次变得严峻起来了。

"没什么,贝妮塔嬷嬷……您不必操心……"

只有红色的圣灯还在闪烁,仿佛是一段挂在神龛旁的痛苦的残臂。这件金银制成的工艺品只等着被熄灭后摘走了,圣体盒既然被阿索卡尔神父拿走了,它已然失去了内在的含义;现在重要的是它的外在形式,因为它毕竟还值些钱,是唯一值钱的东西。嬷嬷,虽然圣灯还发着光,可是这里已经成了静修院里的又一间空屋子了,和别的空房子一样,我们感觉到风从各个缝隙里长驱直入地吹进来。一块窗玻璃已经碎了,也许有两块,甚至三块,倒是要小心这些花玻璃。角落里,耗子在咬呀,咬呀,咬呀,想藏到土坯墙的鬼知道什么深的地方去。我还能在这个空荡荡的窟窿里祈祷。那红色的灯光就是我的祈祷……当这些土壁倒塌的时候,我们怎么办呢?上帝呀!我不愿再想了。她闭上了眼睛。

"耶稣,我的上帝,真正的人啊……"

睁开眼睛,她发觉自己刚才又睡着了。小哑巴,我又睡着了,嗯?莫非我根本就没醒过?小哑巴,小哑巴,别扔下我不管,你在哪里?

我感到自己失败了……我的威胁,唬不住任何人。我的祈祷总是有始无终,我太累了,不知不觉睡着了……我也该睡了,我走了。我都不知道自己什么时候睡觉,什么时候醒着……小哑巴,点上蜡烛,给我照一下过道,我要回房间,躲到我床上去了。

二十

　　拍卖行职员打开小教堂的门,把里面所有东西悉数搬出来,在过道里分门别类,贴上标签,编上号:蛀洞累累的活动忏悔室,众多瘦腿镀金椅子,破破烂烂、污迹斑斑的猩红色锦缎坐垫,长板凳,木制的仿大理石基座,弹簧压扁了的、尘封日久的天鹅绒祷告椅。拍卖行职员提醒贝妮塔嬷嬷:

　　"这些东西顶多值个劈柴价。"

　　"这个问题请您跟阿索卡尔神父说去。"

　　"好吧,免得他心存什么幻想。"

　　"我想他根本不会有什么幻想。他早就把值钱的东西拿走了。"

　　拍卖行职员把四扇二十世纪初的彩色玻璃窗卸下来。这是小教堂里的唯一装饰品和值些钱的东西。窗玻璃上刻着四组画,画的是静修院的女施主们身披黑袍,双膝跪地,双手合抱,在低头祷告。她们尊贵的芳名,分别刻在玻璃的下方。第一组画,女施主们围在手指苍穹的大天使圣加百列和神情娇羞的圣母周围;第二组画,女施主们围着踩住抓着地球不放的怪兽的受孕圣母;第三组画,女施主们围着使圣母圣洁受孕的女先知亚拿(圣安娜);第四组画,圣母正在看望身怀施洗约翰的圣伊萨贝尔,圣母和伊萨贝尔的拥抱令胎儿欢跳,并因此免于原罪,女施主们围在圣母四周。这些窗玻璃出自加泰罗尼亚艺人之手,据行家说,是艺术珍品,对了解当时的艺术趣味很有意义。玻璃取下来之后靠在回廊的壁柱上,到拍卖那天,它们在阳光的照耀下,定会显得更加诱人——色彩确实很美,四周还有近乎中国式的装饰图案:荷花、苍鹭和类似巴特罗草的一种植物——诱使可能的买主出个好价钱。尽管这些玻璃派不上什么鬼用场,而且那些容貌姣美、身着黑衣服的太太的身份也对任何人都没有任何意义,反倒使整个玻璃毫无用处,否则的话,或多或少还会稍有价值。

小教堂的门全用十字木条钉死了,只有墙上剩下四个大窟窿。拍卖还得过一些日子。几只小鸟开始在窟窿里筑起了窝,蜘蛛网挂满曾经煊赫一时的彩色玻璃窗的框架,任凭过去晚上把静修院老人们点燃的烛光——烛光十分微弱,从外面几乎看不到——吹得摇曳不停的风吹拂着。伊里斯·马特卢纳坐在铺着猩红缎子垫的镀金椅子上——椅子放在仅剩一个木制台阶的后殿中间——半闭着眼打了个喷嚏。多拉说:

"圣母马利亚!"

坐在伊里斯怀里的小孩也打了个喷嚏。

"但愿她圣洁受孕。"

"把衣服裹好,伊里斯,把孩子的衣服也裹好;你可要注意,这个时期最容易得气管炎;听说,这一带感冒也很流行。"

伊里斯竖起咖啡色大衣的领子。大衣十分宽松,掩盖了她隆起的肚子。她的妊娠期一拖再拖,真不让人放心,已经拖了好几个月了,还不见动静。我们都说真是奇迹啊,布里希达也这么说。这种事情她是内行。出现奇迹的时候,妊娠期可以比正常的短,也可比正常的长得多,恐怕连那个未出生的孩子,凭她的睿智已认定他一生出

298

来,我们就该和他一起升天了。还是尽早生吧,不然,静修院眼看就要拆毁了。谁知道拆房子的时候,我们会怎样,我们会被轰到哪里去。我真担心。怎么能不让人担心呢?可是,也没有必要害怕,要对这个孩子有信心,一切都会按照他的意志发生的。我们必须看护好伊里斯。这丫头现在变得很难对付,脾气又暴;可也只好依着她,顺着她,灌迷汤,拍马屁,曲意逢迎。小孩子也打了个喷嚏。

"小心着凉,伊里斯……"

她打了个哈欠:

"唉,今天晚上的活动真没劲儿。你们瞧,这孩子一个劲儿地流鼻涕。要是明天还不好玩,我就找贝妮塔嬷嬷告你们。老是抱着孩子坐着,烦死人了。我们进屋去吧。我困了。我想睡觉。小孩都尿湿了,要不怎么会打喷嚏呢。"

"尿不会凉的,它有保温作用。"

"那是在外面穿着橡皮裤的时候。可是,阿玛利娅,我们并没有给他穿啊……"

"啊……这我可不大懂。"

"您怎么什么也不懂,阿玛利娅?"

一个月前,在拍卖行来人清理财物之前,大主教就派人把圣像拿走了。静修院的老太婆们虽然明知小礼拜堂由于受到亵渎,已然不成其为教堂,但看到里面空空荡荡,终究不免有些伤心。小哑巴叫她们别犯傻,有什么值得哭天抹泪的,到他的院子里去嘛,那里一切石膏像的碎块应有尽有,披巾、白鼬皮、宝石、插在殉道者胸口的匕首、光环、花冠、虽然褪色却依然炯炯有神的眼珠,以及威风犹在的头颅碎片。院子里杂草丛生,在黑莓丛下还能找到其他的碎片,诸如无舌的怪蛇,混在山羊豆与燕麦堆里的脸,因狂喜而扭曲的腿,正在翻石膏书或正在数念珠的手指头。小哑巴言下之意是告诉大家，既然大主教夺走了她们的圣像，她们可以自己重新制造嘛，甚至可以绰绰有余地把小礼拜堂变成圣像仓库。静修院的老太婆们为找到这些碎片和自己重新造圣像而沾沾自喜。她们在那里消磨了不少时光，以致几乎把伊里斯和她的孩子忘得一干二净。把那些大致能对上的碎片随心所欲地粘在一起，好歹拼凑出人形来，似乎是一种游戏。谁知道呢，兴许用我们正在拼粘的碎片，能凑出一个真正的圣像来。不过，成不成那也无所谓，小哑巴干这个挺内行。他现在干不了重活，正好可以描描那些模糊不清的面容；他善于把那些有趣的碎片粘在一起，拼成我们想不到的形象。伊里斯在羊角豆丛中粘圣像；多拉在黑莓丛后面粘；一尊好像是施洗胡安的圣像和茴香属灌木丛的根缠在一起，必须挖一个洞，才能把它们分开；翅膀和一张女人的脸连到了一起；马格达莱娜的头发和龙的干巴巴的咽门也缠到一起了。我们把一颗脑袋硬安在另一个脖子上，得在接缝的地方涂上点漆掩饰一下。别，别涂漆，这是福女伊内斯·德·阿斯科伊蒂亚的塑像，她脖子上本来就有一条伤疤；正因为这样，她才整日戴着一顶有护耳的帽子；也正因为这样，才办了这个静修院，长期幽居，与世隔绝。阿玛利娅说：

"可惜，我们不能对她顶礼膜拜，因为给她赐福的事没办成。可怜的伊内斯夫人！"

"不过，还是有可能办成的。据说，她要把所有证明材料都留在罗马，委托那儿的律师和驻教廷的大使处理这件事。不过，据说驻罗马教廷的大使是个共产党，难怪到今天还办不下来。看来还得等政府改组，任命一个不那么混账的大使，才会有可能解决问题。"

阿玛利娅想了一下，说：

"那就更糟糕了。我们还是别粘伊内斯·德·阿斯科伊蒂亚的塑像了。据说,当局要是知道在罗马教廷册封她为圣徒之前她就受人顶礼膜拜,那她就别想成为圣徒了。这叫崇拜偶像。红衣主教们会摇着头说:不行,不崇拜偶像,这是谋求册封赐福的主要条件之一。"

"你这些玩意儿是从哪儿听来的?"

"你们理她干什么?阿玛利娅她懂个屁。"

"我说阿玛利娅,您不觉得这是老太婆们的陈词滥调吗?这有什么好哭的……"

"我没哭,是那个独眼在流泪。我找不到大天使加百列的手指头了……"

"你们瞧,我这个圣像多棒!"

"有点怪,腿太短了……"

"脑袋又这么大……"

"那有什么关系!既然是用圣像的碎片做成的,当然就是圣徒。小哑巴,你说,我们给它取个什么名字好?"

老太婆们把我团团围在灌木丛和石膏碎片堆中,让我给取名,叫我拿画笔在她们随意想象出来的作品基座上写上圣徒的名字。第一个被取名的是圣女布里希达,那是因为她手指纤细有气无力、多情善感的缘故;第二个因为满面胡须,取名圣菲德尔,我还给他画了一条斜背着的武装带,里面装满了子弹;还有一个叫圣赫罗尼莫,因为他身材修长,风度潇洒,我花了整整一个上午给他画上了碧绿的眼珠子。老太婆们一直在我身边,嘴里叽咕个没完。福女伊内斯·德·阿斯科伊蒂亚的脖子上有一条很长的刀伤,耳朵大得出奇,她一直是民间最熟悉的圣女;另一个目光淫荡的,我给她取名圣佩塔·庞塞;

301

还有一个我叫他圣阿苏拉大夫,我们大家都觉得他酷似阿玛利娅,那只独眼不断地淌着泪。

"我说阿玛利娅,加百列缺一个手指头有什么关系?"

"当然有关系。"

"你都快粘好了。我们用小哑巴的车把它送到小礼拜堂去吧,它准是很漂亮的。"

"我不干。我非要找到那根手指头不可。"

"这个傻瓜对缺根手指头怎么这么在意?"

阿玛利娅边抽泣边在黑莓丛里寻找着。

"别理她,她在说胡话哪。"

"自从可怜的布里希达死了之后,她就变得有些古怪了。"

"我可从来没见过加百列的手指头。"

"阿玛利娅和我们在一起的时间不会很久了。"

"是长不了啦。"

她们的作品陆续被小哑巴的车运到空荡荡的小礼拜堂去。在半闭着眼、怀抱孩子的伊里斯·马特卢纳的周围围了一圈。它们在颤颤悠悠的烛光映照下隐约可见,罩在上面的华盖被窗框里吹进来的风吹得鼓鼓的。

现在,参与密谋的人已经不止七个了。谁也不知道怎么回事,静修院里谣传四起……听说在小礼拜堂里……听说伊里斯·马特卢纳……听说为她燃起了圣烛,四周摆满鲜花和树枝;听说她在创造奇迹,听说,听说……每个院子的各个角落都在窃窃私语,不时可以听到悄悄的脚步声,老太婆们在暗中窥视,就餐时也斜着眼偷看,不时提些不三不四、不怀好意的问题,流传着一些似是而非的说法,听说……蹑手蹑脚,探头探脑,交头接耳,隔墙偷听,难怪消息不胫而走。于是,不得不陆陆续续地把越来越多的老太婆吸收到这个秘密的圈子中来;要是拒绝她们,她们会变成危险的人物。那个穿白色法衣、系着蓝色腰带、住在洗衣房院子里的老太婆太饶舌。老太婆们人人嫉妒成性,好管闲事,既蛮不讲理,又吹毛求疵。伊里斯的妊娠期没完没了,我们该怎么办呢? 应该祈祷祈祷。晚上,围着半闭着眼、膝盖上放着小孩襁褓和从不撒手的布娃娃的伊里斯,老太婆们在小礼拜堂数着念珠一遍又一遍地祈祷着,祈求这个纠缠不清的女孩子轻而易举地生下小孩,免得再用这个代用品来宽慰她。她已然变得人模鬼样了,但愿圣灵受孕的胎儿快些呱呱落地吧! 但愿老太婆们能在归天之前——赶在这个孩子把她们带到天堂之前——抱一抱那个孩子。尽管风在教堂的角落里飕飕地刮着,尽管咳嗽声和喷嚏声不断,尽管有人怕得肺炎,尽管有人祈祷了一半就困得睡着了,老太婆们还是祈祷了又祈祷,还不时地给伊里斯鞠着躬。伊里斯很喜欢看她们这般模样,她觉得非常好玩。嗯,为她点上香,甚至甩着胳膊“这——样,这——样”地为她跳舞,咯咯作响地屈着膝盖向她顶礼膜拜。但愿小孩快出生吧! 她们已经整装待发,准备跟小孩一起升上天庭。布里希达就是这样答应她们来着。只要把几样小东西一捆就行了;一只闹钟,一条披巾,一副玩布里斯卡用的纸牌——因为那里不许玩蒙特,你没听说? 蒙特是魔鬼玩的牌戏,还有茶壶;也许连这些东西都不用带,因为据说天上什么都供给,还都是崭新的呢。

在大衣的掩饰下,伊里斯一个劲儿地在发胖,眼睛都红了。今天她打了八次喷嚏,我给她数着哪。当然,今天晚上格外冷,我也打了八次喷嚏。由于她腻烦得老是昏昏欲睡,没有给我擦鼻涕。现在,她们把我的小车拿来了,到时候了。伊里斯坐在踏板上,把我抱在她膝头。她可是个好妈妈,坚持要她们把那顶带小绒球的羊毛帽子给我戴上,免得我再着凉。老太婆们重新在教堂门上钉上封条,看上去似乎自从拍卖行的人取走东西之后,根本没人进去过。两个老太婆手拿用报纸裹着的蜡烛,拉着我的小车走在前头,我和伊里斯坐在车子的踏板上,后面跟着一大帮衣衫褴褛、无事生非的老太婆:身上散发着草药味的庸医、正骨大夫、哭丧妇、保姆、不知名的二流巫婆,一路祈祷着,咳嗽着,议论着,吸着鼻涕。

自从阿苏拉大夫给我动过手术后,我变得面目全非,只剩下一张几乎没有五官的假面具,没有人费心想到再给我勾画一下。不仅如此,他还把我缩成这副模样,切除了我百分之八十的器官,只给我留下百分之二十的肉体;我被弄得瘦小羸弱,似乎除了眼睛以外什么也没剩下。老太婆们把我弄到地下室,放在一张床上。她们把那些新收容进来的老婆子打发走了。地下室太小了,看在上帝的分上,你们别这么好奇行吗?露西,改日我们会让你下来的,现在不行,所有人都想进去瞧伊里斯给孩子换尿布,那怎么装得下。我们是想去帮忙的。可是,那也不行,不能全进去,要不会碍手碍脚的;要干的事多着呢,需要的时候,我们会叫你们的。好吧,伊里斯,我们来给你脱衣服;穿上衬衫,快躺下,时间不早了。大家只顾在小教堂做祷告,时间都过了。伊里斯要自己给孩子换尿布;可是,也得让我们帮你一把,你一个人给这么大的孩子换尿布可不易呀!她们解开了我的襁褓。

"这个孩子比起达尼亚娜来尿得少多了。"我那冻僵了的生殖器在她们的面前暴露无遗了。老太婆们以为这是小哑巴的阳具,其实不是。它只是装成像小哑巴的老实巴交的阳具。虽然按照伊里斯的旨意已经刮掉了阴毛,看起来像是小孩子的,但这还是您的,堂赫罗尼莫;这就是和她做爱的生殖器,因为在阿苏拉大夫做移植手术之前,我已经逃之夭夭了。老太婆们拿起我的生殖器,用海绵擦洗,一边议论说:真难看! 我真不知道天下还有这么让人恶心的女人。她们想把它去掉,让它像堂赫罗尼莫那有病的生殖器那样不复存在。它已经有许多年没有碰伊内斯了,那是因为我不愿意和伊内斯媾和。因此,我才把我那有交媾能力的阳具伪装成小孩子的生殖器。上帝啊,真正的婴孩什么时候才能出生呀? 免得再用小哑巴干这种令人恶心的事;给一个婴儿干这种事倒没什么。我实在没有胃口再干这种事了。每当轮到我给小哑巴洗阳具时,我真想吐。伊里斯,你自己去洗吧,这是你的孩子,你倒好,把最累人的活留给我们干,我傻乎乎地拼命干,可她自己却在一边歇着。你的孩子要让我们等到什么时候? 我告诉你,要是耽误的时间长了,有些人的信念就会减弱;你可别以为老太婆所有絮絮叨叨的话都对你有利,不少人是抱怀疑态度的;还有些人很害怕,因为听说这么做是违法的;等等。一天,我听一个住在棕榈院里的老太婆说,这样做是十足的犯罪,她要去告发,说我们都疯了。几乎静修院里所有的人都知道谁发生了什么事,她们嗅到点儿什么,猜测我们偷偷摸摸的谈话里准有蹊跷。连我们自己都开始吃不住劲了。你没瞧见,阿玛利娅借口寻找加百列的手指头,好久没在这里露面了。我说伊里斯,你快点吧。上帝呀,要是他们在小孩出生之前来拆房子,我们可怎么办呢? 他们会把我们赶到大街上去要饭,去睡门槛,或者到公园里去过夜的。不会的,别说傻话,别看他们要拍卖,什么也不会拆掉的,这就是婴儿出生时会出现的主要奇迹之一。现在,我们还是逗小哑巴玩吧,你瞧,这个小可怜,像傻子似的,混混沌沌,怎么拿他玩都行。贝妮塔嬷嬷,您瞧他半死不活的,是出什么事了? 您说您不知道该拿他怎么办。他什么忙也帮不了,他有时躲起来。他对静修院了如指掌,因为他比我们所有人,甚至比贝妮塔嬷嬷来这里的时间更早。他要躲起来,我们就很难找到他,我们得兵分几路,到过道、走廊、院子和顶楼里去找,我们非得找到他不可,要不然伊里斯就会对我们大发脾气,她会恶狠狠地挠我们,或用棍子揍我们,马上把她的娃娃给带回来,除非你们想让她从楼上摔下来,使那个会创造奇迹的小生命死在胎里,要果真这样,奇迹就不会产生了,我们也就只能像傻子那样吮着手指头发呆。看你们到时候怎么办,不会有奇迹,什么奇迹也不会出现。你们这些年迈多病的老东西,一个个都会灭绝的。识相点,还是快去把我的孩子找来。我要去报告贝妮塔嬷嬷,让她惩罚你们;我还要去告诉阿索卡尔神父,让他把你们统统赶到大街上去;我也记得大主教的私人电话号码,要是你们找不到我那丢失了两天的孩子,我就打电话,把这一切全告诉他。我们这些人一瘸一拐地到处找;我得了针眼,难受极了,几乎摸着黑在找,我一个劲地吻挂在身上的神符,但愿交好运,快些找到孩子。天又这么黑,吓得我们够呛,我们只好分头在静修院里找,到从未去过的过道里找,到野兔出没的院子里找。罗萨里奥,你瞧,这院里有野兔窝,咱们逮一个,炖着吃吧,多放些蒜,可香啦!眼下,几乎揭不开锅。喂,老姐妹们,我们在里院看见野兔了。我说卡梅拉,怎么会是野兔呢,你别傻,那是家兔。不过,家兔吃起来也挺香的呀!说不定连家兔都不是,是豚鼠吧!那院里怎么会有豚鼠窝呢?我可不知道。小哑巴还是没找到。伊里斯尖叫着,说是要告我们去。她站在栏杆上威胁说,如果我们不给她把孩子找回来,她就要往下跳,弄死她肚子里的婴儿。丽塔高声喊了起来:这里呢,在这里呢!我找到了!瞧,小哑巴正坐在地上,两条胳膊抱着腿,头埋在膝盖间。小哑巴真乖,老实巴交的,连挣扎都不挣扎一下,就让我们拉走了。我们给他吃饭,但他吃得很少,几乎没吃什么……后来,他走丢过好几次,从来不像现在这样。我们找到他的时候,他知道我们要抓他,就像小孩似的撒腿就跑;很快便消失在过道里了,因为我们没有他跑得快。几天之后——有时候,我们只好把伊里斯反锁起来,不让她干出危险的事情,不让她使劲嚷嚷,也不让她用棍子抽我们——我们在一间存放旧报纸、旧杂志的屋子里找到了他。他藏在成堆的废纸、成捆的杂志、被耗子咬烂了的书籍、发黄的报纸、支离破碎的百科全书、封皮褪色的精装书堆里。有时,我们见到他正在埋头看书。据说,小哑巴浏览遍了静修院里全部的书籍、杂志和报纸,所以他精疲力尽了;可是,当我们到他藏身的破纸堆里去逮他的时候,他却又从我们手里跑掉,爬上报纸堆,有时一直爬到靠近天花板;我们慑于伊里斯要死要活的威胁,纵然老骨头咯咯作响,还是气喘吁吁地尾随着他爬上由《Z字报》《地球报》和泛了潮的《朕即一切》杂志堆成的小山。这些报刊我都能背得滚瓜烂熟。她们像围猎动物似的把我围在中间,大声吆喝着,喊别的老太婆来帮忙,一直折腾到把我逮住。小哑巴,小哑巴,你别犯傻,你何必逃呀,快下来吧,我们都喜欢你,从来也没有亏待过你;我们只是求你开恩,帮我们逗伊里斯开心,让她快把小孩生出来。

她们用破布条把我包裹起来。先捆脚,后捆腿,省得我动弹、挣扎;捆到生殖器的时候,她们小心翼翼,仿佛在为受伤的小动物绑绷带。它虽然伪装得像小孩的生殖器,她们似乎也猜到我在克制自己。可不能让她们知道我的隐私。她们把我的生殖器和一条大腿绑在一起,不让它使上劲。然后,把我装进一个类似麻包的口袋里,胳膊和肋部捆在一起,把我捆得结结实实的,只露出一个脑袋在袋外。她们把我放在伊里斯的床上,挨近她的身边。她是为了出气才要求这么办的;把我捆结实,放在她的身旁,盖上她的被子。她喜欢和她的婴孩睡在一起,就像她爸爸、妈妈和她睡在同一张床上那样;等她睡着

307

的时候,他们就做起爱来。直到某一天早晨,伊里斯再也记不起什么,注意力直接转到了眼前,这个在她床上、放在她身边、和她逗乐的小孩身上。

"给你这小不点儿,伊里斯。"

"现在你睡吧。"

"让他也睡吧。"

多亏这孩子睡觉没什么坏毛病,不像那个傻闺女达尼亚娜似的。他躺下就睡,也不爱哭。伊里斯,你可别让他和你干下流事。我们把他捆得死死的,不让他那个小玩意儿硬起来跟你亲昵,让他像一个真正的洋娃娃那样,和你睡在一起,其实小哑巴也跟真的洋娃娃一般,他什么也不会干的,这个小可怜老实着呢!老实得真可以成为一个圣徒,瞧他昨天被我们找到时的那副样子就可以知道,当时他正在看一本精装书,可能是《圣经》。大凡厚厚的精装书,再加上许多烫金字,准是《圣经》。有人说曾看见他写什么东西来着,我想没准是那种称之为警句的东西,那是只有圣徒才会写的东西。所以,他和伊里斯在一起不会出事;再说,她也是一个圣洁的女人。可是,话又得说回来,俗话说男女授受不亲,还是小心为妙。总而言之,男人的一部分还是男人的,男人都不怎么样,老是要想方设法去动动女孩子。把他捆起来是为了不让他那双脏了吧唧的男人的手去摸她,不让他那该死的贪婪的肉体去碰她;如果碰了她,那可怜的女人也就会产生邪念,这是罪过。伊里斯于是就不圣洁了;她不圣洁,奇迹也就不会发生,也不会有小孩了。我们必须告诉她,让她忍着点儿,可别让我们的希望泡汤。现在的情况和布里希达那时候不一样,发生了很大变化。如果不发生奇迹,我们就得在这个火坑里坐等死神——它的容貌我们已经隐约可见了——任由它在一个毛骨悚然的夜晚把我们带走。虽说伊内斯夫人会从罗马回来,但是,据说静修院还是早晚要倒塌的。到了拆毁静修院的时候,要是他们并不把我们放在心上,又会把我们怎么着呢? 将要出生的婴儿会来拯救我们的;连大主教都不会允许他们像对待可怜的梅塞德斯·巴罗索那样,把我们塞进公共慈善机构的送货车里,让我们腐烂在公墓的墓穴里。当然,葬礼要是能像拉克尔夫人出钱给布里希达办的那样风光,我们也就死而瞑目了。像拉克尔夫人这样的主人打着灯笼也难找;赶上这样的主人,就是另一回事了:躺在那么精美的棺木里,放到真正的白色大理石的墓穴里,还写上姓名、生卒年月什么的,那也就没什么可怕的了。更不用说鲁依斯一家人还在旁边祷告呢。看得出来,他们对布里希达的死确实是伤心的。可是,谁能有她这样的好福气呢! 因此,最好还是照顾好伊里斯,靠她的婴儿来创造奇迹,靠他把那些扛黑棺材的坏蛋统统赶走,用他那神圣的手抚摸送我们上天堂的车和马匹,把它们全变成白色的,那我们也就不害怕了。我们相信凡是白色的东西都不会伤害人。布里希达就一直不戴她生日时玛露小姐送她的那块黑披巾,到她死时还是崭新的……天知道后来让谁给拿走了……也可能已经染了色,染成白色的了。哪一天都可能出现奇迹,所以要时刻准备着,把要带走的东西打成包,什么茶壶、闹钟、保暖的长筒袜——因为可能刮风——和随便什么颜色的披巾……

她们关上灯走了,只留下一个老太婆值班,她睡在地下室的另一张床上。我听到她在被窝里翻腾。透过紧裹在我身上不让我动弹的布条,我感到伊里斯身上散发出来的热气包围着我。老太婆睡着了,嘴里还咕哝着什么,品味着什么,呼呼地睡觉。你和我,身子紧挨着身子。我们都学会识别老太婆们不协调的呼吸在什么时候渐渐平缓进入了梦乡,她们也像被装进了口袋,动弹不得,于是就停止了对我们的监视。

你没有碰我,也没有和我说话。你不仅需要等到值班的老太婆完全进入梦乡,还必须等到我痛得无力抵抗,不得不呻吟着央求。是你叫她们把我捆起来,让我丝毫动弹不得。你说,我怕这个小孩。你指挥她们——因为她们是你子宫的奴隶——把我放在你身边,一动不动。我很快就累了,背脊麻木得发疼。我想换一个姿势,减轻些痛苦,可你不让。你不许我动,我自己又动不了,这样,我就只好央求你。伊里斯,伊里斯,我知道,一切都是你策划的,我在你的手心里。我喃喃低语:求你把我挪动一下,我都已经麻木了,实在受不了啦!莫非在这个地下室里,我只能保持这个固定不变、疼痛难忍的姿势吗?等到天亮以后,老太婆解开绷带时,也许我都迈不开步、伸不直手指头了。

你的呼吸和老太婆们熟睡时的呼吸不一样,我受不了啦,我感到马上就要抽筋了。我催促你:

"伊里斯。"

你毫无反应,我只好一再央求:

"帮我挪动一下吧!"

"我不愿意。"

"求求你,伊里斯!"

"嘘……"

你没有碰我。

一动也动不了,简直受不了,脚背上的老地方又开始抽筋了,动也没法动,被绷带固定的脚后跟疼得厉害,痉挛顺着无法使劲的腿部往上爬,一直爬向全身,疼得很。本来只要稍许活动活动,疼痛便可以消除，可是，你却不让。痉挛继续往上爬，身体也越来越僵硬了，整个左侧都连成了一片，直到胳膊和锁骨，连脖子上的筋腱都动不了啦。我无法做可以解除痛苦的任何动作，是你剥夺了我活动的权利，为的是把我变成你的婴儿。你知道这么捆着我很疼，而且一直疼到脖子，你以为我一定会痛得叫起来。可是，我并没有叫，只是不断地嘟囔：

"伊里斯。"

你不理睬我。

"稍微帮我活动一下。"

"不行。"

"我疼死了。"

"这是对你的惩罚。"

"伊里斯。"

"很疼吗？"

"对，很疼。"

"你是想活动一下吗？"

"是的……"

"要是我帮你挪动一下，你能为我做什么？"

"你让做什么，我就做什么。"

"扯谎。"

"不，伊里斯……我受不了啦……"

"这就是你说话不算话的结果。我跟你讲过多少次，要你把那个弄大我肚子的浑蛋找出来；你根本不当一回事。你总是跟我耍滑头，尽胡扯些道听途说的鬼话……让你捎个信，也没有回音。那个浑蛋还是没找到，不了了之。这几天，我就要生孩子了。我觉得，自从

311

我停经以来,具体的日期我当然记不得了,在这里每天都一个样,可是,不知怎么我总觉得应该是这几天,所以那个混账东西应该来找我,来认这个孩子。我不愿这个小孩没有爹……要是生在静修院里,贝妮塔嬷嬷会怎么说呢? 你要是在孩子出生之前还叫不来那个家伙,我可要找你算账……"

我喃喃地说:

"你听着,伊里斯……"

"别给我讲什么鬼话!"

"我有个主意。"

"你的主意我都听够了。"

"这次准是好主意。"

"我什么都不信。"

"你帮我挪动一下吧!"

"不行……"

"那你怎么能指望我说什么呢?"

伊里斯帮我换了一个姿势,帮我把腿来回屈伸了几下,仿佛把我的腿放进了凉水里,稍稍松动了些许,疼得也不那么厉害了。我知道伊里斯想要我把这个姿势保持到从我那里得到她所企求的东西;当我再一次麻木时,她还会和我讨价还价,我还会答应她别的什么,让她再给我活动一下。这样,新的痛苦又会消失,或者至少可以缓解些。我怕吵醒值班的老太婆,就凑近她的耳朵说:

"伊里斯,他已经不在这儿了。有人告诉你孩子的爹说我正在找他,他就脚底抹油,逃之夭夭了。所以,我找不到他的行踪。他听说我到处找他,他就一再搬家,不让我找到他。你瞧我不时地改换装束,免得别人怀疑是我在跟踪。他编造种种理由,编造种种虚构的不

312

幸事件来为自己的害怕辩解。"

"我听不懂你说的是什么……说清楚些……"

"在值班老太婆睡着以后,你解开我的绷带,强迫我穿上衣服,像轰狗一样把我赶到街上去,你从我手里把钥匙夺走,然后在大门后面一直等我到天明。我就满城转悠。伊里斯,这个城市太可怕了。既然这里什么都不缺,我真不明白何必一定要出去。不论是酒吧间、妓院、集市、马戏团还是戏院过道里——那里也有和小教堂一样的长板凳,人们都认得我,我向你发誓,我没有放过任何一处;可是,人们异口同声说他有好些日子没到这里来了。人们告诉他有人到处找他要报仇,他害怕了,到处避风头。当然,谁也没想到我就是那报复的工具,所以,他们毫无顾虑地给我讲这些事。"

你像听小说那样听着我讲。

"你听着,伊里斯……"

"我听着呢,但是我绝不会永远待在这个该死的静修院里,成天和这些老太婆以及和你打交道。"

"你什么时候想走,我就什么时候让你走。"

"那对我又有什么好处呢?你不是说达尼亚娜也在那里吗?我可不想和那个下流的老太婆混在一起。她曾经告诉我,我要是一个人出走,就会被送到医院里去生孩子。那里对女孩子照顾得可差了。晚上,有时我听到达尼亚娜围着静修院来回走动的脚步声,她吹着口哨,想引我到阳台上去;可是,我不出去,我不想跟她走。我宁可等那个混账家伙来找我;你要是找不到他,我宁肯和老太婆们一起玩这个所谓奇迹的把戏,让她们帮我接生,替我抚养娃娃。我可不想抱着孩子到大街上去要饭。你即使找不到他,也必须给我带钱回来。"

"我正想和你说这件事呢。"

"什么事？"

"你稍微给我松松绑。"

"你已经骗了我好几回了。"

"把我放开，我准告诉你……"

伊里斯在被子下面摆弄着捆在我身上的绳子。我可以活动了，我有胳膊了，也有腿了，它们被免除了痉挛的痛苦和不适，也不再害怕老是那样僵硬了。伊里斯，伊里斯，再松开点儿；我再给你编一个随便什么瞎话哄哄你，给你扯一个像连环画小说那样凭空编造出来的神话，不但让你相信，而且让你像迷恋我的八音盒那样陷入幻想之中。再替我松开点。听说他对大家说只爱你一个人……把另一根绳子也解开……他之所以什么也没送给你，是因为他穷……再说，那些东西也配不上你……现在把这根绳子解开吧……要是他连教育孩子的财力都没有，来找你又有什么意思呢？我朝你凝神倾听的耳朵又凑近了一点。今天晚上，我还是奉劝你，不值得再找他了，因为随时都可能生孩子；再说，那个罗穆阿尔多是个穷光蛋，连那个把你弄糊涂的大头面具都不是属于他自己的。罗穆阿尔多已经跑得无影无踪了，似乎从大头面具被撕成碎片的那一刻起，罗穆阿尔多就不复存在了。你还是忘了那个蠢货吧，伊里斯，你别犯傻了！尽管我怕上街，可还是想从这个静修院里跑出去；有时，我甚至宁可整夜被捆绑着和你睡在一起，浑身抽筋，也不想出去流浪。可是，现在你给我松了绑，又要把我赶出静修院，并且从里面锁上门，只要我不把罗穆阿尔多的事解释清楚，你就不会让我进门。这几个晚上我在到处找他的时候，从窗口窥视过许多人家，现在我总算知道了，从哪里可以弄到钱，弄到许多钱。

"臭小偷！"

"为什么?"

"我宁可当妓女,也不做小偷。"

"谁说你是妓女啦?"

"达尼亚娜。"

伊里斯,你不是妓女,你是圣洁的,这我知道,我敢肯定,我也能向你保证。在地下室宁静安全的夜晚,为了拯救我自己,让你帮我解绳子,我在你耳边胡编瞎造;不然,我就该疼死了。我根据你的反应临时瞎编:在河对岸,对着一个可怕的公园,有一幢很大的黄房子,里面住着一户大富翁,他们所有的财势其实都是属于我的——这样我就不是小偷了。伊里斯,我之所以又穷又瘦弱,都是因为他们偷走了我的钱,而且连一个子都没还。没有我,根本不会有他们。我把所有东西都拱手让给他们了,我给他们美貌,给他们权力,给他们荣誉,没有我,他们也就不存在了。你懂吗? 他们的钱,他们的珍宝,他们的一切,都是属于我的。听了我编造的故事,你的眼睛在黑暗的地下室里闪闪发光。为了不使疼痛夺去我的生命,我不得不欺骗你。只要你需要,我可以去索回这些钱,而不是去偷。公园对面的黄房子里的钱都是我的,我不费吹灰之力便可以得到它;对这些欠我钱的家伙,我了如指掌,保险柜的号码我都能背下来,保险柜就藏在书房里那些绿封皮的书的后面。一进门,上楼,左拐。他有时还打开保险柜数钱。我可以从那里把所有的钱都取出来。就是这样,伊里斯,是这样。你放开我,再放开些,不要再耽误时间了,请你再相信我一次吧! 你我想怎么花这笔钱都行。

"我可不想和你在一起过日子。"

"那好吧。我们二一添作五,一人一半,随你怎么花都行。"

你想了一下。

“不，这样不合适。我年纪还小，还是待在这里好。如果我没有身份证，自己花钱到医院里去生孩子，人家会说什么呢？”

于是，我嘟嚷着说：

“那我们结婚好了。”

“我死也不干。”

“我对你说我们结婚，只是为了让你称心如意。你拿着我给你的许多钱和已婚证明，就可以随心所欲；谁也不会说你什么闲话。再说，我们结婚对你也合适，你的孩子就不至于没有父亲，至少可以有了一个姓……”

“什么姓？”

“我的姓。”

“你姓什么？”

你不能强迫我说出来。

“现在跟这有什么关系，以后再告诉你……”

伊里斯一边出神地听我讲故事，一边给我解绳松绑。故事破灭了她的幻想，却使我获得了自由。我一丝不挂，生殖器光溜溜的，自由自在地躺在她的旁边，好像夫妇俩一样紧挨着躺着。伊里斯，不等这老太婆发觉，甚至没等你意识到，我本可以在这里把你强奸了，然而，不，我不会干这种事的，因为我没有生殖器。我要所有老太婆都知道我没有生殖器，好让这个消息传到佩塔·庞塞那里，让她死了心，也许她最后会下决心自杀的。我只不过是守护着你、留神你今晚是否会生孩子的那些老太婆中的一个。你说：

“我连单身女人的证明都没有。”

“我也没有。”

“那又怎么能？……”

不妨事,伊里斯,你别担心,先要搞到钱,有钱能使鬼推磨,内行人都这么说,等我手里有了钱,我们再看看应该做些什么。你别傻,我告诉你钱不是偷来的,对这些人我可以为所欲为,我可以把他们关进八音盒,让他们没完没了地听《威尼斯狂欢节》,把他们听疯。我们把他们关在那间画着小鸟和白苇草的小屋里。嗯,你把我藏在床下的裤子和衬衫递给我。你让我在你旁边盖着被子,躲着穿衣服,别让这个老太婆发现。好吧,我们起来,把大衣套在睡衣外面。走,我来给你带路。我双手被捆绑着,脖子上系着一根皮带,你像牵狗一样拉着我在过道上走,一直走到门口。现在你把钥匙收起来,你指挥我,又把我轰到大街上,要我到那没有好心的糊涂老太婆的宽阔大街上去乱转。把我推到大街上之后,你锁上了门。你今天非要把他带来不可;你要是带不来,我就告诉丽塔太太,说你想强奸我;明天她们就会把你捆得更结实,比今天还要结实,让你连一个手指头都动弹不得,哪儿也动不了,痛死你,让抽筋把你这个臭哑巴抽死。那时候,我就会袖手旁观;你叫喊也罢,你央求也罢,我都一概不管。我知道你又会在静修院里藏起来,因为你对它很熟悉。不过,老是这样找你,追你,倒也有趣,就像是一种游戏,好比玩"老鹰捉小鸡",或者"信不信由你"那样,但这比它们还好玩。在地下室里,在阁楼上,在过道里,在顶楼上到处找你。我们也像你一样熟悉静修院,抓到你很容易。丽塔太太,我明天会这么告诉她,这个小孩很坏,是个下流坯,他的小鸡儿晚上竖得高高的,我们为什么不割掉它,让它竖不起来;我真不知道这东西有什么用,丽塔太太,最好还是把它割了,免得它再竖起来;我讨厌它,弄得我没法睡觉。臭哑巴,要是今天晚上你还是说话不算数,我向你发誓,我一定让这帮老太婆把你的小鸡给割了。

"行。"

317

"我在门房等你。"

"行。"

"多带些钱回来。"

"行。"

你打开门。我站在门槛上。你一下子把我推出去,然后,像以往那样又关上了大门。天下着雨,我一个人站在大街上,该何去何从?我茫然失措。明早我敲三下大门,你来开门时,我该给你编些什么瞎话呢?从你把门打开起,我就得开始编瞎话糊弄你,说得跟真的似的。我找些彩色珠子、玻璃小球什么的,这就够了。我会对你说,这是衣服上的装饰物,有人要你挑选一下。围绕着这些小珠子,我再给你编一个故事,哄得你晕头转向,你就会放我进去了。

一到院里,我就自由自在了,我不会感到憋气了,再一次被砖墙保护了起来。我要利用伊里斯听了我胡编的故事后的惊讶,从她那凶残的手中逃脱,使自己消失在这座深不可测的静修院里。你们以为对这里非常熟悉?可是你们错了。总会有一些旮旯角落,一些从来无人过问的大箱子,一些伸手不见五指的地方,只有亲自去一下才能熟悉。只有我才能在那些别人去得回不得的地方自由地穿来穿去。我向你发誓,这次她们可再也找不到我了;我敢跟你打赌,除非我愿意,否则,她们绝对找不到我的;或者除非又有什么东西在我身上像蜗牛角那样滋生出来,使我感到有必要让那些老太婆和你发现我,重新把我捆绑起来,打成一个包,再一次像婴儿那样被裹在破布里,供一个罪犯女儿的肉体开心……等待你再一次把我推向深渊一般的大街上。

二十一

　　箱子、盒子、人字梯、口袋……一大堆口袋。我就藏在这些东西中间。还有一把犁——谁知道它怎么也跑到这里来了——一把安乐椅、一个塑像和底座。过来,小哑巴。一大群老太婆一直追我到顶楼上。快来,快来,别害怕,现在我们不是在玩;只有玩的时候才应该害怕;来吧,贝妮塔嬷嬷让我们来叫你,她有话和你讲。我坐起来,又一次变成了小哑巴,或者说是小哑巴日渐缩小的残余部分。上帝啊,我们拿他怎么办呢? 贝妮塔嬷嬷说,脸色这么难看,一天比一天羸弱,一天比一天瘦小。然而,她差你们来叫我,是要我到门房去,说是从瑞士来了一份电报,要我也去看一下。贝妮塔嬷嬷双手耷拉着放在围裙上,电报就撂在电话间旁边的长凳上。老太婆们纷纷走过来打听消息,喜悦的咕哝声越来越高。我念着电文:已许清贫愿,决意在我静修院了此残生。请腾出福女所住院子,准备好住房和卫生间。余容函告。热烈拥抱。伊内斯·阿斯科伊蒂亚。

　　您和拉克尔夫人在电话里谈了很久。您不敢,也从未曾敢和堂赫罗尼莫谈话。要是他根本不理会您,不理会静修院,也不理会我们任何人,您和他谈又有什么用呢? 拉克尔夫人对您说道,当然,您完全有理由不和赫罗尼莫说话。对伊内斯我是知根知底的,像她这样

319

养尊处优的人，居然会许清贫愿？贝妮塔嬷嬷，我不久之前不是和您说过吗？伊内斯会对赫罗尼莫发火的，因为他把静修院转让给了大主教，她一定会报复的……您看，这不就是报复吗？伊内斯从来不当面报复，更不用说对赫罗尼莫了。当面报复赫罗尼莫根本办不到，因为他连面都不露，仿佛他连脸面都没有似的，或者说他头朝上，面朝下，谁也够不着，连声音都没法传到他那儿。所以，伊内斯就用住到静修院这一招对他进行报复。因为她清楚，不管他有多少社会联系和资助，只要伊内斯住在这里，大主教就不敢碰这块地方。伊内斯根本不管那一套。贝妮塔嬷嬷，伊内斯一定很恼火，因为她没有办成赐福的事。当初我们就知道是办不成的，可是她不听我们的。所有人，包括赫罗尼莫，都笑话过她。当然，她住在这里，大主教连一砖一瓦都不会碰的；他要是敢动一动，她就会改变有利于大主教的遗嘱，把财产留给一个随便什么人，比如留给动物保护协会，或者什么别的人。大主教是不会去冒这个丧失阿斯科伊蒂亚家族财产的风险的。您想一想，阿索卡尔神父还不捶胸顿足。贝妮塔嬷嬷，最好还是不要打电话通知赫罗尼莫，让他大吃一惊好了。我说嬷嬷，最好给伊内斯的单间糊上墙纸，她讨厌没糊纸的墙壁；她会说墙太潮，会犯关节炎的。要是您愿意，我帮您挑选糊墙纸，我了解她的爱好，在圣伊西德罗大街有一个厂子生产很漂亮的纸，而且一点儿也不贵。最好还是让一切都像在家里一样，所以，拉克尔夫人又亲自差遣她孙女玛露的丈夫，一个留有一头漂亮长发、穿一条合体条绒裤的年轻建筑师，到这座迷宫似的院子里来完成一项他称之为猜谜游戏的工作。怎么搞的，居然一点也没有保存可以帮助我们确定不同建筑年代的资料？虽然只是些在建筑学上没有任何价值的修修补补的活计；这座建筑物表面上看像一个整体，实际上是胡乱的凑合。贝妮塔嬷嬷，当然我不否定它也有些吸引力。可是拉克尔夫人说，政府有钱去做这么多蠢事，却不来干预这件事，不出力拯救那些残存的寥寥无几的古建筑。这未免是信口开河吧，嬷嬷，这哪能称得上是古建筑，这只是一座老掉牙的房子而已；如果非得确定些什么，那么，也许你们管它叫棕榈院的那间房子可以确定是最古老的建筑。您看，那些回廊柱旁的石凳毫无修饰，禅房是那么狭小，方砖又那么厚，走廊也显得小里小气，活像个牢房。说到底，还是这棵至少说有一百五十年历史的棕榈树周围的一切给了我们一个相对可靠的回答……遗憾的是，虽说这里看起来应该有一个棕榈树林，却没有留下更多的棕榈树，仅存的几棵也正在被那些太太毁掉，因为她们读了些关于装饰艺术的美国杂志，上面说到棕榈树现在已经不时髦了。但愿未来的圣婴城能珍惜这棵漂亮而可敬的棕榈树，让它给这个房瓦上苔藓丛生的小院增添些情趣。然而，却没有任何可靠的迹象说明这是院子的原始式样。虽然贝妮塔嬷嬷说它是原样的就是原样的，可是没有一点可靠根据，谁知道呢？可能是……

可靠根据？谁会在这种一点准头也没有的事情上要求什么可靠根据呢？比如说，在许多个月之前，梵蒂冈就斩钉截铁地否认了这件事——伊内斯，确实很遗憾，可是事情还是被彻底否定了，伊内斯在电报里还说"福女"又是什么意思呢？这封电报是同最高宗教当局的对抗，类似在家里炒菜豆时加上巫婆用的香料那样，是一种异端邪说……伊内斯，对其他人来说，我无足轻重，可是，对你却并非如此，因为这彻底暴露了你的无能，你过去没有能力为你丈夫生一个儿子，而现在，又想借大家崇敬的福女来光宗耀祖，可你又一次表现出无能为力。大家崇敬她，也就是崇敬你的家族，可惜，你那不争气的子宫让它断了香火。虽然罗马教廷拒绝了你开始赐福程序的请求——你看,连开始程序都不许——你却还在谈赐福的事,为了不使那个从不信教、十八世纪末就死在这个静修院的女教徒和你同归于尽,你的努力经历了何等难以想象的艰苦过程?因为她要是完了,便等于你和她从来未在世界上存在过。

对伊内斯来说,本来就不存在荣获"福女"称号的任何可能性。一切证据都是那么不可靠,总是听说,人们只知道这个听到听说的人的名字,而不是这个听说听说之事的人的名字……多半是某人在某条已经改了名也变了地址、可是又不知道为什么还是这同一条街上,在某幢已经不存在的房子里的某间不存在的房间里,听某个人说的,多半是伊内斯的祖母或者母亲,或者是佩塔·庞塞,或者是那些以传播流言为得意并以此聊以果腹的穷婶子胡诌的谰言。虽然也有几封寥寥数言的信,还有出生证明、死亡记录和三两篇回忆所谓奇迹的短文,然而唯一确凿和合法的、有案可查的事实无非是宗教基金会成立一事:十八世纪末,某个巴斯克人的后代,一个阔地主鳏夫,带着九个儿子和一个女儿,从位于马乌莱河南岸的庄园来到这里,想把他十六岁的女儿送入圣方济各静修院——他的大姐是静修院的院长。由于编年史中没有载明的原因,这个女孩子不像理所当然的那样信仰圣方济各教派;然而,一定是经过许多次交谈后——具体情况已不得而知——精明的静修院院长说服了她的兄弟:与其把她送进这个静修院,还不如创立一个宗教基金会,把他们的家族与上帝直接联系起来,请上帝来保护他的女儿。她兄弟不是听说过耶稣会的修女们正好没有自己的静修院吗?既然有意把他女儿看管起来,何不给她们建造一座静修院,正好把伊内斯终身安排在那里呢?事情就这么办了。静修院建好后,那些与世隔绝的修女就被安顿到那里,兼着照看伊内斯。静修院十分宽绰,占据了拉奇姆巴最令人垂涎的一片土地,成为当时整个社会交口称赞的对象。后来,独立战争把对圣洁与宽容的一切关注横扫一空,因为当时只能谈论血与火,谈论从四面八方逼来的敌人。伊内斯·德·阿斯科伊蒂亚年仅二十就圣洁地死在这个静修院了。

这些都已成了历史,可是通过后来收集种种传闻的女士们撰写的著作,以及某个好奇的欧洲女旅行家根据从当地名家的私下谈话中搜罗到的材料所写成的书,伊内斯那无与伦比的虔诚的反响,尤其是那个轰动一时的奇迹,却流传至今:在十八世纪末的一次特大地震中,省城及其周围地区的绝大部分房屋都被震塌,唯独拉奇姆巴的静修院虽然和当时一般的房屋一样,不过是砖瓦建筑,却纹丝未动,巍然屹立。听说……听说在地震开始之前,伊内斯·德·阿斯科伊蒂亚——值得令人注意的怪现象是,尽管她身着耶稣的法衣,却并不信奉耶稣——跪在院子中央,修女们在走廊上恭敬地守护着她。当地震和造成地震的震动威胁着静修院的围墙时,伊内斯张开双臂和整个身躯形成十字,仿佛要以不惜牺牲自己的巨大努力来扶住围墙。墙被扶住了,静修院也没有倒塌。由于修女过的是院内禁闭生活,不能离开静修院一步,在把大山照得通亮的闪光下,她们吓得几乎没能看到拯救静修院的那双手:那双由于非凡的努力,变得像风化了的枯枝、干巴巴的枯藤,好似老年人多疣的手。伊内斯总是在自己的单间里吃饭,从不过集体生活,只有在去小教堂或者独自静悄悄地在过道上散步时,她才离开自己的房间,双手交叉着放在法衣的前襟上,捧着一个用干树枝精心扎成的十字架。这是她第一次领受圣餐时,那个可怜的老奶妈送给她的,也是她从马乌莱河南岸带来,或者说想带来的唯一的东西,而且还是偷偷地带来的。

地震过后,女教徒们潜心地看护着伊内斯的那双神奇的手。是的,是的,确实是神奇的手。她在小教堂祈祷时,容光焕发,全神贯注,可以说达到了修女们达不到的境界;在法衣褶子上的阴影下,她的手指头仿佛已经和奶妈送给她的那个十字架融为一体了。这个由弯曲的枝条做成的十字架由于天长日久已经发黑了;她的双手也开始变得像干枯的树枝。当她心醉神迷地慢慢举起双手时,修女们一个个张皇谦恭地退出了教堂。伊内斯那变得像树枝一样的胳膊越来越伸进袖子里,当只烧剩一两根蜡烛的时候,伊内斯双眼盯着圣母脚下的新月,还在张开双臂祈祷,她仿佛成了成活多年的树干,上面的褶皱和节子仿佛是树干上的一张老人痛苦的脸,而不是一张生气勃勃的姑娘的脸。直到天色破晓,在阳光下,静修院创始人的千金才恢复她本来的面目。

有关她虔诚笃信的传说越出了静修院的围墙,从一个静修院传到另一个静修院,最后传遍了整个省城。阿斯科伊蒂亚家族在涌现出这么多英雄人物之后,对出了一个圣女——至少应该说是一个被人赞誉的信女——感到欣慰,她以她的虔诚为她的家族平添了光彩。

不料,对修身养性不利的混乱年月骤然降临了。人们追求的是眼前的胜利、新生的仇恨火焰、永不满足的报复,以及必须以牺牲性命才能消除的危险……接着又要组织一个边远地区的小型共和国,制订法律,划分区域,推翻特权,以建立另一些……伊内斯·德·阿斯科伊蒂亚死后,至少过了数十年,静修院内部的传说——可是,在外面已开始逐渐消失——经由院长签署,作为开始赐福程序的正式建议递到大主教手里。首先,不得不挖出尸体。伊内斯一口咬定:好几代以来,她家族里的人一直传说,当棺材打开时,大教主惊得目瞪口呆,他看到绸缎还是那么鲜灵、干净和崭新,根本不像已经过了这么多年,好像上面从来未躺过尸体。当然,这些情况——至少可以引起罗马教廷的好奇——在任何文件上都没有记载,可能由于年代久远的缘故,人们已经忘却了福女的墓地,除了留下这座对她来说如监狱一般的静修院,她已无声无息地消失了,然而,围绕着这个消失在人们记忆中的最初的女因的传说,静修院却得到了不断的发展和扩大。

其实,关于福女的种种奇闻逸事都只不过是些推测,或者是些谣传的回忆而已,然而,我认为坚持下述的假设却并不过分:在伊内斯·德·阿斯科伊蒂亚死去——她死于当时某种极普通的传染病——的时候,精明的圣方济各静修院的院长,由于她兄弟因极度悲伤而咽气之前道出的秘密有辱她的良心,从而谨慎地做出安排,不让一个已经成为巫女的人——尽管是她的至亲,是阿斯科伊蒂亚家族的后裔——埋葬在圣洁的土地上。正因为是女巫,她一开始就拒绝把伊内斯当作天使的灵魂来接收;也正因为是女巫,伊内斯从来既不信奉圣方济各教派,也不信奉基督教;也因为如此,大主教在她家族的墓地里找不到她的遗体和棺木。找不到棺材和遗体的事情本身就道出了一个半世纪以来阿斯科伊蒂亚家族及其仆人历来编造所谓绸缎完整如新的传说的真相,其实根本没有人见过那口棺材。

伊内斯小时候每天下午在火炉旁跟佩塔·庞塞学习编织和绣花时,一定听她详细讲述过各种各样关于那个虔诚的祖先的传说。但是,每当佩塔在叙述中加上自己的看法时,故事就变得轻描淡写和游移不定了。时间在无限地延伸,不见首尾。谁也不知道假设中的现在是属于时间的哪一部分……佩塔也一定给伊内斯讲过那个小女巫的故事。这个故事有很大的伸缩性,可以任意加长或缩短,谁也无法知道佩塔的那个讲法是否把巫女的故事和福女的传说糅在了一起,从而综合了两者的全部内容。

　　必须承认,甚至从文学观点上来看,关于巫女的故事是出奇的,不能令人满意的。一开始,故事的情节把我们的注意力集中到酋长的女儿、这个形象漂亮和出身显赫的主角身上,然而,在她父亲撩开大斗篷掩饰其女儿的私房事之后,故事就出现了转折,一分为二。其一是流传于民间。世代不朽的那部分,它数百年来流传在老婆子、辛苦劳作的农民以及小孩子中间:富人把他女儿逐出故事主角的地位,而代之以一个满脸肉瘤、身世不明的老太婆。要是至此一直是主角的那个人物尚未从故事中销声匿迹的话,那么,这个老太婆就会成为两个女人的替罪羊。其二,只是关于一个行将灭绝的家族圣洁和高尚的故事:一个纯洁无瑕的女孩潜心修行,使若干座据后来某个前来检修的建筑师说毫无价值的院子幸免于灭顶之灾。我似乎看见堂赫罗尼莫抬起胳膊,撩起身上那件和那个富人所穿的一模一样的羊驼毛大斗篷,表明这里没发生任何事,这里是禁地,他的这番举动在把他所展示的部分与周围的整体分隔开来,独立出来。毫无疑问,堂赫罗尼莫在伊内斯面前撩起斗篷是妄图把这个神秘家庭中可以操纵的事实——那关于福女的传说——和难以捉摸、世代相传的民间故事分割开来,从而使这两个部分都变得残缺不全,面目不清,失却其原来的完整性。赫罗尼莫终于使伊内斯忘记了巫女的故事。赫罗尼莫没有预料到的是他那遮丑时的抬胳膊动作,在伊内斯心上投下了惧怕灭亡的阴影。过去她从未切身体验到这一点,后来仅仅因为她生不了孩子,被赫罗尼莫背弃了,她才稍有肤浅的体会。正是这种恐惧感驱使她前往罗马,力图不惜一切使福女的故事得到承认,通过她的努力,使她自己和阿斯科伊蒂亚家族得以存在下去,所以,她那糊涂的脑袋才死死抓住这件已被众人忘怀的事情不放,一心想为她的父辈赢得福女的美誉,让后人尊崇她自己。谁料到,其实那不是她的前辈,却是佩塔·庞塞的祖宗。赫罗尼莫想割裂和删削这个众所周知的事实,实际上却在制造另一个疑团。

然而,疑团并非现在才有,而是由来已久。当富人在门口小心翼翼地张开斗篷时,他的胳膊遮掩的是什么呢?莫非就在那个时候,那个丑八怪害人的脑袋正借助颈部血淋淋的伤痕慢慢地连到女孩子的躯体上,而这吓人的脑袋还有它那永远来不及缩回的犹如蝙蝠翅膀的大耳朵,这一切都必须尽快、刻不容缓地用法衣上的白色遮耳帽掩盖起来?莫非她父亲的目光阻止她的双手恢复青春的活力,永远像枯藤,像布满疤和沟槽的黑木棍,像曲曲弯弯的干树枝一般,以至必须尽快、刻不容缓地永远把它们藏在围裙下面呢?富人之所以迫不及待要找个地方把女儿禁闭起来,无论是她的房间里,或者是圣方济各静修院里,或者是这座建造得如同罗网一般的拉奇姆巴静修院里,想必是有一个反复无常、变化多端、飘忽不定的女人毒化了他的女儿?

可能是这样。只要佩塔·庞塞插手,什么都有可能。正是为了战胜她,我不住地自问,以便弄清楚:到底为什么会出现这个长满息肉的多面怪物,又怎么会产生这么多种说法,以及如此众多有关这个怪物的毫无用处却又扑朔迷离的节外之枝?事实究竟如何呢?十八世纪末,有个富裕的巴斯克农民,带着九个儿子和一个女儿,离开了马乌莱河南岸的庄园。他把自己的女儿送进一座静修院。历史事实就是如此,然而,为什么一个慈爱的父亲,一个业已不年轻的鳏夫要把独生女儿关进一所静修院里去一辈子呢?既然实际上并不存在女巫,也不存在什么丑八怪、巫师或者妖婆,为什么要把女儿当作女巫加以惩罚呢?他惩罚那个奶妈是想让庄园里的下人继续相信那些唬

327

人的假面具吗？既然他女儿真是圣灵附体，而且又真是那么虔诚，蛮可以也应该大肆宣扬一番，为何要专门建造一所静修院来监禁她呢？

伊内斯·德·阿斯科伊蒂亚既不是女巫，也不是圣女。我认为事情本来非常简单：这个孤独的少女蛰居在十八世纪一个边远的农村。那里仅有几条小径，根本没有公路；在那片未被开垦的土地上，除了动物出没之外，就是一些生性好斗的人。少女爱上了一个也许是当地最斯文、最漂亮的小伙子，或者简单地说，一个比她父兄心地更纯洁的小伙子。在一个拉皮条的老太婆的掩护和撮合下，她和小伙子发生了关系。小伙子可能是她的一个邻居，或者是仆人，或者是马倌，或者随便什么人，这都没有关系。我问自己，这位父亲在大门张开那奇大无比的斗篷，是不是想遮住他女儿所生的婴儿呢？老太婆是唯一知道这个秘密的人，为了灭口，是不是他把对小伙子的恼怒转嫁到她的身上呢？是不是为了惩罚女儿的罪过，把她幽禁在静修院里，让她从现实中消失，他才杜撰出这么个传说，用以取代那个私生子？

那么，私生子呢？私生子的父亲呢？

自然，无论如何，要将他们彻底摆脱。那个父亲嘛，只要不去找他就行，只当不知道。这里没发生什么事。我那个心爱的女儿是贞洁无瑕的，为了感谢上帝赋予了她堪称楷模的美德，她决意到某个教团供职修行，于是，我就出资创建了这座静修院。滴水不漏。没有什么儿子，从来没有过儿子，而且也不会有儿子。既然没有儿子，自然也就不会有什么父亲，就无所谓对那个不存在的父亲进行报复的问题。这个秘密，讳莫如深的富人连对自己的儿子都没有说，因为他们不会理解一场如此微妙的、不进行报复的报复。这样便把那个可怜的、胆小如鼠的父亲一笔勾销了。他在野蛮的九兄弟还来不及杀死那父亲之前,就逃之夭夭了。他们没有去杀他,也不去追击他,因为他根本就不存在,不存在什么父亲,也没有什么儿子。我女儿伊内斯要到某个教团去供职修行,她是贞洁无瑕的,这里什么也没有发生……

富人把他的外孙关到位于省城另一边的一个庄园的长工家里。这个私生子既没有父母,又没有姓和名,也不知道身世,不知道由谁抚养着。和长工们那些拖着鼻涕、面黄肌瘦的孩子完全一样,他也整天拖着鼻涕、面黄肌瘦。可以肯定,当他长大成人后,也会有拖着鼻涕、面黄肌瘦的儿子的。这样,阿斯科伊蒂亚家族的血缘也就传播到整个地区,和马乌莱河南岸农民的血混杂在一起了。当一个男性贵族在本地妇女中留下私生子时,私生子们总是颇有些自豪地保留有主人的印记;在私生子身上,这种隐蔽的自豪似乎主要表现在与他父亲容貌的相像上。除了亲生父母之外,众人都会说是他的儿子。然而,如果私生子属于某个女性贵族,私生子便会自然而然地失去一切相像的地方,一切出身高贵的痕迹都会被抹得一干二净。在这种情况下,私生子就不是无损于族徽的一条黑杠,而成了玷污败坏族徽的污点。谁也不会承认他的,因为这里不存在什么儿子,这里什么也没有发生……

佩塔·庞塞出生在马乌莱河南岸阿斯科伊蒂亚家族的一个庄园里,出身于一个低下的无名家族,但却与一个名门望族有亲戚关系,租种他们的土地,替他们看守房子,为他们收玉米、放羊、加工葡萄酒。听说……听说佩塔的母亲臀部大得出奇,在蚊子横行的季节,她晚上受命光着屁股躺在伊内斯祖母的脚后,吸引蚊子叮她的大臀部,好让老太太睡个安稳觉,免受蚊子叮咬之苦。

我敢肯定,那天晚上,当黄狗死去——谁都找不到它的尸体——

的时候,在林孔那塔佩塔的房间里,我终于完全相信,在我身下因快感而呻吟不止的是伊内斯。因为佩塔的血管里流淌着另一个伊内斯·德·阿斯科伊蒂亚的血液,是她的后代。尽管多少代低贱的祖先已然把高贵家族的所有痕迹都深葬在她那张混血种的女巫般面容的深处……那天晚上,也许在我身下,圣女和巫女化成了一体,共同从我身上接受日后生育出那个丑八怪的种子。不错,我在黑暗中做爱时看到的就是她祖辈的脸相。随后,我把注意力集中到那个破了相的容貌上,仔细端详佩塔。有时候,我仿佛听到一个从无限遥远的世代卑微者的深谷里发出来的回声,隐约看出她主人家光辉面容的淡淡印记,那是巫女伊内斯和圣女伊内斯在死死缠着我、在想占有我的佩塔身上的复活。她告诉我,她属于一个高贵的门第,出身名门,她有父母亲、祖父母、曾祖父母和玄孙女,其中准有一个是圣女或者巫女。

她这么向我炫耀是为了耻笑我,因为她知道我已经失去了身世,更确切地说,她知道了实情,她知道了阿苏拉大夫已经切除了我身上的百分之八十,她甚至还知道那个当作家的温贝托·佩尼亚洛萨,那个充当某阔佬的秘书的温贝托·佩尼亚洛萨,那个在酒馆里朗诵过诗歌、衣冠楚楚的温贝托·佩尼亚洛萨,那个小学教师的儿子、火车司机的孙子温贝托·佩尼亚洛萨,是呀,就连我这样卑微的人阿苏拉大夫都窃为己有,只给我剩下了这可怜巴巴的百分之二十。老太婆们在静修院里讲了不少事。现在,拍卖行的人在走廊上把东西分成堆,老太婆们坐在八个大床垫上像小娃娃那样蹦高,都蹦得着了迷,不像先前那么叽叽咕咕个没完。苏尼尔达,你瞧,天堂里兴许也就是这么个样吧?可是,她们总是不时地嘀咕几句。听说伊内斯夫人下礼拜就要到了;听说已经到了;听说还来了不少呢;也许她不会来了;

不,你说得不对,据说她还没有到,她到法蒂玛朝圣去了,她还要到洛德斯去一趟。据说,当拉克尔夫人把单间的钥匙交给贝妮塔嬷嬷时,贝妮塔嬷嬷哭丧着脸对她说:里面东西这么多,让我们怎么办?看来拉克尔夫人没有什么值钱的东西。拉克尔夫人真好。嬷嬷说:现在小哑巴身体这样糟,没人能帮我把东西从房间里搬出来好好整理一下。拉克尔夫人,小哑巴成了这个样子,静修院里仿佛又多了一个老太婆,与安塞尔玛嬷嬷和胡莉娅嬷嬷差不离。这种情况什么时候才算完呢?连小哑巴都病了。他虽然还能勉强起床,可是在钉门的时候,他从梯子上摔下来了,后来只好让小孤女们帮我钉完。小哑巴可真可怜,不知他是从哪里来的……嘀嘀咕咕,叽叽喳喳。这么多年来,老太婆们总是喜欢窃窃私语,她们的那些闲言碎语简直都快让四面的墙壁听腻了。然而,她们还有几天活头呢?年纪都这么大了,都快要死了;那后来的老太婆听到这些窃窃私语,再添油加醋,传给再后来的老太婆;老太婆们死一批,来一批,每人都向后来的传播一大堆从静修院里收罗来的流言蜚语,每人也比以前的老太婆们多活不了几天……听说……听说小哑巴是生在这个静修院里的。我说克莱门蒂娜①,小哑巴可是真可怜,他因为怕听汽车喇叭声而从未上过街。听我说,梅塞德斯——这是另一个梅塞德斯,不是被公共慈善机构的送货车拉走的那个梅塞德斯·巴罗索,大概我们也会这么被拉走的——既然他又聋又哑,又怎么会怕汽车喇叭声呢……也许吧,可他总是待在这里不出去。听说在贝妮塔嬷嬷来这里之前,这里原先有许多许多的修女,不像现在这样。听说那时有个女孩子在静修院门口过了一夜,好心的修女们——她们可不像贝妮塔嬷嬷那样爱发

①　克莱门蒂娜,克莱门西亚的昵称。

脾气,好发号施令,我也不知道贝妮塔嬷嬷怎么会变成这样的——把她领了进来。据说就在那里,那个女孩子生下了一个只怀胎七个月的婴儿。靠着静修院里的人抚养他,终算死里逃生;可是,他的听力和嗓子却无法挽救了。据说,因为他是怀胎七个月就生下来的,所以才长得这么小;当然,后来又越来越抽缩,听说还是半个白痴。这是明摆着的,一个人要是什么话也不说,就永远不知道他是不是真的白痴。你们看见他现在这副怪样没有?这个可怜的小哑巴变得很怪僻,几乎一动也不动,好像一个瘫子;身上脏得都发痒了,头上尽是虱子;可是又没法挠,手和胳膊都耷拉着;每逢晴天,他整天坐在一把哥特式椅子上晒太阳。现在,静修院要拆了,有个老太太曾来挑选东西,她决定不要这把椅子;太大了,我把它塞到哪里去呢?她把椅子送给了贝妮塔嬷嬷。贝妮塔对她说:谢谢。可是您让我要这么一件笨重的家具有什么用呢?眼看着就要拍卖了,要是摆不进我那套现代化的房子里,又怎么办呢?再说据那本可爱的《家庭》杂志说,这种哥特式的家具早已过时了。这倒在其次,因为我的朋友们都认为,在布置房间问题上我还是很在行的。您说这把椅子对您毫无用处,我就不明白,也有点儿生气,这怎么会呢?这把椅子还是不错的嘛,是胡桃木的,还在第十八大街我妈妈家的客厅里使用过;再说,听说拆房子一事也未必真会成为事实。因为伊内斯就要到这里来住了……据说她已经用她的万贯家产许了清贫愿……有人在罗马,也许在瑞士,我也不清楚,反正在某个类似的地方看到过她,说她变多了;据说她已经不染发了;听说她头发白得可难看了;听说静修院的人和修女抚养小哑巴也是想把他培养成圣器看管人,所以,他才这么善良,可是他又那么有气无力,疲惫不堪,似乎连眼皮都抬不起来。这不是事实。我看得见东西,那怀旧的目光是我身上唯一活着的东西,也是把我和我现在知道的身世联系起来的唯一东西,因为听说……听说一个曾经在这个院子洗衣房里住过的太太,听某个很久以前死去的女人说,而这女人又是听另一位当时认识我的太太说:我是一个十分漂亮的婴儿,长着孱弱多病的孩子那种蜡黄的小脸,可是,有一对忧郁的大眼睛,仿佛老是要哭的样子。贫民窟里的一个女乞丐,在家门口看到我一丝不挂地站在露天里,就是伊里斯把我赶出来让我把她丈夫找来的那个晚上,可是我只能待在墙根下,淋着雨透过玻璃窗往里看——那是摆着灰色椅子的书房。从书架上打开的一块挂帷看进去,里面并不是那些有我大名的一百册书脊发绿的书,它们被伪装起来了。那是一扇挡住保险柜的门;里面有什么我倒不感兴趣,我感兴趣的是至少能把一百册中的一册带回静修院去。现在我明白了,我的姓名只存在于这些伪装起来的一百册书的书脊上;也许连我的名字也被伪装起来了。我期待着伊里斯像那个寒冷的夜晚在家门口遇见我的女乞丐那样,让我进去。贫民窟里没有人知道谁是我的母亲,更甭提我的父亲,那是从来没有人知道过的,再说,那里几乎所有的人都没有父亲呀;我的父亲充其量不过是一个两眼近视的小学教师,深色的衣服上撒满了白色的粉笔灰。我的目光令人心碎地伤感——不过那时我只有伤感,这是怀旧情愫的一种低级表达方式,以后才给了我那么大的威力——那个女乞丐遇见我的时候,感到从我身上有利可图,她没有像理所当然那样地把我撇在一边,因为收容我便意味着多一张嘴吃饭,那个时候谁还顾得上讲慈悲呢……听说那个老乞丐只让我身上裹很少几块破布——为了让我冻得皮肤发青——把我带到大街上,或者教堂门口去要饭,或者去参加祈祷。当善男信女们快要从教堂里出来的时候,她就拧我一把,痛得我放声大哭。我的表情极其痛苦,呻吟声令人心碎,那些好心肠的人便围在老太婆周围看我哭,在老太婆的手里塞满钱……听说那个女乞丐从不让我吃饱,不让我胖起来,老是饿得我要哭,眼泪汪汪的。这样,还能打动人心,也就能挣更多的钱……听说,你听着,露西,听那些碎嘴的说,后来,那个老婆子病了,没法再抱我出去上街要饭了。我虽然成天饿着肚子,却还是在长大,这可是不轻松啊。我的名声已经传遍全城,于是她把我租给了别的老太婆;她们又把我抱出去,饥肠辘辘,眼泪汪汪,唤起过路人的恻隐之心,给些施舍。租我的那些老太婆也拧我,让我哭;可是当做完弥撒的人走出教堂时,她们却装模作样地抚摸我,尤其是当那些轻信的人围到我们身边,看在上帝的分上施舍我们钱的时候更是这样。别哭,我的乖孩子,我可怜的孩子,真乖,你们看,他哭得多伤心啊!哭坏了肺可怎么办呢?我的小可怜,我的小孙孙;我女儿住院了,他的父亲鬼知道跑到哪里去了,那无耻的家伙,若无其事地一走了之;你们瞧,我这个可怜的残废老婆子又干不了活,只能讨点钱给他买些牛奶或者一片面包吃,让他别再哭了;他要是不哭了,就更糟了,他的眼神……她趿拉着鞋从镇上往回走,免得坐公共汽车掏车钱,藏在破衣褶里的沉重钱袋里的硬币叮当作响。然后,把我还给那个既不是我妈,又不像我祖母的老太婆。她咽气之后,我被当作遗产赠给了另一个老太婆,后来又传给了另一个……你听着,梅拉尼娅,据说第一个被收容到这里来的孤老太婆把他带到静修院里,那是一个不爱说话、心地善良的女人,据说她就是佩塔·庞塞,小哑巴当时的主人。那时候小哑巴已长大成人,再带他出去要饭就不合适了。那位太太当时已经很老了。听说,一天下午,她独自到过道里去散步。过道很长,而且老早就黑了,院子又多,又有许多地下室和回廊,我不知道她是不是看到拍卖行的人收到一起的一大堆垫子、床垫、鸭绒被和枕头。走吧,梅拉尼娅,值得去看一下,还有些好东西,刚才我跟您说,听说这位老太太有一天到过道里去散步,迷了路,后来再也没有见到过她,仿佛是被这个深宅大院吞没了似的。在地下室找过,在每一层楼里找过,就是找不到;在死亡登记簿里也没查到。从此,就再也不知道她的下落了。

"啊,停电了。"

"多可怕呀,是吗?"

"干吗要停电?"

"要拆房子了呗。"

"要是不拆呢?"

"怎么会不拆呢?"

"伊内斯夫人要来了,怎么还能拆呢?"

"谁告诉你的,阿玛利娅?"

"听说……"

"没有电了,她就不会来了。"

"停电是暂时的……"

"为什么?"

"因为正在修理伊内斯夫人房间的电线。"

"我们可别到走廊里去散步,否则也会像据说在这里失踪的太太那样迷路的。她叫什么来着? 不,不是叫佩塔·庞塞,她叫佩塔·阿尔塞;不,叫佩塔·佩雷斯·阿尔塞。当然,不是带小哑巴来的那个,带小哑巴来的是另一位太太……听说他根本不是由一个太太带来的;听说小哑巴是某个大雨天到这里来的……"

二十二

　　拉克尔夫人给伊内斯的房间挑选的糊墙纸是正经的黄褐色,很浅,几乎是透明的,上面印着像是天使们弹奏的古七弦竖琴图案,有白色的,也有略深的黄褐色的,很清淡,也很雅致,毫不豪华,与一个已经许下清贫愿的人住的房间很相称。然而,为了不让粗糙的砖块显露出来,在这层小心翼翼贴上的天使般的墙纸下,在土墙和墙纸之间,像别的老太婆的房间一样,我糊上了一层报纸。上面尽是些过时的,但依然令人毛骨悚然的恐怖消息:什么三十年来在狱中被人遗忘的数以千计的政治犯;什么长江的洪水夺去了成千上万条性命;什么图西人被杀害;什么巴西东北部发生大饥荒。一张张惊慌和令人不安的脸,一双双从被战争和地震摧毁的城市的瓦砾堆中伸出来求救的手,一对对在不可避免已经发生或正在发生的可怕事件面前求援的眼睛,一声声被空间和时间压抑着的呐喊声,这一切也许比起从报纸上抽掉的那些可怕消息来还算是小巫见大巫呢。可是,把它们变成报纸,再用来贴在糊墙纸的下面,原封不动地保存下恐怖的消息,也许更令人害怕。

　　“漂亮。”

　　她在床上打开了箱子。

"是吗？"

她脱下大衣和黑色连衣裙，穿上便鞋和红色的睡衣。

"真好看，伊内斯夫人。我常听人说，现在意大利的东西都很漂亮啊……"

"这是瑞士货。除了半打黑连衣裙，这是我在欧洲买的唯一的东西。连衣裙全都一模一样，够穿到我死了。"

贝妮塔嬷嬷帮她把黑连衣裙挂到衣柜里，然后告诉伊内斯，她还以为赐福的事有了进展，所以夫人才在欧洲耽误了这么长的时间。她又把一排黑鞋撑上楦头放在衣柜的下部。

"没有，红衣主教们说不行。碰了一鼻子灰之后，我就在瑞士的一所疗养院里住了一阵子。"

她断然摇了摇头，也许红衣主教们当初就是这样摇着头告诉她不行的，福女并不能受赐，你不能指望靠儿子延长你家族的存在，你也不能把陈年老古董搬出来装点你家族的门面……你摇了摇头，对着衣柜穿衣镜照了照，拢了拢头发，继续说：

"……另外，我想让头发再长得长些，回来时顶一头白发，您记得吗？我离开这里之前，我的头发是染成浅色的，有点像我年轻的时候那样。我想让它长到能绾一个像洗衣婆那样的发髻，不为别的，只想和这里的老太婆们一个样就行了。您现在怎么样，贝妮塔嬷嬷？"

"忙得不可开交。目前正在为拍卖清点财产。"

"不会拍卖了。"

"您和大主教谈过了？"

"我不是跟您说了，我和谁也没谈过吗？我一下飞机，坐上出租车就径直到这里来了，随身只带一只箱子，其他箱子装在另一辆出租车里送到家里去了。让那些拍卖行的人明天再来吧……您来叫我……我一定把他们骂出去。让他们去告诉赫罗尼莫好了！"

贝妮塔嬷嬷关上窗门。她俯身把伊内斯的箱子塞到床底下。待她直起身子，见伊内斯正在专注地盯着墙纸上的古七弦琴。她看得十分仔细，仿佛要透过这些图案，穿过刊登着过时新闻的报纸，一直深入墙壁的方砖里，弄明白这一切之外的某些东西。贝妮塔嬷嬷，您当然不知道那是些什么东西。她的眼睛继续盯着墙壁，头也不回地问贝妮塔嬷嬷：

"那个看门人呢？她叫什么来着？"

"丽塔。"

"她怎么样了？"

"很好。"

"没有什么给我的信吗？"

"她什么也没跟我说。"

"当然，赫罗尼莫是不会打电话来的，他还不知道我已经到了。当他还在俱乐部玩得起劲的时候，装有我行李的出租车可能已经到家了。他要过些时间才会知道我已经到了。要是他来电话，让丽塔告诉他我在小教堂祈祷，不能打断我。我是到这里来祈祷的，是来忏悔的。"

"可是，伊内斯夫人……"

"怎么？"

"您难道不知道？"

"不知道什么？"

"没人告诉您？他们早已把小教堂给封了。门已经被封几个月了，彩色玻璃窗和别的东西都拆了拿出来了。"

伊内斯用双手捂住了脸。

"他们怎么能干出这种可怕的事来？"

"阿索卡尔神父急于要拍卖，好快些拆房……可是，事情还是拖了下来。他们不做弥撒，什么也不干……"

伊内斯把手放了下来。她的脸整个换了模样。贝妮塔嬷嬷，把您吓坏了吧？就仿佛是糊墙纸后面的一张惊恐的脸孔透过墙纸，跑到了房间的中央。

"没想到赫罗尼莫竟要把我弄到连弥撒都做不了！"

"别这么说……"

"您对他不了解……"

"不……"

"您不知道他是什么人……"

"不……"

"我不是为了不做弥撒才到这里来的。我去通知他们把我家里的祈祷室搬到这里来，我们可以把它安排在隔壁房间里。如果阿索卡尔神父还有点和他的职务相称的责任感的话，让他给我派一个神父来，为我做弥撒，并且每天给我带圣餐来……总之，明天我要一切都安排妥当。现在我困了……我要睡了……"

"太遗憾了，老太婆们都在厨房里，等着您去看她们哩……"

"今天晚上不去了……我累了……明天去吧！啊，贝妮塔嬷嬷，您可别忘了，让丽塔也记住，要是赫罗尼莫来电话，告诉他我不能接……如果他要来，就让他别来……他给我打电话是存心不想让我安生。不管什么时候，你们都要告诉他，我很忙。"

"好吧！"

"谢谢！"

"今天晚上还有什么事吗，伊内斯夫人？"

她在房间里转圈踱步,不时用手指摸摸墙纸上的古七弦琴图案。突然,她把手缩了回去,好像受了伤似的,然后,把手插进了她红色睡衣的口袋里,瞅了瞅修女。

　　"我说不上来,贝妮塔嬷嬷……"

　　"好吧,那我走了……"

　　"您在哪儿睡?"

　　"再过去一个院子。"

　　"这地方真大。"

　　"是很大。"

　　"好像我不在的时候又变大了似的。"

　　"谁也没法停止认识它。"

　　"据说只有小哑巴一个人全熟悉,是这样吗?"

　　"听说是。可是,听说的事情还多着呢……可能是……在这里什么都有可能……"

　　"看在上帝分上,别说这种事了,嬷嬷。"

　　她在床沿上坐了下来。

　　"这是铃,您要有事,可以叫我。"

　　"谢谢!"

　　"不客气。"

　　"嬷嬷……"

　　"嗯?"

　　"要是我叫喊起来,您听得见吗?"

　　"您为什么要叫呢?"

　　"我怕蜘蛛。"

　　"我们都打扫干净了。"

"可是……"

贝妮塔嬷嬷温柔地把手放在你的肩上,她站在你面前搜寻着你的目光,想用她的目光来使你安心。可是,你却避开了她的目光。

"伊内斯夫人,您怎么了? 告诉……"

你没有瞧她。

"嬷嬷,您瞧,自从赐福的事不成之后,我一直失眠得厉害,在瑞士也没能把我的病治好,所以,我才住进了疗养院。好不容易睡着了,还尽做噩梦,老是缠着我,永远也摆脱不了,仿佛我命中注定要永远生活在噩梦之中;不少时候我甚至分不清自己到底是在噩梦中还是没在噩梦中……"

"您是说,您不知道自己是醒着还是睡着吗……这是很可怕的事……"

"您怎么知道?"

"我也有过这种情况……"

"但是不像我。我害怕极了。我想最好还是在我房间里安一部电话,万一……"

"我说伊内斯夫人,万一什么?"

"有一股水泥味。"

"不会吧……"

"没有在建造什么吧?"

"哪能呢,不是就要拆了吗?"

"这个静修院以前没有这么大。"

"现在也不会再扩大了。"

"可是,过去确实没有这么大。"

"不会有什么事的,伊内斯夫人。"

当你走进静修院时,无意中注意到门已经被我用水泥和砖块堵死了,因为需要把房间和过道都堵上,免得迷路。这都是我干的。窗户我也封上了,好让他们没法拆。贝妮塔嬷嬷和其他人都没有发觉。我在封堵的地方刷了一层白,再涂上日久泛潮的痕迹,这样谁也不会怀疑后面会有房间、走廊、院子和通道;谁也注意不到这个变化的。只有你知道门被堵上了,窗被封上了,这样,不但没有限制反而扩大了静修院的范围,因为包括拆房子的人和拍卖行的人,谁也不能再进到这些封起来的地方去了。

　　"这是洗澡间的声音吗?"

　　"不是,这是院子阴沟里发出来的声音。"

　　"吵得我没法睡觉了。"

　　"明天我让人来修一下。"

　　"不行,得今天晚上修。我必须休息好。"

　　"我去看看。"

　　"等一下,您先别走。"

　　"还有事吗?"

　　"我想没什么事了。"

　　"好吧,那……"

　　"贝妮塔嬷嬷……"

　　"嗯?"

　　"您相信,是吗?"

　　"相信什么?"

　　"相信福女。"

　　"我嘛……"

　　"……现在把我弄得这么孤苦伶仃……"

"那您的丈夫呢?"

"您不了解他。"

贝妮塔嬷嬷不明白是怎么回事。她坐到你旁边,你站了起来,在房间里来回踱步,顺便往大衣柜椭圆形的穿衣镜瞧瞧,也许你是在揣摩古琴图案后面的那些鬼鬼祟祟的脸孔。你在房间里不停地溜达着。

"贝妮塔嬷嬷,您能告诉我,有什么东西比这座静修院更能证明她是福女的吗?"

"您躺下吧……"

"您告诉我,您是一个信教的女人。"

"伊内斯夫人……"

"告诉我……"

"是关于那次众所周知的地震的事吗?"

"她被埋葬在这座静修院里,即使要用指甲来抠,我也一定要找到她的遗体……您瞧我的指甲。您还记得过去我是怎样保护我的双手的吗? 那是我的宝贝。现在您瞧……"

你从口袋里伸出两只手给她看。你的手在颤抖,指甲全劈裂了。贝妮塔嬷嬷拉起你的手,把它们合到一起,不让它们抖得这么厉害,随后又把它们放回你红色的裙兜里。

"真可惜!"

"您知道这是怎么回事吗?"

"不注意呗……您对虚荣不感兴趣了……"

"不,那是晚上我好不容易睡着之后,我似乎总竭力想抓住什么,抓被子,挠床,碰到什么抓什么……您要是看看罗马大旅社的床头被我抓成什么样子,就全明白了。我是因为梦见什么,竭力想抓住

343

这些东西。白天,为了减轻些疼痛,我就拼命地啃指甲。可是,反而更疼了……因此,我才住进了瑞士的疗养院。在罗马我生活得很糟糕。"

"您不想躺下睡觉吗?"

"不想。"

"给您沏一杯茶来?"

"……把一切都烧掉。我到这里来就是为了彻底烧掉我保存在房间里的全部东西。我要从这件事做起。但是,我要告诉您一件事,贝妮塔嬷嬷,在没有对这些东西的前后、左右和里外进行彻底检查之前,我是什么也不会烧掉的。我要把所有信件、剪报、合同和照片的背面全检查一遍。我要翻遍所有抽屉、箱子、上衣、裙子、大衣、口袋,甚至所有用来化妆的衣物——这些东西尽管小哑巴保管得很好,还是被虫蛀了。我要找遍衣服的里子、皮包的夹层,您别以为检查以后我会把它们赠送或者施舍给别人,我要全部烧掉。小哑巴会帮助我的……"

"不过,您想找到什么呢?"

"找一样东西,一样会给我提供蛛丝马迹的东西。准有这么一样东西,能使我睡觉时不再乱抓乱挠,要是我能睡着的话,虽然我睡不了很长时间。"

"您还需要一个大枕头吗?"

"不要。我想修善行。"

"既然睡袍都已经脱掉了,您就快躺下吧,别这样半裸着身子站着。这间屋子刚刚新糊的墙纸,还有些潮气。过两天就好了。"

"刚才我跟您说什么来着,贝妮塔嬷嬷?"

"说您想找一样我不知道的什么东西。"

"那就是最使我丧气的事。"

"什么?"

"连我自己在内,我们谁也想不起来了。"

"那您睡吧!好好休息。以后我们有的是时间来谈这件事。您别灰心。我们这里的人都会喜欢您的,这一点您会喜欢的,这一点您会看到的。您想在这里待多长时间,就可以待多长时间……"

你披着垂肩的银灰色长发,光着脚,贝妮塔嬷嬷想给你穿上便鞋,恳求你躺下,镇静下来,喝一杯水。

"既然静修院是属于我的,属于我一个人的,您怎么敢这样放肆,居然邀请我在这里想住多久就住多久呢?是的,赫罗尼莫可能已经签署了世界上所有的文件,可是这个静修院是我的,我不想让他们给毁了,我不允许任何一个拆房子的人来碰一下这些墙壁。在这个静修院里有一个秘密,一个您、我、任何人都不了解的朦朦胧胧的东西,但房子是属于我的,因为只有我知道它有一个秘密。即使我永远也揭不出这个秘密来,即使这个秘密最后置我于死地,这个静修院依然是我的。当然,从法律上说,财产是由男人继承的;可是,是我们这些女人把这座静修院保护下来了。我敢肯定,这座静修院还没有出过阿斯科伊蒂亚家族的手,因为一代接一代的虔诚的女人,每个人以她自己的方式,用她自己的手腕、自己的计谋、自己的心计——尽管这一切在史书上并没有记载——阻止了她们的丈夫出于种种无法理解的非理性的纯属主观的动机放弃这座静修院的企图,是阿斯科伊蒂亚家族世世代代的女人们为这座静修院编织了一个保护网……我不知道,我们到底期望从这座静修院得到些什么……您想,要是有一天,我们在椴树院里挖一个坑,找到了福女的遗体……我会独自一人把它保存起来。福女是我的。因为没有任何人,包括您在内,相信她是福女……我保存它是因为什么东西都应该好好地保存起来,纵然表面上看似乎是一件无用的废物,也应该把它藏好,包起来。谁要把值钱的东西露出来,总会有人要来夺走的:这是我的,把它给我,你懂什么? 去,做衣服去,打桥牌去,给你表妹打个电话去,反正他们就会把我找到的东西夺走。他们明明知道这东西的价值,可他们会解释,解释解释就把东西说得一文不值……我不管它有什么意义,我什么也不想知道,我想找到点什么,免得晚上睡觉时又抓又挠的,如果我能睡着的话。我从来不……谢谢,贝妮塔嬷嬷,对,就是那条披巾,在床脚下,请您给我围上,就这样……”

“要不要把上面的灯给您关了,留下床头柜的台灯?”

“哪个灯也别关,我睡觉时愿意所有的灯都亮着。外面走廊上的灯也别关掉。我真不明白,既然要拆,何必还要花这么多钱在静修院建这么多房子? ……今天晚上我怎么感到它这么大……也许是不习惯的缘故……”

“您过不了几天就会感到,在这里比住院时心情要好多了,也不会再做噩梦了。”

那是当然喽,贝妮塔嬷嬷,既然是我在支配她的梦,由我领着她走在迷宫般的过道里,而且我想让她在什么时候碰到谁,她就在什么时候碰到谁,她还有什么梦好做的呢?

“嬷嬷,真遗憾,你们怎么没有想到把我的房间安排在您的隔壁?”

“可是您在电话里吩咐我们找一个最古老的院子……”

“那倒也是。”

“那您就不该感到害怕。”

“是的。”

"她在保护着您。"

"要是她存在的话……"

"您向上帝祈祷吧！"

"上帝有许多重要的事情要干，哪顾得过来。"

"喝口水，把安眠药吃了吧。"

"我现在还不想吃。今天是我在静修院过的第一夜，不知道今晚又要梦见什么了。大概会梦见有个人，我不知道是谁，也不知道为什么，在用水泥和砖块把梦中的大门堵起来……我怎么闻到有一股怪味道？……"

你朝四周看了看。

"有人。"

你的耳朵很尖，或者是你需要我了。她感觉到我在过道里悄悄地走动。你朝贝妮塔嬷嬷招招手，让她靠近你，你在她耳边轻声说道：

"那个证明文件……"

"证明什么的？"

"丢了。"

"这不可能。"

"是丢了。我本来是藏在房间里的。我敢肯定，赫罗尼莫为了使申请赐福的事落空，故意把它弄丢了。"

"可是，伊内斯夫人……"

"要紧的东西都不见了，剩下的全是没用的东西。也许不是赫罗尼莫的主意……我不知道。东西嘛，有时是会莫名其妙不见的。因为男人就是这样需要这些东西，使用这些东西，用多了，用久了，用着用着就没有了……除非是我们女人。我们女人无知，什么也不懂，什么都不知道,对什么都烦,没有消遣的东西就会哭天抹泪,可是我们倒是会把东西保存起来的,藏起来不让他们用,也不让他们扔掉再换新的……我们女人会把它们保存起来;我们时常互相打电话评头品足,说长道短,信口开河,嘀嘀咕咕,传些闲话;可是大清早躺在床上,嚼着烤面包,在电话里听到家长里短、闲言碎语、胡扯乱诌时,往往会从平庸无聊的事情里获取某些至关重要的东西,从而保存起来。例如有一个女人,某个本应去看望的表妹,因为懒得来看她,给她打了个电话,她就会从电话里获取到重要的内容,精心地保存下来,再传播开去。然而,我却没有什么人可以讲述福女的故事,谁都不相信有这么个姑娘存在,更不用说是什么福女了……真可怜哪……这么年纪轻轻就死了……等我死了以后,福女死时年轻不年轻,谁也不会在乎了。今晚要是我睡得好,明早醒过来精力充沛,我就开始烧我房间里的东西。您告诉小哑巴,让他早点来准备给我帮忙。虽然他力气已不如先前,只剩一个空架子,或者什么别的东西,还是让他来帮我吧。他知道我房间里有什么东西,天一亮,我们就开始。看来水沟发出这么大的响声——我想大概是厕所的化粪池——恐怕我连眼睛都没法合了……尽管现在,经过长途旅行,我十分需要休息。好吧,嬷嬷,您把安眠药给我,我不知道梦里会碰上什么,糟糕的是我从来记不住梦见的那些恐怖的事情。您等一下,嬷嬷,等我把擦脸油拿出来……把黑皮包里的镜子递给我,在塑料袋里,在床底下的箱子里有拉锁的夹层里。谢谢您,贝妮塔嬷嬷。"

白天我几乎一动不动,双手捂着脸,只是偶尔离开椅子到走廊边上坐一会儿;天冷的时候,在去厨房之前,在过道的墙上靠一会儿。你和苏尼尔达·托罗说着话经过那里,看到了我。你摇了摇头,叹息着,希望我能恢复健康。可怜的小哑巴,他的病也该好了,我说安东涅塔,他的病怎么拖了这么长时间;我希望他早日好起来,帮我收拾房间里的破烂;我一个人可干不了,他知道怎么帮我忙,在哪儿有什么东西,我忘了在什么地方。我宁可等几天,等小哑巴恢复健康,这样在动手干之前,我还可以再休息休息。可是,伊内斯,这样你却无事可干了,你的虔诚也无从表现出来,因为阿索卡尔神父至今还没有得到许可,同意把你的祈祷室移到你旁边的房间来。跪在地上要虔诚地祈祷可不是件容易事。她们都会跟你学。伊内斯夫人真好,可惜她现在不怎么梳洗打扮了。要是她从欧洲回来打扮得花枝招展,那就更有意思了。可是,她已经许了清贫愿,怎么可能呢?听说她阔得很,为了住到这里来,她买下了这座静修院,所以,它才没有被拍卖。她还要把带有金制神龛的祈祷室搬来呢。还听说,以后她还要把家里所有的家具和东西陆陆续续全搬来,把静修院装饰得漂漂亮亮的。怪不得那些前些日子窜来窜去为拍卖分类编号的讨厌鬼不再来了。那些家伙呀,连楼梯下的小房间都想拆。要是把我们住的小破房都拆掉,让我们住到哪里去啊?既然到了这种份上了,我们就连房间都不腾了,反正横竖是要拆掉的。伊内斯夫人,您说呢?……

"他们不会来拆的。"

"不会拆吗?伊内斯夫人?"

"只要我还活着。"

"您身体还好着哪。"

"不像我们那样老咳嗽。"

"这倒是。可是你们也不像我那样老失眠啊!"

"我也睡得非常少。"

"真可怜!"

349

是可怜。睡不着该有多可怕啊！而我们睡得太多了,连什么时候睡着,什么时候醒着都糊里糊涂分不清楚。就说那瘦高个儿的安东涅塔吧,喏,就是那天我们看见在和您说话的那个女人,她就是出名的连站着都能睡觉的人,边睡觉边说话。您当然不能像我们似的以扫地或者削土豆皮来消遣。可惜您既不喜欢缝纫,又不爱绣花。十字花是很好看的。

"过去我喜欢来着。"

"可是现在不喜欢了。"

"我静不下心来。"

"打发日子嘛。"

"以后再说吧……"

您能经常在门房看到丽塔。多拉每年都要到主人家去一次——在圣特雷莎节前两天,去为她女主人的圣徒准备甜点,因为她做蛋糕和甜饼可是一把好手——她从那里回来的那天下午,她们三人就在丽塔的屋子里。她的屋子就在街门的内侧,墙上挂着一部电话,屋里勉强能放下一张做记录的小桌、两把椅子和一个火盆。她们给伊内斯搬来一张带猩红锦缎垫的普通的镀金椅子。多拉拿来两个纸包。她打开那个大包,里面有鸡蛋黄、烤饼片、蛋白甜饼、糊饼和五子饼。伊内斯夫人,多拉做甜点可有两下子啦！丽塔一边从火盆上取下茶壶沏茶,一边说。

"您尝尝……"

你尝了一口。

"这糊饼可真香!"

"可是,我说多拉,不知怎么的,我觉着这种咖啡饼没有去年的好吃。"

"我咖啡放多了。"

"伊内斯夫人，我忘记告诉您了……"

"什么事？"

"阿索卡尔神父来过电话。"

"有什么事？"

"明天十一点整他到这里来。"

"啊，大概是要我在搬迁祈祷室的文件上签字吧？"

"是的。"

"我家里没给我来过电话？"

"堂赫罗尼莫打电话来过。"

"他说什么？"

"他问您什么时候回家里去。"

你哈哈大笑。老太婆们吃惊地瞪大了眼睛。两个人住在人们称为宫殿一样的房子里，身边有十多个仆人，她竟然住到这里来。听说她丈夫让她住到家里去，她却又哈哈大笑，这到底是怎么回事？伊内斯夫人，看在上帝的分上，我们多么需要有一个关心我们的人呀！我们是多么孤独啊！没有人想着我们，也没有人关心我们的处境，当然贝妮塔嬷嬷除外，我们当然不想让你离开静修院；不然，他们就要拆房子，要把我们赶到大街上去要饭了；可是要饭还得有一个婴儿，人家才会给钱；没有婴儿，人家就不给钱。可我们又到哪里去弄婴孩呢？丽塔在桌子底下踹了多拉一脚，示意她不要在伊内斯夫人面前说这种不该说的话，她会恼火的。她理解不了，除了我们自己，谁也不会理解我们的。只有成为我们之中的一员，才能理解我们和相信伊里斯的婴儿。那个小孩和伊里斯睡在一起很受罪，伊里斯总是折磨他。每天晚上她还是把我赶出去，让我待在露天里，直到天亮才让

351

我进去。这时,我已精疲力尽,只好无精打采地坐在走廊上那把我妈妈先前住在第十八大街时客厅里的哥特式椅子上。这把躺椅怎么会对您没有用呢,嬷嬷?要是真的没有用,就把它拍卖掉,那钱就作为我对儿童的募捐。可是,以后别来找我要钱。我还没看见伊内斯的脸,听说她回来时像个丑八怪,我特别想看看她。可是,每当门铃一响,她就像耗子一样躲了起来。这礼拜我来了一次,上礼拜来了两次,可我都没看着她。我在电话里对我的女友们说,伊内斯见人就跑,来人就躲,似乎得了麻风病一样。她们不相信。她们说,是呀,她是可能得了麻风病,要不赫罗尼莫怎么会以她许了清贫愿为借口,把她禁闭起来呢?别来这一套,我们不信,好像我们不知道伊内斯现在什么样子似的;我听说她现在头发白了,只是胡乱地绾了个发髻,穿一身黑衣服,像村里小神父的表妹那样。赫罗尼莫会说些什么,准把他气坏了。下星期我还得到静修院去一趟,去量一下吊床的尺寸,好让人做垫子。伊内斯要老是这样下去,可就更糟了。什么事情只要稍不留意就不行,你看我,我比她大三岁,而不是两岁。他们见不到你,因为只要门铃一响,你就躲了起来;只要门铃不响,你整个下午就和丽塔一起在电话机旁。

"多拉,那个包里是什么东西?"

"那是最小的孩子送给我的一副赛狗棋。"

"给我看看。"

"我会玩赛马棋,但是不会玩赛狗棋,也许玩法是一样的吧。"

"小孩因为丢了三只棋子,才把这玩具给了我,只剩下这三只了,塑料做的;喏,这个红狗,这个蓝狗,这个黄狗。"

"这黄狗是母的。"

"您说什么,伊内斯夫人?"

“我说黄狗是母的。”

“怎么看出来的?”

“因为母狗跑得快。”

“伊内斯夫人,您想玩吗?”

“好吧。”

“可是怎么玩呢? 小孩子送给我,也是因为骰子找不到了。赛狗,赛马,没有骰子是玩不了的呀。”

“听说玛丽亚·贝尼特斯有一颗骰子。”

“多拉,您为什么不去向她借来? 我早就特别想看看我那条黄母狗跑,看看结果会怎么样。”

多拉走了。你又开双腿,把胳膊肘撑在膝盖上,张开双手烤火。后来,你似乎不怎么愿意似的让丽塔给你家打一个电话,打听一下赫罗尼莫,但不要说她就在电话旁边,就说受她的委托,要他明天把一副转棋、一副跳棋、一副骨牌……总之,把所有的,或者他想得起来的消遣解闷的玩意儿都送来。丽塔拨了电话号码,你在旁边等着。

“没人接?”

“没有。”

“真奇怪!”

“为什么?”

“这时候他应该在家躺着听政治新闻广播。电话就在他身边。再说,还有那么多女佣……”

“通了……喂!”

丽塔又是点头又是笑,仿佛堂赫罗尼莫通过电话在瞧着她似的;她频频表示歉意,说恐怕是把他吵醒了。不,没有吵醒他。我是看门人丽塔。堂赫罗尼莫问她好,说认识她,因为他们最近说过好几次话。伊内斯好吗？这个时候从静修院给他打电话,他害怕伊内斯出了什么事。没有,先生,您想到哪里去了! 太太好着呢! 情绪又好又高兴。伊内斯从丽塔的手中夺过听筒,想听听她丈夫的声音;随后又把话筒递还给她,让她回话。他们对讲了一会儿,伊内斯又从她手中接过话筒听了听。最后,他们相互道别,挂上了电话。多拉和玛丽亚·贝尼特斯一起来了。门房里怎么挤得下四个女人,丽塔皱了皱眉头。

"她来干什么?"

"她硬要来。要是不让她跟来,她就不借骰子。我去的时候她正躺着,我只好等她穿上衣服。"

"这老太婆真讨厌!"

"啊,上帝,伊内斯夫人!"

"怎么啦?"

"您的声音和腔调与丽塔一模一样。"

"那您再说一遍。"

"这老太婆真讨厌! 多事的货。没人请她,到这里干吗来了? 兴许是闻到蛋糕味了吧。我不是说了吗,我到哪里也不得安宁。"

你讲话的声音,以及满嘴老太婆们的用词,大家听了惊诧万分,哈哈大笑,连你也撑不住笑了起来。你告诉她们,你能模仿所有人的声音,多拉的,丽塔的,或者是玛丽亚·贝尼特斯的,连死了快一年的布里希达的声音你都能模仿得惟妙惟肖。她们开始玩"猜猜看"的游戏。丽塔走出屋子,她们关上门,另外两个和伊内斯在屋子里。伊内斯模仿玛丽亚·贝尼特斯说话。是玛丽亚·贝尼特斯。丽塔猜对了。然后玛丽亚·贝尼特斯出去。伊内斯学多拉说话。是多拉。玛丽亚·贝尼特斯也猜对了。多好玩呀,真像马戏团一样,哪一天我们找更多的老太婆一起玩;找个礼拜天,做完弥撒之后,趁所有老太婆都在厨房,再把那些孤女们也找来一起玩;她们一定会喜欢这种新玩意儿的。再说,还可以玩赫罗尼莫说明天让司机送来的玩意儿。

多拉提议:

"我敢打赌,要是您给堂赫罗尼莫打电话,他准能听出您不是丽塔。"

"我说听不出来。"

"我说听得出来。"

"多拉,赌什么?"

"赌我的赛狗棋。"

"一言为定。我准赢,不然我把这件黑连衣裙给你。"

"我看不值得,伊内斯夫人。"

"您不是只有六件吗?"

"我和你赌这件羊毛连衣裙,是瑞士货,质地很好,也很暖和,你穿着会很合适。我用它赌小孩送你的那副赛狗棋。"

"那好吧!"

你拨了家里的电话号码。等了一会儿。是他接的电话。有什么事,丽塔,怎么又给我打电话了,我真不放心,我还以为是伊内斯出了什么事,又不肯告诉我。没有,您想到哪去了;堂赫罗尼莫,是这样,她有点冷,想让您把她的皮大衣送来,是那件貂皮的,耐脏,还有那件羔羊皮的,把她的首饰盒也带上,里面东西并不多,也不太贵重。伊内斯夫人很虔诚,她说她已经许了清贫愿,要把首饰都拿去偿付她的捐赠;堂赫罗尼莫,太太说许了清贫愿的人是不能戴首饰的。您还想要我对她说什么吗?明天十二点钟?您要来?她不能见您,她要休息;以后也许可以,下礼拜或者再下礼拜,现在不行,因为她要做好多

355

祈祷,还要忏悔她所有的罪过,尽管我并不知道像伊内斯夫人这样虔诚的太太还有什么罪过。好吧,明天中午十二点让司机把解闷的玩意儿、大衣和首饰盒都送来吧。当然喽,堂赫罗尼莫,您也要保重。实在对不起,打扰您了;我只是照伊内斯夫人的吩咐办事。您挂了吧。你们四个老太婆笑得前仰后合,在大家笑得眼泪都流出来的时候,你把多拉的赛狗棋用纸包了起来。

“骰子是玛丽亚·贝尼特斯的。”

“给你,玛丽亚。”

“谢谢,太太。”

“你要它有什么用?”

“我留着它。”

“我跟你赌这个骰子吧?”

“怎么赌法?”

“玩赛狗棋啊?”

“赌什么?”

“随你的便。”

“那件衣服我能穿吗?”

“我用这件衣服赌你的骰子。”

“好吧,玛丽亚,你拿红母狗,我拿黄母狗。可惜这些动物都做得很粗糙,是塑料的。我对赫罗尼莫了如指掌,明天他准会给我送来一副中国象棋和一个象牙或乌木做的棋盘来。他就是这种既轻率又自负的人。多拉,你看,这副赛狗棋的棋盘旧得不能再用,简直是破烂货;你看见没有,因为总是从中间折叠,中间都已经裂开了。明天有时间,我把它缝上,免得它彻底分成两半。”

“真瘆人,太太,您别再学布里希达那样说话行嘛!”

"您别造孽了,她都死了快一年了。您要是连老人的声音都模仿……"

"我也是老人了。"

"可是,您既不是玛丽亚,也不是多拉、丽塔或者布里希达,您是您自己呀。"

"但是,我可以是布里希达。"

"这怎么讲?"

"把灯关上。"

"不行……"

"阿玛利娅,把饼干筒递给我。去告诉贝妮塔嬷嬷,让她有空时到这里来一趟,我有事和她说。可是不要麻烦她,只是在她有空的时候……"

你和布里希达一样呵呵地笑着。那三个老太婆战战兢兢地缩在角落里,看着你没有牙的下巴颏在微微地抖动。你手的动作也和布里希达一模一样,小拇指跷得高高的。她们求你不要这样,她们害怕了。你笑着对她们说:行了,姑娘们,放好椅子,咱们玩吧! 不,我和玛丽亚玩。行,点数大的先开始走。我六点,你四点,我开始。又是一个大点,真棒! 还是我先走。四点,落水了,后退。玛丽亚,该你了。别用手在骰子上捣鬼。你掷。你的狗飞跑,快跑,远远跑在前面。我的狗不行了,一次、两次、又一次,老掉在水里,真不走运;我过不去了,落后了,我的黄狗老了,不中用了,又瘸又抽筋,跑不了啦,只好爬着走,几乎没法从水里跳出来;而玛丽亚的狗却顺利地到达了终点。

"玛丽亚赢了!"

"你赢了……"

357

"唉,原来是只公狗!"

你把那只黄色塑料狗扔进火盆,烧焦了。你愤怒地看着它燃烧,眼看它冒出臭烟,烧化了,在炭火上吱吱作响。塑料冒出来的烟熏得人睁不开眼。这气味真恶心,像是硫黄味,烟又浓得很。当老太婆们在烟雾中把你的黑羊毛连衣裙脱下来给玛丽亚时,我得了你一点便宜。伊内斯,我在烟雾中看见你了;你一丝不挂地打着战。是的,我看到了,我看到了;现在你再也没法否认我看到了你的肉体。老太婆们嘲笑你的失败,扒下了你的衣服;而你因为失败弓着背,低着头走了。臭烟直往门外冒。三个老太婆对你说:小心别让风吹坏了,瞧风把黄狗的烟吹走了;伊内斯夫人,祝您晚安。

"但愿如此。"

"晚安!"

"晚安!"

二十三

现在,我还不想让你烧掉任何东西;到时候,我们自然会把一切都付之一炬。所以,我才整天病病歪歪的,蜷缩在那把哥特式的扶手椅上晒太阳,监视着你,而你却等着我康复以后好帮你烧东西。你坐在厨房的过道上,和一个衣衫褴褛的老太婆一起削着锅里的土豆。那老太婆可能是安塞尔玛嬷嬷。另外两个老婆子正在给你讲述布里希达葬礼的盛况。你站起来说,你该去打扫房间了。不用去,您不用去,伊内斯夫人,您不必麻烦了;我会去扫的。我还会给您洗内衣,洗长筒袜。白衣服可不能晒太阳,会变黄的;不过可以翻过来晒,那样就没事了。无所谓,反正我已经没有白颜色的内衣了,我愿意自己洗衣服,谁也不用为我代劳;先前我并没有打算这么做,而是有一天,我情不自禁,自然而然地打扫了自己的房间,叠了床,还洗了自己的衣服。我也干削土豆的活了。不用把我的祈祷室搬来了。我和别人一样跪在地上祷告就行了,别人不受圣礼能过日子,我有什么不行的呢?但凡有太太们——我的朋友或者熟人——到自己的禅房来取东西,都要问贝妮塔嬷嬷:听说伊内斯·阿斯科伊蒂亚现在住在这里,是吗?在她去欧洲之前就一直没看见她,她好吗?为什么不告诉她,我想和她聊一小会儿?她们没有发觉我就在院子的另一头;她们从

359

我旁边走过,却没有认出我来。离开静修院的时候,一个个都气呼呼的,她们原想来看稀奇,却扑了个空,没见到我。听说伊内斯变得像个丑八怪了;你想想,她可是家私万贯,可惜年纪大了点,她过去还是绝色美人呢,真令人不可思议。可是,从禅房里出来,这些太太——皮查、奥尔加、罗莎·特雷过去都是姑娘,现在可都是半老徐娘了——经过我身旁时,没有认出我来。她们得到一卷走廊上用的地毯就心满意足了。这都是伊里斯·马特卢纳用小哑巴的车拉来的。小哑巴因为身体不好,已经拉不动了,整天坐在带木饰的扶手椅上。你走过来,把温暖的手放在我的胳膊上,问道:昨晚睡得怎样?

我勉强地摇了摇头,眼睛忧郁而茫然。后来,你从我绑着绷带而变麻木的胳膊上缩回手,继续向前走去。我因为夜里不住奔波而显得疲惫不堪。伊内斯,你要是能知道我心里明白又不想告诉你的事情,该有多好呀!我没法告诉你,因为我浑身麻木,四肢无力。我现在越来越抽缩了,一个老太婆就可以把我抱起来。可是,我夜里还得出去,到公园对面的茅楼外,趴在窗户上听人说话。是堂赫罗尼莫和拉克尔夫人在说话。拉克尔夫人今天要来。她对你一直很尊敬;堂赫罗尼莫央求她,她就同意了。她会对你说:伊内斯,你对赫罗尼莫太狠了。

"他要我怎么样?"

"我不知道。"

"让我到他的床上去睡觉?"

"你怎么会想到这种下流的事情上去呢?"

"你看见了吧?"

"什么?"

"是下流事吧。"

360

"这只是一种说法……"

让我清静些吧,尤其是赫罗尼莫,让我清静些。仆人都有退休的权利,我不明白为什么我连这样的权利都没有。六十三岁了,上帝啊! 要是我有子女,要是我现在当奶奶了,赫罗尼莫就会让我清静了。他不会让你安宁的,这你心里知道,他一定要报复,因为你没有给他生下他渴望的儿子。他不让我休息,我一想到赫罗尼莫还要和我同房,简直都快疯了,我实在受不了……您一把抱着她,你们俩都哭了起来,后来您劝她别哭了,您不相信赫罗尼莫这么个绅士会……这是你这么以为,拉克尔,其实他一直在外面窥伺着我;只要他还在窥伺着我,等待着我,我就不得安宁。我真是胆战心惊,唯一能保护我的就是这些院墙,而他却要推倒它们。所以,我必须和老太婆们抱成一团。

"你已经知道布里希达死了?"

"我想叫人给她做几次弥撒。"

"谢谢,她生前很爱你。"

"我也很爱她。"

伊内斯,很奇怪……我一直感到你不合群,也有些咄咄逼人,似乎不大喜欢我,可是当我发觉你真心喜欢布里希达时,我感到你的爱同样也落在我的身上。伊内斯,我原以为你已经没有爱了,仿佛在一次手术中把它从你身上摘除了。当然是在瑞士的医院里,这大家都清楚……听说伊内斯在瑞士,你想想……她身体壮得像头牛,到那里干什么去了? 在一所疗养院里……治神经去了……对,可能是去治神经了,但别的事情你们就不知道了。伊内斯不是为赐福的事才去欧洲的,那只是她离开这里的借口。处理这种事用两个星期足够了,她却在那里待了整整一年。再说,即使办不完也完全可以通过信函

361

继续办理。堂赫罗尼莫是在放有灰色扶手椅的书房里对拉克尔夫人说这番话的。他还拿出一沓档案材料,肯定地对她说,他甚至知道,你从受到打击——伊内斯想申请赐福真是蠢到家了,当然,我何必要掺和进去——中恢复过来所需要的全部时间都住在瑞士的医院里。堂赫罗尼莫还和拉克尔夫人说到别的事情,可是因为过往汽车的响声,我没有听到。我怕有人看见我在一个阔佬家外面探头探脑,把我抓起来。因此,每当有人经过,我就赶紧躲起来,所以没有能听到所有我想偷听的谈话内容,再说,风声呼呼的,也影响了我的听觉,透过玻璃,我看到你们两人在灯火通明、炉火熊熊的书房里谈话。五十多年的老交情,还沾点远亲,这种亲密无间的关系我是望尘莫及的。你们互相倾诉着,说着玻璃窗外的人听不见的悄悄话;由于外面噪声太大,我只抓住了对话的某些片段,不过,那大概也足以在您和伊内斯谈话前就让我清楚全部事情了。

"你不是去法蒂玛和洛德斯朝圣了吗?"

"是的,但我不是光为这个到欧洲去的,拉克尔。"

"这我知道,你是为赐福的事去的。"

"不,是为比这难办得多的事。我是去变老的,是去办一件唯一能使我清静的事情去的。"

"我不明白……"

"瑞士的医院……"

阿苏拉大夫的独眼里闪烁着贪婪的光。他的双手粗糙得像覆盖着一层鳞片,手指头活像爪子,一旦被它们钳住了,就休想脱身。他让你躺在一张类似我熟悉的那种床上,剖开你的腹腔,把你的内脏来回翻腾,仔细检查,把它们弄得乱七八糟,挑出一些他感兴趣的东西。然后,他的那些丑八怪似的助手戴着洁白的口罩前来给你缝合刀口,这时他慢慢地脱下了橡皮手套。恩佩拉特里斯戴着护士长的白帽子来检查手术结果：

"这只是阔女人的怪癖罢了。"

"我真不明白，一个六十三岁的女人还做什么子宫切除手术？"

"亲爱的，这正是到拉奇姆巴静修院去猎奇的太太们感兴趣的秘密。"

"克里斯①，到底是什么秘密？"

"她干吗要上这儿来切除子宫？"

"我们医院是全欧洲最著名的，伊内斯到这里来没有什么好大惊小怪的……"

阿苏拉用独眼瞅了恩佩拉特里斯一下，目光里兼含着温柔、爱恋、感激、满意和激情。他把爪子般的手放到她的胖手上。

"要不是你精力旺盛，爱欲炽烈，我真不知道会怎么样啊。多亏你……"

"不完全是这样。"

"那晚要不是我们及时从市中心的咖啡馆里逃出来，我还会整天在林孔那塔酗酒，当博埃的奴隶……"

恩佩拉特里斯显得有些不耐烦。克里斯随着年龄的增长，变得越来越多愁善感了，他常常怀旧。

"是的，是的，克里斯。你说，我们要不要留下她的子宫？"

"有什么用？不留。"

当然不留它，根本没有用处。你坐在床边，双手掩着脸；拉克尔夫人惊讶地倾听着。伊内斯，你在胡说什么，你呀，总是想入非非，有

---

① 即指阿苏拉大夫。

当老妇的癖好。这都是因为你老想当老妇人,让这种念头占据了你的头脑。拉克尔夫人僵直地坐在椅子上听着,双手紧紧地抓着怀中的皮包。不管是她还是别人都无法相信,像你这样的年龄,居然能按月行经。都这么大年纪了,可是月经还是像年轻姑娘一样束缚着我,仿佛我干了什么连自己都记不起来的缺德事,受到了上帝的惩罚。每个月都来,从不间断。你不知道我是怎么祈祷的,尤其是我年轻时,为了给赫罗尼莫生一个儿子,我和佩塔·庞塞一起祈祷了又祈祷,祷告来祷告去,上帝长上帝短,甚至我们自己还编了祷告文,祈求恩赐我一个儿子。佩塔还不知从哪里弄来了圣物,在我的紧身背心上缝了神符。你简直无法想象,为了使某个月不见红,表明我已经停经,预示博埃将诞生,我和佩塔·庞塞不知做了多少次祈祷。唉,一直到六十三岁,我还是经血不止。伊内斯,你别哭了,让拉克尔夫人安慰你一下。可是,怎么安慰也没用,你还是不停地哭。每个月你都巴望能结束你的女性特征,巴望像其他人那样平静地步入晚年;然而,不行。脏血还是每个月照流不误……妖怪,我简直成了妖怪了,拉克尔。糟糕的是赫罗尼莫却总是迷恋于妖怪。

"是这样。几年前,他有一个秘书,如果不是个侏儒,也是个半侏儒,长着一双缝得很糟糕的裂唇,又是驼背……简直是一个丑八怪。你还记得吗?"

"好像还记得。"

"他叫什么名字?"

"噢,我知道你指的是谁了……"

"他叫……等一等……"

"就在我嘴边上。"

"这个人很古怪。"

"拉克尔,可他远不像我这么丑陋。"

　　是的,你得承认你才是一个真正的丑八怪,你当然做了手术,可还是一个丑八怪。你很肯定地对拉克尔夫人说,在你死之前,赫罗尼莫是不会让你安生的。都六十三岁了,你那同样是丑八怪的丈夫每晚还要强迫你交欢,似乎还都是小年轻似的;伊内斯,这是谁都难以相信的。当晚,拉克尔夫人将去看赫罗尼莫,想问问他这件事。我没有听清楚,因为过了一辆电车,叮当乱响,还过了一辆卡车、好多小汽车、警笛呜呜的救火车;此外,成双成对的人在门边窃窃私语,梅塞德斯教堂的钟声,吵得我没能听清他对拉克尔夫人说了些什么。我只好跑回静修院,生怕错过听伊内斯哭哭啼啼着做的忏悔。那样,我即使不了解实情,至少也可以知道她撒了哪些谎。赫罗尼莫开始轻轻地、极为温柔地抚摸她。啊,终于让我抚摸她了,其实,有什么不可以让我摸的呢? 我可已经快忍无可忍了。说实话,我宁可做祈祷,看看报,可他又不许我做这些。慢慢地他越来越放肆了,我想我这把年纪的人,连在静修院过道上走动都不怎么利索了,还能在床上有什么作为呢? 伊内斯,你在我扶手椅旁停下来像对牛弹琴似的和我说话:你好吗,小哑巴? 昨晚睡得香吗? 他似乎一天比一天抽缩了,真是可怜。你继续朝房间走去。你坐在床边,对拉克尔夫人说:像我这年龄,不知怎么倒有些怕难为情了,不行了,彻底不行了,我对自己都感到恶心。可是,赫罗尼莫却不这样,他似乎没有看到这一切,似乎我不应该有现在的年龄,似乎我这个老太婆不应该有肉体上的冷漠。慢慢地,夜复一夜,他从我这个枯萎的老太婆的肉体里逐渐激起一个年轻女子的性感。其实,我过去和现在都不是这样的人。我本来可以无动于衷地任他摆布。这是我唯一希望自己做到的,可是不行,连这都做不到。赫罗尼莫并不满足于不少女人经常表现出来的装模作

365

样,半推半就。拉克尔,他终于战胜了我,你说这该多么可怕啊！把一个实际上已经死去的女人的心重新唤醒,使我兴奋起来,对他的情欲做出反应;我已经六十三岁了,他却强加我一个如此令人难堪的任务:让一个年轻而激情的伊内斯复活,使我成为她的化身。每天夜里,要使死人复活,实在是强人所难呀。

"赫罗尼莫也太不尊重人了！他为什么不另找一个女人呢？"

"你还没看出他的用意吗？"

"我想无非是一切男人的通病呗！"

"不对。"

"那是什么？"

"我不是告诉过你,我每个月照例行经吗？"

当然,那是他对你感兴趣的地方。伊内斯,你别相信还有什么别的东西。他从来没有爱过你,这你是知道的,现在也很清楚。你为了报复他,让阿苏拉大夫切除了子宫,因为它是束缚你和所有女人的东西。赫罗尼莫要是行的话,他早就想找什么样的情妇就找什么样的情妇了,你告诉拉克尔夫人并使她相信这不是谎话,可是自从那晚之后,你丈夫的那东西就再也硬不起来了。要是你的女友们知道赫罗尼莫再也没有触碰过你,你会羞死的。是我不许他碰你,是我剥夺了他性交的功能,把它带到这里藏起来,每天夜里让老太婆们把我捆起来,我的性功能无法施展威力。是我自己要这么办的,因为我没法性交,就等于赫罗尼莫没法性交。你应该把这些都告诉拉克尔夫人,不要尽说些没意思的事。我会告诉她,我们怎么一起去堂娜弗洛拉家,他怎么在我赋予他性功能的目光下和比奥莱塔、罗莎、莉拉颠鸾倒凤。这些事你是不愿意让外人知道的,你怕难为情,因为从林孔那塔的那天晚上起,他就彻底把你抛弃了。你还对拉克尔夫人说,你祈求上帝让赫罗尼莫另找一个相好,好让你过安生日子。其实,他一直让你安生来着。你告诉她,不,他天天夜里都在使你复活,而你总是成为他的猎物。

天上开始下起了毛毛雨。我闪身躲在窗户下,现在我差不多能完全听清他的话了;他眼睛里射出来的蓝色电弧透过半透明的窗帘几乎烧灼着我。赫罗尼莫告诉她:伊内斯在说谎,她老对我说假话。她告诉我这个月月经推迟了一星期,推迟了两星期;我就没再碰她,免得捅坏了我的儿子。我送她首饰,送她貂皮大衣什么的……后来,我忍无可忍了,拉克尔,我再也骗不下去了,也不应该让他再胡思乱想了。于是,我笑着向他承认自己在骗他;以后再也不骗他了,又开始见红了。我不忍眼看他空怀希望,受着折磨。拉克尔,你都想象不出她是怎样折磨我的。可是,您也在说谎啊,堂赫罗尼莫。因为,其实当您在林孔那塔宰了那只黄母狗,并从此坐到俱乐部舒适的椅子上,或在参议院里高谈阔论之后,您早就不受折磨了……拉克尔,为了不让那个可怜虫受折磨,我又只好听之任之了。一夜接一夜,我向你起誓,从来没有间歇过。我是个只想休息、什么奢望也没有、只求他开恩别折腾我的老年妇女,而我丈夫却想在我这冷漠的肉体上唤起一具能给他的性欲报以热烈响应的肉体。然而,那不是我的肉体,那不是我;尽管我说什么也不想响应他的性爱,结果还是委身于他了……他剥夺了我不成为妖怪的权利。

这是你和扶手椅上又聋又哑也许还瞎的木饰——它们是恐惧的化身,空虚的代理人,也是宁愿被扭曲和变化成畸形人也不愿化为乌有的恐惧的体现——之间的一次谈话。你瞧这阳光普照的院子:老太婆们因为天热挽着衬衫袖子,胳膊上有很多疤,活像扶手椅上的木饰,拿着黑不溜秋茶壶的手也同样有很多疤。一个老太婆坐在过道

367

边上打着呵欠,似乎一切——我们、院子、太阳——都通过这个没尽头的走廊,消失在她那张开的大嘴里。另一个老太婆用绳子在捆一大堆杂志。贝妮塔嬷嬷从那里经过,众老婆子微笑着向她打招呼,跟她要这要那;她事情太多,关上门匆匆走了。我闻到了厨房里难闻的饭菜味,也似乎目睹了一张张满是皱纹的脸孔。你承认你作为赫罗尼莫的妻子失败了,所以才挖空心思,不遗余力要为他物色一个和上帝沾亲带故的祖先。

"伊内斯,那都是些老太婆的事。"

"也许是吧,拉克尔。可是老太婆有着年轻人所没有的权力和特权。她们可以无所顾虑,为所欲为,不负任何责任,她们尽没尽到自己的本分,谁也不会在乎的。赫罗尼莫死缠着我,要我永远保持年轻,这不等于在剥夺我作为老太婆的特权和权力吗?你是不是记得我经常到这里来?"

"你那种积攒破烂的癖好,我从来就觉得很不正常。"

"那你就错了。这是世界上最正常不过的事,老太婆总喜欢攒东西。我来到这里,就像这些老太婆要生病、要老朽、会一天比一天不中用一样,是很自然的事。她们中用不中用对谁都没影响。她们慢慢地进入归天的行列,以令人羡慕的、朴实无华的方式与世长辞……我羡慕她们,那是我花钱都买不来的自由;瞧我,却需要循规蹈矩,老是抱着这样那样的希望,直到最后受不了了,只好以申请赐福为借口,跑到欧洲去了。"

我听着你的解释,可我并不相信。你把申请赐福说成是借口。那么,你为什么天天反锁在房间里翻腾东西呢?你是在寻找什么?还是像老太婆那样,仅仅是在废物堆里漫无目的地翻腾呢?阿苏拉大夫剥夺了你作为女人的功能。拉克尔,我的性功能不行了,他的也不行了,我们俩谁都不行了;我算是自由了,再也不会有性欲了,我成了老太婆们的那种不雌不雄的中性人了。

"赫罗尼莫知道吗?"

"当然知道。"

"他是怎么知道的?"

"我给他写了信。这是我手术后做的第一件事。我本想回来后告诉他也许更好些。可是,养病期间,我发觉我没勇气和他见面,根本不敢正眼看他,当面告诉他,为了摆脱他要我所做的事情……不,我办不到,所以,我决定给他写信,免得向他做面对面的解释。"

"他是从那时起舍弃静修院的吧?"我们都认为他是一气之下这么干的,因为他没有再回来,或者有类似的表示。是这样,拉克尔夫人,从外表上谁也觉察不了什么。他恼怒了,恐惧了,认为有必要舍弃一切。有什么必要保留这座静修院呢? 过去,这个地方似乎还体现着他的希望……现在则毫无用处了。其实从来都是没用处的。伊内斯,你呀,对此从来也理解不了。这正是静修院最令人畏惧、最为重要的地方。正因为如此,我们才把自己禁闭在这里,也正因为如此,我把房间、窗户、走廊和院子都堵死,让谁都无法利用,让它从人们的记忆中消失,把这个赫罗尼莫知道你心爱的静修院一笔勾销……现在,只剩下那些破烂,那些堆在走廊上、用蓝铅笔标上号码、准备拍卖的乱七八糟的东西;拍卖虽然不行了,那些标签却会永远留在那里。我还是坐在那把扶手椅上,旁边是标着 2013 号的蛀坏了的座垫堆。谁也不会出什么价的,来的只是些拣便宜货的人,不会有什么拍卖,也同样不会有什么圣婴城。这里只会有越来越多的老太婆,我们将在这里创造我们的宗教仪式,细心培养各种癖好,还会互相仇视,偷听到隔壁两个老婆子的窃窃私语:什么某某人那儿大概有马黛茶啦,什么露西得了针眼啦,什么治针眼最好用苍蝇屁股蹭啦,等等。但愿这里变成你的天地,不让他再来看你;我正在把所有的门一一封起来,永远不让他登静修院的门;我不想在这里见到他,聋哑之外最好再变成瞎子,这样就眼不见心不烦了。我要保护你。伊内斯,他并不是真的喜欢你生儿子,他对此并不感兴趣。他喜欢的是你,你想到这岂不是更要害怕了吗?你用所谓儿子的神话把自己保护起来,把堂赫罗尼莫拒之门外,让他在外面干号,这样做很对。你怕他现在来和你性交。我怕的是即使他绝了得子的希望,仍然不会死心的,他还是想和我同床共枕的,糟糕的是他欲火炽烈,毫无节制,我实在是吃不消……伊内斯,你讲了这么多稀奇古怪的事,你和先前判若两人了。过去我俩是密友,甚至像亲姐妹——伊内斯和拉克尔像同胞手足,人们都这么说;可现在我快认不出你了,我不想否认,你确实令我感到反感和害怕了。

"连我自己都认不出自己,你怎么能认得出我来呢?现在我总感到似乎是别人在替我说话,是别人在感受我正在感受着的事情。"

确实不错。拉克尔夫人瞅了你一眼,发觉那并不是你。只是这一次——尽管你都不知道——你没有说谎。阿苏拉大夫没有给你剩下多少东西了:灰白的头发,因为在噩梦中抓挠而劈裂了的指甲——静修院里的老太婆晚上在噩梦中为了拯救自己,不使自己掉下去,不让人带走,不被关起来,也是又抓又挠的——当然,还有皮肤,就是现在那不加修饰、疤痕累累的皮肤,但毕竟是你的外表。你所不知道的是,在你这副皮囊里,阿苏拉大夫和恩佩拉特里斯把什么都给调换了。你还以为剩下些什么,其实什么也不剩了,你以为他们只取走了你的子宫;可是,既然它已经毫无用处了,他们又怎么会对它感兴趣呢?他们感兴趣的是那些更为重要、更难搞到的器官,以便把它们移

370

植到愿出高价的其他病人身上。这样,他们就会像在瑞士的医院里那样发财了。阿苏拉的独眼看得很准,他的手又很会挑选。恩佩拉特里斯戴着白色的护士帽,坐在我熟悉的白房间里的白办公桌后面,全神贯注地在算账,安排值班。她身边围着一帮戴白口罩的白色护士,她们穿着白胶底鞋悄悄地来回走动,以免打扰来自世界各地、听凭这两个恶魔从身上取走所需器官的病人。阿苏拉和恩佩拉特里斯随心所欲地切除和移植着器官,改变着生命,把某个人或某几个人变成另一个人;通过混合、错位、重组等手段把人变畸形,造出他们认为和原来一样其实完全不同的另一个人或者另外几个人。总之,在他们的白色实验室里,一切变换都是可能的;在那里,人的整体性是不受尊重的。在一间白色的冷冻室里,在玻璃瓶里保存着由恩佩拉特里斯贴上价目标签的、从我们身上偷去的人体组织,再用令人难以置信的高价出售。因为这里毕竟是全世界最著名的医院,成就卓著。谁能想象得到我们会取得这样的成就,克里斯,你自然根本没有想到过。我不十分肯定我曾爱过他。在林孔那塔,我费了好大劲儿才把你从昏睡中解救出来,把你晃醒,说服了你。克里斯,走吧,我们走吧,现在正是时候,要是我们现在不走,赫罗尼莫就会对我们进行报复的;我们走吧,我们别留在这里,我得快点儿走,再不快点儿就晚了;所以,我前一天就把行李整理好了,什么小东西都带上了。第二天一早,巴西里奥把行李搬到等在离林孔那塔相当远的黑莓丛后面的汽车上。不要让博埃看见,不然,他又会问个没完没了的。

她一边等着巨人巴西里奥回来把她背走,一边还在梳着晨妆。她虽然总是磨磨蹭蹭,不过从来不像今天这样拖拉,她想尽量少出声,免得吵醒在双人床上打呼噜的克里斯。他睡觉没个够;实际上,他几乎全部时间都在睡觉,从上午睡到中午,随后是没完没了的午觉,白天躺在吊床上昏昏欲睡,傍晚或者用餐时,还接连不断地打哈欠。无聊,克里斯总这么为自己辩解。其实,他之所以这副模样,是酗酒无度,呼出来的气划根火柴就能点着;他的独眼混浊不清,鼓鼓的,充满血丝;威士忌酒杯不离身。这就难怪要无聊了。这是他自作自受。自从和博埃在一起后,像样的工作可以说好几年没做了。博埃现在个子又高又健壮,完全像个小伙子了……就是脸上有些粉刺,冬天犯咽炎,有时踝关节脱臼,别的就没什么了。

恩佩拉特里斯不止一次对他说:别犯傻,别老提他那恋恋不舍的医院来烦她,别老是后悔自己窝在荒僻的、毫无奔头的林孔那塔,实现不了当个出类拔萃的专家的夙愿。恩佩拉特里斯冲他嚷嚷:你别说了,没出息,你就是没出息!虽然口口声声说很怀念科研活动,可你还不是照样喜欢睡午觉,喜欢你的威士忌,还和那个世界上最胖的女人勾勾搭搭。只要恩佩拉特里斯一发现其中的名堂,她就设法给那胖女人点儿厉害看看,折腾到她瘦骨嶙峋,失去魅力为止。和他结婚的时候,恩佩拉特里斯远以为和一个了不起的人结婚了,和一个真正的科学家结婚了……结果原来只是一个爱打呼噜的醉鬼。起初听了妻子的抱怨,他还真有点儿动心,他对她说:好吧,我们在热那亚银行有一笔可观的存款,要是你愿意,我们就逃到瑞士去开一家诊所,我做你的帮手,把诊所办成具有国际声誉的医学中心。头几年这些打算还很激动人心,慢慢地就不是那么回事了,最后,全部化为乌有了。克里斯在撂下他称为"英雄行为"的拯救畸形人的生命的事业之后(如果不是他那双虽然畸形却能回春的妙手,畸形人早就一命归天了),他想出版一本有关这方面的著作,可是,堂赫罗尼莫制止了他的这个想法:

"阿苏拉大夫,我雇用您是给我儿子治病的,不是让您借此沽名钧誉的。"

出版著作的事便就此告吹。那天晚上,他一口气喝了三杯威士忌。从此以后,什么计划抱负,一切的一切都化为泡影了。克里斯对妻子说:

"堂赫罗尼莫把我的气全泄了。"

"你少胡言乱语,你和温贝托·佩尼亚洛萨一路货,他总说是赫罗尼莫使他失去了写鸿篇巨作的志向,只有摆脱赫罗尼莫,才能恢复勇气。"

恩佩拉特里斯永远也不会甘心:她竟与一个一窍不通的无名小卒结婚。这个人整天只会说废话,新婚宴尔,就把恩佩拉特里斯打得死去活来。那时,只有躺到床上巫山云雨之际,她与他才能和平共处。

自从温贝托失踪后,赫罗尼莫便委派他俩这对珠联璧合的聪明人继续在林孔那塔做实验,一直进行到有最后结果为止。现在,一切责任全落到了这个可怜的女人肩上了。真正受罪的是她每年要做一次旅行,向赫罗尼莫汇报林孔那塔一年来的进展。她不得不编造大量瞎话取悦赫罗尼莫,免得他产生亲自来视察一番的念头。有一次,她在汇报时,过分乐观地描述了试验情况,结果,他果然提出要亲自来看一看……总之,这可不是件容易事。想到不知哪一天赫罗尼莫会在林孔那塔出现,恩佩拉特里斯不由得浑身一阵冷战,失手把香水瓶的银色盖子跌落到梳妆台的玻璃板上。克里斯打着哈欠醒过来了。

"给我拿咖啡来。"

"早安。"

"头真疼!"

"那自然,瞧你昨晚醉成一摊泥。我没办法,只好让巴西里奥帮我把你弄到床上。"

他又打了一个哈欠,忽然变得严肃起来。

"恩佩拉特里斯。"

"嗯?"

"告诉我实话。"

"什么事?"

"昨晚我喝的真是名牌威士忌?"

恩佩拉特里斯正在穿紧身背心。这些年来,她越来越发福了。多亏现在由她说了算,不像温贝托·佩尼亚洛萨那家伙当初荒唐地硬性规定:凡是服侍博埃的全部人员必须一丝不挂。

"是名牌的。"

"撒谎。那是一种劣质的国产威士忌。你在骗我的钱,把普通威士忌装到空瓶里冒充名牌酒。"

克里斯穿上意大利锦缎条纹晨衣。恩佩拉特里斯戴上小羊皮手套,她预感到一场暴风雨即将来临,和过去不大一样,现在她可没那么大的耐心,最好尽早动身。尤其是心绪正恶劣,免得在省城的四天里——她将利用来收集一些邮票;有这么个丈夫,还能有什么别的乐趣呢?——不至有任何不愉快,准备的一切所需物品已就绪。

"行了。我该走了。"

"替我向赫罗尼莫问好。"

"我一定照办,亲爱的。"

他打了一个哈欠,一边瞧着她一边说:

"瞧你有多可笑!穿这么一件尽是宽褶的连衣裙,你的年龄不相宜,你的后脊背也受不了呀。"

恩佩拉特里斯所执着的寥寥无几的信条之一，便是对时装的嗜好。为惩罚她的罪孽，上帝赐予她这么一个丈夫，他居然敢对她评头品足；她不禁气得把本来不想说的话一股脑儿全说出来了：他倒好，就会喝他的名牌威士忌，议论褶子多少；而她，唯独她，一个懦弱的可怜女子，敢于一年一年出远门，用滴水不漏的谎言制造迷魂阵，保住他们的天堂，骗得赫罗尼莫晕头转向，把他远远挡在林孔那塔之外。门堵得严严实实的，而且年年重新加工；还找来一大帮三四等畸形人，筑成道道人墙，严严实实地保护那些"精英"，但同时却要把赫罗尼莫排除在外。如果今天下午在摆着灰色天鹅绒椅子的书房里，她把几年来发生在林孔那塔的事一股脑儿全盘托出，那么克里斯和所有别的人会有什么下场呢？这个过去谁也没敢离开过的天堂就会倒塌，围墙外面便会响起在这个禁闭的天堂里从来听不到，而且已经被忘却了的揪人心肺的笑声。她只要说一句话，就足以打破这块禁地，推倒这里的大门，荡平花园以及豪华的游泳池、网球场和五彩缤纷的帐篷，荡平住着三等、四等、五等、六等畸形人的居民点。十年来，这些畸形人带着信心来到林孔那塔，轰走当地的正常居民，在它四周定居下来，密密层层地把林孔那塔包围了起来。这些听信种种流言、来自世界各地的畸形人，企望自己能变得像头等畸形人那样，步步高升，直至跻身于一个由极乐世界的居民组成的"精英"阶层；他们互相了解，共同制订适合他们自己的规章制度——在别人眼里，那是金科玉律——竭尽全力和野心勃勃地保护那些显赫的"精英"，使"精英"们日益远离正常人的现实……她，恩佩拉特里斯，只要对她表哥说一句话，便足以把他们统统毁掉。为了保护他们，她每年要做一次牺牲，下一遭地狱。无论她自己还是别人都这么认为：那就是地狱。这每年一次的例行公事可不是好玩的，她做这样的牺牲不知流了多少泪,街上的人跟在她后面,用诧异的目光瞅着她,那些独身的表姐妹也笑话她,她们从来不相信恩佩拉特里斯会找到丈夫。虽然她终于找到了丈夫而她们没有找到,她们还是继续嘲笑她。她每年都要因为不能欺骗自己的与众不同的肉体而遭受痛苦,为想起自己成为可笑的围观对象、引起人们特殊的好奇而感到痛苦,她为此而伤心地哭泣,而他们……他们却躲在这里舒舒服服地混日子,根本不记得这一切。要是她把多年来发生的一切都告诉他,赫罗尼莫会说什么呢?又会干出什么呢?克里斯,告诉我,这一切都是从什么时候开始的?当然是从温贝托出走以后喽。要是赫罗尼莫看到博埃狼吞虎咽大嚼用令人垂涎的奶油蛋白、冰淇淋和彩色透明果冻做的城堡时,他又会怎么说呢?博埃喜欢穿着杏黄色天鹅绒披风和华丽的上衣在宾客满座的宴会上大出风头,桌子上放满了像多层塔楼似的果盘、无数枝形的烛台、火鸡、石鸡、嘴巴含苹果眼窝里塞香菜的烤乳猪……喝吧,吃吧,开怀畅饮,一醉方休!阵阵叫喊声淹没在马特奥修士自己制作、自己演奏、错综复杂的仿古乐器的乐曲声中。地毯上,坐垫上,一个个横七竖八,一些人倒在另一些人的胳膊上;一连串的侏儒爬到世界上最胖的女人裸露着的奶头上,不停地嘬着、吮着,又顺着她们的辫子往下滑;驼背们啃着贝尔塔的臀部;博埃用葡萄串抽打着贝尔塔,也抽打恩佩拉特里斯,往醉倒在白糖堆里的梅尔乔身上泼水,往梅利萨身上喷葡萄酒,用棍子轰罗萨里奥跳舞。要是知道博埃从小就挥舞着他那粗得出奇的胳膊追逐所有的女人,而她们不论是谁,贝尔塔也罢,她自己也罢,梅利萨也罢,或者是耳朵长得像蝙蝠翅膀的电话接线员也罢,都必须按恩佩拉特里斯的严格命令,让他在灌木丛后面追赶一番,在发出一阵尖叫之后,服服帖帖地听命于博埃,听凭他在她们身上想干什么就干什么,赫罗尼莫又会说什么呢?

"……"

"当然,你是没法回答的。"

　　不。谁也回答不了。年复一年,她向赫罗尼莫谎报着博埃成长的情况,汇报自始至终紧扣着最初制定的直至温贝托失踪之前一直施行着的计划的基本思路。赫罗尼莫在得知他的秘书出逃的消息时,差点儿彻底放弃这个计划。他到林孔那塔进行了一次视察,对当时主宰着五岁博埃头脑的混沌未开的境界深感满意,决定把博埃全权委托给他们照管:一个是他亲爱的表妹恩佩拉特里斯,另一个是工作成就极为出色的阿苏拉大夫。然而,随着小孩从童年到青春期,又从青春期到青年,显然不可能再把他继续困在这种混沌未开的境地。怎么才能既避免牙疼,又避免阿司匹林那种神奇的平息疼痛的作用?为什么牙齿会疼,又为什么牙齿不痛了? 怎么会忽而这样,忽而又不这样呢? 怎么能使冬天不寒冷,春天不暖和? 恩佩拉特里斯不厌其烦地说,她相信温贝托之所以逃跑是因为胆怯,他开始意识到所谓混沌未开境界的设想难免是要失败的,因为博埃的天性无法控制。其实,任何东西都是无法控制的,或者说,对他来说是无法控制的。不过说实在的,她恩佩拉特里斯,倒是按她的方式控制了他,而且控制了整整十年;可是,用的却是谎言。年复一年的谎言已经令人生厌了。博埃双腿无力,这是他们从未想给他治愈的慢性病。恩佩拉特里斯不许任何交通工具出现,包括汽车、卧车、马车、骡子、马匹、毛驴、自行车、小推车,总之,一切代步的工具都不让他见到,把他困于他无力的双腿所及的半径范围之内。这样,博埃就去不了公园或者任何他想去的地方了;确保他所能认识的世界只能局限于他虚弱的双腿所能达到的范围之内。在这方面,大家都相信恩佩拉特里斯。

　　"别跟我胡说八道。赫罗尼莫不是这么想的。准是那个温贝托出的馊主意。温贝托是想搞一个马戏团,拿我们耍着玩,连赫罗尼莫都没发觉这个骗局。其实,在温贝托的马戏团里,也包括赫罗尼莫在内。照温贝托看来,赫罗尼莫是所有丑八怪中最大的丑八怪。总之,关键永远是不让博埃知道外面存在着一个由残酷的各式人兽组成的天地。别的都是无稽之谈。这都是温贝托这个丑八怪的主意。"

几年前的一天,克里索福罗·阿苏拉在恩佩拉特里斯进城前的一次聚会上喝得酩酊大醉,当着所有头等畸形人的面对她说:

"温贝托是骗子?"

"对。"

"那是你恨他吧。"

"谁? 我? 我干吗要恨他?"

"因为他把你耍了。"

"耍我?"

那些畸形人一声不吭。

"当然喽,你说过他要和你结婚。权且当我说的是瞎话;那么,你说,在赫罗尼莫那次众所周知的来访之后,在我们决定结婚时,怎么一夜之间就准备好所有嫁妆,甚至连带绣花拖裙的礼服、头饰等都准备好了呢?"

"我都后悔……"

"你敢否定你当时爱过他吗?"

畸形人们的沉默使恩佩拉特里斯十分难堪,于是她便以攻为守:

"你们不要理睬克里斯这个可怜虫,他喝糊涂了。我和温贝托·佩尼亚洛萨逢场作戏调过情,这是事实,我没有必要否认。但是,我必须说清楚,和他所谓的热恋从来没有过。我只是佯装爱他,其实一开始我的意图就是控制他。我一直在注意这个下流坏是怎样纠缠赫罗尼莫的……应该救救赫罗尼莫。宇宙是有限的,现实是无法改变的,并且将继续存在。像赫罗尼莫这样的人是绝不会杜撰这种事情的。这个可怜虫并不十分聪明。他那搞得满城风雨的欧洲之行,不过像当初那些附庸风雅的克里奥约和风流女人跳探戈那样,只是活动活动腿脚而已。鬼知道是哪个女人把螺旋杆菌传染给他,生出了博埃这么个怪胎,把我们弄到了这种与众不同的地方。总而言之,我希望你们明白,赫罗尼莫只是一个平平常常的好好先生,他精通政治,交游甚广。他本可以把博埃送到某个疗养院里,哪家都难免出个疯子、出个丑八怪或者出个畸形残疾人。不,那是温贝托·佩尼亚洛萨为了报复赫罗尼莫瞎编出来的。谁不知道赫罗尼莫的秘书、一个酒肉朋友、一个专干下贱活的家伙,和伊内斯私通,而且想方设法从他的手中把她夺过去呢?当我发觉了温贝托的这种仇恨在与日俱增并接近危险的程度,出于对我那个没心眼的亲戚的保护,我才插手进行干预。克里斯,如果你真想知道真相,我可以告诉你,我确实和温贝托逢场作戏过。"

年复一年,恩佩拉特里斯从省城带回来的信息是,赫罗尼莫对博埃,对他们俩,对林孔那塔的兴趣在日渐减弱。如果她设法让赫罗尼莫立下有利于博埃的遗嘱,并且委托她为遗嘱执行人;尤其,要是今年,现在就委任她为博埃的监护人,马上给她涨工资,并把一笔可观的款子存入她的账户内,由她来支配林孔那塔的开销,那该有多美!

她的钥匙。她的皮包。她的公文包。巴西里奥正等着准备把她背到隐蔽处的汽车里藏起来,免得博埃问这问那……博埃最近老是提问题,简直烦死人了!现在要引开他的注意力可不容易了,做游戏也好,开舞会也好,或者由巴西里奥组织专门让他赢的体育比赛也好,都已经不行了。光用玩的办法已经不灵了。满脑子是问题,嘴上老挂一连串的"怎么回事?""为什么?""什么时候?""什么?""怎么了?"……复杂得可怕。露华浓的珊瑚红唇膏,还是多萝西·葛雷的大红唇膏?珊瑚红。今年真的流行颜色更深一些的口红?这实在是难为她了,她可是一窍不通呀。阿苏拉大夫系上鞋带,随恩佩拉特里斯走到小桌旁,端起准备好的咖啡说:

"你真漂亮。"

"刚才你不是还说我显得滑稽可笑吗?"

"你想去看谁?"

"当然是赫罗尼莫喽!"

"你打扮得这么漂亮,是想去勾引他吧?"

恩佩拉特里斯生气地皱了皱眉头:

"你怎么说这种话?"

"你还没有回答我是不是去看他?"

"谁?"

"温贝托。"

恩佩拉特里斯深深地叹了口气:

"你想告诉我他的地址吗?"

"谁的地址?"

"温贝托的。要是能找到他,我就去看看他。如果你真想知道实情,那我告诉你,我真的很想去看看他。我一直在打听他的下落,不知他现在怎么样了。我让人到处找他,但是毫无结果,他消失了,似乎地球把他吞噬了,没有留下丝毫影踪,仿佛他压根儿从来没有存在过一般。有时候,我想……是的,他是我造就的,我向往他正如他向往这个禁锢我们的天地一样。当初他在的时候,情况是多么不同啊!"

"是啊,那时候我们生活得多自在。"

"你还记得我举办的茶话会吗?"

"还有我们下午在平台上的聚会,天气凉凉快快的,谈话进行得……"

"还有呢,贝尔塔托人带来一些美国和法国青年的完整电影,在放映室里放映,还举行讨论,记得吗?"

"嗯……那时一切都是另一番模样……"

"所以嘛!要是能找到他,也就熬出头了。"

"你要跟他一起走?"

"没准儿,这与你有什么相关?"

对恩佩拉特里斯每次动身去见赫罗尼莫前的那种歇斯底里的情绪,克里索福罗·阿苏拉已习以为常了。这是可以理解的。她也真够可怜的了。不知她从哪里来的这么炽烈的欲火,这么旺盛的精力,也不知她为的什么。克里斯把餐巾放到桌上,弯下身在恩佩拉特里斯的脸颊上吻了一下。

"需要我给你带些什么回来吗,克里斯?"

"嗯,给我带一瓶名牌的威士忌酒来。"

"傻瓜。"

"祝你一路顺风。"

"再见,克里斯。乖乖在家,亲爱的。"

二十四

　　星期天一大早，伊里斯给她开了门。她胳膊上挽着一件焦糖色的貂皮大衣，手上提着首饰箱。她把东西交给伊里斯，然后在我的小推车上铺上报纸，再把司机带来的东西放在上面，免得把东西弄脏了。

　　"等一下。"

　　她又从汽车那边捧来不少大大小小的包，有包着的棋盘，也有装满棋子哗哗作响的盒子。丽塔在伊里斯·马特卢纳耳边用手拍拍一只盒子，说：这准是跳棋。那这又是什么？上帝啊，这么多的玩意儿！这么多好玩的东西，这下子可好了，我们该玩不过来了。

　　"伊内斯夫人好吗？"

　　伊里斯冲司机微微一笑。很好，我想她从来还没有这么好过，即使在自己家里都没这么好，当然静修院也是她的家嘛。

　　"请您代问她好。告诉她，我们都很想念她。"

　　玻璃门关上了。丽塔把冻红了的手伸到貂皮大衣里。这皮子真细柔！叫什么皮来着？多柔软，准特别暖和；怪不得太太要这些皮货。说实在的，这里也真够可怜的，连暖气都没有，她不像我们，一定习惯不了。伊里斯，你试试这种大衣，不用穿，披着比比就行了。我一把夺过来。这又不是你的，恐怕你都不知道天下有这么华贵的东西，大概连碰都没碰过。行了，脱下来吧！这是伊内斯夫人的东西，我要去禀告贝妮塔嬷嬷，伊里斯，你把东西统统都拉到里屋去！

伊里斯拉着我的小车；我跟在后面，因为我没劲儿拉了。我们穿过门房的院子，在路过厨房小院的过道时，一大帮老太婆围过来看热闹，我们不得不一一把她们哄走。安东涅塔，你看这件皮大衣。她们又是摸又是抓。别动，这是太太的；你们这样瞎摸，她会生气的。那个镶金盒子多漂亮！哎呀，那么多包包得这么好，看来像是刚从商店里买来的，里面是什么东西呀？我们随后穿过椴树院，经过小教堂，朝棕榈院的回廊拐过去，一直来到你房门前。我敲了敲门，你应声打开门。你红色的睡衣上污迹斑斑，贴边也脏兮兮的，还掉了一个纽扣。你大概正要梳头，因为你头发蓬乱。看到我，你便把梳子插到脑后的灰发上。看到我拿来的东西，你惺忪的睡眼顿时变得清澈而又明亮。让伊里斯把貂皮大衣、小羊羔皮大衣和首饰盒放在我还没叠好的床上；小哑巴，这些大包小包不必搬进我房里来了；你们帮我把貂皮大衣穿在睡衣外面，然后我们一起把这些大包小包送到厨房去，老太婆们大概正在吃早饭吧。我们推着装满玩物的车跟在你后面，沿着走廊往前走，你紫红色睡衣的下摆拖在地上，蓬散的头发上插着一把梳子，开始微驼的脊背上披着那件华丽的貂皮大衣，手里提着蓝色的插有金百合花的皮箱。

老太婆们正聚集在厨房里准备吃早饭：有面包，壶里煮着的咖啡；喷嚏声，叽叽喳喳的低语声，黑色的灶膛里，柴冒着烟，再加上一团团朦朦胧胧像影子、似幽灵、几乎千篇一律的形象，乱蓬蓬的脑袋，不听使唤微微颤抖的下巴，被阳光投射在褴褛衣衫上面的胳膊的残缺影子，铅灰色的搪瓷杯；擦洗得发白的桌上支着的胳膊肘，旁边散落着揉碎的面包块。支离破碎的人影渐渐聚拢来,站了起来:原来女主人来了。她穿着一身红睡衣,外面罩着皮大衣,手里提着插有金百合花的皮箱,后面跟着那个丑八怪,给大家分送礼品。一双双颤抖的手接过礼品,劈裂的指甲撕开纸包,抖抖瑟瑟的手指打开盒子。嗬,一副路多棋,我有日子没玩路多棋了;啊,这是跳棋,那是七巧板,那是象棋——象棋可不好下,依我看这是男人们的玩意儿;瞧,这是赛马棋,赛车棋,赛狗棋;黑白格相间的棋盘,有带点的,有带窟窿的。克莱门蒂娜,你看我的礼物,这是什么? 多奇怪,像是多米诺牌;这叫麻将,谁也不懂怎么玩法,可这牌真叫漂亮;还有好多纸牌;有十多副呢! 这下可好了,我们再也不会闲得慌了,这些玩意儿够我们玩一辈子了。伊内斯夫人,愿上帝保佑您,您真是一位大慈大悲的圣母。一个老太婆吻了吻她的手,另一个跪下双膝吻了她貂皮大衣的下摆。大家在棋盘或纸牌的四周围成了圈,伊内斯则在桌子之间来回走动,察看着这个游艺场。屋外,微弱的阳光下,鸽子在院里啄食,屋里,烟雾弥漫,光线昏暗,老太婆们或趴在棋盘上,或弓着腰洗纸牌。用新牌玩布里斯卡到底和用我那副破牌玩大不相同,我那副破牌里还缺一张草花 10 呢。苏尼尔达,你出牌,该你抽了,我不想和埃玛玩了,她老是耍赖。伊里斯,你到这桌上来,你要是想玩多米诺牌,我教你。不,让伊里斯在这里和我们一起玩赛马棋,这更适合小姑娘。你们要是愿意,就叫埃利安娜或者米雷利亚和你们玩。她们把正在冒烟的咖啡和面包全抛到了脑后,她们忘记了燃烧着的炭盆,也忘了该用放在碗橱里的布里希达的收音机听弥撒了。阿索卡尔神父说,这个收音机留给我们正合适,因为我们老了,又有病,赶路很费劲;可是,今天我们没顾得上听弥撒,因为我们的女施主给我们送来了不少玩物,我们玩,她在旁边面带笑容地走来走去,看我们玩。我们的眼睛里盈满泪水,我们看得出她有多高兴。她听着骰子在杯子里摇动时发出的响声;那些几乎瘫痪了的手摆着绿色和黑色的牌墩,玩一种谁都不会的游戏。几颗玻璃球滚落到地上,一个老太婆忙蹲下去,另一个老太婆钻到桌子底下,爬着找一颗乳白色的玻璃球。她在那些穿着破鞋的浮肿的脏脚——脏袜子盖着她们曲张的静脉——之间来回摸索着。可是,那些穿着满是污垢的衬裙和长着大脚孤拐的老太婆没有发觉有人因为少了一个玻璃球而在桌子下面爬来爬去。我的球是奶油色的,克莱门西亚,把脚挪开点。缺一个球有什么关系!好了,我们开始玩吧。玩布里斯卡,玩蠢驴,玩奇弗洛塔,不玩争上游,也不玩吹牛;别,你们别玩吹牛,魔鬼才玩呢!这是被禁止的游戏。我们不懂这是什么玩法,有这么多颜色的牌。这个棋盘真好看,最好还是先收起来。丽塔,给我念念盒盖上写着是怎么玩的。别以为我是不认字才不念,是字太小,我眼神不好。玛丽亚,这不是多米诺牌的游戏规则吧,您是在瞎编对自己有利的规则。随你说吧,反正我什么也不懂。听弥撒的时间过了。这有什么,电台里什么时候都播弥撒来着,再待会儿还有弥撒节目呢!可是,我们最后还是忘了听,因为我们正在用冻裂的手摇骰子,嵌着污垢的手指头正在抽一张方块 A。蓝马走了六格,罗莎·佩雷斯耍赖,盘上的牌全被搅乱了,我再也不和她玩了,让她到别的桌上去吧。我们只顾打嘴仗,火都快灭了,咖啡也凉了。伊内斯夫人来回踱着步,她把手搭到苏尼尔达的肩上,苏尼尔达朝她微微一笑;她又来回走起来,什么也没有说,只是看看,听听,身上裹着焦糖色的貂皮大衣来回走着,红色的睡衣在地上拖来拖去。骰子在转动,马匹在奔跑,国王和小卒子在厮杀,黑子越来越多,白子快完蛋了。您说这里是不是有什么花招,伊内斯夫人,您一定知道这种赛车棋应该怎么下。不,我对赛车棋一窍不通,我只会玩赛狗棋。

"你们让开点!"

你在凳子上坐了下来,把插有百合花的蓝箱子随手放在棋盘旁边,你说你要黄狗,其他五个人也都挑了自己所要的颜色,把棋摆在棋盘上。你摇了摇骰子杯,然后倒扣在桌子上,说:

"玩棋玩牌要赌点什么才有意思,没有输赢玩什么劲儿。要是黄狗赢了,你们每个人得输点什么。丽塔,你赌什么?"

"我的格子披巾。"

"好。安东涅塔,你呢?"

"这条花围裙。"

"这是印花细布做的。罗莎·佩雷斯,你呢?"

"我也不知道……就赌我的鞋吧。"

"拿来我看看。"

"您看吧。"

"都已经千疮百孔了。露西,你呢?"

"赌这个真正的玳瑁发夹吧。"

"这算不了什么。"

"那好,把我的四个玳瑁发卡全押上。"

说着,她从发髻上取下夹子,头发像下雨般披到两肩。你把露西的发夹放到蓝箱子上。

"奥里斯特拉,你呢?"

"我的神符。"

"这是破布做的。"

"可是它挺大,还绣着花呢……这还是我妈妈给我的哩。"

"那好吧。"

你先分别看了五个老太婆一眼,然后准备掀开杯子,不过,你又

386

问道：

"你们就不问问我赌什么？"

"伊内斯夫人，看在上帝分上，您不必下注。"

"您已经给了我们不少东西了。"

"亏您想得出来，伊内斯夫人。"

"不，我说夫人……"

你抓着杯子的手抽搐着，等待出发的小狗急得跃跃欲试。你紧锁双眉，弄得老太婆们莫名其妙。

"不，这就没意思了。我也应该拿一些东西来冒一下险。你们想知道我拿什么和你们打赌吗？要是我输了，把这件大衣给你们。这皮子很好，是貂皮的，很漂亮。你们瞧，你们摸一摸，你们什么时候摸过这么柔软的东西？贵重极了，要不大家都羡慕我。现在，它对我已经没用了。我既然许了清贫愿，还要这种东西干什么？小羊羔皮大衣给第二名，我首饰盒里的钻石项坠给第三名，珍珠耳坠给第四名，蓝宝石的坠子给第五名。我的首饰都在这里，你们想看一下吗？都是他送给我的……可是，我不需要了。不行，在有人赢我之前，我谁也不让看。到时候我会打开它的，在这之前可不行。"

在你列举你的赌注时，所有桌子旁的人一时惊讶得鸦雀无声。接着响起了一片喊叫声，挪动和翻倒椅子的声音，骨牌和玻璃球落地的声音；老太婆们纷纷拥到桌子周围，被这些赌注以及毛皮、珍珠、钻石、蓝宝石等等奢华的辞藻吸引住了。一张张斑斑驳驳的老太婆面孔组成了一堵墙，眼睛一眨一眨，嘴巴微微抽动，贪婪的老太婆们感到不可思议。在这些个赌徒的四周，围上了一圈发臭的、灰色的或者褐色的褴褛衣衫。你和蔼可亲地微笑着，所有的眼睛都盯住你放在杯子上的手。赌博还未开始，静修院的难民和孤女们在这前所未见

387

的大事件前屏住呼吸,呆若木鸡。你终于掀开了杯子:

"四点。一、二、三、四……"

被其他几条狗追赶着的黄狗落荒而逃。在报复心很强的骑士——他们令人想起在月夜扬起的阵阵尘土——的追踪下,躲进了黑密林,尖刺扎痛了长满疥疮的表皮;它跳涧涉湖,过沼泽,到处觅食,却总不能填饱辘辘饥肠。垃圾、骨头,以及费了九牛二虎之力才偷到的残羹剩菜,并不足以满足它的食欲。为了免遭惩罚,它拼命地跑,沿着与它狼狈为奸的星辰指出的方向狼狈逃窜,翻山越岭,跳沟过涧,没命地跑着,一心想如愿以偿,却偏偏力不从心。它东躲西藏,免得被恶狗发现,撕成碎片,因为它长得形容丑劣,皮包骨头,且饥不择食,恶狗们都讨厌它。黄狗在荒野上、在沙漠里、在瓦砾遍地的贫瘠土地上、在故意与它作对的带刺的丛林中、在大街上、在公园里到处乱窜。晚上,它悄悄地走近民宅,看看能否偷到点什么吃食。这条母狗病病歪歪,满身虱子,猥猥琐琐;它并不凶狠,从不主动出击;从未咬过人,虽然它并非没有这个打算。然而,每当那四条专心玩耍的黑狗稍不留神,它也会不失时机地钻到它们的脚下,偷吃它们的东西。晚上,在公园里,它闪光的眼睛时刻警戒着,冲着月亮狂吠,求月亮帮它出主意,想办法,告诉它连月亮都不知道的情况,求月亮给它帮助,让园丁们找不到它。黄狗跑呀,跑呀,不住地跑;身体虽弱,还是一个劲儿地跑,不让别的狗追上它;尽管它精疲力尽,极想喘一口气,但总是保持跑在前头。它在密林里睡了好几百年,谁也找不到它;醒来之后,便出去到垃圾堆里寻食。小伙子们用脚踢它:走!滚开!让我们清清静静地在这里销魂一番。你这个臭狗,这有什么好瞧的!你要是弄破了我的裤子,小心我一脚踢碎你的狗头。它好像在舔着什么。我呵呵笑了几声,你也跟着嗤嗤乐了。不料,一松动,我那玩意儿一下子就耷拉下来,你随即提起了短裤。我和你都没有过瘾。它倒也许过了瘾,又开始跑了起来;跑呀跑,不停地跑,吐着舌头,脚下掀起一片尘土。那几条狗没能追上它,恼羞成怒,狂吠乱叫。它老是吃不饱,却还总是活着,而且比别的狗活得更好,更机警。黄狗快到终点了。老太婆们笑呀,叫呀;一边打赌,一边龇牙抠嘴;互相骂着,尖声厉气地叫着,都希望伊内斯夫人能赢。她对我们多好呀,可别让红狗赢,也不要让绿狗、黑狗、蓝狗或者白狗赢,要让该赢的赢,而黄狗总是赢的。最后,她掷了一个六点,跳过水洼。连掷一次。四点。一、二、三、四。她终于冲过终点,精疲力竭地倒下了。

"真棒!"

"黄狗万岁!"

"我赢了!"

"伊内斯夫人赢了!"

"好!"

"伊内斯夫人万岁!"

正当老太婆们议论你赢棋的细节时,你站起身子,取下插在头发上的梳子,拢了拢头发,在后脑勺绾了个髻,把放在首饰箱上的玳瑁发夹别在发髻上,一个,两个,三个,四个。四个真正的玳瑁发夹,质地很好;这是真正的老货,不像现在的玳瑁。老太婆们默默地看着你。你脱下貂皮大衣,交给我,让我放到小车上,这种事我还勉强能干。你从丽塔的肩上取下用旧了的格子披巾,披到自己肩上。大家吃惊地瞧着你,可又认为这是理所当然的。安东涅塔悄悄地解下围裙,你接过来往身上一系。你低下脑袋,让奥里斯特拉把神符当古玩似的挂在你的脖子上做胸饰。

"罗莎·佩雷斯,你的鞋呢?"

"您穿着不会合适的,伊内斯夫人。"

"你递给我试试。"

老太婆光着脚,看你试穿那双尽是窟窿的破鞋。

"有些大,不过没关系,多穿几双御寒的厚袜子,不就正好了吗?"

"你带厚袜子来了吗,伊内斯夫人?"

"没有。可是你们总有吧?怎么样,我们明天再玩一次赛狗棋,你们就把我需要的厚袜子拿来当赌注吧。"

"行。"

"那好。我走了。"

我和伊里斯推着车跟在你的后面。我们沿着走廊越走越远,老太婆在厨房里的说话声渐渐听不到了。你蹒跚而行,披着披巾,驼着背。一只玳瑁发夹掉在了地上,几缕头发随之披散了下来,你弯身捡起发夹,重又别到蓬乱的发髻上。你打开你那院子的门,示意我打发伊里斯走。伊里斯,你走吧,我以后再告诉你;反正,无论你看到还是听到什么都不会感兴趣的;你已经越来越感到自己了不起,其实,你只不过是我的劳动力;在我拉不动车的时候代我拉拉车。伊内斯夫人,你别瞧我现在这副模样,伊里斯一走,我就会劲头十足的。你打开首饰盒,把蓝宝石、钻石胸坠、珍珠都拿出来,再把它们放到安东涅塔围裙的口袋里,又关上盒子。你把小羊羔皮大衣交给我,我把它堆放在车子里的貂皮大衣旁边,又跟着你沿走廊走到你的禅房。打开第一间房门,你要我把两件大衣递给你;你打开大衣柜,先把首饰放在几个口袋里,接着又把两件大衣挂到已经挂在那里的衣服中间。

"小哑巴,这衣柜里的卫生球够吗?"

我回答说,够了。

看来你很满意。你锁上了大衣柜,又锁上房门。我跟着你走,穿过走廊、静悄悄的院子和回廊,绕过那些标着388号的基座堆,又从标着388号的花盆架之间走过;数不清的镀金椅子在走廊里排成行,我跟在你后面。路过塑有露德像的石洞时,你在身上画了个十字,我也学你的样子比画一下。我们来到了门房,丽塔交叉着胳膊在角落里哆嗦。

"你脸都发青了。"

"冻的。"

其实,她并不是发青,而是发白,脸上血色全无。伊内斯紧裹着披肩,拨通她家的电话,模仿丽塔的细声问道:

"是堂赫罗尼莫·阿斯科伊蒂亚家吗?"

"……"

"劳驾请他接电话。"

"……"

"伊内斯夫人说,先生即使睡着了,也要叫醒他,她要我告诉他本人一个口信,是太太叫我告诉他的;不,和别人说不行,实在对不起;这不能怪我,太太说事情很要紧,非马上办不可。"

你连连打着哈欠,却没有朝那个被你冒用声音的女人瞧一眼。赫罗尼莫在星期天总要睡懒觉,这你是知道的;如果去做弥撒,也是做十二点钟的那一次。近来,他去得越来越少了。你手握话筒等着。

"赫罗尼莫吗?"

"……"

"您是堂赫罗尼莫吗?我是丽塔,很好,谢谢,为您效劳,您好吗?实在抱歉,这么早就给您打电话,再说又是礼拜天,可是伊内斯夫人现在变得既严厉又固执,她说即使您睡着了,也必须在这个时间给你打电话。您没睡好觉？真遗憾……您是想她了吧？怎么会不想您的太太呢？堂赫罗尼莫,我的上帝,是的,她很好;她让我告诉您,要是不麻烦的话,请您把她所有的衣服都送来;是的,所有的。她说在她卧室的大衣柜里;她都要,是的,包括那些最讲究的衣服也拿来;还有香水和所有的化妆品;把梳妆台也搬来,她想要,她想在这里生活得舒适些,为什么把它们白白地放在家里,而这里又……是的,先生,那当然,先生,她还说她一点儿不喜欢静修院给她准备的床,躺在上面睡不好觉,因为她在想念您……哟,您真坏,堂赫罗尼莫;我可是个单身女人……太太说她也想让您把她的床,还有被褥、毯子、床单、枕头都带来;对,所有印着她名字缩写的床上用品;她知道一共有几套,所以还是都给她送来的好,还有她所有的毛巾、浴巾……不,堂赫罗尼莫,太太会生气的,一定要今天送;她知道今天是礼拜天,找到一辆卡车不容易,因为星期天谁也不愿意干活;可是,她说您会安排的;一定要今天送……她让我对您说,她认为还是不和您通话好,因为她嗓子有些嘶哑。做祷告时烟雾弥漫,我们大家都感冒了,您说多怪呀,在这个季节里,真是莫名其妙。听说气候这么变化全是原子弹闹的。不,这不是我说的,反正这种玩意儿只会带来灾难。伊内斯夫人说,等下礼拜身体好些,再给您打电话;她有许多事要跟您说;可是,她还没有真正复原,她宁愿多休息一下;对,太太总感到累,要不就是打不起精神,或者显得比较忧郁……实在抱歉,并不是我想多管闲事,请您别介意,我认为全是赐福的事把她的脾气弄得这么怪;对,我想是因为这个原因,还因为他们要拆掉她心爱的静修院……"

老用人的声音和你丈夫道了别。你挂上听筒,对丽塔微微一笑,走过去摸摸她的头发。

"冷吗,丽塔?"

"不太冷。"

"可你在哆嗦呀!"

"也许是年纪大了。"

"天气很糟,正像你对我丈夫说的……"

"是有点不正常。"

"好了,明天你就不会冷了。你瞧着吧,这里谁也不会挨冻了。他们会把我所有的衣服和东西都送来的。这样,你们会有机会在下赛狗棋时把我的东西全赢走,我也就会变得一无所有了。我再也过不了富裕日子了,我要让自己一无所有。我的大衣都很漂亮,丽塔,你怎么也能赢一件的,黄狗总不会每次都赢吧! 你们会赢到我的贵重物品的。"

丽塔高兴地笑了。

"好了,我要回房去了。劳你驾告诉一下玛丽亚·贝尼特斯,让她替我准备一杯特别热的茶,送到我房间里去。"

"要浓茶吗?"

"不,最好是清茶。"

"布里希达晚上就爱喝浓茶,是阿玛利娅给她沏的。阿玛利娅真可怜,没病没灾的,就被救护车给拉走了。因为她称为大天使的圣像掉了一个手指头,她哭得太伤心了!"

"可怜的阿玛利娅!"

"真可怜。大家都在帮她找那个手指头,好给她送去,这样她的病也许才会好。"

"晚安,丽塔。"

"晚安,太太。"

二十五

　　我发现你眼睛、额头、耳朵、眼皮、嘴巴周围像伤疤似的红色细腻的线条正在逐渐消失,甚至你手指甲周围切口伤痕般的纤细线条,以及手腕上犹如自寻短见的纪念般的线条也正在消失。皱纹……是呀,怎么不是呢？可以看作是皱纹吗？我相信要不了几个月就会变成皱纹的。伊内斯夫人的皱纹越来越多了,那些近视的老太婆喃喃地说,按她的年龄,还不至于这样衰老。那是因为她许了清贫愿,现在不按摩,不修面,不用香脂来保持青春,也不像过去那样每星期都使用松弛面部肌肉的化妆品了。对,老太婆们说得对。你已经不是过去的你了。你的下巴和干瘪的上嘴唇上长出了汗毛,鼻孔里也开始长出猪鬃那样又黑又粗的鼻毛来。可是,你自己却看不到这些,因为你的寝室里没有镜子。你所有的梳妆用品、床头柜、香水、银梳子,你所有的家具、床、毛毯、衣服,都当作赌注一晚接一晚地押到赛狗棋上了。可是,黄狗却狗运亨通,只赢不输。正因为你赢了,你的东西也就不见了。我们把你当赌注的豪华物品放在我小车上,拉到你的禅房里去,小心翼翼地把它们收藏起来,让它们在不被使用和不受消耗的情况下永久地保存下来。与此同时,你却睡在苏尼尔达·托罗的行军床上,她反而睡在你的床上,你穿埃玛的睡衣,用玛丽亚·贝尼特斯的杯子喝茶，身披丽塔的披肩，你手里不提皮包，却拿着不知是谁的一个破口袋，脚上蹬着从多拉和奥里斯特拉那里赢来的长筒袜，下身穿着露西的短裤。你穿得破烂不堪，躺在尿迹斑斑的褥子上，梳头时用一把梳齿不全的梳子，脚上总是穿一双罗莎·佩雷斯千疮百孔的鞋。

　　趁你不注意的时候，我仔细端详过你。那些纤细的伤痕并没有彻底消失。表面吸收是一个缓慢的过程，还得再等几个月。我从不怀疑阿苏拉大夫是世界上最杰出的外科医生，报上登满了他在瑞士诊所里所做出的非凡成就。住院病人身患多种多样的疾病，可是，多数人企求返老还童，迫切希望得到功能更强的新器官。而你——你对拉克尔夫人就是这样说的——住进阿苏拉大夫的诊所却是为了彻底的老化。由于别人企求的是正常人的四肢和器官，你的情况自然再好处理不过了。再说，阿苏拉大夫又是更换和移植器官的行家。应该提醒他未来的病人，他常常窃取病人的器官，贮存起来待价而沽。他对我就是这么干的，他把我变成了一个由不知从哪里偷来的杂碎凑成的人。

　　是这样，伊内斯，每当我给你房间里送去印有你姓名缩写字母的床上用品或者一把漆雕椅子的时候，我总要仔细观察你：你手术后的伤疤在逐渐消失。我认为你到瑞士去，是想把自己变成佩塔·庞塞，因为她总想把你变成她的化身，但等你伤口上的红色线条完全消失，变成皱纹，变成肉赘或者肉囊，而且变得干瘪时，佩塔和你就能得到多年来梦寐以求的东西了。佩塔·庞塞感兴趣的是让自己的生命变成你生命的一部分。唯一的解决办法是把她无用的躯体卖给阿苏拉大夫，反正你总有一天要落到他手里的。阿苏拉大夫肢解了老太婆的身体，把她的器官浸在专门的容器里，保存在由他布置的房间里,那里提供氧气、足够的血液、生理盐水和水。为了使日后看不出刀口,他用很小的手术刀切割器官,把所有的东西都贮藏在无菌的、铺白瓷砖的地窖里,使它们处于非死非活的状态,以备时机到来时取用。在瑞士,佩塔等着你被肢解,而你却没有发觉——也许你是知道的,因为多少年来你一直东奔西忙,竭力想把你家族中关于福女的故事和民间流传的关于巫女的传说合二为一。你来到了命中注定要来的地方——诊所。阿苏拉大夫和恩佩拉特里斯为你准备了老太婆的器官,把你变成了老太婆,变成了这么一个蓬头垢面的叫花子,绾着灰色的发髻,指甲劈裂,带大孤拐的脚上长着老茧,手上有肉赘,脑袋晃晃悠悠,渐渐地把去欧洲前原本并不十全十美的伊内斯,变得越发面目可憎了,虽然染着头发,穿着驼毛大衣,用着鳄鱼皮装饰物。

然而,过去的协议上写明,要想合二为一,两个人必须放弃其各自不同的特点。可是,伊内斯,你很天真,你不知道老年是无政府主义最危险的表现形式,她们既不尊重法律,也不尊重任何协议。老太婆们是强有力的,尤其像佩塔那样在贫困中受过多年煎熬的老太婆更是如此。现在再想自己已为时太晚了,在你消失之前——你迟早要消失的——最好知道这一点,佩塔不会遵守任何协议。她不再占有你仅剩的那点东西,伊内斯,你所剩的已经越来越少了;佩塔却在不断地发展自己,并逐步把你化为乌有。我再重复一遍,你太天真了,伊内斯,你太多愁善感了;你没有发觉,佩塔的阴谋还有一个动机,那就是和你结合在一起。你该记得卑贱者的力量,记得看热闹者隐藏在钦佩和爱慕深处的仇恨,别忘了微不足道的小人、丑人、弱者、庸人的嫉妒心,别忘了他们放在床下和褥子下的神符,也别忘了代你受过的人要进行的报复。过去佩塔任凭你侮辱、驱使,而现在她正以驱使你、利用你的形体进入静修院作为报复。伊内斯,这才是佩塔想干的事,要不她怎么会如此凶狠和贪婪呢?她把我从乔装成小哑巴或者老太婆的藏身处弄出来,占有我,要从我身上得到情爱,这次她又以太太的肉体乔装自己,重演了那天晚上发生在林孔那塔的事情。因为如同我还保留着堂赫罗尼莫的性交能力一样,你也保存着伊内斯那亢奋的性器官。你就是来寻求这种性交能力的,就是来和我再次交欢的,以此获得多少年来我一直拒绝给你的快感。

当然,你并不知道佩塔的性器官是她身上最富生命力的部分。你还以为移植以后,你会变成一个没有任何欲望和需求、安分守己的老太婆呢。然而,事实是你很快就会感到这方面的急切欲望;一旦结合到你身上的性器官发生作用,你便会急不可耐。你会体验到性欲得不到满足是何等痛苦,而我却要永远拒绝你的要求。在林孔那塔,我们在你床上度过的夜晚是永远无法忘怀的。你会在静修院里纠缠我。一旦你觉察到自己变成了什么人,觉察到克里索福罗·阿苏拉把你变成了什么人,你就不会放过我的。

一定会这样的,过去也一直是这样的,伊内斯,伊内斯-佩塔,佩塔-伊内斯,佩塔,佩塔·庞塞。我从来不能接近女色,只要我一有这种念头,那美女就会变成客店女主人的邋遢形象,变成一脸傻气的恩佩拉特里斯,变成静修院里的老太婆,变成我外出时跟随在我身后的女叫花,那个受我怀旧感情孕育,又被我贪婪心理毁灭的美女就会变成老朽不堪的形象。你走吧,让我清静些,你别在我和她所剩无几的东西里打主意了。你衣衫褴褛,双手长满肉赘,变得奇形怪状,从走廊的尽头走过来,表情严肃而神秘,隐含着讥讽揶揄。你那孤苦伶仃、令人怜悯的外表下,却隐藏着猎取我的不良用心。你为什么要爱我?让我把实情告诉你吧,林孔那塔的那个晚上,和你一起交欢云雨的不是我,佩塔;那是堂赫罗尼莫。是的,是他,是他在寻觅你的激情。伊内斯对拉克尔夫人讲过她丈夫永不厌倦的性欲,而那正是你求之不得的;我什么也没有,佩塔,我向你发誓,你瞧我的生殖器,你不是正在瞧着吗。在伊里斯的床上,老太婆们给我换尿布,为了赢得她们的欢心,我故意尿在床上,你瞧她们使劲捏着这毫无生气的肉疙瘩玩着,脏兮兮的,只会撒出臭烘烘的、令人恶心的尿;你看见没有,僵硬丑陋,连根毛都没有。我只是个婴儿,没有性交能力;饶了我吧,我是派不上用场的。你快点离开静修院,找他去!他的性功能可以满足你的肉欲,把静修院还给我!任凭老太婆们把我捆起来,把我像粽子似的包起来,把我变成了一个丑八怪。我是小哑巴,有时也是静修院里的又一个老太婆,我是伊里斯的洋娃娃。要是我真有性欲,每天晚上和一个戏称是我妈妈而又不是我妈妈——因为我从来也没有过妈妈——的女人躺在一起,当她那年轻的肉体蹭着我的肉体折磨我时,你想,还不把我急疯了?我告诉她说,不行,伊里斯,你什么也得不到的,我什么都没有,我不会由此受欲火煎熬的。你到静修院来找我,是找错了人。你充其量不过是这帮折腾了我一辈子的老太婆中添上的又一个罢了,伊内斯-老太婆,伊内斯-丑婆娘,你站在我伸手可及的地方;可是,伊内斯-丑女人,伊内斯-佩塔,不是我爱的女人,我爱的只是伊内斯本人,光彩照人、忠贞不渝的,那才是我爱的伊内斯;我爱的是藏在你房间箱子里照片上的那个伊内斯,那个在林孔那塔骑马的伊内斯,是那个穿着烟色舞蹈服的伊内斯,是那个头上戴着帽子、露着长长脖颈的伊内斯,是那个身穿毛皮披风的伊内斯,是那个在跑马俱乐部挽着堂赫罗尼莫胳膊散步的伊内斯,是那个和毫无姿色的拉克尔夫人悄声细语的伊内斯……总之,我认识的那个漂亮的伊内斯在你锁着的箱子里,在你那些穿过的、存放在静修院的衣服堆里。因为它们接触过漂亮的伊内斯的肉体,而我抚摸过这些衣服。可是,那个伊内斯只是在克里索福罗·阿苏拉大夫做手术的那天晚上,在停车场上见过我一面,而且只看到我那目击者似的惊讶的眼睛,我以为她甚至不一定看见我。小哑巴,喏,给你几个比索的小费,把这个鳄鱼皮包、这个瓷灯、这条大不里士产的地毯、这对缀在天鹅绒上的袖珍画、这件尼龙晨衣——穿着它一定很暖和,而且还是新的——都放起来,把今天晚上玩赛狗棋赢老太婆们的东西也全收起来,放到我的禅房里。我不行,佩塔,求求你放了我,你去找他吧,找他了却风流债;我们之所以落到这般地步,变成丑八怪以苟延残喘,全是他的责任……我给你打扫寝室,你跪在地上面对着你当初仿效先祖用木头扎成的十字架做着祈祷,不过,你仿效的不是我打扫房间时做祷告的那个伊内斯的祖先,不是我那个心爱女人的祖先。因为伊内斯是世界上我爱过的唯一的女人。我只配捡些破烂。我父亲曾语气肯定地说过,我只是个无名小辈,不会有出息,从小他就这么开导我。所以,我就剩下你一个了。但是,在阿苏拉大夫移植的器官长起来之前,在她的组织和你的肉体结合起来之前,在她的分泌腺开始分泌腺液之前,我不会答应的;尽管你奇丑无比,衣衫褴褛,我还是要占有你。对你美貌的回忆永远属于我;在你尚剩下的部分使用完后,我将随心所欲地处理对你过去的回忆;我要剥开你的表皮看看这条黄母狗鲜血淋淋的真皮。到那时,你,还有你,你们两个都将不复存在,都将消失在最最幽深的回廊的尽头。你逃走吧,佩塔,另找新欢吧!你何必非要我的那个不中用的玩意儿呢?让我清静清静吧!让我自我消亡吧!让善良的老太婆们把我缠上绷带吧!我愿意做一个钻在自己臭皮囊里的丑八怪,被剥夺活动的能力,剥夺希望的能力,剥夺听、谈和写的能力,剥夺回忆的能力——如果我确有什么东西值得回忆的话,剥夺我听你跪在木制十字架前祈祷的能力。我愿意在无奈中自问,我认识的那个女人是谁? 这个变得面目全非的女人又是谁? 可怜的伊内斯夫人和以前相比,真是判若两人了,心地这么善良,外貌却又如此老朽;她真是一个圣人,一个最虔诚、最慈悲的太太;像男人那样不涂指甲油,也像拉克尔夫人那样不抽烟;她关心我们这些男人和病人,只有她记得我们,保护我们。一年前,拉克尔夫人为了悼念布里希达布施过一次;后来就再也没有过。不,这不是她人不好,是因为她事情太多了,有这么多儿子和孙子要照顾,伊内斯夫人就不同了,她穿戴不讲究时髦。你边数念珠,边念免罪经,圣父在为你祝福,你紧闭着双眼。你闭着眼不停地祈祷,头微微一摆给我做了个小小的暗示,一个小小的头部动作,示意我该离开房间了,让你独自一人留下。

此时此刻,田野响起狗的狂吠声,母牛的哞哞声,公牛的咆哮声,骏马的嘶鸣声,绵羊的咩咩声。修女们不由得惊惶起来,这个时候,本应该万籁俱寂的呀,出了什么事? 为什么牲畜全惊了? 是被夜里正在发生的、某种我们还不清楚的事情吓着了? 这些叫声想预示我们什么? 我们应该怎么办? 这种令人担忧的事,我们又该去问谁呢? ……就在那时候,可怕的事情发生了:天上电光闪闪,照亮了整个山脉,随着地下隐隐的声音,大地开始晃动,地面裂开豁口;修女们吓得面如土色,厉声尖叫,四处乱逃;整个静修院在剧烈地晃动,仿佛顷刻间就要倒塌……正在那时候,修女们看到她跪在院子中央,张开两条胳膊成十字……

自你来到这里以后,这个故事她们不知听你讲了多少遍。你讲起来绘声绘色,为了刺激那些百听不厌的孤女的情绪,你还添枝加叶,铺垫渲染,仿佛她们也在等待着巫女的故事和圣女的传说最终合二为一。你们都爱听善良的伊内斯夫人讲故事,因为她把马嘶、牛叫、狗吠学得惟妙惟肖。伊内斯夫人,再学一遍,现在学母牛叫……小羊叫……你们最爱看她张开胳膊成十字、扶住将要倒塌的围墙的姿势,那围墙亏了她扶住最后才没有被震塌。最令她们觉得逗乐的是伊内斯夫人学地震的样子。咱们玩地震吧,夫人,求求你,那可太有趣了。她们坐在门房大院的棕榈树下的长凳上,埃利安娜、弗罗西、伊里斯、维罗尼卡、米雷利亚挤成一团,把你压在下面,你像地震似的浑身哆嗦、抖动,她们装作怕得要死的样子也浑身哆嗦着;大伙儿笑作一团,她们的身体、胳膊、腿和你的四肢交叉在一起,直到埃利安娜不留神蹬了弗罗西一脚。唉哟,沉死了,压得我实在受不了啦。伊里斯咖啡色大衣的领针扎了我一下。你故意挠我……好了,姑娘们,让我安静些吧! 我都晕了,哎呀,好热啊;不玩地震了,我们一起为你们的灵魂——不信教的人都把它忘了——而祈祷吧,求求上帝告诉我们一个真理……给我们显灵吧……给我们一个暗示……或者随便什么我们可以依靠的东西,免得我们夜里再乱挠一阵。她们开始祈祷——双目紧闭……双手合十……带着忏悔的声调,她们继续祈祷,你使她们虔诚起来了……愿上帝拯救你,圣母……阿门,现在念天主经收尾。伊内斯夫人,现在该玩别的游戏了。好吧,天黑以后我们再接着祈祷,白天没心思了,现在玩吧!

“你们想玩什么?”

“玩路多棋。”

“不,玩化装。”

“不,玩赛跑。”

“不,姑娘们,今天我教你们玩新的游戏吧。”

401

你站了起来。来,你们都跟我到门房去,别让别人看到我们。这是一个很危险的游戏。伊里斯,你跟着我,别离开我……你用老太婆鬼鬼祟祟的目光,窥探四周,弯着腰,双手变得像爪子一般。众孤女嬉笑着,学着你的模样,嘘,真可怕,可别让人看见了,否则准得处罚我们。门房口空无一人,我想只有小哑巴在那里。孤女们跟在你后面,学着你那种偷偷摸摸的样子,忽而躲在花丛后面,忽而藏到石洞背后,忽而又藏到走廊的壁柱后面。所有人都安全到达了门房。孤女们坐在长凳上……你打开丽塔的房门,站在门槛上问道:

"谁愿意先来?"

"我先来。"

"不,我先说的,从我开始。"

"不,还是从伊里斯开始吧。"

"好吧。"

伊里斯站在门房中间,别的人各自在旁边找一个地方看着。她很胖,因为我快要出生了。她叫伊内斯夫人说明游戏的方法:

"听着,这个游戏是这样的:我拨一个电话号码,和某人讲话;你要像在电话线的另一边那样回答我,不能出错,还要猜出是谁和谁在对话。"

她那没有化妆、如没有烙过的白面团一般的脸上既没有表示出热情,也没有显出反感;既不说是,也不说不,倒还是坐在长凳上的姑娘们先说了话:

"这游戏太难了!"

"待会儿你们就会觉得好玩了。"

"这是大人玩的游戏。"

"我还要给你们发奖品呢……"

"什么奖品？什么奖品？"

"啊,这要等以后再说,反正是一件了不起的奖品。"

"一件首饰……"

"一件连衣裙……"

"钱……"

"一副赛狗棋……"

伊里斯对奖品不感兴趣,她在门房中间等着大家替她鼓劲。伊里斯,你要想赢是困难的,不过,我会从那个没有圣母和贝尔纳迪塔塑像的洛德斯洞穴里给你指导……给你引路,就像过去带你和"巨人"一起上街或者到野地里散步那样,像带你到卖杂志或者卖可口可乐的商店那样,像带你去和大使、将军、学者、记者和堂赫罗尼莫或者罗穆阿尔多做爱那样。只要听我的,你一定能赢。也只有你,才能赢,因为你是无形的,米雷利亚、埃利安娜、弗罗西、维罗尼卡都赢不了,因为她们都是有形的,而你却只是一个无生命的、模糊不清的形象,所以,你不用害怕。你朝伊内斯笑笑,对她说,行。奖品将是那么高级,高级得令人害怕,不借助于你那卑贱的肉体,我怎么敢去接受,你瞧,夫人在拨号码的时候笑得有多甜啊！……电话铃响了又响。当听到对方拿起听筒时,伊里斯开始皱着眉头在门房里来回踱步,仿佛预感到这一切会给她带来很大的不安。伊里斯凝神地倾听着,费力地理解着。

"喂,喂,对,对,我找他听电话。是呀,下午好,您身体好吗？我们这里马马虎虎……我为什么要跟你说假话呢？我都受不了啦,我不知道该怎么办……"

伊里斯走到门口站住了,无可奈何地摊开一双胖乎乎的手,问道:

"上帝啊,这没头没脑的是怎么回事?"

"问题是你们根本不管我们圣洁的静修院正在变成一个罪孽深重的赌场。现在已经不光是在伊内斯夫人让人拿来的棋盘上解闷散心了,不,开始的时候倒是这样的。她们什么都赌,什么大衣、毛毯、怀表、日历、带鸟或不带鸟的笼子、破伞、衣服、茶壶、长筒袜……这怎么行呢! 她们都上了瘾了,全学坏了……"

"您别太言过其实了……"

"我也说不好,不过私下都这么传说。老太婆们都很狡猾,我抓不到证据。她们一看见我去,就把东西藏起来。有时候,我甚至有一种可怕的感觉,也许这里发生的事情,我甚至连一半都不知道……"

好了,伊里斯鼓起腮帮子,皱起眉头,把手倒背在身后,在门房里来回踱步,把长大衣当法衣,装得高傲些,这样,当你口口声声说,这不行,一定要当机立断地制止这种情况时,你的那种担心就会带上虚构的色彩。其他那些姑娘在长凳上坐成一排,欣赏着伊里斯表演的这出喜剧。你继续打着电话,把一只胳膊支在墙上,来回倒着腿,身体的重心变换着。你没瞧伊里斯,因为你答应过只对着话筒讲话。你调整了一下拿话筒的姿势,把话筒从一只手挪到另一只手里:

"……糟糕的是,有许多关于伊内斯夫人的流言蜚语。我都是隔墙偷听到的;因为我一进去,她们就不说了。她们说伊内斯夫人老赢,因为有福女的保佑。现在静修院里纷纷议论着福女的事。说法太多了! 我实在受不了;她们要是当面告诉我这些事,我倒也许不会感到如此无法忍受。可是,她们那种微笑和怪毛病我却对付不了。她们和我胡搅蛮缠,像是一股无形的浪潮,我根本无法控制,因为看不见摸不着。您听,听说……听说……老是听说。听说伊内斯夫人乞求福女在赌博中保佑她,她崇拜福女是为了保佑自己,她还许愿

404

说,这里绝不会变成圣婴城,永远只是福女的圣祠,要修大教堂,要接待朝圣,等等。过去我听她们的祈祷声,觉得是那样清白无辜,现在听起来不禁让人心里发怵。当她们摘取紫红色百合花时,我马上想到准是用来装饰她们藏在那里准备祭祀的某个福女像。"

突然,伊里斯在门房中间站住了。她那深色的大衣拖在地上。她怒发冲冠,勃然变色,两只闪光的眼睛瞪得老大,她举起胳膊,仿佛要阻止什么似的,厉声吼道:

"异教邪说!胡说八道!不许这种亵渎神灵的无稽之谈传出静修院!"

"……她把穷老太婆们的赌注全赢走了……连一条毯子、一条披巾、一只手炉也没给她们留下。她们在过道里冷得直打哆嗦,有些人还得了气管炎,因为她们都快赤条条一丝不挂了,静修院里的风有多大,这你是知道的……"

"她要这么多破烂干什么?"

"她用自己的东西跟她们的破烂打赌。她的东西可都是很漂亮的毛皮、家具、首饰、衣服、精致的皮鞋,什么都有。因为她老赢,所以她拿出来做赌注的值钱货都留着,她说是留给福女的。似乎她还在等待红衣主教有朝一日赐福……"

"难道您不知道这件事一年前就告吹了吗?"

"我不知道。她把精致的家具和被褥都收起来了,自己睡在草垫子上;她穿得像叫花子一样,身上什么好东西都没有了。她这次从老太婆们那里赢来的较好的东西,下次拿来下注,去和她们更差的东西打赌。如果赢了,就把自己的赌注包好藏起来,说给福女留着……她穿上刚赢来的、比原来更破的鞋,比原来更旧的长筒袜,把身上的脱下收起来……给福女……用赢来的破烂布置房间,身上穿的破衣短衫。我看她穿得越来越破烂不堪。她每天都换衣服,而我每次看到她,她总像是变成了另一个老太婆似的,比原来更脏、更寒酸,简直认不出来了。她仓房里堆的大包小包越来越多;有她自己的东西,也有从众老太婆那儿赢来的……赢了一双比穿着的更破的鞋,她就把穿着的破鞋脱掉,换上那双刚赢来的,她始终趿拉着一双令人难以置信的破鞋……"

"莫名其妙,不可思议! 竟然如此邋遢……"

伊里斯打着手势,活像一只气鼓鼓的公鸡,这些丑事使她感到人格受到了侮辱,她提起那件高贵的法衣的下摆,不让它拖到正在来回走动的门房的地板上。姑娘们为伊里斯的表演鼓掌叫好。这位如此重要的人物竟容忍事态发展到这种无法复加的地步……你挂上电话吧……伊里斯顿时萎靡下来,重新变成一个穿着肥大的破大衣的胖姑娘。你瞧着伊里斯,问她打电话的双方是谁。你摇摇头,说不知道,几分钟前出现在你面前的形象消失了。要是我躺在原处,提示你,你还能对答如流,没完没了往下说。她对我说,东西都是老太婆们送给她的,因为她许了清贫愿,应该和她们打成一片,和她们一样,穿得腌臜不堪入目,身上长着虱子。一天,在厨房的院子里,埃玛就在阳光下用梳子从头发上篦下许多虱子卵……别往下说了! 伊里斯,你告诉伊内斯,你知道那个人是谁,你是在和谁说话。

"伊里斯,怎么样?"

你听我的,就能得到我需要的奖品,你说呀,快别让我在这个黑暗的石洞里待着了,我需要这件奖品,你应该替我把它赢过来。

"打电话的是索贝尔嬷嬷和贝尼特斯神父……"

白痴! 你糊涂吗? ……姑娘们听了伊里斯的胡话,双手捧着肚子,笑得前仰后合。真是个大笨蛋! 你什么时候才能学得聪明些呢?

她输了,伊里斯·马特卢纳输给了伊内斯夫人了。现在轮到我来玩这个有趣的游戏了。伊里斯没能赢,她只是说了一通傻话。你自己纠正道:

"是贝妮塔嬷嬷和阿索卡尔神父在通电话。"

"得了,这有什么意思!"

你举起双手,让大家住口。你虽然衣衫褴褛,头上长满虱子,可是你缀满老斑的双手依然保持着你——那个穿着貂皮大衣手拿描金百合花的首饰盒准备捐赠的阔太太——作为施主的权威。再强大的势力对慷慨的捐赠也不会无动于衷的。

"伊里斯,现在我给你一个得奖的最后机会。告诉我,我拨的电话号码是多少?"

你可别再吞吞吐吐了,快说837291。让我把这几个数字装到你那榆木脑瓜里去,强迫你去获得我日思夜想的奖品。阿苏拉从我身上偷走的血液,又重新在我的血管里流淌了,我可再也不愿当墙上的潮斑了,你一定要拯救我的;要不然,听到你再说胡话,我也许会越变越小,甚至会化为乌有的。

"837291……"

"很好,伊里斯。你们看到没有?伊里斯并不那么傻。你得奖了。"

"伊内斯夫人,您要给她什么奖品?"

"我也想在伊里斯之后玩一次,好得一个漂亮的奖品。"

她们期望从你褴褛的衣衫里掏出灿烂夺目的宝石、玻璃珠饰、首饰。可是,不。你敞开了丽塔的房门。

"你进来。"

伊里斯顺从地走了进来。

"你拨637684。"

伊里斯拨完号,电话铃响了。你坐到长凳上,孤女们给你腾出了座位。对方接电话了,奇迹就要出现,我将要听到他的声音,我们就要对上话了。

"喂……赫罗尼莫在家吗?"

对方告诉我们等一等,让人去叫他了。

"现在是他。伊里斯,让你听到他的声音就是给你的奖品。"

你坐在长凳上,用男人的嗓音回答,孤女们瞧着你。

"喂,赫罗尼莫,你好!"

"伊内斯?"

"是我。赫罗尼莫,我想告诉你一件事……"

"你至少应该向我问个好吧。自从你回来后,我还没有听到你的声音呢……"

"别说疯话了。我有要紧的事对你说。这几个星期我在静修院里已经想好了。我不想让大主教、阿索卡尔神父或者任何别的人动我的遗产。我决定收伊里斯·马特卢纳为我的养女,把一切都留给她继承,由她负责继续争取赐福,阻止拿静修院做交易的勾当……"

"谁也没想拿它做交易的。伊内斯,你放心吧!"

"这个静修院真叫人害怕,赫罗尼莫,我心里一刻也不踏实。因为她就埋在这里的某个地方,我想使她复活,不让她待在地下,或者砖墙里。你可不知道,晚上从墙壁里会出现可怕的脸孔,满屋的墙上都是。我要贝妮塔嬷嬷叫人在我的寝室里为伊里斯·马特卢纳放一张床,让她陪陪我。你可不知道我有多么孤单啊……每天晚上要按三四次铃,把她们叫醒,唤到我房间里来,这多不舒服啊……我半夜里把她们唤醒,叫她们给我煮一杯茶,她们的脸拉得老长的,好像要

408

她们干天下的难事一般,看了真不是滋味!当然,烧茶还得从点炭火灶开始,也不易;可不管怎么说,这个静修院,这些老太婆毕竟都是属于我的呀……"

"你也快把她们弄疯了……"

伊里斯气呼呼地嚷了起来:

"这个'也'是什么意思?"

"因为你已经把我弄成半痴了嘛。"

"别骗人!那不是你的心里话。你是想说她们也像我那样疯了。"

"伊内斯……我们有好多话要说啊……许多你我之间的私房话……怎么了?你听着,伊内斯……"

你站起身,伸着手往前走去,好像要去挨伊里斯,也许是去抚摸她。只要她理解你,什么你都舍得给她的。你的语调轻柔,措辞像你的胳膊那样柔婉,口气像你的手掌那样温热。"赫罗尼莫,你别碰我,你绝对不要触碰我,你懂吗?"

"我空虚无聊得很,伊内斯。"

"有什么可以空虚无聊的?"

"好吧,既然你拒绝我的爱,那我要告诉你,你住在静修院里破坏了建立圣婴城的计划。本来一切都已就绪,你来的时候,拍卖都快要开始了……"

"是啊,贴上标签的东西堆满了整个静修院,而且都开始变黄了。"

"出售后面一半地皮的合同也即将签字了。这笔钱能支付一半的建筑费用,因为那块地皮价格相当高。另一半建筑费用由大主教负责。下个月,和那块地皮有关的人员要举行最后一次会议,会上将做出最后的决定:要么立即成交,要么到此为止。这是理所当然的。不能老是这么拖着让这些生意人空等。圣婴城要么建,要么不建,你住在那里,就什么也办不成了。"

"这一点我清楚。"

"你就是因此才住进静修院的吗?"

"不错,但还有别的原因。"

"别的什么原因?"

听筒从伊里斯手中掉了下来,倒挂在电话线上。她冲着伊内斯:

"赫罗尼莫,你以为我会让你们出卖圣地? 你要是以为除了你对我的所作所为之外,我还会允许你从我手中把这块埋葬着福女的地皮夺走,让你和阿索卡尔神父把它高价卖出,你才是真正疯了呢!"

伊里斯气得脸都歪了,她挥舞着双手,两眼闪闪发光:棕色光,黄色光,绿色光,尤其是棕色光。因为她身上的大衣是棕色的。她满脸怒气,挥舞着拳头,坚决而激昂地保卫着你那永恒的福地。伊里斯往后退着步,但仍要求说:

"伊内斯,你必须离开静修院。"

两个声音针锋相对,互不相让。伊里斯哈哈大笑。伊内斯问道:

"你笑什么?"

"如果你以为我还会和你同居……"

你的双手耷拉了下来。赫罗尼莫所有的强硬手段都已使尽,于是,他就恳求,那令人动心的温柔足以软化她的目光,改变她的态度,柔化她的嗓音:

"伊内斯……要是你愿意的话,我自己去找你。"

"你又想欺骗我。"

你肯定那不是你丈夫的本意,你也知道赫罗尼莫害怕静修院。他嘴上说是讨厌它,其实,是惧怕它。你肯定他再也不会来了,因为他把敌人送到这里囚禁起来了,把她们变成成天咳嗽不止、光会玩布里斯卡牌的老太婆,逐渐老死。静修院里尽是些赫罗尼莫想除掉的人。这些人对他的生平、阴谋和弱点知根知底,很有些碍手碍脚,所以必须除掉。听说……听说一个多世纪以来,阿斯科伊蒂亚家族源源不断地往这座静修院里送来他们想铲除的冤家对头。天知道那个遐迩闻名的福女是不是因为不听话,有叛逆行为才非如此镇压不可的呢?是不是因为要镇压一个女孩子才筑起这些砖墙的呢?谁知道呢?“说实话,赫罗尼莫,我认为我只不过是你的牺牲品之一。”

“伊内斯,你怎么能这样悲观呢?”

说这些话的时候,你热泪盈眶。伊里斯胖乎乎的脸上带着我们共同的恐惧、共同的仇恨、共同的嫉恶、共同的惊诧和爱恋,走出了丽塔的房间。你深信,在这件事上,我们三个——你、伊里斯·马特卢纳和我——是一致的。我们的一致愿望是把你眼前的那个人搞掉;因为若想平静地生活,唯一的办法是不让赫罗尼莫活在世上。这一点,我们三个人心里都很明白,从伊里斯牢牢盯着你的那对心醉神迷的眼睛里也可以看得出来。她们俩都在哭,哭得泪人儿似的。我们相互拥抱着,亲吻着,互相起誓,也不知道起的什么誓,互表忠心,一切都会有个头的,是啊,事情都会发展的,到了顶点以后,全部面貌就会一览无余。别哭了,伊里斯;您也别哭了,伊内斯夫人;您别哭了,堂赫罗尼莫。你也别哭了,伊内斯,得了。孤女们鼓掌喝彩,都说伊里斯演得真棒,她生来就是个当演员的材料。伊内斯夫人,您从哪儿找到这么多要说的东西,真好玩!现在该轮到我了。不,该我了,伊内斯夫人。所有的孤女都围着伊里斯和你,你们俩在门房中间互相搂着哭泣。在丽塔的房间里,电话听筒仍然吊在线上,我听到一个声音在说话:

"喂,喂,温贝托·佩尼亚洛萨在吗?"

二十六

没有人能和温贝托·佩尼亚洛萨通上话,因为他一听到这个名字,就顺走廊一直逃进静修院的深处。没有温贝托·佩尼亚洛萨这么个人,他纯粹是杜撰的产物;他并不是一个人,只是一个角色。再说,谁也没法和他说话,他是个哑巴。他那羸弱的身影蜷缩在一间堆满一沓沓报纸和泛潮发黄的杂志的房间里。哑巴,小哑巴,你别走呀,别躲起来,你这样会饿死的;不行,你在哪儿呢?哑巴,小哑巴,你在哪里?我们都找累了。我们老了,身体又不好,最怕穿堂风。可别把你饿死了,小哑巴;我们虽然并不知道你藏在哪里,还是把饭盒放在走廊里、过道上,让你可以像条狗似的想吃就吃。可是,阴影只有在变成人的时候才会吃东西。这个无名阴影想和房间里别的影子融汇起来,缩小到一张报纸的大小。既没有名字又不怕饿的阴影在掩饰恐惧时,变得越来越抽缩,从而影响和别的影子结合,影响他变成报纸大的面积揉塞到泛潮的报纸空隙里;恐惧感集中在他那瘦小的身躯里,把我挤得紧紧的,使我对自己都难以忍受,我无法动弹,感觉不到饿,喊不出声,听不见音,几乎看不到东西⋯⋯几乎看不见,因为我的眼睛多少还保留着些许视力;正因为还有视力,我这个小肉球就受不了正在压迫我而又无法表达出来的恐惧。我发觉已经到了刻不容缓的时刻,我应该出生了。

　　一天早晨,我在伊里斯的床上醒来,她的体温和被褥热得我透不过气来。你们瞧,老太婆们,你们瞧,昨晚婴儿到底生下来了;你们瞧,我肚子已经瘪下去了;你们瞧他哭得多伤心,尿湿了。没想到生孩子就这么省事儿。伊里斯,因为这是一个圣婴,所以,你不知不觉就生下来了。你们瞧有多顺当啊,似乎连体重都没减多少。当然,胎儿足月出生大抵是这样的。他已经大大超过了九个月了。虽说怀的是圣胎,我的肚子却是鼓鼓的。妊娠期超过九个月这么多,真不知道该怎么办,也不知道该怎么想。我说埃玛,你胡扯什么九个月不九个月的,这是感圣怀胎,九个月该从什么时候算起。什么九个月不九个月的,完全是废话。你都快和阿玛利娅差不多了,她也说过九个月的事,可她根本不懂。那时,她找大天使的小手指头都迷了心窍,你要是再说什么九个月不九个月的,她们也会把你送进疯人院去的。瞧见没有,胎儿不是生下来了吗?伊里斯,婴儿可真瘦弱,长得一副可怜相。可是,不管怎么说,总归是一个小毛头。你们瞧,这个小孩多像博埃,仔细瞧瞧,是不是头上好像有一小圈光轮?虽然不大,但好歹也是个光轮。她们给我穿上伊内斯专门为我保留在她小天地里的放在上层盒子里的绫罗绸缎。下面盒子里的衣服我穿着太小,等我再抽缩些,伊内斯才会送我穿呢。等再抽小些,我就可以坐那些微型椅子和那些摆在瑞士式小木屋里的金黄色的纸板床。伊里斯会在那里抚养我的。

　　所有的人都尽心尽力地照顾着我。过去,当我只是伊里斯的活娃娃时,她们对我不屑一顾。她们让我嘬伊里斯的奶头,我真想用手摆弄着玩。可是不行,因为我被严严实实地捆在襁褓里。伊里斯抚摸我,亲吻我,她抱着我坐在大祭坛上带猩红缎垫的镀金椅上,接受

414

教徒们的顶礼膜拜和她们的祈祷、赞歌。由于老太婆们嫉妒心强，怕别人听见，唱得轻声轻气，几乎连听都听不清。她们点燃圣烛，在我们四周摆上鲜花，伊内斯也跪在那伙向我们求这求那的老太婆中间。快让我的风湿病好了吧！下礼拜可别再给我们吃鹰嘴豆，还是让我们吃菜豆吧！把拉斐И托从监狱里放出来吧！听说是因为这孩子偷了东西，可他怎么会干出这种事来呢？我抚养他的时候，他一头玉米色的黄头发，是一个好端端的孩子；瞧，我这里还留着几根，你们可以看看，祷告祷告吧。但愿贝妮塔嬷嬷别发现我们，但愿婴儿圣洁地成长，但愿他永不离开静修院，祈祷吧！老太婆们围着我们，一会儿祈祷，一会儿缝衣服，一会儿又唱颂歌。我们把床、摇篮和别的东西都搬到小教堂来了，因为老太婆太多，地下室实在容不下我们了。我们既在这里祈祷，也在一大堆黏合起来并重新彩绘过的石膏圣像间，由我和伊里斯设赌局痛痛快快地玩。是呀，祷告要做，经文要念，可也不能忘了摇骰子的小杯子和因为没有桌子而将就摆在地上的棋子吧。我们要玩，就只好在这里玩，因为贝妮塔嬷嬷不许我们在厨房里玩得太晚。电费太贵，而大主教又不送钱来付电费。可是，伊内斯夫人十分善良，对伊里斯十分偏爱，说她叫伊里斯·德·阿斯科伊蒂亚。夫人给了我们不少钱，要我们用披巾——要是我们在赛狗棋的赌博中还没有输掉它的话——遮住脸，出去买最贵的鲜花来，买蜡烛，很多很多蜡烛，以及供奉这个还在世的福女所需的一切物品。是她发现了这位福女，让福女给我们大家带来幸福。福女怀抱中的婴孩十分虚弱；我原以为圣婴个个都像画像里的那样，白白胖胖，头发金黄；可是，这个圣婴却是黑不溜秋。这倒没什么，关键在于这是一个纯洁的、清白的圣婴，谁说不是奇迹呢？可是，我们对谁也不说。这是布里希达对我们的忠告。她说得对，他只能由我们来照顾，什么也不用教给他,一切由我们来做:我当他的胳膊,你做他的嘴,她是他的脚。伊里斯说要是我的孩子漂亮,那么那个不被罗马承认的福女的小孩也一定漂亮。你们亲眼看到福女又一次创造了奇迹,她的儿子将能使我们逃过死亡的难关,他将创造出一切奇迹中最大的奇迹:按照他的旨意,我们将免于死亡;当他吩咐我们归天时,我们所有为他效过劳的人都将登上由三对戴羽饰和披肩以及白缰绳的大马驾辕的白色灵车,升向天堂……那些妒妇和不相信奇迹的罗马神父等着瞧吧,总有一天,你们会在静修院里见不到我们任何一个了,因为福女和她那个没有和任何人干过下流事就怀胎生下的儿子,把我们带到天堂去了。罗莎,如果大家都能看到这个场面,我想一定会更有意思的。伊内斯夫人,难道您不认为是这样吗?让所有那些圣婴拒不拯救的妒妇,让阿索卡尔神父,让贝妮塔嬷嬷和邻居们,在静修院大门口唱着赞歌为我们送行吧,让收音机像做弥撒和转播足球赛实况那样播送这消息吧,那就一定会气派得多。业已稍稍长大的孩子牵着白马的缰绳,我们背着口袋,登上白色灵车。那灵车一定很宽敞,因为现在我们人很多,不像刚开始时只有七个人,但都能装得下。在漫天的花雨中,我们徐徐向空中升去,挥手向其他人告别。真可惜,我们不能带她们一起去。姑娘们,我们心有余而力不足,灵车上只坐得下我们这些人。

你是最热忱的皈依基督教的信徒,早已胸有成竹了。只等赫罗尼莫一死,你就把你接手的财产全部用于福女伊内斯·德·阿斯科伊蒂亚,这将使你名垂千古,重建静修院。我早知道只要到这里来,迟早准能碰上她;凭她怀中抱着的孩子,一定能在罗马说服他们,使那个共产党大使在教廷前羞得无地自容。对,我要再一次到罗马去,我要为福女和这个圣婴不惜做出一切牺牲。待我凯旋之日,大主教将不得不把静修院壁还原主,我要把它变成一个圣祠,墙上画上金底的介绍福女生平事迹的彩色壁画,神父、牧师以及前来研究奇迹、撰写关于圣婴和福女的文章和书籍以便晓喻后世的人络绎不绝,我们还要盖些房子供圣婴和福女住。不,我们没有别的要求。伊内斯夫人,在小孩子长大之前,什么也别让他们拆毁,什么也不要变。最好等小孩长大些,您再去罗马;您留下来,和我们一起来抚养这个孩子吧!您应该这样做。不要让他在襁褓里来回乱动,一直把他捆到把我们全部送上天堂为止。当然,我们必须等赫罗尼莫一命呜呼,财产转到我手里来之后。应该让他早点去见上帝,我才能早得安宁。但愿他不再打电话给拉克尔,让她来居间调停说服我和他说话,光是讲讲话倒也没什么,可他在我们身边终是对我们的威胁,需要时刻提防他迫使我们恢复青春……赫罗尼莫,你离我们远点吧,再远点。这样,你就没有办法把你的意志强加在我们的身上了。他没有信仰,我对你们说的全是实话。他那假惺惺的虔诚是有政治目的的,就是如此。因此,我们必须等赫罗尼莫一命呜呼,才能把伊里斯和她怀抱的小孩公之于众,即使红衣主教们说不,那有何妨?我手里掌握着赫罗尼莫的财产呢!我可以用它建造一座圣祠,使他们企图永远埋葬的名字流芳百世。这样,你们便能和我一起在这里过太平日子了。不,你们不会死的;在你们死之前,圣婴会创造奇迹的,会把你们带到天国去的。然而,我们还必须等待,边唱歌边祈祷边等待,边玩赛狗棋,好让我慢慢地把你们的东西全赢过来。老太婆们在小教堂里光着脚,冷得发抖;我却把赢来的东西在身边垒成一堆,再存起来留给那个孩子;我自己什么也不要,都是给孩子的。现在他只需要尿布、棉花、花露水、优质爽身粉、蜡烛、鲜花,以后可就不一样了,他会需要我从老太婆手里赢来的所有东西。我永远是那只黄母狗,我无法和它分开,我有义务,要驱使它在山里跑,在路上跑,在田野里跑,让它过沼泽,涉河湖;在我手里它又复活了。可怜的老太婆们,并不是我想赢你们的东西,如果不是想用更脏的、更千疮百孔的破烂来换下我身上穿的相对来说不太脏也不太破的衣服,我要这些东西干什么? 我并不想赢,是这条狗在逼我赢你们,它在跑道上跑呀跑,一、二、三、四,有水,后退;你,丽塔。你,罗莎。现在该我了。黄狗在墙上投下的巨大阴影抖动着,快跑。蜡烛越燃越短了。小心,别烧着了我留给小孩的那堆破衣服。黄狗迫使我一次一次地赢棋,哭丧着脸的老太婆们输给我的破烂货越堆越多。不是我,而是那条在已经被宣布为不是圣地的小教堂——这里,伊里斯和她的小孩占着统治地位——的墙上疯跑的黄狗想要她们那简陋的护身符。老太婆们哭着,但她们和我一样,必须继续赌。其实我们都服从于那条狗,大家都变得贪婪不堪:我们的手抓着衣服,握着怀表,拿着七年前只剩下最后一页的日历,布鞋、单只长筒袜、覆盆子色的洗澡帽。我赢了,我赢了! 黄狗又赢了,它成了常胜将军了,我喊了起来。老太婆们央求我别收她们的东西,我二话不说,一把夺了过来。我本不想对她们太过分了,不想让她们输得精光,可是黄狗不依不饶。我不得不服从它。瞧它如此卖力气地跑着,叫着,对着月亮狂吠,涉水过塘,勇往直前,我也只好照办了。一、二、三、四、五、六,连掷一次。伊内斯夫人真走运! 五点,一、二、三、四、五。它在墙上的影子真大,可老婆子们并没有注意到这条狗的影子有多大,动作有多灵活,她们的眼睛一眨不眨盯着棋盘,生怕她们的几根伞骨,或者那条褪了色的围巾被夺走。这些东西她们倒看得很清楚。狗,快跑,快跑。我说伊里斯,把小孩放下,让她们给他换换尿布,你来和我玩。你下什么赌注? 好吧,我挺喜欢你这件咖啡色的大衣,我拿罗莎·佩雷斯的这双布鞋和你赌。你先掷。

四点,一、二、三、四。现在该白狗了。一点,二点,真不走运!蓝狗跑起来了。红狗跑起来了。可是,黄狗撒开四条腿不顾脚上鲜血淋淋,跑得更凶,终于第一个到达终点。我把咖啡色的大衣从伊里斯的肩上扯了下来,可她还一个劲儿拽着。我冷啊!福女挨冻,虽然我也很难受,可是,这与我无关,我还是使劲地夺,因为那条黄狗想要。伊里斯,你冷一点没什么,反正孩子已经生下来了,你也不发胖了。好吧,看在你是福女的分上,我照顾你一下;如果你愿意,我明天为你提供一个报仇的机会,看你能不能把大衣赢回去,免得你自己挨冻。你和你那心爱的宝宝睡在一起是不会挨冻的,小婴儿只要和妈妈睡在一起,身子可暖和啦!我倒是没什么可以取暖的东西,我的骨头都一天比一天冷了,真不知道怎么才能让它们暖和起来。

我就怕你的骨头和肉体永远地冷却。这一定是阿苏拉大夫在瑞士为你做的移植手术在起作用,说明这个过程已经发展到彻底否定你自己的地步,把伊内斯·桑蒂利亚纳·德·阿斯科伊蒂亚藏在你手心里的最后一丁点儿热量也驱逐出去了,而代之以佩塔·庞塞捏在多肉的拳头里的干涩。是呀,伊内斯,你的日子长不了啦!我们剩下的日子屈指可数了。感觉到寒气正逐渐透过你的骨髓,如废墟上的灌木丛逐渐湮没整个废墟那样,这说明末日正在来临。一旦你不复存在,我就将和佩塔一起被禁闭在静修院里,四周全是院墙,连个出口都没有。老太婆把我逼到墙角,对我说:啊,你终于来了。你瞧着办吧,其实你我是半斤八两,都是怪诞可笑的;我回到你身边,是想重温林孔那塔那个晚上的旧梦,向你讨回这笔相思债。为了能进入这个禁闭你的院墙,我宁可被碎尸万段,被不死不活地装在阿苏拉大夫的玻璃瓶里。我的器官被放在有充足氧气、生理盐水和血液的镀铬的器械里,保证我的器官能继续维持生命,直至她来找我。伊内斯,你去找过佩塔了? 阿苏拉大夫,我可精疲力尽了,让我快些衰老吧! 请您把老人的器官和肌肤换给我吧! 给我换上女妖的容貌,给我换上稀稀拉拉的灰发,让我也享受一下绾发髻的闲情逸致,反正我已经不图什么好看了。这些事你都做了。你穿着破衣烂衫,披头散发,你像老太婆们那样怕风,也学会唠唠叨叨信口雌黄。既然堂赫罗尼莫的阳气早在林孔那塔的那个晚上以及由于我不想让他借助我的嫉妒寻欢作乐而深居静修院之后,已经丧失殆尽,我怎么会不知道你对拉克尔夫人说的都是谎话呢? 我具有他的性能力,那本来就是我的,我把它和手稿一起保存在床下的一个盒子里。由于拉克尔夫人的请求,你答应下星期二和赫罗尼莫见面。今天是星期二,明天是星期二,整个星期都是星期二,巫婆们边烧香边祈祷着。是你——你最终也变成了一个巫婆——选择了一个星期二,让他第一次踏进静修院的大门。如果到那时候你完全变成了一个巫婆,我不知道你将会怎样惩治他。你的骨头既干又冷,早已具备了以你无以复加的丑陋——这个老妇人特有的武器去击败赫罗尼莫的威力。

圣婴会阻止堂赫罗尼莫走进静修院大门的。我不让他进来,也不允许他那珍珠色的手套碰我的胳膊肘。他可能会像伊内斯保存的四十年前从《水星》报上剪下来的照片上的模样,穿着赛马时穿的过时燕尾大礼服,或者胳膊上吊着绷带,缠着染有我血迹的纱布。你不能像一个完美无缺的男子汉那样趾高气扬地到我们这个残疾人的静修院里来。正因为如此,我让人切除了百分之八十,剩下的百分之二十,现在仍在继续抽缩。我从内心发出急切而怀旧的声音:你的温贝托在这里。你低三下四地求他开恩吧,他准能满足你的;对他来说,满足你是不费吹灰之力的,因为你的区区要求算不了什么。你求求他,让他为你提供方便,买一幢房子,把我们的房租降低些,给你找一份差事,给你一张推荐用的名片;求求他,捧捧他,给他说些好听话,因为他有财有势,声名赫赫;而你却一贫如洗,是个无名之辈。我会以一头饿兽似的狂怒扑向他,夺走他的东西,把他吞吃掉,直到把肚子塞饱。是的,是这样的。我知道,要是堂赫罗尼莫出现在静修院,他会干出些令人惊骇的事情的,他会把我们统统消灭掉的。要是让我光给他开门,放他进来看看伊内斯眼下变成什么模样,我会控制不了自己的;我必须躲起来,不让他看到我的眼睛。据说从婴儿时代,当我在那个贫民窟里被老太婆收留时起,这双眼睛就一直在挽救我的生命。现在在静修院里也一样,老太婆们都说我的目光如此忧郁,如此超世脱俗,必定是个圣徒。您需要我的目光,堂赫罗尼莫,您别否认;您也别拒绝我的目光,但别到静修院来;要是您想来,我就只好再一次上街去找您,让您永远销声匿迹。怎样才能找到同盟者?谁来帮我阻止他登这个门呢?星期三,星期四,日子像以往那样循环往复。透过少数没被堵死的窗户,黑夜骤然降临,仿佛有人突然把一张牌翻过来,只露出和其他牌一样的背面。烛光下,别的老太婆正在小教堂里,在我的脚下,围着大祭坛的金色宝座玩赛狗棋。伊内斯和伊里斯已经宣布誓不两立,各跪在棋盘的两头。老太婆们被这场赌博迷住了,她们为自己押在两人身上的赌注激动得目不转睛。伊里斯几乎赤身露体了,因为伊内斯夫人差不多已把她赢了个底朝天。她冷得瑟瑟发抖,急红了眼,怒火中烧,她的大衣赌输了,衣服赌输了,鞋也输了,衬裙也输了,她所有的衣服都堆到了伊内斯的身边。伊内斯的手气实在太好了。伊里斯在颤抖,骰子在杯子里滚动,风从原先安着彩色玻璃的大窟窿里直往里灌,她的牙齿咯咯作响,面部表情怒不可遏。她把骰子往棋盘上一扔,胸罩又输掉了,她解了下来。伊内

421

斯把它放到她的那堆战利品中间,她那条映在墙上的黄狗又赢了,她有权得到伊里斯的胸罩。伊里斯的乳房赤裸着,上下晃荡。老太婆们大惊失色:伊里斯,别再赌了! 你都输昏了头了,别再犯傻了! 真是有其父必有其女。听说你父亲玩蒙特牌,把命都搭进去了,挨了枪子儿。我没听说过,不知道是真是假,可是听说……听说的事多啦! 伊里斯,你已经上瘾了,看在上帝的分上,别再赌了,你人都瘦下来了。昨天,你和伊内斯夫人赌你的那份菜豆。今天,除了你的全部衣服、杂志和用旧了的口红之外,你又赌你的那份扁豆和面包。不行,姑娘,看在上帝的分上,快去照看你的婴儿吧! 他躺在扶手椅的红缎垫子上,都已经感冒了。让别人玩吧,让别人去给这条每晚把我们剥个精光的黄狗垫背吧! 你已经够了,你都成什么样子了。我不能把披巾借给你,我是心有余而力不足呀! 看你一丝不挂地蹲在棋盘旁边哆嗦,我心里难过极了,可是,我没法借给你,我自己还得穿呢! 你没看到我的咽炎刚刚见好吗? 我有关节炎。我得了颈痛病,再说你纯粹是为了过赌瘾。一开始和伊内斯夫人玩赛狗棋,你就恨上了她。你还是找个圣徒保佑你吧! 跪下来求那个圣布里希达像吧,它是叫布里希达,可跟那个被黑色灵车拉走的布里希达没有丝毫共同之处;日后我们要用白色的灵车的。祈祷吧! 可是,伊里斯不肯祈祷,伊内斯也不祈祷。先前她把伊里斯当作福女,而现在已视她为对手了,非要让伊里斯输个精光不可。您还想要什么? 现在还有什么赌注可下的呢? 除了身上肮脏的衬裤,她已经一无所有了。黄狗总是赢家。

"好吧,伊里斯,现在你还要赌什么?"

别赌了! 别赌了! 我们这些老太婆全喊了起来,恳求你好好想想,你都骨瘦如柴了,伊里斯,你还感冒着呢! 我们的脸在黑暗中靠得越来越近了。不行,伊里斯,这里一定有鬼,你得好自为之。你们别说什么鬼不鬼的,怪害怕的,这里黑洞洞的,只在棋盘边上点着一支蜡。伊里斯在一边气鼓鼓的,裸露着只有我才能喂吸的大乳房。我从来不像达尼亚娜那样玩她的奶头,也不像一般婴儿那样玩母亲的奶头。你裸露着乳房,奶头都冻硬了,还是把它塞到我嘴里,让我替你暖和暖和,再用我粗糙的舌头给你蹭蹭吧!而伊内斯,那位太太,女施主,她披着黄格的大披巾,散着发髻,站在一边瞧着伊里斯,向她挑衅道:

"怎么样? 还赌什么?"

"赌我的孩子。"

一时间大家惊诧得目瞪口呆,接着便是一阵叫喊:伊里斯,你不能这么干!你简直是个不要脸的女人,居然赌上了你的亲生儿子,再说他还是圣婴呢! 你瞧他哭得多伤心,你把他扔在椅子垫上,也不管他暖和不暖和,你瞧他的鼻涕,你瞧他看着你,有多痛苦;大凡圣婴都很聪明懂事,他已经知道他妈妈正在拿他和伊内斯夫人棋盘上的黄狗打赌了。伊内斯夫人心地很好,好善乐施,可是,到静修院之后却变得这么嗜赌如命,过去她可不是这样的。

你,伊内斯,定定地瞧着我,像是在掂量我的分量,估计我值多少钱,然后再决定拿什么东西和伊里斯打赌。伊内斯,你拿一件像样的东西吧,我求求你了,拿一件珍贵的东西,譬如那件焦糖色的貂皮大衣,你耳坠上的珍珠,或者拿与你尚未完全被佩塔占有的肉体性交的权力作为赌注。总之,拿一件能证明我身价百倍的东西作为赌注。

"我同意。"

"那您拿什么作赌注?"

你瞧了瞧四周,用手摸一摸那一大堆破烂。不,那些东西不行。你微微一笑,把手伸向嘴巴,那动作就像有些老太婆用手去捂缺牙少

423

齿的嘴巴一般;你冷不丁把手放进嘴里,取出假牙,放到棋盘旁边。你的嘴巴顿时瘪了下去。那些老太婆说:哎哟,伊内斯夫人,真没想到。我们原先还以为您这样大的年纪居然有这么一口好牙,真不简单,所以我们私下一直赞不绝口,还挺眼红您呢!我们都说,这准是您从小营养好的缘故;像我们这样生就的穷命,小时候营养不良,像伊里斯那样,十五岁牙齿就坏了。

"赌我的假牙。"

黑暗中,那些呆滞的脸孔惊得一动不动。她们把手藏到了褴褛的衣衫中,混浊的眼睛里如今闪闪发光;她们什么都见过,就是没见过这个。老太婆们默默地向这两个女人靠拢。她们俩分别跪在棋盘的两头,紧挨着我躺着的那把金色椅子。黄狗是伊内斯,白狗是伊里斯。骰子开始在杯子里滴溜乱转。

"点数大的先开始。"

伊内斯掷了个两点。伊里斯掷的是四点。伊里斯先开始。白狗还是四点,一、二、三、四。白狗是塑料做的,下面有一个不怎么起眼的塑料底座,伊里斯拿起来,在棋盘上向前走了四步。棋盘是用普通马粪纸做成的,上面粗糙地画着房子、山坡、河流等等。伊内斯掷了一个五点。黄狗早就跃跃欲试,整装待发,一声令下,它冲出去在田野上狂吠猛跑,一,到了尘土飞扬的大路;二,穿过月桂树枝做的栅栏;三,在月光倒映的水塘里喝了口水;四,爬上了一个平缓的山坡;五,到了一个庄园的大院。一直朝前跑呀,跑呀!那个白塑料做的狗被远远地甩在后面。黄狗跑得快不见踪影了,它跑得比任何时候都快,因为它喜欢我。我快要归它了。因此,它全力以赴,想以辉煌的胜利来赢得我。一、二、三、四、五、六,伊内斯夫人你真走运,连掷一次。四点,一、二、三、四。我就要归伊内斯了,黄狗会达到让她抱我的目的。她的胳膊还不像佩塔的那样干硬得像柴火,把我挤压得够呛。黄狗正要从那个老太婆的手里把我拯救出来,它跑呀,跑呀,一边朝月亮狂吠,一边追逐着月亮。塑料狗已经没有踪影了,老太太们尖声怪叫着,拧着手,祈祷着,她们似乎都忘了希望谁赢了,其实她们都把赌注押在伊内斯那一头,虽然可怜的伊里斯冷得瑟瑟发抖。我终于将属于你了,哪怕你现在只是一个并不存在的、相当完美而相当顺从的黄狗——它为避开十个危险的骑士的追捕,在沼泽地边上的灌木丛里躲来闪去。黄狗那游移的影子一会儿挡住一些老太婆的脸,一会儿又露出另一些老太婆的脸。一、二、三。伊内斯夫人,三点有什么关系,反正你只差一丁点儿就到达终点。现在看你的了。伊里斯,行了,你可得赶紧,别在骰子上捣鬼,快掷!哎呀。才两点。伊内斯夫人又该您了,您不费吹灰之力就能赢了。一、二、三、四、五、六,后退;没关系,六点嘛,您还能连掷一次。三点,一、二、三。正好!赢了!万岁!黄狗到终点了!伊里斯一声尖叫,用手掩住了脸。老太婆们向伊内斯夫人贺喜,高兴得手舞足蹈。伊里斯的皮肤顿时变得皱皱巴巴的,像一张毫无用处的树皮,她已经不是什么福女了,什么也不是了。伊内斯站起身来,一脚把假牙踢到小教堂的不知哪个角落里去了,急不可待地把我抱起来;她那柔软的胳膊我现在还记忆犹新。她才是真正的福女,是创造奇迹的女人。她抱着我庄严地坐到宝座上。老太婆们燃起了许多蜡烛,如雨一般的花瓣从天而降,香火缭绕。奇迹是伊内斯夫人创造的,她才是真正的圣女,她才配当圣女。明天她就要抱着孩子在小教堂里接受礼拜了。这是福女伊内斯·德·阿斯科伊蒂亚在没有和男性结合过的情况下怀的孩子。可是,罗马却不相信有这回事,他们都是些不相信有圣迹的异教徒,全是些共产党人,缺乏过去善男信女们所有的信仰。福女命令道:把小教堂的门全打开,去通知静修院里所有的老太婆。要通知所有的老太婆,包括那些将信将疑的。老太婆们从各个院子朝小教堂走来,光着脚,裹着披巾,举着烛台,拖着法兰绒睡衣。听说伊内斯夫人创造了奇迹,上了年纪,又没有男人近过她的身体,但今晚居然在小教堂里生了一个孩子。她们急匆匆地趿拉着鞋,唯恐看不到这个精彩场面。一大堆人从过道、院子、走廊向那里走去,去参拜伊内斯夫人,祝贺她创造的奇迹。她就是福女伊内斯·德·阿斯科伊蒂亚。她们说,她不会光用一辆白色的灵车,而会用一队白色的灵车把她们统统拯救到天国去;也许是一人一辆车,因为伊内斯夫人是位家资巨万的太太,有的是钱。听说,她要让我们带着全部家私,像过节一样,高高兴兴地唱着歌升入天堂。我们可以不死了,死多让人害怕。我们再也不用惧怕那些黑洞洞的过道和空荡荡的房间了。伊里斯可能就是在那里失踪的。至于她去哪里了,谁也不感兴趣。光辉灿烂的前途就在眼前,她已经和这些无缘了。不管贝妮塔嬷嬷、阿索卡尔神父和大主教本人怎么说,我们一定要在小教堂举行礼拜仪式,还要像画上画的那样,让福女伊内斯坐在金色的宝座上,抱着圣婴主持这个仪式。过道里刮来的穿堂风吹拂着那些匆匆赶来的老太婆的披肩。她们原先对这件事一无所知。现在终于好不容易从别的老太婆哆哆嗦嗦的嘴里听明白了这个盼望已久的消息,纷纷跪地膜拜。这个和她们一样破衣烂衫、缺牙少齿、灰发蓬乱的老太婆居然是创造奇迹的再世福女,这使大家惊讶不已,高兴得唱了起来,跪倒在地上。我看见胡莉娅嬷嬷使劲磕头,大家异口同声地为我们祷告,埃利安娜神魂颠倒,用“万福马利亚”来对答“吾主,天父”,直到伊内斯说:行了,烦死人了!时间不早了,我该休息去了;在我睡觉的时候,你们要像奶妈照看富人家的少爷那样,给我好好照顾孩子,先给他洗干净,擦上粉,洒些香水,再让他上床。只有在那时候,母亲才会来亲抚她的孩子,在这以前可不行。

"这孩子像是也困了。"

"大概尿湿了吧。"

"该换尿布了。"

"在给太太送去之前,应该换一块尿布。"

"对,然后把他给我送到床上去。"

"那么,您先去睡?"

"对,我累得很。"

"好吧。一旦收拾好了……"

"我尽量醒着等他。"

"我们不会耽误多少时间的。"

"给他洗一下屁股就行了。"

"他拉屎了吗?"

"让我来闻闻……嗯——是拉屎了……"

"这小孩真脏!"

"罗莎,请你对圣婴尊重点儿……"

"是,晚安,太太。"

"晚安。"

她们正在给我洗。静修院里四十个被收容进来的老太婆参加了这个仪式。她们剃光我下边的毛,洗净我的睾丸,毫无反感地摆弄着,因为她们知道这只是个不中用的废物。我们把小孩放到铺着白床单的白褥子上,就这样把他一丝不挂地放到太太的床上;她会喜欢的,因为这样的小孩更热乎。对,所以应该把他身上的毛全剃掉,连骨瘦如柴的腿上、下巴颏上的毛也不例外。要知道伊内斯夫人这样

427

的太太皮肤是很细嫩的。

你的房里黑着灯。这就是我们的房间。在我们的床上，你盖着被子躺在我身边，呼吸深沉而有节奏。你每天晚上都要吃安眠药，才能克服你似睡非睡的状态。纵然你并不知道，在这静修院平静的夜晚，在这间漆黑的房间里，在这张热乎乎的床上，我们将完成这个围墙里很久以来一直策划着的神奇之举。伊内斯，你在林孔那塔过道上走路的样子真让人念念不忘，还有你那直挺挺的脖子。你那也许过分嘶哑却总是甜滋滋的嗓音，你那颀长的双腿，你那倚靠在席梦思床上看书的小脑袋以及书从你手中掉下来时的神态……你那令人浮想联翩的形象逐渐消失在傍晚的过道上，它已经一去不复返了；你那蜜糖般的皮肤，那忽而棕色、忽而绿色、忽而又黄色的眼珠，你和我讲话时微侧着脑袋、似笑非笑的表情……如今你就在这里，和我躺在这张床上，虽然你算不上是一个美人，但你是美人的化身；你还是你，你还没有变成佩塔，她一直在你伊内斯的躯体内寻找着我。趁佩塔尚未露头，我得赶紧和你交欢。我闻到了你的气味，虽然在这种气味后面我闻到了老朽味，闻到了逐渐压倒你固有气味的淫荡好色的味儿。我的手碰到你粗糙的手，一边赶紧缩了回去，一边还诅咒着。然而，我仍在静静地等待着，因为你现在毕竟还是伊内斯。我愿意躺在你的被子下，处在你体温的包围中，等待我的——而不是你丈夫的——性功能的恢复，使我的情欲得以穿过你目前这种现状所构成的障碍得到满足。让我赤条条地和你贴在一起，除去你的那些诸如丑陋、凶狠、衰老、疯癫、愚蠢，种种你从未去除过的一系列伪装。让我再忍耐一下你的臭味，以便从你那可怕的臭味的深处发现隐藏在这肮脏的废墟堆下面的无法改变的伊内斯。但愿你像过去一样让我的性功能在这里,在你那环绕着我赤裸裸的肉体的热气中认出你来。你睡了。我听到你在睡觉。真遗憾,你还打鼾。我俩的脑袋枕在同一个枕头上。要是你稍稍年轻一些,能使阿苏拉的努力前功尽弃,那么,我相信你就不会无动于衷,而会像我在想象中渴望你的肉体那样,渴望我的肉体;如果你的皮肤像伊里斯的那样柔润,你有她那样高耸的乳峰,有她那样白嫩的大腿,是的,堂赫罗尼莫,要是伊内斯具备这一切,您就会发现我的性功能要比您的货真价实得多。然而,事实并非如此。我不想再作践自己,我要离开这个牢笼,我要品尝真正的美色,而不是那种伪装在衰老而肮脏的肉体下的美色,我不要一头灰白乱发、穿着长久不洗的睡衣的发臭的女人的肉体。不过,你总是你,这就足矣。我不想触摸你,还是你先触碰我、求我和你做云雨之欢!

我拿起你熟睡中的手,用它抚摸我的肉体。伊内斯,你应该认得出我,你就接受我吧! 不用管我现在是什么。是温贝托还是小哑巴,是老头还是婴儿,抑或是白痴,甚至是墙上一块捉摸不定的潮斑。我醒来了;你正在抚摸我。外边田野里夜色深沉,无边无垠,鸟在笼子里探头探脑地看着我们。我醒来了,你虽然粗糙然而还不曾长疣的手指在摆弄着我的阴茎,抚摸我的下腹。在睡梦中你的身子转向了我。你还是伊内斯。你挨近了我时刻准备交欢的赤条条的肉体。你那无牙的瘪嘴在寻觅我的嘴,你别躲开呀,你熟睡的肉体紧贴到我身上,然后你转身朝天仰卧,把我拖过去,压在你的身上。于是,我把阴茎捅进你的下身,用手抚摸你松弛耷拉的乳房,我喊道:

"伊内斯!"

你醒了。

"赫罗尼莫……"

你不是喊温贝托,却喊出了那天晚上在林孔那塔佩塔·庞塞所说的同一个可恶的名字。她在黑暗中把什么都弄颠倒了,混淆了时间、人物和地点,把我都搞糊涂了。你把这几个音节又一次用到我的身上;那么,我也不承认你就是你,我不知道你是谁,反正你不是伊内斯。我占有了你,我那根魔棍把你变成了一个没牙的鸟身女妖,那个老太婆从你肉体的深处冒出来占有了你,绑在树干上的巫婆又从金色的地平线回来了,化身为小女孩。阿苏拉大夫和恩佩拉特里斯的移植成功了。你成了一个老太婆,成了在我担惊受怕的裸体下再生的佩塔,而你却从我身下爬起来,尖叫一声,把我推开。佩塔,我不爱你,你使我恶心,你让我害怕,你完全取代了伊内斯,却使她消失得无影无踪。你再怎么叫唤,我也不想碰你那长了蛆的肉体。我摸着黑溜走了,消失在黑洞洞的走廊里,尽管在走廊里还能听到你越来越低哑的惊叫声。这不是你的声音,是佩塔的声音,是一个老太婆的喊声,是一口没牙的瘪嘴老太婆的求救,因为你惧怕死亡。伊内斯已经不存在了,存在着的只是经阿苏拉大夫乔装成伊内斯混进静修院来的佩塔。佩塔在尖声叫喊:救命呀,救命呀!看在上帝的分上,贝妮塔嬷嬷救命呀!我没法去开灯,我怕黑;噢,对了,可以按铃。铃声响了,铃声传遍了整个静修院。这是伊内斯房里的铃声,夫人出什么事了?她在叫救命,她在哭泣。其实她们哪里知道,她已经不是伊内斯夫人了,而是佩塔。她们纷纷赶来帮助正在呼救和哭泣的太太。贝妮塔嬷嬷,请您开一下灯。你哭着醒来,几乎赤身露体地坐在床沿上,你大声而肯定地说:一分钟之前,有一个男人在被窝里乱摸我的身体,可能已经奸污了我,我受不了啦!我没法自卫,我吃了安眠药,睡得太死了,我没有办法,不能反抗。贝妮塔嬷嬷提醒她说,不会是噩梦吧?是不是梦见了什么?不会,不会,是真的。嬷嬷您瞧,我胸口上还有他的指甲印呢,压得我可疼了,我是疼醒的。不会吧,伊内斯夫人,什么也别让我看,你们这些老太婆都走吧! 这种事情最好还是别让她们知道,她们总是要叽叽咕咕的。你们都回去睡觉吧! 太太只是做了一个噩梦。对,贝妮塔嬷嬷,请您让她们都走吧! 可是,说真的,伊内斯夫人,我怎么能相信晚上有一个该死的男人会钻到你的被窝里去;在我们静修院里可一个男人也没有呀! 您别喊,镇静些,先喝一杯水,您喝吧……不,我什么也不想喝,我从来不喝别人给的东西,有危险。对,伊内斯夫人,您看您自己就找到原因了,那是您为了睡好觉吃的药使您做了噩梦。

"是做梦吗?"

"那还能是什么呢?"

"您敢肯定吗,嬷嬷?"

"是一场噩梦。"

"不,您说得不对。"

"那又是什么呢?"

"要不就是我疯了。"

"伊内斯夫人……"

"当然,您和别的老太婆想的一样。我到这里来住,你们都以为我疯了。好,今天晚上我就离开这个静修院,我再也不等了。我害怕,在一个这么圣洁的静修院里,居然发生了这种丑事,简直无法忍受。贝妮塔嬷嬷,这是您的过失,您别否认;您管教不严,我要告诉您当您不在的时候发生的事。我会告诉您的,您可别不相信。您想想,一个陌生男人居然钻到我这个老太婆的被窝里来了。我这个人喜欢安静,希望能在祈祷中度过自己的晚年,解解闷开开心,力所能及地帮助那些住在这里的孤寡女人,对她们的不轨行为我一直忍气吞声。可是,您瞧,却发生了这种事! 现在我又想起这个一丝不挂的男人在我床上所干的其他下流勾当。对，他就是一丝不挂。您别以为天黑我看不清，他从我房间里逃走了。您别以为我感觉不到他的大腿缠在我的大腿上，他的……一想起他，我就不寒而栗，我又一次遭到我本来以为已经永远摆脱了的奴役。这个家伙想奸污我，正像我平生每晚都被人奸污的那样。因为从来没有过温存，没有过激情，更没有爱情。贝妮塔嬷嬷，我一直身遭凌辱，一贯如此；从新婚洞房之夜起，总是对我粗鲁地施暴，我从未享受过什么温情，老有一个陌生男人钻进我的被窝，强迫我去违心地感受与我希望感受的全然不同的……"

"伊内斯夫人……"

"怎么？"

"您别再说那些事了。您以后会后悔的。这是您自己的私生活……"

"我没有私生活。它是属于别人的。"

"我想我最好还是打电话给堂赫罗尼莫，让他来找您。"

"对……不行！他在林孔那塔！"

"那我该怎么办呢？"

"我不知道……我要走……"

"怎么？您上哪儿？"

"您给拉克尔夫人打个电话。"

"好吧，我去……"

"您千万别把我一个人留在这里。"

"要是您愿意，我叫一个别的老太婆来。"

"千万别……"

"那么，和小哑巴在一起……"

"好吧,就叫小哑巴来吧。您先走,我收拾一下箱子。让小哑巴送我到门口去等拉克尔夫人……"

您一溜小跑地朝过道走去。贝妮塔嬷嬷,问题严重了,伊内斯疯了。不可能,没的事儿,你们还嫌我事情不够多?我可承担不了这个责任。可怜的伊内斯要给拉克尔夫人打电话,她脑子里尽是些古怪的想法。她说要是堂赫罗尼莫靠近她,她就要跳窗自杀。当然,这只是些疯话。贝妮塔嬷嬷,我马上去叫一个医生来,应该把她送到疗养院去。据说在瑞士她就住在一个疗养院里。没错,是在瑞士的一所疗养院。嬷嬷,可并不是因为神经的毛病,虽然从您说的今晚发生的事来看,她去的可能是疯人院。赫罗尼莫不愿向任何人提起这件事。您是知道他这人有多么傲慢的。可是,我又怎么能够相信像伊内斯这样的女人会得这种不体面的疯病呢?嬷嬷,我要稍稍耽误一会儿,急救站的人肯定很快会到的。当伊内斯哭哭啼啼地拿着生活必需品来到门房等候的时候,急救站穿白大褂的医生早到了。一看到他们,伊内斯便大叫起来,要逃走。我和医生、护士们把她抓住了,她们给她吃药片,她把它吐了出来;想给她打一针,也没打成。这样针头会断的。我帮医生和护士给佩塔·庞塞穿上拘束衣,她又蹦脚又啐唾沫,边咬人边说自己没疯。静修院的老太婆们才疯了呢!她还说我是下流坏,因为钻到她的床上去过。我们替她系好拘束衣,她大喊大叫:要是你们不信,到小教堂去看看。医生们说:这个可怜的女人在胡说些什么?护士们也说这位太太真可怜。我同情地摇了摇头。当我们在系拘束衣时,当伊内斯又蹦脚又咬人的时候,贝妮塔嬷嬷噙着泪水在祈祷。可怜的夫人,可怜的佩塔·庞塞,在同一个伊内斯的身躯里却包含着两个人,你终究开始了疯人院的铁窗生活,离我远远的了,无法得到你希望我给予你的东西。在那些粗暴的、身穿白大褂的

433

护士的监视下,你会被驯服的。你到医院的时候,大概会进到伊内斯的躯体里,以后就待在里面,你们两人中也许某个人会取胜,也许谁也胜不了;也许在一段时间内你成了佩塔,另一段时间内又成了伊内斯;也许在同一个躯体内生活得相亲相爱。这样,阿苏拉的奇迹将终于实现。佩塔已成了废物,她因为发疯而被幽禁起来。谁也不会相信你没完没了地向他们叙述的可怕的故事。什么一个一丝不挂的男人钻进了你的被窝。那就是我。我完全有性交的能力,只是不想和你做爱罢了。佩塔,我拒绝了你,报复了你,也报复了伊内斯。她不让我亲嘴,好像我有多脏似的,而你佩塔,要被放进伊内斯的躯体里关起来,再也不让你找到我的生殖器。你们俩将被放在同一个躯体里带走。我已经没有必要怕佩塔,也没有必要想伊内斯了,因为她们都被关进了疯人院,而我则可以心安理得地把性功能藏在盒子里,塞到床下面,床底下从来都是老太婆们藏东西的好地方嘛。

　　终于给她打了一针,她慢慢地平静了下来。他们把她放到担架上。你在睡着之前连连央求嬷嬷,别留下我一个人,您陪陪我,我害怕。而您,嬷嬷,慈悲为怀,也上了白色的急救车。你们全被带到疯人院去了。你醒来的时候,躺在一间只有一扇窗户的白色房间里。其实那不过是一张大照片,而你还以为是真的窗户。他们对疯子的这点起码的尊重还是有的,给我们挂了一张照片,让我们以为外面还有天地。你再也出不来了。鬼才会相信我或者别的男人在你的床上躺过!没有男人钻到你佩塔这样的老太婆的被窝里去讨便宜。连我这样最让人瞧不起的人,垃圾,废物,都不会干这种事。阿索卡尔神父说,这个静修院里尽是垃圾。可是,为了摆脱你,我不得已硬着头皮,采取强奸的姿态。伊内斯倒没关系。我为了品尝一下美色,才杜撰出一个伊内斯来;想不到你却藏到了这个年轻的伊内斯的深处。

你不知多少年来历来如此;情欲如火,多变似水,等待有朝一日,当我以为已经把美色拥在怀里,打算变幻掉,犹如那个富人将巫女化为乌有,让你去代她受过一样时,你企图使这一切倒过个儿来;然而,我战胜了你。既然你是巫婆——这是令人怀疑的,也许你只是一个可怜的老太婆——我就欺骗你,把你消灭掉,伊内斯只是我的一个诱饵。去饱尝幽禁滋味的将是你。当你望着那扇明亮、宽敞、安装得很高的窗户——免得你心血来潮企图逃跑,或者企图用指甲把这张照片抠下来——你就会知道你对我是无能为力的。明天我要把静修院尚未封闭的窗户统统堵上。现在一个也打不开了。我堵得如此严丝合缝,几乎谁也看不出来过去曾经有过窗户。晚上我爬上脚手架,在墙皮上抠些砖缝,在气孔里灌些白色浆液,让上面结满蜘蛛网,把过去涂的油漆弄得斑斑驳驳,给人造成一种年久失修的假象。慢慢地我把窗户全堵上了。现在我该除掉他了。你一定会关心你那个病妻的利益,可你并不知道她是佩塔·庞塞。我一定要除掉你。我的想象力是你的奴隶,正如伊内斯的肉体是你的奴隶一样。你需要我的想象力才能生存,我和伊内斯都是你的奴仆,我和伊内斯是你族徽上为维护你的英雄形象杜撰出来的两头纹兽,对称地排列在族徽两边。我一定要消灭这个形象。你已经在开始晃动了。现在,我要消灭我自己,以便让你倒下来摔个粉碎。人们将把那些碎片放在小哑巴的车上,由小哑巴一直把它们拉到他的院子里,让它们在荆棘丛中,任凭风吹、日晒、雨淋,逐渐被风化、被腐蚀,化为乌有。我还有许多空白纸页,等着撰写你的结局,我还有不少时间可以给你编出一个最令人不齿的结局,因为我还在静修院里健康地活着。今晚管事的贝妮塔嬷嬷不在,所以什么都可以发生。老太婆们打扫了小教堂,消除掉一切表明我们曾经在那里待过的痕迹,睡觉去了。明天醒过来,她们

435

的脑袋里便空空如也,又可以重新再创造宇宙。我要让她们在我堵死的窗户后面跳舞。整个静修院已经面目全非,连个进出的洞都没有了。整个静修院中了邪魔,我们都中了邪魔。现在我们什么也不怕,我也不用怕佩塔·庞塞了,她已经让贝妮塔嬷嬷用一辆白色货车拉走了,箍着拘束衣,大声叫喊着。慢慢地她再也不叫喊了。她也许被关在地球中心的一个窟窿里。拉克尔夫人,她被一辆白色的货车拉走了。真可怕!可怜而善良的伊内斯夫人居然落到这般地步!她们走了差不多有半小时了。拉克尔夫人会去医院找你的。我知道,等拉克尔夫人一走,所有的老太婆和孤女们都会沉沉睡去,忘掉一切。我拉开玻璃门——这是静修院里剩下的唯一孔洞——又关上。我走上了大街。

二十七

梅塞德斯教堂的钟楼刚刚敲过午夜十二点。夏日的街道暑气逼人,汗涔涔的衬衣和裸露着的双肩在拐过黑暗街角时闪出一道白光。市中心咖啡馆的灯光通宵不灭,虽然几乎所有桌子都空无一人,灯本可熄灭……只有一个大胡子小青年和他直头发的满脸困意的女友在无聊地消磨时间;还有三个独自饮酒的男子,三人都穿着蓝色的三件西服套装,留着短八字胡;更怪的是,挣多也罢,挣少也罢,三个人的工资始终相同,喝的酒也始终相同。恩佩拉特里斯跟在阿苏拉大夫后面走进咖啡馆,一边走一边想,都是一些没出息的家伙,惰怠懒散,平庸无奇,简直判若一人,一点特点都没有。桌子上撒着葡萄酒,吃剩的三明治上爬满了苍蝇,用过的餐纸揉成一团团地扔在桌子上。荧光灯一个劲儿地眨着眼,似乎快要熄灭了。克里斯,这地方太差劲。没关系,没有时间了,我就坐这张桌子吧,把那个满身油垢的侍应生叫过来。

"两杯卡布奇诺。"

滚石乐队在为那些坐在颜色刺眼的椅子上的听众狂号乱叫,可听众们对这种强烈的节奏、娓娓的抒情和无病呻吟一概置若罔闻。咖啡来了。应该利用这个机会把事情讲清楚,现在必须立即对他们未来的生活做出决断,就在这里,在这个俗不可耐地方。

"恩佩拉特里斯,我们走吧。"

"到哪里去?"

"欧洲。"

"你以为,如果赫罗尼莫要对我们进行报复,就不会在那里找到我们?别忘了,欧洲已经不像你那时候那样遥远了。"

"那当然,现在甚至可以采用先乘机后付款的方式……"

"可不是嘛。另外,请你告诉我,你为什么这样害怕赫罗尼莫。难道我们是他的奴隶不成?为什么博埃跑了他就要对我们进行报复?我们有什么过错?我们什么时候都可以停止为他服务,这是我们的自由。你可要知道和贝尔塔打十五年交道该有多烦人。"

"恩佩拉特里斯。"

"嗯?"

"我们乘此机会走吧。我们所有的财产都在瑞士。这些年来利滚利,已经是一笔很大的数字了。"

阿苏拉大夫蹲在黄房子对面公园的毛茛花旁,等待恩佩拉特里斯和赫罗尼莫一年一度的会面的结果。他看见他们俩在书房里谈笑,用大肚酒杯喝着白兰地,抽着烟,重新研究着合同,调整主要工作人员的工资,他也看见他们关上灯,重温林孔那塔团圆生活的艳梦。

出门的时候,恩佩拉特里斯对他的表兄说:不,谢谢,今晚不必用他的奔驰车送她回克里荣饭店去,今晚的天气真舒服,很久没有在大街上走走了……她宁可自己溜达溜达,在一些过去相当熟悉的地方信步走走。

"晚安,赫罗尼莫。"

"晚安,恩佩拉特里斯。"

她穿过马路朝公园走去,克里斯从毛茛花丛钻了出来。他只说了四个字:博埃丢了。怎么? 什么时候? 这是不可能的。快说,快说。上帝啊,我们怎么办呢? 我们怎么办呢? 没有留下什么蛛丝马迹? 一点都没有留下? 没有,一点没有,在林孔那塔大家都互相推诿。梅尔乔骂巴西里奥卑鄙东西,全是你的过失。你才是罪魁祸首呢! 要不是你把他驮在肩上,他能走得这么远吗? 婊子养的。巴西里奥差点没宰了他。其实并不是巴西里奥的过失,谁也不知道谁是罪魁祸首。林孔那塔乱得不亦乐乎。头等畸形人打点好行李,正等着恩佩拉特里斯给他们带年薪来;二、三等畸形人盘算着攫取更高的职位;流言传到了下等畸形人的住地,于是他们便躲到灌木丛中窥伺。贝尔塔宣称,她不在乎那几个臭钱,说完拔腿就走了。克里斯相信,现在这种时候,性格暴烈、说一不二的贝尔塔,不知已经跑到城里什么地方去了……听说,在林孔那塔附近发生了一件案子,是持械拦路抢劫;下等畸形人得知博埃失踪的消息后,便放火烧了房子,四处逃散,因为听说有人在棚屋附近看到了一个正常人,听说正常人得知博埃失踪的消息,开始向林孔那塔逼近,企图趁里面炽火未断、窝里还有母鸡时,霸占这些棚屋。什么也别顾了,快逃吧;天堂就要垮台了,快逃吧,别被复仇的怒火吞噬。于是他们纷纷作鸟兽散。恩佩拉特里斯,林孔那塔成了一片废墟。

　　“我的帽子呢?”

　　“你想想在欧洲我们什么不能买到?”

　　“听说那里的手工艺品不如从前了。”

　　“无论如何,恩佩拉特里斯……”

　　“可是,我想……”

　　“现在已经不是想的时候,小宝贝,该行动了……”

她低下了头。

"宝贝。"

她没有回答。

"你想一想我们在那里的日子,将会是多么自由自在。我对医学的发展情况还是很熟悉的,人们也没有忘记我为发展医学做过的贡献。我可以办一个休养所,可以在瑞士开设一家漂亮的疗养院,专门接纳富人家的畸形子女;遇到我感兴趣的病例,就做它几个移植手术,用我们在这十五年中积攒下来的辛苦钱……"

"我的菲亚特股票最近也捞了不少钱……"

"我并不奢望像过去那样出类拔萃。可是,要组织一个第一流的医疗小组,我的学识还是绰绰有余的……"

"那我可以享清福了……"

"不,亲爱的,我还需要你。你难道没觉察到你是我创造发明生活中不可缺少的一部分吗?没有你就没有我的创造发明。再说,你一直是,也永远是一个实干的女人,我需要你来当疗养院的院长。我既没有理财的头脑,也没有管理人事的本领……我只相信你一个人……"

"这是真的吗,克里斯?"

"我可以向你发誓……"

"要是一切顺利,不出大问题,我们就可以去好好度个假期了……"

"在马贝拉①买一幢别墅,《时尚》杂志上经常有这类广告。"

"啊,对,对!漂亮的女人常到那儿去的,如奥黛丽·赫本、玛丽

---

① 马贝拉,位于西班牙马拉加,是一个旅游城市。

莎·贝伦森、佩内洛普·特里……你怎么知道马贝拉是时髦的旅游胜地?但愿你别笑话我只局限于了解《时尚》上的这些文化知识啊。"

"我上厕所时偶尔也翻一翻。你想,在巴黎举行的绘画展览预展上,人们都在说马贝拉这个地方风景很秀丽,要是让克劳迪奥·布拉沃给你照张相……"

"我更喜欢莱昂诺尔·费尼,他更能照出我的特点……"

"好吧,就让莱昂诺尔·费尼给你照。还是讲讲西班牙吧,滨海桑蒂利亚纳、圣地亚哥-德孔波斯特拉,还有巴斯克的小城镇,那里绿树成荫,郁郁葱葱,过去我们的祖先就生息在那里……咱俩一起到那儿去欣赏欣赏,我想一定别有一番情趣。"

克里斯侃侃而谈。他的西班牙语虽然讲得硬绷绷、干巴巴的,倒还不乏男子气概。

"一切取决于有没有愿望。你自己就说过,我们不是赫罗尼莫的奴隶。"

这个矮胖女人闭上眼睛沉默了一会儿。

"克里斯,我想问你一件事。"

"什么事?"

她仍然闭着眼睛,假睫毛下有点湿润,她用手挪了挪糖罐。克里斯抓住她的手,把它捏在自己手里。问题和回答都是无声的,可还总得有所表示吧!

"恩佩拉特里斯,亲爱的,对这一点,你怎么能怀疑呢?尽管我有些弱点,也干了些傻事,这主要是因为我无所事事。现在你是,而且继续是我一生中唯一的妻子。我们明天就走吧,乘第一班飞机!"

她容光焕发,睁开眼睛,瞅了瞅克里斯那只独眼,她发现在他们周围,咖啡馆别的桌子上都已经坐满了人,桌子之间的走道上也站了不少人,大家都在注视着他俩……他俩赶紧松开互相握着的手,藏到桌子下面。可是,我们还是吃惊地站在那里,倒没有过多讥讽的意思,因为我们几乎莫名其妙。我们带着同类人的好奇心走近她和克里斯。我们的诧异使他们产生了压抑感,我们的惊讶把他们拴在椅子上动弹不得。我们和恩佩拉特里斯以及克里斯是不同的生灵,我们和旁边那些看热闹的人倒差不多,因为我们身上并没有任何畸形的痕迹,我们的目光把他们钉住了,使他们动弹不得……是银行小职员?……是侦探?……是部里的小科员?应该以破坏治安罪或同性恋罪,反正什么罪都行,投入监狱的。难以置信的长发小伙子?……也许是小婊子?是个在火车上乱窜的流动小贩?……是个瞎子?是个叫花?是穿便服的缉私队员?我们的好奇把他们给弄糊涂了。恩佩拉特里斯终于嘟囔着说:

"我们走吧。"

"好吧,我们走。"

"克里斯,你付账。"

"跑堂的。"

侍应生走了过来。

"多少钱?"

"老板说不必了,谢谢……"

恩佩拉特里斯站起身来,把貂皮大衣紧裹在身上。在欧洲流行毛丝鼠皮。对,先生,听说在巴塞罗那的妇女商店,堂卡洛斯在出售紫色的毛丝鼠皮大衣。是这样,先生,我会有一件紫色鼠皮大衣的。像我这样的身材,不会太贵吧。

"为什么不用付钱?"

"是这样的，因为你俩十分引人注目，都说你俩在这里谈情说爱，于是大街上的人纷纷进来看热闹……瞧，所有的桌子都坐满了。这种时候，附近别的咖啡馆里空无人影，可我们这里却高朋满座。这是我们店的一点小意思……"

恩佩拉特里斯拿起公文包，跟在她丈夫后面，从看热闹的人群中开出一条路往外走。看着他俩向店门走去，看热闹的人中爆发出一阵掌声。不，克里斯，我们哪里也不去了，我们还是回林孔那塔去躲起来吧，越快越好。赫罗尼莫最多只能为难我们一年，而博埃在外面是忍受不了一年的。劳驾，请让我们过去，让我们出去，请你们不要挤在门口；不，这里不是马戏团，让我们签什么名啊。我们走吧，恩佩拉特里斯，我的车离这里还有两个街区。看热闹的人都拥到咖啡馆门口，这对男女慢慢地消失在大街的尽头。一个古怪的乞丐，眼睛里闪着光，双手比画着，跟在他们后面，想让他们明白他的意思。一个聋哑人，恩佩拉特里斯说，克里斯，给他点钱吧，多叫人恶心，看他穿的衣服，真是可怜虫，身体那么弱，他好像想和我们说些什么。我说了几个词，他们听不见；我比画着手势，告诉他们必须甩掉赫罗尼莫，我们大家都需要把他除掉，我是为这件事才到这里来的，我从静修院出来，想找你们一起合计一下。这个家伙到底想干什么？为什么不走开，别打搅我们。你是不是绝望了？是的。我绝望了，因为赫罗尼莫就要行动了，我们没有多少时间了。这个叫花子大概是饿了。你瞧他走路都迈不动步，脸像幽灵那样透明，两条腿哆里哆嗦的。他们在一盏路灯下停住了，像是要帮我什么忙似的，畸形人们对我发了慈悲。他们盯着我嚅动的嘴唇，想辨别出我吐出来的音节和单词，随后再猜出其中的意思。啊，他们听懂了，惊恐万状地倾听着；我已经不需要老打手势了，我们对上话了。我和你们有好多好多事要谈。你们要自始至终照我的指点去办,你们要答应我,彻底把他干掉。

"贝尔塔……"

贝尔塔没有回答。

"你这副样子要到哪里去?"

贝尔塔继续在地上爬着。

"你难道真是疯了?"

她一丝不挂地朝博埃的院子爬去,眼睛水汪汪的,目光茫然,全然不理睬不断开导着她的恩佩拉特里斯。我说贝尔塔,多臊人呀!天气又这么不好,不是我要说不好听的话,可你也得理智些,无论是你还是我,都已经不是这样亮相的年龄了呀!……贝尔塔……贝尔塔……真不可思议,赤身裸体地在地上爬行,又像回到了温贝托·佩尼亚洛萨时代。那时候她在穿着上刻意模仿温贝托,还让人做了一辆电动小车,一按电钮毫不费力,而且还不无风雅地东来西去。恩佩拉特里斯至少有十年,不,二十年没有看到她赤身裸体了,现在她显得多衰老呀!当然,那是人工乳房。克里斯能证明贝尔塔现在的乳房远没有他当初见过的那么丰满了……不信让她把胸罩脱掉,看看名符其实的"赤裸裸"的真相。她这么做是为了惹恼她最好的朋友,也是让她多年来唯一的朋友恩佩拉特里斯讨厌她。贝尔塔,你说,你这么个疯样子像什么?你的屁股这么大,两条胳膊都撑不住拖不动你的身躯;你再反感,我还是要说你,你还必须听我的。贝尔塔并没有反感。她的一双大手使劲抓着草地和砾石,拖着大臀部,从花园爬上回廊的台阶,如过去那样,在博埃的院子通往林孔那塔其他院子的隔门上用脑袋磕了三下。医生和他的妻子相互对视了一下,仿佛说:这女人疯了。

门开了。开门的是巴西里奥，他膀大腰圆，一丝不挂，壮得像个罗马的斗士。他把他们让进前厅。恩佩拉特里斯瞧都没瞧巴西里奥一眼，她抓住博埃第一个小院的门把。但是打不开，门上了锁。

"谁有钥匙？"

"我有，恩佩拉特里斯太太。"

"把它打开！"

"您不能进去。"

"我怎么不能进去？在这个家里，我想到哪里，就可以到哪里。"

"贝尔塔太太，您请进……"

巴西里奥用一把大钥匙打开了门，贝尔塔溜似的进了院子。她没有听到恩佩拉特里斯的叫喊声：贝尔塔，贝尔塔，怎么回事？这个巨人又把门锁上了。他把钥匙环挂在小臂上，钥匙像奴隶手镯上的装饰品似的晃来晃去。

"巴西里奥。"

"太太，有事吗？"

"告诉我这是怎么回事？"

"太太，我不懂您的意思。"

"你是个笨蛋！"

"太太，这里一切照旧，我正在值班……"

恩佩拉特里斯如一只蹲在地上的青蛙似的看着他，大声说道：

"把这些钥匙给我！"

巴西里奥只当没听见。

"巴西里奥，一切照旧是什么意思？"

门从里面被打开了，博埃赤条条地出现在门口。两条瘦骨嶙峋的细腿之间悬着一只大得极不相称的阳具，短胳膊，扁胸，驼背，身子

445

前倾,瘪嘴,突下巴,脑门奇形怪状,耳朵和嘴唇很不完整,像是一个怪胎;蜥蜴般的眼皮包着一对闪着蓝光的眼睛。恩佩拉特里斯第一次感到那种带电似的目光烧灼着她,她的意志刹那间被化为了灰烬。博埃向他俩打招呼。

"对,恩佩拉特里斯,这里一切照旧。"

"我不明白。"

"你们俩把衣服脱光了进来。我想和你们聊一会儿。"

"这么早就脱光……说实话,我没有思想准备。"

蜷蛇般的、布满褶皱的眼睑下射出蓝光,迫使他们脱光了衣服。恩佩拉特里斯没怎么深想,匆忙中她没有注意自己穿的是什么内衣,再说,经过长途汽车旅行之后,光身子也并不让人感到有什么凉意,只是在他人面前脱得一丝不挂,她微微感到有些不自在。以前可不一样,博埃尽管是个色狼,但也不怎么盯着她看,过去她总是光着身子的嘛。哎呀,我的上帝,克里斯,你瞧我这副样子!瞧我这肚子,虽说不是十分大,可小腹下部凸出来了。亏得几年前已经让人把门厅里的镜子搬走了,要不然,她今天看到自己的形象:脱得光光的,塌鼻梁,大脑袋,矮矬个儿,一身肥肉哆里哆嗦,她准受不了。好在至少她现在看不见自己的尊容。博埃在他俩身边转了一会儿,突然暴跳起来。

"丑八怪!简直让人恶心!一点儿也不好玩!弄得我啼笑皆非。恩佩拉特里斯,你好好学学怎么光着身子走路:要知道这里一切照旧。你们跟我来!"

恩佩拉特里斯嘟囔了些什么。

"我不明白你说些什么,恩佩拉特里斯,你不能说清楚些吗?我告诉你,这可是我和你就某些事情做最后一次谈话。以后,我们可要跟你最近十二年来干的无耻勾当一刀两断了……"

"我？无耻勾当？"

"不错，就是你干的无耻勾当，还有你丈夫。你们背叛了我天才父亲的意愿，在我身上进行盘剥……就是这样，恩佩拉特里斯，你不用这么大惊小怪。现在我才懂得有父亲是怎么回事，也了解了谁是我父亲，知道了他在琢磨什么，我也非常清楚，一旦我父亲故世，多少东西，什么东西应该属于我；是的，我现在还懂得了什么是占有，什么是死去……你别吃惊，你冷静些，在外面待了五天，可以学到很多东西。我再说一遍，我们要一刀两断。这里一切如故。我可以发一次善心，不在我父亲面前告发你。我本可以这样做的，但是我不打算这样做，因为那样对实现我的计划并不利。"

他们干吗要回到林孔那塔来呢？到瑞士去本来是很轻松、很容易办到的事。她可以用她丈夫的西班牙护照去旅行。一个乞丐几句无声的话却使他们鬼使神差地重新回到了这个地狱。

"恩佩拉特里斯，我在等你的解释。"

咖啡馆里那些看热闹的人在瞪着我们……

"咖啡馆里的那些人都在瞧着你们吧？"

"您怎么知道的？"

"现在我无所不知。我在外边有同盟者，他们将帮我实现我的计划；现在我知道什么叫计划了；我的同盟者就是那些在我出走的五天里和我一起受苦的人，是那些当我想变成正常人时与我浑然一体的人。是他们通知我父亲说我跑了；他会来的，恩佩拉特里斯，他答应过的，他想看看你是不是真正在履行把我禁闭在混沌境界的职责。"

"是今天来吗？"

"不知道,也许在这几天吧!我知道他年纪大了,特别嗜睡。"

"上帝啊,连赫罗尼莫都老朽了!"

"那当然,可你正在利用这一点。我要告诉你一件事。我父亲就要来了,可是,他并不知道你已经违背了他的初衷在胡作非为。他觉得有必要亲自到林孔那塔来一趟……看一看,我,还有你,因为你要帮助我,我们要设法把这个访问拖长,拖得长长的……"

"赫罗尼莫到这里来要干什么?"

"那以后才能知道。如果你不想让他把你、阿苏拉以及其他畸形人赶到大街上去,像那天晚上一样在咖啡馆里遭人奚落、围观取笑,像我那样在酒吧间、在大街上、在妓院里遭人嘲笑——她们不许我近身任何一个非畸形女子;说什么畸形人和魔鬼没有什么两样,会给人带来厄运;于是,那帮妓女就把我轰了出来……如果你不想让他把你们赶出去,不想打破这个天堂,你们就得听我的,我怎么干,你们也怎么干。我已经把这个意思通知了其他人,我要取消外部世界。要是你不听我的,我就告诉贝尔塔说你是一个俗不可耐的女人,从来没踏进过你所说的那个贵族学校的门。你说知道在社会上谁说了算,可是谁也不知道你是什么人。"

"要是让贝尔塔知道,我就自寻短见。"

"好吧。我同意不揭你的老底,但你得照我的那一套办。你已经是我的阶下囚了。我们必须取消外部世界。你,阿苏拉,你得再给我动一次手术:这次要摘除我脑子里积聚的、我出走五天内得到的全部经验,然后再给我缝上,让我还像过去那样的无知和单纯。"

"这谈何容易……"

"但这是做得到的。"

"做是做得到。"

"我只关心我院子内部的事情,其他就是你们的事了。随你们去干,我无所谓;什么都归你,恩佩拉特里斯,我把整个林孔那塔和别的东西都奉送给你,如果你们能让我再一次与世隔绝,等我父亲归天后,你和阿苏拉以及其他头等畸形人可以任意处置我的财产。在外面待了五天以后,我对生活已经兴趣索然。有个诗人说过:生活,生活,生活为何物? 让我们的仆人们代我们去生活! 你们都是我的仆人。你们去过我所拒绝的生活吧。如今我看破了现实,我只对人为的东西感兴趣。"

　　"那他呢?"

　　"谁? 我父亲还是别人?"

　　恩佩拉特里斯结结巴巴地说:

　　"赫罗尼莫。"

　　"要是我有一个像我自己这么丑陋的畸形儿子,我也完全会像他对待我那样行动。一天早上,我看见他从街上走过,穿一套浅灰色的衣服,手里攥着一只手套。因此,阿苏拉,拿起你的手术刀……如果你把这几天从我头脑中摘除掉,我答应把我将继承的一切都奉送给你和恩佩拉特里斯。你可以把从我身上摘下来的东西移植到别人身上,让他生活在我的噩梦之中。以后,我就把自己关在我的院子里,你们可以在那里维持原来的那种秩序。"

　　"那么,赫罗尼莫呢?"

　　"他会来的,很快就来。我的朋友们已受托在他的耳边吹风,用最大的诱饵诱使他来……"

　　"什么诱饵?"

　　"说我生了一个儿子。这样,经过一个地狱般的畸形阶段,家族的血统又会归于纯化。阿苏拉,我希望手术越早越好。只要你们能保住我的混沌状态,什么都归你们。现在你们是想走,还是要留下?"

他们默默地对视了好一阵。

"你们要走的话,可以走。"

恩佩拉特里斯闭上眼睛,两只胖乎乎的手重叠着放在裙子上。她和她的丈夫摇了摇头。博埃说:

"那好。应该开始准备一下。对我来说,杜撰出来的现实就是现实。因为我忘记了什么是死亡,所以我将会毫无痛苦地死去。恩佩拉特里斯,你要为我提供大量世界上最肥胖的女人,什么样的都行,反正都是一堆肉;而你,阿苏拉,检查一下你的那个有豆荚味的药方,从今以后,就给我当食品,我再也不吃别的东西了。陆续提供的胖女人就是精制的、营养丰富的甜面糊,足以使我的机体保持良好的功能,我再没有别的要求了。"

"可是,博埃!"

"怎么啦,恩佩拉特里斯。"

"那他呢?"

"谁?"

女侏儒闭上眼睛,拖着长声发出一声怪叫,随即便镇定了下来。

"恩佩拉特里斯,你看到没有?"

"什么?"

"一种可望而不可即的情欲造成的痛苦,对吗?"

"是他把这一切告诉你的?"

"对。"

"原来如此。赫罗尼莫什么时候来?"

"不知道。不过,当他来时,我将是一个他所梦想的十七岁的博埃了。只有一点不同,那就是在他寿终正寝和阿苏拉给我摘除那五天的印象之前,我是假戏真做,你们也一样。以后,一旦阿苏拉给我做完手术,家父也一命呜呼之后,我会把一切都交给你们,条件是你们须在外面为我保守秘密。"

阿苏拉大夫噌地站起身子。

"我可不参与犯罪活动。"

"谁说是犯罪活动,克里斯?你别犯傻,我亲爱的。"

二十八

"房子里的一切都是他布置的?"

"是他……"

"喔,他的艺术鉴赏力倒挺不错了。温贝托是个聪明人嘛。一套房子相当舒服宜人,可以在这里住上一辈子……"

"这是卧室。"

"把我的行李搬到这里来吧。"

"我原以为您会住到我的套房去呢……"

"我自己也不知道,看完这一切,我不禁想住在温贝托的套房里了。您……叫什么名字?"

"我叫巴西里奥,先生。"

"把我的行李拿来,把衣服放在穿衣间里,我还有别的事。"

他们走到平台上,映入眼帘的是一大片经过精心修整的草坪、游泳池、色彩纷呈的遮阳伞。对面是公园,公园里有榆树、洋玉兰、智利杉和桉树。往远处眺望,是郁郁葱葱的青山。

"所有这些美景,我差不多已全忘了。"

"真了不起!克里斯总是说……"

"这是什么?书房?克洛德·洛兰的画。啊,有日子没有看到他的作品了,真好像是故友重逢,我不禁要问自己,没有他在身边,这日子是怎么熬过来的呀！这可不是一张普通的克洛德的画,真了不起！这么精彩的克洛德的画,现在可不好找了。温贝托就是在这张胡桃木桌子上写……"

"他写得不多。"

"真可惜,他的才华绰绰有余。"

"赫罗尼莫,其实他从来没有写过什么。可他老是在想要写些什么。有时,我们一些志同道合者下午在这里聚会,他偶尔也给我们叙述过他的写作计划。"

"以后,情况也许会好起来。温贝托的毛病之一是,总以为我的经历才是他的写作素材。"

"是这样。他一开始谈起过这件事,可是后来就不提了。温贝托不喜欢简洁明快的手法。他以为必须把正常的东西加以扭曲。这可以说是一种报复和破坏。他把原来的计划搞得非常复杂,扭曲得面目全非,似乎连他自己也永远迷失在他杜撰出来的迷宫里了,那里充满着比他自己和其他人物更甚的忧郁与恐怖;他笔下的人物总是那么虚无缥缈,捉摸不定,从来也不是个有血有肉的人,总是带着伪装,似演员,似面具……是的,他的固执与仇恨远比他所需要否定的现实重要……"

"有意思,恩佩拉特里斯。你倒真像是一个出色的文艺评论家啊……"

"这是因为我和他相处了很久。"

"当然。可是,你瞧,我相信这个可怜家伙的主要问题是,他需要我拥有某种我所不具备的精神境界和坚强性格。于是,他就需要为我杜撰一篇最终把他自己都弄得稀里糊涂、不知所云的传记……

喔,阿苏拉,请进来,请进,请进,见到您真高兴,请坐;巴西里奥,给大夫端一杯威士忌来。这幢房子真舒服,不是吗?"

"我的家也是很漂亮的,表哥。"

"当然,不过你的审美观点不够高雅,恩佩拉特里斯。你家境一直很艰难,我记得你母亲是电话公司的职员……"

恩佩拉特里斯脸涨得通红。不管怎么说,她母亲也曾经是个阔太太。

"……不过你的鉴赏力多少还有些依据。不像温贝托,纯粹是一种臆想。算了,我们别谈他了。你和阿苏拉要继续把这个地方维持下去……"

一切都符合他的愿望,恩佩拉特里斯向他保证,绝对不会令他感到任何失望;交给她的计划的实施结果是绝妙的。您是想先休息一下,消除旅途的劳累,还是马上就去看望您的儿子?

"不……我有点累了,也很饿……"

"那么,您是想吃完午饭再去看他喽?"

赫罗尼莫支支吾吾地说,也许不,最好今天先别去。事实上,他十分累,今天最好先到公园里转转,在那里会引起他众多的记忆,熟悉一下外界的人,也许再好好地睡一个午觉;给他把阳台收拾一下,他打算在那儿坐上一个下午。也许明天,是的,明天一早一定去……

可是,第二天上午,他却吩咐给他备马,独自到他庄园的杨树林荫道去散步,到四周灌木丛生的小湖边去听野鸭子叫,到佃户的茅屋去走访……那里现在住着三等、四等、五等的畸形人。恩佩拉特里斯,你干得很不错,我祝贺你;用一圈畸形人的住宅环绕这些房子,使它们和外界隔绝,真是妙极了,谨慎到家了。吃晚饭时,赫罗尼莫被太阳烤得红润润的脸上挂着一丝文静的微笑,使他的脸色显得更和

谐了,他对她说道:

"恩佩拉特里斯……"

"嗯?"

"我有一个突如其来的怪念头……是一个小孩子才会有的怪念头……"

"什么念头?"

"我记起一种白颜色的食品,以前佩塔·庞塞常用刚挤下来的牛奶在一个铜锅做的。就在这里,在林孔那塔,老太婆整个下午不住地在锅里搅呀又搅。做成的这种甜食呈凝固状,带有一股带刺灌木燃烧时发出来的烟火味……"

"我说赫罗尼莫,这有什么难的!明天我就吩咐下去,后天早上包你能吃上……"

赫罗尼莫把访问博埃小院的事一拖再拖。他整日生活在这些快乐的畸形人中间,看他们在游泳池里扑腾,在草地上打高尔夫球,一边"横渡大洋",一边听佩杜拉·克拉克唱歌,一边涂上防晒油晒日光浴,一边翻阅着最新的一期《巴黎竞赛》杂志,急欲知道冈特·萨克斯要和谁结成良缘。赫罗尼莫好像感到放松了些,贝尔塔忍不住总想瞥他一个富有暗示的目光。任何东西,或种满绣球花的林荫大道的某个拐角,或走廊的某个角落,都能勾起他对妻子的回忆。恩佩拉特里斯不厌其烦地问他关于伊内斯的事:她用什么首饰,穿什么衣服……

"她的东西全保存着呢。"

"在哪里?"

"在拉奇姆巴静修院里……"

"噢,那不就是你们家族的那个静修院吗?"

"正是,她的东西装满了许多间屋子。我想,大概都在长蛀虫了吧。"

"多可惜！好好的东西全完了。"

"完了?"

赫罗尼莫停住了脚步。在恩佩拉特里斯前面,他的个子显得特别高大,相貌堂堂,头发虽然灰白却很浓密。她都有些不敢看他。站在他面前,看着他,就犹如在咖啡馆里,突然感到被尖酸刻薄的众人摧毁着最心爱的东西一般。矮女人抬头望着他,感到一阵眩晕。

"不,什么也完不了的。"

"那你总不至于是永世长存的吧……。"

"是吗?"

"反正我这么想……"

"这几个星期我在林孔那塔生活得很愉快。我已经想过了,这一切不会完的。要让博埃结婚,别让事情就这么完结。我不知道是不是佩塔·庞塞做的那种白色甜食的味道突然使我产生了要孙子的强烈愿望。"

"表兄,那我们呢?"

"我不是很久以来一直付给你们优厚的薪水吗？我相信你们会安排好的。"

"有些事情可不是用钱解决得了的。"

"可笑的陈词滥调。"

"你别这样想。"

"这是什么意思?"

"我们也是你的牺牲品。"

这正是她早就想说的话。

"恩佩拉特里斯,你们是牺牲品?"

"对,我们是牺牲品。在我们……在我们的畸形的庇护下,你儿子成了国王。而我们只不过是道具:彩色幕布、横幕、硬纸板做的大头娃娃、假面具。一旦把这些东西从舞台上装扮成国王的主角周围撤走……那他就会成为无本之木、无源之水。你的计划不是那么容易实现的……"

"你是竭力在为自己着想吧。"

"不错。你该记得,我每年都外出一次。而这一年一次的外出,倒使我更加愿意一辈子成为这台涂上彩色的、硬纸板做的道具的一部分。你想把他带走,去找个新娘,而我们作鸟兽散吗?"

"我不知道,我现在还什么都不知道。我想去看看他。我有一种想看看他的强烈的好奇心。明天去吧。"

当赫罗尼莫回到温贝托的房间去睡觉的时候,恩佩拉特里斯、阿苏拉和头等畸形人进行磋商后,随即叫醒博埃,向他详细叙述他父亲的计划:让他和一个丑表妹结婚,然后生儿育女;要他们住在城里,搞政治,做生意,当联合俱乐部的股东。他这是存心要林孔那塔完蛋。

博埃笑了好一阵子。林孔那塔是不会完蛋的。他会管这件事的。要是他们这些头等畸形人帮他的忙,他就负责保全他们的这块藏身之地。只要赫罗尼莫落到他的手里,林孔那塔就稳如磐石。恩佩拉特里斯所说的硬纸板拼成的天地就会成为现实,她也就没有必要再离开这里。是,是,面对可能回到一个他们已经记不得、也不想记得的天地里去的危险,他们向博埃发誓,一切唯他是从;他们必须联合起来,必须忘掉他们之间的不和,这样才能保护他们计划中的那个天地。但愿一切顺利。赫罗尼莫没有权利。他们不准备成为他的工具,也不想成为他那个世界中的一员;由于心血来潮,或由于吃了

457

什么白色食品,或由于害怕、怀旧,他现在莫名其妙地想毁掉这个世界。他已经玩腻了他那些其他玩意儿,好似一个低级的神祇,始终脱不开轻浮而任性的童年阶段,不断地用新玩具代替玩腻了的旧玩具;又好像一个动脉硬化的神祇,在创造世界时愚蠢地忽略防备创造过程中可能孕育着的危及自身的风险……不,不,这太过分了。他们无意接受这种事实:有朝一日,被别人当作一堆戏装、玩具、棋盘、纸牌或者旧面具,点一把火烧掉;也不会同意被迫到一个他们称之为现实世界的地方去。每年恩佩拉特里斯外出回来在床上休息两天后,总要讲述一些令人毛骨悚然的见闻,不能让他们回到他们已经忘却了的恶劣环境中去。我们不想就此销声匿迹,也不想让林孔那塔化为乌有。他们还是愿意和博埃在一起,讨他欢心,随他使唤。如果答应保护他们,对付他那穷凶极恶的父亲,他们心甘情愿当他的长工;要是他不去对付他的父亲——那个自认为是创造这个天地的主人,他们就算是毁了,对,还是让博埃来支配他们吧!

赫罗尼莫脱得精光。他虽然已年纪一大把了,但体型却依然那么完美,仿佛岁月在他身上没有找到什么空子可钻。看见他走进博埃的第一个小院,矮女人发出一声真正痛苦的尖叫,一溜烟地逃走了;她抽泣着,既不想看到他,也不想让他看到自己,完全忘了赫罗尼莫提醒她不要表演过火的告诫。因为毕竟不过是当着博埃的面,佯装害怕正常人而已;可是,现在博埃并没有来,而那个裸体矮女人却尖叫着从过道里边逃边告诉别人快溜。小心点,不知怎么搞的,也不知从哪里钻出了一个怪人来了。贝尔塔蜷缩着身子像一条垂死挣扎的蜥蜴,躲在无藏身洞穴的长方形灌木丛后面。可是,她那双迷惘的眼睛却紧盯着那个一边穿过院子走来、一边和大家亲切打招呼的人。

梅尔乔想用几根树枝轰走他,巴西里奥向他扔石块。梅利萨躲在驼背小伙子后面大声对博埃喊道:快逃走,使劲逃命,出了可怕的怪事啦。博埃看见赫罗尼莫站在过道的尽头,就朝他走去,当离他仅十来步远的时候,博埃收住了脚步。他冷冷地仔细盯着来人,仿佛要用目光把他吞掉似的;不,这不可能,他捂住脸,一边转身朝院子深处逃去,一边发出痛苦茫然的叫喊声:把他带走!别让他在这里!恩佩拉特里斯,这令我产生从未有过也不曾料想到的感觉的怪物是什么?虽然我并不知道什么叫恐惧,可我还是被吓哭了。梅尔乔,巴西里奥,告诉我这是怎么回事!少爷,这叫厌恶,这叫反感;少爷,这叫恐怖,我们也有同感,看到这等荒唐古怪甚至还可能是危险的人,确实令人恐惧。什么叫危险?少爷,您平静些,您会慢慢习惯的,我们都必须习惯。不过他看起来倒不像是歹徒。是歹徒,他就是坏人,他的邪恶与众不同,尤其令人惊惶,令人不可置信。少爷,您冷静些……

那天,博埃死也不肯再走近他父亲一步。

晚上,当小伙子熟睡之时,在恩佩拉特里斯的餐厅里——石鸡的味道也许比他童年时的滋味更加鲜美——赫罗尼莫为她和其他人令人信服的表演表示祝贺。他说,有那么一会儿他还怕巴西里奥扔出来的石头真砸在他身上。恩佩拉特里斯告诉他,巴西里奥是想打哪儿就打哪儿的。刚才那出喜剧真值得拍成电影,贝尔塔建议道,大家的表演都十分精彩。

"我们并不完全是在表演,表哥……"

"你是想告诉我,实际上我是个丑八怪?"

在丁香色的烛光下,客人们嗤嗤地笑了。桌子上也摆着丁香花。恩佩拉特里斯穿着一身黑,身上披着一块也是丁香色的缅甸薄纱当披巾。

"表哥,你想到哪去了! 不过也许是……"

"怎么?"

"那是因为我们常住在里面,住在院子里。你为这个小天地定的规矩已经实行了好长时间,因此,我们不需要表演,至少对我来说是这样……"

众人一致表示同意。

"……再说,我们也不必假装害怕你是个丑八怪,因为在灵魂深处,事实上你已成了丑八怪。"

赫罗尼莫喝了一杯酒。

"太好了。开始我感到有些别扭,不过,最终我慢慢会习惯的。大概也能让他慢慢地习惯我,我说不清楚,反正我很想了解他,很想和他谈谈。"

"这得慢慢来,要等你学会他的语言。"

"好吧。"

"克服他极端敏感的心理,恰如其分地掌握好你在这个少见多怪的天地露面的机会。这一切都得假以时日。"

"那你们说我该怎么办呢?"

"……要有耐心。"

每天赫罗尼莫在门房脱光衣服后,才走进博埃的院子里。他在那里等待的时间,每天都比前一天略长些。每天,在某个固定的时间,贝尔塔光着她那堆毫无生气的老肉或趴在台阶上,或倚在壁柱上,或爬行在修剪整齐的方格形的灌木丛里,后面跟着她的那只大脑袋猫。每天下午都有一个世界上最胖的女人进来,供这个小伙子寻欢作乐。每天早上,阿苏拉大夫来给博埃检查身体,这已经是一种惯例。一切都成了惯例。一日三次,恩佩拉特里斯为他提供冒充天芥菜味的食品……梅尔乔每天……巴西里奥每天……规定的时间,规定的内容……而现在,为了不让小孩发觉,神不知鬼不觉地,每天只递增几分钟,在这惯例中引进了一项新的内容。每天赫罗尼莫光着身子,穿过走廊,满不在乎别人看见他吓得四处逃窜的举动。他已经习惯于时不时有巴西里奥朝他扔来的石块擦身而过;习惯于梅尔乔揍他一巴掌;习惯于贝尔塔见到他便歇斯底里的大发作,用指甲挠他的大腿。博埃远远地看着他。毕竟在看他了。无论如何,这是个进展,晚上大家在恩佩拉特里斯的房间里议论时这么说。众人对这些朝着父子关系发展的进步深感满意。

"他对我产生了好奇心。"

"好极了,这是个开端。"

"现在我们要让他接近我,让他对我的怪异感兴趣。"

根据那天晚上的计划,第二天赫罗尼莫假装坐在长凳上打瞌睡,晒太阳。他发觉博埃在一扇窗口暗中窥视他。马特奥修士好说歹说,终于打消了小伙子对他父亲的憎恶,走近前去观察他;马特奥修士不得不紧紧抱着博埃,让他死死盯住一动不动正在休息的赫罗尼莫。博埃闭上眼睛,只是装着在瞧。他父亲的形象早已极其痛苦地印刻在他的眼睛里了。

"少爷,你看这并不可怕吧?"

"可怕……比从远处看要可怕得多。"

"您要是好好琢磨一下,会感到他的滑稽可笑……您瞧,比如他身体的比例就单调得可笑,背部直挺挺的,肌肤都那么细嫩、匀称,没有凹凸变化,肤色也太单一,毫无与众不同之处……整个就像一个充满气的气球,这难道还不使人觉得滑稽可笑吗?"

博埃一阵哈哈大笑,把赫罗尼莫笑醒了。他笑得浑身抽搐,眼里

461

流出了泪水,双手捂着肚子,用扭曲的手指头指着他父亲:你说得对,马特奥,他并不凶恶。你瞧,用小棍抽他,他毫无反应。揪他的头发多好玩呀。立定,开步走。你瞧他多听话,走的模样多逗人。马特奥,你瞧,他步子直挺挺的,每步距离几乎一模一样,头抬得高高的,真滑稽,真好笑!以前我真不知道什么叫作笑,现在我可真喜欢笑了。不,我不想让他再走了。别让他走,把这个丑八怪留下来,让我整天笑。让他跳一下!再跳一下!再跳一下!现在单脚跳!现在跑步,你瞧,他在小路上跑得有多欢!啊,他又气喘吁吁地回来了。真好玩!给我弄一个世界上最胖的女人来,把他们俩放在一张床上,看他怎么办,看他能干些什么?会干些什么?恩佩拉特里斯,你瞧;马特奥你看;贝尔塔你看;梅利萨你看,这个丑八怪和胖女人滚到一起去了。他拿她什么也干不成,你们看他那个抽抽巴巴的鸡巴,活像一只旧手套。瞧我倒长着一个多棒的阳物,只要稍加刺激,便会硬起来。

"讨厌!"

赫罗尼莫喝了一口刨冰鸡尾酒。真过瘾!这种酒只有恩佩拉特里斯才会做。尝一口椒盐卷饼,真香!准是美国货。对,当然喽,她总是拿进口货招待人。

"表兄,你现在怎么不中用了呀?"

"首先,当然是因为我上了年纪,干这种事已心有余而力不足了。其次,坦白地说,当看到他们围着我,装模作样地哈哈大笑时,够了!……我哪能集中精力,专心致志地干这种销魂的差事呢……"

恩佩拉特里斯笑得差点背过气去。她告诉他们,赫罗尼莫说的话没法翻译,他们永远也不会懂得她表哥说的"销魂的差事"是什么。真可惜他不来参加她的生日庆祝活动。他肯定能成为这个活动的中心人物。

"若是你邀请我,我怎么会不去呢?"

"温贝托就从来不参加我们举办的娱乐活动。"

"那只是他……"

"我每年都举办一次化装舞会,我不知道你会不会喜欢。为了热闹点,除了邀请头等畸形人,我们还邀请二等、三等的来参加,不知道你是不是喜欢这种各式人等的大杂烩。"

"只要化装巧妙,没有什么不可以伪装。"

"那我们可就靠你了。"

"没问题。"

大家告诉他,恩佩拉特里斯举办的舞会简直令人叫绝,每个舞会有一个主题,譬如去年的主题就是"瑞士式农舍"。所有人都扮成少女和家庭主妇,动手布置恩佩拉特里斯的房子,在她房间和大厅的窗户上贴上了雪花和雪绒花。

"有意思极了!"

"你要是看到巴西里奥穿着皮袄,戴着插着羽毛的帽子……"

"梅利萨拿走了变声唱奖……"

他们告诉他,另外几次的主题有"阿尔罕布拉"等,还有那难忘的主题"医院"。今年恩佩拉特里斯已经决定,舞会主题是"奇迹宫廷",她要把她的家和花园布置得像一个静修院的废墟,大家化装成淫荡的老太婆、饥饿的乞丐、残疾人、教堂司事,或者小偷、牧师、修女……总之相互比试谁的衣衫更破烂,谁把穷困潦倒表现得更为淋漓尽致。她让人在墙上画潮迹和脱斑,让那些人来往于狭窄的过道、伪装的小院、倒塌的院墙和废弃的教堂之间,人人都可以放荡不羁,狂欢作乐……既然人人都戴着贫病交加的正常人的面具,谁也认不出谁来,何必有所顾忌呢。

那天晚上,赫罗尼莫到温贝托的房间睡觉去了,头等畸形人便来和博埃商议。他们见博埃显得很沮丧,显然他还有些心事。恩佩拉特里斯让他讲出来。到这时候还不把一切都说出来,计划就可能前功尽弃。博埃喃喃地说:

"阿苏拉大夫……"

"什么事?"

"我要问你一件事。你答应过摘除我脑子里外出五天中学到的全部东西,对吗?"

"对。"

"我要你把我父亲也摘除掉。你能做到吗,阿苏拉大夫?"

医生沉思了片刻。

"也许那个形象在您脑子里印得太深了……成了一个正在生根和转移的瘤子……我说不好。要做到这一点,必须同时摘除您的一大片大脑。这样一来,当然您的意识就只会剩下些许阴影,您就会生活在黑暗中,生活在一个与死亡相差无几的境地之中,虽然活着,可是……"

博埃用双手掩着脸。他在呻吟。畸形人面面相觑。怎么安慰他呢? 没有人动弹,没有人点一支烟,或者说一句话。最后博埃捂着脸说:

"我要像他那样,阿苏拉,救救我吧……你随便从我脑子里切除什么都行,哪怕把我变成草木也罢。但是,务必把他从我头脑中切除……"

第二天,他们告诉赫罗尼莫,博埃迫切想和他谈话,为此显得颇为心神不定。所以,现在需要的不是赫罗尼莫每天在一定的时候去看他,而是他要搬进去住。博埃经常问起他,有时候,晚上醒来还叫喊:把丑八怪给我带来！赫罗尼莫欣然答应,想到几天之内就可以和他儿子交谈,哪怕只谈些人生最基本的事情也行,他欣喜若狂,所谓人生最基本的事情自然莫过于生儿育女。当然,他必须一丝不挂地走进博埃住的地方。巴西里奥见他在门房里脱衣服,就给他开门;赫罗尼莫一进去,这个巨人随即用插销、铁链和钥匙把门双重锁好。当天夜里,策划阴谋的会议在温贝托房间的平台上举行。博埃四周围着一圈畸形人。应该尽快动手。

"恩佩拉特里斯,文件准备好了吗?"

"都准备好了。"

"拿来给我……还有签字的墨水。一份、两份,还有副本,委托书有六个副本……要签这么多文件,真烦人……其他那几份就不是那么重要了。啊,还有我的遗嘱,我的全部财产都赠给由恩佩拉特里斯任主席的某个合作社或者某个公司,由她负责保持和扩大包括几个等级的畸形人在内的整个林孔那塔……"

第二天,当父子俩在立有狄安娜塑像的水池边上不期而遇时,小伙子允许他父亲对他说话。他回答他父亲说:很好,他愿意倾听赫罗尼莫说话,但是,有个条件,即赫罗尼莫必须像动物那样在地上爬行;对,对,就这样,只有保持这种姿势,而不是别的任何其他姿势,才能和他说话。赫罗尼莫告诉他,自己是他的父亲。可是我不懂什么是父亲;他的母亲……什么是母亲……需要从头开始向他解释这一切。赫罗尼莫就这么爬行着,像一条狗似的跟在他的后面在回廊里走着。赫罗尼莫竭力向他解释,而博埃不仅听不懂,而且对他说的话付之一笑。后来,博埃转过身子,从头到脚对他打量了一番,打着哈欠走开了。

博埃走得没了踪影之后,赫罗尼莫才站起来。他走遍各个院子,找寻恩佩拉特里斯,想告诉她他和博埃在父子关系上的进展;虽然相处还比较别扭,毕竟还是有了进展。他正欲走近恩佩拉特里斯,不料矮女人向他大叫起来:

"走开,我讨厌你;别碰我,不许靠近我,谁知道你对博埃说了些什么废话,除了碍事,这有什么屁用。"

恩佩拉特里斯拒绝听他解释。赫罗尼莫觉得这矮女人表演得太过火了。然而,他马上想起有一次表妹对他说过:他们在院子内部并不是在表演,只是在按照多少年前由他和温贝托制定的规矩做出被动的反应。他们不是自由人,只能有条件地做出赫罗尼莫强加在他们身上的某些反应。他决定当晚就走……在这里干什么?既别别扭扭,又处处受辱,说到底,在公园对面黄房子的书房里,灰色天鹅绒的扶手椅正在等着他呢……其实只要把博埃送进某个诊所之类的地方就行了。他会去找的,驱散所有这些令人不快的面孔或者假面……他厌烦了。突然间他对这些都厌倦了。他们嘲笑他的年纪,强迫他匍匐爬行,命令他擦洗玻璃,吩咐他打扫过道、空房间、没完没了的走廊和院子,还要钉门,刷墙,烧旧报纸,给喜欢调情的维纳斯擦洗臀部,翻筋斗,还要在一群瘸腿、长尾、浑身疥疮、没有耳朵、腿脚残疾、脑袋肥大、眼睛熠熠发光、犬齿咄咄逼人、唾液流得满面的恶狗的追逐下奔跑,还得顺从每一个畸形人。总之,对,就是嘛,为什么我要怕他们呢?只要我愿意,我可以让他们统统散伙……每天我都想对恩佩拉特里斯说:这出闹剧该收场了!把他们都遣散算啦!可是,我老没有机会和她说话。每当我精疲力尽地瘫倒床上的时候,便梦见畸形人们向我围拢来;醒来后还是他们,我简直分不清哪些是醒来后见

466

到的畸形人,哪些是梦中见到的畸形人。他们鼻子特大,下巴肥胖,满嘴的犬齿,面目可憎,个个笑得不亦乐乎,我反而成了他们眼里的畸形人了。不论白天黑夜,从黑洞洞的走廊里钻出来不少陌生的畸形人,冲着我大声地叫畸形人。我真想碰到一个我熟悉的畸形人。可是,没有……这些挂满蜘蛛网的回廊大概是我的梦吧;如果真是梦,我清醒时的那些畸形朋友自然是不会到梦里来营救我的。快来救救我吧。他们老是冲着我喊,说我是世界上最滑稽可笑的人。我不记得出口在哪里了,我也不认得这些走廊和院子,那是他们刚刚安排在这里的;要是我找到出口,我会说服巴西里奥放我出去的。可是,巴西里奥也不在;在那儿来回溜达的那些人中有些像巴西里奥,可实际上不是巴西里奥;也许是他的表兄、他的亲兄弟或者叔叔,和他长得一样,但都不是他;因为我向他们呼救,他们却一个劲地骂我。巴西里奥,给我开门;只要你让我出去,你要什么,我就给你什么;他不是巴西里奥,因为他向我扔石头,把我的胸都打伤了。这些脸上毫无血色、脑袋大得像斗牛犬的罗锅,还有那些紧追我不放、走起路来摇摇晃晃的肥胖高大的女人都是我属下的畸形人,过去我知道她们的名字,也和她们说过话,她们也搭理我;可现在一个个又聋又哑,只想迫害我,弄得我疲惫不堪,倒在床上就睡,无暇去郑重其事地告诫恩佩拉特里斯:行了,别再开玩笑了,让法律来解决问题吧。可是,他们晚上也不放过我,累得我无法应付白天,连一点喘息时间都没有,除了央求他们发发慈悲至少容我松口气,我什么愿望都没有了。可是,他们毫无怜悯之心,不住地大喊大叫,用鞭子抽我,在我周围狂笑,我伸手抚摸自己的面容,看看还是不是本来那副畸形的容貌。对,没错,我承认自己从来就是个畸形人,从来没有担任过什么重要公职,也从来没有漂亮女人和我有过瓜葛……更没有任何这类人留下过这副容貌的痕迹。我汗流浃背,气喘吁吁,眼前是一大群衣冠楚楚的畸形人,他们或者穿着流行的西服,手里提着鳄鱼皮包;或者穿着红色的毛巾运动服,斗牛犬似的脑袋上戴着夏令时节的白色或者黄色的帽子,穿着很合时宜的不熨自平的白大褂。他穿着一件珠灰色的西服上装,系着灰色宽领带,手里握着一副灰色的手套。他们个个生机盎然,等待着一旦发生或者不发生连我也说不清楚的什么……也不想考虑它到底是什么事件……便准备重返正常人的生活。我是唯一与众不同的人;看到自己是这个正规社交聚会中唯一的一丝不挂者,羞得我脸色通红,无地自容。我儿子潇洒地走上前来。

"你怎么出这种洋相?你疯了?这是怎么回事?"

"你们是怎么回事?我看这里倒有些非同寻常。恩佩拉特里斯,你把钥匙给我。"

可是,因为他们正在哈哈大笑,谁也没有听见我说的话。笑声充斥了我的双耳,简直要把我的脑袋炸裂。博埃也在大笑,他尖声厉气地向我挑衅,问我,还敢不敢再说他们是畸形人而自己不是?我告诉他还是这样。于是,博埃叫巴西里奥:你来,巴西里奥,我们带他去看看。巴西里奥和另外几个力大的畸形人过来拖我;我使劲地跺脚,大声地叫喊:放开我!可他们还是把我一直拖到那个立有狄安娜女神塑像的水池,强迫我走到水池边。所有的畸形人都穿着花呢上衣,流行时装,戴着大礼帽,提着鳄鱼皮包,穿着鳄鱼皮鞋,在水池边看热闹。塑像上的狄安娜下巴突出,前额呈月牙形。巴西里奥挟着我的一条胳膊,博埃挟着我的另一条胳膊。周围一片寂静,他对我说:

"你瞧瞧?!"

我低下头去,我很清楚会看到些什么:那近乎标准的身材,鹤发童颜,蓝莹莹的眼睛,宽下巴。突然,有人不怀好意地往平静的池水扔了一块石头,把我倒映在水中的容颜打得支离破碎。我疼痛难忍。我呼喊,我怒吼,我缩紧身子,我受伤了,我的五官被搅碎了。我一使劲摆脱了那死死抓着我的手,一边拼命往外跑,一边使劲用指甲抓那个怎么抓也去不掉的假面具,因为今天晚上恩佩拉特里斯举行舞会,我套上面具扮成畸形人。我的脸都挠出了血。我发觉那并不是假面具,于是我抓得更厉害了;不管有多疼,也一定要把它撕下来;哪怕从此不再有脸面,我也得撕。从水池里的倒影我认出自己扭曲成了畸形人。他们其他人一个个成了体态匀称、身材苗条的正常人,而我却成了这群衣着讲究的正常人中的畸形人了。我是唯一赤身露体的人,我必须找一件衣服来掩饰我的畸形,免得他们再耻笑我。我本来是穿着衣服的。我在这突然变得空无一人的走廊里找门,我想找到门房;可是根本没有门。因为恩佩拉特里斯举行舞会,他们把门全堵死了,还挂上蜘蛛网,把墙皮弄得斑斑驳驳,用虚假的布景使回廊看上去没有尽头了,结果使企图从长廊逃跑的我撞得眼冒金星。他们把一切都堵了起来,目的就是要把我那畸形的形象关在里面。对,那只是我的一个形象,我还有另一个形象,现在两个形象都已经消失了。我可以直奔狄安娜的水池边而不被人发觉,不然他们就会来。我要那另一个我在池水中没有看到的形象。水面上漂浮着的只是一副杂乱的容貌。一个支离破碎的平面,一些夸张的面部特征;只是那些被剔除的东西、缝合的痕迹、残存的伤疤、与躯体分离的肩膀、缩得几乎齐根的脖子、长短不一的胳膊,这就是我模糊不清的形象。它正等待黄昏残阳的消逝,以便用另一种方式重新组合。可是,那是一个满月的夜晚,皎皎的月光下一切都无法掩饰,我自然无法逃脱,因为我答应恩佩拉特里斯参加她的化装舞会,才戴了这么个即使抓得鲜血淋淋也取不下来的假面具。撕破了的面具什么也遮不住,还是找一个人来帮帮忙,给我当个向导。周围一片漆黑,只能看到那些追捕我的大头猫闪着火花的瞳孔,它们可能会把我逮到手。我拼命地跑。不,不,我发现了在那伪装的走廊尽头有亮光,还有人声。那也许是我的朋友们,也许是音乐声,我撒开腿朝那儿跑去。是我呀!是我!等等我!我的脚乏力,但我要坚持到有灯光和音乐的那个地方……我跌跌碰碰,踉踉跄跄,脸在砖地上磕得东破一块西破一块,我跪在地上,双手紧紧地捂着残破的脸面,竭力想保持五官的完整,把它们凑合成一个类似脸面的东西,仿佛那是一些泥,软软乎乎,也许还能重新捏成原来的模样,可惜原来到底什么样我却是毫无印象。我想塑造一张新的脸面,可是那些碎片却牢牢粘在我的手上,捏不到一块儿去。我像狗一样用头开道,匍匐着向灯光爬去。什么恩佩拉特里斯的舞会,纯粹是骗人,为的是让我化装成一个衣衫褴褛的畸形人。在灯光下跳舞的有熟人也有陌生人,他们戴着硕大无朋、犹如点心铺厨师帽一般的假发,包着金黄色的包头巾,还有闪亮的珍珠串、乳白色的面罩、带风帽的锦缎长大衣、缎子面的尖头便鞋。他们正跳着小步舞,女宾的撑裙在旋转,男宾手里拿着三角帽,各种化装服装争奇斗艳,灰浆纤维做的假面具精彩纷呈,掩盖了他们畸形人的嘴脸,却还露出了轻佻的酒窝;一对对舞伴轻轻地捏着对方的手指头在翩翩起舞;他们还品尝着高脚玻璃杯里的冰淇淋。为了避开他们的目光,我爬着进去。我化装前来是想参加另一个舞会。在那个舞会里,门窗全都堵死,走廊没有尽头,参加者都是处在富有同情心的砖墙庇护下的白痴。我要参加的可不是这种一切都那么明亮、高雅、轻盈的舞会。他们把我给骗了,我必须赶快逃走;否则这些侯爵夫人、红衣主教、王子,以及那些阿谀奉承的家伙准会奚落我的,准会痛打我一顿,因为我化装成畸形人,而他们都不是。我是,他们却不是。池水能帮我改变容貌,月光在微波荡漾的池水里画出我面具上的每一个细节,在水面上飘飘忽忽。要是能从我脸上把它取下来,在水中把它取下来,把两层肉分开,也许就不会痛得那么厉害了。那该有多好呀!……我跪在水池边上……伸伸胳膊,想撕去那个可怕的面具。

过了许久,当舞伴们双双对对到花园里来乘凉时,看见他漂浮在狄安娜的水池上。救人哪!快叫人来救他,可能还活着!他们把手中的扇子和帽子扔到地上,赶快用铁钩和绳索来搭救他。他们从水里打捞上来一个形象扭曲的人,一个令人害怕的畸形人。博埃尽量挺直他的罗锅,朝溺水者低下他的蓝眼睛,终于认出来了:

"是家父。"

恩佩拉特里斯点点头,证实说:

"对,是赫罗尼莫。"

这些尽善尽美的人对参议员的这种不测深感意外。按说,像他这样年岁的人,不该在化装舞会上喝这么多酒。众人悲痛欲绝,想方设法用一具很考究的棺木把他的遗体运往省城。同时他们也做出必要的安排,等政府当局和律师们一返回省城,让阿苏拉大夫立即给博埃进行手术,摘除深藏在他脑子里的五天外出期间获得的印象以及他对父亲的记忆。

参议员猝死的消息在省城引起真诚的哀悼。举国上下不禁想起这位杰出人物的种种贡献,为他举行了隆重的悼念活动,他的遗体被用一辆盖着国旗的炮车运送到墓地。许多人对此却不以为然,认为赫罗尼莫·德·阿斯科伊蒂亚的作用与其说是历史性的,毋宁说是政治性的,他的名字只会存留在某些特定的文章之中。尽管对给予他如此的荣誉议论纷纷——也许,也仅仅限于这一点,人们还是都参加了他的葬礼。在他的家族陵园里,他的遗体占据了一个墓穴,在大理石的墓碑上刻着他的名字和生卒年月,和已经过世的阿斯科伊蒂亚的先辈们相提并论。在墓前致辞的人都回忆了他的成就,指出了他那堪为楷模的一生的巨大教育意义,以及他的逝世标志着一个家族的终结。尽管现代世界发生了种种变迁,整个国家还是承认得益于这个家族。一条沉重的铁链锁上了陵园的栅栏。几小时以后,墓前的鲜花就会腐烂。身着丧服的人群掉转身子,缓缓地从松柏丛中向远方走去,叹息着一个如此高贵的家族最终消亡了。

二十九

　　那天晚上我回来的时候，一切都已结束。我到老太婆们的屋子里把她们一个一个地弄醒，告诉她们贝妮塔嬷嬷已把伊内斯带走了。那是自然的，她们七嘴八舌地说，也许是因为这里太冷，简直砭人肌骨，这位可怜的太太怎么待得下去呢？没有谁来把静修院里的房间弄暖和些，本应该在那个回廊里给她搭一间像样的茅屋。要是小哑巴身体好，不像现在这样，也许早就会帮伊内斯夫人搭一间像我们住的那种茅屋，她也就不会挨冻了。唉，今年的冬天又特别长。原来还以为她根本不会离开静修院的。她一定习惯有暖气的舒适生活，伊内斯夫人养尊处优惯了。当然，这么一位有钱的太太，还能是什么样的呢？

　　"她带走什么没有？"

　　什么也没带走，只拿了些生活必需品，其他所有东西，我们的东西她都留下了。我们正需要这些东西，现在可以物归原主了。老太婆们叽叽咕咕的说话声越来越大，纷纷走出自己的茅屋，举着带烛台的蜡，穿过过道，走向小教堂去取回自己的物品。她们打开门，点燃了更多的蜡烛，朝玩该死的赛狗棋输掉的那堆破烂扑过去。没有叫喊声，也没有争吵声，一个个都在专心地辨认一件件东西，把它们分到各人手中:这条素色印花细布围裙和你的那条一样,不过这条是我的,另外一堆里的那条是你的。她们一个个心平气和,通情达理,慢慢地把该是谁的东西都搞清楚了。蛀坏了的鞋,带窟窿的长筒袜,披肩。丽塔你看,这不是你的格子披巾吗?那天你还说特别需要它来着。毯子、褥子、羊毛衬裙,这些曾暂时落到别人手里的东西,在尚未留下他人印记的情况下,又物归原主了:这是奥里斯特拉的护身符,那是拉斐里托给克莱门西亚的头发,这可怎么也不能丢的!那是露西的念珠,据她说还是受过教皇祝福的,可是谁也不信。这双长筒袜是谁的?还是灰羊毛的呢。要是脚孤拐旁边有窟窿眼,那就是我的。可怜的伊里斯的全部衣服,连她的咖啡色大衣都在这里。

现在伊里斯整天穿着它。因为少了几个扣子,她就用一枚曲别针别在前襟上。领子和口袋边上的海狸皮饰边还保存着。布里希达给伊里斯的这件长大衣又漂亮又暖和。她有点感冒,所以老穿着它。你瞧她成天拖着鼻涕,用袖子或者那生满冻疮的手去擦。你们瞧呀。然而,现在已经没人再看伊里斯了,甚至连小孤女们也都不瞧她了。现在嬷嬷不在,她们整天打电话开玩笑,就像伊内斯夫人教她们玩的那样。

我瞧着伊里斯。我从某个门后或者蹲在花丛后面窥视着她。她喜欢坐在过道上,坐在拍卖行的人拆下来后靠在壁柱上的那些讲究的彩色玻璃窗下。她待在那里一动不动,浸没在从玻璃上折射出来的阳光之中,听任时光流逝。这种透明材料专吸收琥珀色的光线。当太阳高高升起的时候,蓝天的一角映在她的脸上,一颗星星掠过她的嘴,掠过她的肩,又消失了。忽而伊里斯在水绿色的光线中,像一束睡莲;忽而伊里斯被一件仁慈的大氅遮挡着;忽而伊里斯在一件圣袍的玫瑰色光线的反射下变得赤身露体了。我一连几个小时凝视着伊里斯身上色彩的缓慢变化。天近黄昏了,风摇曳着树枝把阳光搅碎,万物都在彩色窗玻璃下溶化了,伊里斯也在摇曳不定的粼粼湖光中溶化了。然而,一只手的倒影又恢复了她的脸面,描绘出她的一个新的侧面。她的全部头发用一根皮筋扎在后脑勺,清晰地露出她的容貌,显出她的脸架带着的某些高贵的气质:那就是你,你认得出来,她在被送进疯人院之前,为你洗了礼,伊内斯,赤身露体的伊内斯,法衣反射下的玫瑰色的伊内斯,纯洁的伊内斯,在赫罗尼莫占有之前的伊内斯,佩塔栖身以前的伊内斯,伊内斯之前的伊内斯,福女和巫女之前的伊内斯,我存在之前的伊内斯,你吸取了法衣的颜色,你站在玻璃的红晕之下,不知向何处去,不知何所为,也不知你自己是谁。你一丝不挂,如梦初醒,双手合掌,凝视映在院子里并不断向前推进的阴影。我藏匿在阴影之中,随阴影不断向前推进,向前挪动着那不到百分之二十的躯体。我走近彩色玻璃下因余晖照射而显得一丝不挂的你。我真想一笔勾销这所剩的百分之二十,好一劳永逸;可是不能,因为你还存在,伊内斯,我要把你关在这无法攻破的围墙之中;伊内斯,你正在使我从净界下降到迫不得已向往的现实的地狱。你不许我忘记自己是在活着,而且一直在活着,可从未活够;你不许我忘记我是在爱着,而且一直在爱着,可从未如愿以偿过。伊内斯,你抚摸着那只咕噜咕噜叫的猫,把它抱在你因光线照射而裸露的胸前,光线与这个偏远院子里的宁静气氛狼狈为奸,正在催促我。你准备好了,伊内斯,我在阴影下也准备好了,离你只有两步远;我等待着在黑暗给你穿上衣服之前,你放开猫咪,我便走近全身裸露的伊内斯,在你耳边低语:

"伊内斯。"

你一点都不感到吃惊,从容地答道:

"什么事?"

我要纵情满足生理需要,既没有佩塔横插其间,也不受赫罗尼莫的驱使或禁止,现在赫罗尼莫和佩塔都不在了,他们的要求也不复存在了。在这个自由女人的面前,我同样是自由的。这真是可怕透顶了!你不要走开,伊内斯,尽管阳光已经消失,你又一次被蒙上衣衫,但我把你紧紧地搂在怀里。你在哆嗦,这不是因为冷。你的眼睛告诉我,你感到的既不是冷,也不是我所感到的那种冲动,是害怕。你不用怕我,伊内斯,来,让我拉着你的手,来,跟我来,在彩色玻璃下,仿佛在一顶色彩斑斓的帐篷里。你的手发僵,但还听使唤,你的眼里充满恐惧,你蓬乱的头发向上支棱,你的大腿从我身上滑走了,你的嘴巴一如既往,在噩梦初期拒绝我的嘴巴,因为我的嘴脏。我要报复,因为你拒绝了我的嘴,其实它并不脏,我强迫你用手摸我的阴茎。你抓住它,如通常捏住有性交能力的阳物那样紧紧捏住,用指甲使劲掐着,狠狠地一下子把它整个拽了下来,连带着神经、血管、静脉、睾丸、组织……顿时鲜血直流,溅了你一身。瞧你那血淋淋的双手,瞧你的血从大腿根直往下流,流成一摊血注。你站在那里歇斯底里地大喊大叫,脸色苍白,茫然地闭着双眼,你不愿看到自己全身是血,你呜咽着,感到莫名其妙;要是我现在靠近你,就不会遭到拒绝,因为我的作案工具掌握在你的手里。我双腿间留下了一个不可治愈的创伤。但我并没有叫喊,只是悄悄地消失在阴影之中。你却大喊大叫,向人求救;你站在血泊里茫然失措,拼命叫喊。太阳下山了,没有阳光的彩色玻璃给你罩上了一层阴影。老太婆们闻声纷纷赶来。怎么啦?这姑娘出什么事啦?叫得这么厉害,可又什么也不说。她瘫在血泊里,喃喃地说:

"那是瞎说八道。"

"什么瞎说八道？"

"说我要生儿子了……"

她说的是什么儿子？我们盼望已久的儿子就是小哑巴，他都出生了很久了，静修院里谁都记不得他是什么时候出生的，我们这些老太婆一拨接一拨在抚养着他。这孩子很听话，从来不拂我们的意思，让做什么就做什么。这孩子可是个圣人，而且始终是个孩子，到了晚上尤其如此。贝妮塔嬷嬷还在的时候是这样。现在她不在了，我们全搬到小教堂去住了，他还是这样。他永远是一个小孩。我们像战乱和地震之后那样，带着行李包裹，大家住在一起，等着小孩把我们所有老太婆都带到天堂去，让我们坐在马拉的、带白色披风的白色灵车里，他还要叫其他圣婴带花环来，为我们吹喇叭，弹七弦琴。伊里斯摇着脑袋。不，不，不……你一个劲地否定我的神圣，你怕我取得我想得到的能力。

"……都肿了，好几天以来，我这里总是疼……丽塔太太，我以前说按月都来月经，那是骗你们的……我这么说只是不让你们把我当傻瓜，正像别的女孩子都认字……因此，我至少……"

可是，伊里斯，那又有什么了不起呢？老太婆们问道。我们已经有了孩子，我们都准备出发了，就算这是你第一次来潮吧，那有什么关系？伊里斯在说梦话吧！她晚上从来不出去，可喋喋不休地说晚上什么时候出去的，居然煞有介事地说起"巨人"来，仿佛真有"巨人"存在似的。她呜咽着拉着丽塔的裙子。又不是什么了不起的大事，竟然为所有女人都要经历的小事大哭大叫，吃几片调经片和一片阿司匹林吧……好了，姑娘，别这么哭了！说什么疯话，谁还不让人摸摸碰碰的，她一定和那个叫"巨人"的人——伊里斯在说胡话呢——睡过觉，只要不乱来就行，乱来就不好了；睡睡觉倒没什么。

开始她怕得要命,躲到了咖啡色大衣的下面……你撒谎,你在诬陷这个小孩,还是闭上你的嘴巴！说什么他晚上把你赶到大街上,让你和"巨人"在一起,你回来后再给他讲你们都干了什么,"巨人"碰你哪儿,你又动他哪儿。他是下流坏,无耻之徒,他想和我乱来,我害怕,所以就……

"他听你讲你们的下流事了?"

"怎么可能,他不是聋子吗?"

"他不是聋子。"

"胡说八道。"

"你不害臊吗,伊里斯?"

"这都是她在瞎编。"

"不,他强迫我摸他……"

"真恶心！"

"这么小的姑娘怎么能这样呢?"

"这是真的……他还问我好多事,还有呢……"

"还有什么?"

"可他是哑巴呀。"

"他什么也不会问的。"

"他不是哑巴,是骗人的。"

"你怎么敢这么污蔑孩子！"

"你要再这么说,我们就用棍子打死你。"

"我这里有一根棍子。"

"我用鞋子打。"

"这是真的！"

"怎么可能呢? 他是圣人。"

"她是想夺走我们的小孩。"

"想把他带走。"

"伊里斯，你和这小孩毫无关系。"

"小孩是我们的。"

"我们把他藏起来。"

"对，最好还是把他藏起来。"

"这个小孩是许多年以前出生在这儿的。"

"谁也不知道他的母亲是谁了。"

"父亲也没有。"

"是没有，男人都是下流坯。"

"他说不出谁是他的母亲。"

"当然啰，因为他是哑巴……"

伊里斯坐起来，手上、咖啡色的大衣上、腿上，全身上下都是血。星星通过灰色的天棚在闪亮。伊里斯怒不可遏：

"他不是哑巴。"

多拉伸手打了她一巴掌。

"也不是婴孩。"

露西在她腿上打了一棍子。

"更不是什么圣徒。"

丽塔抓住她的头发。

"你这婊子！"

"对，她就是婊子！"

"你胡说八道，还以为是在忏悔自己的罪孽……"

"你不跟我们打声招呼，晚上就溜出去勾引男人。"

"……你还不后悔……"

"小婊子!"

"该好好惩治她。"

"对,我们来惩治她。"

"对,是该治治这个婊子了。"

她们把你带进小教堂里。你在我两腿之间造成的伤口已由罗莎·佩雷斯和克莱门西亚治好了。她们用纱布盖住大腿间留下的空缺,用绷带包上,外面再牢牢地缠上布条。这样,小孩晚上就不会尿湿了;尤其不会尿湿了他的小被子,像最近这样的天气,要晾干被子可费劲啦;没有比小孩尿湿的被子的臊臭味更让人恶心的了。见你走进屋子,朝我的摇篮走来,停下来瞧了瞧我,像是在思索,又像是可能在思索,我用小手捂住了受惊的小脸,抽泣着说:

"坏蛋!"

"你看到没有?"

"连小孩都知道。"

"坏蛋。"

"这是小孩说的第一个词。他正在学说话,可什么也别教他。都怪伊里斯·马特卢纳这个下流的傻瓜,连从未离开过静修院的圣婴都知道她是一个下流的婊子。她根本不配住在这个处于贫困和衰老的圣洁而虔诚的环境中。"

"你们把她带走!"

她们惊诧地望着我:圣婴创造奇迹了,他的能力正在逐步显现出来。他知道我们会服从他,所以才这么命令我们。他要我们把这个烂货从这儿弄走。他正在向我们暗示,在我们净化环境之前是不会创造出什么奇迹的,也不会把我们送进天堂的。应该把这个婊子弄走。来……把她打扮得像个婊子。她们披下你的头发,让它一直拖到腰部;脱去你的大衣,给你穿上紧身毛衣,显露出你的乳房。玛丽亚,你个子小,把绿裙子借给我们,她穿着会又短又小。这样,不但突出了她的乳房,也显出了她的臀部。她们用烟灰给你描眉,用木炭蘸水涂你的眼皮,把你的嘴抹得又红又大,这样,你就更显眼了。我说伊里斯,就看你生意怎么样了。不行,你即使冷,也不能穿大衣;穿了大衣就显不出你的体形了,男人都喜欢看像你这样婊子的体形。为了服从圣婴的命令,丽塔和多拉紧裹着披肩,把你拖到街上。这样,伊里斯被打扮得像个花花绿绿的活洋娃娃,由两个穿得破破烂烂的女人挟持着离开了静修院。快走吧,别像傻瓜似的站着不动,你应该去干活,去自谋生路。老太婆们推搡着她,按照我要她永远离开静修院的命令,钻进了人烟稀少的小胡同,穿过光秃秃的大空地,周围的窗户全关上了百叶窗。她们辗转在没有路灯的小街上,仿佛怕有人能认出这两个老太婆,其实这样来往于大街小巷的老太婆比比皆是,谁认得出来。她们穿过一片荒芜地带,来到一条林荫大道,装着看光线昏暗的大棚下的一个电影广告牌。人们从电影院进进出出,街上路过的人瞧都没瞧她们一眼。伊里斯傻呆呆的,根本没有发觉这是一座电影院,什么电影明星、悠扬悦耳的舞曲、合上眼睛接受亲吻的小姐,统统不存在。你纯粹是具行尸走肉,迷迷惘惘地跟着老太婆们走着;为了让别人相信你是孤身独行,她们离你比较远。一个穿深色上衣的男人从旁边经过,对你吹了声口哨。老太婆们看出了苗头;抓着你将你推着走向昏暗的街区尽头的街口。瞧,那个男人跟来了。她们三个人躲进一个门洞里。那个男人走了过去,又吹了一阵口哨,在另一个街角站了一会儿。当这个男人往回走向林荫大道时,从她们面前经过,老太婆们对她说:行了,你走吧。于是,伊里斯去自谋生路了,她也就非当妓女不可了。像她这样头脑简单的用马粪纸糊成的活娃娃,除了让这种饿狼似的色鬼男人把她领走,随心所欲地玩弄糟蹋一番,还有什么别的出路?她只配当妓女。那个男人递给她一支烟,两个人就一起不见了。再见了,伊里斯,再见了!你别抽烟,伊里斯,你年纪还小,你可以当妓女,但别抽烟。这下可好了,总算是一条出路,也许还不错呢!据说妓女的日子过得挺自在的,早上起得也晚。我这个傻瓜,十三岁上死了父亲,到一户有钱人家去干活,每天一大早就得起床;这些小娘儿们倒好,起得这么晚。这个小姑娘有多鬼,瞧她利用自己的大肚子,要我们相信她是圣洁妊娠。丽塔,别哭了,她会生活得不错的;那个男人看上去像个好人,带她坐出租车走了,看来还不坏,他一定会给她另外找一个工作;跟一字不识的女人干那种事,也许不会那么有意思,不过,钱还是会付的。伊里斯长得丰满,一切都会很顺利的,男人嘛,都喜欢胖女人。他们说,是呀,我们就喜欢身上有肉可抓的女人。这话是什么意思?唉,我们这种老太婆甚至连男人说的话都听不懂了,有时候真像是他们在说中国话似的。女人越老,就越是听不懂男人说的话。所以,根本不需要教这个小孩说话,而应该让他把已经学会的话也忘记,我们知道他会说话,因为他说过的,只是开始说上一两句,以后,就可能逐渐学会说那些我们听不懂的污言秽语了。

我们住在小教堂里,像是劫后余生的难民;老太婆们全睡在破布堆上,上面放着枕头和褥子。她们一个挤一个,相互挨着取暖,手里都拿着一个口袋,里面装着上天堂时要带走的最心爱的东西,还临时把铁皮罐头当作手炉使。一些人议论说,伊里斯一走,上天堂的事就更迫在眉睫了。有人在咳嗽,另一些人在为我准备洗涤用水;她们用石蜡桶当炉子给我温水,把神像底座、碎木板片、木框、加过工的扶手条、镀金的椅子都拿来当劈柴烧。她们明明在毁坏静修院的东西，却继续议论着它是否会被拆除。小教堂被搞得面目全非。在那里她们以原始的宗教方式表达着对我的崇拜，照顾我，为我清洗，喂我吃饭，还替我穿上博埃的衣服，他的全部用具都归我用，因为我把钥匙交给了她们。她们打开伊内斯的房门，把什么都拿出来，打扮我，宠爱我，我终于如愿以偿了。这个季节，白天很短。光天化日之下她们几乎不出去，也不许小孤女们离开小教堂。别让坏男人把她们带走，像伊里斯·马特卢纳似的，她是因为不听话，而且还说谎才被带走的。小孤女们也很爱我。现在我已经分不清她们了，她们变得和老太婆们相差无几了，皮肤也是那样粗糙，也咳嗽不止，糊里糊涂，走路轻手轻脚，步履鬼祟。嘘，别让人听见我们，别让人看见我们，别让坏男人来，那该有多可怕！几乎整天都是黑洞洞的。我几乎成了一个真正的婴孩。

晚上，老太婆们纷纷从小教堂里走出来。贝妮塔嬷嬷怎么样了？安塞尔玛嬷嬷，您什么也不知道？噢，您原来不是安塞尔玛嬷嬷，您是卡梅拉。你好吗，卡梅拉？你找到大天使的手指了吗？噢，你找的不是手指，找手指的是阿玛利娅。阿玛利娅怎么样了？你们还记得吗？她是第一批到这里的人之一，她好吗？不知道把这个可怜的人儿关到哪里去了。哟，把卡梅拉那条被虫蛀坏了的披肩包在头上的是埃利安娜，不是卡梅拉。我把她俩搞混了……你知道，为什么你变得比伊里斯还要傻，可贝妮塔嬷嬷却没有打电话叫人来把你拉走？真可惜，你没有女人的肉体，因为要不然……我们就可以……丽塔，是这样吧？这些小孤女乳房不高，屁股也不大，是吗？没有，一个也没有，我们没法把她们像伊里斯那样带到大街上去挣几个比索，好歹往嘴里填些东西。可是，真奇怪，贝妮塔嬷嬷一次也没有给我们打电话,你们别否认;最奇怪的是她口口声声说她特别喜欢我们,却连个招呼都不打就走了。做得真绝,连过去为一点芝麻绿豆大的小事动辄打电话来的阿索卡尔神父也没有打电话来。那有什么?无所谓!小孩会带我们上天去的;等他们来的时候,静修院早就已经空了……活该!谁让他们忘记我们,连吃的都不给,我们是老了,胃口也不好,但怎么还总得吃呀……所以我说,把弗罗西打扮成一个大女人,拉到大街上去拉客;可是不行,男人们会发现她只是一个十一岁的小妞,我们就会一无所得,我们还有喝的吗?马黛茶或者咖啡还是一碗天使的头发汤都行,不管是什么,总得有点喝的吧!把我们忘记到这种地步,实在欺人太甚了!可是,也不要紧,当他们发现静修院空空如也的时候,他们就会大吃一惊,还会出高价的。一天晚上,奥里斯特拉出去要饭,带回来一些绿茶和白糖。后来,又有人出去了,她们是胆大包天的丽塔和多拉一伙,还有说话带迷人鼻音的苏尼尔达·托罗,其他人跟在后面。她们离开静修院没走多远,因为都累得走不动,而且又怕迷路。傍晚,她们仿佛是在街上游弋的一堆破烂——苦苦的乞求声、跟在别人后面的小碎步、道谢时喷出的臭烘烘的哈气、抓着硬币藏到破裙子下面去的扭曲的手、目光忽闪忽闪的眼睛。一个老太婆沿着墙边尾随着一个小伙子,带着哭声苦苦哀求他无论如何给点什么,小伙子加快脚步,而老太婆还是追了上来;小伙子知道自己跑不了,匆匆塞给她一些钱,好打发她走,免受纠缠;他给的比应该给的还多。一天下午,一帮老太婆带着满包的蔬菜和食品从外面回来。她们说,她们跟在一个买完东西回家的太太后面,这帮饥肠辘辘的老太婆在人迹稀少的大街上又哭又叫,连咳嗽带呻吟纠缠那位夫人,吓得她突然扔下手里的包跑了。她们说,我们有什么办法呢!这叫人穷急了,顾不得脸面。她们开始成群结队地到食品店去,几个人和女主人及别的顾客逗乐打岔,其他老太婆就往外偷东西,有时连没有用的东西也偷,但通常总是拿麸皮面包、茶叶和白糖。虽说我们这些老太婆倒还不至于腹中空空,可是怎么去养活四十个老太婆呢?即使隔了多少天了,这些讨来的东西,一杯茶、一片面包,还要放在给孩子烧洗澡水后剩下的炭火上烤一烤再吃。她们把小孩放在靠近炭盆的地方,怕他着凉。有时,我简直差点没被烤焦。可是我不能叫唤,因为我出不了声。是的,这些坏女人真想把我穿在一根铁棍上,在炭火上烤我的嫩肉,最后再吃了我。可是,她们没有这么做,而是把我放到床上。应该照顾好这个孩子。奥里斯特拉,你看他;特莱莎你看,你瞧他的眼睛,那眼神是想告诉我们,请稍候一会儿,我马上要创造奇迹了;耐心些,灵车就要来了,早就订好了,等一下。可是,我们都快饿死了,还怎么等呢?她们给我换尿布,洗澡,把我包在襁褓里,裹得像一只粽子那样。一切都好像是在那个根本不存在的神龛面前,在那些用碎片拼凑起来的神像——石膏在潮湿中变成了粉末——面前进行的宗教仪式。从石膏像上一会儿掉下一只胳膊,一会儿又是一截龙尾巴,在地上摔得粉碎。老太婆们踩着碎末跑着去迎接从街上回来的人。瞧,姑娘们,她们今天带回什么来了?她们说,今天她们到一家肉店去了,当店主在给一个高度近视的女顾客切槽头肉的时候,她们就乘机拿……你们瞧,一整扇羊肋条,这下可美了,可以美餐一顿。她们拆了好几块地板,又摘下一扇门,点上火,等火苗上来,就把那扇羊肋条搁在火上烤,一时香味扑鼻,个个垂涎三尺。当天晚上,老太婆们蹲在火堆旁边啃羊骨头,把我放到一个口袋里,只露出一个脑袋,活像一只捆着的火鸡。为了不让小孩动弹,把口袋缝得严严实实,来,再缝上一针,最好再给他套上一只口袋。苏尼尔达,你现在没在吃,力气也大,你再给他套上一只口袋缝上。我真想给他缝上几针,因为我知道一种剪拆不开的缝法。她们把我放在摇篮里,自己却在欢庆偷肉的胜利。我听见她们津津有味地啃着骨头,我也看到她们的身影在昏暗中来回移动,而我则在狼吞虎咽地吃她们喂我的甜面糊。这几个星期来她们没有给我喂过其他东西,我见了就想吐,没有一点胃口。老太婆们埋怨孩子食欲不振。有什么病没有?可别着凉了,最好还是再给他套上一只口袋,再缝上几针。卡梅拉,你不是还有口袋吗?于是,卡梅拉又缝了起来。黄麻口袋又臭又硬,把我的脖子都蹭出血来了,我真想求求她们把露脑袋的口子放大些。可是怎么办呢?我又不会说话。听说我在静修院生出来就是哑巴。现在我益发连手都没有了,无法打哑语跟她们交谈;我的眼睛也无法央求她们把我放松些。因为无论是喂我面糊或者用一块破布给我洗脸,还是在前一层口袋——都蹭着我的下巴了——外面再缝上一层口袋,她们都连瞧也不瞧我一眼。她们不瞧我,是因为我无足轻重,我并不存在;我只是一种不断反映多种形象的透明材料,一会儿是婴儿,一会儿是博埃,一会儿又成了奇迹。吃饭时间到了,我说玛丽亚,你怎么还没有准备好。等一会儿,马上就好。小孩都饿得要哭了。可是,现在我已经不哭了,既不嚷嚷困了,也不说要撒尿。

现在她们几乎天天晚上出去,把我一个人留在小教堂里。也许在哪个阴暗角落里还留下了三两个因为生病或者体弱而没有出去的老太婆,在破烂堆里晃来晃去,咳嗽着,或者喃喃自语着。大概是哪个快咽气的老太婆,我看不清,其他的老太婆正热心于干新的营生,早把她们忘得一干二净了。很晚她们才带着战利品回来。听说,本地区已经发生拦路抢劫的事。这些该死的老太婆在街角窥伺着路上的行人,哭哭啼啼,咳嗽连连,跟在行人后面,死皮赖脸地纠缠不休,边哭泣边乞讨,直到把行人逼进某条灯光昏暗的胡同,五六个老太婆便一拥而上,扑向她们的猎物。用绳子、木棍什么的乱打一通,再抢走他身上所有的一切:钱、包裹、衣物。听说这一带已经有过好几个被打伤和被扒得精光的人了。凡事开了头就不好收场。门洞成了危险地方。阴暗处看上去像树干的东西可能就是一个掉了牙的哆里哆嗦的老乞丐,她一边胡诌着自己如何可怜有病的苦经,一边把行人引到荒凉的地方,这时,一群残忍的老太婆便会猛扑上来。最好别一个人在这类地方走夜路。这一带和以前已经大不一样了,现在让这些老太婆搞得糟透了。可是这怎么可能呢?大概是瞎说吧,谁也不信……可这是确凿的事实……可是怎么叫人相信,说一群不知从哪儿来的要饭的老太婆,居然把这个平静的地区闹得鸡犬不宁。听说已经有人想搬到别处去住了。听说,有一天老太婆们趁那个开小铺买卖杂志的小伙子一个人在店里,走进去向他乞讨,六个老太婆把他的钱柜整个端走了。最好还是去找一幢远离这里的房子。走夜路太危险了,说不定冷不丁会从黑暗中蹿出人来,把口袋里仅有的一点东西给抢光了。她们悄悄地跟踪着行人,突然间,看上去像阴影似的东西会动起来,向人扑去。事情就是那样。被这一带的人谈论得很多的老太婆们可能只是些唬人的阴影。可是,要真有这么多老太婆……总之,我不知道到底是多少,但是老太婆好像比以前更多了……她们外出时似乎单个行动,把披巾裹在脑袋上,趿拉着鞋,贴着墙悄悄地走。但是,如有人看到某个老太婆驼着背,瘸着腿,单独朝你走来时,就应该知道有一伙武装好的老太婆在街角后面等着。于是,你只好马上穿过马路到有路灯的另一边人行道上去。可是,你会看到两个老太婆藏在远处房子的门楣下。那时,你不得不走到大街中央,却又会遇上一群迎面过来的黑影。要是你想向后转,你遇到的只会是一堵连窗户都没有的墙。因为我把它们统统堵死了,而且还用笔把它们涂得似乎年代很悠久,让别人看不出破绽来。你看到的只是那些脸,那些破衣烂衫;她们有时抢劫,有时不抢劫,这全得看你的运气,因为有人并不怕像耗子那样悄悄走动的老太婆。随后,她们便带着战利品回到小教堂分赃,吃东西,还分给我们。这件胖太太穿的长大衣我拿去送给梅塞德斯·巴罗索。这条金表链送给布里希达,她一定会高兴坏了的。

"我看见伊里斯了。"

"在哪里?"

"就在附近。"

"她怎么样呀?"

"戴着礼帽。"

"现在不兴戴礼帽了。"

"可是,我看到她就戴着礼帽,她还看了我一眼。"

"在我那个时候,礼帽是……"

"伊里斯可别心血来潮想到我们这里来。"

"我觉得她就这么想来着。"

"为什么?"

"不知道,现在她可能有钱了……"

"要来偷我们的孩子?"

"要把小孩从我们手里夺走?"

"在小孩创造奇迹前?"

"她不会……"

"我们得把小孩藏起来。"

"对,应该把他藏起来。"

488

"不过,可别让小孩知道我们要把他藏起来,要不然他会害怕的。"

每个人都装作在干自己的事情,或者真的是在干活。玛丽亚·贝尼特斯在煮疙瘩汤。有人说那天在食品店偷到了红色素。来,把色素给我,放一点到疙瘩汤里;没有色素算什么疙瘩汤了;用火鸡汤做的疙瘩汤那才没治了。有的用斧子把地板劈了,把火烧得旺旺的,有的借着一根蜡烛光在缝着什么,还有的把那些破烂整理好放进口袋里。四个老太太拿着一个大口袋走到我旁边,把我抱起来,嘴里一个劲儿说:我的小宝贝,噢噢噢,我的孩子,你别害怕,我们来照看你,不让那个脸抹得像妖怪似的坏女人把你抢走,和你干那个事,你可是圣徒呀! 她们把我塞进了口袋,然后在我旁边跪着开始缝口袋。我看不见,我是瞎子。另外的人拿着另一个口袋走到我身边,又把我塞进去缝好,一边嘴里还念念有词地祈祷着——我几乎听不见——祈求我在她们愿意的时候创造奇迹,不过还得等一会儿,等一小会儿,因为在那个墙角上埃尔内斯蒂纳·洛佩斯就要咽气了,她病得很厉害,哭得很伤心,说她不想死。她们一边缝,一边往我头上一层层地套口袋。又有一些人走过来,我感到身边又立起一道黑森森的阴影,又围上一层音障,使得我勉强能听见的声音益发渺茫。我聋了,瞎了,哑了,成了个没有生殖器的小包裹,缝得严严实实,捆得结结实实,一层一层的口袋,一层一层的麻制口袋憋得我透不过气来。里面很热,没有必要活动,我什么也不需要,这个包裹就是整个的我,缩得很小很小的我。我不从属于任何人,我也不从属于任何东西,我倾听着她们的祈求;她们跪着央求我,因为她们知道我现在法力无边,我能创造奇迹了。

三十

"我的孩子们,到时间了……"

阿索卡尔神父站在丽塔房间的台阶上看着他的一群女儿:三十七个老太婆,三十七条苟延残喘的生命,脸色苍白、形销骨立、弱不禁风、蓬头垢面、干瘪憔悴,一共是三十七个。据贝妮塔嬷嬷对他说,在她办公桌的上层抽屉里放着一张名单,她已经数过了,正好三十七个,几乎个个都是病号,在新的静修院里也活不了多久。

"……该出发了……"

她们早就知道了。整个上午,四个年轻的神甫在院子、走廊和多个房间里来回奔忙,他们都穿着雅致的黑色法衣,这在一切都呈铅灰色的静修院里是从未看过的。他们像四条忠心耿耿的黑狗围着一群小动物那样,围着老太婆们,把她们领到门房,帮她们往车上装口袋、包袱、提篮、箱子和捆好了的盒子。阿索卡尔神父坐在电话机旁,在丽塔的桌子上,一一勾掉陆续走出来的老太婆的名字。有的人往大街上探了探头:汽车在那里等她们呢!就在静修院的对面,白白的,大大的,在早晨的阳光下熠熠生辉。当然,那不是灵车,现在已经不兴用灵车了,那是漂亮的小轿车,现代化的,玻璃微微发绿,也许还有暖气装置呢,要是这样就太合适了,因为上天堂得升得很高很高,还真需要暖气哪。

"在上界的一个花园中央专门为你们准备了一幢房子。里面有卧室、小教堂、卫生间、漂亮的厨房、餐厅,不久你们都会看到的。我们之所以晚来接你们一会儿,是因为想把准备工作做得尽善尽美,连一点细节都不放过。你们看到的那些停在门口的小轿车,也是为你们准备的,待天气好时,可以带你们去散散心。贝妮塔嬷嬷正在考虑把你们带到海滨去避暑呢。"

"贝妮塔嬷嬷好吗?"

阿索卡尔神父摇了摇头,显得有些闷闷不乐。

"开始不怎么样,医生说她得了神经疲惫症;可是休息一礼拜以后,便精神焕发,判若新人。她正在那里等你们呢,她和拉克尔·鲁依斯夫人已经为布里希达·奥亚尔塞安排妥当了她的继承事项。我不知道你们还记得她吗……"

"哪能不记得可怜的布里希达呢?"

"布里希达姓奥亚尔塞?"

"不,姓雷耶斯·奥亚尔塞……"

老太婆们于是就布里希达的姓兴致勃勃地争论开了。奥亚尔塞是母姓,雷耶斯是父姓。不,雷耶斯是母姓,奥亚尔塞才是父姓。不对,卡梅拉,你瞎说呢!奥亚尔塞只是她丈夫的姓,并不是她的姓。拉克尔夫人怎么会不知道呢?干吗不来问问她呢?不,奥里斯特拉,你不是布里希达的朋友,怎么能说比我还了解她呢?阿索卡尔神父,您瞧露西多会瞎说!她说奥亚尔塞既不是婚前的姓,也不是她婚后的姓,她叫布里希达·法里亚斯·雷耶斯·德·卡斯特罗。于是,又是一阵吵嚷、咳嗽。那些老太婆几分钟前还不肯放下自己的包裹或装在麻袋里的圣像,如今,把东西往地上一撂,纷纷加入这场争论。

各人都自以为是,指责别人弄错了。关于布里希达的身世,说法越来越多,越来越复杂,越来越互相矛盾。有人说是姓奥亚尔塞的人家抚养了她,可她本来姓雷耶斯;有人却说是姓雷耶斯的人家抚养了她,可她本来姓奥亚尔塞;还有人说她到拉克尔家干活前,曾在姓奥亚尔塞的人家干过活。可这和她姓奥亚尔塞有什么相干?应该是奥亚尔松,或者至少是奥亚内德尔。阿索卡尔神父在这场吵嚷中始终保持着缄默。布里希达只存在于寓言故事之中,故事以她的遗产问题而告终;既然无法阻止拆毁这个静修院,拉克尔夫人就把这笔钱交给了大主教。贝妮塔嬷嬷无力而舍不得地承认,她这把年纪已经担当不起圣婴城管家这样的新差事了,它对现代的技术要求很高,像这样的事既要充分训练又要悉心研究,她最好还是在用布里希达的钱造起来的新的静修院里和其他老太婆一起度过她的晚年。贝妮塔嬷嬷接受了。她说:

"我认输了。"

"嬷嬷,您别这么说。"

"年龄不饶人啊。"

"我们都会有这一天的,嬷嬷。"

"我原先以为我不会有这么一天的。"

"这怎么讲?……"

"……或者说虽然会有这么一天,但方式不一样……"

"我不明白。"

"这没有关系,主教大人。请您至少赐我其他老太婆都享有的权利,允许我说些毫无意义的废话。我们什么时候可以住进新的静修院里?"

现在,从对布里希达姓氏的争论转到了谁是布里希达最好的朋友的争吵上了,继而又转到谁拿到了布里希达最好的东西;蓝色的锦缎褥子、先给了阿玛利娅后来不知去向的半导体收音机、天使报喜节雕像、剪刀、指甲锉、覆盆子色的游泳帽。布里希达在世时,比这些破衣烂衫的老太婆中的哪一个都阔得多,她上了年纪后,声音显得有气无力。阿索卡尔神父原想给她们解释布里希达这笔财产的来源和她的遗嘱,再简单地介绍这座静修院的历史,附带说明伊内斯·德·阿斯科伊蒂亚的事,以及阐述即将在一周后开始拆除的这座静修院的原址上实现的宏伟计划……没用,没用,这帮老太婆的脑袋里简直是一团乱麻,理都理不清。他用手在口袋里把上午拟好的讲话提纲揉成一团,扔到地下,纸团滚到一个老太婆的脚下,她一面和身边的老太婆斗嘴磨牙,一面捡起了这个纸团,小心翼翼地把它摊平,连看都没看——要是她认字的话——就把它折好收起来:说不定会有用呢。阿索卡尔神父一直盯着她瞧。真是不可思议!怪不得贝妮塔嬷嬷迫切希望离开这个彻头彻尾不可救药的地狱。最好还是什么也别对她们说了,她们爱怎么想就怎么想吧,什么有理无理,什么原因结果,对这帮糊涂虫来说一概无所谓。总而言之,还是尽快把她们从静修院里弄到小轿车上为妙。他挥了挥胳膊和手里的名单,让她们安静下来。

"席尔瓦神父。"

"在,神父。"

"您和拉腊尼亚加神父把这个病得很厉害的老太太送到第一辆车上去,应该让她住院。医生们正在等着马上给她们所有人检查身体呢。他们知道应该怎么安排她的……她叫什么来着?"

"埃尔内斯蒂纳·洛佩斯。"

"不对,露西。她叫埃尔内斯蒂纳·里瓦斯,是洛佩斯的遗孀。"

"对,在这里哪,埃尔内斯蒂纳·里瓦斯·德·洛佩斯。"

他们打开玻璃门,拿出一副担架。把病人放在上面。老太婆们全挤在门口看怎么把她抬到那辆漂亮的白色轿车上去。真可怜,埃尔内斯蒂纳太太病成这个样子,简直跟死人没有两样!但是,当拉腊尼亚加神父把她扶到靠近绿色玻璃窗的位置上坐下后,她马上好似复活了一般。阳光从汽车的天窗上照到她身上,她朝同伴们微笑着,向她们做着手势,像是在告诉她们:快点儿,姑娘们,这里可美啦!玻璃门又关上了。对,我们是该快些走了。老太婆们拿起大包小包。请尽量少带东西,阿索卡尔神父喊道,那里什么都有,都是新的。我不是跟你们说过吗,姑娘们,天堂里什么都发,还是新的呢!是这样。可是这个带着龙尾巴的圣女像我们特别喜欢,不想留下它。我包里的东西也不留下。这个大天使加百列像也不能留下。这不是阿玛利娅的那一个吗?是呀,我带去还给她;阿玛利娅肯定在他们要带我们去的那个地方,她大概找到手指头了。孩子们,尽量少带些,只拿些最必要的东西就行了。她们这一早上都在挑选自己的东西,尽量把包打得小一些。卡梅拉把什么都塞进一只箱子里。篮子啦,麻布口袋啦,或者普通的麻袋啦,她们笑眯眯地往肩上一扛,现在终于要出发了。那两个年轻的神父也高兴地微笑着,因为他们将把这些可怜的老太婆带到慈悲为怀的地方去了,而这里将开始实施那个未来的辉煌计划了:体操房、摩天大楼、剧场、学习室、图书馆。把年轻人吸引到这里来,免得他们在街上闲逛学坏。静修院也该拆了,拆这种建筑易如反掌,无非是些砖和土坯。老太婆们一出门,这里的未来就开始了。她们很高兴,激动得泪流满面。我们也很激动。阿索卡尔神父再次请大家安静。

"席尔瓦神父……"

"在,神父。"

"……你站到车门口去,我叫一个名字您放一个。孤女们先上。让她们上有病人的那辆车,到新静修院以前先让她们在孤儿院下车。司机已经知道了。一共五个孤女。埃利安娜·里克梅尔。"

"到。"

"维罗尼卡·冈萨雷斯。"

"到。"

"米雷利亚·桑坦德。"

"到。"

"欧弗罗西娜·马图斯。"

"到。"

"伊里斯·马特卢纳。"

没有人回答。

"伊里斯·马特卢纳呢?"

老太婆们耸耸肩,伸伸胳膊,下嘴唇拉得长长的,似乎在说:我怎么知道,我什么也不知道。如果你们想归罪于谁,也甭想打我的主意;如果说有什么事的话,我可和这事丝毫不相干;另外,也应该看看伊里斯·马特卢纳本身是个什么货色。有人可能已经把情况告诉了阿索卡尔神父了。丽塔朝前走了一步:

"神父。"

"嗯?"

"伊里斯走了差不多有一个礼拜了。"

"什么,你说早就走了?"

"我没跟您说吗? 她很固执……"

"这不是固执不固执的问题。"

495

"是这样,可是您知道她有多坏!"

"不,丽塔,她是变坏的,以前她可……"

"她为什么变坏了,丽塔?"

"不知道,神父。她开始变得挑剔了,一切都……"

"怎么?什么时候?"

"在你们甩手不管我们之后。"

"对,神父,晚上她老上街。"

"就这样失踪了。"

"上帝啊,一个十五岁的孩子怎么会失踪呢。"

"都快十六岁了。"

"可是,她就是失踪了。"

神父,我们有什么办法呢?这不是我们的过错,她谁的话都不听,见了男人就没命。有些邻居告诉我们说,她站在二层楼的窗口,朝经过那里的男人疯疯癫癫地喊叫。这一带都知道她的丑事,我算最傻的了,最后才知道的。后来,就找不到她了。我们没有过错,你们不管我们,我们连饭都吃不上。伊里斯是因为肚子饿才从静修院跑了的。我们给大主教和你阿索卡尔神父打过电话,可是秘书老是一个腔调,一个答复,让我们再等几天。当传说你们把我们撇在脑后,我们将饿死在静修院里时,我才忐忑不安地说,伊里斯·马特卢纳大概是跑了。等见到贝妮塔嬷嬷,我们会告诉她,发生这样的事情简直太丢人了。我很痛心,要知道,我多想能在上面见到她……

"哪里?"

"他们不是说她也会在上界吗?"

"对,她也会在那里的。"

这是阿索卡尔神父的回答,因为除此之外,他不知道还能怎么回答。最好现在别再提伊里斯·马特卢纳的事。必须立即离开静修院。伊里斯的事以后再说，她早晚会出现的。人们会看到怎么处置她的失踪，或者是逃跑，或者是……随便什么。快走吧！再多耽误一分钟，老太婆们就会在这里生根，重新赖在这个静修院里不让人把它拆掉。伊里斯·马特卢纳的事以后再说。就是那个最胖的小女人，他突然忆起那个豁牙女人，不禁感到一阵战栗。不，不，现在必须马上就走，别再想伊里斯的事了，免得夜长梦多，节外生枝。即使要节外生枝，也得让她们先离开静修院。

"神父，有人打铃！"

是伊里斯！是伊里斯·马特卢纳正好在这个时候回来，那就万事大吉了。阿索卡尔神父说：

"席尔瓦神父，请您开一下门。"

不是伊里斯。是一个年轻的雇工，光着脚，裤腿卷到小腿上面，扛着一个大得出奇的倭瓜，外皮坚硬，皮色灰白，外形不规则，长得好似一头史前古兽。雇工问道：

"这里是拉奇姆巴静修院吗？"

"是这里……"

他二话没说，扛着倭瓜一溜小跑，穿过老太婆们让出来的走道，径直往里走，一直来到门房那个院子的廊前才停下来，问道：

"放在什么地方？"

多拉答道：

"就放到回廊里吧。"

他把倭瓜放在瓷砖上，又一溜小跑地往回走，在那些惊讶不已的老太婆组成的夹道里，和另一个扛倭瓜的雇工走了个对面。那个雇工把扛在肩上的倭瓜放在第一个倭瓜旁边，随即他转身跑回去，又和第三个扛倭瓜的雇工擦身而过;如此来回穿梭,不一会儿门房院子的回廊里堆满了灰白色、长得古里古怪的倭瓜。面对这不知是过去还是未来的另一个地质年代的生物的入侵,谁也不敢吭一声。倭瓜越来越多,仿佛就在回廊里毫无顾忌地繁衍着。这些倭瓜由汗流浃背的雇工以一种无法控制的速度往里扛来。有两个雇工。不止,是三个。也不止,五个。还不止。两个雇工从停在白色小轿车前面装满倭瓜的卡车上往下卸。你看,这么多倭瓜,多棒啊! 夏天很快就要来到,我们可以用它来煮菜豆了,冬天可以用来炸倭瓜饼吃,用这种倭瓜在圣胡安之夜烤瓜包,做甜食也不错,炖砂锅要是不放倭瓜汁就什么味儿也没有了。玛丽亚·贝尼特斯一边内行地摸着这些瓜一边说,这种外皮灰色的倭瓜质量最好。阿索卡尔神父手里拿着名单从玻璃门探出脑袋,喊道:

"这是什么东西?"

从旁边走过的雇工喃喃地答道:

"倭瓜。"

"是呀,可是……"

正在往雇工肩上搁倭瓜的司机回答说:

"这是特雷温克基金会的,拉克尔·鲁依斯夫人让送来的。一年前她就吩咐我们把剩下的倭瓜运到静修院来,可是,管家忘了,所以现在才把这五百个倭瓜运来了。"

"五百个!"

"是啊,是出口剩下的。"

"可是,这五百个倭瓜让我怎么办?"

"那我就不知道了,神父。就得听您的了。"

当阿索卡尔神父再走进门房时,他看到原先好不容易整顿好的秩序全乱了套了:小孤女们从车上走下来,和老太婆们混在一起,在倭瓜堆旁边胡折腾。埃利安娜在倭瓜上跳舞,另外一些人骑在倭瓜上。跑呀,跑呀,小红马,快跑,快跑,快点跑,越来越近了,越来越了……我们不能把这些倭瓜留在这里,应该跟阿索卡尔神父说,我们要把它们带到上界去,这都是我们的。拉克尔夫人真好,她说话从来就算数的,布里希达的葬礼就是一个例子。她到底给我们送来了这五百个倭瓜。姑娘们,你们看米雷利亚和维罗尼卡呀,你们快放下那只瓜,它重着哪。那些汗流满面、气喘吁吁的雇工还在不断地往里运瓜,银灰色的瓜皮铺得回廊里比比皆是,老太婆们被围在里面,踩着小碎步在倭瓜之间蹒跚而行。行了,放下吧。米雷利亚和孤女们把瓜一摞,啪一声瓜立刻裂成两半,露出了诱人的黄澄澄的瓜瓤,连肉带籽流了一地。你们这些臭孩子,怎么把瓜给打碎了? 你们知道现在倭瓜多少钱一公斤吗? 嗯? 这个瓜会烂掉的;你别把籽往院子里扔,你知道倭瓜籽扔到土里长起来有多快吗? 过一年就能长得像片森林那样,铺天盖地,甚至还能钻进屋子里去,开黄花;当然,倭瓜长起来还是挺逗人喜爱的。既然这么逗人爱,为什么我们不带一点倭瓜籽到上界去呢? 不是说那里有花园吗? 我们可以在那里撒一些籽,将来可以收许多许多倭瓜,炖砂锅吃,多放些糖做炸倭瓜饼吃。对,奥里斯特拉,在兜里放些瓜籽,带到上界去,好在那里播种。这么多倭瓜,我的天啊,还在不断地卸车。五百只倭瓜比想象的要多;回廊里已经放不下了,因为一个个都这么大,是供出口用的嘛。我来数一数。对,趁现在阿索卡尔神父正在电话里和拉克尔夫人大声嚷嚷的时候,我们来数一下。他正在责备拉克尔夫人为什么送倭瓜来。当然,别人挨饿跟他有什么相干的。我说,趁他还在电话里嚷嚷,我们何不塞两个到车上去。看看我们能不能塞他六个。司机帮她们忙,终于在每辆白车里塞进了一只倭瓜。那两个年轻神父大声喊着,竭力想把已经各奔东西的小孤女们重新召集拢来,把她们从长得像犀牛胚胎似的古怪的倭瓜旁驱散开。阿索卡尔神父从电话间里走了出来,嚷嚷了好几声,老太婆们回到了门房。他下令说:快排队出去,不,别管什么名单不名单,每个人随便在车上找到座位坐下就行了。所有人都想坐在一辆车上,因为听说,第一辆送病号埃尔内斯蒂纳·洛佩斯和小孤女的车先要到别的地方绕一下,而她们都想早一点到达上界。四个神父和阿索卡尔又是吼又是叫,才总算把几个带着大包小包挤在同一辆车上的老太婆弄下了车,把两辆车的人数匀了一下。神父用钥匙锁上静修院的大门,似乎还不怎么保险,可是那有什么关系? 有谁会进去呢? 里面除了破烂什么也没有,去偷什么呢? 连拍卖都不需要了,两天之内,我们就把它拆了,还要把它彻底荡平。阿索卡尔神父递给雇工一些小费,空卡车就开回特雷温克去了。街上的小孩、街角食品店里的老板娘和她的丈夫、在窗口梳头的太太,全都出来和舒舒服服高高兴兴坐在车上的老太婆们告别。最好把车窗打开些。我说,今天的太阳多好。听说暖气对气管不利,年纪大了应该多注意些,尤其是还不习惯的时候。车子启动了。老太婆们挥舞着头巾,热泪盈眶,向那些跟她们做着手势,而以前并不认识的邻居告别。为了自我安慰,她们齐声唱了起来:

> 来呀,我们一起走吧,
> 争先恐后,拿着花,
> 鲜花献给马利亚,
> 我们的圣母马利亚。
>
> 我们又来到你身边,

少女的甜蜜无比，

月亮也无法比拟，

我们拜倒在你脚底。

　　人走光了。我头脑完全清醒了，思路得到恢复，思想豁然开朗，打消了我头脑中的恐惧和疑虑：我就是这个包裹。我藏身于老太婆们为我准备的一层层的口袋之中，因此，我不再需要打成包裹，我什么也不需要了；我毫无感觉，听不见，也看不见，我只是占着一个空间。那粗麻布，那些笨手笨脚地打上的绳结，那些用粗线缝的针脚蹭着我的脸。我鼻孔里充满了绒毛，嗓子也一样。我的躯体让口袋挤得蜷缩着。我知道，这是我存在的唯一方式。麻袋蹭得我火辣辣地痛，绒毛差一点把我憋死，绳子勒得我浑身生疼。要是真有另一种生存方式，那也一有它的过去和未来；而我却既记不得过去，也不知道未来。我弃世脱俗，四大皆空。因为我已经忘了一切，一切也已都忘却了我。我唯一的特性是与孤独做伴。我守护着它是为了不让任何东西来破坏这比砖墙更为有效的口袋。是的，我还记得那些围墙，可是别的我什么也不记得了。我的前途将在围墙倒塌的那一刻结束。很快，一切都将像该结束的那样结束。铲土机饥饿的大嘴将摧垮具有百年历史的砖墙，掀起一阵阵尘埃。随后，大锤和压土机的暴力将迫使土地——它自以为是围墙和迷宫般的静修院的化身——屈服，还其和一切地面毫无二致的本来面目：石头、腐烂着或已经干枯了的木片、树叶和树枝、土块、画过的石膏碎片、一只眼睛、一块龙的颌骨、破布、烂纸、麻袋，里面可能还有人在叫唤：别这样！救救我！我不想死！太可怕了！我体弱、多病、残疾，连个生殖器都没有，什么都没有了，一切被夷为平地了。可是，我不会叫喊，我没有别的生存方式；我从来也没离开过此地，我在里面安然无恙，我是这个洞穴的

501

主人,我在里面正合适,因为它又是我的主人。听说,这里有瞬息即逝的过道、废弃荒芜的院子、看似永无止境的走廊、成堆的谁也记不得有何用处的东西、墙上不断扩散着的腐蚀痕迹、从蛀蚀的木头上掉下来的微尘、充满各房间的从未被人打破过的寂静,因为这里其实从未住过人;不过,听说这里住过人的,现在可能还有人,但我不信。有人在外面的某个角落里骚动,有人,而且在外面;除了我的咳嗽声;还有别人的咳嗽声;不过声音是那么低沉,也许不是咳嗽声;还有我这无法动弹的身子发不出来的响动,但是很轻微,仿佛是阴影出现和移动时发出的响声,但不是脚步声,因为阴影没有脚,哪来脚步声。我听到在我旁边呼吸的不是猪,不是狗,不是耗子,不是母鸡,不是蝙蝠,也不是兔子。尽管我听不太真切;虽说是阴影,也不至于咳嗽得这么轻吧,我必须看到它。我需要,我需要,随着需要而来的则是恐惧心理。我需要看见那个在我身旁呼吸和咳嗽的阴影的长相,我必须恢复视力和信心。我拼命咬,使劲啃着堵住嘴的口袋,我啃呀啃呀,迫切看看外面的那个阴影的嘴脸;我咬带子,咬绳结,咬补丁,咬绳索。咬破了一点儿,但怎么咬窟窿都不够大。咬破一层口袋,又有另一层麻袋,我得花一百年才能咬破,费一千年才能钻出来,到底也只有尝尝麻布滋味的分,也只能不断地啃咬被口水浸湿的麻袋。我的牙都咬碎了,可是我还得继续不停地咬,因为外面有人在等我,要告诉我的姓名,我想听。我嚼,我咬,我撕;我嚼着,咬着,撕着最后一层口袋,或出生或死去。可是我既来不及出生,也来不及死去,因为有人用手把撕开的部分紧紧捏住,用根粗针缝上了。我将从哪里向外张望或呼吸新鲜空气,哪里就会被人用针缝上。那空气和那扇不让我打开的伪装的窗子外的空气是一样的;可是,我的回忆暂时从这个窟窿退回来,回到那扇窗户外面的空气上。我身陷囹圄,十分留恋那空气和那窗户。然而,我无法得到它们,因为这里无法同时容下我和我的依恋,只能容我一个人,因为那种对虚假空气的留恋只会使鼻子和嗓子里的绒毛的刺激以及黄麻令人恶心的气味变得无法忍受。又是一个窟窿。我的指甲抠破一层又一层口袋,想找到一个出口。我的指甲都劈了,手指头流血了,指尖破了,指关节红肿了。一层口袋,再一层口袋,又是一层口袋。现在又挖了一个窟窿。可是,口袋外面的手把我这个大口袋转了一个方向,一句不言语,因为不想暴露那是谁的手。口袋又重新被一针一针地缝上,以防我钻出来。我要出来看看这张脸,我狠狠地蹬了一脚,使尽浑身的力气,用脚后跟使劲蹬开了又一个窟窿,可是,那双赘疣累累的手又一次以它特有的细致功夫,用细密的十字针脚把口袋上的窟窿缝死。我出不来,甚至连伪装的窗户后面的空气都呼吸不到。我只有等待,等待几百年后用由成百万据说是现在存在着的生命的腐化物形成的地质层,重新埋葬我的留恋。随着那个不让我出来的老太婆不住地缝补窟窿,我所占有的空间越来越小了,那个在缝补窟窿的人是个老太婆,我感觉到缝补时抓着口袋的手指头是衰老的。我又撕又咬;可又重新给缝上了,而且越缝我的空间越小。她边缝边转着包,生怕有一个破洞逃过她那双布满眼屎的眼睛;她一旦发现破洞,就精心地缝上,仿佛不是在缝补麻袋,倒像是在细麻布上绣制姓氏的缩写字头。窟窿没有了,口袋显得虽小,但完好无损,她收起了针。她从角落里拖过来另一只口袋,把这个新包袱连同一包糖、几双羊毛长筒袜、许多纸、野草、破布、垃圾一股脑儿装了进去。她一猫腰,一使劲,把口袋扛到肩上,走出小教堂,在空旷的伪装得漫无尽头的走廊上,在附近的院子里来回溜达。她慢慢地悄然无声地顺着阴暗的墙,轻手轻脚地走着。她所到之处,蜘蛛、老鼠、蝙蝠、悄然行动的田鼠、笨拙绵软的飞蛾、没人丢

503

进锅的老掉牙的鸽子……纷纷逃窜。多少年和多少世纪之后,她慢慢吞吞地终于走到了门房的院子,在吞没院子的倭瓜枝叶丛中蹚出一条路。她前脚走过,宽阔的横生叶子、多汁嫩绿的枝条、亭亭而立的黄花,随即像瀑布似的倾泻下来,重新盖住了她在茂盛枝叶丛中留下的足迹。阳光和月光也许能透过枝叶投到这些足迹上,也许不能。走到玻璃门前,她取出那把惯常使用的钥匙,打开玻璃门,来到大门口;她又打开大门,背着口袋走进漆黑的夜色中;她趿拉着鞋,弓着背,贴着墙,仿佛不愿意离开阴影对她的保护;她穿过一个又一个街区,蹒跚着向前走去;时不时停下来唉声叹气地乞讨,接过钱,藏到裙子的褶皱里,然后继续朝前走。她穿过明亮的林荫大道,走进公园,穿过光秃秃的香蕉林,一直来到铁桥上。尽管她年事已高,还是知道该怎么做。她从还是小姑娘的时候,就和一帮在河水里泡大的孩子一起做过许多次:背着口袋顺着铁索往下滑。她来到桥下的篝火旁,又往前走几步,坐在火光能照到的地上。今天晚上,人不多。跳动的火苗把脸儿照得变了形。后来,火苗稳定了,众人凑近尚未烧透的木柴堆。她说:

"火着得不怎么好。"

她把手放进包里,取出几张纸和几块木片把火弄旺些。她朝篝火倾下身子。一条皮包骨头、满身疥疮的母狗走近她,想得到她的爱抚。母狗躺在她的身旁。谁也不吱一声。头顶上,香蕉树的干枯枝犹如城市上空灯光照耀下的一张 X 光片。老太婆提着一个带铁丝把的、长期在炉子上被熏得很黑的陶罐喝了几口马黛茶。她又把手伸进口袋,取出一块麸皮面包请客。有人接过面包。这时她埋怨道:

"今天晚上的火着得不好。"

"糟透了。"

老太婆把手伸进口袋里,又掏出一些废纸和木片,把它们扔进火堆,火苗呼一声立刻蹿了起来。可是,好景不长。有人说要到别的地方去过夜,因为晚上冷得厉害。对,非常冷。几个人走了。用废纸和木片着起来的火坚持不了多久。再见了,你不跟我们一起来吗?在桥底下过夜太糟糕了。不,我不走,我累了。他们没有道别就走了,只留下她一个人。她咳嗽起来。她用披巾裹住身子,往火堆越凑越近了,因为风越刮越大。母狗也走了。她喊道:

"花花……花花……"

可是,母狗没有回来。老太婆站起身子,抓住口袋,打开袋口,把里面的东西一股脑儿倒在火堆上:木片、硬纸、长筒袜、破布、报纸、废纸、破烂,管他什么东西,只要能引火,不挨冻就行。管他发生什么煳味,勉强引着的破布的烟味也罢,废纸的焦味也罢,一概都无所谓。风吹散了烟雾和焦味,老太婆在碎石堆上缩成一团准备睡觉,仿佛又一个被抛弃的破布包。火在她身边着了一会儿,便渐渐熄灭,未燃尽的炭火徐徐暗淡,最后蒙上了一层薄薄的死灰。一阵风吹来,炭灰被刮得四散。几分钟之后,桥下荡然无存,只剩下篝火燃尽后留在石头上的遗迹,还有一个铁丝把的陶罐。寒风掠过,陶罐被刮翻,在碎石堆里滚动几下,掉进了河里。